btb

Buch

Für die 37-jährige Erica läuft es gut: Gemeinsam mit ihrem Freund Tom lebt sie in einem wunderschönen Appartement im Süden Stockholms. Sie sind ein erfolgreiches, kinderloses Paar mit zwei hochbezahlten Jobs. Erica denkt langsam an Familienplanung, bis Tom ihr eines Abends völlig unerwartet eröffnet, dass er eine Auszeit für die Beziehung wünscht. Für Erica bricht eine Welt zusammen. Alleine in der großen Wohnung, betrinkt sie sich in dieser Nacht bis zur Besinnungslosigkeit. Doch dann klopft es plötzlich an der Tür. Als Erica öffnet, steht ein gutaussehender Mann vor ihr, der sich als der Tod persönlich vorstellt. Angeblich hat er sich in der Etage geirrt und sollte eigentlich den Nachbarn abholen. Doch seine Nacht war anstrengend, und er macht keinen Hehl aus seiner Freude, statt des alten Mannes die hübsche junge Frau angetroffen zu haben. Und Erica, die in ihrem Zustand der Verzweiflung weder Furcht noch Überraschung zu empfinden vermag, lässt ihn ein …

Autorin

Maria Ernestam, geboren 1959, begann ihre Laufbahn als Journalistin. Sie hat lange Jahre als Auslandskorrespondentin für schwedische Zeitungen in Deutschland gelebt, daneben eine Ausbildung als Tänzerin, Sängerin und Schauspielerin absolviert. In Schweden sind mittlerweile vier hochgelobte Romane von ihr erschienen. Maria Ernestam lebt mit ihrem Mann und zwei Kindern in Stockholm.
Weitere Informationen: www.mariaernestam.com

Ernestam bei btb

Die Röte der Jungfrau. Roman (73854)

Maria Ernestam

Caipirinha mit dem Tod

Roman

Aus dem Schwedischen
von Gabriele Haefs

btb

Die schwedische Originalausgabe erschien 2005
unter dem Titel »Caipirinha med Döden« bei Forum, Stockholm.

FSC
Mix
Produktgruppe aus vorbildlich
bewirtschafteten Wäldern und
anderen kontrollierten Herkünften

Zert.-Nr. GFA-COC-1223
www.fsc.org

Verlagsgruppe Random House FSC-DEU-100
Das für dieses Buch verwendete FSC-zertifizierte Papier *Munken Print*
liefert Arctic Paper Munkedals AB, Schweden.

1. Auflage
Deutsche Erstveröffentlichung Juni 2009

Umschlaggestaltung: semper smile, München
Umschlagfoto: Mella Maud Traves/Camera press/Picture Press
Satz: IBV Satz- und Datentechnik GmbH, Berlin
Druck und Einband: CPI – Clausen & Bosse, Leck
SL · Herstellung: BB
Printed in Germany
ISBN 978-3-442-73915-8

www.btb-verlag.de

Für Sofi, JanNik und Mathias

KAPITEL 1

Als *der Tod* in mein Leben kam, war ich unvorbereitet und konnte einfach nicht nein sagen. Ich ließ ihn ein, als er darum bat, und ich kam gar nicht erst auf den Gedanken, die Tür zu schließen und ihn aufzufordern, sich, ja, warum nicht, zur Hölle zu scheren.

Bitte bedenkt, dass ich jetzt nicht von einem überraschenden Todesfall oder der Mitteilung einer unheilbaren Krankheit rede. Es geht hier auch nicht um die Selbstmordfantasien, die sich einstellen können, wenn die Tristesse sich ausbreitet wie gegen jeglichen positiven Gedanken resistentes Unkraut. Der Tod schritt überaus leibhaftig durch meine Tür, legte seinen Umhang ab und ließ sich in meinem Wohnzimmer nieder, ohne auch nur die Schuhe abzustreifen. Der Sessel, den er sich bei seinem ersten Besuch aussuchte, war allerdings auch einladend und bequem, ein durchgesessener hellblauer Samtsessel aus dem 19. Jahrhundert, in dem sich noch nie ein Gast anders als wie zu Hause gefühlt hat. Die fadenscheinigen Stellen in den Ecken reichen aus, um noch die Übellaunigsten in gemütliche Stimmung zu versetzen.

Auch er beschloss, sich zu Hause zu fühlen. Natürlich hatte das für mich Konsequenzen, für ihn übrigens auch. Man setzt sich nicht folgenlos in einen Samtsessel. Nicht, wenn man zugleich um einen starken Espresso bittet. Und die Beine über die Armlehne baumeln lässt und behauptet, man könne alles erklären.

Bis zu diesem Zeitpunkt hatte ich den Tod ganz bewusst als reichlich unwichtig betrachtet. In meiner Familie sterben wir an Altersschwäche, und wenn wieder einmal ein Großonkel väterlicher- oder eine Großkusine mütterlicherseits irgendwo zwischen neunzig und hundert Jahren den Löffel abgibt, ist es schwer, die ganz große Trauer aufzubringen, eher stellt sich eine Art Melancholie ein, die der Erkenntnis entspringt, dass etwas unwiderruflich zu Ende gegangen ist. Da die meisten meiner Verwandten außerdem immer die Rücksicht besessen haben, unter relativ angenehmen, schmerzfreien Umständen zu versterben, waren die Verluste bisher durchaus akzeptabel. Kleine Schmuckstücke, die ich an meine Erinnerung hänge.

Diese Melancholie hat zudem immer mit der bei unseren Familienbegräbnissen herrschenden fast unanständigen Fröhlichkeit konkurrieren müssen. Meine Sippe ist nicht wenig verrückt und wimmelt nur so von musikalischen Originalen, die sich gern mit ihren Blutsverwandten treffen, sogar bei so genannten traurigen Anlässen. Wir haben immer einen Heidenspaß quer über die Generationengrenzen, und die Bilder von Beerdigungen zeigen lachende oder Grimassen schneidende Menschen, die einfach albern sein können und sich deshalb auch für etwas Besseres halten als die armen Würstchen, die sich zu sehr an die Konventionen klammern.

Der Tod war deshalb zumindest für mich immer mit hohem Alter und Freude verbunden, so selbstverständlich, dass sogar die wachsende Erkenntnis meiner Teenagerjahre vom Zustand der Welt nichts an dieser Einstellung ändern konnte. Ins Wanken geriet diese Überzeugung erst, als ich mit zwanzig gemeinsam mit einer Kommilitonin aus der Literaturgeschichte spontan auf Interrailtour ging. Kari war eine typische Gossenblüte. Mit einem alkoholisierten Vater und einer Mutter, deren Lebensmotto sich mit »Morgen ist auch noch ein Tag«

zusammenfassen ließ, hatte Kari eine ziemlich harte Kindheit verlebt. Sie war mit sechzehn von zu Hause ausgezogen und hatte sich seitdem selbst versorgt. Das Gymnasium hatte sie in Rekordzeit hinter sich gebracht und durch Kellnern finanziert, danach war sie zum Studium nach Uppsala gegangen.

Die Menschen in Karis Umgebung waren einer nach dem anderen gestorben, stellte sich heraus, als wir uns in den frühen Morgenstunden in unserem Zugabteil irgendwo zwischen französischen Dörfern füreinander öffneten. Schuld waren Motorradunfälle in Schweden und auf Europas Autobahnen, ein Verflossener war an Hautkrebs erkrankt, ihr Mentor am Gymnasium hatte Selbstmord begangen, ein Bruder war von der Straße abgekommen und mit einem Baum zusammengeknallt, dem einzigen in meilenweitem Umkreis. Und so ging es weiter bis in die Unendlichkeit.

»Ich hab diese sterbenden Leute so satt, Erica«, seufzte sie und rollte sich auf ihrem Sitz mit einer Bewegung zusammen, die zeigte, wie sauer sie auf alle war, die sie im Stich gelassen hatten, ohne Entschuldigung oder Vorwarnung. So blieb sie dann abwartend sitzen, während ich die Todesgeschichten meines Lebens vortrug, die kurz waren, ein wenig wahnwitzig, und die sich mit dem Familienmotto wiedergeben ließen: Man muss sich amüsieren, ehe man sich mit Grassoden zudeckt.

Viele Jahre später erzählte Kari mir, dass sie erst nach diesem Gespräch die Tatsache akzeptiert hatte, dass man schlicht am Alter sterben kann, an hohem Alter sogar. Ich konnte wahrheitsgemäß dagegen nur anführen, dass sie mir klargemacht hatte, dass das Leben jederzeit ein Ende nehmen kann, vielleicht sogar auf brutale, unschöne Weise.

Das reichte zwar nicht aus, um mir den Tod als Bedrohung erscheinen zu lassen, aber je älter ich wurde, desto mehr fragte ich mich, ob der Tod verwandt sein könne mit der Trauer und die Trauer mit der Traurigkeit, und vielleicht bat ich deshalb den Tod herein, obwohl meine Umgebung mich zweifelsfrei als lebendig eingestuft hätte. Diese Gedanken kamen mir, als ich fünfunddreißig geworden war, in einer Zeit, als mein psychisches Wohlbefinden anfing Achterbahn zu fahren. Oder besser: Mir kam es vor, als gebe es eine Leere in den Tagen, eine Art innere Zähflüssigkeit, die ich nicht erklären konnte, eine Melancholie am Frühstückstisch, obwohl die Sonne schien, eine traurige Melodieführung in meinen Gedanken. Gegen Ende meiner Teenagerzeit war ich zwar auch in mentale schwarze Löcher gefallen, aber ich hatte mich doch mit Muskelkraft und Disziplin wieder herausziehen können. Ich beobachtete schon damals, wie andere in ihrer Apathie stecken blieben, bis sie sich dann nicht mehr rühren konnten, und im Vergleich dazu waren meine eigenen Gefühle von Leere doch eher nicht der Rede wert.

Aber jetzt wurden diese Attacken länger. Woche für Woche kam ich mir vor wie ein Waldgeist, mit wunderbarem Aussehen zwar, aber einem Loch im Rücken, wenn man von hinten hinsah. Bei der Arbeit ging es mir am besten, da fühlte ich mich auf sicherem Boden, geborgen in der Kompetenz meines Denkens und im klaren Bewusstsein dessen, was ich und wie ich es erreichen wollte. Aber was ich ansonsten anstrebte, was ich mit dem bisher unbestellten Boden auf der anderen Seite des Gartenzaunes machen wollte, die das freie Leben genannt wird, das kam mir zusehends vager und verschwommener vor. Ich hatte Arbeit, Wohnung und Partner, in genau dieser Reihenfolge, ich wirkte durchaus wie auf dem Weg zu einem gesetzten Dasein, und niemand in meiner Umgebung fand, ich hätte irgendeinen Grund mich zu beklagen, worüber sie sich gern beklagten. Das Wort tüchtig wurde wiederholt wie ein Mantra, sowie ich es wagte, das Loch im Rücken zu erwähnen, als gäbe es einen Zellstoff, der einfach dort hinten hineingestopft werden könnte.

Den einzigen Trost in dem Elend fand ich in der Gewohnheit, mich in allerlei Selbstmordfantasien zu ergehen. Es hatte eigentlich nicht wirklich mit dem Großen Schluss zu tun, eher war es meine dramatische Seite, die diesen eigenartigen Auslauf für ihre Kreativität suchte. Ich hatte schon mehrere Szenarien durchgespielt, als ich dann glaubte, das perfekte gefunden zu haben. Die Idee kam mir in Deutschland, wo ich an einer Tankstelle ein knallrotes Abschleppseil für Autos fand. Das Seil war aus hartem Kunststoff und hatte an beiden Enden einen soliden Haken, und ich kaufte es sofort für eine zukünftige Verwendung.

Es wäre sicher die ideale Lösung, das Seil mit dem einen Ende an unserem Balkongeländer zu verhaken und das andere um meinen Hals zu legen. Vorher wollte ich mir das Gesicht weiß pudern und ein blaugraues Chiffonkleid anziehen, das ich einmal für den fröhlichen Abschlussball in einem Anfängerkurs für Gesellschaftstanz gekauft hatte. Eins, zwei, drei, cha-cha-cha, zwei, drei, cha-cha-cha.

Ich stellte mir vor, wie die Nachbarn morgens die Jalousien hochzogen und eine Frauengestalt, eingehüllt in blaugrauem Chiffon, der hoffentlich aussehen würde wie Flügel, in der Luft schweben sahen. Das Bild sollte so schön und so perfekt sein, wie ich es mein ganzes Leben lang angestrebt hatte, und die Nachbarn sollten sehr lange zweifeln, ehe ihnen dann aufging, dass sie hier keinen Engel oder ein außerirdisches Wesen sahen, sondern eine Nachbarin, die sich erhängt hatte.

»Warum musst du immer so dramatisch sein?«, fragte Rebecka, eine meiner ältesten Freundinnen, wenn wir bei einem Glas Wein über Selbstmordtheorien diskutierten. Mit Rebecka konnte ich über alles sprechen, was andere schockierte, und da sie selbst an Reinkarnation glaubte, war das Thema für sie nicht sonderlich brisant. Rebecka war es übrigens auch, die mir den Tipp mit dem weißen Puder gegeben hatte. Ich hatte nicht darüber nachgedacht, dass sich beim Aufhängen eine gewisse bläuliche Färbung einstellen kann.

»Ich würde ganz tief in die Garage kriechen, wie eine kleine graue Maus, und den Wagenmotor einschalten. Und dann hoffen, dass nicht die Kinder mich finden«, fügte sie hinzu. Darüber konnten wir befreit lachen und uns dann mit einem »angenehme Ängste« trennen, was alle anderen außer uns nur mit Mühe erbaulich gefunden hätten.

Dieses Stadium hatte ich also erreicht, als der Tod beschloss, bei mir einzuziehen. Auch wenn ich also in Gedanken bereits mit dem Tod gespielt hatte, war ich unvorbereitet, anfangs unwillig und auch ein wenig ängstlich, das muss ich zugeben. Das alles aber sollte der Tod dann ändern. Ich begriff später, dass der Tod niemals zweifelt, wenn er der Meinung ist, ein Menschenleben brauche eine radikale Veränderung. Aber das hätte ich von Anfang an erkennen müssen.

Als Tom und ich einander fanden, wie es so schön heißt, hatte ich einige wenige flüchtige Affären und eine Menge schmachtender Liebhaber hinter mir gelassen. Tom seinerseits hatte zwei oder drei richtige Beziehungen vorzuweisen, alle begonnen mit dem Ehrgeiz, sie zu etwas Ernstem zu entwickeln, und diese später, wenn sie diesen Anforderungen nicht entsprachen, auf zivilisierte Art beendet. Er schickte allen seinen Verflossenen noch immer nette Weihnachtskarten und bekam ebenso nette Grüße zurück, im Laufe der Jahre gefolgt von Bildern, die Ehegatten und Babys mit Nikolausmützen zeigten.

Wir lernten uns auf einer Pressekonferenz in München kennen, bei einer der »Road shows«, durch die schwedische Firmen glauben zusätzliches Kapital erlangen zu können. Ich war hingeschickt worden, um eine Hintergrundanalyse für eine der betroffenen Firmen zu schreiben. Die Zeitung hatte mich nicht aus humanitärem Grund geschickt, etwa weil ich einen Tapetenwechsel brauchte. Sie hatte eher gewittert, dass ich bei der Konferenz den geschäftsführenden Direktor, den Finanzverantwortlichen und etliche hungrige Postenstreber treffen und damit sämtliche ihrer Kommentare an einem einzigen Abend einfangen könnte. Auf diese Weise würde ich den Auftrag rasch, einfach und billig erfüllen. Was in diesem Fall eine Art von Ausbeutung darstellte, die mir durchaus als akzeptabel erschien.

Im Flugzeug nach München saß ich bequem zurückgelehnt, weil der Platz neben mir leer war und als Abstellfläche dienen konnte. Ich genoss wie immer das Gefühl, unterwegs zu sein, diesen Niemandslandszustand, in dem ich mich richtig frei fühlen konnte. Die Regel der buddhistischen Mönche, nicht mehr als sieben Gegenstände zu besitzen, hat mich immer schon angesprochen, trotz meiner Schwäche für schöne Dinge, und diese Vision hatte sich in meinem Flugzeugsitz fast erfüllt. Laptop, Handtasche, Zeitung, Mantel, ich selbst, eine Tüte Flugzeugkost.

Schon seit ich meine ausgefallene Mischung von Studien der Literaturgeschichte, der Chemie und der Germanistik beendet hatte, hatte ich als Mischung aus Journalistin und Auskunftsperson gearbeitet. Ein Bekannter, der bei einer Arzneimittelfirma angestellt war, hatte mich gebeten, für seinen Betrieb eine Informationsschrift zusammenzustellen, die Produkte bewarb, ohne marktschreierisch zu wirken. Dieser Auftrag war mir wie auf den Leib geschneidert, denn ich konnte in verschlissener Turnhose und mit der Teekanne neben mir zu Hause sitzen (in den späten Nachtstunden mit Wein), James Taylor im Hintergrund, während ich zugleich engen telefonischen Kontakt mit dem Auftraggeber hielt und mich deshalb durchaus nicht vereinsamt fühlte.

Das Ergebnis wurde gut genug, um mir regelmäßige Beschäftigung zu sichern, und schon bald konnte ich meine eigene Firma gründen. Meine Zweizimmerwohnung in Vasastan wurde ummöbliert, so dass ich ein Arbeitszimmer hatte und deshalb nicht mehr zwischen Krümeln am Küchentisch arbeiten musste, als die Auftragsmenge anwuchs. Fachzeitschriften aller Art fragten bei mir an, und ich konnte es mir sparen herumzutelefonieren, um mir ein gelangweiltes Nein von müden Redakteuren mit beschnittenem Budget zu holen.

Meinen ersten Werbejob ergatterte ich ebenfalls durch Zufall. Bei einem Pharmakongress landete ich neben dem Marketingchef eines großen Kondomproduzenten. Soeben war ein umfassendes AIDS-Projekt angeleiert worden, für das sich auch die Sozialbehörden engagierten. Ziel war, die Menge von AIDS-Fällen in Schweden zu reduzieren, da die Kurve in die Höhe schoss, seit die Gelder für Kampagnen gegen AIDS zum Vorteil von Maßnahmen gegen neuere Krankheiten eingefroren worden waren.

Wir waren leicht zu beeinflussen, weil wir durchaus akzeptablen Wein ausgeschenkt bekommen hatten, und ich hatte den Marketingchef soeben in meinen Verdacht eingeweiht, dass irgendein kreativer Verkäufer die Schnittchen mit dem neuesten Mittel gegen Durchfall oder Schleimauswurf garniert habe. Danach kicherten wir einen unmöglichen Vorschlag nach dem anderen heraus. Ich lancierte die inspirierte Idee einer saftigen und knallorangen Mohrrübe, die mit und ohne übergestülptem Kondom und mit einem Reklametext gezeigt werden könnte, der ungefähr so lautete, »superfrisch und nützlich und angenehm zu kauen oder auch zu lutschen, hat aber dennoch Schutz vor Ungemach nötig«.

Am Tag darauf rief der Mann an, der Martin hieß, wie ich nun erfuhr, und sagte, er wolle mich als Projektleiterin für diese Kampagne anheuern. Noch heute finde ich, es ehrt ihn, dass er die Idee nicht stahl und als seine eigene ausgab. Vor allem, da die Mohrrübenkampagne einen solchen Erfolg hatte, dass Verkauf und Gewinn in diesem Jahr um eine zweistellige Zahl stiegen. Martin und ich haben seither Kontakt gehalten und konnten immer wieder zu Nutz und Frommen für uns beide mit Ideen jonglieren.

Meine bescheidene Firma lief also so gut, dass ich mir einen annehmbaren Lebensstandard leisten konnte, aber eine

Gratisreise nach München erschien mir trotzdem als schöner Bonus. Ich nutzte wie immer die Flugzeit, um mich in Hintergrundinformationen über die Firma einzulesen, die sich auf Asthma und Allergien spezialisiert hatte, ein Thema, von dem ich wusste, dass es auch in Deutschland aktuell war. Mauerfall und Wiedervereinigung hatten den Forschern die einzigartige Möglichkeit geschenkt, allerlei Phänomene bei Menschen zu vergleichen, die genetisch identisch waren, die aber in vollkommen unterschiedlichen Umgebungen aufgewachsen waren. An der Allergiefront war es zum Beispiel eine Sensation gewesen, dass Kinder aus feinen Wohngebieten im Westen an um einiges schlimmeren Allergien litten als Kinder aus den schmutzigsten Industriegebieten im Osten. Vielleicht hatten solche Forschungsergebnisse die Firma veranlasst, gerade jetzt eine Werbekampagne zu starten.

In München nahm ich ein Taxi in das zentral gelegene Hotel, wo der Kongress stattfinden sollte. Einchecken und Frischmachen verliefen routinemäßig, und bald stand ich unten im Besprechungsraum, der für die Präsentation reserviert war. Wie immer stellte ich in meinem zwar diskreten, aber doch leicht kolorierten Kostüm den einzigen Farbtupfer in einem Meer aus mehr oder weniger gutsitzenden Anzügen dar. Ohne Überraschung stellte ich fest, dass auch die deutschen Analytiker und Banker elegante dunkle Schuhe trugen, während die Schweden, abgesehen vom geschäftsführenden Direktor und einem Mann, dessen Funktion mir nicht bekannt war, in ausgelatschten und ungeputzten Freizeitschuhen umhertrampelten.

Natürlich fiel meine Aufmerksamkeit auf den Mann mit den eleganten Schuhen. Ich ging auf ihn zu und las auf seinem Revers den Namen Tom Alvarez. Sein Sakko saß übrigens ungewöhnlich gut für einen Schweden aus der mittleren Chefetage und hatte außerdem einen angenehm überraschenden Schnitt, modern auf dem Kontinent, wenn man den Modezeitschriften vertrauen durfte, aber auf schwedischen Firmenkorridoren bisher noch ein seltener Anblick. Sein Hemd war zudem tadellos gebügelt, sein Schlips diskret, aber individuell, und seine Haut hatte einen leicht olivenfarbenen Ton, der auf zumindest einige importierte Gene hinwies.

Tom Alvarez entpuppte sich auf meine direkte Frage als Ökonomiechef und in diesem Zusammenhang als Presseverantwortlicher und Analytiker. Das bedeutete offenbar, dass er mir mehr geben konnte, als der überquellende Tisch mit Broschüren in drei Sprachen zu bieten hatte, ein kaltes Büfett, das wie die auf den meisten Kreuzfahrtschiffen einladend aussah, dessen Geschmack aber keine Überraschungen mehr bot.

Ich präzisierte sofort meine Forderungen, nämlich ein exklusives Plauderstündchen mit dem geschäftsführenden Direktor und Tom Alvarez selbst, was dieser in die Wege zu leiten versprach. Wir konnten sogar einen Termin für den kommenden Tag festlegen, was mir perfekt passte. Die Vorträge würden an den Kräften zehren, und es wäre schön, Eindrücke und Fragen sortieren zu können und doch zu wissen, dass für den nächsten Tag schon alles arrangiert wäre.

Später, als die gerade noch akzeptable Präsentation zu Ende war, fragte Tom Alvarez ziemlich unerwartet, ob ich auf ein Bier mit in die Bar kommen und ein wenig reden wolle, »off the record« natürlich. Ich war routiniert genug, um die Marionette zu spielen und zu nicken; dass ich alle möglichen Informationen nach Gutdünken nutzen würde, war selbstverständlich. Tom Alvarez schien zu wissen, worauf er sich einließ. Außerdem war das hier keine Buddelarbeit, sondern eine ziemlich klare Darstellung einer ebenso klaren Geschäftsentwicklung.

Unerwartet war es dann trotzdem, als er mich fragte. Ich sehe nicht zum Weglaufen aus, aber ich sondere wohl kaum die Art von erotischen Schwingungen aus, die erwartungsvolle Fantasien von »one night stands« in einem schützenden Hotelkokon hervorrufen. Solche Schwingungen wittern Männer mit Ingmar-Bergmannschem Spürsinn sofort, und es kommt wirklich nur selten vor, dass mir jemand einen unsittlichen Antrag macht.

Bei Tom und mir ging es jedenfalls weder um Firmengeheimnisse noch um unsittliche Dinge. Wir hakten stattdessen einige Formalitäten ab und redeten über persönliche Daten. Es stellte sich heraus, dass Tom einen kolumbianischen Vater und eine schwedische Mutter hatte, dass er in Kolumbien aufgewachsen war und viele Jahre in den USA verbracht hatte. Er war ausgebildeter Ingenieur und Wirtschaftswissenschaftler und nach einer kombinierten Sprach- und Weiterausbildung, die zu attraktiven Jobangeboten geführt hatte, nach Stockholm gezogen. Nachdem er für zwei andere Firmen gearbeitet hatte, war er nun bei Nexicon gelandet, denn dort schien alles zu stimmen, sowohl Arbeitszeiten als auch Kollegen und Sondervergütungen. Das alles berichtete er in genau den richtigen Dosen für eine, die wie ich Prahlerei verabscheut, und das noch dazu mit einer Körpersprache, die genau die multikulturellen Vibrationen aussandte, für die ich eine ziemliche Schwäche habe.

»Und du?«, fragte er dann mit ehrlichem Interesse. Ich punktete ebenso mit meiner Lebensgeschichte, und danach sprachen wir mehrere Stunden, ohne dass es zu intim oder zu oberflächlich wurde. Später habe ich darüber nachgedacht, dass wir bei diesem Gespräch Themen berührten, die wir niemals wieder aufgreifen würden, zum Beispiel Sein oder Nichtsein der Religion in einer säkularisierten Gesellschaft. Es war eine ertragreiche Diskussion, besonders, weil sie so unerwartet kam und weil ich einem Mann gegenübersaß, der der Meinung war, Religion sei auch in einer Hotelbar nicht fehl am Platze.

Wir trennten uns, nachdem wir Telefonnummern ausgetauscht hatten, und nach einer überaus wohlüberlegten kleinen Umarmung, bei der ich zum ersten Mal Toms ganz besonderen Duft wahrnahm, eine Mischung aus Zedernholz und Zimt, die nichts mit Rasierwasser zu tun hat, sondern der Duft ist, den seine Haut vermutlich schon seit seiner Geburt produziert. Wir waren beide sicher, dass ein Wiedersehen uns etwas bringen würde, wobei wir nicht an das offizielle Interview des kommenden Tages dachten und uns vermutlich beide darüber freuten, dass es Möglichkeiten gab, dieses angenehm verlaufen zu lassen.

Es wurde angenehm, jedenfalls für etwas über fünf Jahre.

Tom und ich trafen uns nach diesem Kneipenabend in München regelmäßig, was für uns beide nicht überraschend kam. Es erschien von Anfang an als Selbstverständlichkeit, dass unsere keimende Romanze unser Engagement verdient hatte. Man bekommt im Leben nicht so viele Chancen, argumentierte Tom, jemanden zu treffen, zu dem man passt, mit dem man sich wohlfühlt, mit dem man alt werden will. Ganz meine Meinung, stimmte ich zu, man muss die Gelegenheiten beim Schopf packen. Das konnte sich für Außenstehende ein wenig theoretisch anhören, aber zum Ersten redeten wir darüber nicht mit Außenstehenden und zum anderen wussten wir, was wir meinten.

Nicht, dass es anfangs keine Leidenschaft gegeben hätte. Toms erster Anruf, die Mails, die hin- und hergejagt wurden, unsere Treffen in der Stadt, die wachsende Intimität und Spannung, die ersten tastenden Nächte, die sehr bald zu angenehmer und warmer Routine wurden, vielleicht, weil wir die ganze Zeit soviel lachten. Wir passten zueinander und merkten das sofort. Tom war intelligent, aber nicht lehrmeisterhaft, und zugleich hatte er großen Respekt vor dem, was ich machte. Unsere Ansichten konnten sich zwar durchaus sehr weit unterscheiden, wenn es um Politik ging oder den Nutzen, sich einen in Cannes preisgekrönten Film anzusehen, aber das führte nie dazu, dass wir uns überlegten, was wir eigentlich ineinander sahen. Tom und ich akzeptierten bald, dass die meisten unserer beiderseitigen Freunde und auch wir selbst uns nach einer Zeit, die man nur als rekordschnell bezeichnen konnte, bereits als äußerst etabliertes Paar betrachteten.

Wir hatten außerdem genug Geld, und es ist schon wahr, dass das alle Formen des Liebeslebens stimuliert. Toms Gehalt war in schwedischem Rahmen mehr als reichlich bemessen und mit Extravergütungen zu Weihnachten und im Sommer noch zusätzlich gewürzt. Zusammen mit den Einnahmen aus meiner Firma erlaubten unsere Mittel uns dann, ausgiebig zu sparen und uns gleichzeitig sehr viel von dem zu gönnen, was wir haben wollten, ohne das Preisschild allzu besorgt anzustarren.

Tom hatte von zu Hause zudem einen tadellosen Geschmack mitgebracht und lehrte ihn mich, denn ich war in dieser Hinsicht nicht so versiert. Nach und nach fand ich meinen eigenen Stil, und die Wohnung, die wir uns zusammen auf Söder kauften, wurde bald zu einer überaus geglückten Kombination von hohen Wänden, gotländischem Kalkstein, unbehandeltem Holz und einzelnen Farbtupfern, an denen der Blick haften konnte. Ich liebte die Wohnung vom ersten Moment an.

Unser gemeinsames Leben bestand aus Arbeiten und noch mehr Arbeiten, Restaurantbesuchen, netten Urlaubsreisen und ab und zu ein wenig Zusammensein mit Freunden. Meine allerausgeflipptesten Freundinnen, und zu denen gehörten Kari und Rebecka, sah ich allerdings nur selten, da Tom sich nicht besonders für ihre Theorien über alternative Medizin oder lesbische Verhaltensweisen bei gewissen einheimischen Völkern in Afrika interessierte. Ich dagegen fügte mich chamäleongleich in Toms Bekanntenkreis aus seinen unterschiedlichen Lebensphasen ein und diskutierte sowohl mit kolumbianischen Freunden aus seiner Schulzeit über vergangene Latino-Romantik als auch mit aktuellen Arbeitskollegen über

Genforschung. Gepriesen sei die Anpassungsfähigkeit, auch wenn ich das nicht so sah. Mich mit Bauern nach Bauernmanier zu unterhalten und mit Gelehrten auf Latein, hatte ich beherrscht, so lange ich mich zurückerinnern konnte, eine Eigenschaft, die ihre Wurzeln in dem ganz besonderen Erbgen meiner Sippe hat, das es uns allen ermöglicht, mit Herr und Knecht gleichermaßen Umgang zu pflegen, so lange das nützlich oder amüsant ist.

Mit anderen Worten war alles so durch und durch perfekt, dass es ein schreckliches Gefühl war, diese ganze Vollkommenheit nicht ausfüllen zu können, sondern mit dem Rücken zur Wand stehen zu müssen, damit das Loch nicht zu sehen war. Mit Tom konnte ich wenigstens teilweise darüber sprechen, wie mir zumute war, und er hörte zu und machte konkrete Vorschläge. Neue Auftraggeber? Vielleicht etwas ganz anderes probieren. Du bist so tüchtig, Erica, du brauchst nicht so zu empfinden. Ich wusste, dass er das ehrlich meinte.

Schlimmer war es im so genannten sozialen Umfeld, ein Ausdruck, der in mir übrigens immer eine gewisse Unlust hervorrief, ohne dass ich die Ursache benennen könnte. Aber wenn wir vier oder fünf Paare auf einem Fest trafen oder mit Freunden und Freunden von Freunden in einem Restaurant saßen, konnte ich mich ausgeschlossen fühlen, was darin gipfelte, dass ich buchstäblich an die Decke fuhr. Da hing ich dann und beobachtete mich und die ganze Situation, als hätte ein Teil von mir ein Abschiedsgesuch eingereicht und danach mit unmittelbarer Wirkung den Dienst quittiert.

Es konnte kommen wie an dem Abend, an dem Tom und ich mit Catrin, einer Kollegin von Tom, und ihrem Mann Anton, einem Musiker, mit dem ich eigentlich sehr gern über Jazz spreche, in einem spanischen Restaurant saßen. Kaum standen die dampfenden Tapas auf dem Tisch, spürte ich, wie ich zur Decke schwebte und zusah, wie Erica sich da unten Tortilla und Tomatensoße mit Schweinefilet auflud. Gleichzeitig hörte ich, wie Tom und Anton sich über Theater unterhielten, während Catrin sich an mich wandte.

»Was hast du denn gerade für ein Projekt, Erica?« Die Frage war geprägt von ehrlichem Interesse, und von der Decke her konnte ich sehen, wie ich da unten das Band zurückspulte und auf »play« drückte.

»Ich habe zurzeit gerade zwei Sachen am Laufen. Einen Artikel für das *Arzneimittelbulletin* über rechtspsychiatrische Forschung, und dann eine Sache für Doolittle's. Es steht nicht fest, ob etwas daraus wird, aber wir versuchen, uns zusammenzureden. Und wenn es gelingt, dann wird es eine Reklamekampagne, um eine neue Art von Versicherung zu präsentieren. Eine Versicherung, die es älteren Menschen erlauben soll, in ihrem Haus zu bleiben und zugleich das Geld zu erhalten, das beim Verkauf herausgekommen wäre. Wir werden sehen.«

Catrin spülte diese Information mit dem Rioja herunter, auf den wir uns geeinigt hatten, und setzte das Verhör fort. Sie war die Art Mensch, die vor jeder Begegnung in Gedanken eine Themenliste aufstellt und sie im Laufe des Abends abhakt. Meine Arbeitssituation war offenbar so ein Punkt auf ihrer Liste gewesen.

»Du hast also genug zu tun? Musst du anrufen oder melden sie sich bei dir?«

»Sowohl als auch, eigentlich. Ich habe einige Auftraggeber, die sich regelmäßig melden, damit ich weiß, was bei ihnen läuft, und dann andere, bei denen ich anfrage. Es gleicht sich meistens irgendwie aus, wenn auch manche Monate magerer sind als andere.«

Ich würgte meine Antworten heraus, während Erica unter der Decke nachsichtig zuhörte oder fauchte, ich hätte diese Standardphrasen schon so oft geliefert, und selbst Catrin müsste sie schon gehört haben. Dass ich lieber erzählen sollte, dass ich es verdammt toll fände, ab und zu an meinem Arbeitsplatz

Wein trinken zu können, aber dass es ungeheuer nervig sei, immer wieder gefragt zu werden, »arbeitest du gerade«, wenn jemand anrief, als bedeutete ein Büro zu Hause Herumlungern auf dem Sofa, bis das Gegenteil unter Beweis gestellt sei.

Wenn Erica unter der Decke in der richtigen Stimmung war, konnte sie versuchen, mich zu wahnwitzigen Dingen anzustacheln. Spring auf und schrei »Schwanz!«, konnte sie flüstern, und nur mit großer Mühe konnte ich mich dann zurückhalten. Sag Catrin, sie habe nicht die geringste Spur von Humor, oder geh zu ihr und küss sie auf den Mund. Stell dem Kellner ein Bein, damit er alle Gläser fallen lässt. Die Gemeinheiten nahmen kein Ende, und alles schien immer noch schlimmer zu werden. Einige Male war ich wirklich davon überzeugt, dass ich hier den Verstand verlor.

Aber Tom konnte mich aus dem Dreck ziehen und mir den schlimmsten Gestank abwaschen. Er lachte das Schwere weg und verwandelte das Düstere in Schatten, die ich dann wegpusten oder mit dem Etikett »kleines Versehen« bekleben konnte. Für mich war er die Sicherheit im Dasein, ein Fels, der in alle Ewigkeit Wellen auffing, die je nach Wetterlage und Anziehungskraft des Mondes in unterschiedlicher Stärke schlugen, ein Fels, der noch dazu schön war, mit einer groben Fläche voller Miesmuscheln und Seetulpen. So schön, dass ich vergaß, dass Seetulpen schlimme Schnittwunden verursachen können, wenn man sie nicht richtig anfasst.

Wir saßen in einem meiner Lieblingsrestaurants, als es passierte, an einem Dienstagabend, den wir vergolden wollten, nach dem Motto, dass es lächerlich sei, den Genuss für Freitag- oder Samstagabend oder gar Sonntagvormittag aufzusparen. Tom war in den letzten Tagen ungewöhnlich schlechter Laune gewesen. Oder eher schweigsam. Normalerweise sprudelte er über, kam von der Arbeit nach Hause und machte das Sofa mit Decken und Kissen zurecht und krönte sein Werk mit Tee oder einem Bier, je nach Stimmung. Komm, erzähl mir was, Erica, konnte er rufen, und ich kam aus meiner Schreiberklause und kniff die Augen zusammen wie ein Maulwurf.

Dann gingen wir den Tag durch, »was hast du gemacht?«, und wenn ein guter Tag hinter uns lag, war es oft der beste Moment des Tages, davon zu erzählen und sich in der Sonne des Gegenübers zu suhlen. Was bist du tüchtig. Was bist DU tüchtig.

Aber diese Momente waren in den letzten Wochen eingefroren worden, das sah ich nun ein, als wir einen Aperitif bestellten. Martini für Tom, Caipirinha für mich. Ich liebte dieses Getränk schon seit langer Zeit, den Kontrast zwischen säuerlicher gepresster Limone und dunklem Muscovadozucker, die seegrasgrüne Farbe. Es gab zwar im staatlichen Alkoholladen nicht den Zuckerrohrschnaps Cachaça, aber es gab genug europäische, nicht mehr zollfreie Flugplätze, um sich mit Hilfe von Freunden und Bekannten einen Vorrat anzulegen.

Aber das Essen verlief nicht so angenehm wie sonst. Wir nutzten diese Art von Abend oft, um uns gegenseitig zu bestätigen, um unsere Finanzen durchzugehen, um über Urlaubsreisen und andere wichtige Dinge zu diskutieren. Ab und zu konnte ich beim Kaffee das Loch im Rücken erwähnen, und Tom sorgte fast immer dafür, dass ich mich danach besser fühlte. Er seinerseits konnte mir von seiner Sorge um Nexicons Zukunft berichten, das härtere Klima in der Pharmabranche traf auch seine Firma, die dabei war, wichtige Patente zu verlieren, und die von Billigpräparaten bedroht wurde, Kopien mit demselben Inhalt, die für ein Drittel des ursprünglichen Preises verkauft wurden.

Dieser Abend aber war anders. Tom antwortete einsilbig auf alles, was ich zur Sprache brachte, den Artikel, den ich möglicherweise über Arzneimittel für psychisch Kranke schreiben sollte, was wir mit Toms Jugendfreund unternehmen könnten, der uns während seiner Europareise besuchen wollte, das überlaufende Spülbecken in der Küche, das repariert werden musste. Er antwortete sogar unwirsch, was er nur selten machte. Streit scheuten wir beide wie die Pest, wir zogen es vor, uns aus unseren Meinungsverschiedenheiten »hinauszudiskutieren«. Jetzt scheinen wir uns aber zu streiten, dachte ich und fragte mich, was ich verbrochen haben könnte. Der Himmel stürzte beim Kaffee ein, einem doppelten Espresso, dem sogleich ein zweiter folgte.

»Erica«, sagte Tom und sah mich an. »Ich möchte gern eine Pause machen.«

Ich spürte, wie eine Welle aus glitschigem Entsetzen aus meinem Kopf abwärtsrollte, eine Art kalter Dusche unter der Haut. Eine Pause? Wie stellte er sich das denn vor?

»Wie meinst du das?«, brachte ich heraus, während meine Füße plötzlich anfingen, unkontrolliert zu zittern. Ich konnte sie beruhigen, indem ich den einen mit dem anderen zum Stillhalten trampelte.

Tom fuhr sich über seine schönen Haare, dicht und braun und mit kleinen Locken, stützte den Kopf in die Hände und schaute dann auf. Er hatte wirklich Tränen in den Augen, aber als er dann weiterredete, war er so entschlossen wie bei einer Geschäftsbesprechung.

»Erica, merkst du nicht selbst, dass bei uns alles nur Routine ist? Dass wir langsam wie alle anderen Paare werden, bei denen man nicht weiß, ob sie zwanzig oder dreißig oder sogar sechzig Jahre alt sind? Das ist aber das Letzte, was ich werden will. Normal und vorhersehbar.«

Tom verstummte, schaute aus dem Fenster auf ein für diesen Abend unangebracht warmes und schönes Straßenbild und wandte sich dann wieder mir zu.

»Weißt du noch, als ich die Bilder vom Leseprojekt in Kolumbien gezeigt habe? Wir hatten Bettan und Janne und Harry und Martin und noch ein paar andere zu Besuch. Ich erzählte, was ich während einiger wichtiger Monate gemacht hatte, als ich gerade achtzehn geworden war, vielleicht waren es die wichtigsten Monate in meinem Leben. Und was habt ihr gemacht? Ihr habt gegähnt und fandet alles nur noch öde, und nur eins hat euch Spaß gemacht, nämlich, darüber zu kichern, dass ich über meinen Shorts einen kleinen Bauch hatte.«

Ich konnte mich an diesen Diaabend erinnern. Ich erinnerte mich nur allzugut. Wir hatten etliche gemeinsame Bekannte, die meisten allerdings von Tom, zu einem Latinoabend zusammengetrommelt. Wir hatten Nachos verzehrt und Tequila und Caipirinha getrunken, und alles war wunderbar und lustig, als Tom den Projektor holte und vorschlug, dass wir uns ein paar Bilder ansähen, die gut in diesen Zusammenhang passten.

Nun wissen ja alle, dass das Vorführen von Dias, die nichts mit den Gästen, aber umso mehr mit Gastgeber oder Gastgeberin zu tun haben, die sicherste Methode ist, um einem Fest den Garaus zu machen. Die Kombination von Dunkelheit, dem Zwang zum Stillsitzen und dem sturen Psalmodieren des Vorführenden führt fast immer dazu, dass die Leute aufstehen und in ihre Pantinen steigen, wenn das Licht wieder angeht. Ich versuchte verzweifelt, das Projekt abzuwehren, aber Tom ließ sich nicht beirren, und da saßen wir dann wie die Hühner auf der Stange und schauten uns einen Diakasten nach der anderen an, allesamt voller Bilder von Tom in Shorts draußen im Dschungel.

Er hatte sich an einer Art staatlichem Alphabetisierungsprojekt beteiligt, bei dem Universitätsstudierende als Barfußlehrer in abgelegene indianische Dschungelsiedlungen zogen, wo die Bevölkerung weder lesen noch schreiben konnte. Sie blieben an jedem Ort einige Wochen und konnten das Alphatisierungsniveau durchaus um einiges steigern. Die meisten Kinder und ausreichend viele Mütter hatten dann so gut lesen gelernt, dass sie sich und andere allein weiterunterrichten konnten. Was aus den Männern in diesen Siedlungen wurde, hatte ich dagegen vergessen, Gott möge mir verzeihen. Aber auch sie mussten doch den Unterricht besucht haben, um ihre Würde nicht zu verlieren.

Eine Tatsache ist allerdings, dass wir es beim dritten Kasten reichlich satt hatten, uns Toms gute Taten im Dschungel weiter anzuhören. Wir fingen an zu kichern, ja, es kann gut über Toms Bauch gewesen sein, der in jeder Zeit auf sympathische Weise untrainiert gewesen war. Harry hatte angefangen mich im Nacken zu kitzeln, während er mich mit kindlicher Stimme fragte, ob ich ihm nicht Lesen beibringen könnte, während sich Bettan vor Lachen krümmte beim Anblick einer Indianerin, die ihre Verachtung des Unterrichts dadurch zum Ausdruck brachte, dass sie dem Lehrer ihren Hintern zukehrte. Das alles, während Tom über den Erfolg des Projekts schwärmte, darüber, wieviele daran teilgenommen hatten und was es für die Bevölkerung bedeutet hatte.

»In dieser Nacht konnte ich fast nicht schlafen. Ich habe mich von einer Seite auf die andere gewälzt und war fast in Panik«, sagte Tom jetzt. »Gegen Morgen stand ich auf, kochte mir eine Tasse Kaffee und ging hinaus auf den Balkon. Und weißt du, was mir da aufging, Erica? Mir ging auf, dass im Grunde niemand weiß, wer ich bin. Dieses Projekt war wichtig für mich. Manchmal, wenn ich daran zurückdenke, was ich dort geleistet habe, bin ich darauf stolzer als auf alle verdammten Examen oder Geschäftsabschlüsse. Aber für meine Freunde und für dich war es nur ein Grund zum Lachen.«

Ich schwieg. Konnte nichts sagen. Himmel, es war eine Feier gewesen. Natürlich fand ich die Alphabetisierung der Dritten Welt auch wichtig, und wenn wir das Thema an einem unserer Abende zu zweit zur Sprache gebracht hätten, hätte ich sicher voller Interesse zugehört. Aber nicht bei diesem Fest. Wir waren ja nicht einmal mehr nüchtern gewesen.

»Aber vor allem«, sagte Tom, »vor allem habe ich gemerkt, dass ich mich nicht mehr kenne. Früher einmal war ich ein Revolutionär, der helfen und seinen Intellekt nutzen wollte, um etwas zu verändern. Dann kam der Lack in Form einer Universitätsausbildung, und alle Risse verschwanden. Verheilten. Dann USA, Job und Nexicon und der ganze Scheiß … und dann du. Perfekt. Nicht ein einziges Astloch übrig. Eine glatte Oberfläche, aber wer sich daran festhalten will, rutscht ab.«

»Aber Tom«, sagte ich. »Ich bin doch wohl nicht perfekt? Was macht uns denn so perfekt? Wir haben doch unsere Ängste und Zwangsvorstellungen und …«

»Und du hast ein Loch im Rücken, Erica, ich weiß.« Bei Tom hörte sich das an wie ein ganz besonders widerwärtiges Gebrechen. »Ich wüsste nur gern, was du denkst. Du hast soviel, du bist begabt und siehst gut aus, bei deiner Arbeit läuft alles wie am Schnürchen, und du bist zusammen mit mir, der doch wohl als sympathischer Typ bezeichnet werden kann. Du kannst lesen. Hast eine gute Ausbildung. Gehörst wie fast alle in diesem Land hier zu einer äußerst privilegierten Elite, wenn man es mit dem Rest der Welt vergleicht. Und trotzdem geht es dir nicht gut. Ich kann das einfach nicht mehr aushalten!«

Tom wandte sich ab, um dann das letzte Geschoss abzufeuern. »Ich hab dich ganz einfach satt, Erica. Verdammt satt. Ich weiß nicht, ob das bedeutet, dass ich überhaupt nichts mehr mit dir zu tun haben will, und ich muss das Risiko eingehen, dass ich mir die Sache anders überlege und dass du mich dann nicht mal mehr von hinten sehen magst. Aber im Moment will ich nur meine Ruhe haben. Nachdenken können.«

Tom zog seine Brieftasche hervor, erhob sich, nahm zwei Fünfhunderter heraus und warf sie auf den Tisch.

»Bleib noch ein wenig sitzen. Trink deinen Kaffee aus. Ich schau zu Hause vorbei und packe das Wichtigste ein. Ich bin in einer Stunde fertig und übernachte erst mal bei Johan, dann sehen wir weiter. Ich rufe an.«

Damit war er verschwunden.

Kaum war er aus der Tür, da stürzte ich auch schon zur Toilette, wo das gesamte Menü in umgekehrter Reihenfolge wieder zum Vorschein kam. Espresso, Himbeermousse, Seezunge, Thunfischcarpaccio, Caipirinha. Vom Staub bist du gekommen und zum Staub wirst du zurückkehren. Ungefähr so.

KAPITEL 2

Zwei Stunden darauf saß ich in der Wohnung, die leer und verletzlich aussah, nachdem Tom seine Habseligkeiten mit der Effektivität eingepackt hatte, die er ansonsten für seine Arbeit reservierte. Die Regale waren teilweise oder ganz geleert, und Kleiderschränke, Kommodenschubladen, Hutregale und sogar der Badewannenrand klafften leer mit Staubringen, die zeigten, wo das fehlende Objekt gestanden hatte. Schuhe waren verschwunden, ebenso wie Kleider und Shampoo, Wecker und Handtücher und der ganze Schrott von Toms Nachttisch, der jetzt steril aussah, wie für eine Operation vorbereitet. Schränke und Schubladen öffneten sich wie frische Wunden oder Münder, die höhnisch die Hinterbliebene auslachten, wenn sie versuchen sollte, sie zu füllen oder ein Pflaster auf die Wunde zu kleben.

Ein Pflaster auf die Wunde, ja. Der Lack, der die Risse bedeckte, hatte er sich nicht so ausgedrückt? Warum hatte er denn nichts gesagt, in jener Nacht, als es ihm so schlecht gegangen war, warum hatte er mir keine Chance gegeben, alles zu erklären und mich zu verteidigen? Es hätte ein fantastisches Gespräch werden können, dort auf dem Balkon. Und warum rief er jetzt nicht an? Es war zwei Uhr nachts.

Mir war schlecht. Ich fühlte mich ganz leer, nachdem ich im Restaurant gekotzt hatte, aber ich wusste, dass jeder Bissen kehrtmachen würde, noch ehe er meinen Magen erreicht hätte. Möglicherweise würde ein Glas Wein in mir bleiben, und diese Aussicht war den Versuch wert. Ich füllte ein Weinglas bis zum Rand aus einer bereits geöffneten Flasche Chardonnay und leerte es in gierigen Zügen.

Meine Gedanken jagten einander, verwickelten sich ineinander, ich brach in Schweiß aus. Wo war ich aus der Sache herausgefallen? Im ersten Jahr hatten Tom und ich viel miteinander geredet. Ich wusste, dass er während seiner Studienjahre in den USA ein Rebell gewesen war, und dafür liebte ich ihn. Liebte? Tat ich das wirklich? Hatte ich das wirklich getan?

Der Chardonnay war unterwegs in meine Schläfen und wurde zu einer Vorahnung der migräneartigen Kopfschmerzen, die ich so gut kannte. Das störte mich nicht im Geringsten. Kopfschmerzen erschienen mir im Moment als das geringste Problem und als keins, das nicht von schmerzstillenden Tabletten gelöst werden könnte.

Aber mit Pillen konnte ich meinem seelischen Orkanzustand nicht abhelfen, da musste ich zu anderen Mitteln greifen. Ordnung um mich herum ist gleich Ordnung in mir, so geht die Gleichung auf. Mit Hilfe von Seife und Spülmittel, Lappen und Handtüchern, Kehrblech und Staubsauger hatte ich am Ende einen fast desinfizierten Zustand in dem Zimmer erreicht, aus dem Tom mit eiskalter Sorgfalt weggewischt und -gesaugt worden war. Dass meine Aktion im Haus einen Höllenlärm gemacht haben musste, war von untergeordneter Bedeutung. Wenn jemand sich beklagte, würde ich für die Folgen nicht einstehen können, und diese unberechenbaren Vibrationen hatten empörte Nachbarn offenbar abgewehrt, denn niemand klopfte an die Tür, und niemand ließ das Telefon klingeln.

Meine Wut fand jetzt neuen Nährstoff in den gemeinsamen Verpflichtungen, die Tom durch seine Flucht ganz einfach an mich delegiert hatte. Rechnungen mussten bezahlt werden,

Restauranttische abbestellt, Bettwäsche gewaschen, Handwerker angerufen, Hausversammlungen besucht und noch allerlei mehr, was Tom glaubte, mit Fug und Recht ausfallen lassen zu können und was deshalb in meiner Spielfeldhälfte landete. War er wirklich der, der mein Lebensgefährte hätte sein sollen? Der Seelenverwandte, auf den bei jeglichem Wetter Verlass wäre, der Aufrichtige, mit dem ich durch dick und dünn gehen könnte?

Hinter Toms Nachttisch, eingeklemmt zwischen Holz und Wand, fand ich sein Tagebuch, in das er nach eigener Aussage jeden Tag einige kleine Notizen kritzelte, ohne sich aber längeren Überlegungen über den Sinn des Lebens zu widmen. Ich wäre nie auf die Idee gekommen, heimlich hineinzuschauen, da es sich doch einwandfrei um Toms Privatsphäre handelte. Ich war immer davon ausgegangen, dass darin kaum etwas stehen könnte, was ich noch nicht wüsste, und er hatte es in all den Jahren auf dem Nachttisch liegen gehabt, ohne dass ich es angerührt hätte. Jetzt verfluchte ich meine Naivität und meine geradezu verbotene Gutgläubigkeit. Vielleicht war der Schlüssel zu der unerklärlichen Szene im Restaurant auf diesen Seiten zu finden, auf Seiten, die neben mir gelegen hatten, während ich unschuldig und in dem Glauben geschlafen hatte, dass das Leben weiter in den Normalität genannten Gleisen verlaufen würde.

Ich setzte mich auf die Bettkante und fing an zu lesen. Es reichte, einige Tage zurückzugehen, und die Andeutungen schlugen mir ins Gesicht wie Brackwasser in ein zu gerades und zu kleines Boot, das zu wild gegen die Wellen anfahren muss. Wörter wie verwirrt, benommen, was empfinde ich, muss eine Lösung finden, tauchten immer wieder auf. Und dann, ganz zum Schluss: Denke an X. Katastrophe. Muss mit Erica reden.

Eine Andere. Ich merkte, wie ich wieder eiskalt wurde, wie Magen und Kopf sich zusammenkrampften, wie die Welt für einen kurzen Moment herumwirbelte, um dann stillzustehen wie in einem makaberen Totentanz. Tom, mein Tom, hatte mich hintergangen. Hier gab es, ja, so musste es sein, eine andere Frau, andere Gedanken, ein anderes Leben, etwas, von dem ich nicht die geringste Ahnung gehabt hatte, als ich mit Siebenmeilenstiefeln dahingestürmt war. Tom hatte mir Dinge verschwiegen, hatte mich vielleicht belogen, und ich hatte rein gar nichts gemerkt. Abgesehen von dem Abend im Restaurant, wo ich mir für einen Moment eingestanden hatte, dass wir schon lange keine gemütlichen Augenblicke auf dem Sofa mehr gehabt hatten. Aber nun war nicht mehr die Rede von einer Pause. Hier war die Rede von einer anderen, davon, richtig Schluss zu machen, zu verschmähen und verschmäht zu werden. Und ich wusste sofort, dass ich das nicht über mich bringen würde. Ich würde es nicht über mich bringen, mich abzustrampeln, um einen zu kämpfen, der mich verschmäht hatte, ich würde die Einsamkeit nicht ertragen, die jetzt ihr hässliches Haupt hob und mir ins Gesicht feixte. Und das, obwohl ich einsah, dass Tom zwar nicht unbedingt bereut hatte, dass er aber doch reichlich durcheinander gewesen sein musste, als er seine Habseligkeiten zusammengepackt hatte, um aus meinem Leben zu verschwinden, ob vorübergehend oder nicht, denn er hatte seine Pantoffeln mitgenommen, sein Tagebuch aber vergessen.

Ich spürte, wie in meinem Körper und meiner Seele die Kälte durch Hitze ersetzt wurde, ich ließ das Tagebuch fallen, das sich in meinen Händen zusehends heißer anfühlte, und floh hinaus auf den Balkon, der zum Hof ging. Es war vier Uhr morgens, aber die Septembernacht war mild. Unsere Balkonblumen, weiße und rosa Margeriten, sahen ungewöhnlich schön aus, obwohl sie bereits hätten verblüht sein müssen. Sie gaben einen beruhigenden grünen Duft ab, und ich stützte die Ellbogen auf das Geländer und versuchte, tief durchzuatmen.

Das Gefühl kam der Gewissheit zuvor: Ich bin nicht einsam, ich bin die Beobachterin. Ich schaute hoch und entdeckte Malkolm, der offenbar ebenfalls nachtwandelte. Malkolm war unser Nachbar und wohnte zwei Treppen darüber, aber im Winkel, so dass wir uns von den Balkons aus sehen konnten. Er musste mich auch gesehen haben, aber er winkte nicht, sondern starrte mich nur eine Weile an, was er immer machte, wenn wir einander begegneten. Für einige Sekunden hatten wir Blickkontakt, Laserstrahlkontakt oder Kontakt mit der Seele des Gegenübers, dann brach Malkolm den Zauber, indem er sich umdrehte, ins Haus ging und die Tür zuknallte, um die Nacht und mich auszusperren.

Malkolm war sozusagen der Haustrottel, zu gesund, um eingewiesen zu werden oder auch nur irgendeine Sonderbehandlung zu bekommen, aber einwandfrei zu wunderlich, um als ganz normal durchgehen zu können. Er kämpfte mit allerlei Phobien, von denen er einige vermutlich selbst entwickelt hatte, da ihm die gängigen als zu fantasielos erschienen waren. Dazu gehörte es, dass er immer Gummihandschuhe trug, wenn er seine Wohnungstür auf- oder zumachte, dass er sie jedoch auszog, wenn er jemanden begrüßte. Er ging auch immer jeweils eine Treppe vorwärts und eine rückwärts, so dass seine Wanderungen durch das Treppenhaus aussahen wie ein wahnwitziges Menuett.

Einige Monate zuvor hatten die Bewohner der Wohnung unter Malkolm feuchte Flecken an der Decke entdeckt und gefragt, ob er Probleme mit dem Ablauf habe. Das hatte er nicht, aber als sich der Klempner einige Wochen später freundlich, aber bestimmt Zutritt zu Malkolms Wohnung verschaffte, fand er einen Raum, in dem sich die Müllsäcke bis zur Decke stapelten, während die restliche Wohnung geradezu klinisch rein war.

Malkolm hatte ganz einfach ein Zimmer zu seinem ganz privaten Müllraum ernannt und all seine schwarzen Müllsäcke dort gelagert, sorgsam verknotet und aufeinandergetürmt.

Der Gestank war bestialisch, wenn die isolierte Tür nicht geschlossen war, und der Inhalt der Säcke war langsam verrottet, hatte Löcher in die Säcke gefressen und feuchte Flecken auf Malkolms Boden und an der Zimmerdecke der Nachbarn verursacht.

Die Wohnung wurde auf Kosten der Gemeinde saniert, und Malkolm durfte in der Kombination aus Sauberkeit und Schmutz dort wohnen bleiben, die sein Markenzeichen war, denn abermals war festgestellt worden, dass er zu gesund war, um irgendeine Form von Betreuung beanspruchen zu können. Vermutlich hatte er sein Müllzimmer wieder in Gebrauch genommen, was in absehbarer Zukunft zu neuen Feuchtigkeitsflecken bei den Nachbarn führen würde.

Ab und zu, wenn ich Kunststoff und Pappe sortierte und mit klebrigen Fingern versuchte, alles in überfüllte Container zu quetschen, musste ich Malkolms Problemlösung einfach als genial anerkennen. Statt wie wir anderen große Flächen in bereits überfüllten Häusern und Wohnungen für Abfall, Papier, Flaschen und alles andere zu reservieren, was danach mit unbarmherziger Regelmäßigkeit zu überquellenden Containern geschleppt werden musste, sorgte Malkolm dafür, dass er für seine Steuern etwas bekam, und überließ es der Gemeinde, sich um die Entsorgung zu kümmern. Das verdiente Respekt und deshalb grüßte ich Malkolm immer freundlich, wenn wir uns auf der Treppe begegneten, allerdings nur dann, wenn er mir nicht gerade den Rücken zukehrte. Er erwiderte meinen Gruß immer ebenso freundlich, ignorierte aber Tom, vielleicht, weil er spürte, dass Toms Mitgefühl für die Minderbemittelten sich nicht auf einen dahergelaufenen Menschen mit Phobien erstreckte, der nur wenige Türen von seiner eigenen entfernt wohnte und deshalb eine Bedrohung für sein lichtes und für gesund befundenes Leben darstellen konnte.

Malkolm war vermutlich wieder zurück ins Haus gegangen, um zu schlafen, und ich beschloss, es ihm nachzutun. Die gelben Schlafzimmerwände empfingen mich mit Wärme, ebenso wie mein alter Teddy, der mich vom Kissen her traurig ansah. Ich schob ihn beiseite, ließ mich aufs Bett fallen und versank in einem Dämmerzustand, der in medizinischem Zusammenhang vermutlich als Schlaf kategorisiert worden wäre.

Eine Stunde später wachte ich auf und fühlte mich elend, sowie ich an die Oberfläche gelangt war. Alles war schweißnass, von Kissen und Decke bis zu Matratze und meiner Unterwäsche, die ich anbehalten hatte, nachdem es mir gelungen war, mich von Hose und Bluse zu befreien. Ich bin mager an der Grenze zur Askese und friere deshalb dauernd, was die Frauen in meiner Umgebung meistens tröstet, die es für eine persönliche Beleidigung halten, dass ich einfach alles in mich hineinstopfen kann, ohne jemals zuzunehmen. Das Gleichgewicht der Temperatur wurde jedoch nachts immer wieder hergestellt, wenn meine gefrorenen Körperteile, die ich an Toms wehrlosem Leib erwärmte, eine geradezu quälende Hitze erreichten.

Diese Nacht war keine Ausnahme, aber diesmal wurde ich nicht von Feuchtigkeit geweckt, sondern von der Wohnungstür. Jetzt hörte ich es wieder. Dreimal klingeln, Glaube, Hoffnung und Liebe. Ich war dermaßen überzeugt davon, dass es Tom sein musste, dass ich keine Sekunde überlegte, was ich tun sollte, wenn das nicht der Fall wäre. Ich sprang auf, merkte, wie mein Kopf vor Schmerz aufschrie, rannte zur Wohnungstür und öffnete. Draußen stand der Tod.

Er war gekleidet wie auf Gemälden oder der Theaterbühne. Seine dunkle Kutte war bodenlang und in der Taille mit einer Schnur gegürtet, und er hatte eine Kapuze über den Kopf gezogen, doch nur so weit, dass ich sein Gesicht deutlich sehen konnte. Er hatte ziemlich lange dunkle Haare mit grauen Einsprengseln, wies eine leichte Bräune auf, als hätte er einige Tage im Garten gearbeitet, und hatte ziemlich sympathische

Runzeln. Seine Augen waren graugrün und hell, und er mochte um die sechzig sein. Er trug dunkle, blankgeputzte Schuhe, und an der Wand lehnte eine gewetzte Sense.

Der Tod sah mich mit leicht gehobenen Augenbrauen an.

»Ich suche Malkolm, ist der hier bei dir?«

Bis heute weiß ich nicht, warum ich nicht die Tür zugeknallt und die Polizei angerufen habe. Wie war es möglich, dass ich einer offenbar wahnsinnigen und bewaffneten Person gegenüberstand, ohne mich zu fürchten? Warum blieb ich einfach dort stehen und dachte nur träge, ach, da kommt offenbar der Tod zu Besuch? Lag es daran, dass ich mich am ganzen Körper wie gerädert fühlte, dass mir schlecht war oder dass ich in meinem Gefühlsdepot nichts mehr hatte, das für Angst ausgereicht hätte?

»Malkolm wohnt hier nicht. Er wohnt zwei Treppen höher links«, sagte ich stattdessen mit einer Stimme, die sich anhörte wie aus einer Konditorspritze gepresst.

Der Tod zog einen kleinen Laptop aus der Tasche und tippte darauf herum. Es war das kleinste Exemplar von Computer, das ich jemals gesehen hatte. Er brauchte nur einige Sekunden, um das Gesuchte zu finden.

»Du hast recht, natürlich wohnt er oben. Verzeihung, sowas passiert mir nur ungeheuer selten, aber es war eine turbulente Nacht. Ja, wie gesagt, ungewöhnlich chaotisch. Und auch ich werde älter. Nein, von dir will ich gar nichts, Erica, nach meinen Berechnungen bleibt dir sogar noch lange Zeit. Wirklich lange Zeit.«

Der Tod sah mich an, jetzt interessierter als vorher.

»Aber so, wie du aussiehst, könnte man wirklich glauben, ich hätte zu dir gesollt. Ich weiß ja, dass deine Lage nicht die beste ist, aber trink jetzt für eine Weile keinen Wein und tu nichts Überstürztes. Ich habe heute Nacht keine Hilfe, und die Quote für ungeplante Fälle ist für diese Woche voll ausgeschöpft. Ja, dann bis dann. Es war mir wirklich ein Vergnügen.

So ungefähr das Beste, was in der ganzen Nacht passiert ist. Aber geh du jetzt ins Bett.«

Er drehte sich um, stieg die Treppe hoch und war bald nicht mehr zu sehen.

Erst als er gegangen war und ich die Tür geschlossen hatte, funktionierte mein Gehirn wieder. Ich rannte zum Telefon, wählte die Auskunft 118 118 an und wartete, während Greta mich zu Malkolm durchstellte. Es klingelte zehnmal, elfmal, zwölfmal, aber niemand meldete sich. Vermutlich hatte ich auch nichts anderes erwartet.

Aber jetzt meldete meine rationale Seite sich zu Wort, hob die Arme und schlug mir in den Rücken. Malkolm war doch wirklich ein solcher Sonderling, dass er sicher auch Sonderlinge zu Freunden hatte. Wenn der seine Gummihandschuhe trug, konnte der andere wohl eine Sense haben, so einfach konnte das sein. Außerdem hatte der Mann auf mich einen durch und durch harmlosen Eindruck gemacht.

Ich ging in die Küche und kochte mir eine Tasse grünen Sencha-Tee, den ich dann im Bett trank. Noch immer war alles feucht, aber ich zog ein großes Frotteehandtuch aus dem Kleiderschrank und legte es auf das Laken. Ich konnte nicht die Verantwortung für alle Verrückten auf der Welt übernehmen, und die Polizei würde sich scheckig lachen, wenn ich erzählte, ich hätte den Tod zu Besuch gehabt. Ich musste mich um mein eigenes Überleben kümmern.

Ich zog die Decke über mich und schlief bald wie eine Tote.

Als ich aufwachte, war auch das Handtuch feucht, und das Sonnenlicht vor dem Fenster teilte mir mit, dass der Morgen schon unangenehm weit fortgeschritten war. Ich schaute auf die Armbanduhr und erlitt den ersten Schock dieses Tages. Es war zwölf, unbarmherzig und unwiderruflich zwölf, und damit viel später, als meine persönlichen Vorschriften es gestatteten. Natürlich bin ich ein Abendmensch und mache die Nacht gern zum Tag, aber ich bin auch ein Pflichtmensch und stehe trotzdem morgens auf. Punkt. Ich hatte am Vorabend offenbar ganz schön viel getrunken.

Mich ins Badezimmer zu schleppen, bedeutete eine Anstrengung, die einen Orden verdient hätte. Das Zimmer roch noch immer ein wenig nach Seife und Scheuerpulver, und ich klopfte mir selbst auf die Schulter, weil ich in meinem psychischen Kollaps in der Nacht einem Waschzwang erlegen war. Alles sah frisch und sauber aus, und Tom war fast klinisch getilgt. Ich hatte mich sorgfältig im Badezimmerschrank ausgebreitet, nachdem ich alle Bartstoppeln an der Stelle entfernt hatte, wo sein Rasierapparat gelegen war.

Ich selbst sah dagegen mehr als ungepflegt aus. Die Haare standen mir zu Berge, mein Gesicht war rot und geschwollen und meine Haltung krummer denn je. Ich versuchte, mich zu strecken, drehte die Dusche auf und stürzte mich in die sadistische Kaltdusche, der ich mich jeden Morgen unterwerfe. Meine Haare mussten warten, aber ich war auf der Sauberkeitsskala aufgestiegen und konnte nach einer Runde Cremes und einem sauberen T-Shirt sogar an Frühstück denken. Das musste wieder aus Sencha bestehen, und der grüne Tee und der Toast, die ich mir servierte, wurden dankend angenommen. Gott sei Dank hatte Tom nicht den Kühlschrank geleert.

Ich würde den Tag angehen müssen, das wusste ich, aber ich wusste nicht, wie. Tom im Büro anrufen, da er um diese späte Stunde vermutlich nicht mehr bei Johan war? Nie im Leben. Meinen Stolz hatte ich glücklicherweise nicht aus mir hinauskotzen können, und jetzt klammerte ich mich daran. Sollte ich versuchen zu arbeiten? Normalerweise ein gutes Mittel, an diesem Tag aber durchaus schwierig. Irgendeine Form von Kreativität konnten meine Arbeitgeber indes erwarten, nur würde ich kaum etwas leisten können. Mir einen Tag frei nehmen? Durch die Stadt spazieren, zwischen all den munteren

Menschen, oder durch die Parks flanieren? Diese Vorstellung war zu entsetzlich, um sie bis zu Ende zu denken.

Ich kam nicht weiter mit der Liste der Möglichkeiten, denn das Telefon klingelte. Lieber Gott, mach, dass es Tom ist, dachte ich, während ich gleichzeitig automatisch den Hörer hob. Ich war noch nicht bereit, das hier irgendjemandem zu erzählen, und jeder Anrufer hätte doch sofort gehört, wie schlecht es mir ging.

Gott war nicht gut, aber auch nicht schlecht, denn der Anrufer war Martin. Martin, Auftraggeber, Freund und Humorist, einer der wenigen, mit denen ich in diesem Moment tatsächlich kommunizieren könnte.

»Machst du etwas Besonderes? Mir ist gerade eine Verabredung zum Mittagessen abgesagt worden, und ich wollte wissen, ob du einspringen könntest. Das wäre einerseits nett, und andererseits möchte ich etwas mit dir besprechen. Einen möglichen Job, bei dem wir beide zusammenarbeiten könnten. Wenn das geht, dann sehen wir uns in einer halben Stunde im Pontus.«

Dass ich in einer halben Stunde im Pontus sein könnte, war eine Utopie, Gamla Stan war zwar nicht weit weg, aber ich musste mich doch zuerst anziehen. Andererseits könnte es nett sein, Martin zu treffen, sehr nett sogar. Er versetzte mich immer in bessere Laune, und er konnte mich zum Lachen bringen, egal, wie sehr ich mich seelisch zertrampelt fühlte. Ich verschob die Deadline auf eine volle Stunde und segnete die kalte Dusche, die mich doch immerhin dazu gebracht hatte, den Rücken gerade zu machen.

Es fügte sich sogar so gut, dass ich als Erste dort eintraf und zu dem von Martin Carlsson bestellten Tisch geführt wurde. Das Pontus erweckte wie so oft in mir das Gefühl eines französischen Restaurants auf dem Land, mit gutem Essen für einen Spottpreis, obwohl ich wusste, dass die Rechnung mich brutal vom Gegenteil überzeugen würde. Weiche Sofas und

Kissen, angenehme Beleuchtung, saubere weiße Tischtücher aus Leinen und Tische, die so weit auseinanderstanden, dass man das suggestive Flüstern der Nachbarn über den Zustand der Welt nicht mit anhören musste.

Es reichte, dass Martin nur zur Tür hereinkam, schon brach ich in Tränen aus, diese verdammten Tropfen, die sich zu kommen geweigert hatten, seit Tom das Geld auf den Tisch geknallt hatte. Es war etwas an der vertrauten Gestalt, an seiner Art, mit dem Kellner zu sprechen, an der Freude in seinen Augen, als er mich entdeckte, dem Übergewicht, das so gut zu ihm passte, den langen und nach hinten gekämmten Haaren und dem erlesenen Hemd, den deutschen Wörtern und Ausdrücken, die sich dank einer deutschen Mutter in seine Rede mischten und seinen Worten etwas wie Gewicht und Endgültigkeit verliehen.

Ich dankte Gott dafür, dass es Martin gab.

»Aber Herzchen, was ist denn los? Ich hab zwar nicht meinen besten Tag heute, aber sehe ich wirklich so entsetzlich aus?«

Das Lachen war eine Erlösung, und während Martin Getränke bestellte, konnte ich berichten, was in weniger als vierundzwanzig Stunden passiert war, von dem misslungenen Restaurantbesuch über Toms Vorwürfe und Abgang bis zu meiner Nacht in der Wohnung und dem Tod vor der Tür. Die Erinnerung an seine Erscheinung war so tief in meinem Bewusstsein vergraben, dass mir erst jetzt wirklich aufging, wie geschmacklos das alles gewesen war.

Martin hörte zu, ohne mich zu unterbrechen, aber mit einer Miene, die wie ein Gefühlseintopf aussah. Er war überrascht und wütend, aber er wirkte auch ängstlich und sagte dann bald, weshalb.

»Erica, ich werde vorne anfangen. Was dahintersteckt, dass Tom auf diese Weise Schluss gemacht oder jedenfalls eine Pause verlangt hat, kann ich nur ahnen. Ich war ja bei diesem berühmten Diaabend dabei und kann mir einfach nicht vorstellen, dass das der Grund sein soll. Wir alle haben zwar unsere heiligen Erinnerungen, die wir hüten, und vermutlich haben wir – ohne es zu wissen – tiefe Gefühle bei ihm verletzt. Aber das kann nicht alles gewesen sein. Nicht, wenn er nicht viel empfindlicher ist, als mir bekannt ist.«

Martin und Tom verstanden sich ziemlich gut, auch wenn sie unterschiedlich waren, und er konnte Toms Charakter sicher ebenso gut beurteilen wie die meisten anderen auch.

»Wir haben uns wohl alle, als wir jung waren, mehr für wichtige Dinge engagiert, und heute sind wir zu einem Teil des Establishments geworden, das wir hassen, und deshalb schämen wir uns. Ich selbst bin übergewichtig und zugleich ausgerüstet mit immerwährendem Appetit, und ich denke, das reicht als Weltschmerz, aber andere können ja edlere Sachen haben, die ihnen ein schlechtes Gewissen machen. Wie alt bist du? Siebenunddreißig? Und Tom ein paar Jahre älter? Und ihr habt keine Kinder, die ersetzen nämlich normalerweise alte Schuldgefühle durch neue.«

Martin hat zwei Jungen von zwölf und vierzehn, von denen der jüngere ernsthafte Lese- und Schreibschwierigkeiten hat und noch dazu andauernd betreut werden muss, um nicht das Haus in seine Bestandteile zu zerlegen. Vermutlich dachte er daran, ehe er weitersprach.

»Wenn Tom aber eine Affäre gehabt hat, ist das schlimmer, vor allem, wenn er lügt. Aber nicht einmal das muss besonders viel zu bedeuten haben. Es kann einfach eine Wochenendnummer gewesen sein. Moralisch nicht vertretbar, aber doch menschlich. Dass er dich ungeheuer liebt und sogar von dir abhängig ist, weiß ich bestimmt, und deshalb muss es eine andere Erklärung geben. Vielleicht hatte er Hunger, was weiß ich.«

Martin hat, wie gesagt, immer Hunger, und es dauerte seine Zeit, bis die bestellten Kanapees geliefert wurden. Ich wusste, dass er an seine Schmerzgrenze geriet, zumal ich das Mittagessen eine halbe Stunde aufgeschoben hatte.

»Ich finde, du solltest abwarten«, sagte Martin und aß einen Bissen von dem Walnussbrot, das eine aufmerksame Serviererin soeben gebracht hatte. »Er kann sich in den Kopf gesetzt haben, dass sein Leben verfehlt ist und dass er mehr daraus hätte machen müssen, vielleicht hatte er kurz vorher einen Artikel über die bei Gott nicht lustigen Zustände in Südamerika gelesen und fühlte sich ganz allgemein schuldig. Aber ich bin ziemlich sicher, dass er bald von sich hören lässt. Wenn du das überhaupt willst.«

Kunstpause.

»Dieser Besucher macht mir dagegen Sorgen. Bis Halloween ist es noch lange hin, und ich mag die Vorstellung überhaupt nicht, dass ein maskierter Irrer vor deiner Tür gestanden hat. Ihr habt doch eine Gegensprechanlage, wie zum Teufel ist er ins Haus gekommen?«

Mir wurde klar, dass ich zu Hause so schnell wie möglich mit Malkolm sprechen müsste. Martin hatte recht. Ganz ungefährlich war die Sache vielleicht nicht.

Die Kanapees wurden serviert, und wir widmeten uns erst einmal ihnen. Wachteleier auf Weißbrot, Kaviar und Gänseleber, Räucheraal auf einem Petersilieomelett. Ich segnete die Tatsache, dass mein Magen Nahrung annahm und genoss. Martin aß einige Minuten lang schnell und effektiv, und als der erste Hunger gestillt war, nahm er sein Thema wieder auf.

»Ich finde, du solltest zu Hause so schnell wie möglich mit diesem komischen Vogel sprechen, den du zum Nachbarn hast. Nicht, weil ich das so gut finde, dass er dort wohnt, aber du sagst ja, dass er harmlos ist. Dann rufst du mich an und sagst mir, ob er diesen Trottel auf seinem Konto hat. Wenn nicht, dann komme ich zu dir. Und dann rufst du die Polizei an und erzählst, was passiert ist, wenn du dir die Sache nicht anders überlegst und zu dem Schluss kommst, dass das alles eine seltsame Schwarzweiß-Fantasie war. Ich würde sofort mit dir kommen, wenn ich nicht jetzt einen Termin mit einigen Deutschen hätte, die nur ein paar Stunden auf der Durchreise hier in der Stadt sind. Es geht übrigens um das Projekt, über das ich mit dir sprechen wollte, aber das hat noch Zeit. Das gibt mir die Möglichkeit, bald wieder mit dir zu Mittag zu essen.«

Er streichelte mir mit einer für ihn ungewöhnlich zärtlichen Geste die Wange und rief dann wieder den Kellner.

»Bringen Sie uns das größte Stück Kuchen, das es hier im Haus gibt, und dazu Kaffee und einen ordentlichen Kognak. Diese Dame hatte ein Nahtoderlebnis. Sie braucht Speis und Trank und jemanden, der sich um sie kümmert. Und das möchte ich übernehmen dürfen.«

Auf Martin ist in jeder Lebenslage Verlass.

Auf dem Nachhauseweg fühlte mich um einiges besser. Nicht gut, das wäre übertrieben gewesen, und Übertreibung rächt sich, aber doch gut genug, um zu genießen, dass die Luft frisch war und der Winter noch ein Stück entfernt. Martin hatte viele kluge Dinge gesagt, über die ich ernsthaft nachdenken wollte. Vielleicht wurzelte auch meine Traurigkeit in meinem Schuldgefühl, dass ich soviel bekommen und so wenig gegeben hatte, wollte man das Ganze in einer globalen Perspektive betrachten.

Ich brauchte eine halbe Stunde nach Hause, aber sowie ich in die Straße einbog, wusste ich, dass etwas passiert war. Auf der linken Straßenseite stand ein Krankenwagen, und ich sah sofort, dass er vor unserem – oder jetzt meinem – Hauseingang parkte. Eine Menschenmenge drängte sich um den Wagen und gaffte, wie Schafe das eben tun, wenn irgendjemand blökt, der Ahnung zu haben scheint.

Ich lief los und erreichte die Gaffer, als zwei Männer gerade eine Bahre brachten, auf der eine zugedeckte Gestalt lag. Als sie sie in den Wagen schoben, konnte ich durch einen Riss in der Decke für einen Moment das Gesicht sehen und wusste nun, was ich bereits geahnt hatte. Es war Malkolm.

Diesmal erschrak ich richtig. Gewaltsam, existenziell und unbarmherzig. Malkolm war verletzt oder tot, er bewegte sich nicht auf seiner Bahre, und ich war mit großer Sicherheit die Vorletzte, die ihn unter den Lebenden gesehen hatte. Und, schlimmer noch, wenn er ermordet worden war, dann wusste ich, wer der Mörder war, und könnte ihn identifizieren.

Dieser Gedanke war soeben geboren worden, als ein älterer Mann in einem weißen Kittel das Haus verließ. Er sah aus wie ein Arzt und war auch einer, wie ich feststellte, nachdem ich mich durch die Menschenmenge gedrängt und das Namensschild auf seinem Kittel gelesen hatte. Dr. med. Hans Nordsjö. Zu Ihren Diensten.

Er blickte mich überrascht an, als ich auf ihn zukam, lächelte aber freundlich, als ich ihn um ein Gespräch unter vier Augen bat. Ich erzählte, dass ich glaubte, Malkolm als Letzte lebend gesehen zu haben und seinen Mörder zu kennen, falls er eben ermordet worden sei.

»Wohnen Sie hier?«, fragte Hans Nordsjö, und als ich nickte, schlug er vor, in meiner Wohnung weiterzureden.

Abermals hatte ich die Gelegenheit, mir zu meinem Putzzwang zu gratulieren, der mich jetzt als glaubwürdige Zeugin erscheinen lassen würde. Wie alle anderen unerwarteten Besucher nahm Hans Nordsjö in dem blauen Samtsessel Platz, den wir, ich, im Wohnzimmer stehen haben. Für alle immer die erste Wahl, obwohl das Sofa gegenüber sich alle Mühe macht, um mit weichen Kissen und jeder Menge Decken konkurrenzfähig zu wirken.

Ich bot ihm Kaffee oder Tee an, was er ablehnte, und setzte mich ihm gegenüber. Auf seine Bitte hin erzählte ich dann, dass ich nachts aufgewesen war, dass ich Malkolm gegen vier auf dem Balkon gesehen und dass es gegen fünf an meiner Tür geklingelt hatte. Ich schilderte das darauffolgende Gespräch und ließ nur aus, dass der angebliche Tod mir vom Trinken abgeraten hatte. Ich endete damit, dass der Unbekannte die Treppe hochgegangen war und dass ich vergeblich versucht hatte, Malkolm anzurufen.

Hans Nordsjö hörte aufmerksam zu.

»Das ist interessant, was Sie da sagen, zumal wir jetzt den Todeszeitpunkt viel genauer feststellen können. Ohne weitere Untersuchungen konnte ich vorhin nur feststellen, dass Malkolm Ejderö irgendwann zwischen Mitternacht und heute morgen um sechs gestorben ist. Dass wir so rasch hier waren, ist übrigens glücklichen Umständen zu verdanken. Die Gemeinde wollte offenbar in der Wohnung eine Kontrolle durchführen, da es vor einiger Zeit Probleme mit dem Abfluss gegeben hatte, und als niemand aufmachte, benutzten sie einen Nachschlüssel und gingen einfach hinein. Das scheint zwar nicht die übliche Vorgehensweise zu sein, aber ich wusste, dass dieser Malkolm bereits bekannt war und dass die Kontrolleure diese Befugnis besaßen.«

Hans Nordsjö legte eine Pause ein und redete dann weiter. Er war einer der Menschen, die in zitierfähigen Sätzen sprechen, ein echtes Traumobjekt für ein Interview, weil Menschen wie er beim Sprechen in einer absolut geraden Linie vom Anfang bis zum Ende denken und sogar den kompliziertesten Zusammenhang verständlich werden lassen.

»Die Gemeindemitarbeiter fanden Malkolm auf dem Boden. Zu diesem Zeitpunkt war er mit großer Wahrscheinlichkeit bereits tot. Wie gesagt, ich habe ihn nur vor Ort untersucht, aber alles weist auf einen Herzinfarkt hin. Sie reden von Mord, aber das kann ich fast ausschließen, da ich bei Untersuchungen von Leichen pedantisch genau vorgehe. Aber Ihre Aussage ist natürlich Grund genug für eine Obduktion. Die Polizei wird vielleicht einen Blick in die Wohnung werfen wollen, um alle Eventualitäten auszuschließen. Aber wie gesagt, ich bin meiner Sache fast sicher.«

Konnte man wissen, ob der Herzinfarkt vor oder nach fünf Uhr eingetreten war, zu dem Zeitpunkt, als ich den als Tod verkleideten Mann auf der Treppe gesehen hatte? Ich fragte Hans Nordsjö, aber der schüttelte nur den Kopf.

»Wie gesagt, konnte ich bisher nur feststellen, dass er zwischen Mitternacht und sechs Uhr morgens gestorben ist. Sie haben diesen Zeitraum jetzt auf die Zeit zwischen vier, als Sie ihn auf dem Balkon gesehen haben, und sechs reduziert und ich befürchte, dass nicht einmal eine Obduktion uns Genaueres sagen kann.«

Wieder sah Hans Nordsjö mich an, diesmal neugieriger. Er hatte schöne braune Augen, wie ich jetzt bemerkte, und ich war sicher, dass seine Patienten nicht nur treu waren, sondern auch zur regelmäßigen Vorsorgeuntersuchung erschienen, um sich die Absolution zu holen.

»Der, den Sie da auf der Treppe gesehen haben, war vermutlich kein Mörder. Außer, er hat auf Malkolm so beängstigend gewirkt, dass sein bloßer Anblick den Infarkt ausgelöst hat. Aber das klingt sehr unwahrscheinlich, wage ich zu behaupten, obwohl ich weder Malkolm noch den geheimnisvollen Unbekannten auf der Treppe gekannt habe.«

Hans Nordsjö erhob sich und reichte mir gleichzeitig seine Visitenkarte.

»Melden Sie sich, wenn Ihnen noch etwas einfällt. Ich werde mit der Polizei sprechen und dafür sorgen, dass die Obduktion so schnell wie möglich stattfindet. Dann werde ich Sie anrufen und Sie über das Ergebnis informieren, wenn Sie mir freundlicherweise Ihre Karte geben. Die Polizei wird übrigens wohl ebenfalls mit Ihnen sprechen wollen.«

Ich reichte ihm meine Visitenkarte, Hans Nordsjö bedankte sich und die Tür fiel hinter ihm ins Schloss. Dann war ich abermals mit meinen Gedanken allein, die sich nun erst wieder ordnen mussten.

KAPITEL 3

Die Erlebnisse der letzten vierundzwanzig Stunden hätten auch für einen um einiges längeren Zeitraum ausgereicht. Es war vier Uhr, und es war fast genau einen Tag her, dass ich meine Glieder vor dem Computer gestreckt hatte, um den letzten Satz des Tages zu schreiben und mich für Toms und mein Essen zurechtzumachen. Was hatte ich angezogen? Vermutlich das, was ich gestern Abend neben dem Bett auf den Boden geworfen und heute Morgen in den Korb für schmutzige Wäsche gestopft hatte, einen schwarzen Rock und ein Oberteil, das den Rücken bloß ließ. Ich würde diese Sachen nie wieder tragen können, ohne an Verrat und unerklärliche Todesfälle denken zu müssen. Kleidungsstücke mit eingewebter Tragik.

Dieser Gedanke führte mich dann zu dem Essen und der Tatsache, dass Tom noch immer nicht angerufen hatte. War er wirklich dermaßen verletzt oder einfach feige? Es war Tom noch nie schwergefallen, sich verbal auszudrücken, aber jetzt, wo es darauf ankam, verkroch er sich in seiner Ecke und schmollte. Auf ihn passte die Bezeichnung »vertrockneter Exrevolutionär« viel besser als auf mich. Er hatte überlegt und abgewägt und weder Mut noch Lust gehabt, mich und sich potenziell brisanten Überlegungen auszusetzen, und dann hatte er mich aufs Klischeeigste in einem Restaurant sitzen lassen und konnte jetzt nicht einmal anrufen, um sich davon zu überzeugen, dass ich unversehrt nach Hause gelangt war.

Aus meinem Selbstmitleid wurde ich abermals von der Türklingel gerissen. Wieder klingelte es dreimal, und wieder sprang ich sofort auf. Jetzt konnte es wohl kaum jemand anders sein als Tom, und das kam mir wie gerufen, da ich nun meine Gedanken sortiert und Zeit gehabt hatte, mich zu sammeln und wütend zu werden. Das würde meine Verhandlungsposition um einiges verbessern. Falls es nicht noch mal Hans Nordsjö war, der etwas vergessen hatte. Ich riss so energisch die Tür auf, dass der Tod, der draußen stand, einen Schritt zurückweichen musste.

Er war genauso gekleidet wie beim ersten Mal, nur hatte er nun die Sense in der Hand und hielt sie mir hin, sowie ich in der Türöffnung erschien.

»Bitte, nimm die hier. Jetzt bist du bewaffnet. Ich bin nicht gekommen, um dich zu holen oder dir irgendetwas anzutun, ich muss einfach mit dir reden. Außerdem könnte ich einen Espresso brauchen.«

Ehe ich protestieren konnte, hatte er sich an mir vorbei in die Diele gedrängt und seinen Umhang an einen Haken gehängt. Darunter trug er schwarze Jeans und ein schwarzes Polohemd, seine Schuhe waren dieselben wie nachts. Der Tod steuerte geradewegs den blauen Samtsessel an, setzte sich und legte in einer genießerischen und geschmeidigen Bewegung ein Bein über das andere, wie eine Schlange, die einen Sonnenflecken gefunden hat, auf dem sie dann den ganzen Nachmittag verweilt.

Die Angst, die ich möglicherweise hätte verspüren können, konnte einfach nicht an die Oberfläche gelangen. Dagegen Wut über seine Unverschämtheit und die Tatsache, dass er die Schuhe anbehalten hatte, eine Wut, die zu einem echten Höhepunkt aller Gefühle zu werden drohte, die ich während der vergangenen vierundzwanzig Stunden verspürt hatte. Aber ich konnte noch nicht einmal etwas sagen, denn schon hob der Tod in einer aufgesetzt wirkenden Gebärde die Hände.

»Verzeih mir, dass ich mich dir so uneingeladen aufdränge. Verzeih mir, dass ich aus Versehen in dein Leben eingebrochen bin. Du weißt nicht, wer ich bin, und über deine Instinkte weiß ich zu wenig, auch wenn ich einiges ahnen kann. Du kannst nicht fassen, dass ich ich bin, sondern hältst mich für alles zwischen einem unschuldigen Irren und einem potenziellen Mörder. Ich bin keins von beidem und möchte alles erklären. Also bitte, wenn du mir einen doppelten Espresso machen und mir zuhören könntest, dann würde sich alles klären. Du bist von Natur aus neugierig, erzähl mir ja nichts anderes, und außerdem sehnst auch du dich gerade nach einem Espresso.«

Der Mistkerl hatte recht. Ich sehnte mich nach einem Espresso, und ich wollte mehr als gerne erfahren, wer er nun eigentlich war. Außerdem wusste ich plötzlich, dass er mir nichts tun würde. Ihr könnt es Urinstinkt nennen, den Instinkt, von dem er nichts wusste, dessen Existenz er aber ahnte, aber dieser Fremde würde nichts Übereiltes oder Ungeplantes tun.

Ich ging in die Küche und kochte zwei doppelte und extrastarke Espressi, während ich den Tod im Samtsessel nicht aus den Augen ließ. Er tat nichts Besonderes. Schaute sich nur um, legte die Fingerspitzen aneinander und schloss die Augen. Später würde ich wissen, dass er sich auf diese Weise entspannte.

Der Tod nahm gierig die Tasse entgegen, die ich ihm reichte, trank einen Schluck und seufzte glücklich. »Hervorragend. Könnte Tote erwecken. Du musst meine Selbstironie verzeihen, aber wer keine Witze über sich selbst machen kann, lebt selten lange, und ich versuche, mit gutem Beispiel voranzugehen. Für das Leben, meine ich. Zu sterben muss jeder Mensch ja schließlich allein schaffen.«

Ich setzte mich aufs Sofa und trank ebenfalls. Die Sense hatte ich mitgenommen und gegen die Wand gelehnt. Das Holz war alt und abgenutzt, aber gediegen, wie bei einem oft benutzten Spazierstock, und das Blatt war frisch geschliffen und überaus blank.

Der Tod nahm noch einen Schluck und beugte sich dann zu mir vor.

»Ich verstehe, dass du geschockt warst. Wie schon gesagt, gehörst du nicht zu denen, die mich sofort erkennen. In gewissen Ländern oder vielleicht eher in gewissen Teilen gewisser Länder kann ich wie ein Mitglied des Stammes oder ein Bewohner des Ortes umherwandern, und alle wissen, wer ich bin. Ich werde zum Essen ins Haus gebeten, ich teile das Leben der Menschen und kann sie auf bevorstehende Todesfälle und übrigens auch auf Geburten vorbereiten. Auch hier gibt es Menschen, die mich sofort erkennen, aber die gibt es hier doch seltener. Es sind jene, die jeden Tag mit dem Kleinen Volk zu tun haben und mit ihnen genauso reden wie mit mir. Malkolm hat zu ihnen gehört, und auch du könntest zu ihnen gehören. Wenn du das wolltest. Das habe ich schon gestern bemerkt.«

»Du bist also ganz echt der Tod? Gehst zu den Leuten und sagst, dass sie sterben müssen, und dann sterben sie? Gehst in ihre Wohnungen, ohne die Schuhe auszuziehen, löst einen Herzinfarkt oder sonstwas aus und verschwindest?« Ich weiß, dass ich mich genauso sarkastisch anhörte, wie ich mir vorkam.

Der Tod musterte mich belustigt.

»Abendländerin und Großstädterin. Glaubst, dass du die Wahrheit, die die Menschheit in Jahrmillionen gesucht hat, auf einer silbernen Schüssel serviert bekommst?«

Der Tod trank noch einen Schluck Kaffee. Damit hatte er seine Tasse fast geleert.

»Aber im Prinzip hast du recht«, sagte er dann. »Ich bin der Tod, und das schon seit vielen Jahren. Und ich suche Menschen auf, die sterben müssen, auch das ist richtig. Ich kann nicht mehr alle höchstpersönlich betreuen, obwohl ich fantastische Möglichkeiten habe, mich schnell fortzubewegen, aber ich komme zu jenen, bei denen das wichtig ist. Das entscheide ich. Und zu den Höchsten. Ansonsten habe ich ganz hervorragendes Personal, das mir hilft, so dass niemand allein zu sterben braucht. Fast niemand. Wir tun unser Bestes, und das geht gut, solange die Menschen auf unserer Seite sind. Also. Jetzt weißt du schon mehr als der Großteil der Weltbevölkerung, und das hat nur ungefähr eine Minute gedauert. Und frag mich nicht, warum ich es dir erzählt habe, denn diese Frage kann ich nicht beantworten.«

Er sah mich lächelnd an, und ich konnte ihn dabei ein wenig genauer betrachten. Haut, die den größten Teil ihrer Tage im Freien verbrachte, graugrüne Augen, die je nach Lichteinfall ihre Farbe zu verändern schienen, ein wenig graumelierte Haare. Schöne Hände mit gepflegten, gerade abgeschnittenen Nägeln. Ziemlich groß, aber geschmeidig gebaut. Jeans und Hemd von guter Qualität, aber nicht erkennbarer Marke. Er redete weiter.

»Malkolm kenne ich schon lange. Er ist siebenundvierzig geworden, was einige Jahre mehr waren als geplant, und er wusste, dass er in geliehener Zeit lebte. Und dass es das Herz sein würde. Aber er war einer der wenigen hier in der Stadt, bei denen ich nach einer anstrengenden Nacht vorbeischauen konnte, und ein Mensch, der gebraucht wird, kann sich manchmal ein wenig länger am Leben festklammern als geplant. Die Höchsten ziehen zwar die großen Richtlinien, aber ich habe doch auch noch ein Wort mitzureden. Außerdem gibt es Quoten für ungeplante Fälle und für Fälle, bei denen ich selbst erscheine.«

Bisher hatte ich kein Wort herausbringen können. Es kam mir unendlich vermessen vor, nach den großen Rätseln der Menschheit zu fragen, als handelte sich das hier um ein »Zu Hause bei«-Interview. Aber jetzt konnte ich einfach nicht mehr schweigen.

»Wer sind die Höchsten? Ist Gott trotz allem pluralistisch? Und wenn es mehrere gibt, sind das die, die wir hier unten kennen? Vater, Sohn und Heiliger Geist und Allah und Jahwe und Buddha, auch wenn der vielleicht nur ein Prophet ist, und der Kuhgott oder Shiva und …«

» … und noch einige«, fügte der Tod hinzu, als mir nicht mehr einfielen. »Vielleicht. Vielleicht auch nicht. Die Menschheit hat in so vielen Jahren Kontakt zu so vielen Gottheiten oder Mächten gehabt, dass es durchaus denkbar ist, dass einige davon bei den Höchsten vertreten sind. Aber bitte mich um Himmels willen nicht, zu erklären, wer genau sie sind oder wie sie arbeiten. Das sind Informationen, die nur für äußerst wenige zugänglich sind. Und alle werden sie früh genug erfahren. Oder fast alle.«

Ich hatte viele Sommer an der Westküste verbracht und war bei schlimmen Stürmen auf See gewesen. Dieses selbe bohrende Gefühl der Ausweglosigkeit stellte sich nun wieder ein. Der Tod, der im Sessel saß, redete von seinem Personal und von den Höchsten. Die rationale Erica weigerte sich und murmelte: »Verrückter«, während ein anderer Teil von mir aufstand, die Arme ausstreckte und wie nach einem langen Schlaf gähnte. Vielleicht der Teil von mir, von dem der Tod gemeint hatte, er besitze die schlummernde Fähigkeit zu erkennen, wer er war.

Der Tod sah mich aufmerksam an.

»Erica, ich weiß, was du denkst. Ja, natürlich nicht genau, das gehört nur teilweise zu meinem Beruf, aber mit der Zeit lernt man doch. Ein Teil von dir glaubt, dass du dich auf irgendeinem Halluzinationen hervorrufenden Trip befindest, während ein anderer Teil ahnt, dass dem nicht so ist, und Angst vor den Folgen hat. Das ist aber nicht nötig. Du weißt, dass alle sterben müssen, insofern mache ich dir keine Angst durch eine neue Wahrheit. Jetzt erzähle ich, dass sie das nicht von selbst tun, sondern dass es mich gibt und dass ich mit meinem Personal Ordnung in dem halte, was vielen vielleicht wie Zufall erscheint. Warum erzähle ich das, und warum mache ich mir diese Mühe für eine, die das nicht von Anfang an gewusst hat?«

Der Tod leckte die letzten Tropfen aus seiner Tasse, und ich konnte mich davon überzeugen, dass seine Zunge weder schwarz noch gespalten war.

»Tatsache ist, dass ich nicht einmal so recht weiß, warum ich hier sitze. Aber ich war in der letzten Zeit so müde. Hatte alles satt. Es wird immer schwerer, jemanden zu finden, mit dem man reden oder bei dem man sich einfach entspannen kann. Von dem man lernen kann. Geben und Nehmen. Kreuzbefruchtung. Das klingt vielleicht absurd, aber auch ich muss manchmal von meiner Arbeit abschalten. Und als ich dich gestern gesehen habe, hatte ich den Eindruck, dass du eine sein könntest, die versteht. Eine, die lernen kann, die Ewigkeit und die großen Fragen als gegeben hinzunehmen, ohne deshalb den Alltag zu vergessen. Eine, die das Unendliche in der Handfläche hält und die Ewigkeit in einer Stunde findet. Um einen großen Dichter zu zitieren, der übrigens ein sehr guter Freund war.«

Der Tod erhob sich.

»Ich werde dich jetzt verlassen. Ich ziehe mich an und gehe hinaus ins Treppenhaus, und da kannst du mir die Sense reichen, damit du sicher sein kannst, dass ich dich in keinen Hinterhalt locke. Und danke für den Espresso. Der war fantastisch. Aber das hatte ich schon geahnt. Noch ein Grund, dich ein wenig besser kennenzulernen. Ich werde zurückkommen, und ich verspreche, mich dann nicht wieder einfach hereinzudrängen. Wenn du dann nein sagst, dann lasse ich dich in Ruhe. Bis es so weit ist, meine ich. Ich verspreche, dass ich persönlich zu dir kommen werde. Aber wie gesagt: Das dauert noch.«

Der Tod hüllte sich in seinen Umhang und öffnete die Wohnungstür. Mir fiel nichts Besseres ein, als die Sense zu nehmen, die nicht so schwer war, wie ich erwartet hatte, und sie ihm zu reichen. Er bedankte sich und stieg einige Stufen hinunter, dann drehte er sich um.

»Übrigens, wenn die Polizei sich meldet, dann musst du damit rechnen, dass sie nichts gefunden haben. Bei Malkolm, meine ich. Ich habe keine Spuren wie Fingerabdrücke oder blutige Fußstapfen hinterlassen. Die Todesursache kann Spuren erzeugen, ich aber nicht. Wenn du den Unterschied begreifst. Und du musst natürlich selbst entscheiden, ob du von diesem Besuch erzählen willst. Wenn wir Freunde werden sollen, du und ich, dann darf ich dir keine Beschränkungen auferlegen. Aber du kannst kaum damit rechnen, dass sie dir glauben werden.«

Er verschwand um die Ecke und bald hörte ich, wie unten die Haustür ins Schloss fiel.

Ich hatte meinen Entschluss bereits gefasst, als er aus dem Sessel aufgestanden war, und jetzt warf ich eine Jacke über und stieg in meine weichen Turnschuhe. Die Tür war schon ins Schloss gefallen, ehe ich an weltliche Dinge wie Brieftasche oder Mobiltelefon auch nur dachte, oder gar an den Schlüssel, der sich glücklicherweise seit dem Mittagessen mit Martin noch in meiner Tasche befand.

Als ich auf die Straße trat, sah ich gerade noch, wie der Tod um die Ecke bog und dann weiter über die Hornsgata ging. Er trug seinen Umhang, aber niemand schien zu reagieren, vielleicht, weil der Umhang aus der Ferne aussah wie ein normaler, wenn auch verschlissener Mantel, und weil ich keine Sense entdecken konnte. Ab und zu wich er Menschen aus, die an ihm vorbeigelaufen kamen, aber niemand drehte sich um, kein Finger wurde auf ihn gerichtet, kein Kind weinte und kein Hund bellte. Er sah aus der Ferne vielleicht nicht aus wie der Tod. Oder vielleicht lag der Fehler ja auch bei mir. Ich musste herausfinden, was dahintersteckte.

Der Tod wanderte ziemlich schnell in Richtung Slussen, ohne sich von Schaufenstern oder Passanten ablenken zu lassen, und bog dann in die Götgata ab. Es fiel mir nicht schwer, ihm zu folgen, und er drehte sich auch nicht um. Einige Straßen weiter blieb er im Eingang zu einem Café stehen und wartete. Ich trat ebenfalls in einen Torweg und versuchte, ruhig zu atmen. Dass die Situation der pure Wahnsinn war, stand jedenfalls fest.

Der Tod schien die Menschen zu betrachten, die im üblichen Mittwochsstress an ihm vorüberhetzten. Weiter kam ich nicht in meinen Überlegungen, denn nun sah ich ein Auto, das vor einem Kleiderladen hielt. Die Fahrerin versuchte, sich in eine Parklücke zu drängen, was ihr aber immer wieder misslang, und die Schlange hinter ihr wurde zusehends ungeduldiger. Dann ging das Hupkonzert los, und ich konnte ahnen, wie der Schweiß der Frau aus ihren Achselhöhlen zu ihrem Unterhosenbund strömte. Stockholms Autofahrer kennen keine Gnade, und solche Situationen bieten immer eine Gelegenheit, sich von den Aggressionen zu befreien, die sich eigentlich gegen Chef, Rektor, Partnerin, Arbeitsamt oder Telefongesellschaft richten sollten.

Ich sah, wie die Frau endlich die Autotür öffnete und zwei Kinder auf den Bürgersteig entließ. Sie mochten sieben und fünf Jahre alt sein und sahen aus wie überaus guterzogene Mädchen. Beide hatten die Haare zu einem Pferdeschwanz gebunden, und beide trugen Rock und passenden Pullover, die auf Fürsorge, Geschmack und Rücksicht auf den guten Stil oder das Image der Familie schließen ließen. Die Frau beugte sich aus dem Wagen und sagte offenbar etwas, denn die Mädchen nickten und stellten sich neben den Ladeneingang. Das Hupkonzert wurde immer hektischer, und die Frau fuhr jetzt in wildem Tempo davon und bog so schnell sie konnte um die Ecke, um der heulenden Meute hinter ihr freie Fahrt zu gewähren. Ich konnte weit genug in die Querstraße blicken, um festzustellen, dass sich weiter hinten möglicherweise eine freie Parklücke befand.

Die Mädchen hielten einander beim Warten brav an der Hand. Die ältere drehte sich um und sah sich das Kleid im Schaufenster an.

Ich sah zum Tod hinüber und konnte ihn plötzlich nicht mehr entdecken. Voller Panik drängte ich mich durch die Menschen auf dem Bürgersteig weiter und sah ihn im Café, wo er an einem Ecktisch saß und seinen Umhang über einen daneben stehenden Stuhl gehängt hatte. Er war offenbar ungeheuer schnell bedient worden, denn vor ihm standen ein Espresso und ein ungewöhnlich dunkles Stück Schokoladenkuchen. Der Tod trank einen Schluck und schaute tief in seine Tasse. Dann drehte er den Kopf, sah mich, lächelte und winkte mich zu sich, ohne Überraschung angesichts der Tatsache zu zeigen, dass ich ihm gefolgt war. Ich öffnete die Tür, ging zu seinem Tisch und setzte mich auf den Stuhl, über dem der Umhang hing, so dass ich dessen Wärme in meinem Rücken spürte. Ohne, dass ich bestellt hätte, standen bald auch vor mir Espresso und Schokoladenkuchen. Aber von Zauberei konnte keine Rede ein. Der Schweißgeruch, den meine Nase für einen Moment wahrnahm, stammte von der jungen Frau, die soeben alles gebracht hatte.

Ich öffnete den Mund, um etwas zu sagen, hörte aber von der Straße her plötzlich einen lauten Knall, gefolgt von Hupen und entsetztem Geschrei. Ich wandte den Kopf, um hinauszusehen, aber der Tod nahm behutsam meinen Kopf zwischen seine Hände und zwang mich dazu, ihm ins Gesicht zu schauen.

»Nicht hinsehen. Das brauchst du nicht, denn du würdest es niemals vergessen können. Lass mich lieber berichten. Dort draußen ist soeben ein Mädchen angefahren worden. Das kleinere der beiden Mädchen, die du eben noch betrachtet hast. Es hat sich plötzlich von seiner großen Schwester losgerissen und ist auf die Straße hinausgestürzt. Die Frau, die ihre Mutter war, suchte einen Parkplatz, und als die Kleine auf die Fahrbahn rannte, überholte gerade ein Personenwagen einen Lastwagen, der langsam die Straße hochfuhr. Ein Krankenwagen ist bereits unterwegs, aber das wird nichts mehr nützen. Sie war sofort tot und hat keinen Schmerz mehr gespürt. Sie hat nicht einmal begriffen, was passiert ist.«

Ich versuchte, dieses Geschehene auszusperren, aber die Bilder waren bereits da. Ein Fahrer, der mit entsetztem Blick aus seinem Auto schwankt. Eine geschockte Schwester. Verkäuferinnen, die aus den Geschäften stürzen. Ein blutbespritztes Auto. Eine Mutter, die für den Rest ihres Lebens nicht mehr vergessen wird. Ein Mund, der schreit und dabei größer und größer wird, bis er das ganze Gesicht füllt wie ein dunkler, weicher Tintenfisch, der sich dort eine Ruhepause gönnt. Autofahrer, die sich die Zeit lassen, ihre Bestürzung zu zeigen, in der beruhigenden Gewissheit, dass sie und ihre Familien unversehrt sind.

Ich spürte das heftige Bedürfnis, den Kopf zum Fenster zu drehen, wusste aber, dass der Tod die Wahrheit gesagt hatte. Im Hintergrund konnte ich den Krankenwagen näherkommen hören. Der Tod hielt mein Gesicht noch immer zwischen seinen Händen.

»Schrecklich, denkst du. Entsetzlich. Wieso darf so etwas passieren? Wer bestimmt das und zu welchem Zweck? Die Wahrheit ist, dass es nicht immer einen Zweck gibt. Aber oft, und in diesem Fall war es so. – Du hast sicher dieses Sprichwort gehört: Wen die Gottheiten lieben, den lassen sie jung sterben. Oder Eltern eines verstorbenen Kindes, die behaupten, immer schon gewusst zu haben, dass gerade dieses Kind etwas ganz Besonderes war. Als hätte das Kind immer gewusst, dass dieses Leben kurz sein würde. Als stünde es in einer ganz besonderen Verbindung zu den höheren Mächten.«

Niemand achtete auf uns, alle schienen über das zu sprechen, was sich soeben draußen auf der Straße zugetragen hatte. Der Tod trank einen Schluck Espresso und riet mir, seinem Beispiel zu folgen.

»Sissela, wie dieses Mädchen hieß, war eine, die falsch gelandet war. Ja, falsch sollte ich nicht sagen, ihre Familie ist nicht schlechter als andere, und sie hätte ein normales Leben vor sich haben können. Aber sie war nicht normal. Nicht normal genug für ein Leben in diesen Kreisen, meine ich. Sie war eine Fremde in diesem Leben, dazu verurteilt, außen vor zu bleiben. Sie stand in engem Kontakt zu den Höchsten und kommunizierte mit ihnen wie mit Freunden aus dem Kindergarten. Sie war nicht nur intelligent, an den gängigen Maßstäben gemessen, sondern sie hatte auch Kontakt zum Kosmos, um jetzt ein Wort zu benutzen, mit dem du etwas anfangen kannst. Zugleich hätte sie anderswo Wunder wirken können. Was ihr übrigens klar war. Wir haben oft darüber gesprochen. Ja, sie gehört zu jenen, bei denen ich immer kommen und gehen konnte.«

Jetzt trank auch ich einen Schluck Espresso, aber ich brachte es noch immer nicht über mich, den Kuchen anzurühren. Der übrigens drohte umzukippen. Ich würde also niemals heiraten.

»In diesem Moment«, sagte der Tod, »wird ein Mädchen in Mogadischu geboren, der Hauptstadt Somalias. Ich weiß nicht, wie viel du über die dortige Situation weißt, aber Somalia gehört zu den ärmsten Ländern der Welt und in Mogadischu gibt es praktisch kein Gesetz. Allerlei Kriegsherren herrschen in den unterschiedlichen Stadtteilen, die Menschen auf der Straße sind bewaffnet, und Justiz oder Schulwesen existieren kaum. Sisselas Vater wird einer dieser Kriegsherren sein. Sie wird auch hier ihre seltenen Begabungen unter Beweis stellen und von ihrer Familie ausreichend unterstützt werden, um eine gute Ausbildung zu erhalten, weit entfernt von den Koranschulen, die als Brutstätten für zukünftige Guerillakrieger fungieren. Ich sage nicht, dass ihre Zukunft bereits feststeht, denn das ist niemals möglich, aber sie hat die Voraussetzungen, zu einer der großen Persönlichkeiten im Land zu werden. Vielleicht nicht nur in Somalia, sondern in ganz Afrika. Wir benötigten dafür eine ganz besondere weibliche Seele, und diese Seele hatte Sissela. In Afrika muss die Veränderung nämlich von den Frauen ausgehen, und das wird auch passieren. Paradoxerweise, da die meisten Länder sich niemals von Frauen reformieren lassen würden, während dieselben Länder sich, was Gleichberechtigung angeht, für sehr viel besser halten als die Länder in Afrika.«

Niemand hätte verlangen können, dass ich verstand oder in mich aufnahm, was er sagte, er, der sich der Tod nannte und der mir noch einen Espresso bestellt hatte. Ich sah nur das, was ich nicht gesehen, sondern mir nur vorgestellt hatte, das Tintenfischgesicht einer Mutter, und ich wollte fragen, wie sie überleben würde und ob ihr denn auch eine überirdische Erkenntnis dessen zuteil werden würde, was mit ihrer Tochter geschehen war. Aber ich brachte es nicht mehr über mich, weitere Fragen zu stellen. Jedes Mal, wenn der Tod etwas erzählte, drängten sich mir neue Fragen auf, wie die Häupter der Hydra.

»Wo hast du die Sense?«

»In der Tasche. Sie lässt sich zusammenklappen.« Der Tod schaute mich freundlich an. »Ich muss weiter. Iss deinen Kuchen, der ist lecker. Ich habe schon bezahlt. Geh nach Hause und ruh dich ein bisschen aus. Oder lies oder hör dir schöne Musik an. Ich schau heute Abend mal vorbei. Wenn ich darf?«

Ich nickte. Der Tod verließ das Café, ohne Hunderter auf den Tisch zu werfen. So unterschiedlich kann es sein. Anders von Person zu Person, könnte man sagen. Ich schaute ihm hinterher, sah aber nur einen dunklen Schatten, der vor dem Café stand und gestikulierte. Er schien mit jemandem zu reden, aber ich konnte niemanden sehen, der geantwortet hätte.

Wie ich nach Hause gekommen bin, weiß ich nicht mehr, aber vermutlich war ich ungefähr denselben Weg gegangen, den ich gekommen war. Die Worte des Todes wirbelten mir durch den Kopf wie welkes Laub im Wind, rundherum, rundherum, bis ich nicht mehr wusste, ob sie jemals etwas anderes gewesen waren als meine eigenen Gedanken. Es wehte ein kalter Wind, und ich fröstelte in meinen Turnschuhen und beschloss, zu Hause meine Winterschuhe herauszusuchen. Jetzt gab es Platz im Schuhregal, und ich musste im Herbst und Frühjahr nicht mehr den unvermeidlichen Austausch vornehmen und die Schuhe, die nicht für die Jahreszeit passten, in den Keller verfrachten. Dieser Gedanke belebte mich. Es gab vielleicht nach allem doch noch ein Leben.

Zu Hause stellte ich die Schuhe ordentlich hin und mixte mir einen Caipirinha. Ich fand, das hätte ich verdient. Ich legte Carol King ein und rollte mich mit einer weißen Decke in dem blauen Samtsessel zusammen, in dem sowohl Hans Nordsjö als auch der Tod innerhalb der vergangenen Stunden gesessen hatten. Der Drink tat seine Wirkung, ich massierte mir die Gesichtsmuskeln und versuchte, mich zu entspannen. Aber meine Gedanken verlangten Aufmerksamkeit, wollten unbedingt in Fächer sortiert werden, wollten, dass ich in meinem Kopf Ordnung schuf und wieder die Chefsachen an mich zog.

Als das Telefon klingelte, musste es drei Mal läuten, bis ich begriff, was das für ein Geräusch war. Ich spielte mit dem Gedanken, es klingeln zu lassen, aber am Ende wandte ich alle verfügbare Kraft auf, um mich zum Telefon zu schleppen.

»Hallo?«

»Hallo … du bist ja doch zu Hause.« Toms Stimme. Vertraut und doch bereits die eines Fremden.

»Ich hatte keine Lust, mit irgendwem zu reden.«

»Ich wollte mich bloß mal melden. Das hatte ich doch gesagt.«

»Weiß ich.«

»Was … was machst du?« Die Stimme, die so nah war und zugleich so weit weg, ließ alle Gefühle wieder an die Oberfläche steigen, wie tote Fische, mit dem Bauch nach oben, doppelt verletzlich, obwohl alles schon zu spät war.

»Ich habe mit einem Arzt Kaffee getrunken. Malkolm ist tot. Gibt es etwas Besonderes?« Es war ein schönes Gefühl, für einen Moment oben auf der Wippe zu sitzen, ehe der nächste Kommentar mich wieder in den Kies knallen ließ.

»Malkolm? Was? Ist er … woran ist er …?«

»Vermutlich Herzinfarkt.«

»Ach. Wie schrecklich. So alt war er doch noch gar nicht? Und … ich meine, wie geht es dir?«

»Wohl so gut, wie ich es verdiene. So gefühllos und undankbar, wie ich gewesen bin.«

»So hatte ich das doch nicht gemeint. Für mich war es auch nicht leicht.«

Ich spürte, dass die Handfläche, die den Hörer hielt, schon reichlich verschwitzt war.

»Ich habe dein Tagebuch gefunden. Und darin gelesen. Ich weiß, das ist unverzeihlich, aber ich habe es trotzdem getan. Und offenbar hast du mich angelogen. In wichtigen Dingen. In Bezug auf die andere. Das hätte ich nie von dir gedacht, Tom. Nie. Wie konntest du?« Ende der Beherrschung. Schrei in der Wildnis.

Kurzes Schweigen. Dann wieder Toms Stimme, jämmerlicher, zu Boden getreten, fast ängstlich.

»Du. Wir müssen reden. Alles andere … ich weiß nicht … ich hatte gedacht, du würdest das nicht verstehen. Aber kannst du nicht … können wir nicht darüber reden … wenn ich bei dir vorbeikomme?«

Eine ausgestreckte Hand. Eine Bitte um Verzeihung. Und

was tat ich? Sammelte allen Schleim, den ich finden konnte, suchte tief in den Hohlräumen von Hals und Wangen, baute einen dicken Spuckeklumpen und schleuderte ihn in Gedanken durch den Hörer.

»Du. Ruf mich nicht an. Ich rufe dich an. Im Moment will ich nur meine Ruhe haben. Denken.«

Seine eigenen Worte. Zurückgeschleudert. Und keine Chance, etwas zu erwidern, weil ich schon aufgelegt hatte.

Ich kehrte zum Sessel und der weißen Decke zurück. Der Caipirinha war getrunken, aber wenn ich auf die Limone drückte, kam doch noch der ein oder andere säuerlich schmeckende Tropfen heraus, und das musste reichen, da ich es nicht über mich brachte, aufzustehen und mir noch einen zu mixen. Ich hatte das Band zurücklaufen lassen und hörte Carol King »You've got a friend« singen. Du hattest einen Freund. Ich fror, brachte es aber nicht über mich, aufzustehen und Wasser heißzumachen, sondern verkroch mich nur noch tiefer in die Decke. Der Samt des Sessels fühlte sich in meinem Rücken weich an. Die Grenze zwischen Schlaf und Wachen wurde verwischt. Ich nickte ein und sah vor mir Dr. Jekyll. Wie seine Jagd auf das Böse ihn dazu gebracht hatte, das Getränk zu brauen, das er jetzt zu sich nahm. Wie die Bosheit sich vom Magen bis in die kleinste Ader ausbreitete, wie Körper und Seele sich verwandelten. Wie Mr. Hyde sich erhob, in den Spiegel schaute und fauchte, ach, so sieht das Böse also aus? Und wie das Gesicht, das ihn aus dem Spiegel heraus ansah, plötzlich nicht mehr seins war, sondern meins.

KAPITEL 4

Ich hatte offenbar sehr lange im Sessel vor mich hingedöst, denn als ich aufschaute, war es vor den Fenstern dunkel geworden, und als das Telefon klingelte, fuhr ich hoch wie aus tiefem Schlaf. Das wäre dann ein Zeichen einer körperlichen Revolution bei einem Menschen, der früher niemals Zeit oder Ruhe für ein Nickerchen gefunden hatte. Das Telefon schrie weiter wütend nach Aufmerksamkeit, und ich lief mit einer gewissen Mühe hin, da die Decke hinunterrutschte und sich um meine Beine wickelte. Ganz sicher Tom, mit weiterem Flehen oder wilden Vorwürfen, weil ich sein Angebot von Versöhnung und Frieden nicht angenommen hatte.

Aber es war Martin.

»Hast du mit deinem Nachbarn gesprochen?«, fragte er, sowie ich meinen Namen gesagt hatte. Er stellte sich nicht vor, aber das war nichts Ungewöhnliches bei Martin, dessen tiefe und Vertrauen schenkende Stimme sich in jeder Radiosendung gut gemacht hätte. Ein schönes persönliches Merkmal, eines seiner schönsten sogar. Zusammen mit den Hemden und den Esseneinladungen ins Pontus.

Ich schielte zur Uhr hinüber. Die zeigte kurz nach acht, was besagte, dass Martin allen Grund zum Anrufen hatte. Er hatte angeregt, dass ich so schnell wie möglich mit Malkolm redete, und seit wir uns vor dem Pontus getrennt hatten, waren viele Stunden vergangen.

»Malkolm ist tot«, antwortete ich wahrheitsgemäß, und danach verstummte ich. Ich wusste nicht einmal, ob ich beim Mittagessen Malkolms Namen genannt hatte, aber das war sicher das geringste Problem. Schlimmer war, dass ich keine Ahnung hatte, was ich von den weiteren Ereignissen erzählen sollte. Der Besuch des Todes, meine Verfolgungsjagd, der Autounfall, das Café danach, die Tatsache, dass der Tod abends hereinschauen wollte. Wie viel konnte Martin wohl hinnehmen, ohne Hilfe für mich herbeirufen zu wollen?

Ich beschloss, den Tod bis auf Weiteres überhaupt nicht zu erwähnen, und berichtete stattdessen, wie Malkolm aus dem Haus getragen worden war, dass ich mit Hans Nordsjö gesprochen hatte und dass die Polizei sich wahrscheinlich bei mir melden würde. Dass meine Aussage zu Obduktion und polizeilicher Untersuchung geführt hatte, schien Martin zu beruhigen, wenn ich von seinem Gebrumm ausging, mit dem er meinen Bericht begleitete.

Im Hintergrund konnte ich hören, wie Birgitta, Martins Frau, versuchte, ihren jüngsten Sohn, Arvid, zur Vernunft zu bringen. Ihre Stimme erinnerte an eine Gitarrensaite, die so hart angespannt wird, dass der Ton immer höher und höher ausfällt. Am Ende riss die Saite, die Stimme, und ich hörte Weinen und Geschrei und Bruchstücke von Wörtern, *Ich kann nicht mehr. Scheiße, kein Leben. Warum kannst kannst kannst du nicht einmal etwas Normales machen? Hör doch. Hör? Verdammt noch mal.* Arvids Gebrüll füllte den Leerraum zwischen den Wörtern. Hier und da ein Poltern, als ob Bücher oder so etwas zu Boden geworfen würden. Aber Martins Stimme war so ruhig wie immer. Moosweich und grün.

»Gut, dass du mit der Polizei gesprochen hast, Erica. Du musst alles erzählen, was du mir erzählt hast, und sie natürlich informieren, wenn dieser verkleidete Mann zurückkommt. Aber sei vorsichtig, hörst du? Lass niemanden rein, wenn es an der Tür klingelt, solange du nicht über die Gegensprechan-

lage mit dem Betreffenden geredet hast. Und schließ abends die Tür ab, ehe du schlafen gehst. Versprichst du mir das?«
Das versprach ich. Birgittas Gitarrenstimme spielte im Hintergrund Verzweiflung, ein Stück, an dem sie seit Arvids Geburt zwölf Jahre lang herumgefeilt und -probiert hatte. Ein Stück, bei dessen Komposition sie sich von einer attraktiven, ein wenig auf schicke Weise schlampigen, selbständigen Frau in ein blaugeädertes, dünnhaariges Wrack aus Fleisch und Blut verwandelt hatte, das nur noch dieses eine Gefühl zum Ausdruck bringen konnte. Mein Name ist Verzweiflung, tiefe Verzweiflung.

»Übrigens wollte ich fragen, ob du morgen zu mir ins Büro kommen kannst«, sagte Martin jetzt. »Du weißt doch noch, dass ich mit dir über einen Job sprechen wollte, und die Sache ist, jetzt, nach dem Besuch der Deutschen, noch aktueller geworden. Ich kann immerhin sagen, dass es um Gentests in Verbindung mit Lebensversicherungen geht. Keine Ahnung, ob du dich schon mal damit beschäftigt hast oder überhaupt etwas über Gentests weißt. Aber es geht ganz einfach um Tests, bei denen Menschen erfahren, ob ihre Gene die Wahrscheinlichkeit beinhalten, dass sie später mal an Nettigkeiten wie Krebs oder Parkinson oder so erkranken. Super für die Versicherungsgesellschaften natürlich, überleg doch bloß, welche Gewinnspannen sie hätten, wenn sie schon von Anfang an jene ausschließen könnten, die mit großer Wahrscheinlichkeit früh sterben werden. Zugleich werden die Gesellschaften in allen Ländern aber von den Regierungen überwacht, damit keine Zweiklassengesellschaft für Versicherungsnehmer entsteht. Du siehst die Problematik. Und den Rest können wir morgen besprechen.«

Ich verstand die Problematik ganz außerordentlich gut und nach so einem Tag vermutlich noch besser. Wenn die Versicherungsgesellschaften zum Beispiel Zugang zum Computer des Todes erhielten, in dem, wie ich mir vorstellte, alles stand, was sich für die Versicherungen zu wissen lohnte, dann würden alle Regierungen auf der Welt ein riesiges Problem haben. Aber auch das behielt ich für mich. Ich konnte den Tod ja bei Gelegenheit nach seiner Sicht der Dinge fragen.

Martin und ich verabredeten uns für elf Uhr am nächsten Morgen in seinem Büro, und dann legten wir auf. Ich hörte einen Krach von Martins Ende der Leitung, ehe die Verbindung unterbrochen wurde.

Die Wohnung war jetzt fast ganz dunkel, und ich schaltete hier und dort eine Lampe ein. Bald kam die Kerzenzeit, die Zeit für Nordlinge, die durch Generationen vererbte Melancholie zu pflegen. Der schöne Septemberabend des gestrigen Tages war einem herbstlichen Wind gewichen. Meine Mutter ist Sommer, aber mein Vater ist Herbst, sagte der September, und er musste das ja schließlich wissen.

Ich hatte Hunger und stellte fest, dass das eigentlich kein Wunder war. Wir hatten um ein Uhr zu Mittag gegessen, und seither hatte ich nur ein Stück Schokoladenkuchen zu mir genommen. Aber der Kühlschrank empfing mich mit einem Gähnen, und ich hatte keine Lust, einkaufen zu gehen. Stattdessen öffnete ich eine alte Pralinenschachtel, suchte mir ein Stück mit Pfefferminz aus, setzte Teewasser auf und holte mir ein Lexikon. Es kam mir jetzt einfach schöner vor, mich mit einem Buch in dem blauen Sessel zu räkeln, als mich zum Surfen vor den Computer zu setzen. Als gäbe das Blättern mir eine Illusion von guten alten Zeiten, von Kindheit und davon, dass Wissen etwas Physisches ist, das man anfassen und riechen kann.

Sissela hatte keine durchschnittliche Seele besessen, hatte der Tod gesagt, sondern eine ganz besondere, weibliche Seele. Mein Wissen über Seelenwanderung war gering und beschränkte sich auf die vage Vorstellung, dass die, die daran glaubten, davon ausgingen, dass Menschen, die sich im Leben gut benommen hatten, in ihrer nächsten Existenz ein besseres Leben bekommen würden, während die anderen auf der Leiter eine Stufe tiefer plumpsten. Dem Buch nach war Seelenwanderung synonym mit Reinkarnation, einer uralten religiösen Vorstellung, die vor allem in indischen Religionen auftrat und laut der die Seele nach dem Tod in einem anderen Körper wiedergeboren wird, bei dem es sich auch um einen Tierkörper handeln kann. Weiter las ich, dass die Art der Wiedergeburt vom moralischen Wandel des Menschen während seines Erdendaseins abhängt. Diese Lehre war in modernisierter Form von der Theosophie wieder aufgenommen worden.

Ich nahm mir ein Mandelnougat und blätterte zur Theosophie weiter, während das Teewasser, das inzwischen kochte, auf weitere Behandlung warten musste. Das Buch teilte mir mit, dass das Wort Theosophie vom griechischen Theos herstammt, Gott, und von Sophia, Weisheit, und dass es sich um eine Anschauung handelt, die mit Hilfe des Denkens die Urquelle jeglicher Theologie und Theosophie ausfindig machen will. Einige Vertreter wurden genannt, Neoplatoniker und Gnostiker, Namen wie Böhme, Swedenborg und Baader. Die Theosophie wurde beschrieben als überaus zersplitterte Bewegung mit starken Einschlägen uralter indischer Religionen. Zurück auf Los, mit anderen Worten.

Offenbar war 1875 in New York eine theosophische Gesellschaft gegründet worden, mit dem Ziel, vergleichende Religionsphilosophie zu betreiben, die geheimen Kräfte des Menschen zu untersuchen und allgemeine Brüderlichkeit durchzusetzen. Die Schwestern waren wohl wie so oft uninteressant. Die Gesellschaft hatte sich in einen abendländisch-indischen und einen amerikanischen Zweig geteilt. Die deutschen Theosophen hatten sich 1913 abgespalten und unter Leitung von Rudolf Steiner die anthroposophische Gesellschaft gegründet. Unter Anthroposophie fand ich nur, dass es sich um eine geistige Bewegung handelte, die nach den Worten ihres Gründers Rudolf Steiner Wissen über die immaterielle Welt liefern kann.

Als es an der Tür läutete, war ich darauf vorbereitet, da die Gegensprechanlage keinerlei Ankunft angekündigt hatte, Toms schon gar nicht. Ich öffnete die Tür und war zum ersten Mal nicht überrascht, als der Tod draußen stand. Er war gekleidet wie immer und hatte zwei Einkaufstüten bei sich. Auf dem Boden standen zudem zwei Tüten aus dem staatlichen Alkoholladen, aus der einen ragte eine tropfende Sense hervor. Sein Umhang kam mir auch ein wenig feucht vor, offenbar regnete es jetzt draußen.

Mit einem »Kannst du mir tragen helfen?«, reichte er mir die eine Tüte, ging in die Diele und legte diesmal Schuhe und Umhang ab. Seine Füße waren schön geformt, seine Socken von guter Qualität.

Der Tod ging in die Küche, machte Licht und packte seine Einkäufe auf dem Küchentisch aus. Wunderbare Düfte nach Basilikum, Koriander und frischgebackenem Brot streichelten plötzlich meine Nasenlöcher und machten mir klar, dass ich auf ganz andere Dinge Hunger hatte als auf Pralinen. Es war inzwischen fast neun.

»Ich dachte, du hättest sicher nichts dagegen, wenn ich dich zu einem selbstgekochten Essen einlade. Ich hab mir schon gedacht, dass du nichts gekocht hast, und deine Küche sah so einladend aus. Wenn du gestattest?« Das Fragezeichen blieb in der Luft hängen.

»Sicher«, antwortete ich und half ihm bei der zweiten Tüte. Die war gefüllt mit Leckereien, von frischer mit Tintenfisch gefärbter Pasta bis zu Oliven, Tomaten, Brot, gekochtem Schinken und Olivenöl. Aus der Alkoholtüte zog der Tod eine Flasche Amarone, tiefrot an der Grenze zu Schwarz und verlockend wie ein Sprung ins Meer an einem heißen Augustabend. Martin hatte diesen Wein vor einer halben Ewigkeit einmal empfohlen, und Tom und ich hatten sofort eine Flasche gekauft und sie noch am selben Abend geleert, ungefähr so, wie wir eine Tüte Rosinen geteilt hätten. Jetzt nahm ich Rotweingläser aus dem Schrank und überreichte den Korkenzieher, der immer mit ausgebreiteten Armen neben dem Spülbecken stand. Der Tod öffnete die Flasche mit sicherer Hand, goss den ersten Schluck in das eine Glas, füllte dann das andere zur Hälfte und hielt es mir hin. Dann füllte er das andere, hob es und lächelte. Seine Zähne waren nicht ganz weiß, aber regelmäßig und gepflegt.

»Prost, Erica. Weil es schön ist, in einer richtigen Küche zu stehen, wenn es regnet. Und weil ich einen Ort gefunden habe, an dem ich ab und zu Asyl erbitten kann … vielleicht …«

Ich nickte und trank einen Schluck Wein. Der rosinenhafte Geschmack war fantastisch und gab mir abermals das Gefühl, dass auf seltsame Weise alles so sei, wie es sein sollte. Ein Mann, falls er das nun wirklich war, der soviel Sinn für Wein hatte, konnte nicht ganz schlecht sein. Er hatte gelernt zu genießen, wann er konnte, und das fand ich beruhigend.

Der Tod legte die Waren in den Kühlschrank. Dann stieß er plötzlich einen Pfiff aus und griff nach einem Glas mit einem schwarzen Inhalt, der mir kaum bekannt war.

»Trüffel. Du hast Trüffel im Kühlschrank! Fantastisch! Isst du die gern? Darf ich sie verwenden?«

Sein Lächeln entlockte auch mir eines, das erste seit langer Zeit, ein Lächeln, das so unerwartet kam, dass es meine Gesichtsmuskeln verspannte.

Der Tod nahm die Streichhölzer, die auf unserem, meinem, Küchentisch lagen, einem alten Holztisch, den wir von einem entfernten Verwandten von Tom geerbt hatten. Er zündete die Kerze an, die sofort ein gewollt gemütliches Wattegefühl verursachte und mich dazu brachte, mich zu setzen und die Hände um sie zu legen.

»Versuch jetzt, für eine Weile Gast in deinem eigenen Heim zu sein. Entspann dich. Ich weiß, dass ich nicht einmal einen

Bruchteil deiner Fragen beantwortet habe und dass du sicher noch immer auf der Hut bist. Aber nimm die Sense und stell sie neben dich, dann übernehme ich den Rest. Wir haben doch den ganzen Abend?«

Die letzte Bemerkung hätte wie eine Drohung klingen können, hörte sich aber plötzlich an wie ein Versprechen. Ich griff zu der Sense, die auf den Boden gerutscht war, und entdeckte an mehreren Stellen Gelenke. Als ich sie schrittweise zusammengeklappt hatte, war sie plötzlich nicht größer als ein Taschenknirps, und sogar das Blatt ließ sich einschieben wie bei einem Schweizer Messer. Ich legte die Sense auf den Boden und fragte mich zugleich, ob Tom irgendwo saß und in meiner Abwesenheit mit mir Schluss machte. Im Moment kam mir das nicht wichtig vor. Im Moment konnte ich unmöglich sagen, wer dabei mehr verlor.

Der Tod nahm jetzt Kochtöpfe und Pfannen aus dem Schrank. Bald blubberte die tintenfischschwarze Pasta im Topf, während auf der Nachbarplatte eine Soße mit den freudenerzeugenden Trüffeln warmgehalten wurde. Ich hatte das Gefühl, ein ungewöhnlich ästhetisches Kochprogramm zu erleben, wo das Schweigen beredt sein durfte und die Erwartungen entsprechend ausfielen.

Ich hatte meine Arbeitspapiere vom Tisch geräumt und zwei Unterlagen auf das narbige Holz gelegt, das vermutlich ungeheuer viele Essen in unterschiedlicher Gesellschaft erlebt hatte. Der Tod stellte zwei große Suppenteller auf den Tisch und legte Löffel und Gabel daneben. Als das dampfende Gericht, eine Mischung aus Schwarz, gekrönt von einem grünen Basilikumblatt, vor mir stand, wusste ich, dass ich einen potenziellen Gatten verloren, aber einen Koch gewonnen hatte.

Wir setzten uns, stießen abermals an und fingen an zu essen. Es schmeckte himmlisch, um eine passende Metapher zu verwenden, und ich ließ die Kontrollspannung von Nacken und Kiefern fahren und erlaubte es mir, frei in dem Wohlbefinden zu schwimmen, das nur gut zubereitete Lebensmittel vermitteln können. Der Tod schien Hunger zu haben, aß aber mit Beherrschung, als schenkte er jedem Bissen die ihm zustehende Zeit. Wenn es stimmte, dass er auf der ganzen Welt unterwegs war, um sein Gewerbe auszuüben, saß er womöglich nicht jeden Abend in einer Küche wie meiner und aß aus Porzellantellern.

Ich versuchte, ihn mir mit Umhang und Sense an einem Lagerfeuer der Aborigines in Australien oder bei einem einsam lebenden Volk in Afrika vorzustellen. Wieder kam mir der Gedanke, dass diese Situation absurd war. Er hatte gesagt, er sei der Tod und überwache mit einer Art Personal fast jeden Todesfall. Das mussten doch Tausende, nein Millionen sein, und alles gelenkt von einer gewissen pluralistischen Gottheit. Ich verstand es noch nicht, merkte aber, dass ich dabei war, das, was er sagte, als Wahrheit zu akzeptieren, und vor allem, ich hatte keine Angst mehr, so große Mühe ich mir auch gab. Warum? Was ließ sich in meiner Geschichte finden, das mich auf den Empfang überirdischer Informationen vorbereitet hätte?

Da gab es die leicht verlegene Mitteilung meiner Großmutter väterlicherseits, dass ihre Mutter, also meine Urgroßmutter, aus dem Kaffeesatz gelesen habe und als weise Frau betrachtet worden sei. Sie hatte meine Oma als Baby »wurzeln« lassen, eine Prozedur, bei der das neugeborene Kind in ein Laken gewickelt durch einen unter einer Baumwurzel gegrabenen Gang hin- und hergezogen wurde. Das sollte das Kind vor allerlei Gefahren schützen, und da meine Oma in einem Alter von neunundachtzig noch kaum ein Gebrechen hatte, schien es ja geglückt zu sein. Oma war von ihrer Mutter ausreichend geprägt worden, um sich nicht zu sehr auf höhere Mächte zu verlassen. »Der Kerl da oben, den kannst du in der Pfeife rauchen«, sagte sie oft und schlug mit dem Kochlöffel auf den Tisch, wenn sie den gerade in der Hand hielt. »Die hätten ein solides Frauenzimmer da hinsetzen müssen, dann wäre mehr Schwung in die Sache gekommen, das steht mal fest. Wer hätte denn gedacht, dass so ein Kerl allein überhaupt irgendwas schafft? Das haben sie noch nie getan, sie werden es auch nie tun, und die Welt beweist, dass ich recht habe, das sag ich dir. Denk dran, dass Kinder erwachsen werden, Männer aber nie.« So konnte sie sich in Rage reden, während sie zugleich ihren eigenen Hausgottheiten, zum Beispiel dem Kaffeesatz, ewige Treue schwor.

Opas Gott befand sich in der Natur, in Bäumen und Blumen und in den kalten Felsrücken am Wasser. Er konnte stundenlang durch den Wald streifen und dann mit einem Strauß zarter Waldblumen nach Hause kommen, die er mit seinen kräftigen Fingern ganz vorsichtig hielt, damit die Stängel ja nicht zerbrachen. Oma verfluchte ihn jedes Mal, stellte sie dann aber doch in ein Glas, das er auf ihrem Nachttisch platzieren durfte. So lebten sie nebeneinander, beide mit ihrer eigenen Vorstellung davon, wo das Göttliche zu finden war, und beide wurden dabei vermutlich nach ihrer eigenen Fasson selig.

Meine Großeltern waren Baptisten, aber von der aufgeklärten Sorte, wo Fürsorge für die Schwachen die Intoleranz gegenüber Tanz, Alkohol und Kartenspiel ausglich. Omas Bibel sah aus wie ein vielbenutztes Kochbuch, mit eingeschobenen Zetteln, Eselsohren und Unterstreichungen überall da, wo sie ein besonders gelungenes Rezept zur Lebensführung gefunden hatte. Bei meiner Konfirmation war klar, dass meine Großeltern mir eine Bibel schenken würden, und es war auch klar, dass sie die Aufgabe, ein Bibelwort zu finden, das zu mir passte und mich auf meinem Lebensweg begleiten sollte, sehr ernst nehmen würden. Als ich las, was meine Großmutter mit zittriger Hand geschrieben hatte, wusste ich, dass mir in meinem Leben nie ein schöneres Kompliment gemacht werden könnte. »Selig sind die, die reinen Herzens sind, denn sie werden Gott schauen.« – »Ja, das passt sicher ziemlich gut für dich«, kommentierte mein Vater. Ein »ziemlich«, das wie ein altes schmutziges Handtuch in meiner Erinnerung herumrutschte.

Ich wurde aus diesen Gedanken gerissen, als ich aufschaute und sah, dass der Tod mich betrachtete. Ich versuchte sofort, mich anständig zu benehmen.

»Das schmeckt so gut. Du bist ein hervorragender Koch.«

Der Tod lachte.

»Ich habe ja auch einige Jahre üben können. Wenn man so lange leben muss wie ich, muss man für angenehme Rahmenbedingungen sorgen, und das mache ich. Du fragst dich vielleicht, wie lange ich schon existiere?«

Er war offenbar mit gewaltiger Intuition begabt. Der Tod schenkte Wein nach und hielt sein Glas ins Licht, so dass die Farben darin spielten.

»Ja, es ist logisch, dass es mich gibt, solange es Menschen gibt. Nun bin ich nicht seit undenklichen Urzeiten dabei, sondern habe meinen Dienst ungefähr damals angetreten, als unsere Freunde, die Affen, beschlossen, auf zwei Beinen zu laufen. Ich bin übrigens ebenfalls der Evolution unterworfen. Lange hat der Umhang auf dem bloßen Leib gereicht, aber jetzt brauche ich passende Kleidung, um nicht zu sehr aufzufallen. Ich kaufe allerdings nur selten in Stockholm. Reichlich teuer und reichlich schlechte Qualität.«

»Aber wenn du von deinem Dienst sprichst, wie meinst du das dann? Kam Gott oder was du nun Gott nennst, also die Höchsten, nach unten und fragte dich persönlich, oder gab es ein Einstellungsgespräch?«

Ich meinte das ironisch, aber der Tod ging in tiefem Ernst auf diese Frage ein.

»Natürlich gab es einen Auswahlprozess, und natürlich hatten die Höchsten damit zu tun. Sie brauchten jemanden, der ein Demokrat im wahrsten Sinne des Wortes war. Das war ich, und das bin ich. Meine Leidenschaft für die Gerechtigkeit war damals wohl ausschlaggebend, und die habe ich in all den hunderttausend Jahren nicht verloren. Das Wissen, dass ich die demokratischste Institution der Menschheit bin, motiviert mich jeden Tag von Neuem, sogar dann, wenn ich wirklich am liebsten alles aufgeben würde.«

Hunderttausende von Jahren. Eine Seele in einem ewig jungen Körper. Ich konnte mir diese Frage nicht verkneifen.

»Du hast Sisselas Seele erwähnt. Hast du auch eine, oder hast du sie im Austausch gegen ewiges Leben an den Teufel verkauft?«

Der Tod verzog genervt das Gesicht.

»Bring mich bloß nicht mit dieser Frau in Verbindung, mit der will ich nur im äußersten Notfall zu tun haben. Wir können nicht miteinander, das war schon immer so, obwohl wir schon so lange zusammenarbeiten. Oder parallel, könnte ich vielleicht sagen. Ich gehe ihr nach besten Kräften aus dem Weg, was alle mit einem Minimum an Intuition tun sollten.«

Ich merkte, dass ich wütend und überrascht war.

»Und du nennst dich Demokrat? Und sitzt hier und deutest an, dass die Höchsten Männer sind und der Teufel eine Frau. Das hört sich an wie jede schlecht geleitete Firma und …«

Der Tod fiel mir ins Wort.

»Wer hat gesagt, die Höchsten seien Männer? Und wer hat gesagt, der Teufel sei nur schlecht? Ich nicht. Ich habe nur gesagt, dass wir uns nicht sonderlich gut verstehen. Sie bringt uns dazu, Leid zu erfahren, das, was wir haben, im Stich zu lassen, um nach Perlmutt schimmernde Kulissen zu gewinnen, die sich dann als die pure Hölle herausstellen. Die Höchsten haben dem Menschen einen freien Willen gegeben, und da muss ich ihnen ja wohl etwas Auswahl bieten, sagt sie und lächelt unschuldig mit messerscharfem Blick. Niemand kann ihre Kompetenz bezweifeln. Und das tu ich ja auch nicht.«

»Du klingst fast ein wenig neidisch.« Das rutschte mir heraus, ich konnte nicht dagegen an. Der Tod schaute auf.

»Im Gegenteil. Ich will das Beste für die Menschheit, sonst

wäre ich nicht der, der ich bin. Und sie will das nicht. Sie spielt russisches Roulette mit den Menschen, platziert ihre Kugeln so, wie es ihr passt, und lässt sich dann zurücksinken und schießt lässig, während sie die obligatorische Zigarre anzündet und ruhig zusieht, was passiert. Dem einen wird das Gehirn aus dem Kopf gepustet, dem anderen nicht. Sie könnte genauso gut in einem Theater mit Schauspielern sitzen und sich jedesmal davon überraschen lassen, wer am Ende stirbt. Das Beste an meinem Job ist, dass der Schluss immer neu ist, sagt sie und streichelt meine Wange, wenn wir uns über den Weg laufen. Aber nun genug vom Teufel, wie wäre es, diese Mahlzeit mit einer angenehmen Wiederholung abzurunden, einem von dir zubereiteten Espresso? Und darf ich mich in den blauen Sessel im Wohnzimmer setzen? Der hat eine … ich finde kein besseres Wort als Seele.«

Wir standen auf, und ich lieferte nach einer Weile meinen Beitrag zum Essen im Wohnzimmer ab, wo der Sessel besetzt war. Ich rollte mich auf dem Sofa zusammen und fühlte mich ziemlich wohl in meiner Haut.

»Du hast nicht nach dem Unfall heute gefragt.«

Diese Frage war vielleicht unvermeidlich, und ich versuchte, meine konfusen Gedanken zu sortieren, durchsetzt, wie sie waren, mit den unvollständigen Informationen, die das Lexikon mir gegeben hatte.

»Ich habe verstanden, dass das, was passiert ist, etwas mit Seelenwanderung zu tun hat. Und da offenbar viele Menschen daran glauben, akzeptiere ich bis auf Weiteres deine Erklärung, dass die Seele dieses Kindes in den Körper eines anderen Menschen verlegt worden ist. Aber die anderen? Die Mutter oder die Schwester? Der Autofahrer? Deren Leben müssen doch jetzt auch zu Ende sein, wenn man bedenkt, dass ein Leben auch Freude enthalten muss, um ein Leben zu sein. Was machst du mit den Schuldgefühlen?«

Der Tod legte die Fingerspitzen gegeneinander und schloss

die Augen. Er schwieg so lange, dass ich schon fast mit keiner Antwort mehr rechnete.

»Erica«, sagte er endlich. »Wer hat gesagt, dass das Leben ohne Schuld gelebt werden muss, um richtig oder gut gelebt zu werden?«

Darauf gab es keine Antwort, und schweigend tranken wir unseren Kaffee. Für Sisselas Mutter war die Trauer jetzt sicher voll losgebrochen, hatte ihre Fieberspitze erreicht, den Körper in Besitz genommen. Ich hoffte unbewusst, dass sie schlief, und sei es nur durch die Wirkung von Tabletten.

»Ich würde gern hier übernachten«, sagte der Tod plötzlich, wie als Antwort auf meine Schlafgedanken. »Keinen Schreck kriegen, dieser Sessel hier ist schöner als viele Betten, in denen ich geschlafen habe, also würde ich gern hierbleiben. Wenn du eine Zahnbürste für mich hättest, wäre das fantastisch. Spülen können wir doch sicher morgen? Ich verspreche, mich am Abwasch zu beteiligen.«

Auf irgendeine Weise kam es mir selbstverständlich vor, dass er bei mir übernachten wollte, und ebenso selbstverständlich ging ich ins Badezimmer und holte eine Zahnbürste aus einer kleinen Kulturtasche, die Tom auf irgendeinem Flug in die USA bekommen haben musste und netterweise hier gelassen hatte. Tom. Ja. Der saß jetzt sicher bei Johan oder in irgendeiner Bar und war empört, weil ich nicht in seine Arme gesunken war, nachdem er mir so reizend Abbitte geleistet hatte. Ich reichte die Zahnbürste dem Tod, der verschwand und eingehüllt in die unverkennbare Aura frisch geputzter Zähne wieder zurückkehrte. Als ich an die Reihe kam, ging ich ins Badezimmer und blieb lange vor dem Spiegel stehen.

Die gleiche dunkle, lockige halblange Frisur. Dieselben Sommersprossen auf der Nase in einem ansonsten blassen Gesicht. Dieselbe schmale Figur, derselbe breite Mund. Nichts hatte sich geändert. Und doch alles. Ich schob den Abwasch abends normalerweise nicht auf. Ich ließ Fremde normalerweise nicht in unserer, meiner, Wohnung übernachten. Ich diskutierte normalerweise nie und nimmer beim Abendessen über den Teufel. Ich konnte mich nicht einmal daran erinnern, wann Tom und ich zuletzt über Religion gesprochen hatten. Doch, bei unserer ersten Begegnung natürlich. Sonst war das Thema seit langem auf die schwarze Liste gesetzt und abgeschrieben worden.

Ich ging zum Tod und sagte gute Nacht und vielen Dank für den netten Abend. Es klang ein wenig gekünstelt, familiär auf eine doch distanzierte Weise, aber etwas Besseres fiel mir nicht ein.

Der Tod zeigte kaum eine Reaktion. Er hatte sich schon im Sessel zusammengerollt und war dabei, in seinem Umhang, den er sich offenbar geholt hatte, wie in einer schützenden Hülle einzuschlafen. Ich fragte mich, ob er mein Handtuch benutzt hatte. Dann ging ich zu meinem noch immer ungemachten Bett, ließ zum zweiten Mal hintereinander meine Kleider auf den Boden fallen, wie eine Fortsetzung der Revolution meiner Gewohnheiten, und legte mich nackt unter die Decke, den Teddy an meine Brust gedrückt.

Ich fragte mich, ob der Mann, der Sissela angefahren hatte, betrunken gewesen war, aber instinktiv ahnte ich, dass er wohl eher unter Stress gestanden hatte. Ich hätte gern gewusst, wo er sich jetzt befand, körperlich und mental, und ob der Albtraum, der heute begonnen hatte, für den Rest seines Lebens immer wieder abgespult werden würde. *In Eile. Wütend. Druck auf das Gaspedal. Blöde Kuh. Typisch Frau am Steuer. Führerschein in der Lotterie gewonnen. Jetzt will ich endlich weiter. Warten, warten. Was ist das da? Nein. Nein. NEIIIN.* Konnte die Verzweiflung wirklich so greifbar sein, dass sie im Kopf eines anderen Menschen widerhallte?

Und die Mutter. Vielleicht unter Schock. Eine lebenslängliche Strafe war ihr für das Verbrechen auferlegt worden, ihren Kindern einige anstrengende Schritte auf einem schweißnassen Bürgersteig zu ersparen. Und der Fahrer würde vielleicht mit einigen Tagessätzen Geldstrafe davonkommen.

Meine Gedanken wandten sich wieder dem Tod zu, der gesagt hatte, das Leben müsse nicht ohne Schuld gelebt werden, um gut gelebt zu werden. Im Moment fühlte ich mich fast sicher, als ich hier im Bett lag und wusste, dass er im Samtsessel Wache hielt. Das war früher nicht einmal an jenen Abenden eine Selbstverständlichkeit gewesen, an denen Tom die Arme um mich gelegt hatte und seinen körpereigenen Kamin mit mir teilte.

In einem Versuch der Normalität griff ich zu dem Buch auf dem Nachttisch, um mich in den Schlaf zu lesen. Das glückte für einen Satz. Es glückte für zwei. Dann schlief ich ein, die Wörter über dem Gesicht.

KAPITEL 5

Der Regen klatschte gegen das Fenster, und die Bäume im Hinterhof heulten, wenn der Wind an ihren Zweigen riss. Ein rascher Blick auf die Uhr zeigte, dass es acht war und dass ich die ganze Nacht tief geschlafen hatte, auch wenn böse Träume mich dabei verfolgt hatten. Jetzt konnte ich sie nicht genau wiedergeben, aber sie waren ohne jeglichen Zusammenhang gewesen und hatten aus Bildern bestanden, die sich änderten wie die in einem Kaleidoskop und auf denen schwarze Schatten, bremsende Autos und Kerzen, die angezündet und von unsichtbaren Mündern ausgeblasen wurden, einander in immer schnellerem Tempo ablösten. Tom war wohl auch einige Male aufgetaucht, Hans Nordsjö übrigens auch, aber der Tod hatte sich nicht sehen lassen, ebenso wenig wie eine Sense oder ein Umhang. Decke und Kissen waren wie üblich schweißnass, aber nicht mehr als sonst. Teddy und Buch lagen auf dem Boden, und ich hob sie auf mit der ersten und vielleicht einzigen liebevollen Geste des Tages, dann stand ich auf und näherte mich dem Wohnzimmer in einer Mischung aus Erwartung und Zaudern.

Der himmelblaue Sessel war leer, und nichts ließ annehmen, dass jemand darin geschlafen hatte. Kein Schlafgeruch hing in der Luft, stattdessen Kaffeeduft, der mich dazu brachte, zur Küche zu gehen und vorsichtig die Tür zu öffnen.

Dort war alles klinisch sauber. Klebrige Pastakochtöpfe, benutzte Rotweingläser, Kaffeetassen – alles war verschwunden. Da auch das Gestell für schmutziges Geschirr leer war, öffnete ich einige Schranktüren und Schubladen. Und richtig war alles an Ort und Stelle, genau wie immer, abgesehen davon, dass sämtliche Henkel von Kaffeetassen jetzt in eine Richtung zeigten. Nach rechts.

Erst jetzt entdeckte ich eine Kaffeekanne, die auf einer Herdplatte warmgehalten wurde. Der Tisch war für eine Person gedeckt, mit Teller und Tasse, ein Brotkorb, mit einem sauberen Küchenhandtuch ausgelegt, duftete wie Frankreich. Unter dem Tuch warteten warme Croissants und zwei kleine Schalen, eine mit Butter und eine mit Marmelade. Ganz oben lag ein weißer Zettel mit der Mitteilung: »Konnte nicht bleiben, weil ich heute einen frühen Einsatz hatte. Aber wir können uns heute um vierzehn Uhr beim Spucknapf im Hauptbahnhof treffen. Ich möchte dir etwas zeigen, das allerlei erklären kann. Danke für den Abend gestern und für das Nachtquartier. Hast du nicht von einem netten Abend gesprochen? Ich habe hervorragend geschlafen.« Der Zettel war unterschrieben mit »Tod«, und der gesamte Text war mit schwarzer Tinte aus einem Füllfederhalter verfasst, der jedenfalls nicht mir gehörte. Der Zettel jedoch stammte von dem Notizblock, der über dem Kühlschrank hing.

Tom hatte eines Morgens, an dem ich mich grau gefühlt hatte, gesagt, ich sollte an diesem Tag einfach alles anders machen. Kaffee trinken, keinen Tee. Die Zeitung von hinten lesen statt von vorne, und das lesen, was ich sonst nicht las, und auf das Übrige pfeifen. Mich auf einen anderen Stuhl setzen, mich anders anziehen und so weiter. Ich nahm diesen Rat an und bekam eine ganze Reihe neuer Impulse und Empfindungen. Das hier war eine Variante dieses Themas. Kaffee und Croissants. Adieu, Wasa Sport.

Es schmeckte nach Ferien und reifem Sommermorgen. Ich verzehrte ein Croissant nach dem anderen, während das Fett meine Finger glänzen ließ und ungehorsame Krümel in meinen Mundwinkeln kleben blieben. In der Zeitung, die natürlich auch auf dem Tisch lag, wurde der Unfall des Vortags nur in einer kurzen Notiz erwähnt, an der ich rasch vorbeiblätterte. Fünfjähriges Mädchen bei Autounfall auf Söder umgekommen. Knappe Darstellung des Ereignisses. So viel war das Leben eines Kindes wert in den Augen eines Nachrichtenredakteurs oder vielleicht eines gestressten Nachtredakteurs.

Der Abend mit dem Tod nahm meine Gedanken gefangen und wollte sie nicht loslassen. Es war eine fantastische Mahlzeit und absolut ein ebenso fantastisches Gespräch gewesen. Mit einem normalen Mann wäre das Zusammensein ein Geschenk gewesen, eine Verabredung mit jemandem, der Essen kochte und offen seine Gedanken über Verführung, Leid, Unzulänglichkeiten und schwierige Lebensfragen zum Ausdruck gebracht hatte. Aber er war ja kein normaler Mann, wenn ich seinen Worten und dem Schweigen der Gegensprechanlage Glauben schenken wollte. Was hatte er über den Teufel gesagt? Eine Frau, die lockte und den Menschen die Wahl ließ, die sie von den höheren Mächten nicht bekamen? Ja, er hatte von den Menschen gesprochen, und nicht nur von Männern, es konnte also nicht nur um erotische Verführung gehen. Diese Vorstellung war nicht abstoßend. Das mit der Demokratie fand ich schwieriger. Was gab es denn für eine Gerechtigkeit, wenn die einen in zerfledderten Schuhen starben und andere an Altersschwäche, bei bestem Wohlergehen und so fett, dass die Matratzen glänzten? Ich zwang mich dazu, diese Fragen um zwei Stunden aufzuschieben. Irgendwie fußte unsere ganze Beziehung auf Akzeptanz und darauf, loslassen zu können. Was durchaus schwierig war, da Kontrolle für mich immer Sicherheit bedeutet hatte, die ich glücklich in meiner eigenen persönlichen Demonstration gegen alles zu Felde geführt hatte, was Chaos ausstrahlte.

Um elf sollte ich bei Martin sein, ich hatte also Zeit genug. Während ich den Kaffee trank, dachte ich über das mögliche Projekt nach. Envia, wie Martins Firma hieß, gehörte einem ziemlich großen Konglomerat, das außer Kondomen noch eine Reihe von leichteren Arzneimitteln produzierte, wie Kopfschmerztabletten und Salben, die gegen Ekzeme halfen. Wie die Gentests dort ins Bild passen sollten, war mir ein Rätsel. Dass Envia keine Lebensversicherungen verkaufte, stand für mich fest.

Als das Telefon klingelte, ging ich fast davon aus, dass es der Tod war, und ich war reichlich überrascht, als Kriminalkommissarin Lena Rosseus fragte, ob ich ich sei. Das konnte ich wohl kaum abstreiten, und Lena Rosseus, die keine zu sein schien, die ihre Zeit an Unwesentlichkeiten vergeudete, kam sofort zur Sache. Sie hatte mit Hans Nordsjö gesprochen und konnte mitteilen, dass die Ergebnisse der Obduktion und der Fingerabdrücke aus Malkolms Wohnung in den nächsten Tagen vorliegen würden. Sie kündigte zudem an, dass die Polizei mit mir sprechen wollte, und fragte, ob ich anzutreffen sei. Ich antwortete, ich hätte nicht vor, das Land zu verlassen, und zwar mit einem Funken Humor in der Stimme, den Lena Rosseus jedoch nicht zu hören schien.

Ich rüstete mich für einen regenreichen Tag, mit der schwedischen Uniform, die aus ausreichend warmer Hose, ausreichend warmem Pullover und einer Jacke aus wasserabweisendem Material besteht. Der Regen empfing mich mit einer nassen Umarmung, als ich das Haus verließ und zur U-Bahn lief, und ich verfluchte mich, weil ich keinen Regenschirm mitgenommen hatte. Der Wagon war voller nasser Menschen. Sie rochen nach Großstadt und Schimmel und verratenen Hoffnungen, die sie in sich einkapselten, indem sie einander nicht in die Augen schauten. Denk beim Aussteigen an die Lücke zwischen Wagen und Bahnsteig. Denk an den Ruhetag, auf dass du ihn heiligest.

Auf dem Hötorg schrien die Verkäufer ihre Waren aus, was

aber nicht viel half. Niemand schien bei diesem Regen Lust zu haben, kernlose Weintrauben mit sich herumzuschleppen, Kinder und Regenschirme und schwere Tüten waren offenbar schlimm genug. Die Büroräume von Envia lagen nicht weit vom Platz entfernt, und dort angekommen schüttelte ich mich wie eine nasse Katze und bat, zu Martin durchgelassen zu werden.

Der Fahrstuhl trug mich fünf Stockwerke hoch und dort wurde ich von Eira empfangen, einer fünfundfünfzig Jahre alten Finnin, die nicht nur Martins Sekretärin war, sondern auch die Aufgaben der Sicherheitsbeamtin und der engen Freundin übernahm. Sie begleitete ihn seit vielen Jahren und war für Martin ein Fels in der Brandung und für mich zugleich eine stetige Quelle der Freude. Ihr solider, viereckiger Körper versinnbildlichte die ganze Wucht und die ganze Zähigkeit der finnischen Wälder, und ihre Stimme, geprägt von der generationenalten Gewohnheit, das zu sagen, was gesagt werden musste, ohne es in schonende Wendungen zu hüllen, war wie Harz und Tango in einer klebrigen Kombination.

Eira hatte vor fast vierzig Jahren einen Schweden geheiratet und war ihm gefolgt. Sie war das jüngste von sieben Kindern und stammte aus einer Stadt in Nordfinnland. Ihren Mann hatte sie durch einen Zufall kennengelernt, als er mit seiner Firma eine exotische Jagdreise unternommen hatte. Die damals achtzehn Jahre alte Eira hatte auf Nils, wie er hieß, einen unauslöschlichen Eindruck gemacht, und nach nur wenigen Wochen war er im Urlaub wieder in ihre Stadt gekommen und hatte ihr einen Heiratsantrag gemacht.

Er ist lieb, mein Mann, sagte Eira oft, ungefähr so, wie sie mitgeteilt hätte, dass er an einer unheilbaren Krankheit litt, mit der man zwar leben konnte, die aber für ihn und seine Umgebung doch eine Belastung darstellte. Sie schrieb seinen Namen konsequent mit einem kleinen n, und das schon so lange, dass er das inzwischen auch so machte.

Ihre rabenschwarz gefärbten Haare lagen in so ordentlichen Wellen wie immer, als sie mich nun empfing, und ihre Augen funkelten mit ihren Ringen um die Wette.

»Weißt du, Erica, dass ich ein Herz habe?«, rief sie sofort in einem Finnlandschwedisch, das ganz und gar ihr eigenes war. Eira vergeudete niemals Zeit mit einleitenden Plattitüden.

»Ich bin im Krankenhaus untersucht worden, und da habe ich es gesehen, Erica, da habe ich es gesehen. Mein Alter behauptet doch, ich sei herzlos, und das macht er schon seit vielen Jahren, aber verdammter Alter, jetzt hab ich es schwarz auf weiß. Ich konnte ein Bild mitnehmen, und das hängt jetzt an der Kühlschranktür. Da geht er ja oft hin, und dann werden wir ja sehen, was passiert.«

Eira hatte Atembeschwerden und hatte sich untersuchen lassen, das wusste ich schon seit meinem letzten Besuch hier. Dass ihre Atembeschwerden auch mit den dreißig Zigaretten zusammenhängen könnten, die sie jeden Tag rauchte, zog sie nur äußerst ungern in Betracht. Eira zufolge gab es auch Leute, die an Krebs erkrankt waren, nur weil sie mit Rauchen aufgehört hatten. Sie behauptete, das Rauchen habe die Tumore in Schach gehalten, die Tumore, die zu wachsen begannen, als der Tabakkonsum aufgehört hatte. Es war schwer, dieser Argumentation wissenschaftliche Gültigkeit zu attestieren, aber wenn Eira sich von dieser Seite zeigte, war es unmöglich, ihr zu widerstehen.

Ich hängte meine nasse Jacke auf und erfuhr, dass Martin Besuch von irgendeinem hohen Tier hatte, das bald wieder gehen würde. Eira lieferte diese Information mit einer Tasse vom grünen Tee des Hauses, von dem sie wusste, dass ich ihn hier immer trinken wollte. Nach dem Kaffee an diesem Morgen schmeckte er wie flüssiges Stroh. Ich hatte mich über Nacht verändert.

Eiras Büro war warm, es gab Blumen, muntere Bilder, ein Sofa mit kleinen Kissen und Fotos auf dem Schreibtisch. Die

Fotos zeigten ihre Zwei und Alles, ihren Hund und ihren einzigen Sohn, Robert. Nie wäre sie auf die Idee gekommen, ihre Sammlung durch Nils zu vervollständigen. Beide Lieblinge hatten ihre Macken, und nur die des Hundes waren erträglich. Es war ein kräftiges, zotteliges Tier, das trotz seiner beeindruckenden Größe schreckliche Angst vor Menschen hatte und sich nur von Eira anfassen ließ.

Schlimmer stand es um Robert. Er war ein reizender und zurückhaltender Junge von fünfundzwanzig Jahren, dem ich einige Jahre zuvor einmal begegnet war. Damals hatte das Leben für ihn licht ausgesehen, und er hatte frische Zukunftspläne gehabt. In der Schule war offenbar alles sehr gut gelaufen, obwohl Robert eher Nils' Nettigkeit geerbt hatte als Eiras Überlebenskraft, und nach dem Gymnasium wollte er nach Australien fahren und dort ein Jahr verbringen.

Doch so weit war er dann nicht gekommen. Robert hatte Gabriella kennengelernt und war seither in seiner persönlichen Entwicklung nicht vor- und nicht zurückgelangt. Gabriella wohnte bei ihrer Mutter, einer Frau, die sich offenbar für Gottes Geschenk an die Gesellschaft hielt und die sich alle Mühe gab, dieses Gefühl auf ihre Tochter zu übertragen. Beide Frauen waren wegen diverser Leiden krankgeschrieben. Wovon die Mutter die Krankenkasse hatte überzeugen können, wusste Eira nicht, aber Gabriellas letzte Errungenschaft war eine Entzündung im Knie, der sie nun eine fast einjährige Krankschreibung verdankte.

Robert und Gabriella waren seit Roberts letztem Jahr auf dem Gymnasium zusammen. Gabriella hatte ein unglaublich schlechtes Abiturzeugnis erwirtschaftet, und danach war nicht mehr viel passiert. Robert wohnte noch immer zu Hause, jobbte ab und zu ein wenig und verbrachte so viel Zeit wie möglich mit seiner teigähnlichen Freundin. Ich hatte die beiden einmal in der Stadt gesehen und konnte Eira verstehen, wenn sie Gabriella als »diesen ungekämmten Mumintroll« bezeichnete. Ihre gemeinsamen Unternehmungen beschränkten sich zumeist darauf, dass sie aus derselben Tüte Kartoffelchips aßen und Computerspiele spielten.

Eira verabscheute Gabriella mit einem so reinen und unbesudelten Gefühl, als wäre es mit Seifenlauge gewaschen worden, und sie verabscheute auch Gabriellas Mutter. »Sieh mich an, Erica«, sagte sie oft. »Ich habe den ganzen Scheiß operieren« (hier war die Rede von einem schweren Bandscheibenvorfall) »und mich krankschreiben lassen, weil ich glaubte, mit mir sei es aus. Aber dann war ich nach sechs Wochen wieder hier, weil ich es nicht aushielt. Ich muss ganz einfach arbeiten, wenn ich mich wohlfühlen will. Ich sage dir, Erica, eines Tages werde ich sie erwürgen und Schweden dadurch einen Dienst erweisen.«

Ich trank das Stroh und erkundigte mich bei Eira nach dem Stand der Dinge bei Robert und Gabriella, was ihrem Gesicht eine tiefe Pflaumenfarbe gab, die sicher nicht gut für ihr Herz war.

»Ich habe gestern einen von Roberts Kumpels getroffen, zusammen mit seiner Freundin, die sehr lieb und nett zu sein scheint, und sie erzählten, dass sie beide Arbeit haben und für ein kleines Haus am Stadtrand sparen. Ja, und dann habe ich Robert davon erzählt und gesagt, so macht man das, man sucht sich Arbeit und spart dann gemeinsam. Gabriella hat so schöne Haare, sagte er da, und ich schrie ihn an, was spielt das denn für eine Rolle, was sie für Haare hat, wichtig ist, was in dem Mädel steckt! Aber sie ist sicher auch gegen Arbeit allergisch, wo sie doch bei allem anderen überempfindlich ist, Tiere und Fell und Gras und Nüsse und jede Menge Lebensmitteln und den ganzen Dreck, also sollte sie lieber in einer Kunststoffblase hausen und sich alles servieren lassen, ach, was kann sie uns leidtun!«

Eira war dermaßen außer sich, dass ihr finnischer Akzent immer stärker wurde und nun statt eines zurückhaltenden Gewürzes zur Hauptzutat in ihren Ausführungen wurde. Glücklicherweise wurde in diesem Moment Martins Bürotür aufgerissen, und ein Mann im höheren mittleren Alter kam heraus. Er trug eine schlecht sitzende Hose ohne Gürtel und hatte Schuppen auf dem Hemdkragen, und er zog mich mit Blicken aus, als Martin mich zu sich winkte. Ich hatte das Gefühl, dass er mir in Gedanken an den Busen gegrabscht hatte, und ich war dermaßen überrascht, dass ich das reflexhafte Lächeln, das ich bereits auf den Lippen gehabt hatte, nicht mehr zurückrufen konnte. Das Gefühl, in Hundekacke getreten zu sein, war so stark, dass mir die Frau, die sich vielleicht an seiner Seite befand, leidtat, während er sich an mir vorbeidrängte und dafür sorgte, dass seine graugekleideten Oberschenkel mich im Vorübergehen streiften. Mir wurde ein Lächeln zuteil, ehe er verschwand, ein Lächeln, das gelbe Zähne und eine Zunge mit weißem Belag zeigte, weshalb ich eilig weiterging, um bei Martin Schutz zu suchen.

Martins Büro war das genaue Gegenteil von Eiras, spärlich möbliert und ohne persönliche Dinge. Die einzige Ausnahme waren die Fotos auf dem Schreibtisch. Ich schielte hinüber, obwohl ich eigentlich nicht wollte, und sah ein Bild der Familie, als die Kinder noch klein waren und die zukünftigen Probleme noch nicht zu sehen. Birgitta sah fröhlich aus, und Martin spielte mit den Kindern im Gras. Es duftete nach Idylle und glücklicher Familie, und ich fragte mich, warum Martin sich dadurch quälte, dass dieses Bild hier stand. Es musste ihn doch jeden Tag daran erinnern, wie es hätte sein können.

Die anderen Bilder zeigten Schulaufnahmen der beiden Jungen. Erik, der Vierzehnjährige, schaute aus ernsten Augen vor sich hin, die zeigten, wie er sich gegen den ewigen Wirbel um seinen Bruder Arvid abschirmte. Arvid, der Zwölfjährige, sah auf dem Foto trügerisch munter und harmonisch aus. Es war schwer zu glauben, dass diese glücklichen Augen und das fröhliche Lächeln sich in raffinierte Gemeinheit und berechnete Lust wehzutun verwandeln konnten, um danach dann in Zuneigung oder Reue umzuschlagen, und das alles innerhalb von Sekunden.

Martin sah meinen Blick, ging aber auf das Thema Familie nicht ein. Er setzte sich an seinen Schreibtisch, wies auf den Besuchersessel und legte einige Papiere zur Seite.

»Schrecklicher Kerl, was? Einar Salén. Oder Einar Saléeeeeeeen, wie er sich vorstellt. Er sitzt einige Stufen höher als ich und will, dass ich mir überlege, wieviel überflüssiges Personal ich unter mir habe. Überflüssig, was für eine Ausdrucksweise! Natürlich sehe ich ein, dass der Arbeitsmangel und das Sinken der Auftragsmenge und die Weltwirtschaft wohl bedeuten, dass wir nicht alle behalten können, aber wenn von überflüssigem Personal die Rede ist, kriege ich eine Gänsehaut. Als ob man die Leute zusammentreiben und zum Tierarzt schicken könnte, damit der ihnen eine Spritze gibt und wir für immer von ihnen befreit sind!«

Seine Ausdrucksweise machte mir klar, dass Martin schlechter Laune war. Einen treffenden Kommentar hatte er zwar immer auf Lager, aber er war kein Zyniker. Das Hemd dieses Tages war eine erlesene rosafarbene Variante, aber die Stirnfransen hingen leblos über seine Augen. Sogar seine moosige Stimme hatte etwas von ihrer Weichheit verloren. Ich murmelte eine Zustimmung, was Martin nur dazu inspirierte, das Thema weiterzuverfolgen und durch Details anzureichern.

»Ich beurteile Leute sonst nicht nach ihrem Aussehen, aber in diesem Fall gibt seine Schmuddeligkeit wirklich den miesen kleinen Charakter wieder, der unter seiner Haut sitzt. Er drängt sich auf eine Weise nach oben, die wirklich bewundernswert wäre, wenn er unterwegs nicht auf so vielen Seelen herumtrampelte. Außerdem intrigiert er, oder genauer gesagt, er redet Scheiße, und seine Fähigkeit, die Lorbeeren einzustreichen, die sich andere verdienen, ist nachgewiesen. Ganz zu schweigen davon, wie er Frauen behandelt. Aber die Vorliebe der Chefs für Arschkriecher ist hier nicht schlechter entwickelt als anderswo!«

Abermals konnte ich nur nicken, und Martin ließ das Thema ebenso plötzlich fallen, wie er es aufgenommen hatte. Er machte sich jetzt mit einer Professionalität an das Thema des Tages, die er nach Belieben ein- und ausschalten konnte.

»Du weißt doch noch, dass wir über diese Sache mit den Gentests gesprochen haben. Die Deutschen, von denen ich Besuch hatte, arbeiten in einer kleinen, biotechnischen Firma, die in diesem Bereich ungeheuer weit vorne liegt. Versicherungsgesellschaften in aller Welt wollen von ihnen kaufen und beteuern, dass sie nicht vorhaben, aufgrund dieser Technik Kunden abzuweisen, sondern dass sie die Tests aus Forschungszwecken anwenden wollen. Zugleich arbeitet diese Firma in einem Land, in dem sämtliche Politiker vor allem, was Biotechnik oder Gentechnik heißt, eine panische Angst haben. Alle wissen, was in der Nazizeit passiert ist, als durch ›Genforschung‹ die Spreu vom Weizen getrennt werden sollte und als man entscheiden wollte, wer es wert war, zu leben, und wer nicht. Also arbeitet die gesamte Branche in Deutschland mit starkem Gegenwind, und viele erfolgreiche Firmen haben die Forschung schon in die USA verlegt. Auch diese Firma spielt bereits mit dem Gedanken, sie wollen aber noch einen Versuch starten. Und hier kommen wir ins Spiel.«

Martins kleiner Vortrag brachte mir unangenehme Assoziationen. Dr. Mengele, die Zwillingsversuche und seine nur mit Blauäugigen bevölkerte Traumwelt.

»Wir hatten schon früher Kontakt zu dieser Firma«, sagte Martin jetzt. »Sie buchen nämlich dieselbe Werbeagentur wie wir, Doolittle's, deren deutsche Filiale natürlich, aber sie haben durchaus einen Überblick darüber, was wir hier in Schweden auf die Beine gestellt haben. Und unsere alte Kondomreklame gefällt ihnen. Die gefällt ihnen, weil sie glauben, dass wir ein ernstes Thema wie AIDS mit kommerziellen Werbeelementen kombiniert haben, die den Leuten trotzdem ›ein gutes Gefühl‹ geben können. Und so etwas wollen sie jetzt auch erreichen. Gentests, das schon, aber mit einem Hauch von Humor und überhaupt. Und dabei wollen sie unsere Hilfe. Und hier kommst du ins Spiel. Ich will mit dir Ideen jonglieren, Ideen, die wir Doolittle's in Schweden vorlegen können. Die werden nämlich mit den Kollegen in Deutschland zusammenarbeiten, um eine richtig gute Werbekampagne zu entwickeln.«

Martin verstummte und schien etwas von seiner guten Laune wiedergefunden zu haben. Auch meine war um einiges besser geworden. Mit Martin Ideen auszutauschen, ohne die Verantwortung für das Endprodukt zu tragen, kam mir fantastisch vor. Vor allem, weil ich hoffte, dass Martin ein großzügiges Honorar erwirken könnte. Hier im Besuchersessel stand mir plötzlich überaus klar vor Augen, dass ich jetzt auf eigenen finanziellen Füßen stehen musste.

»Gern«, war die einzige Antwort, die mir einfiel, aber Martin schien damit zufrieden zu sein, und wir beschlossen, uns in der kommenden Woche wieder zu treffen, beide mit einigen Entwürfen als Grundlage.

Ich trödelte noch ein wenig herum. Normalerweise hätte Martin mich sicher zum Mittagessen eingeladen, jetzt entschuldigte er sich damit, dass er bereits vergeben sei (»muss mit dem Kerl auch noch fressen gehen«), was mir nur recht war. Ich konnte ja kaum sagen, dass ich beim Spucknapf mit dem Tod verabredet war. Martin wollte natürlich wissen, ob seit unserem Telefongespräch am Vorabend etwas passiert sei, und ich faselte etwas davon, dass ich gelesen hätte und früh zu Bett gegangen sei. Glücklicherweise hatte ich nicht behauptete, ferngesehen zu haben, denn dann hätte Martin sicher wissen wollen, welchen Film. Eigentlich war ich immer schon eine lausige Lügnerin. Tom hatte das besser gekonnt, das ging mir plötzlich auf. Er konnte den Leuten voll ins Gesicht lügen, ohne auch nur eine einzige Miene zu verziehen, und wenn wir beim Einkaufen an irgendwelchen Kostproben vorbeikamen, brachte er es immer fertig, eine Handvoll davon in die Tasche zu stecken, während ich mit einem jämmerlichen Stück irgendwas in der Hand dastand und den abweisenden Blick irgendeiner Verkäuferin auffing.

Ich lugte noch einmal verstohlen zu den Bildern hinüber, und nun gab sich Martin angesichts der Frage in meinem Blick geschlagen.

»Ich weiß kaum noch, wie wir das schaffen sollen, Erica«, sagte er. »Arvid wird nur immer schlimmer. Wir können beide keine Sekunde abschalten, und jetzt kriselt es zwischen uns. Birgitta hat seit Jahren keine Nacht mehr durchgeschlafen und läuft tagsüber herum wie ein Zombie. Sie redet jetzt schon davon, dass nichts schlimmer sein könnte als dieses Leben und dass das Leben eigentlich eine ziemlich wertlose Erfindung ist. Ich habe Angst, dass sie an Selbstmord denkt.«

Seine Aufrichtigkeit machte mir klar, wie ernst die Lage wirklich war. Martin war keiner, der versuchte, eine glatte Fassade aufrechtzuerhalten, aber er hängte seine Probleme auch nicht an die große Glocke, sondern versuchte sie im stillen Kämmerlein zu lösen.

Ich wusste, dass Arvid an schweren Konzentrationsstörungen litt und ernsthafte Lese- und Schreibprobleme hatte. Er konnte auch keine Informationen speichern. Jeden Tag musste er von Neuem lernen, dass er aufstehen, sich waschen und anziehen und dann in die Schule gehen musste. Mit dem Alter war dies noch durch eine steigende Aggression verschlimmert worden. Martin war in dieser Hinsicht noch schweigsamer gewesen, aber ich wusste von Bekannten, die die Lage besser kannten, dass Arvid daran schuld war, dass die Katze der Familie in der Regentonne ertrunken war. Die Katze war fast eine Woche verschwunden gewesen, als sie dort entdeckt wurde, was nicht ungewöhnlich war, denn sie war eine hervorragende Jägerin gewesen, die sich in freier Wildbahn durchaus selbst versorgen konnte. Deshalb kam es für Birgitta als totaler Schock, als sie abends im Garten gießen wollte und den Deckel von der Tonne nahm, um ihre Gießkanne zu füllen. Dort lagen die makaberen Reste der fast bis zur Unkenntlichkeit aufgedunsenen Katze.

Das Schlimmste für Birgitta war die Entdeckung gewesen, dass ihre geliebte Mim nicht nur ertränkt, sondern auf überaus raffinierte Weise gefoltert worden war, ehe das Wasser den Rest erledigt hatte. Der Verdacht fiel ziemlich bald auf Arvid, der gar nicht erst versuchte, seine Tat zu verheimlichen, sondern in dunklen Andeutungen ziemlich laut damit protzte. Die Sache war vertuscht worden und hatte zu irgendeiner Form von Behandlung geführt, die die Lage aber offenbar nicht verbessert hatte.

Arvid konnte Birgitta und Erik studieren (an Martin traute er sich noch nicht heran, was aber sicher nur eine Frage der Zeit war), um ihre schwachen Punkte zu finden und sie dort zu treffen, wo es am meisten wehtat. Erik zog sich mehr und mehr in seinen Panzer zurück, und ich vermutete, dass er die Familie zum frühestmöglichen Zeitpunkt verlassen würde. Zugleich hatten die Bemühungen von Schule und Gesellschaft in Form von zusätzlichen Unterrichtsstunden und Therapie offenbar kaum einen Erfolg gezeitigt. Arvids Zukunft war ungewiss und schien die ganze Familie ebenso unbarmherzig zu zerstören wie ein Krebsgeschwür, das gegen alle Bestrahlungen resistent ist. Martin ergriff jetzt wieder das Wort.

»Es ist schrecklich, das zu sagen, aber manchmal habe ich das Gefühl, dass Birgitta bei der Geburt Arvid auf mehr als nur eine Weise das Leben geschenkt hat. Ein Leben für ein Leben. Birgittas Leben verblasst, während Arvids immer nur noch bunter wird. Abgesehen davon, dass Birgittas Farben froh und weich waren, und die von Arvid schreien und machen niemandem Freude. Es ist so schrecklich, so über seinen eigenen Sohn zu sprechen, ich liebe ihn ja trotz allem, aber ich liebe auch Birgitta, und jetzt bin ich dabei, sie zu verlieren. Und Erik. Wir können ja kaum miteinander reden. Lass mich in Ruhe, schreit er uns alle an. Und ich kann ihm da keine Vorwürfe machen. Bei uns im Haus ist es niemals still.«

»Gibt es keine Medikamente, die helfen?« Diese Frage war gefährlich, aber ich musste sie einfach stellen. Ich wusste, dass Martin bereit gewesen war, allerlei Medikamente auszuprobieren, und dass sie unter anderem Zugang zu einem neuen Beruhigungsmittel hatten, das noch immer getestet wurde. Birgitta hatte mir eine Schachtel gegeben und gefragt, ob ich mit meinen Kontakten in der Branche ihr zu einer Auswertung verhelfen könnte, aber dazu war ich noch nicht gekommen.

»Die, die wir bisher ausprobiert haben, waren nicht gerade überzeugend. Es gab keinen größeren Unterschied. Aber die Forschung macht ja Fortschritte, und wir haben sicher noch nicht genug Versuche angestellt. Birgitta hat Angst, so ein Mittel könnte aus Arvid einen Roboter machen, aber Tatsache ist, dass ein Roboter vielleicht bald das kleinere Übel sein wird.« Martins Offenheit zeigte, dass er mich als zuverlässige Freundin betrachtete, und mir kam das vor wie eine Morgengabe. Für uns beide stand fest, dass ich nichts weitererzählen würde. Ich konnte Martin noch schnell mitleidig ansehen, dann wurde an die Tür geklopft, und der Schuppige kam wieder herein. Abermals zog er mich mit Blicken aus, diesmal konzentriert auf die unteren Regionen, und ich stürzte schneller aus dem Zimmer, als ich vorgehabt hatte. Eira brachte mich zur Tür und schien sich zu freuen, als ich sagte, dass wir uns in der kommenden Woche wohl wiedersehen würden.

Ich hatte Zeit, um in die Hötorgshalle zu gehen und eine Tasse Tee und ein Brot zu mir zu nehmen. Mein Gespräch mit Martin gab mir arg zu denken. Wenn die Gentests wirklich allgemeines Eigentum würden, würde sich die Arbeit des Todes durchgreifend verändern. Wir würden zwar weiterhin sterben müssen, aber in vieler Hinsicht würde das Überraschungsmoment verschwinden. Wie sollten die Menschen mit dem Wissen leben können, dass sie in fünf oder zehn oder fünfzehn Jahren einen Krebs entwickeln und daran sterben würden? Wie würde es die Geburtenzahlen beeinflussen, wenn die angehenden Eltern erführen, dass sie Krankheitsgene hatten, die bei ihnen vielleicht nicht ausbrechen würden, wohl aber bei ihren Kindern? Diese Überlegungen waren beängstigend, und ich sah ein, dass diese Fragen sich so schnell nicht wegdiskutieren lassen würden.

Der Fischladen an der Ecke hatte soeben eine glänzende Lieferung Meereskrebse bekommen, die jetzt mit einem Rascheln in ihr Eisbett gekippt wurden. Krebs. Arvid. Martins Vergleich mit dem Krebsgeschwür im Familienkörper tauchte in meinen Gedanken auf, und plötzlich fürchtete ich mich vor meinen Assoziationen. Aber ich fragte mich eben doch, wie Martin und Birgitta gehandelt hätten, wäre es möglich gewesen, Arvids Störungen mit Gentests nachzuweisen, und sie bereits während der Schwangerschaft von deren Ausmaßen erfahren hätten. Ich war nicht ganz sicher, wie ihre Entscheidung ausgefallen wäre, und ich wusste auch nicht, ob ich je den Mut finden würde, um mit Martin darüber zu sprechen. Aber diese Gedanken machten mir eine Gänsehaut, und nach einem kurzen Kampf mit Erica-klug kaufte ich mir ein Glas Wein und schloss nach jedem Schluck die Augen, um Kräfte zu sammeln.

Der Weg zum Hauptbahnhof verlangte einen geübten Zickzack-Lauf im Regen zwischen den Menschenmassen, wo niemand einem anderen freiwillig Platz machte. Die gewundenen U-Bahngänge brachten mich dann doch unter der Erde an mein Ziel, und ich konnte pünktlich um zwei neben dem Spucknapf stehen, wo viele tausend Schweden sich vermutlich mit ebenso vielen Auserwählten getroffen haben. Ein einziges Mal vor einigen Jahren hatte ich einen Typen gesehen, der ins Loch spuckte, aber die kollektive Angst davor einzugreifen, hatte schon meine und die Handlungsfähigkeit der Umstehenden so weit gelähmt, dass niemand reagierte.

Der Tod wartete bereits auf mich. Wieder ging mir auf, in welch wahnwitziger Wirklichkeit ich hier gelandet war. Er hatte Umhang und Sense unter dem Arm, und niemand zeigte auch nur die geringste Reaktion. Er stand still da und unterhielt sich sogar mit einer Frau, wie ich jetzt sah, einer jungen Frau mit schwarz umrandeten Augen, die eine überzeugende Kombination aus Leder und Nieten trug. Sie schienen in eine lebhafte Diskussion verwickelt zu sein, und sie kamen mir vor wie alte Bekannte. Ich schloss mich ihnen an, und die Frau wandte sich sofort mir zu, ohne sich die Mühe einer Vorstellung oder einer Begrüßung zu machen.

»Sag diesem Scheißkerl, dass er nicht so einfach über die Leute bestimmen kann. Das ist einfach nicht gerecht! Nichts ist gerecht, und niemand soll über mich bestimmen, er auch nicht, kein Kerl in Sakko und Schnürschuhen, der nicht zuhören kann und keine Rücksicht auf die Gefühle anderer nimmt, auf meine jedenfalls nicht.«

Damit zeigte sie dem Tod den Finger und war verschwunden. Er drehte sich zu mir um und umarmte mich. Seine Kleidung roch ein wenig nach Abgasen und Feuchtigkeit.

»Sie hat ein ziemliches Temperament, die Kleine. Liebt mich seit Jahren, schreibt Gedichte zu meinen Ehren, sehnt sich und schmachtet und wünscht sich nichts sehnlicher, als dass ich sie hole. Sagt sie. Eigentlich ist sie zäh wie ein alter Stiefel und nicht im Geringsten lebensmüde. Muss nur den richtigen Partner finden. Oder die richtige Partnerin, egal.«

Wieder sah ich mich um. Hektische Menschen wie Körperchen in einem Blutsystem, Menschen, die sich trafen und sich trennten, Menschen, die zu einfahrenden Zügen liefen oder gerade ausgestiegen waren und sich dann wie mit neuen Augen umsahen.

»Warum reagiert niemand auf dich? Außer dieser Punkfrau, meine ich? Ich habe schon gestern darüber nachgedacht, als du meine Wohnung verlassen hattest, und …«

Ich verstummte ein wenig beschämt. Wir hatten beide nicht erwähnt, dass ich ihm gefolgt war, aber es war ja auch so offenbar, dass das nicht nötig gewesen war. Er musste es doch die ganze Zeit gewusst haben, vielleicht hatte er es sogar gewollt und mir diesen Gedanken eingegeben.

»Die Leute sehen das, was sie sehen wollen, Erica. Hast du dir das noch nie überlegt? Die meisten, die allermeisten, wollen nicht einmal wissen, dass es mich gibt. Sie verdrängen mich ihr ganzes Leben, führen sich auf wie Kinder und denken, wenn sie die Augen zumachen, wird auch das Unangenehme verschwinden. Sie sehen nicht, dass ich zwischen ihnen unterwegs bin, dass ich sie anfassen und sie riechen und sie berühren kann, weil sie dann die einfachen Spielregeln des Lebens sehen würden, wie sie eben sind. Schachmatt und jemand verliert, aber irgendwann ist für alle das Spiel zu Ende. Und vielleicht kann ich ihnen da nicht einmal einen Vorwurf machen. Von allen diesen Menschen, die hier um uns herumwimmeln, haben nur wenige je einen toten Menschen gesehen. Und wenn, dann haben sie nicht die Leere in den Augen gesehen, die noch im Schädel der Toten sitzen, die Toten können ja nichts wissen. Komm, wir müssen gehen.«

Der Tod ging vor mir her zum Zug nach Uppsala und winkte mir, ihm zu folgen. Wir drängten uns in ein Abteil, wo wir zwei Plätze nebeneinander mit dem Rücken zur Fahrtrichtung fanden. Ein älterer Mann, der ein Stück weiter weg saß, winkte dem Tod zu, und der winkte zurück und sagte dann als Erklärung zu mir:

»Manche Menschen, wie der da, besitzen seit ihrer Geburt die Gewissheit und lassen sie auch nicht los, weil sie nicht

Verstecken spielen wollen. Sie jubeln mir zu, laden mich zu sich nach Hause, sprechen mit mir, wenn ich da bin, machen mir Vorwürfe und finden, ich ließe mir zu wenig Zeit. Und das stimmt ja auch. Die Arbeit ist mit den Jahren nicht ruhiger geworden. Und in den Gegenden, wo das totale Nichtwissen herrscht, ist es noch schwieriger. Ich fühle mich einsam.«

»Und dein Personal? Denn ich nehme doch an, dass überall Menschen sterben, während du hier sitzt und einfach nur mit mir redest.« Ich fand es sinnvoll, die Ironie noch mal zu testen, auch wenn das bisher keinerlei Wirkung gezeigt hatte.

»Mein Personal, ja. Ich weiß, dass es das gibt, und es weiß, dass es mich gibt, aber nach Feierabend setzen wir uns nicht gerade zusammen, um über die Arbeit zu reden. Wir schuften auf der ganzen Welt, und wir wissen auch ohne Personalkonferenzen, was wir zu tun haben. Glaub mir, wenn ihr eure Firmen auf dieselbe Weise organisiertet, würde vieles auf der Erde anders aussehen. Meine Arbeit zum Beispiel wäre angenehmer.«

Der letzte Satz wurde von einem kleinen Ruck begleitet, der die Abfahrt des Zuges ankündigte.

»Ich reise gern«, sagte der Tod plötzlich. »Die Reisen unter meinen Kunden, wenn du sie so nennen willst, geben mir ein Gefühl dafür, wie sie leben und woran sie denken. Der Mann, der mir zugewinkt hat, weiß, dass ich ziemlich bald kommen werde. Jetzt sehe ich, dass er da hinten griechische Göttersagen liest. Ein Suchender, Fragen, die er bisher nie an sich herangelassen hat. Andere hier blättern in Dingen, in die man höchstens alte Fische einwickeln dürfte. Auch, wenn ich keinen Unterschied zwischen hoch und niedrig mache.«

Vor dem Fenster standen die Häuser immer spärlicher und das letzte Wohngebiet ging in Gewerbe- und Randstockholm über, wo einige vereinzelte Häuser eine Illusion von Landwirtschaft und Melken im Morgengrauen vermittelten. Einige

Jahre zuvor war die Rede davon gewesen, dass die Regionen Uppsala und Stockholm bald ineinander übergehen würden, zusammenwachsen zu einer Art Riesenherz in einem ansonsten ziemlich leeren Schweden. Die Frage war, ob es wirklich so kommen würde. Künstliche Herzen werden doch meistens abgestoßen, wenn nicht ständig hohe Dosen von Medikamenten gegeben werden.

»Wohin fahren wir?« Die Frage beschäftigte mich schon, seit ich den Zettel auf dem Küchentisch gelesen hatte.

Der Tod kniff die Augen zu und legte seiner Gewohnheit getreu seine Fingerspitzen aneinander. Diesmal wartete ich, bis er von selbst sprach.

»Wir fahren zu einem alten Mann, der es verdient hat, von mir selbst geholt zu werden. Gustaf ist zweiundneunzig Jahre alt und hat sein Leben lang gekämpft. Mit dem Glauben, gegen seine Todesangst, mit seinem Kampfeswillen gegen alles, was auf dieser Welt ungerecht ist, gegen seine Kleinlichkeit, die zuschlägt, wenn er jemanden zum Essen einladen will. Er ist ein Mann, der flammende Leserbriefe über die verbrecherische Handelspolitik der Regierung oder ungerechte Schulzeugnisse schreiben kann und danach, wenn er Besuch bekommt, imstande ist, elend schlechten Wein oder auch gar nichts anzubieten. Wir haben im Laufe der Jahre oft miteinander gesprochen, und jedes Mal hat er ebenso große Angst und ist ebenso wütend, weil er recht hat. Ein großer Mann, aber wie alle großen Männer und Frauen hat er seine Fehler.«

Ich schloss die Augen und ließ mich von der Harmonie des Augenblicks einlullen. Ich würde also den Tod zu einem Arbeitseinsatz begleiten. Das war ein fantastisches Privileg, das mir gleichzeitig Angst machte. Ich gehörte zu den Uneingeweihten, die noch nie einen toten Menschen gesehen hatten, und ich wusste, dass meine Reflexionen zu diesem Thema in einem Fingerhut Platz gefunden hätten, ehe der Tod vor meiner Tür erschienen war. Ich fragte mich, ob ich sein Vertrauen verdient hätte, wo ich doch nur mit meinen Erinnerungen an fröhliche Beerdigungen aufwarten konnte.

In Uppsala angekommen, teilte der Tod mit, dass wir das Samariterheim aufsuchen würden, das kleinere der beiden städtischen Krankenhäuser. Der Tod ging zielstrebig und mit festen Schritten drauflos, und ich lief neben ihm her und verschaffte mir endlich Zugkraft, indem ich mich bei ihm einhakte. Noch immer schien uns niemand für ein Aufsehen erregendes Paar zu halten, und ich konnte noch denken, dass »Arm in Arm mit dem Tod« auch eine Metapher in einem Studentenlied hätte sein können. Niemand hatte schließlich den Studentenliedern aus Uppsala jemals vorwerfen können, dass sie vor dem Obskuren zurückschrecken.

Wir bogen um die lippenförmige Statue im Stil von Dalí und liefen zum Eingang weiter. Gustaf lag offenbar nach einigen kleineren Eingriffen auf der Intensivstation, die wir erreichten, ohne weitere Aufmerksamkeit zu erregen. Als wir um die Ecke zu einem Gang bogen, nahm ich einen schwachen Geruch nach Chlor oder Desinfektionsmittel von frischgebohnerten Böden oder von in Fetzen gescheuerten Händen wahr. Der Tod ging auf eine Tür zu, blieb dann aber stehen und hielt mich zurück. Schweigend lehnten wir uns dann an die Wand und sahen zu, was hier vor sich ging.

Ein Junge von vielleicht sechzehn oder siebzehn, mit blonden Haaren und einer dicken Brille, kam weinend auf uns zu. Eigentlich war er ja kein Junge mehr, aber er sah auf undefinierbare Weise altmodisch aus und machte deshalb einen jüngeren Eindruck. Seine Kleider waren nicht für sein Alter passend, und sein Körper kannte die Signale noch nicht, die er aussenden könnte. Der Junge sah uns nicht an, obwohl er uns doch bemerkt haben musste, sondern stellte sich in eine Ecke zu einigen bezogenen, aber leeren Betten. Dort blieb er stehen und wischte sich unter der Brille ab und zu die Augen. Es war kein heftiges Weinen, sondern ein stilles Tränenvergießen, vermutlich als Folge einer Erkenntnis, die er vielleicht erwartet hatte, auf die er aber trotzdem nicht vorbereitet war. Er schämte sich seiner Tränen, so hätte er sich hier nicht aufführen dürfen, er hätte sich beherrschen müssen. Jungen weinen nicht, verdammt noch mal.

An der Tür standen ein Mann mittleren Alters und eine Krankenschwester. Der Mann sah dem Jungen ähnlich und hatte die gleiche unschuldige Ausstrahlung. Er sprach mit der Krankenschwester, und es war nicht schwer zu verstehen, was er sagte. »Er ist ein erwachsener Mensch.« Eine Entschuldigung, eine Erklärung oder einfach ein Rat?

Die Schwester ging zu dem Jungen und trat auf überaus professionelle Weise neben ihn. Kein Arm um die Schultern, kein aber, aber, so schlimm ist das nun auch wieder nicht. Auch sie ignorierte uns, obwohl sie uns hätte sehen müssen, und redete stattdessen in sachlichem Tonfall auf den Jungen ein. »Dein Großvater hängt am Tropf, weil er selbst noch nicht wieder ausreichend Nahrung und Flüssigkeit zu sich nehmen kann«, hörte ich sie sagen. Mehr verstand ich nicht, aber der Zusammenhang schien klar zu sein. Das hier war Gustafs Enkel, und hinten bei der Tür stand also Gustafs Sohn. Vermutlich sahen sie ihren Vater und Großvater zum letzten Mal. Spürte er das, der weinende Junge? Obwohl die Schwester versuchte, ihn vom Gegenteil zu überzeugen?

Der Junge ging nach einer Weile zu seinem Vater zurück, und sie verschwanden im Zimmer und schlossen die Tür. Die Schwester blieb davor stehen, ging in ein anderes Zimmer, kam zurück und verschwand wie eine krankenpflegerische Tide. Nach einer Weile wurde die Tür geöffnet, und Vater und Sohn kamen heraus. Die Tränen des Sohnes waren noch kaum getrocknet, obwohl er altersgemäße Versuche unternahm, um sie zurückzuhalten. Der Vater schien nicht sehr viel Trost spenden zu können. Vermutlich hatte er mit seinem eigenen Kummer und der Wahrheit, die er vielleicht nicht an sich heranlassen wollte, genug zu tun. Sie gingen wortlos an uns vorbei und verschwanden im Treppenhaus.

Der Tod nahm mich an der Hand, und zusammen gingen wir in das Zimmer, in dem in einem großen Krankenhausbett ein alter Mann mit Sauerstoffschläuchen in der Nase an einen Tropf gefesselt war. Angst. Das Wort traf mein Bewusstsein mit ungeahnter Kraft. Natürlich hatte ich schon früher mit diesem Wort jongliert, hatte es gekostet, versucht, es auf mich anzuwenden. Vorstadien, wie ich jetzt einsah. Nichts, was mit der Wirklichkeit zu tun gehabt hätte. Schleier, die ich mit Caipirinha oder guter Musik hatte lichten können.

Trotz Krankheit waren Kraft und Ausstrahlung des alten Mannes unverkennbar. Die Haut an seinem Gesicht und seinen Armen hing schlaff herab und zeugte hohnlachend von rascher Abmagerung, was seine Adlernase noch stärker betonte. Er hatte den Mund zu einer Grimasse an das Leben, das er bald verlassen würde, nach unten gezogen, und die blauen Adern auf seinem Handrücken bewegten sich, wenn er an der Decke herumzupfte. Seine Augen, wässrig und grau, ausgewaschen, zwangen sich, uns anzusehen, diesen neuen Störfaktor in der Ruhe, die keine Ruhe war. Der Alte starrte uns an und wurde ganz still. Dann schien er noch einmal all seine Kräfte zu sammeln.

»Weiche von mir, du! Verschwinde! So alt und krank bin ich nun auch wieder nicht. Geh, habe ich gesagt. Geh!«

Der Speichel schäumte aus seinem Mund, wie Fett in einer heißen Bratpfanne, obwohl die Erschöpfung seine Stimme zu einer vermutlich blassen Kopie dessen machte, was sie früher einmal gewesen war. Der Tod ging weiter, setzte sich auf die Bettkante und nahm seine Hand. Ich blieb bei der Tür stehen. Viel konnte ich hier ja doch nicht ausrichten.

»Gustaf, darüber haben wir schon viel gesprochen.« Die Stimme war ruhig und beruhigend. »Wir haben so oft zusammengesessen, und du hast deine Empörung darüber zum Ausdruck gebracht, was ich mit dir machen werde, und ich habe dich beruhigt und wir haben uns darüber geeinigt, wie es ablaufen soll. Jetzt sind wir hier. Und deine Zeit ist um, Gustav. Deine Gnadenfrist.«

»Aber das Leben ist doch so herrlich! Ich möchte so gern leben!« Die Worte des Greises, herausgefaucht, herausgeflüstert, vielleicht nur mit den Lippen geformt, klangen rührend, diese Liebeserklärung an das Leben. Ich konnte ihn verstehen. Das Leben war wunderbar, und er hatte es offenbar eingesehen und sich diese Erkenntnis zunutze gemacht. Ein großer Mann, hatte der Tod gesagt, trotz seiner Fehler. Einer davon war vielleicht die Unfähigkeit zu akzeptieren, dass etwas zu Ende war und dass das Alter ein Zustand ist und keine Fantasie.

»Aber du hast gelebt, Gustaf. Und du wirst wieder leben. Ich kann die Umstände nicht bestimmen, das weißt du auch, aber ich kann immer ein gutes Wort für dich einlegen. Hast du weiter über alles nachgedacht?«

Gustaf seufzte tief. Seine Lippen formten Wörter, aber ich konnte sie nur mit Mühe erraten. Israel, sagte er schließlich. Darauf folgte eine lange Rede, die ich nicht hörte, da der Tod sein Ohr an den Mund des Alten hielt. Nach dieser Rede sah ich, dass der Tod Gustafs Stirn streichelte und ihm die Haare aus dem Gesicht strich. Das schien ein Zeichen dafür zu sein, dass alles vorüber war, und auch Gustaf registrierte es, denn er packte den Arm des Todes, um ihn aufzuhalten, mit solcher Kraft, dass ihm der Sauerstoffschlauch aus der Nase gerissen wurde. Dann wandte er seine offenbar allerletzten Kräfte auf, und abermals konnte ich gehauchte, geflüsterte Wörter hören.

»Agnes. Agnes. Lass meinen Sohn an ihrer Seite sein, wenn die Reihe an sie kommt. Er wird für den Rest seines Lebens darunter leiden, dass er nicht bei mir war. Er hat meine Angst und meinen Kampf gespürt oder sie geahnt, denn sie sind auch seine eigenen. Und er wird niemals darüber sprechen können, so wenig wie ich das konnte. Versprichst du's mir?«

»Ich verspreche es.« Abermals streichelte der Tod seine Wange. Dann öffnete er die Schnur um seine Taille und öffnete den Umhang. Kein Laut war zu hören, das ganze Leben schien stillzustehen, oder eine Sicherung schien durchgebrannt zu sein. Ich merkte, dass ich zitterte, aber es kamen keine Tränen. Für eine Weile waren wir alle wie erstarrt, dann schaltete irgendwer den Strom wieder ein. Der Tod erhob sich und trat zurück, während er seinen Umhang zuband.

Gustaf lag noch im Bett. Oder das, was einmal Gustaf gewesen war. Seine Augen sahen aus wie leere Fenster und zeugten davon, dass das Haus, die Wohnung, der Körper nun leer war. Natürlich war das hier nur eine Hülle, das war klar und doch unverständlich. Ich wollte gerade einen Schritt nähertreten, als ich die Stimme hörte.

Sie kam von nirgendwoher, aber sie war klar, gebieterisch und ungeduldig.

»So, das wäre das. Muss ich jetzt noch lange warten? Ich kann mir nicht vorstellen, das alles noch mal durchmachen zu müssen, aber ich verlasse mich ganz auf dich. Du hast es versprochen. Vielleicht hätte ich mich nicht so sehr zu fürchten brauchen. Es geht sicher schnell?«

»Ich habe versprochen, mein Bestes zu tun. Nutze diese Zeit jetzt, um dich in Geduld zu üben, Gustaf. Die kann dir beim nächsten Mal nützlich sein.«

»Geduld ist oft die Entschuldigung dafür, dass man nicht wagt zu handeln, das müsstest du wissen. Ich hasse Geduld. Nichts finde ich schlimmer als Geduld und Wärme.«

Die Stimme schien von einer Art konzentriertem Punkt dicht vor dem Gesicht des Todes zu kommen. So musste es sein, denn der Tod zog in diesem Moment eine kleine Glasflasche hervor und hielt sie vor sich hin. Sofort füllte die Flasche sich mit Rauch, dessen taubenblaue Färbung in Sekundenschnelle intensiver wurde, dann verkorkte der Tod die Flasche. Der Rauch wirbelte in der Flasche umher, die der Tod jetzt einfach in die Tasche steckte. Dann wandte er sich mir zu.

»Wir sind so weit und können gehen. Oder hast du noch eine Frage?«

Ich schüttelte den Kopf. Was hätte ich denn fragen können? Als wir aus dem Zimmer gingen, fiel mein Blick auf einen Haken an der Wand. Daran hing eine schwarze Persianermütze, und an der Wand lehnte ein mit Silber beschlagener Stock, der aus dem gleichen Holz geschnitzt zu sein schien wie die Sense des Todes. Ein guter Jahrgang. Vermutlich würden Stock und Mütze ganz oben in dem Pappkarton mit Gustafs Habseligkeiten landen, den das Krankenhaus den Angehörigen überreichen würde. Die Reste eines Menschen. Oder das, was die Angehörigen für Reste halten.

Der Tod nahm meine Hand und wir gingen zum Ausgang. Die Sonne hatte jetzt die grauen Wolken durchbrochen, und dafür war ich dankbar. Gustaf hatte nicht im Dunkeln zu sterben brauchen. Der Tod ging mit mir in ein nahegelegenes Café, das offenbar nicht der richtige Ort für einen Espresso war. Der Tod schien das auch so zu sehen, denn er bestellte heiße Schokolade bei einer Frau, die aussah, als wäre sie lieber egal wo, nur nicht hier. Das Leben bietet doch so viele Möglichkeiten.

»Was du in der Flasche gesehen hast, war seine Seele.« Die Antwort auf eine unhörbare Frage. Ich war dankbar, weil ich sie nicht hatte stellen müssen, und der Tod redete unaufgefordert weiter.

»Gustafs Seele war keine gewöhnliche. Ebensowenig wie die Sisselas. Er hatte Mut, trotz seiner großen Angst, und er besaß die Größe, zumindest sich selbst gegenüber seine Kleinheit einzugestehen. So eine Seele wirft man nicht weg, und sie wird sicher nicht sehr lange im Lager liegen. Vor allem nicht, weil er schon so genau wusste, was er in seinem nächsten Leben erreichen wollte.«

»Israel?«

»Gustaf war sein Leben lang ein leidenschaftlicher Vorkämpfer für Israel. Er hatte Hitlers ›Mein Kampf‹ gleich nach dem Erscheinen in Deutschland gelesen und hatte danach viel Zeit und Kraft in das Schreiben von Artikeln investiert, die vor der drohenden Gefahr für Europa warnten. In Deutschland galt er bald als Feind, denn das Spitzelsystem war dort schon gut ausgebaut, in Schweden dagegen reagierte niemand. Während der Kriegsjahre nahmen Gustaf und seine Frau Agnes die ganze Zeit über Juden bei sich auf. Juden mit geschorenen Köpfen und in den Armen eingebrannten Nummern, die vor den Gaskammern gerettet und nach Schweden gebracht worden waren. Viele hielten ihr Leben lang Kontakt zu Gustaf, ein Band des Dankes an einen mutigen Mann. Kein Wunder also, dass sich Gustaf sein Leben lang so für Israel eingesetzt hat. In den letzten Jahren war das sein Dilemma. Einen Staat zu verteidigen, von dem er sehr gut wusste, dass nicht mehr alles vorbehaltslos verteidigt werden konnte.«

Der Tod legte eine Pause ein und trank einen Schluck Schokolade, und ich folgte seinem Beispiel und fragte mich, ob es ein eigenes Gen für Hass geben konnte und ob dieses Gen sich durch Tests wohl ermitteln ließe und sich so vielleicht eine Tür zu einer besseren Welt aufstoßen lassen könnte.

»Deshalb wollte er jetzt dorthin. Etwas leisten. Sich für Toleranz engagieren, politisch tätig sein, das, was er hier in Schweden übrigens auch hätte tun können, sich für Frieden zwischen Juden und Arabern einsetzen. Gustaf war weitsichtig im wahrsten Sinne des Wortes, und das kann man nicht sein, wenn man geizig ist. Aber er muss doch erst geboren werden, und das braucht seine Zeit.«

»Und Agnes?«

»Agnes ist seine Frau, das hast du sicher schon verstanden.

Sie hat keine Angst vor mir und hat sie auch nie gehabt. Ich weiß auch, dass sie immer gewollt hat, dass Gustaf als Erster geht, weil sie stark genug sein würde, um damit fertig zu werden. Jetzt liegt sie auf einer anderen Pflegestation und konnte nicht jeden Tag kommen, aber als sie gestern hier war, haben sie zusammen Bibelstellen und Choräle gelesen, die Trost schenken sollen. Sie hat es gewusst. Und wenn sie erfährt, dass Gustaf tot ist, wird auch sie sich seelisch darauf vorbereiten. Sie wird auch bald sterben. Aber dann werde nicht ich neben ihr sitzen, sondern ihr Sohn. Darum hat Gustaf mich gebeten, und diesen Gefallen tue ich ihm gern. Das hat ihm geholfen, es wird seinem Sohn helfen, und für Agnes wird es ein schöner Tod sein. Ich werde nicht dabei sein müssen.«

»Aber jemand von deinem Personal?«

Der Tod sah mich an.

»Ich sage doch, dass der Sohn dabei sein wird. Er wird mein Personal sein. Auch, wenn er das nicht weiß.«

Personal. An ihrer Seite. Ein Sohn, der es nicht weiß. Manche sterben einmal wie Gustaf. Andere haben eine Hand, die sie halten können. Eine brüchige Verbindung zwischen Leben und Tod. Fingerspitzen, die einander begegnen. Ich würde erst nachdenken müssen, fragen konnte ich später.

Auf dem Rückweg zum Bahnhof kamen wir an einem Briefkasten vorbei. Der Tod zog die Flasche aus der Tasche und warf sie dort ein. Nach allem, was bisher passiert war, hatte ich nicht mehr gedacht, dass mich noch etwas überraschen könnte.

»Und das kommt an?«

»Natürlich kommt es an. Oder hast du je gehört, dass die Post ihre gesellschaftlichen Pflichten nicht mit größter Genauigkeit ausübt?«

KAPITEL 6

Der Geist in der Flasche wirbelte und wirbelte herum, bis er ein Muster aus Rauch bildete, aus Garben, die zwischen Grau und Blau changierten, zwischen tiefstem Rot wie Gestein aus Elat, in rotlila Pupillen. Die Augen traten hervor, wilde Augen mit wahnsinnigen Botschaften im Blick, Hände pressten sich zum Rand hoch, Münder sperrten ihren Schlund auf und ließen noch mehr Rauch heraus, der sich zu Wörtern formte. Lass mich raus, dann werden dir drei Wünsche erfüllt werden.

Eigentlich lag es doch auf der Hand. Diese vielen Märchen über einen Geist in der Flasche, die auf einer einsamen Insel an Land gespült wurde. Eine Seele, gut untergebracht, aber doch auf Irrwegen, die verzweifelt versuchte, ihren Weg zur himmlischen Seelenbank oder zu einem neuen Körper zu finden, den sie aus eigenem Gutdünken in Besitz zu nehmen versuchte, nachdem der höhere Postdienst seine Aufgabe vernachlässigt hatte. Scheherazade hatte die ganze Zeit recht gehabt und die Wahrheit allen vermittelt, die bereit gewesen waren zu verstehen.

Die ganze Rückfahrt nach Stockholm verbrachte ich in einer Art schwimmendem Zustand zwischen Schlaf, Fantasien und wachen Momenten, in denen ich kurz durchatmen konnte, bis mein Kopf wieder unter die Oberfläche gedrückt wurde. Der Tod bat um Entschuldigung und ging zu einem weiter hinten gelegenen Wagen, um sich dort mit einem Bekannten zu unterhalten. Ob es sich dabei um einen Menschen oder um jemanden vom Personal oder vielleicht sogar den Teufel selbst handelte, war mir für den Moment schnurzegal. Ich hatte ein Gefühl von Verspannung und stellte mir vor, wie es zu Nacken und Kopf hochkriechen könnte, wenn ich nicht energisch etwas dagegen unternahm.

Das Wort Seele tauchte abermals vor meinem inneren Auge auf und offenbarte sich plötzlich in brennenden Buchstaben wie das Kreuz des Ku-Klux-Klan. Gustafs Seele war taubenblau gewesen. Welche Farbe mochte meine haben? Ich wurde erfüllt von dem unangenehmen Gefühl, dass meine Seele in den tausend Jahren verschwunden war, in denen ich im Samtsessel gekauert und nicht die mir von Tom durch das Telefon entgegengestreckte Hand genommen hatte. Und auch wenn sie nicht verschwunden wäre, hätte ich doch keine Ahnung, welche Farbe sie möglicherweise hatte.

Tom. Ich würde mich wieder mit Tom befassen und die Antwort bei ihm suchen müssen. Auf irgendeine Weise schienen alle Brücken verbrannt und alle Rückzugswege versperrt zu sein, aber ein ordentlicher Abschluss wäre eben doch vorzuziehen. Dann könnte ich auch auf seiner Weihnachtskartenliste stehen, was unserer Trennung einen zivilisierten Charakter verleihen würde.

Der Tod kehrte zurück, als wir gerade in den Stockholmer Hauptbahnhof einfuhren, aber er sagte nichts, ich fragte auch nicht. Schweigend verließen wir den Zug, und ebenso schweigend wanderten wir dem Ausgang zu. Dort blieb der Tod stehen und legte mir den Arm um die Schultern. Seine Haare kamen mir plötzlich ein wenig grauer vor, sie waren vom Wind durcheinandergeweht worden. Seine Augen leuchteten so graugrün wie wogendes Seegras vor einem Felsen. Abermals fiel mir auf, wie braun er war. Vermutlich verbrachte er nicht viele Tage des Jahres in Stockholm, die schwedischen Sonnenstrahlen würden nicht ausreichen, um diesen Farbton hervorzurufen. Andererseits wusste ich ja nicht, wie sein Körper aussah oder ob er überhaupt den Körper eines Mannes hatte.

Der Tod nahm ziemlich schnell und fast förmlich Abschied von mir und verschwand mit einem »Ich melde mich« in der U-Bahn. Mir kam das nicht so dramatisch vor, ich wusste ja, dass er Wort halten würde. Ich zog fast im selben Moment mein Telefon aus der Tasche und rief Tom an. Er meldete sich sofort.

»Hallo, ich bin's.«

»Das höre ich.« Toms Stimme klang abwartend. Nicht sonderlich wütend oder überrascht, sondern nur abwartend.

»Ich war gestern wütend.«

»Das habe ich bemerkt. Aber diese kleine Demonstration hast du gebraucht, vermute ich? Erica, die niemals ein Unrecht vergessen kann. Erica, die immer zurückgeben muss und nicht einfach nach vorne schauen und nur konstruktiv sein muss, wenn die Gelegenheit sich ergibt.«

Toms Stimme klang wenig nachsichtig, und ich fühlte mich davon unangenehm berührt. Ich wusste sehr gut, dass ich immer schon nachtragend gewesen war, das war eine meiner schlechtesten Eigenschaften, und diese Gewissheit machte es nicht leichter, mir das gerade in dieser Situation wieder anhören zu müssen. Ich konnte nichts dafür, dass ich nur schwer vergessen konnte, wenn jemand sich schlecht benahm oder wenn die mir Nahestehenden, Familie und Freunde, nicht das einhielten, was ich für die zehn Gebote unserer Beziehung hielt, wo Treue und Erreichbarkeit ganz oben standen. Ich wurde wütend und verletzt und hatte das verzweifelte Bedürfnis zurückzuschlagen, was die mir Nahestehenden oft nicht vertragen konnten. Viele von ihnen wussten sicher nicht mal, dass sie mich überhaupt verletzt hatten. Aber sie führten auch nicht dasselbe mit Stacheldraht unterteilte Leben, in dem die Grenzen dafür, was man zu tun hatte und was nicht, deutlich und unumstößlich waren – Grenzen, die in früheren Jahren festgelegt worden waren und die ich immer enger gezogen hatte, um Vorwürfen auszuweichen und meine Angriffspunkte zu minimieren.

Tom dagegen fiel es unglaublich leicht, frühere Beleidigungen zu vergeben. Genauer gesagt lag das wohl eher an seiner Erinnerung oder seiner Nicht-Erinnerung. Tom vergaß einfach alles Mögliche und betrachtete das als Vorzug, nicht als Defekt. Sein Leitstern führte ihn vorwärts und aufwärts, und unterwegs konnte er soviel Dreck zurücklassen wie irgendein heftig leckender Öltanker.

»Ich bin nicht nachtragend. So lange ist es noch nicht her, dass du von zu Hause ausgezogen bist. Kaum lang genug, dass ich überhaupt so lange sauer sein konnte, bis du es nachtragend nennst. Aber ich war wie gelähmt und musste mit allerlei Gefühlen fertigwerden. Du warst ja offenbar nicht gerade ehrlich mir gegenüber, und es kam mir vor … es kommt mir noch immer so vor, als ob du etwas mit einer anderen gehabt hättest.« Gerechter Zorn prägte meine Stimme. Es klang ziemlich pathetisch.

»Okay, okay. Und jetzt? Du rufst ja wohl kaum an, um mir mitzuteilen, dass du sauer bist? Das hätte ich mir auch von selbst ausrechnen können.«

Tom klang noch immer herablassend, und das hätte mich fast aus der Fassung gebracht. Ich musste mich zusammenreißen, um das Gespräch nicht sofort zu beenden, sondern mich stattdessen an den Grund zu erinnern, aus dem ich ihn eigentlich angerufen hatte. Um meine Seele zu finden und einen Hinweis darauf zu erhalten, welche Farbe sie wohl haben könnte.

»Ich würde heute Abend gern mit dir essen. Wir müssen doch über alles reden. Allein schon, weil du noch Sachen in der Wohnung hast und … du hast zum Beispiel deinen Kulturbeutel vergessen.«

Ich war plötzlich einfach nur traurig. War hungrig, müde,

traurig und leer nicht nur in meiner Seele. Tom hörte sich ein wenig freundlicher an, als er zu meiner Überraschung sagte, auf so einen Vorschlag habe er geradezu gehofft. Je schneller wir uns sehen könnten, desto besser, konnte er noch hinzufügen, ehe wir auflegten. So, als hätte er Nachbars Katze einen Fischkopf hingeworfen.

Wir entschieden uns für ein nichtssagendes Restaurant auf Söder, das ich in einer halben Stunde erreichen könnte. Das tat ich auch, ich war sogar fünf Minuten zu früh und ging auf die Toilette, um mein Aussehen zu inspizieren. Das war überraschend akzeptabel, nur hatte der Regen meine Haare dermaßen gekräuselt, dass ich sie einfach nicht glattkämmen konnte. Das verstärkte meine Blässe, und ich wollte nicht leidend aussehen. Die sterbende Heldin. Die wachsbleiche Leiche. Aber Gustaf war nicht wachsbleich gewesen. Sondern eher grau, wie wässrige Ufer auf den Inseln vor der Westküste. Ich malte mir mit Lippenstift die Wangen ein wenig rot und verrieb ihn aus Mangel an Rouge oder Puder.

Als ich ins Lokal ging und Tom an einem Tisch sitzen sah, kamen meine Füße mir flatterig vor. Zugleich fragte ich mich, wie es möglich war, so nervös zu sein angesichts einer Person, mit der ich jahrelang zusammengelebt hatte. Ich will nicht behaupten, Tom habe besonders oft auf der Toilette gesessen, während ich mir die Zähne geputzt hatte, oder umgekehrt, aber natürlich war es vorgekommen. Es gab nicht viele Gerüche oder Gewohnheiten, die ich an Tom nicht kannte, und deshalb kam es wie ein Schock, dass so ein Ereignis aus engen Freunden innerhalb von Stunden oder Tagen Fremde machen konnte. Für eine flüchtige Sekunde regte sich Sissela in meiner Erinnerung, und ich dachte an ihre Mutter. Saß sie jetzt einem Vater gegenüber und war eine Fremde für den Mann, mit dem sie Kinder bekommen hatte? Etwas sagte mir, dass es so war, und das kam mir traurig vor, unvermeidlich und endgültig.

Tom trug ein weißes Hemd, eine dunkle Hose und ein dunkles Jackett, was verriet, dass er direkt von der Arbeit kam. Er sah ein wenig müde aus, war ansonsten aber gepflegt wie immer. Keine Bartstoppeln, keine Stresspickel, keine vom Regen ruinierte Frisur. Er hatte offenbar schon bestellen können, denn gerade, als ich mich gesetzt hatte, standen plötzlich zwei Caipirinha auf dem Tisch.

»Ich habe mir die Freiheit genommen zu bestellen. Oder hat dein Geschmack sich seit unserer letzten Begegnung verändert?« Ein ziemlich misslungener Versuch zu scherzen, der verriet, dass Tom sich ebenfalls nicht ganz wohl in seiner Haut fühlte. Ich versicherte ihm, Caipirinha sei mir recht, trank einen Schluck und fragte mich, wo wir anfangen sollten.

Wir retteten uns über die ersten peinlichen Sekunden hinweg, indem wir Scholle bestellten und ein wenig von unserer Arbeit erzählten. Ich konnte von dem Mittagessen mit Martin und meinem Besuch in seinem Büro berichten, ohne in Treibsand zu geraten, während Tom mit einem Besuch im Ausland aufwarten konnte. Ich musste plötzlich eingestehen, dass Tom für das Thema Gentests normalerweise der ideale Gesprächspartner gewesen wäre. Aber plötzlich hatten alle Spielregeln sich geändert. Mensch ärgere dich nicht ohne Sechser.

Als das Essen serviert wurde, ein graustichiger Fisch, der sich in einer fast schon zum Schneiden dicken Soße verkrochen hatte, wusste ich, dass weder Tom noch ich einen Bissen hinunterbringen würden. Es brachte nichts, irgendetwas aufzuschieben, und plötzlich kochte die Wut wieder in mir hoch. Ich setzte mein ganzes Vermögen auf Rot, jetzt mochte das Schicksal seinen Lauf nehmen.

»Wer ist sie? Und wie lange ist das so gelaufen?«

Tom gab zuerst keine Antwort, und das stürzte mich nun wirklich in Verzweiflung. Das konnte nur bedeuten, dass ich richtig geraten und eine Art negativen Jackpot geknackt hatte.

»Du kannst mich nicht mit Schweigen töten. Begreifst du

nicht, dass ich das wissen muss und dass du alles erzählen musst? Wie konntest du nur? Du ...«

»Es war Anette. Es ist beim Betriebsfest im Januar passiert. Dir ging es dreckig, weil du einen erhofften Auftrag nicht bekommen hattest, und ich war einfach fertig und müde und musste mit jemandem reden. Aber du hattest ja weder Zeit noch Lust. Hast mich angeschrien, ich sollte mir noch andere Gesprächspartner zulegen, und du könntest nicht immer alles entgegennehmen. Und deshalb bin ich zum Betriebsfest gegangen.«

Anette. Alles, nur das nicht. Diese Enthüllung gab mir erneut das Gefühl, dass die Welt nicht nur aus der Angel gerutscht war, sondern dass sie einfach Kopf stand. Anette arbeitete seit ungefähr einem Jahr in Toms Büro. Ich wusste sehr gut, wer sie war, hatte einige Male am Telefon mit ihr gesprochen, wenn ich auf der Suche nach Tom gewesen war, und war ihr sogar im Büro begegnet, wenn ich ihn abholen wollte. Sie hatte Wirtschaftswissenschaften studiert, hatte ihr Studium aber aufgegeben, als sie einen Posten als Assistentin gefunden hatte. Sie war weder unbegabt noch hässlich. Sie war nur jung und so unbeschreiblich weit entfernt von allem, was ich für Toms Typ gehalten hatte, dass ich mir nicht einmal hätte vorstellen können, dass er sich zu ihr hingezogen fühlen könnte. Doch nicht Tom, der immer erklärt hatte, es reiche, wenn eine Brust in einen Champagnerkelch passte. Anette hätte nicht einmal eine Brustwarze darin unterbringen können.

Anette sah wirklich nicht schlecht aus, mit ihren junonischen Kurven, ihrer Vorliebe für Kleider, die ebendiese betonten, und ihrer widerwärtig guten Laune. Sie war immer munter, immer umgänglich, immer bereit und nimmermüde. Sie konnte mich dazu bringen, mich nach saurer Milch zu sehnen oder nach etwas anderem, das mein Dasein vergällen könnte, obwohl sie mir gegenüber immer tadellos freundlich gewesen war. Und mit der hatte Tom also eine Affäre gehabt.

Ich merkte, wie ein krankhaftes Kichern sich aus mir herauspresste, obwohl ich viel lieber in Tränen ausgebrochen wäre.

»Wir sind bei so einer Art Bewertungsspiel nebeneinander gelandet. Es ging darum, Vorgesetzten Noten zu geben, und Anette gehörte zu denen, die mich benotet hatten. Das alles war für die interne Verwendung bestimmt, aber gewisse Punkte wollte sie trotzdem diskutieren. Es stellte sich heraus, dass ihre Beurteilung ungeheuer positiv ausgefallen war, und sie wollte mir gern erzählen, was ich doch für ein guter Chef und Mentor war und was ich deswegen für sie bedeutet hatte. Das war der Auftakt zu einer längeren Diskussion über das Berufsleben und was man erwarten könnte, und zum ersten Mal sah ich sozusagen hinter ihre synthetische Fassade und stellte fest, dass sich dort irgendwo ein überaus sympathisches Mädel aus reiner Wolle versteckte. Ich habe etwas erlebt, was ich lange nicht mehr erlebt hatte, Erica, nämlich, dass eine Frau mich wirklich zu schätzen wusste. Mich bewunderte, wenn du so willst. Ich verstehe ja, dass du unter anderen Umständen darüber nur lachen würdest, und ich gebe gern zu, dass es lächerlich war. Lächerlich ist. Aber du weißt selbst, dass du nicht gerade die Sorte von schwacher Frau bist, die mich mit Lob überschüttet oder zu mir aufgeschaut hat. Und das will ich ja auch gar nicht. Überhaupt nicht. Ich wollte immer eine wie dich. Stark, selbständig, eigensinnig und durch und durch unmöglich. Eine Herausforderung. Aber ich war offenbar schwach. Fühlte mich abgewiesen. Hatte vielleicht das Gefühl, nicht gebraucht zu werden. Ich kann mich kaum noch daran erinnern.«

Das Scheußliche in Toms Bericht traf mich mit Verzögerung, ungefähr so, wie wenn man mit dem Zeh gegen ein Tischbein stößt und es den Bruchteil einer Sekunde dauert, bis der Schmerz das Gehirn erreicht. Ich konnte ums Verrecken nicht begreifen, dass es mein Tom war, der solche Reden führte. Tom, der alles Billige oder leicht Erhältliche verachtete. Dieser Tom hier erzählte eine Klischeegeschichte, die so viele Männer seit Anbeginn der Zeiten von sich gegeben haben mussten. Sie brauchte mich. Du brauchtest mich nicht. Sie hat zugehört, sie fand mich stark. Die Wut machte mir zu schaffen, und mein Magen krampfte sich zusammen. Nein, ich hatte nicht vor, mich abermals zu erbrechen.

»Hattest ihr damals gleich Sex, sofort, als ihr entdeckt hattet, wie gut ihr euch verstandet?« Meine Frage war ebenso billig wie die ganze Geschichte, das hörte ich selbst, aber ich konnte mich nicht beherrschen. Zugleich dachte ich automatisch zurück. Hatten Tom und ich in unserem wunderbar regelmäßigen Sexualleben, wie die Gynäkologin das genannt hatte, eine längere Pause eingelegt? Ich konnte mich nicht erinnern.

»Natürlich nicht.« Diese Antwort wurde nachdrücklich erteilt und klang leicht verletzt, als wollte Tom zeigen, dass selbst die Abweichungen, die er sich von seinen Regeln für Benimm und guten Ton gestattete, ihre Grenzen hatten.

»Aber danach haben wir uns dann häufiger privat gesehen. Sie blieb abends noch länger, und wir redeten über alles Mögliche, und ab und zu haben wir in der Kneipe um die Ecke noch ein Bier getrunken. Und ich hatte die ganze Zeit das Gefühl, dass sie mich als Mentor betrachtet und nicht als Mann. Dass es eine Vater-Tochter-Beziehung sei. Ich glaube nicht einmal, dass ich dich wirklich belogen habe, denn es ging doch irgendwie um das Büro.«

Vermutlich hatte er recht. Eifersucht gehört wirklich nicht zu meinen alltäglichen Wesenszügen, und wenn Tom gesagt hätte, dass er mit Anette ein Bier trinken wollte, hätte ich niemals darüber nachgedacht oder es für unangebracht gehalten. Ich ging doch selbst mit Kollegen aus, ohne sie in den Schritt zu fassen, und nie wäre ich auf die Idee gekommen, dass Tom das anders sehen könnte.

Die Kellnerin schwänzelte um Tom herum und fragte, ob

es schmecke. Ziemlich überflüssig, da wir beide unsere Teller nicht berührt hatten, aber Tom antwortete trotzdem höflich und bestellte Wein. Schwänzelte, ich staunte darüber, dass ich in Gedanken zu einem Wort gegriffen hatte, das ich in der gesprochenen Sprache niemals benutzt hätte. Aber ich hatte mir auch noch nie überlegt, dass Tom von Frauen, die gern dies und jenes mit ihm gemacht hätten, als Sexobjekt betrachtet werden könnte. Das hatte nichts mit seiner Attraktivität zu tun, Tom sah in jeder Hinsicht gut aus. Aber da er sich offenbar nie für Flirts interessiert hatte, hatte ich das auf irgendeine Weise für ein ausreichendes Bollwerk gehalten. Diese unangenehme Naivität war eigentlich beängstigend oder auch ein Zeichen für peinliche Selbstbezogenheit. Ich hoffte instinktiv auf Ersteres.

Insgeheim versuchte ich, Tom mit den Augen einer anderen Frau zu sehen. Braune volle Locken, braue Augen. Kräftiger Bartwuchs, im Zaum gehalten durch Rasierapparate mit doppelter Klinge. Fein gezeichneter Mund, die Nase im Vergleich zum Rest ein wenig weich. Kräftig, aber nicht dick. Nicht sonderlich groß, er war nur einen Kopf größer als ich, aber wohlproportioniert. Gut angezogen. Sicher war er attraktiv, das ließ sich nicht leugnen. Aber das hatte ich ja auch nie getan.

»Und dann?« Toms zögerlicher Bericht machte mich wahnsinnig. Knall den Kadaver auf den Tisch, damit wir ihn zerstückeln können, aber zieh die Innereien nicht fetzenweise heraus. Wenn er jetzt nicht ehrlich war und alles auspackte, würde ich bald aufspringen und losschreien.

»Eigentlich passierte dann nicht viel mehr, bis vor ungefähr zwei Monaten. Ich hatte eine Freundin gefunden, glaubte ich, und wusste sie immer mehr zu schätzen. Ihr Leben erwies sich als viel komplizierter, als ihre glatte Fassade das ahnen ließ, und sie musste eine Menge loswerden. Ich glaube, ich konnte ihr auch helfen, auch wenn ich zugeben muss, dass ich dabei deine Gedanken ausgenutzt habe. Ab und zu konnte ich merken, wie deine Weisheiten über die menschliche Psyche aus meinem Mund kullerten, aber das kam mir nicht falsch vor. Es hat eher das Band zwischen dir und mir gestärkt, wenn du verstehst, was ich meine.«

Die Stimme gehört Jakob, die Hände jedoch Esau. Ich dachte wieder an die Ungerechtigkeit darin, was Tom über meine Stärke und über die Schwächen dieser Anette gesagt hatte. Meine Stärke war nur das Resultat davon, dass ich unablässig gegen meine inneren Dämonen gekämpft hatte, und ich hatte geglaubt, Tom wüsste das. Ich hatte eigentlich immer Angst vor einem endgültigen, alles zerstörenden Misserfolg, und vermutlich trieb mich das immer wieder zu neuen Taten an, die beweisen sollten, was ich konnte. Meine Stärke war ein Schwimmring, in den man leicht ein Loch stechen konnte, und ich merkte, dass, egal, was jetzt kam, Toms Verrat darin lag. Dass er Schwäche und Stärke nach seinen eigenen dilettantischen Maßstäben beurteilte.

»Dann kam dieser Abend vor einigen Monaten«, Toms Stimme zitterte jetzt nur ein wenig, und ich verschränkte unter dem Tisch die Hände. Wenn ich Nägel gehabt hätte, hätten die sich in meine Handflächen gebohrt, aber nicht einmal das war mir vergönnt.

»Wir machten beide Überstunden und saßen an Papieren, die wir besprechen mussten, und wir waren ganz allein im Büro. Anette hatte sich feingemacht, sie wollte danach wohl ausgehen, und du warst an diesem Abend nicht zu Hause. Bei Martin oder so, ich weiß nicht genau. Jedenfalls fing sie dann plötzlich an zu weinen. Erzählte, dass ihre Eltern sich scheiden lassen wollten, weil der Vater eine Neue, Jüngere hatte, und dass sie das alles so widerlich fand. Ihre Eltern sind nur um die fünfzig, wenn ich das richtig verstanden habe, und ihre Mutter konnte einfach nicht mehr. Hatte einen psychischen Zusammenbruch erlitten und musste Tabletten nehmen und was weiß ich nicht alles. Die Neue des Vaters war noch dazu eine gemeinsame Bekannte. Ich nahm sie ein wenig ungeschickt und ganz freundschaftlich in den Arm, und dann ... dann ist es eben passiert.«

Mein Magen war ein nervöser Klumpen, die Welt im freien Fall auf der Achterbahn, Tom und Anette im Büro, sie rissen einander die Kleider vom Leib und liebkosten sich auf dem Schreibtisch. Hatten Tom und ich uns je auf einem Tisch geliebt? Wohl kaum, mir war das immer so unbequem vorgekommen. Ich wollte alle Details wissen, jedes verdammte Detail, und ich quälte mich und Tom mit Fragen, bei denen er sich nur noch mehr schämte, und ich wurde immer lauter, so dass die Nachbarn uns für das Hauptgericht des Abends hielten statt dem, was auf ihren Tellern lag. Meine Seele? Wenn die noch vorhanden war, sah sie aus wie zerfallenes Herbstlaub.

»Ich wollte es die ganze Zeit erzählen, Erica. Aber das konnte ich nicht. Ich hatte schreckliche Angst, dich zu verlieren, schreckliche Angst, du könntest mir nicht verzeihen. Ich weiß, wie schwer es dir fällt, ein Unrecht zu vergessen. Ich geriet in Panik. Anette war sicher ebenso geschockt, aber dann stellte sich heraus, dass sie Gefühle für mich entwickelt hatte, was ich nicht gewusst hatte. Ich musste ihr klarmachen, dass diese Gefühle nicht erwidert wurden, was sie zutiefst verletzte, und da kam ich mir noch viel mehr vor wie ein Wurm. Und dann ...«

Tom schlug die Hände vors Gesicht, und ich konnte kaum hören, was er nun sagte.

»Sie ist schwanger, Erica. Sie hatte nicht verhütet und ich auch nicht, so verdammt, verdammt unvorsichtig und blöd und wahnsinnig, aber so war es. Hier haben du und ich gerade erst angefangen, von Kindern zu sprechen, und hier passiert es ratzfatz, sowie man einen Fehler macht. Ich habe es vorige Woche erfahren. Und da bin ich ausgerastet. Merkte, dass ich dir nicht in die Augen sehen konnte, wusste nicht, wie ich es dir sagen sollte, und vor allem wusste ich nicht, was Anette vorhatte. Ich brauchte alle meine Kraft, um dir die Schuld zu geben und mir eine Situation zurechtzulegen, in der du nicht da warst, wenn ich dich brauchte. Dafür nahm ich dann den Diaabend, weil ich nichts anderes hatte.«

Ich saß da wie betäubt. Brachte kein Wort heraus. Und da hatte ich eine so großartige Kondomwerbung entworfen!

»Anette hatte angedeutet, dass sie abtreiben wollte. So schrecklich das sich anhört, ich habe jeden Abend Gott angefleht, sie das tatsächlich tun zu lassen. Ich habe sogar meinen alten Rosenkranz herausgesucht und alle Gebete heruntergeleiert, die mir einfielen, zu Gott und auch zu Maria. Ich wollte dich nicht verlieren. Du warst mir viel wichtiger als dieses … Kind, das ich nicht einmal als einen Teil meiner selbst betrachten konnte. Und deshalb habe ich dich gestern angerufen. Ich hatte eingesehen, dass ich dir alles sagen und auf jeden Fall das Risiko eingehen müsste, dass du mich verlässt. Irgendwann. Nach einem Leben vielleicht. Aber du hast mich abgewürgt. Hast mir das Gefühl gegeben, die Sache sei bereits gegessen. Und wie durch einen makaberen Zufall hat dann Anette angerufen. Sie sagte, sie habe sich entschieden. Sie will das Kind behalten, glaubt, dass sie eine Abtreibung, so vernünftig die auch wäre, nicht verkraften würde. Sie hat nichts von mir verlangt, aber ich weiß, dass ich festsitze. Ich kann sie nicht allein lassen. Das hier hab ich versiebt, und ich muss die Verantwortung für meine Taten übernehmen.«

Ich hätte laut lachen können.

»Was hast du denn da für einen alten, kolonialbritischen Gentlemankodex entrümpelt? Willst vor der Welt den Ehrenmann spielen, während du in Wirklichkeit über Leichen gehst? Deine Verantwortung übernehmen? Weil so eine Kuh sich an dich ranschmeißt und genau weiß, was sie tut, und …«

Ich wusste, dass ich vulgär und vielleicht ungerecht war, dass meine Worte sich so anhörten, aber ich konnte mich nicht beherrschen. Das Bild des Lebens, das wir hätten haben können, und das des Lebens, das wir haben würden, zeigten sich mir in grellem Kontrast, wie ein sonniges Sommerbild und sein schwarzes Negativ. Tom und Anette mit Kinderwagen und Familienleben, ich für immer allein in der Wohnung. Tom zusammen mit einer Frau, von der ich hoffte, dass er niemals lernen würde, sie zu lieben, und ich. Übriggeblieben. Denn jetzt will doch keiner sie mehr.

Wenn er doch nur, wenn sie doch nur, wenn wir doch nur. Es kam mir sinnlos vor. Und ich wusste, wenn ich noch eine Minute in diesem schrecklichen Restaurant, das ich nie wieder betreten würde, sitzen bliebe, würde ich explodieren. In einem wilden Durcheinander würden meine Leichenteile durch das Lokal fliegen und auf den Tellern der Gäste landen, das wollte ich ihnen ersparen. Und mit wohlüberlegter, langsamer und sinnlicher Bewegung kippte ich Tom mein Weinglas ins Gesicht. Ich hatte mich jedes Mal danach gesehnt, wenn ich so eine Szene in einem Film gesehen hatte. Jetzt war es geschehen.

Wie immer war es überraschend zu sehen, wieviel Flüssigkeit ein halbvolles Glas enthält. Tom fauchte, als ob ich ihm eine kalte Dusche verpasst hätte, und tastete nach einer Serviette, während seine Haare an seiner Wange festklebten. Er sprang auf, und ich sah, dass er bis zu den Knien nass war. Eine Bande von Jugendlichen weiter hinten brach in kollektiven Jubel aus und klatschte in die Hände, während zwei Kellnerinnen mit Lappen in den Händen und *miese Kuh* in Gedanken auf uns zukamen. Ich raffte meine Sachen zusammen und stürzte hinaus, obwohl ich eben noch vorgehabt hatte, als schöne Wiederholung zwei Fünfhunderter auf den Tisch zu knallen. Das lautstarke Verlangen der Jugendlichen nach einer Zugabe verfolgte mich noch einige Straßen weiter.

Der Heimweg war nass, klebrig, stechend und kalt. Ich lief

und schluchzte und stieß gegen die Leute, während ich nur einen einzigen Gedanken im Kopf hatte: nach Hause zu kommen. Zu Hause würde ich auf Toms verbliebenen CDs herumtrampeln können, meine Musik hören, den Teddy an mich drücken und Ordnung in meine Gedanken bringen. Ich musste alles, was wir gesagt hatten, durchdenken, Wort für Wort, als wäre unser Gespräch ein Gesicht, und dieses Gesicht zu beschreiben meine einzige Möglichkeit zu überleben. Die Trauer darüber, dass Tom mich belogen hatte und dass er mit einer anderen ein Kind erwartete, brachte mich dazu, mich auf seltsame Weise geschändet zu fühlen. Unfruchtbar, obwohl ich nicht einmal die Pille abgesetzt hatte. Unsere Diskussionen über Kinder waren wirklich nie über das Embryostadium hinausgekommen.

Als ich unsere, meine Straße erreichte, weinte ich laut. Eine Taube pickte im Rinnstein und war dermaßen in ihre Beute vertieft, dass sie sich nicht einmal dazu herabließ, aufzuschrecken, als ich meinen Fuß nur wenige Zentimeter von dem einen Flügel aufsetzte. Tauben. Die Ratten der Luft. Wie war es möglich, dass der Heilige Geist von einer Taube symbolisiert wurde? Ich erreichte den Eingang, schluchzte mich die Treppen hoch, zog mich am Geländer weiter, konnte die Wohnungstür öffnen und wieder zuschlagen. Ich sank auf die Knie, presste die Stirn auf den Dielenboden und schrie meine Frustration aus mir heraus. Das Regenwasser mischte sich zu einer süßsauren Flüssigkeit mit meinen salzigen Tränen. Ich hasste Stockholm.

»Ja, das Leben kann ab und zu die Hölle sein. Verstehst du jetzt, warum ich mich mit dem Teufel nicht verstehe? Verstehst du, was ich meine, wenn ich sage, dass sie die armen Menschenkinder in Situationen bringt, mit denen sie nicht fertig werden? Nur, weil sie ihnen eine Wahl lassen will?«

Ich schaute auf, und da stand er. Umhang und Sense lagen beziehungsweise standen ordentlich in der Diele, und diesmal hatte er die Schuhe ausgezogen. Er trug die übliche dunkle Hose, aber diesmal ein anderes Hemd, eher dunkel, aber graumeliert. Ich warf mich in seine Arme und er zog mich an sich und streichelte meinen Rücken. Dann führte er mich ins Wohnzimmer, drückte mich in den blauen Sessel und wickelte mich in die Decke. Er verschwand in der Küche und brachte Tee und ein warmes Butterbrot. Er war dermaßen alles, was Tom an diesem Abend nicht gewesen war, dass mein Weinen sich zu einem Crescendo steigert. Es kam nicht oft vor, dass ich so sehr weinen konnte.

»Ich hab das schon geahnt und habe mir abermals so einiges herausgenommen, diesmal, mit meinen Sachen herzukommen, während du aus dem Haus warst, damit ich dir erst einmal beistehen kann. Ich war so lange nicht mehr in Stockholm, dass alle es sicher richtig finden, wenn ich ein wenig länger hierbleibe. Und ich möchte dir einen Vorschlag machen. Einen Vorschlag, von dem ich glaube, dass er dich um einiges aufmuntern kann. Was sagst du dazu, etwas Neues zu wagen? Einiges ist ja schon ganz von selbst passiert, sozusagen ohne Einmischung der höheren Mächte. Außer dem Teufel natürlich. Aber an die denke ich jetzt gerade nicht.«

Der Tod hatte Musik eingelegt, weichen und freundlichen Jazz, der die Kälte in meinem Magen nur noch verstärkte. Jazzmusikerin, dachte ich. Jetzt kann ich Jazzmusikerin werden. War Jazz nicht immer schon ein Ergebnis von Leiden, von dem Glauben, dass die Musik die einzige verbliebene Rettungsleine ist, ein Lied ist die einzige Möglichkeit, um die Trauer aus dem Leib zu jagen?

»Nein, ich hatte an etwas Greifbareres gedacht. Etwas, das zu dir passt, wo du doch stark und mutig bist, aber auch berechnend und nicht wenig eitel. Etwas, bei dem du deine Tatkraft nutzen und wo du rasche Entschlüsse fassen kannst, ohne weichlich zu sein. Etwas, bei dem du durchaus dein latentes Machtstreben befriedigen kannst. Kurz gesagt, ich biete dir an, bei mir zu arbeiten. Für mich. Mit mir. Was sagst du dazu?«

Ich hatte mir selbst geschworen, mich vom Tod nie mehr überraschen zu lassen, und diese erste Prüfung überstand ich recht gut. Ich fragte mich zum Beispiel nicht, wie er hereingekommen war, sondern akzeptierte die Tatsache, dass der Tod sich noch nie von verschlossenen Türen hatte abschrecken lassen. Statt meiner Skepsis, um nicht zu sagen meinem vollständigen Unglauben, nachzugeben, tat ich das, was ich in Krisensituationen viel zu selten tue, ich hielt den Mund und dachte nach. Ich trank einen Schluck Tee und nahm einen Bissen von meinem Butterbrot. Der feinste Schinken aus der italienischen Stadt, in die so viele Schweine reisen, ohne eine Rückfahrkarte zu benötigen. Der Tod war wirklich keiner, der sich mit dem Zweitbesten zufrieden gab. Das bedeutete, dass ich nicht nur gerade gut genug war, wie beim erniedrigenden »Ihr kriegt den Rest« des Völkerballs.

Die Vorstellung war fantastisch. Weit außerhalb der Reichweite meines Verstandes, aber dennoch fantastisch. Ein Leben mit dem Tod, neben ihm, gemeinsam mit ihm. Eine Arbeit, die etwas bedeutete, mit Einfluss, die meine Fußspuren sichtbar machen und meine Taten in Stein meißeln würde. Macht und Herrlichkeit in Ewigkeit, Amen. Aber mit Verantwortung. Vielleicht auch mit Liebe. Es würde die größte Herausforderung sein, aber ich fürchtete mich ja wohl nicht vor Herausforderungen?

Meine Eckzähne ruhten auf meiner Lippe. Das Bild über dem Sofa, auf dem der Tod heute saß, wie zum Zugeständnis, dass mein Tag schwerer gewesen war als seiner, zeigte wie immer ein Segelboot in voller Fahrt aufs Meer hinaus. Sieh die Zeichen. Es gibt überall um dich herum Zeichen, wenn du sie wahrnehmen willst. Jetzt erst sah ich, dass der Tod seine Tasche ins Zimmer gestellt hatte. Es war eine alte klassische Reisegarderobe, die auf einer Seite stand und wie ich sie nur aus schwarz-weißen alten Hollywoodfilmen kannte, ein stummes Zeichen für eine überaus zivilisierte Art zu packen, mit Platz für hängende Anzüge und mehrere Hüte. Aus einer Zeit, da das Reisen seine Zeit in Anspruch nehmen durfte, so dass Leib und Seele zusammen reisen konnten. Das Modell des Todes hatte Löcher. Die Tür war ein wenig angelehnt, und ich ahnte Reihen von Kleidungsstücken auf Kleiderbügeln, dunkle Kleidung, wenn die abendliche Dunkelheit nicht abfärbte. Die Wellen auf dem Bild wogten in meinem Kopf. Ich streckte dem Tod die Hand entgegen, als ich wieder klar sehen konnte. Der Tod nahm sie. Wieder war meine die kältere.

»Gern. Aber dann musst du mich gut bezahlen. Und du musst mir verraten, welche Farbe meine Seele hat.«

Ich lag im Bett, konnte aber nicht einschlafen. Ich dachte an das mit der Angst, worüber Tom gesprochen hatte. Oder genauer gesagt hatte er über Stärke gesprochen. Tom hatte mich eine »starke« Frau genannt, anders als Anette, die offenbar schwächer war als ich. Wie schon so oft fragte ich mich, wie Stärke und Schwäche wohl definiert wurden. Worin lag meine Stärke und worin die Schwäche dieser Anette?

Ich erinnerte mich daran, was mir ein freundlicher Förster einmal erzählt hatte, dass junge und schwache Bäume Stürme besser überstehen als große und ältere. Die Schwächeren beugen sich im Wind und sehen, wenn der Sturm abebbt, fast so aus wie vorher, vielleicht mit zerzaustem Laub. Die stärksten Kiefern stehen hocherhobenen Hauptes im Wind und kämpfen, bis sie am Ende umknicken, und dann ist Schluss.

Eigentlich glaubte ich, dass Tom wusste, dass Angst mein ganzes Leben dominiert hatte. Ja, nicht die Angst vor dem Tod, sondern vor allem sonst. Und es war diese Angst, die mich dazu gezwungen hatte, neue Risiken einzugehen, neue Ziele anzustreben. Ich konnte und wollte diese Ängste, die in mir spukten, nicht akzeptieren, ich musste sie mit Willens- und Tatkraft überwinden.

Szenen aus meiner Kindheit tauchten auf. Meine Eltern, die an einem Freitagabend auf ein Fest gehen wollten, mein Bruder und ich halfen Mama, Kleid oder Schmuck auszusuchen. Wir waren vielleicht neun und zwölf und hatten soviel Geschmack entwickelt, dass Mama uns zuhörte. Vater, der in der Hälfte der Zeit fertig geworden war, rief, ob sie nicht ausnahmsweise einmal die schmale schwarze Samthose anziehen könnte, die sie zu der Dame machte, die sie sein wollte und doch wieder nicht sein wollte, jene Hose, die sie am Ende niemals aussuchte.

Mein Bruder und ich wussten beide, dass die Nachbarin, die zum Babysitten bestellt war, uns verlassen würde, sowie wir eingeschlafen wären, was uns zur leichten Beute für das Schwarze Volk in der Ecke machen würde. Kjell fand das nicht so schlimm, solange ich neben ihm lag, auf dem provisorischen Lager, das wir uns im Doppelbett unserer Eltern einrichten durften. Er konnte ziemlich schnell in der trügerischen Sicherheit einschlafen, in der er sich bei seiner drei Jahre älteren Schwester wähnte, während ich mich vor Angst hin und her wälzte, bis unsere Eltern nach Hause kamen.

Andere Szenen aus der Schulzeit. Ich sprang auf und protestierte gegen Ungerechtigkeiten der Lehrer oder der Kinder, die andere schikanierten. Ich meldete mich bei Diskussionen zu Wort, kandidierte als Klassensprecherin und stritt mich mit den Machthabern in der Klasse. In anderen Augen mochte ich stark aussehen, aber das alles war nur ein Versuch, meine eigenen Ängste zu betäuben.

Mein Studium, überschattet von einem einzigen Ehrgeiz, nämlich, Erfolg zu haben, nicht aber zu lernen. Die ständige Angst, die mich zu immer neuen Kursen, härteren Zeitplänen und anstrengenderen Sommerjobs trieb. Das Berufsleben, das Gott sei Dank gnädig gewesen war und mich mit jedenfalls halbwegs offenen Armen empfangen hatte, auch wenn der Kampf an jedem Monatsanfang neu losging, wenn mein Konto bei null stand und die Auftragsmenge ebenso.

War das alles Stärke? Ich dachte an Anette, an das wenige, was ich über sie wusste. Sie hatte Wirtschaftswissenschaften studiert, hatte es aber gewagt, ihr Studium an den Nagel zu hängen, als ihr ein Job angeboten worden war. Vielleicht nicht gerade eine umwerfende Mutprobe, aber immerhin ein Hinweis darauf, dass sie willens war, ein wenig an den Gitterstäben zu rütteln. Sie hatte bei der Arbeit immer neue Aufgaben übernommen, und sie hatte ihre Kontakte gepflegt, was ja gerade jetzt lächerlich deutlich zum Ausdruck kam.

Vor dem Fenster heulte noch immer der Wind, und der Regen prasselte womöglich noch wütender gegen die Fensterscheiben. Die Balkonblumen würden das wohl kaum überleben, und vielleicht war das ja auch egal. Etwas sagte mir, dass ich in diesem Jahr wohl kaum wieder auf dem Balkon sitzen würde. Ich würde mein Leben radikal verändern. Und diesmal ganz richtig.

Ich würde mich nicht mehr fürchten. Komme, was wolle, ich würde mich nicht mehr fürchten. Der Tod hatte mir eine fantastische Waffe in die Hände gedrückt, und ich hatte vor, sie zu nutzen. Ich, Erica, würde mit über Leben und Tod entscheiden dürfen. Nichts hätte mir gerechter vorkommen können. Und war es nicht genau das, was diese verkommene Gesellschaft verlangte? Dass mehr Frauen ihre Messer wetzten, um ein Stück des Kuchens an sich zu bringen? Hatte der Tod nicht gesagt, der Teufel habe Schlachtermesser im Blick?

Der Tod hatte noch einmal erklärt, dass er auf Befehl arbeitete und nicht selbst entschied, wann oder wo er aktiv würde, aber dass es immer Möglichkeiten gebe, Eigeninitiative zu ergreifen, wenn man die gut begründen könnte. Ich hatte vor, meine so gut zu begründen, dass niemand etwas dagegen würde sagen können. Und ich wollte die Chancen nicht vergeuden.

Irgendwann, hier und dort, würde ich zuschlagen. Um Ordnung im Leben der Menschen zu schaffen. Jenen zu helfen, die das brauchten, die zu entfernen, die ihren Platz lieber anderen überlassen sollten. Ich war doch so gut im Aufräumen, war so genau und organisiert und innovativ. Endlich eine würdige Aufgabe für diese Eigenschaften.

Ich wollte nicht darauf drängen, Tom und Anette sterben zu lassen, nicht jetzt und vermutlich nie. Das hätte kleinlich und rachsüchtig ausgesehen, anders konnte ich das nicht ausdrücken, und in diese Falle durfte ich nicht tappen. Es war eine neue Aufgabe, und ich musste Erfahrungen sammeln. Verstehen, wie man die Kontakte pflegte, sollte ich nun direkten Kontakt zu den Höchsten aufnehmen können. Der Tod hatte versprochen, eine Weile zu bleiben. Darüber freute ich mich unendlich. Allein in dieser kurzen Zeit hatte ich eingesehen, dass Einsamkeit mir nicht sonderlich gut lag.

Diese Gedanken kamen und gingen, Ahnungen lösten einander ab. Das Zimmer war warm, und ich ging zum Fenster und schaute hinaus. Irgendwo dort draußen waren die Seelen von Malkolm und Sissela und Gustaf, vielleicht gingen sie schon neue Wege. Ich hatte total vergessen, mich nach Malkolms Seele zu erkundigen, hatte aber das Gefühl, dass sie gepunktet oder so etwas sein müsse.

Die Fensterbank war eingestaubt, und in einer Ecke lagen kleine tote Fliegen, wie immer das jetzt möglich war, im September, wo alle Fliegen doch eigentlich ein sichereres Quartier ansteuern mussten. Ob Fliegen Seelen hatten? Würde irgendwann die Anthroposophen fragen müssen. Und den Tod, wie wir es mit der Wohnungsreinigung halten sollten.

KAPITEL 7

Die U-Bahn bewegte sich in gemächlichem Tempo dahin, gezogen von einer unbekannten Größe weit vorne. Ich saß in einer Ecke und lehnte den Kopf ans Fenster, während ich auf Stockholms Vororte schaute, die ab und zu zu sehen waren, wenn die Bahn kurz zum Atemholen auftauchte. Ich war angezogen wie am Vortag, davon abgesehen, dass ich jetzt statt einer Jacke den Umhang des Todes trug. Der war warm und groß und behaglich und fühlte sich genauso an wie der Morgenrock meines Vaters, den mein Bruder und ich im Sommer immer umgelegt hatten, denn es gab ein so wunderbares Gefühl von Geborgenheit, aus dem Wasser zu kommen und sich hineinzuschmiegen. Weil er groß war, weil er verwaschen und alt war und deshalb mit dem Land in Verbindung gebracht wurde und weil er so wunderbar duftete. Wenn Vater den Morgenrock trug, gehörte er uns.

Der Tod und ich hatten nach dem Frühstück, das nicht aus Croissants bestand, sondern aus gutem frischem Brot sowie Kaffee und heißer Milch, noch herumgetrödelt. Durch den Eintritt des Todes in mein Leben schienen auch die richtigen Lebensmittel den Weg zu mir gefunden zu haben. Danach hatte ich den Umhang anprobiert, der durchaus nicht so groß war, wie ich mir das vorgestellt hatte. Der Tod war größer als ich, und deshalb hätte der Umhang hinter mir herschleifen müssen, aber das tat er wegen einer sinnreichen Anordnung in der Taille eben nicht. Am Tod hatte der Umhang schwer und klobig ausgesehen, und ich staunte darüber, dass das nicht der Fall war. Ich spürte ihn eigentlich kaum und fragte mich, ob er aus einer besonderen Fleecesorte geschneidert sein könnte, um dem Tod die Arbeit zu erleichtern. Falls ja, hatte er sich der Evolution wirklich vollständig angepasst. Als ich in den Spiegel schaute, sah ich aus wie in einer langen Jacke aus den siebziger Jahren.

Die eigentliche Arbeitsbeschreibung hatte wenig Zeit beansprucht. Der Tod meinte, ich brauchte nur die auserwählte Person aufzusuchen, die ich in Gedanken »das Opfer« nannte, meinen Umhang zu öffnen und tief Luft zu holen, ungefähr so, als ob ich die Seele einatmen wollte, die jetzt ihren Körper verlassen sollte. Es würde nur wenige Sekunden dauern, und danach wäre die Seele im Begriff, ihr Gefängnis zu verlassen und in der bereitgehaltenen Flasche aufgefangen zu werden. In einer Innentasche steckten fünf Stück, und ich bräuchte sie nur hochzuhalten, um eine Seele nach der anderen hineinfliegen zu lassen.

Macht die das denn freiwillig?, hatte ich gefragt, und der Tod hatte geantwortet, es gehe hier nicht um Willen, frei oder unfrei, sondern um einen natürlichen Vorgang, der geschehen müsse, weil er eben geschehen musste. Ich brauchte die Flasche nur lange genug hochzuhalten, um der Seele Zeit zu lassen, und das sei an den Farben zu sehen. Wenn sie nicht mehr intensiver wurden und wenn die Bewegung zum Stillstand gekommen zu sein schien, dann sei der Prozess vollendet. Dann musste ich die verkorkte Flasche nur noch in den nächsten Briefkasten werfen, allerdings nicht in den für Lokalpost, sondern in den für Orte mit anderen Postleitzahlen. Diese Information fand ich beruhigend. Es war eine schreckliche Vorstellung gewesen, die Höchsten könnten sozusagen um die Ecke wohnen und vielleicht sogar mit den Politikern im Rathaus unter einer Decke stecken.

Die Sense war eigentlich eine Attrappe und wie eine Uniformmütze zu betrachten, und ich brauchte sie an diesem Tag nicht aufzusetzen und brauchte jetzt auch nicht mehr darüber zu erfahren. Der Tod war in diesem Punkt ein wenig vage gewesen, aber ich ging davon aus, dass ich weitere Informationen erhalten würde, wenn das nötig wäre.

Dann hatte er mich mit einem »viel Glück« losgeschickt. Er wollte sich einen Tag frei nehmen und die Zeitung lesen, sagte er, und er schien sein Leben als frischgebackener Hausmann zu genießen. Tatsache war, dass er schon ganz schön häuslich wirkte. Er war zwar bereits angezogen gewesen, als ich morgens aufgestanden war, aber die Aura von Schlafanzug und Pantoffeln hing doch noch immer in der Luft. Die Tasche, die er mitgebracht hatte, stand offen und zeigte nicht nur die sorgfältig aufgehängten Kleidungsstücke, sondern auch eine geöffnete Schublade mit Büchern, die aussahen, als hätte er sie morgens nach irgendeinem Thema durchsucht.

Ich hatte das Gefühl, dass er mir nicht allzuviel darüber verraten wollte, was bevorstand, sondern mich mit einem überraschten Glänzen in den Augen und einem »rat mal, was passiert ist« in der Stimme nach Hause kommen lassen wollte. Er hatte gesagt, dass ich diesmal selbst entscheiden könnte, wem ich einen Besuch abstattete. »Heute will ich nicht einmal den Computer einschalten, also mach was und erklär das nachher«, hatte er gesagt. »Überrasch mich. Nimm irgendwen, der dir reif vorkommt. Du brauchst dich ja nicht gleich zu Anfang an Kindern zu vergreifen.« Ich dachte an Sissela und bekam eine Gänsehaut.

Die Mischung aus Angst und Erwartung an diesem Morgen hatte beunruhigend gewirkt. Das Bett war weicher gewesen als sonst, und ich war einige Minuten liegen geblieben, um meinen Atem zu beruhigen und mein Herz langsamer schlagen zu lassen. Meine Augen waren zur Decke gewandert und hatten in einer Ecke eine Spinne entdeckt. Schwarz und groß und wie zum Überwintern aufgerollt, und ich hatte einen Schauer der Angst verspürt bei dem Gedanken, dass sie gleich in Rekordtempo einen Faden spinnen und dann irgendwo über meinem Gesicht landen könnte.

Früher hatte ich panische Angst vor Spinnen gehabt und mich geweigert, eine zu berühren, ob nun mit der Hand oder irgendeinem Fanggerät. Der August an der Westküste, der von allerhand Erlebnissen eingerahmt war, unter anderem schwarzen Spinnen im Waschbecken, hatte diese Angst später zu Respekt werden lassen und endlich zu einer gewissen Faszination. Ein Jugendfreund von mir hatte sich sehr für Spinnen interessiert und mehrere Aufsätze über sie geschrieben und bei verschiedenen Lehrern eingereicht. Er hatte je nach Thema die Herangehensweise variiert, was ihm regelmäßig gute Noten eingebracht hatte. Mit einer widerwilligen Faszination hatte ich zugehört, wenn er von den Spinnenweibchen berichtete, die sich befruchten ließen und danach die Männchen verzehrten, um sich für das Eintreffen der Jungen zu stärken. Manche Spinnenmännchen waren sogar dermaßen bereit, ihre Weibchen zu befriedigen, dass sie Selbstmord begingen, indem sie sich wie eine stärkende Mahlzeit vor ihnen ausbreiteten.

Meine derzeitige Lage zeigte deutlich, wieviel man tatsächlich von der Natur lernen konnte. Ich hatte beschlossen, die Spinne in ihrer Ecke sitzenzulassen.

Jetzt dachte ich über das alles nach, während der Zug mich fast in den Schlaf schaukelte. Die Erlebnisse des Vortages hatten mich dem Rest der Welt gegenüber übellaunig werden lassen, und ich betrachtete meine Umgebung durch ein negatives Raster, das Gesichter, Körper und Charakter ungefähr so verzerrte wie ein Narrenspiegel. Da saß eine Gruppe von Jugendlichen und fraß genau wie Papageien, während sie mit Abfällen um sich warfen, so dass der Wagen verdreckt und abstoßend aussah. Ein Stück weiter saß ein älteres Paar, das sich alle Mühe gab, um sauber und tadellos auszusehen, obwohl der Geruch des Alters sie wie ein Heiligenschein umgab. Vielleicht hatten sie einander beim Anziehen geholfen, um einen so guten Gesamteindruck zu machen wie möglich, aber ihre trüben Augen erfassten sicher nicht mehr alle Details, und deshalb hatte der Mann noch immer einen Eierfleck auf dem Kragen, und der Lippenstift der Frau verlief sich in den Runzeln an ihrem Mundwinkel.

Diese Gedanken beschäftigten mich bis Bredäng, der Endstation in meinem alten Leben und dem Anfang von etwas Neuem. Die Fahrgäste strömten zum Ausgang, und der Wagen leerte sich. Ich fand mich in einem dominostein-inspirierten Wohngebiet mit vielen Reihen grauer Wohnblocks wieder. Hier und dort wucherten auf den Balkonen Satellitenschüsseln wie schmarotzende Pilze auf einem Baum, ansonsten machten sich Farbe und Ausschmückungen eher rar. Graue Vorhänge hingen in scharfen Falten um fröstelnde Fensteröffnungen, und die Blumenkästen, die sich hervorgewagt hatten, saßen in Quarantäne. Ein Fußgängertunnel mit Gittertüren führte mich aus dem Zentrum von Bredäng heraus und weckte unangenehme Assoziationen in mir. Ging man hier falsch, konnten die Türen jederzeit zuklappen und eine lebenslange Einzelhaft zur Folge haben.

Eira hatte noch nie ein Geheimnis daraus gemacht, dass Gabriella in Bredäng wohnte und dass Robert, der Sohn, nur über ihre Leiche dort landen sollte. Da Gabriella noch dazu einen ziemlich ungewöhnlichen Nachnamen hatte, hatte ich ihn mir eingeprägt, als Eira ihn einmal zufällig erwähnte. Den Rest herauszufinden war eine Kleinigkeit gewesen. Jetzt hatte ich Adresse und Anleitung, und ich brauchte nur noch tief durchzuatmen und mich auf meine Aufgabe zu konzentrieren.

Das Wetter war ein wenig besser geworden, aber es war noch immer deutlich, dass Sommer oder Spätsommer schon Herbstgedanken und Schneeflocken am Horizont gewichen waren. Ich war doch ein wenig nervös, als ich vor Gabriellas Eingangstür stand. Die Haustür war abgeschlossen, aber ich hatte an dieses Problem noch kaum einen Gedanken verschwendet, als mich ein munterer afrikanischer Knabe ohne irgendeinen Verdacht einließ.

Guarnos wohnten in der fünften Etage. Ich stieg die Treppen hoch, um Zeit zu gewinnen, da meine Erwartungshaltung plötzlich in etwas übergegangen war, das der bekannten Nervosität angesichts eines Auftrags ähnelte, auf den ich mich zwar vorbereitet hatte, der aber doch fehlschlagen könnte. Ich hatte keine Ahnung, wie Gabriella reagieren würde. Würde sie mich für den richtigen Tod halten, da ich die passende Kleidung trug, oder würde sie sehen, dass ich ein Wolf im Schafspelz war, nur eben umgekehrt? Das Treppenhaus war eng, und als ich vor Gabriellas Wohnungstür ankam, war die so nichtssagend wie alle anderen. Ich klingelte, ohne eine Sekunde zu zögern, aber da niemand aufmachte, klingelte ich ein weiteres Mal. Am Ende hörte ich schlurfende Schritte, und vorsichtig wurde die Tür einen Spaltbreit geöffnet.

Hinter diesem Spalt konnte ich zwei Augen erahnen, die mich von Kopf bis Fuß musterten. Ich gestand mir ein, dass ich keinen Schimmer hatte, wie Gabriellas Mutter auf meinen Besuch reagieren würde. Eira behauptete, sie wage sich nur vor die Tür, wenn ihr Kühlschrank leer sei. Aber würde sie mich als Erica sehen oder als den Tod? Es kam vielleicht darauf an, ob sie bereit war, den Tatsachen ins Auge zu blicken, oder ob sie die Wirklichkeit so sah, wie sie sie gern sehen wollte. Eira hatte behauptet, Letzteres sei der Fall, aber ich hatte mir nicht überlegt, mit welcher Entschuldigung ich dann um eine Audienz bei ihrer Tochter ersuchen sollte.

Die Alte, die Mutter, wie ich annahm, öffnete die Tür ein wenig weiter. Aber was heißt schon, die Alte, mir ging plötzlich auf, dass sie nicht unbedingt sehr viel älter zu sein brauchte als ich. Eira hatte erzählt, dass sie Gabriella mit achtzehn bekommen hatte, und wenn Gabriella um die zwanzig war, dann musste das Alter dieser Frau hier bei etwa vierzig liegen. Ich betrachtete sie nun aus eher gleichgestellter Perspektive und zog rasche, vielleicht übereilte Schlüsse.

Sie war kräftig, mit einem verschlagenen Ausdruck in den Augen, die meiner Meinung nach von einer nicht zu unterschätzenden Intelligenz zeugten. Sie hatte ihre Haare zu intensivem Kupferrot gefärbt und war gekleidet in eine vielleicht originell zu nennende Mischung aus überwintertem Hippie und dem Besten aus dem Laden der Heilsarmee. Ihre Füße waren nackt und die Zehennägel schwarz lackiert. Sie würde diese Farbe noch eine Weile tragen können, dachte ich zynisch.

»Ja?« Diese Frage war genial in ihrer geballten Verachtung.

»Hallo, ich würde gern mit Gabriella sprechen. Ihrer Tochter, meine ich.« Zu spät ging mir auf, dass ich das hier überhaupt nicht ausreichend geplant hatte. Was würde passieren, wenn auch Gabriella in die Türöffnung trat? Sollte ich dann das ganze Programm ablaufen lassen, mit der Mutter daneben als direkter Zeugin? Der unbedarfte Tod, er hatte mich überhaupt nicht darauf vorbereitet, wie man sich in größeren Menschenmengen verhielt. In der Götgata war zwar auch viel los gewesen, als der tödliche Unfall geschehen war, aber da hatte er einfach ruhig im Café gesessen. Alles Interesse hatte sich auf das tote Kind konzentriert, und er hatte sich um die Sache mit der Seele kümmern können. Jetzt kam mir die Erkenntnis, dass er sicher mit Sisselas Seele gesprochen hatte, als er dort an dem Café gestanden und vor jemandem, den ich nicht hatte erkennen können, mit den Armen gefuchtelt hatte.

»Und wer bist'n du?« Gabriellas Mutter durchbohrte mich mit Blicken, was mir klarmachte, dass sie durchaus nicht den Tod erblickte, sondern mich. Das hätte die Sache leichter machen müssen, wenn ich auch nicht wusste, wie.

Ich bin keine besonders gute Lügnerin, aber wenn es sein

muss, dann schaffe ich es. Die Wörter glitten aus mir heraus wie Majonnaise aus einer vollen Tube, während ich herumsülzte, ich hätte Gabriella aus der Ferne gesehen und sie sei wie geschaffen für einen Werbefilm für Kopfschmerztabletten, an dem ich gerade arbeitete, für eine Firma namens ... namens ... wie hieß sie doch noch gleich ... Envia, und dass wir junge Menschen suchten, die Frische und ein »Das Leben noch vor sich«-Gefühl ausstrahlten. Für einen kurzen Moment spielte ich mit dem Gedanken, Nexicon zu nennen, was Toms Firma Probleme machen könnte, ja, am liebsten Tom persönlich, aber die Vernunft trug den Sieg davon. Meine Anwesenheit hier würde ich bei einer möglichen Gegenüberstellung vielleicht erklären können, aber nicht, warum ich Toms Firma erwähnt hatte. Envia würde es ein wenig leichter machen, eine Notlüge zu ersinnen.

Ich log so überzeugend, dass die Augen der Frau listig funkelten. Werbefilm. Hier gab es die Möglichkeit, die Kasse zu füllen, wenn die Sozialhilfe zur Neige ging. Sie wollte wissen, wo ich Gabriella gesehen hätte, und ich faselte herum, sie sei mit einem sympathisch aussehenden Jungen in der Stadt unterwegs gewesen. Ich erklärte, dass ich eben so arbeitete, ich sammelte Gesichter, und ich hätte jemanden ausfindig machen können, der den Jungen kannte, und der nun wiederum kannte Gabriella. Und so weiter. Meine Sprache klang schon nicht mehr wie meine eigene.

Die Lüge war so dünn wie das erste Eis auf dem Mälar, und eine misstrauischere Person hätte einen dermaßen durchsichtigen Köder sicher nicht geschluckt. Diese Frau war bestimmt auch misstrauisch, aber sie wollte mir glauben, und deshalb verzichtete sie vermutlich auf ihre üblichen Sicherheitsvorkehrungen.

»Kommen Sie rein«, sagte sie und öffnete die Tür so weit, dass ich mich in eine Diele zwängen konnte, von der drei Viertel der Bodenfläche von Schuhen und Stiefeln für alle Jahreszeiten bedeckt war, was zeigte, dass hier nicht nach Feng-Shui-Prinzipien aufgeräumt wurde. Die Frau, die jetzt zu einer reuigen Sünderin geworden war, reichte mir eilig einen Kleiderbügel, und ich musste einfach den Umhang daraufhängen.

Gabriellas Mutter ging dann vor mir her in eine Küche, die sich nur als Kulisse eines Studentenfilms aus den sechziger Jahren beschreiben ließ. Spülstein und Schrank klebten in einer Art Habachtstellung an der Wand, während ein Küchentisch und einige nicht zueinanderpassende Stühle den größten Teil der Bodenfläche in Anspruch nahmen. Der Küchentisch war rot lackiert, und an mehreren Stellen blätterte der Lack ab, während Gratiszeitungen und Werbesendungen sich mit schmutzigem Geschirr von gestern, vorgestern und vielleicht auch noch von Mittsommer mischten, wenn ich von dem Grad von Verfall und Verkrustung ausgehen durfte, die Teller und Töpfe aufwiesen.

»Möchtest du Kaffee?« Gabriellas Mutter wies mir einen der Holzstühle an, während sie eine gesprungene Tasse nahm, sie mit einem Handtuch auswischte und mit Kaffee füllte. Der Kaffee war zähflüssig und kam aus einer Kanne, die vermutlich immer auf schwacher Wärme vor sich hin köchelte und nach dem Leeren immer sofort wieder gefüllt wurde. Ich staunte darüber, dass dieser Schlamm sich überhaupt bewegte, und lehnte so höflich ab, wie ich konnte.

Sie ließ sich mir gegenüber nieder und musterte mich, während sie einen Schluck aus der Tasse trank. Ihre Haut war um Augen und Hals runzlig und zeugte von exzessiverem Sonnenbaden, als ich es gewöhnt war. Ihre Lippen waren offenbar vor einiger Zeit mit lila Farbe bestrichen worden und blätterten jetzt ebenso ab wie der Küchentisch.

»Ach, Werbung also. Ja, ich war früher auch mal ein bisschen Model. Vor ein paar Jahren hatte so 'ne Müslifirma 'ne Aktion laufen, man konnte 'nen Gratispullover kriegen. Und die Bilder gab es überall in Schweden. Von einem Mädel, das einen Gutschein in den Briefkasten wirft. Weißt schon. Die haben gesagt, ich wär'n Naturtalent. Aber dann kam ja das Unglück und so, sonst säß ich ja nicht hier in dem ganzen Dreck.«

Sie hatte eine heisere Stimme, die aber vermutlich das Limit noch nicht ganz nach unten erreicht hatte, und sie schickte sich sogleich an, sie noch um einige Tonstufen zu senken, indem sie eine Zigarette aus einer zerknüllten Packung schüttelte. Der Gestank von billigem Tabak mischte sich mit dem Geruch des kaffeeähnlichen Schlamms, und ich merkte, dass meine Konzentrationsfähigkeit nachließ. Gott sei Dank schien Gabriellas Mutter keine Fragen mehr zu haben, sondern war zufrieden damit, mich in die Rolle der Zuhörerin zu drängen.

»Ich war ja auch erst zwanzig oder so. Wollten tanzen gehen, also ich und mein Typ damals, und dann merk ich plötzlich, wie der Kerl erstarrt. Ich hab ihn angestupst und geschrien, was soll der Scheiß, guck doch hoch, zum Teufel. Aber der reagiert nicht und trampelt aufs Gaspedal. Wir jagen mit hundertdreißig auf 'ner Straße für fuffzig, hatte in meinem ganzen Leben noch nich so'n Schiss, kann ich dir sagen. Nein, Scheiße!«

Ich hatte keine Ahnung, warum sie meinte, diese Information könne mir auf irgendeine Weise nutzen, aber ich hielt sie sozusagen für die Eintrittskarte zu ihrer Psyche, die sie aufzwang, damit wenigstens ein Mensch einen Blick darauf warf.

»Wir fuhren also auf so 'ner kleinen Straße zu den Läden, und da standen die Autos auf jeder Seite dicht an dicht, und wir fuhren wie blöd da zwischendurch, und dann war'n wir plötzlich aufm Bürgersteig und dann voll gegen 'nen Poller. Ich sag dir, wenn der Poller nicht dagewesen wär, ja, dann wär'n wir jetzt auch nich mehr da. Aber der Arsch kommt total unversehrt davon, konnte auch nich erklären, was passiert war, und im Krankenhaus konnten die das auch nich. Aber bei mir war'n die Nackenwirbel verschoben, und das sind sie noch heute. Ich frag mich ja doch, was sonst aus mir geworden wär.«

Ich zog energisch an meiner Zigarette und trank einen Schluck Kaffee. Ich murmelte etwas davon, dass das ja traurig sei, und ich fragte mich abermals, wie ich mich weiter verhalten sollte. Die einzige Chance schien jetzt darin zu bestehen, Gabriella aus dem Haus zu locken, da niemand mich auf die Möglichkeit vorbereitet hatte, meine Aufgabe vor Publikum erledigen zu müssen.

Ich hatte diesen Gedanken kaum zu Ende gedacht, da betrat Gabriella die Küche. Bisher hatte ich versucht, meine Identität geheimzuhalten, ohne genau zu wissen, warum, und jetzt ging mir auf, dass ich damit weitermachen musste. Gabriella war ebenso korpulent wie ihre Mutter, aber ihr fehlte die tückische Schläue, die ich schon bemerkt zu haben glaubte. Teigig, hatte ich gedacht, als ich sie zusammen mit Robert gesehen hatte, und teigig war das Adjektiv, das mir jetzt einfiel. Vielleicht auch Verfall, innere Fäulnis. Sie hatte sich einen Schal um die Haare gebunden und trug eine Hose und einen zu engen Pullover, der das betonte, was die Mehrheit der Frauen aller Generationen und aller Klassen immer zu verbergen versucht hat, nämlich die unvorteilhaftesten Körperteile. Hier bot sich der Betrachterin der Blick auf einen schwellenden Bauch, einen ausufernden Rücken und zwei ungeheuer kräftige Oberschenkel. Die Augen waren blau und ausdruckslos, der Mund ein gerader Strich und das Kinn zurückgezogen wie eine Ratte in ihrem Loch. Ich fühlte mich vorurteilsvoll und widerlich, aber ich musste mich doch fragen, was Robert in dieser Person sah. Vermutlich die Brüste, die wie zwei Quallen über ihren Bauch hingen, die aber durchaus nicht größer waren als meine, von denen ich nun gelernt hatte, dass sie nicht mehr dem Prototyp der Perfektion entsprachen.

»Die kommt von 'ner Werbefirma und will mit dir reden.«

Die Gewohnheit der Mutter, auf Namen zu verzichten – sie hatte sich auch nicht die Mühe gemacht, ihren eigenen zu nennen, nach meinem hatte sie sich nicht erkundigt, und ich hatte ihn auch nicht genannt, ebenso wenig wie den ihrer Tochter –, sorgte dafür, dass die Vorstellung rasch über die Bühne lief.

Diese Information schien Gabriella nicht weiter zu beeindrucken, denn sie sah mich nur an. Ich hielt ihr die Hand hin, und nach einem gewissen Zögern überließ sie mir ihre, die sich schlaff, feucht und abweisend anfühlte.

Ich sagte abermals meinen Spruch auf, dass ich sie in der Stadt gesehen hatte, dass ich Gesichter sammelte und durch Zufall erfahren hatte, wer sie war. Noch immer klang alles so durchsichtig, dass ich in Schweiß hätte ausbrechen müssen, aber die beiden zeigten keinerlei Reaktion. Informationen schienen hier als etwas zu gelten, das mit Gleichmut geschluckt wurde, nicht aber kommentiert, hinterfragt oder erwidert.

»Gabriella ist grad krankgeschrieben«, sagte die Mutter und beschrieb das Knieproblem, das Gabriella schon seit langer Zeit quälte. »Ist 'ne Schande, dass die Medizin in Schweden so verdammt mies ist, dass der Doktor sich nich mal die Zeit nimmt, über das Problem zu reden, sondern immer zu anderen Untersuchungen weiterschickt. Aber der hat ja zugegeben, dass sie nich arbeiten kann, das ist ja schon mal was, und jetzt machen sie noch mehr Tests. Aber so darf das doch nicht sein, man muss laut werden, wenn man sein Recht haben will, denn geholfen kriegt man jedenfalls nich.«

Gabriella hatte noch immer kein einziges Wort gesagt, sondern nur träge abwechselnd mich und ihre Mutter angesehen. Sie machte eine vage Bewegung in Richtung Kaffeemaschine, was in mir eine vage Panik auslöste. Das hier konnte ja noch ewig dauern.

»Vielleicht sollten wir einen Spaziergang machen«, schlug ich an sie gewandt vor. »Dann kann ich dich bei Tageslicht sehen und vielleicht schon mal ein paar Probeaufnahmen machen.«

Zu spät ging mir auf, dass das eine gefährliche Lüge war. Tom hatte versucht, mich ins Handwerk der Unwahrheiten einzuführen, indem er darauf hingewiesen hatte, dass man nicht lügen darf, wenn man keinerlei Deckung dafür hat. Man muss immer eine Erklärung haben, hatte Tom gesagt. Wenn diese beiden Frauen zum Beispiel verlangt hätten, einen Blick auf meine Kamera zu werfen, wäre ich verloren gewesen. Aber abermals zeigten die Höchsten Güte.

Gabriella drehte sich um und ging hinaus in die Diele, ohne mich einer Antwort gewürdigt zu haben. Dort zog sie eine Trainingsjacke über, und zwar so achtlos, dass der Kragen nach innen klappte und ich mich beherrschen musste, um nicht hinzustürzen und ihn herauszuziehen. Stattdessen nahm ich den Umhang und schob ihn mir zusammengerollt unter den Arm, mit dem gruseligen Gedanken, dass es das Beste wäre, ihn so spät wie möglich anzuziehen. Ein dumpfer Ton füllte meinen Kopf und erschwerte das Denken.

Gabriellas Mutter brachte uns zur Tür.

»Wenn du wen brauchst wie mich, sag Bescheid«, sagte sie. »Leute, die normal aussehen, sind doch jetzt angesagt. Und was weiß man schon. Ja, ich weiß noch, wie die gesagt haben, ich soll natürlich aussehen und so, und das kann ich bestimmt schnell wieder lernen.«

Ich versprach mit einigen nichtssagenden Floskeln, mein Bestes zu tun, dann nahmen wir Abschied und konnten endlich die Treppen hinuntergehen. Meine Erleichterung, endlich die Wohnung verlassen zu können, aus dem Haus zu treten und Bredängs Luft einzuatmen, war so groß, ich hätte sie fast anfassen können. Das hier war eine Welt, die sehr weit von meiner eigenen entfernt war, eine Welt, über die ich nichts wusste und von der ich bisher auch nichts hatte wissen wollen. Hier draußen und in anderen Stockholmer Vororten warteten sicher Ozeane voll Lebenserfahrung und frischen Herangehensweisen, aber darüber las ich lieber in der Zeitung und diskutierte mit anderen darüber, ich wollte es nicht direkt vor Ort erleben. Ich verspürte nicht die geringste Lust, aus angestoßenen Bechern Hoffnungslosigkeit zu trinken, keine Lust, mich mit Menschen zu befassen, die mein Leben ausdünnen und meine Farbe von klar und deutlich zu mehr oder weniger meliert verändern konnten. Diese Erkenntnis war nicht gerade schmeichelhaft für eine, die sich selbst gern als tolerant und offen bezeichnete, aber ich hatte den Verdacht, dass ich mit dieser Erkenntnis nicht allein war. Eigentlich gab es nicht viele, welche die Tristesse ihres eigenen Lebens tatsächlich noch dadurch zu steigern gedachten, dass sie sich mit Menschen wie Gabriellas Mutter abgaben, um ihr aus ihrer selbstauferlegten Isolation herauszuhelfen.

Gabriella ging neben mir, mit den Händen in der Tasche und den Blick so weit von mir abgewandt, wie sie nur konnte. Sie hob kaum die Füße, und ich stellte mir ihre Schleifspuren vor, wenn sie durch Schnee stapfte. Der Gedanke an Schnee ließ den Druck auf meiner Brust ein wenig leichter werden. Scharfe Luft, blauer Himmel, Gipfel am Horizont, Ferien wie Minzbonbons.

Ich sah sie noch einmal an und fragte mich plötzlich, was sich in ihrem Kopf wohl abspielte. Soviel ich wusste, hatte sie nach dem Abitur nichts mehr gemacht. Wie verbrachte sie ihre Tage? Was dachte sie, was empfand sie, und hatte sie überhaupt irgendwelche Träume?

»Wie alt bist du eigentlich?«

Gabriella schien gar keine Lust zu haben, das Schweigen zu brechen, aber nach einer Weile öffnete sie dann doch den Mund.

»Zweiundzwanzig.«

»Hast du Arbeit?«

Kopfschütteln.

»Wann warst du mit der Schule fertig?«

»Vor drei Jahren.«

»Und was hast du seither gemacht?« Ich merkte, dass das bloße Gespräch mit ihr mich schon ungeduldig werden ließ.

»Nix Besonderes. Ging mir nicht gut.«

»Warst du krank?«

»Ich hab ein wehes Knie. Früher bin ich ziemlich viel gelaufen, aber jetzt tut es zu weh. Das ist einfach Scheiße. Es hört nicht auf.«

»Du hast keine Ausbildung gemacht oder dir Arbeit gesucht oder so?«

Gabriella zuckte mit den Schultern und gab keine Antwort. Ich nahm an, dass das »nein« bedeutete. Wie konnte es möglich sein, dermaßen ohne Ziele und Träume zu leben? Loch im Rücken hin oder her, mit Willenskraft hatte ich mich doch immerhin sogar an miesen Morgen aus den Federn gezogen und jedem Tag wenigstens einen gewissen Inhalt geben können. Jedenfalls, was ich selbst als Inhalt bezeichnete. Oder war mein Loch im Rücken so weit von echter Hoffnungslosigkeit entfernt, dass der pure Vergleich schon eine Beleidigung für eine wirklich Betroffene war? Die Unfähigkeit der Unwissenden, das Problem der Alkoholiker (»hör doch einfach mit Trinken auf«) oder der Depressiven (»jetzt reiß dich mal zusammen, Mensch, das Leben ist doch trotzdem wunderbar«) zu verstehen?

»Was würdest du denn gern mit deinem Leben machen? Ich meine, hast du Träume oder Ziele oder …«

Gabriella schwieg so lange, dass ich die Hoffnung auf eine Antwort beinahe aufgab. Überraschenderweise wandte sie sich dann aber plötzlich zu mir um und fing an, in zusammenhängenden Sätzen mit Subjekt, Prädikat und Objekt zu sprechen.

»Ich habe einen IQ von 123. Nur fünf von hundert Mädchen in meinem Alter sind intelligenter. Aber ich will nicht weiterbüffeln.«

»Wieso nicht?«

»Ist ja doch egal, was aus mir wird.«

»Wie meinst du das?«

Wieder zuckte Gabriella mit den Schultern. Unsere Parodie auf ein Gespräch ging ungefähr auf diese Weise weiter, aber ich erfuhr immerhin, dass sie sich eigentlich für gar nichts interessierte, weder für Weiterbildung noch für Arbeit, Sport, Bücher oder sogar Fernsehen. Die Wochenenden verbrachte sie meistens mit Schlafen, und ansonsten war sie mit Robert zusammen und tat, »was sein muss« und sonst nur wenig. Weiter verriet sie, dass sie mit dreizehn das Trinken angefangen und seitdem so allerlei ausprobiert hatte, ein bisschen Speed und ein bisschen Ecstacy und ein bisschen Ungenanntes, ein Missbrauch, den sie nicht als solchen bezeichnete, und dass sie mit Zigaretten und Tabletten nachgeholfen hatte, wenn ihr das nötig erschienen war. Ihre Kindheit war »einfach mies« gewesen, ihre Mutter »einfach mies« und das Leben »einfach mies«.

»Es geht nur um das Aussehen«, sagte sie plötzlich. »Niemand redet mit mir. Niemand hört zu. Mein ganzes Leben war einfach mies, und ich hab alles versiebt.«

Wann und wo ihr IQ gemessen worden war, erzählte sie trotz wiederholter Fragen nicht.

»Und Robert?« Ich konnte diese Frage nicht unterdrucken, obwohl eine Rolle, die ich für mich ersonnen hatte, nicht unbedingt erforderte, dass ich den Namen ihres Freundes wusste. Aber trotz des IQs von 123 reagierte sie nicht, oder es war ihr nicht wichtig genug für eine Reaktion.

»Der ist in Ordnung.«

Das war alles, und viel mehr erfuhr ich auch nicht von Gabriellas Persönlichkeit. Abgesehen davon, dass ihr Vater, den sie niemals kennengelernt hatte, genauso gut tot sein könnte und dass sie in der Wohnung ihrer Mutter zwei Zimmer für sich hatte, »weil ich zuerst das eine zumülle, und wenn alles zu dreckig ist, zieh ich in das andere«. Wie Malkolm also, abgesehen davon, dass dessen Müllzimmer jetzt als Muster der Ordentlichkeit dastand.

Ich legte den Umhang um und band mir die Schnur um die Taille, obwohl ich sie bald wieder würde lösen müssen. Wir hatten einen Parkplatz erreicht, der zwar ziemlich vollgestellt war, aber trotzdem verlassen wirkte. Ich merkte, wie meine Nervosität zuschlug, und wehrte mich dagegen mit einem Durchgehen der Liste dessen, was ich zu tun hatte. Den Umhang öffnen, die Flasche bereithalten, tief durchatmen, auf eine Todesursache warten, warten, bis die Farbe ihren Sättigungspunkt erreicht hat, die Flasche wieder verkorken, sie einwerfen. Eine Leiche zurücklassen. Aber es konnte ja nun wirklich nicht meine Aufgabe sein, einen Krankenwagen zu holen, das hatte der Tod auch nicht gemacht.

Gabriella war mitten auf dem Parkplatz stehen geblieben. Jetzt sah sie mir zum ersten Mal ins Gesicht.

»Warum bist du zu mir gekommen? Wenn du mit Werbung arbeitest, musst du doch eine Menge Leute kennen, die besser aussehen als ich.«

Diese Frage kam unerwartet, und ich musste rasch die vage Erklärung aus dem Ärmel schütteln, es gehe hier um den Typ und nicht um das Aussehen an sich. Zugleich sah ich ein, dass die Zeit davonlief, nicht nur für Gabriella, sondern auch für mich. Bald konnte ich sie dazu bringen, sich mit dem Rücken zu einem Auto hinzustellen, während ich erklärte, sie solle ganz ruhig dort stehen und natürlich aussehen. Mit zitternden Fingern öffnete ich dann meinen Umhang und breitete ihn aus, nahm die Glasflasche aus der Tasche und zog den Korken heraus, während ich gleichzeitig versuchte, tief durchzuatmen, obwohl das Rauschen in meinem Kopf jetzt orgiastische Höhen erreicht hatte.

Nichts passierte. Gabriella sah mich an, und zum ersten Mal zeigte ihr Gesicht eine Empfindung. Überraschung. Dann hörten wir beide ein Brummen und sahen die Wespe ungefähr gleichzeitig. Sie war dick und klobig, wie Wespen das im Spätsommer oft sind, wenn die Kraft des Sommers abgeebbt ist und der Müdigkeit des Herbstes nachgegeben hat, und nur mit Mühe erreichte sie die Höhe von Gabriellas Brust und ließ sich in der Kluft zwischen den Quallen nieder.

Gabriella schrie auf und versuchte, die Wespe wegzuwischen. Dabei streifte sie diese aber zu ihrer Brust, was ausreichte, um das Gefühl des Eingesperrtseins hervorzurufen, auf das jede Wespe aus Instinkt nur auf eine einzige Weise reagieren kann. Der Stich erfolgte sofort und wurde in die Halsgrube gesetzt, und Gabriella schrie abermals auf, jetzt voller Panik.

Ihr Hals wurde in weniger als einem Bruchteil einer Sekunde dick. Gabriellas Gesicht lief rot an, und sie versuchte, etwas zu rufen, aber ich hörte nur ein heiseres Krächzen. Ihre Gesichtsfarbe vertiefte sich, und Gabriella sank nach unten, zuerst auf das Auto, dann auf den Boden, wobei sie sich mit der einen Hand den Hals hielt und mit der anderen an meinem Umhang riss.

Ich konnte noch denken, dass sie offenbar allergisch gegen Bienenstiche war und dass die Schleimhäute in ihrem Hals jetzt die Luftröhre und damit den Weg zu der Quelle des Lebens versperrten, das sie eben noch so energisch verachtet hatte. Verzweifelt schaute ich mich auf dem Parkplatz nach Hilfe um, aber dann fiel mir ein, dass ich das ja gerade nicht durfte. Gabriellas Leben schwand dahin, ihre Seele vermutlich auch, und es war meine Aufgabe, sie einzusammeln. Das war schrecklich und unerhört weit weg davon, wie ich mir diesen Prozess vorgestellt hatte, aber ich zwang mich aufschluchzend dazu, die Hand mit der Glasflasche auszustrecken und diese auf Gabriellas Gesicht zu richten.

Das hatte jetzt eine blaurote Farbe angenommen, während

ihre Lippen sich bewegten, als suchten sie nach Worten. Ihre Augen verdrehten sich, und ihre Hände machten einen letzten Versuch, mein Bein zu fassen. Dann hörte ich ihre Stimme. Eine widerliche, ekelhafte, schrille und siegessichere Stimme.

»Mörderin. Mörderin. Ha, ha, ha, ha, ha. Mörderin. Ach, das kriegst du wieder, das alles kriegst du wieder, das kriegst du …«

Diese Stimme war nicht nur vor mir, sondern auch hinter mir und auf meinen Seiten. Ich hielt die Flasche der Stimmquelle entgegen und stellte fest, dass kleine schleimgrüne Schlieren sie füllten, die jedoch ein- und auszuhuschen schienen. Jedesmal, wenn die Farbe sich zu vertiefen begann, war sie plötzlich wie weggeblasen, und am Ende verschwand sie dann endgültig. Die Flasche war noch immer so durchsichtig wie in dem Moment, als ich sie aus der Tasche gezogen hatte.

Ich fluchte laut und wirbelte herum, streckte weiterhin die Flasche in die Luft, aber nichts passierte. Die Stimme schrillte noch immer.

»Schande, Schande. Ein unschuldiges Mädchen ermorden. Du hast sie hässlich gefunden!« Zugleich wurde mir schmerzhaft an den Nackenhaaren gerissen, aber niemand war hinter mich getreten, und nichts konnte den Schmerz erklären, der sich jetzt von Nacken zu Schultern und Achseln ausbreitete.

Gabriella lag jetzt leblos auf dem Boden, die eine Hand krampfhaft um den Hals geschlossen. Ich versuchte, auf Herzschlag oder Atem zu lauschen, aber ich konnte nichts hören. Wenn sie noch nicht tot war, dann würde sie das sicher bald sein, und dann hätte die Flasche sich doch nach allem, was der Tod mir erzählt hatte, mit Farbe füllen müssen. Was war schiefgegangen? Was, Verzeihung, zum Teufel war hier schief gegangen?

Ich wirbelte immer schneller mit der Flasche herum, aber das half überhaupt nichts. Zugleich entdeckte ich, dass in einem der Dominohäuser ein Fenster geöffnet worden war und dass eine Frau dort im Luftzug stand und zu uns herüberblickte. Noch weiter weg schien eine Bande von Jugendlichen den Parkplatz anzusteuern. Voller Panik ging mir auf, dass ich nicht länger hierbleiben konnte. Meine Anwesenheit an sich war einfach zu verräterisch.

Ich verkorkte die Flasche, steckte sie in die Tasche, legte den Umhang ab und klemmte ihn mir unter den Arm. Dann ging ich mit schnellen Schritten zur U-Bahnstation und gab mir Mühe, nicht hektisch loszurennen oder mich umzusehen. In der Gegend wimmelte es plötzlich nur so von Menschen, und es war nur eine Frage von Minuten, bis Gabriella entdeckt werden würde.

Bei der U-Bahnstation zitterten meine Hände dermaßen, dass ich kaum die Fahrkarte hervorholen konnte. Der Zug kam fast sofort, und ich sprang hinein, fand einen Sitzplatz in Fahrtrichtung und versuchte, mich hinter meinen Haaren und meinen Gedanken zu verstecken.

Was war passiert? Ich hatte getan, wie mir geheißen, da war ich sicher, da meine innere Stimme die Instruktionen so oft wiederholt hatte, dass sie kaum missverstanden werden konnten. Umhang öffnen, einatmen, Flasche öffnen, rein mit der Seele. Und Gabriella war vermutlich auch gestorben, wenn auch auf eine Weise, die ich nicht hatte voraussehen können, und vor allem, die ich nicht selbst gewählt hatte. Ein Tod durch Ersticken war mir noch nie verlockend erschienen, obwohl meine eigene Vision des Erhängens auf genau demselben Prinzip aufbaute, und ich hätte mir gewünscht, dass mein erster Einsatz eine schonungsvollere Todesart mit sich gebracht hätte, wenn ich auch nicht sagen konnte, welche.

Aber die Seele? Die hatte offenbar in die Flasche geschaut, sonst hätte ich die Farbe doch nicht gesehen, eine Farbe wie bei schleimigen grünen Algen oder wie Schimmel oben auf irgendeinem vergessenen Essensrest. Ich hatte das unangenehme Gefühl gehabt, dass sie mich danach umkreist hatte.

Die Stimme war einwandfrei zu hören gewesen, und dann war da noch der Ruck an meinen Haaren. Aber das konnte doch eigentlich nicht möglich sein? Und was würde jetzt passieren? Würde irgendwer Gabriella dort finden und einen Krankenwagen holen? Und wer, wer würde ihrer Mutter mitteilen, was passiert war?

Etwas Unwiderrufliches war geschehen, und deshalb war mein Mund wie ausgedörrt und meine Augen tränten. Eigentlich hätte ich schreien mögen, aber die Prise Selbstbeherrschung oder wohl eher Selbsterhaltungstrieb, die offenbar noch übrig war, hielt mich davor zurück. Ich entdeckte plötzlich eine verkrustete Wunde an meiner Hand und pulte frenetisch daran herum, bis die Kruste abging und Blut zwischen ihren Überresten hervorsickerte.

Die U-Bahn hielt an und entließ Fahrgäste aus der Gefangenschaft, während neue einstiegen. Ich merkte, dass das Salz in meinen Augen sich vermehrte, während jegliche Art von Rettung weit, weit weg zu sein schien. Auf Hilfe von höheren Mächten zu hoffen, kam mir allzu vermessen vor. Was machte ich hier eigentlich, und welche Richtung schlug mein Leben gerade ein? Was hatte ich als Mensch überhaupt für einen Wert? Ich war einsam und verlassen und außerdem ganz und gar unfähig dazu, auch nur die einfachsten Anleitungen zu befolgen. Hier war mir ein erstklassiger Auftrag in den Schoß gefallen wie ein reifer Apfel, und ich hatte total versagt. Auch gefühlsmäßig hatte ich versagt, denn das Einzige, woran ich denken konnte, war meine prekäre Lage, nicht aber die Leiche auf dem Parkplatz.

»Liebe findet man nur einmal im Leben. Lieben kann man mehrmals, aber Liebe, echte Liebe, findet man nur einmal, das sage ich dir. Und es tut so verdammt weh, verlassen zu werden, dass es besser ist, geliebt zu werden statt zu lieben.«

Die Worte und der Schnapsgeruch trafen mich wie unerwartete Vogelkacke im Gesicht, und ich schaute auf und begegnete einem verlorenen Blick. Sie hatte verfilzte und schmutzige Haare, schmutzige Kleider und vermutlich alle ihre Habseligkeiten in den vier Plastiktüten, die sie zwischen ihre und meine Beine hatte quetschen können. An den Füßen trug sie zerfetzte Sandalen, und ihre Wade wies eine hässliche und offenbar entzündete Narbe auf. Der Gestank nach Urin und Alkohol war entsetzlich, und ihr Halstuch warf starre Falten. Ihr Alter war undefinierbar – dreißig, vierzig oder sechzig? –, und die Haut war zerknittert wie eine alte Papiertüte. Aber ihre Augen waren braun und überraschend jung, wie guterhaltene Rosinen in einen ansonsten vertrockneten und liegengelassenen Pfefferkuchen.

»Der Mann, den ich geliebt habe, hat meine Liebe genommen, ist darauf herumgetrampelt und hat sie zerstört, und der Teufel weiß, wie weh das tut. Und da ist es besser, geliebt zu werden statt zu lieben. So ist das.«

Hier war keine Frage notwendig und auch keine Antwort, und bei der nächsten Station stieg sie aus, sie schleppte ihr wehes Bein und ihre Tüten mit sich und wurde bald verschluckt von der Menschenmenge dort draußen und hinterließ nur einen Gestank von Hoffnungslosigkeit, als Beweis dafür, dass sie existierte und dass sie da und dort gewesen war.

Ich wusste nicht, ob ich das Reden der Frau als Omen auffassen oder dies als normale, wenn auch als ungewöhnliche Begegnung verbuchen sollte. Ich dachte an ihre Behauptung, es sei besser, geliebt zu werden, statt zu lieben. Tom hatte manchmal gescherzt, ein kleiner Körper könne nicht so sehr lieben wie ein großer Körper, was mir immer ein sicheres und schönes Gefühl gegeben hatte, soviel Liebe zu haben. Andererseits, wie sollte man Liebe messen? Ich hätte gern ein Pfund. Bitte frische Ware, nicht von gestern und auf den halben Preis herabgesetzt.

Freitagabend. Dieser Gedanke streifte mein Bewusstsein, in diesem Moment wollte ich nur nach Hause und mich in die

Arme des Todes schmiegen und zuhören, was er zu sagen hatte. Es nieselte jetzt, und ich legte den Umhang um und merkte, dass er warm war, aber das hinderte mich nicht daran, nach Hause zu laufen und mit ungeheurer Erleichterung festzustellen, dass kein Krankenwagen vor der Tür stand.

Der Tod öffnete aufs erste Klingeln, und ich hatte fast das Gefühl, dass er in der Diele gewartet hatte. Er hatte sich eine meiner Schürzen umgebunden, ein Glorienschein aus Curry umgab seinen Kopf, und er umarmte mich so warm, dass ich darüber staunte, wie man sich bei jemandem, der so fremd war, dermaßen zu Hause fühlen konnte, vor allem, wo die von Tom hinterlassene Leere an meinem Inneren nagte.

»Wie kann es sein, dass ich das Gefühl habe, wir wären schon ein ganzes Leben und noch etwas länger verheiratet?«

Der Tod lachte, nahm mir den Umhang ab und hängte ihn auf. Er überprüfte die Tasche nicht, und das gab mir eine Frist bis zu dem Augenblick, wo ich alles erzählen müsste. Seine Augen waren grüner als sonst und erinnerten mich auf unangenehme Weise an die Seele, die jetzt vermutlich die Welt da draußen unsicher machte.

»Aber Liebes, habe ich nicht gesagt, dass ich eigentlich für keinen Menschen fremd sein dürfte, wenn man nur bereit wäre, mich zu sehen und anzunehmen?«

Er nahm mich plötzlich und hielt mir die Augen zu, während er mich vorsichtig in die Küche schob. Der Duft nach Curry wurde intensiver und mischte sich mit unbekannten Komponenten. Koriander? Zitronenthymian?

Als er die Hände sinken ließ, stand ich in der festlich geschmückten Küche. Auf dem Tisch lag eine weiße Leinendecke, die ich zum dreißigsten Geburtstag bekommen und niemals benutzt hatte, nicht, weil sie nicht schön gewesen wäre, sondern weil ich, und später Tom und ich, die Gelegenheit niemals für fein genug erachtet hatten. Jetzt war sie plötzlich gut genug für einen einfachen Freitagabend. Auf dem Tisch stand ein riesiger Strauß weißer Gladiolen, die um diese Zeit auf mehreren Plätzen wuchsen, von denen ich aber noch keine mit nach Hause hatte bringen können. Auf dem Herd stand ein Topf, aus dem westindische Fantasien strömten.

Ich war froh, traurig, erleichtert und enttäuscht und merkte, dass ich augenblicklich gestehen musste.

»Das ist schön. Das ist so wunderschön. Aber ich habe alles total verpfuscht. Total. Ich tauge einfach nichts. Und ich habe schreckliche Angst.«

»Verpfuscht? Wie denn das?«

Ich antwortete, indem ich mich über eine Schale mit Limonen hermachte, die seit einigen Tagen in einer Fensterecke stand und die von einem Teil ihres Inhalts befreit werden musste. Das Zerquetschen der Früchte und die Zugabe von Muscovadozucker, zerstoßenem Eis und Cachaça wurde von meiner Wut getrieben, und nachdem ich meinen persönlichen Zeitrekord gebrochen hatte, konnte ich dem Tod einen grünglänzenden Caipirinha überreichen. Er nahm ihn mit einem gewissen Zögern entgegen.

»Caipirinha? Das ist nicht gerade mein Lieblingsgetränk, aber wenn du willst, dann …«

Ich leerte mein Glas fast bis zur Hälfte, und dann war ich bereit zum Gestehen. Ich erzählte alles, was passiert war, wie ich unerkannt zu Gabriellas Haus gegangen war, wie ich mit der Mutter gesprochen und Gabriella aus der Wohnung gelockt hatte, wie ich den Umhang geöffnet und wie die Wespe zugestochen und wie ich vergeblich versucht hatte, die Flasche mit einer spöttischen und grünschleimigen Seele zu füllen. Der Tod nippte vorsichtig am Caipirinha und schnitt eine Grimasse. Dann stellte er das Glas auf den Tisch, holte den Computer und tippte darauf herum. Er fragte nach Vor- und Nachnamen, fand das Gesuchte und stieß einen Pfiff aus.

»Gabriella Guarno. Interessant, interessant. Nach den Plänen der Höchsten hätte sie noch eine ganze Weile gelebt, wenn du nicht dazwischengekommen wärst. Fünfundfünfzig Jahre, um genau zu sein. Und jetzt hast du es für gut befunden, die Flamme schon im Alter von zweiundzwanzig zu löschen. Ja, ich hatte schon damit gerechnet, dass du heute eine Person aussuchen würdest, die unter meine Quote für eigene Entscheidungen fallen würde, aber irgendeine Begründung muss ich ja doch liefern. Ich hatte doch gedacht, dass du auf eine sicherere Karte setzen würdest. Auf eine … sagen wir, ältere Person, älter und kränker und … logischer. Wie immer ich auf die Idee kommen konnte, dass du mir keine Überraschung servieren würdest.«

Ich begriff nicht so ganz, was er meinte, aber das Schreckliche an meiner Tat ließ mich plötzlich zittern. Ich, Erica, hatte also ein Leben fünfundfünfzig Jahre früher als geplant beendet. Und warum? Weil ich nur an die Menschen gedacht hatte, die ich gern hatte, und weil ich ihr Leben leichter machen wollte, und weil ich Gabriella unsympathisch gefunden hatte. War mein Vorgehen möglicherweise sogar etwas Ähnliches wie ein Mord? Mein innerer Verteidiger sprang sofort auf und hob die Hand zum Plädoyer. Nein, sagte er. Nein, der Tod hat dich heute zum Einsatz ausgeschickt, und du hast getan, wie dir geheißen. Es war deine Aufgabe, über Leben und Tod zu entscheiden, und das hast du getan. Du solltest ein, ja, wir können das »Opfer« nennen, aussuchen, und das hast du getan. Und da lässt es sich doch nicht vermeiden, dass heute jemand lebt, der unter anderen Umständen nicht mehr am Leben wäre. Jetzt müssen wir nur noch die Wahl der falschen Person rechtfertigen.

Der Tod klapperte weiter auf seinem Laptop herum. Die Jalousien vor seinen Augen waren heruntergelassen, und ich sah nicht, was er tat. Plötzlich fragte er, warum ich mir Gabriella ausgesucht hatte, und ich musste einfach die Wahrheit sagen. Dass sie sich in Eiras Leben breitgemacht hatte, weil sie deren Sohn auf eine Weise liebte, die ich für destruktiv hielt, und weil ich fand, dass, wenn ich schon die Wahl hätte, ich dann lieber ihre irdische Wandlung beenden sollte. Ich sagte nichts darüber, dass diese Wahl vielleicht eine Reaktion darauf war, dass ich selbst erlebt hatte, wie es ist, wenn Personen sich in Leben breitmachen, um die sie besser einen Bogen gemacht hätten, und ich betete in Gedanken, der Tod möge meine Gedanken nicht lesen können, obwohl er ja schon zu oft bewiesen hatte, dass er das konnte.

Aber wenn er das tat, dann verkniff er sich bis auf Weiteres jeglichen Kommentar. Stattdessen klappte er den Computer zu, füllte für mich aus einem sonnengelben Kochtopf einen Teller und goss Amarone in mein Glas, ohne auch nur einen einzigen Tropfen auf die Tischdecke fallen zu lassen. Wir aßen schweigend, und ich wagte zu denken, dass jemand sich meinetwegen Mühe gegeben hatte und dass das das Schönste war, das mir an diesem Tag passiert war, und das darauf sicher eine Portion Erbarmen folgen würde.

»Kreolisches Rezept. Eine Zutatenmischung, die ebenso farbenfroh ist wie der Strauß aus Menschen, der sie zusammengestellt hat. Ich kann dir sagen, einer der großen Vorteile meiner Arbeit ist, dass ich nicht mein ganzes Leben lang mit der Küche nur einer Kultur leben muss. Ja, mittlerweile bekommt man ja überall fast alles, aber das Echte und Ursprüngliche zu erleben, dort zubereitet, wo es zu Hause ist. Das ist …«

Dann verstummte er, aber ich konnte ihn verstehen. Die Croissants, die er mir serviert hatte, waren ein auf einem Teller serviertes Stück vom Himmel gewesen, aber sie auf einem Barhocker in einem französischen Café zu verzehren, wäre natürlich, wie ganz und gar im Himmel zu sein. Das kreolische Gericht erweckte Erinnerungen an Küsten und warme Winde, kräftige Farben und zartes Fleisch, und obwohl ich niemals Sehnsucht nach Westindien verspürt hatte, dachte ich plötzlich, dass dies eine Reise sein könnte, die sich lohnte. Der Tod verfolgte seine kulinarischen Ablenkungen nur so weit, dass er noch immer die Kontrolle über die weiterhin in der Luft hängenden Fragen hatte, und als er dann das Wort ergriff, hatte ich das Gefühl, dass er mir etwas unerhört Wichtiges zu sagen hatte. Schon wieder.

»Erica. Ich habe dich für diese Aufgabe ausgesucht, weil ich spüre, dass du in dir eine Kraft trägst, die ein unerhörtes Potenzial besitzt, wenn sie in die richtige Richtung gelenkt werden kann. Du bist stark, ob du das nun willst oder nicht, und das steht in keinem Widerspruch dazu, dass du dich ziemlich oft klein fühlst. Aber zu Stärke gehört auch Verantwortung und zu Verantwortung eine vorausschauende Denkweise. Ich dachte, ich hätte dir genug von meinem Inneren gezeigt, damit du verstehst, wie ich denke. Ich bin Demokrat. Gleichheit für alle. Und damit sind meine Entscheidungen auch von meinen Gefühlen getrennt. Du kannst mich nicht benutzen, um die Leben der Menschen zu lenken. Dazu bist du zu unerfahren, und deshalb kannst du nicht voraussehen, welche neuen Wege die Bäche einschlagen werden, wenn du sie aufzuhalten versuchst. Nur sehr selten beeinflusse ich die Menschen oder helfe ihnen, ich mache das nur, wenn es unbedingt sein muss.«

Der Tod nahm meine Hände und schaute mir tief in die Augen. Ich kam mir vor wie das Kaninchen vor der Schlange und ließ mich willig hypnotisieren, ohne an die Folgen zu denken.

»Geliebte Erica, du hast keine Ahnung, wie dieser Robert und damit auch diese Eira reagieren werden. Oder was Gabriellas Mutter tun wird. Andererseits will ich dir keine Vorwürfe machen. Du hattest die Wahl, und du hast dich entschieden. Nun lebt ein Mensch, der sonst nicht mehr leben würde, und das wiederum lässt die Leben weiterer Menschen eine nicht geplante Richtung nehmen. Aber wenn du jetzt weiter mit mir zusammenarbeitest, dann merk dir eins: Lass deine Entscheidung nicht von deinen Gefühlen lenken, so wie heute. Komm zu mir, wenn du unsicher bist. Ich habe ja trotz allem eine gewisse Erfahrung.«

Den Tod das wiederholen zu hören, was mein Verteidiger eben erst vorgebracht hatte, war für mich eine so große Erleichterung, dass ich mich nur mit Mühe beherrschen konnte. Zugleich häuften die Fragen sich an, die Fragen, die hatten warten müssen, bis ich vom Schafott heruntergestiegen war.

»Aber was ist jetzt mit mir? Ich meine, haben Leute mich gesehen und mein Verhalten verdächtig gefunden? Wie machst du das? Du musst doch dauernd in der Nähe von Todesfällen sein … und warum hat die Seele sich so seltsam aufgeführt? War das überhaupt die Seele?«

Der Tod beantwortete die zweite Frage als Erstes.

»Offenbar bist du an eine Seele geraten, die sich nicht unterordnen will. Davon gibt es nicht sehr viele, aber doch genug, um ab und zu mir und anderen einen Haufen Probleme zu machen. Eigentlich sind das starke Seelen, aber sie wollen die Spielregeln nicht anerkennen. Zu denen es gehört, still und ruhig in einem Körper zu wohnen und dessen Persönlichkeit zu färben, und dann eine Weile oder eine Ewigkeit brachzuliegen und danach einen weiteren Körper in Besitz zu nehmen. Stattdessen machen sie, was sie wollen. Glaub mir, es kommt vor, dass sie während des laufenden Lebens einen Körper verlassen, um ihre eigenen Wege zu gehen, und der verlassene Rest des Menschen muss zusehen, wie er zurechtkommt, was eine Hölle ist, über die du gar nicht mehr wissen willst. Ansonsten passen sie den Moment ab, in dem der Mensch stirbt, schleichen sich davon, quälen Menschen, bei denen sie sich zum Quälen berechtigt wähnen, und weigern sich, den Höchsten zu gehorchen. Früher oder später fangen wir sie ein und dann werden sie nur selten jemals wieder entkorkt. Aber das kann Jahrhunderte dauern.«

Ich spürte einen Schauer in den Nackenhaaren, einen Schatten des Schmerzes, den ich in Gabriellas Todesaugenblick verspürt hatte.

»Du meinst doch nicht, dass sie Robert und Eira jetzt verfolgen wird … oder vielleicht sogar … mich …«

Der Tod trank noch einen Schluck Wein, und ich registrierte zugleich, dass er seinen Caipirinha fast nicht angerührt hatte.

»Es gibt, wie gesagt, bei diesen Seelen gewisse … Risiken. Sie können ziemlich unangenehm sein, aber andererseits können sie nicht viel mehr tun als Angst einjagen und stören und allgemein nervig zu sein. Aber jetzt bist du ja in meiner Nähe, was als ziemlich gute Lebensversicherung betrachtet werden kann. Du musst die ganze Zeit eine Flasche bereithalten. Irgendwann fahren sie dort hinein, auch wenn das ein Jahr, zehn, hundert oder mehr dauern kann.«

Eine freilaufende Seele. Ein boshafter Wille im Kosmos mit dem Ziel zu stören und zu zerstören. Warum hatte ich mir Gabriella ausgesucht? Ich hatte mich von Anfang an unbehaglich dabei gefühlt, weshalb also hatte ich diese Gefühle nicht ernst genommen und lieber einen alten und kranken und gequälten Menschen umgebracht, ich meine, diesem Menschen geholfen? Ich wagte nicht zu fragen, wie weit eine entlaufende Seele in ihrem Drang nach Vollkommenheit oder Macht gehen konnte. Vielleicht würde sie sich über Eira hermachen und nicht über mich. Und dann könnte ich beruhigt sein, denn ich würde zu gern die Seele mit unspezifizierten Absichten sehen, die es wagte, den Kampf gegen Eira aufzunehmen.

»Warum ist sie von einem Wespenstich gestorben? Habe ich das heraufbeschworen?«

»Sie war gegen Wespen allergisch und wusste das auch. Hat sie schon als Kind gescheut wie die Pest, glaube ich, und sie hätte auch in fünfundfünfzig Jahren an einem Stich sterben sollen, wenn du nicht dazwischengekommen wärst und dafür gesorgt hättest, dass alles ein wenig früher passiert. Ja, natürlich hast nicht du diese Wespe heraufbeschworen. Die war da, wo sie sein sollte, und sie hat getan, was sie tun sollte, so einfach war das.«

»Und werde ich auf irgendeine Weise in Verdacht geraten? Ich meine, wo ich jetzt für dich arbeite, besteht da irgendein Risiko, dass ich erkannt werde oder dass es zu Ermittlungen kommt, falls jemand mich dabei sieht?« Der Tod hatte diese Frage nicht beantwortet, und ich hatte Angst, das könnte bedeuten, dass seine Antwort negativ ausfallen würde.

»Behalte nächstes Mal den Umhang an. Die ganze Zeit. Das ist der beste Rat, den ich dir geben kann. Aber das hast du doch sicher getan?«

Der Tod sah mich an, und ich setzte zu einer vagen Zustimmung an. Ich hatte den Umhang in einigen kritischen Augenblicken unter dem Arm gehabt, wagte jetzt aber nicht daran zu denken, was das bedeuten konnte. Etwas könnte ich ja wohl an meinem ersten Arbeitstag dem Zufall überlassen, auch wenn der Zufall sich in meinem Leben normalerweise nicht einmal in den unwichtigen Ecken aufhielt.

Der Tod erhob sich und nahm Espressotassen aus dem Schrank. Ich war dankbar dafür, dass er diese Aufgabe übernahm, und ein wenig neugierig darauf, wie sein Espresso wohl schmecken würde. Wie ein gescholtener, aber in Gnaden wieder aufgenommener Hund schlich ich mich ins Schlafzimmer, um mir etwas Behaglicheres anzuziehen. Die Regenfeuchtigkeit saß noch immer in der Hose, die an meinen Waden scheuerte, während meine Füße nass und unangenehm kalt waren. Ich ging durch die Tür, atmete das Gefühl von Gelb ein, das die Wände ausstrahlten, und wollte gerade die Schublade aufziehen, um eine Trainingshose herauszunehmen, als etwas auf dem Bett mich innehalten ließ. Mit vorsichtigen Schritten ging ich zum Kissen, und als mir aufging, was dort lag, verspürte ich abermals die wahnsinnige Panik, die mich in dem Moment überkommen hatte, als Tom seinen Wunsch nach einer Beziehungspause vorgebracht hatte.

Auf dem Kopfkissen lag mein Teddy. Oder das, was von meinem Teddy übrig war. Der Kopf war abgetrennt und lag ein Stück vom Rumpf entfernt, und eins meiner Küchenmesser war ihm in den Bauch gerammt worden. Das Kissen war mit einer roten Flüssigkeit besudelt, die wie Blut aussah, auch wenn dieser Gedanke absurd war. Ein Geruch nach verfaultem Tang durchsäuerte den ganzen Raum, und an der Lampe hing die Quelle. Eine schleimige grüne und noch immer tropfende Masse aus verworrenen und tagesfrischen Algen.

KAPITEL 8

Mein Schrei hallte zwischen den Wänden wider, prallte wie ein Gummiball hin und her und traf endlich meine Trommelfelle mit ungemilderter Wucht. Die Wände vibrierten, und die Umrisse des Teddys zeichneten sich darauf ab, als sähe ich ihn durch einen Diaprojektor, an dem soeben die Schärfe verstellt worden war. Der Gestank war entsetzlich, gleich einer Karikatur der Gerüche an der Westküste. Ich schrie noch einmal auf, aber der Schrei ging über in ein Jammern, als ob die noch vorhandenen Geräusche vorsichtig dosiert werden müssten. Kräfte, auf die ich keinen Einfluss besaß, hatten die Kontrolle über mein Leben an sich gerissen, und das Gefühl, ein willenloses Opfer zu sein, machte mir noch größere Angst als alles andere. Ich wurde von undeutlichen Schatten und bösen Absichten verfolgt, während die Vernunft einsam und ausgezählt auf der Matte lag.

Ich schrie noch immer, als der Tod hinter mich trat, mich zur Seite schob und sich im Zimmer umsah. Der Anblick schien ihn nicht zu schocken, er löste vielmehr eine Entschiedenheit aus, die ihm in kritischen Situationen wohl immer zu eigen war. Er ging zum Teddy und untersuchte ihn, tunkte die Finger in das, was wie Blut aussah, und steckte sie vorsichtig in den Mund. Dann nahm er die tropfenden Algen, ging damit ins Badezimmer und legte sie zur genaueren Inspektion in die Badewanne. Alles schien plötzlich, als wäre nichts Unnormales passiert, als hätte er Spinnweben entfernt oder eine verirrte Fliege verscheucht. Ich ging hinter ihm her, und dabei dachte ich, dass er nicht lange gebraucht hatte, um in dem, was meine und schließlich auch Toms Wohnung gewesen war, zu machen, was er wollte.

»Was … ist das hier?« Meine Stimme, dünn und verquält, wurde plötzlich von einem unangenehmen Gedanken geprägt, der sich Freiheiten herausnahm. Jemand war in meine Wohnung eingedrungen und hatte ein Szenario wie aus einem mittelmäßigen Horrorfilm hinterlassen. Außerdem war den ganzen Tag lang jemand in der Wohnung gewesen, der Tod nämlich, der sich in diesem Moment über die Badewanne beugte und die Algen untersuchte. War er die Schlange in dem, was nicht einmal ein Paradies war, jemand, der sich als Tod ausgab und in Wirklichkeit nichts anderes war als ein gerissener Psychopath?

Aber dieser Verdacht wurde beschämt, als er sich umdrehte und ich sah, dass seine Miene gespannt war, aber in absolut keiner Weise schuldbewusst. Ohne hochentwickelte schauspielerische Fähigkeiten wäre das nicht möglich gewesen.

»Algen. Ganz normale schwedische Algen, die aber wohl kaum auf deinem Balkon oder überhaupt irgendwo in Stockholm gewachsen sein können, nicht einmal auf dem Boden des Mälar. Westküstenalgen. Frisch und kürzlich eingeflogen, möchte ich meinen. Die Seele, die du losgelassen hast, scheint auf schwarzen Humor zu stehen.«

Gabriella. Ich hätte es wissen müssen. Hier kam die Strafe dafür, dass ich ihr Fett und ihr Leben verachtet und allem ein Ende gesetzt hatte, ohne auch nur einen Gedanken daran, wie ich mit meiner frisch gewonnenen Verantwortung umgehen sollte. Jetzt saß ich hier und würde für den Rest meines Lebens verfolgt werden, von einer, die mein Dasein unberechenbar und quälend machen würde. Von jemandem oder etwas, das vielleicht sogar gefährlich war. Das Schicksal hatte, wie so oft, beschlossen, ungerecht zu sein.

Der Tod fasste meine Schultern und führte mich ins Wohnzimmer, drückte mich in den blauen Sessel und wickelte mich in eine Decke. Gleich darauf kam er mit zwei Tassen und reichte mir die eine. Als ich kostete, war der Espressogeschmack durch etwas ersetzt worden, das türkischem Mokka ähnelte. Der Tod selbst legte sich auf das Sofa und stellte seine Tasse auf seinen Bauch, wo sie im Takt seiner Atemzüge auf- und abwippte.

»Ich glaube nicht an Gespenster. Ich weigere mich, an Gespenster zu glauben, das kannst du nicht verlangen, dass ich das tue, nur weil ich dich akzeptiere. Also bitte, sag mir, was hier los ist, sonst weiß ich nicht, wie ich überleben soll!« Mein Ausbruch klang wie ein Hilferuf, und der Tod beschloss, ihn so zu beantworten.

»Ich habe gesagt, dass Seelen mit einem zu starken Freiheitsdrang unangenehm sind und dass es wirklich ein ungeheures Pech ist, dass du gleich beim ersten Mal an so eine geraten bist. So häufig kommt das wirklich nicht vor. Außerdem ziehen sie nur selten sämtliche Register. Die meisten begnügen sich mit kleinen Gemeinheiten. Banalen Dingen.«

»Was suchen sie denn? Was wollen sie erreichen? Ist das bei allen dasselbe?«

Der Tod nippte an seinem Mokka, und ich fragte mich, wo er in meiner Küche eine Wasserpfeife gefunden hatte oder ob er andere Methoden kannte, um ganz gewöhnlichen Kaffee mit dem harmonieren zu lassen, was er vorher serviert hatte.

»Ich weiß nicht einmal, ob sie überhaupt etwas erreichen wollen. Nur, dass sie frei sein wollen und dass ein Körper ein ebenso wirkungsvolles Gefängnis sein kann wie viele andere verschlossene Räume. Sie können, wie ich schon gesagt habe, einen Körper noch während des laufenden Lebens verlassen, ohne einen Gedanken dafür, dass das seelenlose Wesen, das sie hinterlassen, bei diesen Ausflügen in Irrsinn verfallen kann. Diese Seelen finden keine Ruhe und wollen das auch nicht. Sie fühlen sich nicht verantwortlich für den Menschen, den sie verwalten sollen, sie betrachten sich als eigene, selbständige Wesen. Manche von ihnen mögen das eigentlich gar nicht. Sie seufzen und stöhnen in ihrer Ecke, jahraus und jahrein, und beklagen sich darüber, dass sie getan haben, was immer sie getan haben, als sie durch das feinmaschige Netz der Schöpfung geglitten sind, um nachzusehen, ob es dahinter noch etwas gibt. Sie gleiten gern in die Flasche, wenn sie entdeckt werden, und versuchen, sich gut zu benehmen, wenn oder falls sie wieder herausgelassen und für würdig befunden werden, in einen neuen Körper zu fahren. Aber dann gibt es, wie gesagt, auch solche, die einfach schlecht sind. Die ihre Nächsten oder andere verfolgen, weil sie meinen, sie hätten das Recht, diese zu schikanieren, und es ist ihnen egal, dass solcher Groll für Seelen mit Körper gedacht ist, nicht für körperlose.«

Ich fragte mich, ob meine Seele mich die vielen Male verlassen hatte, wenn ein Teil von mir zur Decke hochgeschwebt war und mich selbst dort unten beobachtet hatte. Oder ob die Seele nicht dasselbe Tempo halten konnte wie der Körper, wenn ich lange Strecken zurücklegte und körperlich anwesend war, während meine Gedanken noch an dem kurz zuvor verlassenen Ort umherwanderten.

»Und was bedeutet das, was diese Seele in meinem Schlafzimmer angerichtet hat?«

»Vermutlich, dass sie dein Vorgehen für eine unerhörte Frechheit hält. Und da hat sie ja nicht ganz unrecht. Du hast dich zur Richterin aufgeschwungen und hast die Existenz ausgelöscht, in der sie sich noch für etliche Jahre eingerichtet hatte. Jetzt irrt sie heimatlos umher, was zu Unsicherheit führt, und deshalb hat sie sich über etwas hergemacht, das für dich Geborgenheit symbolisiert. Der arme Teddy, der zwar nur ein Spielzeug ist, aber der doch dein Wohlergehen vergrößert hat.

Das Blut diente vermutlich nur der größeren Dramatik, ebenso wie der Tang. Hast du irgendeine Beziehung zur Westküste?«

Ich erzählte kurz von den Sommern meiner Kindheit in dem alten Haus meiner Großeltern, von Tagen draußen auf den Schären, von Schwimmtouren zwischen Quallen und Tang, der an meinem Bauch leckte und meine Zehen kitzelte, von Krebsen mit empfindlichen Unterseiten, von salzigen Bädern und unberechenbaren Winden. Ich erzählte nicht alles, aber genug, um meine Liebe zu dem, was gewesen war, deutlich werden zu lassen, und der Tod hörte mit der konzentrierten Miene zu, die ich inzwischen schätzen gelernt hatte.

»Du warst dort also glücklich«, sagte er nach einer Weile. Als ich nickte, sprach er weiter, und er wählte seine Worte, als hüpfte er mit einer Wippe über Grasbüschel.

»Das Glück ist so selten, Erica. Und so soll es sein. Früher wussten die Menschen, dass Glück kein ewiger Zustand ist, sondern eher das Gegenteil zutrifft. Unglück, oder eher Monotonie, Langeweile, Mühsal oder Elend, das war das Normale, das die Menschheit von A bis Z begleitete, das die gerade Linie bildete. Dass sich ein wenig Glück dazwischenschob, gehörte zu den Außergewöhnlichkeiten und war nur selten geplant. Es gehörte zum Ruhetag, zum Nachmittag am Sonntag oder am Freitag oder Montag, wenn die Axt hingelegt wurde, wenn die Zugtiere abgeschirrt wurden, wenn Werkzeug ins Haus getragen wurde und Essen auf den Tisch kam. Dann gab es Glück, einen kurzen funkelnden Moment. Ein Erntedankfest. Einen Heiligen Abend. Die Geburt eines Kindes oder warum nicht ein Leichenschmaus. Und jetzt? Jetzt glauben die Menschen, jedenfalls an immer mehr Orten, dass das Glück die gerade Linie ihres Lebens markiert und dass das Fehlen von Glück bedeutet, dass etwas nicht stimmt, da die Glückslinie niemals unterbrochen werden darf, sie darf kein Ende haben und keinen Anfang. Du glaubst das vermutlich ebenfalls.«

Da das nicht als Frage formuliert war, ersparte es mir die Antwort und schenkte mir eine Atempause. Ich konnte mit Unglück nicht umgehen und gehörte sicher zu denen, die fanden, das Unglück sollte weggebrannt werden, als die Warze auf dem Leben, die es nun einmal war. Hatte ich nicht viele Stunden damit verbracht, Tom zu erklären, wie niedergeschlagen ich war, ohne mir jemals klarzumachen, dass mein Zustand vielleicht ebenso natürlich war wie das Glück und nicht wert, auch nur einen Gedanken daran zu verschwenden? Die Möglichkeit zur Trauer dürfte den Menschen vielleicht doch nicht genommen werden, denn dann würden sie nur in einem Gemütszustand landen, der eigentlich einen Rückschritt bedeutete. Der Tod sprach jetzt weiter.

»Aber die wirklich echten Glücksmomente, die trägst du das ganze Leben lang in dir, und vielleicht sind diese Erinnerungen auch die angstbesetzten. Wenn du an der Westküste wirklich glücklich gewesen bist, dann sind das Erlebnisse, die dein ganzes Wesen sorgsam aufbewahrt. Sie und damit das echte Glück zu besudeln wiegt schlimmer für dich als, sagen wir, eine kleine Widerwärtigkeit, wie zum Beispiel deine Festplatte zu löschen. Eine richtig gerissene befreite Seele weiß das, und jetzt trifft sie dich an deiner empfindlichsten Stelle. Der Teddy, die Westküste, glückliche Augenblicke.«

»Und was passiert jetzt?«

»Du wirst wohl erst einmal noch mit der einen oder anderen Unannehmlichkeit rechnen müssen. Vielleicht reicht diese Demonstration, vielleicht nicht. Gabriellas Seele kann dir im Grunde nichts tun. Ich muss weit in der Zeit zurückgehen, um eine Seele zu finden, die wirklich jemandem den Tod gebracht hat, abgesehen natürlich von Personen, die durch die ständige Verfolgung in den Selbstmord getrieben worden sind. Aber von dieser Sorte bist du doch wohl nicht … oder?«

Ich dachte, dass er das doch wissen müsste, wo er soviel

und noch mehr wusste, aber dann dachte ich, wenn er es nicht wüsste, dann brauchte ich auch nichts zu sagen.

»Woher hatte sie die Algen? Und das Blut?«

»Eine Seele kann sich so etwas schneller als die meisten anderen besorgen. Ich fürchte, dass es echtes Blut ist. Aber das kann sie ja überall herhaben. Vielleicht hat sie einfach noch schnell aus ihre ehemaligen Körper ein paar Deziliter abgezapft.«

Bei der Vorstellung, dass Gabriellas Blut mein Kissen und meinen Teddy besudelte, wurde mir schlecht. Ich würde alles sofort waschen müssen. Ich hatte schon einmal versucht, den Teddy zu säubern, als er zu sehr nach Staub gerochen hatte, aber das hatte den Verfall in Form von Pelzausfall und traurigen Augen nur beschleunigt. Offenbar ließ die Kindheit sich nicht wegwaschen. Die Stimme des Todes redete weiter.

»Von Unruhe erfüllte Seelen. Unruhe ist ja eigentlich nur ständige Angst, die Disharmonie im Hier und Jetzt erzeugt. Die Unfähigkeit, der Ewigkeit eine oder zwei Minuten zu überlassen. Ich habe nie begriffen, warum das so schwer ist, aber offenbar wird diese Fähigkeit, die einst ein so starker menschlicher Zug war, durch die Evolution abgebaut. Dass Jesus viele kluge Dinge gesagt hat, wissen sicher die meisten, aber wie genial seine Aufforderung wirklich ist – sich nicht um den morgigen Tag zu sorgen, weil der sich um seine Sorgen selber kümmert –, das haben nur wenige begriffen. Und es macht Planung ja nicht unmöglich. Aber sich den Problemen erst zu widmen, wenn sie da sind, das dürfte doch nicht so schwer sein? Ich habe oft gesehen, wie Menschen buchstäblich von innen her aufgefressen werden von ihren Gedanken daran, was vielleicht passieren kann, Gedanken, die wirklich alles vernebeln, was im Moment wichtig ist. Dann wird die Unruhe zu einem Wurm, der im Körper hin und her kriecht, bis die Innereien nur ein schwarzes Netz mit hohlen Gängen sind, in dem kein einziger ruhiger Gedanke mehr Platz hat. Und das

Lustige ist, dass die Unruhe das Vorhersagbare und das Unvorhersagbare gleichermaßen verabscheut. Entweder fürchtet sie, dass alles so weitergeht, wie es ist, oder, dass es das nicht tun wird.«

Der Tod leerte seine Mokkatasse oder besser seine Tasse mit Mokka. Richtige Mokkatassen hatte ich gar nicht, da ich nicht wusste, wie Kaffee auf diese fantastische Weise gekocht wird. War es nicht eigentlich eine Variante von ehrsamem altem Kochkaffee mit Satz? Bei diesem Gedanken sehnte ich mich nach meiner Großmutter und ihren Prophezeiungen. Es wäre fantastisch, sie jetzt hier zu haben und ihre bodenständigen Kommentare zu allem zu hören, was passiert war, es würde jeder Angst den Stachel nehmen. Droh den Trollen richtig, sonst tanzen sie bald Walzer mit den Wollmäusen, so ungefähr. Wenn du den Teufel in den Arm nimmst, wird er dir bald in den Busen kneifen.

Und übrigens, was hieß schon vorhersagbar? Ich dachte plötzlich daran, was Martin über Gentests gesagt hatte. Der Wunsch, darüber mit dem Tod zu diskutieren, lag nun schon so lange in meinem Hinterkopf auf der Lauer, dass es nicht mehr warten konnte, obwohl freilich nur halbwegs zum aktuellen Thema passend. Ich beugte mich so eilig vor, dass ein wenig Kaffee auf den weißen Filz schwappte.

»Was hältst du von Gentests?«

Der Tod hob fragend eine Augenbraue und damit auch den ganzen Haaransatz. Ich erklärte eilig diese Frage, die für ihn ja keinen Zusammenhang haben konnte.

»Martin – ein Freund, von dem ich schon oft Aufträge erhalten habe – möchte bei einem Projekt über Gentests mit mir zusammenarbeiten. Die Anfrage kommt ursprünglich von einer deutschen Firma, die sich auf Gentests spezialisiert hat und die auf ihrem Gebiet führend ist, die aber ihre Produkte bei sich zu Hause nicht richtig absetzen kann. Deutschland hat in Bezug auf diese Art von Forschung ungeheuer strenge Gesetze, und das hängt mit der Geschichte zusammen, und deshalb müssen sie ihren Tests ein besseres Image verschaffen, ehe sie überhaupt weiter im Lande tätig sein können. Sie arbeiten mit derselben Werbeagentur wie wir, und ihnen hat eine Sache der schwedischen Agentur gefallen, bei der ich ebenfalls Ideen entwickelt hatte. Ja, und deshalb haben sie sich an uns gewandt.«

Der dozierende Ton, der den Anfang meiner Ausführungen geprägt hatte, verschwand nach einer Weile, und meine Worte überstürzten sich geradezu.

»Auf jeden Fall sind Gentests Untersuchungen, bei denen alle Menschen erfahren können, ob sie krankheitsfördernde Gene haben. Theoretisch könnten sie dann schon im Voraus erfahren, ob sie später an Brustkrebs oder Parkinson oder was auch immer erkranken werden. Deshalb ist das Thema so brisant, denn diese Informationen sind für viele wertvoll. Für Versicherungsgesellschaften, zum Beispiel. Aber wie siehst du das? Ich meine, du weißt natürlich so gut wie alles, das nehme ich jedenfalls an, aber wenn die Menschen selbst wissen, woran sie sterben werden, wie wird das deine Arbeit beeinflussen? Oder das Leben dieser Menschen?«

Der Tod ließ sich zurücksinken und dachte kurz über meine Fragen nach.

»Gentests, ja. Glaub nicht, ich hätte mir das noch nicht überlegt. Ich habe sogar ziemlich viel darüber nachgedacht. Der Gedanke ist ja nicht neu, genau wie du sagst, aber die Methoden sind jetzt ausgereift und einsetzbar. Aber letztendlich geht es ja nicht um exakte Vorhersagen, sondern um das Wissen um eine Möglichkeit, und das ist doch ein Unterschied. Den Zufall kann man eben nicht wegrationalisieren. Dennoch.«

Er beugte sich vor und sah mir in die Augen.

»Wie würdest du reagieren, wenn du wüsstest, dass für dich das Risiko, an Krebs zu erkranken, größer ist als für andere?

Würdest du zum Beispiel ein Kind bekommen?« – »Ich weiß es nicht. Ich weiß es ganz einfach nicht.« Die Antwort kam spontan, aber ich wusste es wirklich nicht. In der Hötorgshalle hatte ich den Gedanken nur kurz berührt, und da ich nicht von der ängstlichen Sorte bin, was Krankheiten angeht, hatte ich mir nicht richtig vor Augen gehalten, wie ich, Erica, persönlich reagieren würde. Oder wie Martins Frau Birgitta reagiert hätte, wenn sie erfahren hätte, dass ihr Kind mit einer Störung geboren werden würde. Ein Leben für ein Leben. Ein Leben für drei Leben weggenommen. Es wäre schon klug, darüber nachzudenken, wenn ich Martin in der kommenden Woche etwas Vertretbares liefern wollte.

»Ich weiß es auch nicht.« Der Tod seufzte und sah seine Hände an, deren trockene Haut vom langsamen Nahen des Herbstes berichtete. »Ich habe mich immer anpassen müssen, das weißt du, das habe ich ja schon gesagt. Die Technik macht Fortschritte, und ich muss die Neuerungen annehmen, um nicht wie ein Relikt dazustehen, wenn das Rad der Zeit sich schneller dreht. Ich sehe anders aus, benutze andere Hilfsmittel, bewege mich auf andere Weise fort, sage andere Dinge ... und sind die Gentests da wirklich etwas ganz anderes? Ich weiß es ehrlich gesagt nicht, Erica. Es ist ja auch nicht das erste Mal in der Geschichte der Menschheit, dass sie versucht, um die Ecke zu schauen, um herauszufinden, was dahinter lauert. Jetzt existieren plötzlich greifbare Möglichkeiten. Vielleicht wird die Unruhe einer zwar traurigen, aber wenigstens klaren Gewissheit weichen, und vielleicht ist das nicht ganz falsch.«

Er legte eine Pause ein und seufzte tief.

»Aber ich habe Angst, dass der Zufall aus dem Leben verschwindet, Erica, das habe ich wirklich. Denn ohne Zufall gibt es keine Möglichkeiten, und dann sind alle Wege gerade und alle Türen durchsichtig. Außerdem wird man die Krankheiten niemals durch Tests entfernen können, und das wissen sicher nicht zuletzt die Versicherungsgesellschaften, doch, ja, ich weiß, welches Interesse sie an diesem Wissen haben. Eigentlich ändert sich gar nichts. Abgesehen von der Gewissheit der einzelnen Menschen. Ist das gut, oder ist es das nicht? Ich weiß es nicht. Aber ich lehne die Forschung nicht ab, das musst du dir klar vor Augen halten. Die Welt ist nur sehr, sehr selten dadurch besser geworden, dass Wissenschaft verboten wurde. Soviel ich weiß, ist das auch nie gelungen.«

Ich antwortete nicht sofort. Die Antwort des Todes kam mir auf undefinierbare Weise beruhigend vor. Alle Formen von Dogmatismus sind beunruhigend, und wenn der Tod diese Forschungen kategorisch abgelehnt hätte, wäre er mir als weniger offener … ja, vielleicht Mensch und vielleicht Mann vorgekommen. Ich musste mir überlegen, ob ich meine persönlichen Vorbehalte in die Werbekampagne einfließen lassen sollte.

»Aber die Kinder? Die Tests, die feststellen sollen, ob ungeborene Kinder gesund sind?«

Das Lächeln des Todes verschwand.

»Nicht ich stelle die Pläne auf, und ob Tests vertretbar sind oder nicht, ist eine Frage, zu der die Höchsten nun langsam anfangen, Stellung zu beziehen, was immer ihre sogenannten Stellvertreter auf Erden vielleicht bereits zu wissen glauben. Wir werden noch sehr viel darüber reden. Aber vergiss nicht, dass ich nicht vom Wert der Menschen rede, Erica. Demokratie, du weißt schon. Kranken gelingt das Sterben nicht besser als Gesunden, und natürlich sind alle Menschen gleich viel wert. Aber manche denken: Wenn es eine Möglichkeit gibt, mit Hilfe von Tests Leiden zu begrenzen, ist es den Versuch dann nicht wert? Das ist eine schwere Frage, aber wir sind uns immerhin ziemlich einig, was gentechnologische Beeinflussung von menschlichen Erbanlagen angeht. Noch ist es nicht so weit, aber es kann schneller passieren, als irgendjemand ahnt, und dann haben wir es mit einer Veränderung der biologischen Erbmasse zu tun. Positive Eugenik, um es vornehm auszudrücken. Keine Veränderungen, um Krankheiten zu lindern oder zu heilen, sondern eine absichtliche Steuerung, um die gegebenen genetischen Anlagen zu verändern. Aber was bedeutet das für den neugeborenen und heranwachsenden Menschen? Zu wissen, dass du geschaffen worden bist, weil jemand wollte, dass du so oder so aussiehst oder bist? Das führt zu einem moralischen Dilemma, für das wir die Verantwortung nicht übernehmen können. Denn der Mensch, der zum Perfektionismus erschaffen ist, wird niemals nach Perfektionismus oder von mir aus auch nach Liebe, Freiheit oder Gerechtigkeit streben. Diese Wörter werden ihren Wert schneller verlieren, als wir ahnen.«

»Aber alles, was du sagst, weist darauf hin, dass weder du noch die Höchsten allmächtig sind. Dass du auf Befehl handelst, ist das eine, aber die Höchsten müssen doch irgendeine Agenda haben. Oder was machen sie eigentlich? Führen die ebenfalls Befehle aus?«

»Hast du total den freien Willen und den Teufel vergessen, Größen, die in unterschiedlichen Weltanschauungen unterschiedlich benannt werden und trotzdem von allgemeiner Gültigkeit sind? Und dass es den Zufall geben muss, wenn die Welt nicht zum Legospiel werden soll, bei dem die Figuren nach Lust und Laune vom Baumeister, der zur Schlafenszeit alles in den Kasten schmeißt, zusammengesetzt und wieder auseinandergenommen werden können? So haben wir bisher jedenfalls gedacht, und in diesem Punkt waren wir einer Meinung, die Höchsten und ich. Aber wie gesagt, gewisse Dinge … verändern sich jetzt so langsam. Was uns dazu zwingen wird, mehr zu dirigieren, als wir das bisher getan haben. Glaub mir, ihr hier unten werdet vielleicht ziemlich bald die Folgen unserer Diskussionen zu spüren bekommen. Und ich weiß nicht, ob euch das gefallen wird, auch wenn das Leiden geringer wird.«

Eine Diktatur des Glücks. Eine Welt, bevölkert von frohen Menschen mit Fäden an Armen, Beinen und Mundwinkeln, die nach oben verschwinden, von gelenkten und zufriedenen Menschen, die auf Kommando lachen und alle in absoluter Gleichheit leben. Vielleicht ohne Gewalt, liebe deinen Nächsten wie dich selbst, aber auch ohne Überraschungen, ohne Wahl, der Herr ist mein Hirte und ich bin das Schaf. Diese Vision ließ mich und den Tod verstummen, als ob der Ernst der Ereignisse und unseres Themas zuerst verdaut werden müsste. Ich merkte, wie sich Müdigkeit über mich senkte. Es war halb eins, wie ich jetzt sah.

»Und? Welche Werbung schwebt dir also vor?« Der Tod schien das Thema noch nicht loslassen zu wollen.

»Ich habe keine Ahnung, Ich hab mir das eigentlich noch gar nicht überlegt.«

»Du könntest mich vielleicht mit einbeziehen.«

»Dich einbeziehen?« Meine Überraschung war echt. Ich hatte noch nicht einmal angefangen, in Bildern zu denken, und jetzt ging mir auf, dass ich keine Ahnung hatte, ob hier lediglich Reklamefotos gefragt waren oder ob die Kampagne auch auf Fernsehen und Radio ausgedehnt werden sollte. Aber der Tod wirkte plötzlich überaus engagiert.

»Ich wirke nicht zum ersten Mal in der Werbung mit, oder bei Filmen und natürlich in Büchern. Eine ichbezogenere Persönlichkeit wäre bei soviel Aufmerksamkeit und soviel Mythologisierung oder Philosophisierung eitel geworden. Ganz zu schweigen von dem in diesem Zusammenhang oft verwendeten schwarzen Humor. Es gibt allerlei richtig gute Beiträge zur Beleuchtung meines Charakters. Und es ist fantastisch, mit Menschen zu arbeiten, die über mich nachgedacht und mir Stoff für Überlegungen geliefert haben, auf den ich allein vielleicht nicht gekommen wäre. Ich habe schon die ganze Nacht mit Regisseuren zusammengesessen und das unendliche Auf und Ab des Lebens diskutiert und bin voller Fragen weggegangen, die ich bisweilen dann den Höchsten vorgelegt habe, um eine Antwort oder jedenfalls neue Herangehensweisen zu erhalten. In meinem nächsten Leben sollte ich vielleicht Schauspieler werden.«

Filmszenen flimmerten an meinem inneren Auge vorbei. Der Tod, der mit den armen Menschen Schach spielte, alles in Schwarzweiß, und der Sieger stand schon von Anfang an fest, was allen klar war, nur nicht dem kämpfenden Widersacher. Der Tod, der durch Türen und Fenster schaute, manchmal fortgelockt wurde, aber immer wiederkam, Gestalten, die gekleidet wie der Tod umherhuschten, in dem tückischen Versuch, seine Arbeit zu tun und auch ein wenig über Leib und Seele bestimmen zu dürfen. Der Tod in Büchern, Zeichnungen Filmen, Werbung … nein, was Werbung anging, hatte ich keine Erinnerungsbilder auf Lager. Aber war es wirklich der echte Tod gewesen, der mich ab und zu von der Leinwand her angestarrt hatte oder aus den Buchseiten hervorgeschwebt war, um meinen Verstand zu kitzeln? Ich dachte an unterschiedliche Filmszenen, die mir haftengeblieben waren, kniff die Augen zusammen, sah den Tod an. Es konnte so sein, und es konnte auch wieder nicht sein … aber dennoch.

»Aber du kannst doch nicht immer da mitmischen, wo es um dich geht. Ich meine, du bist doch im Dienst, du kannst nicht bei allen Dreharbeiten anwesend sein und bei jedem Autor auf dem Knie sitzen. Denn dann würdest du doch überhaupt nicht mehr zum Arbeiten kommen.«

Der Tod lächelte zufrieden, und die Fältchen um seine Mundwinkel vertieften sich. Er ist schön, dachte ich. Du bist schön mit deiner Erfahrung und deinen Runzeln, ein Satz, den eine Freundin meiner Großmutter mit Kreuzstichen gestickt und geschenkt hatte.

»Ich mische mich da ein, wo ich glaube, dass es einen Unterschied machen kann, oder wo ich den Künstler gut genug kenne, um zu wissen, dass die Zusammenarbeit mir etwas bringen wird. Es müssen aber Menschen sein, die fragen und suchen und nicht für alles klare Antworten parat haben. Ich sage ziemlich vielen nein. Mit Fundamentalisten und Buchstabengläubigen habe ich schreckliche Probleme, egal, welche Farbe sie haben. Viel lieber sind mir Menschen mit traurigen Gedanken, die einen Tag nach dem anderen bewältigen, um weiterzuleben. Menschen, denen ich geben und von denen ich nehmen kann. Aber du weichst vom Thema ab. Wie wolltest du die Sache angehen? Gentests sind ein kompliziertes, um nicht zu sagen hochexplosives Thema, also musst du dir genau überlegen, was du tust … ansonsten habe ich möglicherweise eine Idee. Stell dir eine Person an einem Tisch vor. Stell dir vor, dass sie einen Brief in Händen hält und nicht so recht weiß, ob und wie sie ihn öffnen soll. Ihre Verzweiflung ist deutlich, sie muss greifbar sein, vielleicht unterlegt mit suggestiver Musik. Stimmen im Hintergrund. ›Hallo, kannst du mir helfen?‹ Vielleicht ein Mann oder ein Kind, und dann eine ungeduldige Antwort, ›ja, bin schon unterwegs‹, und dann sieht man wieder die unschlüssigen Handbewegungen. Und dann komme ich. Ich gleite durch die Küchentür, genauso, wie ich gehe und stehe, im Umhang, die Sense zum Schlag erhoben, und ich sehe ernst aus, und dann bleibe ich hinter ihr stehen und legte ihr endlich eine Hand auf die Schulter. Sie sieht mich nicht, sie dreht sich nicht um, sie schaudert nur zusammen, als ob es kalt geworden wäre, und dann greift sie nach einer Jacke, die neben ihr auf einem Stuhl gelegen hat, und sie legt sich die Jacke um die Schultern, und ich hebe die Hand gerade im richtigen Moment, so dass das möglich ist, und dann lasse ich meine Hand wieder sinken, und vielleicht schaudert sie wieder, ich weiß nicht, und dann trinkt sie einen Schluck aus einer Tasse, die vermutlich ein warmes Getränk enthält.«

Der Tod, der jetzt richtig in Fahrt gekommen war, beugte sich vor und nahm meine Hände in seine immer warmen, von denen ich mir nicht vorstellen konnte, wie sie jemanden zum Frösteln bringen wollten.

»Auf jeden Fall stehe ich da mit der Hand auf ihrer Schulter, und schließlich öffnet sie den Brief und liest, was dort steht. Und dann kann man sich mehrere Bilder oder Filmszenen oder was immer ihr haben wollt denken. Im einen Fall strahlt sie, und es muss ganz deutlich werden, wie erleichtert sie ist, und ich mache einfach kehrt und gehe. Vielleicht werfe ich mir den Umhang um, möglicherweise ein wenig dramatisch, aber ich sehe nicht beleidigt aus, sondern so, als ob eben ein Auftrag storniert worden sei. Die andere Variante ist schwieriger, aber da sieht man, wie geschockt die Frau ist. Die Tasse kippt um, eine braune Flüssigkeit fließt über den Tisch, und die Frau springt auf und dreht sich um, und dann sieht sie mich an, sieht mich wirklich, und ich sehe sie an. Weißt du, vielleicht geht es sogar, wenn wir eine Art Doppelkopie verwenden. Zwei Bilder in einem, mit beiden Szenarien. Und dann ein Text oder eine Stimme oder was auch immer, jemand, der sagt: Zögert nicht, festzustellen, wer hinter euch steht, plant euer zukünftiges Leben, etwas in dieser Art ...«

Die Bilder, die er hier zeichnete, waren suggestiv und informativ, aber zugleich beunruhigend drastisch. Ich dachte an den Geist der Kondomwerbung – und daran, dass dieser Geist eingefangen werden sollte, das da mit, was zum Teufel, das findet sich schon, das Leben ist trotz allem super, und wir gehen mit gehisster Flagge unter, »always look on the bright side of death ...«.

»Hast du nicht eben noch gesagt, man sollte sein Leben nicht so genau planen?«

Der Tod war nicht mehr zu bremsen.

»Ja, aber hier geht es doch um eine Planung, die uns hilft, etwas Lustiges tun zu können. Wenn jemand bei einem Gentest ein positives Ergebnis bekommt, und unter positiv verstehe ich, dass es negativ ist, dass diese Person keinerlei Krankheitsanlagen hat, ja, dann kann man sehen, wie sie abends ein Glas Wein trinkt und wie sie sich entspannt und irgendein Alltagsmalheur, wie dass den Kinder ihr Eis aufs Sofa fällt, mit größter Gelassenheit hinnimmt. Das ist nicht so wichtig, wichtig ist, was in dem Brief gestanden hat, so ungefähr. Und im anderen Fall, doch, ich weiß, dass das schwieriger ist, aber da kann man sie … verändert sehen. Sie nutzt die Zeit, die ihr noch bleibt, um das zu tun, was sie immer schon tun wollte, denn die Zeit ist begrenzt. Sie lebt ihr Leben voll aus, besser ein reiches und kürzeres Leben als ein langes und nur pflichtgetreues, ein Leben, in dem jeglicher Genuss auf eine Zukunft verschoben wird, die es niemals geben wird. Ich glaube, dieses Szenario kann mancher Angst die Spitze abbrechen. Lebensqualität statt Quantität.«

Ich sah das Bild vor mir, die Frau, die mit Sonnenhut und buntem Tuch um die bloßen Hüften dastand und Aquarelle malte, während die Kinder im Schatten einer Palme spielten. Seht, wie gut ich es habe, auch wenn ich weiß, dass ich in zehn, fünfzehn Jahren an Krebs erkranken werde. Mir kam das unheimlich zynisch vor. Trotzdem waren vielen diese Gedanken nicht fremd. Ich war dabei gewesen, wenn Freunde diskutierten, ob es besser wäre, zwei Jahre eines armseligen Lebens für einige Augenblicke der Vollkommenheit zu opfern.

»Es ist natürlich richtig, das Gefühl zu vermitteln, dass nicht alles zu Ende sein muss, nur, weil die Anlage zu irgendeiner Krankheit nachgewiesen wurde«, sagte jetzt der Tod. »Wenn sie einen positiven, für sie also negativen Bescheid erhält, können die Frau und ich uns vielleicht an den Tisch setzen und darüber reden. Niemand braucht zu hören, was wir sagen, aber man kann sehen, dass ein Gespräch stattfindet. Wir treffen vielleicht eine Abmachung. Komm früher, aber mach es schnell und schmerzlos. Beide Szenarien müssen das Gefühl vermitteln, dass ein Gentest nichts endgültig werden lässt. Er sorgt nur für Gewissheit. Ich weiß, ich weiß, das passt nicht ganz zu dem, was ich früher darüber gesagt habe, dass man nicht soviel planen soll, aber wir können es doch eine gute Gewissheit nennen. eine lebensbejahende Gewissheit.«

Ich konnte sein Argument noch immer nicht ganz und gar akzeptieren. Die Argumentation des Todes erschien mir dünn, und ich spürte, dass er damit nah an Kitsch oder Zynismus vorbeischrammte. Die Gewissheit einer schweren Krankheit, die Jahre des Leidens und den Verfall von Körper und vielleicht auch Seele mit sich bringen konnte, ließ sich wohl kaum als positive Gewissheit bezeichnen. Aber mit guten Schauspielern könnte es vielleicht funktionieren. Mit guten Texten ebenfalls.

»Wie könnte ich dich für das Projekt denn verkaufen?«

Der Tod warf mir einen Blick zu, der einfach unwiderstehlich war.

»Mich verkaufen? Verkauf mich als der, der ich bin, der perfekteste Profi, den die Menschheit je gesehen hat. Sag, dass du mich über Bekannte von Bekannten kennst, so schwer kann das doch nicht sein, und dass mir das Charakterfach liegt und dass ich gerade an einer Lyriksammlung über den Tod arbeite und überhaupt ein umwerfend kreatives Geschöpf bin. Du hast doch sicher schon faulere Pflaumen verkauft?«

Darauf hatte ich nicht sofort eine Antwort parat, ich dachte nur vergrätzt an jede Menge Profis, die nicht auf den ihnen zustehenden Plätzen saßen, weil sie nicht dahin durchgelassen wurden oder keine Chance bekamen, während Möchtegernprofis eine Menge Stühle besetzten. Aber für diese Diskussion war es nun zweifellos zu spät. Außerdem nahm ich plötzlich einen vagen Geruch nach nassen Algen wahr, was mich wieder in die Wirklichkeit zurückführte, von der ich jedenfalls hoffte, dass sie wirklich war.

»Wie bist du eigentlich ins Haus gekommen, ohne einen Türcode einzugeben? Oder in meine Wohnung?«

Der Tod sah leicht belustigt aus, als käme diese Abschweifung nicht unerwartet und als wüsste er, wie oft Gedanken ihre eigenen Wege gehen.

»Mein Laptop ist eine Huldigung an den technischen Fortschritt, Erica, und wenn du demnächst mal Zeit hast, können wir ihn uns genauer ansehen, damit du dich davon faszinieren lassen kannst, was er alles enthält, um technische Hindernisse zu überwinden. Es ist nämlich ziemlich unmöglich, irgendwo zu klingeln und, wenn über die Gegensprechanlage gefragt wird, wer da sei, *der Tod* zu sagen. Die Alternative wäre, irgendeinen Namen zu nennen, aber ich mag diese Unehrlichkeit nicht. Wenn ich zu Besuch komme, dann komme ich eben, und dazu stehe ich, und dann soll auch niemand erwarten, jemand anderem zu begegnen. Wie fühlst du dich eigentlich?«

Darauf hatte ich keine passende Antwort. Unser Gespräch in der Septembernacht hatte mich doch sehr beruhigt, und für den Moment hatte ich keine große Angst, von Gabriella mitten in der Nacht erwürgt zu werden. Ich spürte aber, dass so mancher Traum mich quälen könnte, und ich hatte Angst davor, mich in mein blutiges Bett zu legen, das eine andere durch ihre Anwesenheit besudelt hatte.

»Ich muss das Bett neu beziehen.« Mit diesen Worten stand ich auf und ging ins Schlafzimmer. Der Tod hatte das Fenster ein wenig geöffnet, und der Algengeruch war fast verflogen. Ich nahm die Überreste des Teddys vom Kissen, legte sie in die Badewanne und drehte die Dusche auf. Sofort glitten die Algen in den Abfluss, wo sie hängen blieben, und der Teddy ähnelte bald eher einem feuchten Wollknäuel als einem Spielzeug. Ich sammelte seine Teile wieder ein, als das Blut verschwunden zu sein schien, und wickelte alles in ein Badetuch. dann ging ich ins Schlafzimmer, zog das Bett ab, legte die Bettwäsche sorgfältig zusammen, ehe ich sie in die Waschmaschine steckte, um sie am nächsten Tag weiterzubehandeln. Ich wollte nicht mitten in der Nacht mit Waschen anfangen, und solange das Blut in seiner eigenen Hülle eingeschlossen war, würde es nicht anstecken. Ein Kokon mit einem verfaulten Inneren, aber einem Äußeren, das die Welt aussperrte. Die Matratze wies ebenfalls einen Fleck auf, aber der war nicht nass, und ich konnte ihn entfernen, ohne mich durch die mühsame Matratzenwaschprozedur zu quälen, zu der verrutschte Monatsbinden einen bisweilen zwingen.

Der Tod lungerte noch immer im Wohnzimmer herum. Als er ins Badezimmer kam, sah ich, dass er nun einen schwarzkarierten Flanellschlafanzug trug, ein gemütliches und solides Kleidungsstück, das ich sofort mit meinem Großvater assoziiert hätte, wenn ich es in einem Laden gesehen hätte. Falls ich mir überhaupt Gedanken über den Schlafanzuggeschmack des Todes gemacht hätte, dann hätte ich vermutlich auf ein elegantes Modell aus Baumwollsatin getippt. Dass er überhaupt einen Schlafanzug trug, fand ich übrigens ohnehin zum Lachen.

»Wenn ich schon mal zivilisiert schlafen kann, dann aber auch richtig. Stimmt was nicht?«

Ich schüttelte den Kopf und fuhr mit der Hand über den Schlafanzugärmel, um die Weichheit des Stoffes zu spüren, aber bei der Berührung mit etwas, das sich als nur um eine Flanellstoffbreite entfernter muskulöser Männerarm entpuppte, verspürte ich plötzlich eine gewisse Unruhe. Der Tod schien meine Reaktion nicht bemerkt zu haben, aber er war, was Theaterspielen anbelangte, ja schließlich auch kein Laie mehr.

»Ich finde, du solltest jetzt schlafen gehen, Erica. Morgen ist Samstag, dann haben wir mehr Zeit als sonst. Naja, meine eigene Arbeitswoche ist natürlich nicht in Tage eingeteilt, das wäre zu fantastisch. Samstags und sonntags kommt es nicht zu Todesfällen, gestorben wird von Montag bis Freitag zwischen acht und fünf, außer in der Mittagspause von zwölf bis eins. Wunderbare Vorstellung übrigens, warum setzt niemand das mal durch … verstehst du jetzt, dass die Höchsten niemals einen Bürokratentyp für den Job auswählen könnten? Aber wirst du überhaupt schlafen können? Wenn nicht, dann weißt du, dass ich da draußen auf dem Sofa liege. Fliehende Seelen, wie gesagt, erweisen mir meistens einen gewissen Respekt. Und wir können beide eine Glasflasche parat stehen haben, für den Fall, dass noch einmal ungebetene Gäste auftauchen.«

Ich konnte nicht entscheiden, ob in dieser Mitteilung eine Frage lag, die Frage, ob ich im Doppelbett Gesellschaft brauchte, einen Schutz ganz dicht bei mir und nicht mehrere Schritte entfernt. Aber das Risiko, mich zu irren, kam mir zu groß vor. Außerdem wollte ich, trotz meines deutlichen Gefühls von Hilflosigkeit, diese Nacht selbst besiegen. Ich konnte nicht einfach aus Toms Armen in die des Todes überwechseln, ohne wirklich davon überzeugt zu sein, dass auf einen von ihnen Verlass war. Wenn ich jetzt nicht beschloss, meiner Stärke eine Chance zu geben, dann würde ich so eine Gelegenheit vielleicht niemals wieder bekommen. Deshalb drehte ich mich um und umarmte den Tod, es war eine Kinderumarmung um die Taille, die mir die Möglichkeit gab, meine Wange an seinen mit Flanell bedeckten Bauch zu schmiegen und den Duft von weichen Fasern und der einen oder anderen Nacht in einem fremden Haus in mich aufzunehmen.

»Du kannst mich zudecken, wenn du willst.«

Ein Mädchentraum, eine ewige Sehnsucht nach dem großen, Geborgenheit schenkenden Papa. Der Tod lächelte, nahm meine Hand und verstaute mich in dem frischbezogenen Bett, wo er die Decke um mich herum feststeckte und meine Wange streichelte.

»Schlaf gut, mein Engel. Vielleicht hab ich morgen schon den Abwasch erledigt. Vielleicht auch nicht.«

»Climb every mountain, search high and low. Follow every byway, every path you know.« Melodie und Gesang wurden immer lauter, die Stimme kletterte auf der Leiter der Oktaven und Gefühle, dunkel und mächtig, verzweifelt und von sich überzeugt, voller Erfahrung, überzeugend. Die dunklen und kraftvollen Töne laden nicht zu Widerspruch ein, sie stehen für das, was sie sagen, sie wissen, dass sie die Wahrheit sagen. Und sie haben Gesellschaft bekommen. Eine kleine Stimme will sie begleiten, das ist mächtig, mein Bauch bewegt sich auf ganz seltsame Weise, wenn sie ihre schwindelnden Höhen erreichen. Sie singt aus voller Kraft, unterstützt von einem dreißig Kilo schweren Körper, von zwei mageren Beinchen und einer starken Lunge. »Follow every rainbow till …. you …. find …. youuur dreeeeam.«

Noch eine Stimme, diesmal aus Vaters Arbeitszimmer. Eine Männerstimme, tief und durchdringend. Was ruft er? Dass ich gut singe, dass er das schön findet? Was sagst du, ich hab das nicht verstanden. Ich habe gesagt, dass du falsch singst.

Übelkeit erregend. Krampfhafte Bitte um Entschuldigung. Verzeih mir. Ich wusste ja, dass ich falsch gesungen habe, aber ich fand das so … lustig. Die Minuten, die Stunden danach in meinem Zimmer. Das Schweigen. Neun Jahre? Oder sieben? Du kannst niemals so gut werden wie …

Ich fuhr in Schweiß gebadet aus meinem Traum hoch, und der Schweiß strömte noch immer, stoppte nicht bei der Berührung mit der Oberfläche der sauberen Bettwäsche. Schon beim Aufwachen war der Traum geflohen, und ich konnte Personen, Ort oder Geschehnisse nicht mehr festhalten. Langsam setzte ich mich im Bett auf und zog mein altes Nachthemd aus, in dem ich mich abends eingekapselt hatte. Die Luft kam mir frisch vor, frei von Seelen, und ich konnte mir nicht vorstellen, dass Gabriella wieder zu Besuch gekommen war. Die Glasflasche auf dem Nachttisch war leer, und unter der Decke hing nur die Spinne, die offenbar der Meinung war, das hier sei ein nettes kleines Hotel, wo sie gern eine Weile absteigen und vielleicht eine Familie gründen wollte.

Ich hatte vom Versagen geträumt. Wieder. Es war kein neues Thema, es war schon in tausend Träumen aufgetaucht, auch wenn ich mich später nur sehr selten daran erinnern konnte, eigentlich war im wachen Zustand nur noch das Gefühl vorhanden. Etwas war fehlgeschlagen, lief nicht so, wie es sollte, war nicht gut genug, ging daneben. Ich rieb mir die Schläfen und versuchte, mich langsam zur Vernunft zurückzuatmen. Das hier hatte ich schon so oft durchgemacht. Du hast es geschafft, du bist gut genug, du taugst, sieh dir doch an, was du geschafft hast. Niemand hat Lust, dauernd einen anderen Menschen zu loben, und du kannst nicht in Ewigkeit Amen von anderen Ehre und Bestätigung erwarten, du musst dich selbst mögen, und das tust du doch … eigentlich. War das, was am Vortag geschehen war, wirklich so gefährlich? Hatte der Tod nicht gesagt, dass Seelen nur selten durchbrannten und dass es wirklich pures Pech war, dass ich an so eine geraten war? Und hatte ich nicht getan, wie mir geheißen, auch wenn ich vielleicht ein wenig in Panik geraten war? Und wer hätte denn etwas anderes erwarten können, es war noch ein neuer Auftrag für einen neuen Chef! Und hatte dieser neue Chef auch nur einen einzigen wirklichen Tadel geäußert? Nein, das nicht. Die Stimme des Herzens hat ohnehin keine Ahnung, es ist viel besser, der der Vernunft zu folgen.

Ich ging ans Fenster und schaute hinaus. Hausdächer und, wirklich, Sterne. Aber kein Karlsson vom Dach flog umher und auch keine Wespen. Keine Seelen. Überhaupt keine Unruhe. Ruhige Atemzüge, ruhiges Herz.

Als die Tür hinter mir geöffnet wurde, hielt sich meine Überraschung in Grenzen. Ich brauchte mich nicht umzudrehen, um zu wissen, dass er dort stand, aber ich tat es am Ende doch und staunte darüber, wie richtig mir das alles vorkam, wie vertraut und wie selbstverständlich. Was möglicherweise dadurch zu erklären war, dass die Tasse in seiner Hand schwer und warm aussah wie eine Dosis konzentrierter Schlaf.

»Du jammerst schlimmer als ein verzweifeltes Hundebaby, und da musste ich ganz einfach … komm, setz dich jetzt, sonst frierst du im Durchzug, und die Träume warten darauf, dass du zurückkommst. Komm. Ich kann dich wieder zudecken.«

Der Flanellschlafanzug und die onkelhafte Ausdrucksweise, alles kam mir so fehl am Platze vor, dass ich unwillkürlich losprustete. Der Schlafanzug hing in schlafwarmen Falten um seinen Körper und sah zu groß und zu verwaschen aus. Vergeblich versuchte ich, das Lachen, das plötzlich in Hysterie umzuschlagen drohte, zu unterdrücken, während ich wieder ins feuchte Bett kroch und mir die Decke bis zum Bauch hochzog. Der Tod stellte die Tasse auf den Nachttisch und setzte sich auf die Bettkante.

»Lach du nur. Der ist warm, der ist strapazierfähig, und er gehört mir. Ich schlafe nicht gern in Dingen, die nicht halten, was sie versprechen. Meine Existenz erfordert praktisches Denken. Und jetzt hör auf zu lachen!«

Diese Aufforderung ließ mich wieder losprusten, und am Ende musste der Tod einstimmen. Ich lachte dermaßen, dass ich kaum noch Luft bekam, so sehr, dass mein Lachen schließlich den unvermeidbaren Weg ins Weinen nahm und in ein Schluchzen überging, das zuerst beherrscht war, dann aber heftiger und am Ende vollkommen unkontrolliert. Ich weinte dermaßen, dass meine Augen noch stundenlang rot sein würden, und ich machte den ganzen verdammten Schlafanzug nass, während der Tod mich hin- und herwiegte und mich gewähren ließ. Am Ende verebbte die Flut, mein Magen entkrampfte sich, und ich lehnte den Kopf an seine Schulter. Dann saßen wir eine Weile schweigend da, während er mich vorsichtig von sich wegschob, mir die Augen trocknete und die Tasse hochhob.

»Heiße Milch mit Honig. Ist es nicht seltsam, dass ich in allen Situationen immer genau weiß, was ich zu tun habe?«

»Du hattest ja auch lange Zeit zum Lernen.« Meine Erleichterung darüber, dass mein Körper sich beruhigt hatte, war enorm, und ich nahm die trügerische Ruhe wahr, die nur ein abgeschlossener Weinanfall schenken kann, ein Gefühl, dass alles aus ist, wie ein Schnäuzen des Körpers. Die Tasse, die der Tod mir hinhielt, war warm und wirklich mit Milch gefüllt, und ich trank in vorsichtigen Schlucken.

»Ist das ein Versagen, dass Tom und ich Schluss gemacht haben und dass er mit einer anderen eine Familie gründen wird? Hätte ich das verhindern können, wenn ich anders gewesen wäre?«

»Wenn du eine andere gewesen wärst, meinst du?« Die Gegenfrage des Todes kam ohne eine Sekunde Bedenkzeit. »Weißt du, Erica, diese Frage wird mir nicht zum ersten Mal gestellt, und es wird wohl auch nicht das letzte Mal sein. Hätte ich, hätte sie, und so weiter und so weiter. Kannst du eine andere sein?, das ist meine Antwort. Du hast getan, was du getan hast, weil du du warst. Was hast du übrigens getan? Du hast nicht zugehört, als du hättest zuhören sollen. Er hat nicht noch einmal gefragt, obwohl er noch einmal hätte fragen müssen. Ihr habt zu viel oder zu wenig über die richtigen oder die falschen Dinge gesprochen. Spekulieren hilft nicht viel. Wenn du selbst in der Sache herumgraben willst und dann zu dem Schluss kommst, dass alles gut hätte werden können, wenn du nur lieber oder geduldiger oder hilfsbereiter gewesen wärst, ja, dann mach das eben. Aber dann wärest du nicht diese komplexe, gefühlsbetonte und ab und zu vollkommen unmögliche Person, in die Tom sich doch offenbar verliebt hat. Ab und zu denke ich, dass Menschen, wenn sie sich kennenlernen, voneinander völlig unbeeinflusst sind. Zwei Kraftfelder, die einander nie zuvor begegnet sind, und dann geht es los mit der Anziehungskraft. Er hat sich zu dir hingezogen gefühlt, wie du warst, ohne dass du dich von ihm auch nur im Geringsten hattest beeinflussen lassen. Und umgekehrt. Die Frage ist wohl eher, was du hättest tun sollen, um die Persönlichkeit zu behalten, die du hattest, ehe du Tom kennengelernt hast, obwohl du jetzt mit Tom zusammen warst. Und was hätte er tun können, um mit Erica so zu sein wie ohne Erica? Ich wünschte, ich wüsste das.«

»Das hört sich zu einfach und zugleich zu kompliziert an. Ich wollte wohl mein altes Ich behalten und es zugleich mit neuen Seiten ergänzen. Ich bin mit Tom sogar gewachsen. Er hat mich offener und erfahrener gemacht, als ich dann Anteil auch an seiner Welt nehmen konnte. Und ich hatte das Gefühl, weniger unruhig zu werden, weniger eckig vielleicht … es ist schön, zu zweit zu sein, ich habe mich wohl sicherer gefühlt …«

Meine Rede versickerte im Sand, wurde aufgesaugt und war verschwunden. Wie hatte Tom meine Persönlichkeit beeinflusst? Die Frage war nicht nur interessant, sie war geradezu lebenswichtig. Und vor allem, mochte ich die Person, die ich vorher gewesen war, lieber, oder hatte die neue Erica Eigenschaften, die der alten gefehlt hatten? Gab es übrigens ein Schicksal, das unsere Wege lenkte, egal, wie wir uns veränderten und uns an viereckige Backformen klammerten, obwohl wir doch rund waren?

»Glaubst du ans Schicksal?«

»Weißt du, ich glaube nicht ans Schicksal, ich bin das Schicksal. Schicksal, Tod, das sind nur Variationen über dasselbe Thema, ein Spiel mit Buchstaben.«

Die Tasse war leer, meine Gedanken flossen davon. Ich sah, dass ich nur meine Seite des Bettes bezogen hatte und dass Toms alte Bettwäsche noch vorhanden war. Ich hatte seit seinem Verschwinden nicht ein einziges Mal an seinem Kissen geschnuppert, hatte einfach vergessen, dass es die Möglichkeit gab, den Duft einer alten Liebe in sich aufzunehmen. Aber es gab natürlich auch noch andere Möglichkeiten. Ich bin das Schicksal.

»Würdest du es als sexuelle Einladung auffassen, wenn ich dich bäte, dich neben mich zu legen und heute Nacht an meinem Lagerfeuer zu schlafen? Ich verspreche, dich nicht anzugrabbeln, ich bin auch keine gute Verführerin, und ich bin auch nicht gerade in der Stimmung dazu, aber ich glaube, ich könnte … sehr ruhig werden, wenn du mich ein wenig in den Arm nähmst.«

Der Tod errötete. Der Mann, der ein Mann sein musste, der sich Tod nannte und auf meiner Bettkante saß, besaß wirklich die erstaunliche Fähigkeit, in Verlegenheit zu geraten und das auch zu zeigen. Keine lodernden Flammen, keine Rosen auf den Wangen, nur ein rosa Farbton, der sich über Gesicht und Hals ausbreitete und sich wie eine leichte Glasur über die sonnenbraune Haut legte.

»Was für eine wunderschöne Frage. Ich bin gerührt und nervös, das kann ich dir sagen, das kommt nicht sehr oft vor, aber im Laufe der Jahrhunderte bin ich ja auch ruhiger geworden. Ich denke nur selten an, naja, das kann ja auch egal sein. Aber ein Bett und Laken, Decke und Kissen sind ja …«

Er verstummte, nahm meine Tasse, verschwand und kehrte mit einer Glasflasche zurück.

»Aber wenn du glaubst, dass ich dich beschützen kann, dann will ich wenigstens bereit sein.«

»Ich habe nicht frisch bezogen, aber …«

Der Tod sah mich an und schien etwas von seiner Souveränität zurückgewonnen zu haben.

»Wenn du wüsstest, wo ich die Nächte schon verbracht habe, dann würdest du mir nicht mit solchen zivilisierten Ausflüchten kommen. Ich spiele nicht ganz in derselben Liga wie die Herren der Schöpfung, und das Revier anderer Männer ist mir ganz egal. Der Geruch oder der Duft von Menschen ist bestimmt das Schönste, was man im Augenblick des Einschlafens in der Nase haben kann, von wem dieser stammt, spielt vielleicht keine so große Rolle. Wo du jetzt so dicht in der Nähe bist.«

Damit legte er sich in Toms Bett und drehte mir das Gesicht zu. Ich legte mich so hin, dass ich ihm eine Weile in die Augen schauen konnte, um dann in dem zu verschwinden, was plötzlich grüner als sonst wirkte. Er war warm, das spürte ich auch, ohne ihn zu berühren. Es würde nicht lange dauern, bis ich mit dem Rücken zu ihm in seinem Arm liegen würde, wo immer ich diese Gewissheit auch hernahm.

Schweigend lagen wir eine Weile da und sahen einander an, dann knipste ich die Lampe aus. Ich brauchte eine halbe Anstandsminute, um mich umzudrehen, und dann noch eine weitere, bis ein flanellbekleideter Arm sich um meine Taille stahl. Eine leichte Berührung, der einzige Körperkontakt bisher, und doch genug, um mich zu den Höchsten und noch höher zu ziehen. Feder um die Taille, Eiderdaune im Kopf. Der Schlaf kam wie das Schicksal, unvermeidlich und unbeeinflussbar.

KAPITEL 9

Der Schlaf löste die Trossen und machte kehrt, winkte und ließ mich nach der aufwühlendsten Nacht meines Lebens erwachen. Aufwühlend, weil nichts passiert war und doch alles, weil mir warm war, aber nicht heiß, und weil alle Gerüche im Zimmer unschuldig, leicht und trocken waren und doch erfüllt von reifen Apfelsinen und dunkler Schokolade, von Vanille und hauchdünnen Haferflocken. Ich ahnte mehr als ich wusste, dass es früh war, viel früher als die Zeit, zu der Tom und ich samstags meistens aufgestanden waren, so früh, dass große Teile der Stadt noch schliefen, so früh, dass ich mich beim Aufwachen für ein oder zwei Stunden als Herrscherin über das Leben fühlen konnte.

Auf der anderen Seite des Bettes schlief der Tod mit diskreten Atemzügen und anständigem Körper. Er lag mit geschlossenem Mund auf dem Rücken und hatte die Arme ausgestreckt, wie um sich noch im Schlaf davon zu vergewissern, dass ich in der Nähe war. Die Decke versteckte noch immer größere Teile seines Körpers, was bewies, dass er ruhig schlief, ohne sich hin und her zu werfen. Er wurde in seinen Träumen offenbar nicht von Dämonen oder Versagensängsten gejagt. Er brauchte keine Angst vor sich selbst zu haben. Ich verließ ihn, wenn auch zögernd, und ging in die Küche, wo die Uhr über dem Herd auf sechs stand.

Das schmutzige Geschirr von gestern war sorgfältig auf

dem Spülstein aufgestapelt und ausreichend abgespült worden, damit keine Gesterngerüche über Nacht hätten sauer werden können. Ich hatte zwei Gründe, es nicht sofort wegzuräumen, der eine hatte mit Fürsorge zu tun, ich wollte den Tod nicht wecken, und ich folgte dem Plädoyer meines Verteidigers. Ich setzte Teewasser auf, um zumindest in einer Hinsicht meinen Gewohnheiten zu folgen. Wenn der Tod nicht geschlafen hätte, hätte ich mich vielleicht in eine Decke gewickelt und trotz der frühmorgendlichen Kühle den Tee auf dem Balkon getrunken, aber ich wollte nicht, dass eine knarrende Balkontür diese meine höchstpersönliche Morgenandacht störte.

Der Morgen kam mir verwandt mit dem Morgen vor, an dem ich vor einigen Tagen Malkolm auf dem Balkon entdeckt hatte. Der Unterschied war nur, dass Erica an jenem Morgen berauscht und verkatert gewesen war, in einem Zustand, der labil, chaotisch und beklemmend war, während Erica jetzt mitten in diesem Chaos einen seltsamen Frieden empfand. Es war ein Morgen des Wendepunkts, ein Morgen, den man nicht vergisst.

Ich kuschelte mich in den blauen Sessel und trank gierig den Tee, während ich aus dem Fenster schaute. Einige Baumwipfel sahen frisch frisiert aus, Goldränder an ansonsten grünen Mähnen, und die wenigen Verkehrsgeräusche, die zu mir durchdrangen, waren einzelne Perlen auf einer Schnur, kein gleichmäßiger Geräuschteppich, dazwischen gab es immer wieder Stille.

Vor einigen Tagen hatte ich an Tom gedacht, und jetzt wandten meine Gedanken sich wieder ihm zu, vielleicht, weil sie das mussten, vielleicht war die Strömung zu stark. Ich dachte daran, was der Tod über unnütze Grübeleien gesagt hatte, darüber, was ich hätte besser machen können oder ob dieses oder jenes Verhalten den Lauf der Ereignisse geändert hätte. Daran, dass ich eine Erica gewesen war, als ich Tom kennengelernt hatte, und dass ich jetzt vielleicht eine andere Erica war. War ich das? War ich das gewesen?

Meine Naivität hatte sich eindeutig nicht geändert. Gutgläubig war ich immer schon gewesen, hatte von den Menschen nur das Beste erwartet und dafür eins auf die Finger bekommen, war unerhört enttäuscht gewesen angesichts von Gemeinheiten oder Intrigen, hatte mich dafür aber eher geschämt, als dass ich stolz darauf gewesen wäre, so als wäre zusätzlich zur Polioimpfung auch eine gegen den Glauben an das Gute notwendig. Und doch wogen meine Erfahrungen längst nicht soviel wie Toms, der sich seit seiner Kindheit in Kolumbien an um einiges härtere Schläge im Umgang mit den Menschen hatte gewöhnen müssen und der andere sofort durchschaute. Vielleicht hatte er mich in diesem Punkt verändert. Er hatte auf Verhältnisse hingewiesen, hatte Verhaltensmuster erklärt und mir die Augen geöffnet. Aber meine Gutgläubigkeit in Bezug auf ihn war nie ins Wanken geraten. Was er zu mir sagte, stimmte, so, wie das, was ich ihm sagte, stimmte. Schluss aus und vielen Dank.

Aber natürlich hatte ich mich angepasst, auch wenn ich das Gefühl gehabt hatte, dass wir beide uns einander anpassten. Ich war gewissenhaft an der Grenze zur Pedanterie, Tom war ein wenig achtloser und »setzte andere Prioritäten«, Tom war redselig und diskutierte gern, ich hatte mich im Laufe der Jahre immer tiefer in meinen Panzer verkrochen. Tom liebte heisere Stimmen mit viel Whisky, ich liebte warme, melodische und traurige Frauenstimmen, ich hasste Weihnachtsmusik wie die Pest, Tom traten Tränen in die Augen, wenn er »Stille Nacht« hörte. Wie hatte ich mich verhalten? Ich hatte Beherrschung trainiert und Toms Bartstoppeln aus dem Waschbecken gefischt, während Tom Weihnachtskarten verfasste, dabei »Stille Nacht« hörte und mit seinem und meinem Namen unterschrieb.

Wir hörten wohl vor allem Musik, die wir beide mochten

oder die Tom mochte. Das war bei uns kein ehernes Gesetz. Es war nur so, dass, wenn Tom sich abfällig über ein bestimmtes Stück geäußert hatte, dass seine Antipathie dann in meinen Kopf kroch, und ich brauchte nur diese Musik zu hören, und schon rief mein Verteidiger, ich sollte mich vorsehen, denn Tom gefällt das hier nicht. Es konnte so weit gehen, dass mir selbst Musik unangenehm wurde, wenn Tom gesagt hatte, er könne sie nicht aushalten. Ich fragte mich plötzlich, was passiert wäre, wenn ich auf seine Meinung gepfiffen hätte, und ich sah ein, dass Tom meine Entscheidungen sicher akzeptiert hätte. Aber leider hatte ich sein Missfallen wie ein Kleidungsstück an meinem Körper gespürt, ein so unbehagliches Kleidungsstück, dass ich lieber darauf verzichtete.

Aber ich wollte mich trotzdem nicht als Feigling bezeichnen, als eine Art Stoffpuppe ohne eigenen Willen, als eine, die man nach Lust und Laune zurechtbiegen kann. Ich hatte meine Ansichten, und zu denen stand ich, und Tom und ich hatten ziemlich hitzige Diskussionen führen können. Diese Diskussionen waren mit den Jahren allerdings weniger geworden. Es ließ sich nicht vermeiden, dass wir ziemlich rasch wussten, wie der andere zu gewissen Fragen stand, und es war uns immer weniger wichtig erschienen, uns in einem solchen Bereich eine blutige Nase zu holen. Wenn man in Gedanken den ganzen Streit allein ausfechten kann, Argument und Gegenargument und abermals Gegenargument, dann scheint das oft der Mühe nicht wert zu sein. Dann kann man dem Thema auch gleich ausweichen und lieber einen Caipirinha trinken.

Tom sagte allerdings auch ab und zu, dass er gern in meinen Kopf schauen würde, um zu erfahren, was sich dort rührte. Das konnte passieren, wenn ich mich plötzlich fragte, ob das Haus gegenüber frisch renoviert worden sei, obwohl die Maler damit schon seit einem Jahr fertig waren. Oder wenn ich, obwohl ich mich doch immer auf dem Laufenden halten musste, einen Promi in der Stadt nicht erkannte, auch wenn sein Gesicht in allen Nachrichtensendungen auftauchte. Wenn ich in meinen Gedanken versunken war. Jetzt fragte ich mich mehr denn je, wie es in Toms Kopf wohl aussah. Vermutlich um einiges chaotischer und unsauberer, als ich das in unserer gemeinsamen Zeit geglaubt hatte. Oder vielleicht auch unangenehm leer.

Ich holte mir noch eine Tasse Tee, und plötzlich kam mir der Gedanke, dass das, was mir in den Jahren mit Tom passiert war, dazu geführt hatte, dass ich mich mit kritischerem Blick sah. Ich wusste nicht, ob es an Tom lag oder an mir oder an etwas anderem, aber ich wusste, dass ich in diesen Jahren angefangen hatte, mich immer gnadenloser zu zensieren, als müsste alles, was ich sagte oder dachte oder meinte, gefiltert oder kastriert werden, ehe es ins Freie gelassen werden konnte. Und doch sagte Tom immer wieder, wie stolz er auf mich sei, was ich alles könne, wie gut ich seiner Meinung nach mit den meisten Dingen fertig würde und wie großartig ich sei. Dass Tom mich attraktiv fand, hatte ich auch nie bezweifelt, und er bewunderte mich nicht nur, er interessierte sich für alles und konnte durchaus mit Kleidern für mich nach Hause kommen, die er in der Stadt gefunden hatte, Kleidern, die meinem Geschmack vollständig entsprachen, sogar mit Erica-vor-Tom-Maß gemessen.

Dass Tom meinen Geschmack in Bezug auf Einrichtung und Design beeinflusst hatte, war mir nie als Beeinflussung erschienen. Er war in dieser Hinsicht ganz einfach erfahrener und hatte mich in eine neue Welt gelotst, in der ich dann meine eigenen Lieblinge gefunden hatte. Dachte ich zumindest. Ich hatte mir nie überlegt, dass meine wachsende Selbstkritik die Ursache dafür sein könnte, ihm dafür zu danken, dass es in der Wohnung einigermaßen schick aussah.

Er hatte mir die Flügel beschnitten und mir dann Vorwürfe gemacht, weil ich nicht fliegen konnte. Dieser Satz kam von irgendwoher und blieb, wickelte mich ein. Meine Flügel waren zum Beispiel gestutzt, wenn es um meine alten Bekannten ging. Rebecka zum Beispiel, voller religiöser Fantasien und dem Glauben an das Übersinnliche, eine Frau, die mit derselben glühenden Überzeugung Marmelade kochte und Karten legte, eine Freundin mit der unübertroffenen Fähigkeit, abwechselnd Bemerkungen von scharfem Verstand und unbeschreiblicher Dummheit von sich zu geben. Ich traf sie nur sehr selten, und dann bei ihr oder in der Stadt, wenn sie sich von ihren fünf Kindern losreißen konnte. Nicht, dass Tom ausdrücklich gesagt hatte, dass er sie nicht leiden konnte, aber die auserlesene Höflichkeit, mit der er sie immer behandelte, ließ sie beide als die Langweiler erscheinen, die sie wirklich nicht waren.

So war es auch mit Kari, von der Tom sogar zu sagen gewagt hatte, dass er sie nicht ausstehen könnte. Dass sie im Laufe eines Abends immer militanter wurde, wusste ich, und ich hatte ihre Drohungen, Frauen mit zu rotem Nagellack mit Unkrautvertilger auszurotten, niemals sonderlich ernst genommen. Im Grunde wusste ich, ohne es zu wissen, dass Kari die hellrosaste Seele hatte, die überhaupt irgendjemand haben konnte, dass sie ihren Panzer schon in ihrer Kindheit aufgebaut hatte, aber dass er, eben, weil er das Werk eines Kindes war, auch ziemlich gebrechlich war.

Es war jedenfalls so, dass ich beide nicht gern einlud, wenn Tom zu Hause war, sondern dass ich unsere Treffen so legte, dass wir unter uns sein konnten. Dass keine von ihnen Tom sonderlich reizend fand, war eine logische Folge, auch wenn weder Rebecka noch Kari das je mit einem Wort erwähnt hatten, sondern sich alle Mühe gaben, etwas Positives zu sagen.

Außerdem hatte ich mit Toms Freunden nicht solche Probleme, obwohl sie aus unterschiedlichsten Kreisen stammten, aus Kolumbien oder von Nexicon oder aus seiner weitverzweigten Verwandtschaft. Ich konnte selbst mit den Flirtresistentesten noch irgendeinen Berührungspunkt finden, und ich wage zu behaupten, dass alle mich sehr, sehr ... sympathisch fanden. Jetzt kam der Zweifel, war ich wirklich so facettenreich, oder hatte ich meine Persönlichkeit ganz einfach aufgegeben?

Toms Familie war eine bunte Sammlung, die jegliche Form der Anpassung verlangte, aber sie hatten ihre kollektiven Arme geöffnet, und ich hatte nicht gezögert, mich umarmen zu lassen. Wir trafen Toms Eltern zwar höchstens einmal im Jahr, aber wenn sie aus Bogotá nach Schweden zu Besuch kamen, war es selbstverständlich, dass mindestens drei Tage mit Speis und Trank und Gesang und der restlichen schwedischen Verwandtschaft gefeiert wurde. Als überzeugte Katholiken wurden sie nie von schlechtem Gewissen und Reue gequält, denn sie gingen bei Bedarf sofort beichten, und ihr Verhalten zeigte ein dementsprechend befreiendes Fehlen von Schuldgefühlen.

Ich fand es wunderbar, wenn Toms Vater und Toms Brüder bis zum frühen Morgen in der Küche standen und südamerikanische Freiheitslieder schmetterten, bis die Tränen flossen und sie Gänsehaut verursachten. Toms Mutter war eine Schwedin mit überaus kolumbianischen Haaren auf den Zähnen, eine starke Frau, die immer Partei für mich ergriff, wenn sie von einer Meinungsverschiedenheit zwischen mir und ihrem Sohn Wind bekam, den sie mit Liebe und Distanz behandelte. Es machte immer Spaß, sie zu treffen, und ich saugte bei jeder Begegnung neue Eindrücke in mich auf.

Das Verhältnis zu meiner Familie war schon schwedischer, aber er war deshalb nicht kühler. Oder doch? Wir trafen meine Eltern alle zwei Monate oder so, wenn sie vom Öresund herüberkamen, wohin sie einige Jahre zuvor von Uppsala gezogen waren. Ich fuhr ungefähr einmal pro Halbjahr zu ihnen nach Hause. Tom liebte weder die Ostküste noch die ziemlich heruntergekommene, über hundert Jahre alte Villa, die sie gekauft hatten, weil sie ihm immer mit dem Blaumann und einem Wochenende mit Renovierungsarbeiten drohten. Aber sie mochten ihn wirklich sehr und hätten uns sicher gern häufiger getroffen, wenn wir das gewollt hätten.

Mein Bruder Kjell und Tom verstanden sich sehr gut. Sie waren sogar zusammen verreist, in die Berge und einige Male nach London, vor allem dann, wenn ich an einem großen Projekt arbeitete, das die größtmögliche Konzentration erforderte. Ich fand schon, dass das Verhältnis zu unseren Familien so schmerzlos war, wie man das überhaupt verlangen konnte, vor allem, wenn ich an die Horrorgeschichten dachte, die Tom und ich von Paaren in unserem Umfeld gehört hatten. Jetzt ging mir plötzlich auf, dass das Ende von Toms und meinem gemeinsamen Leben wohl auch das Ende der gemeinsamen Weihnachten im Kreise der Familie Alvarez und der Feste mit etlichen von Toms Freunden bedeutete, die mit derselben glühenden Überzeugung liebten und vergaßen. Ich fragte mich, ob Tom es bedauern würde, dass er mit meiner Familie und meinen Freunden gebrochen hatte, aber ich war überzeugt, dass er bald darüber hinwegkommen würde. Trotz allem waren meine Nächsten nur ganz normale Schweden, während seine exotisches »Flair« besaßen, das sicher mehr Gewicht hatte. Andererseits hatten wir diesen verrückten und unkonventionellen Zug, der sich wie eine Goldader durch die ganze Sippe zog. Irgendwo im tiefsten Herzen hatte ich wohl immer auch das Gefühl gehabt, dass die Familie Alvarez, obwohl sie anders war und ihren Hauch von Internationalität pflegte, nicht verhehlen konnte, dass sie viel konventioneller war als die meisten von meinen Verwandten. Kein Alvarez konnte zum Beispiel aus dem Kaffeesatz lesen oder auf Beerdigungen lachen oder beim Zoll eine Wagenladung Schweine deklarieren, die sich dann als Marzipanschweine entpuppten.

Ehe ich Tom kennengelernt hatte, war ich im Grunde mit meiner halbverrückten Sippschaft immer glücklich gewesen.

Bei Tom aber hatte ich das Gefühl, eine schöne Fassade zu sein, etwas, das ich nicht wirklich war, die elegante Kopie einer Markenware, die ich in einem Chinaviertel gekauft hatte, eine, deren Falschheit niemand außer den wirklichen Kennern, die ich mehr fürchtete als alles andere, entdecken würde. Das Gefühl, ein Bluff zu sein, war mit den Jahren gewachsen, ich glaubte, eine Rolle zu spielen, eine Marionette zu sein. Vielleicht war es nicht richtig, Tom dafür verantwortlich zu machen, der Keim dieser Empfindung konnte ja schon lange existiert haben. Aber mit wachsendem Wohlstand war auf jeden Fall ein Teil der Verrücktheit verschwunden, bei einem Essen mit Toms Kollegen würde ich garantiert nie auf die Idee kommen, aus dem Kaffeesatz zu weissagen. Ich dachte immer, es hänge mit dem Alter zusammen, mit wachsender Verantwortung und Weisheit. Die Vorstellung, dass es ein Hauch von Depression sein könne, war mir auch nicht fremd, eine Depression, die vielleicht eine Zeitlang brachgelegen hatte, um zu reifen, um dann zu verzehrend zu werden.

Etwas über fünf Jahre waren wir zusammen gewesen. Fünf Jahre, eigentlich eine halbe Ewigkeit, wenn man bedenkt, dass ich bei unserer ersten Begegnung zweiunddreißig gewesen war und jetzt siebenunddreißig. In drei Jahren würde ich vierzig sein, und wer vierzig ist, hat es ebenso weit bis zwanzig wie bis sechzig. Das war eine Vorstellung, die mich immer dazu gebracht hatte, mit einem gewissen Zittern an die Vierzigjahresgrenze zu denken, wie an eine Wasserscheide, bei der das Leben einfach eine Richtung einschlagen muss, nach rechts oder links oder geradeaus. Sicher gab es unendlich viele reizende Reportagen über Menschen, die ziemlich spät im Leben anfingen, biodynamisches Gemüse anzubauen oder einen Reitstall eröffneten und die damit Langeweile und Sicherheit den Hals umdrehen konnten. Aber sie kamen mir trotzdem wie eine verdammte Ausnahme vor. Und jedenfalls müsste die Kinderfrage mit vierzig Jahren geklärt sein. Wie munter und jugendlich

Vierzigjährigen auch sein mochten, das konnte doch nichts an der schlichten Tatsache ändern, dass unsere verbliebenen Eier am Stock humpelten und drinnen im Allerheiligsten vor sich hinknurrten, ganz ohne den Schwung, den sie in unseren Teenagerjahren noch hatten, als sie vermutlich in den Eierstöcken Schlitten gefahren waren, in der fröhlichen Überzeugung, dort auf paarungswillige Spermien zu treffen.

Eigentlich war es unglaublich, dass Tom und ich dieser Frage keine größere Aufmerksamkeit geschenkt hatten. Aber Kinder hatten mich eigentlich niemals interessiert, auch wenn ich vage davon ausgegangen war, dass ich früher oder später sicher welche bekommen würde. Es war nur, dass die Sprösslinge der anderen keine besonderen Gefühle in mir auszulösen vermochten, alles, womit sie sich beschäftigten, kam mir uninteressant oder anstrengend vor. Irgendwie hatte ich wohl auch gespürt, dass es bei meinen eigenen anders sein würde, aber weiter hatte ich nicht gedacht. Seltsam, wo ich doch sonst jedes kleinste Detail plante. Hier musste ich doch instinktiv die Entscheidung dem Zufall oder meinem eigenen Körper überlassen haben, geglaubt haben, ein Signal zu erhalten, wenn es so weit wäre. Tom und ich waren auf irgendeine seltsame Weise davon ausgegangen, dass wir irgendwann Kinder haben würden. Irgendwann. Und ich hatte weiter die Pille geschluckt, auch wenn wir in seltenen Momenten auf den Inhalt eines Kinderwagens gezeigt und duzi, duzi, du kleiner Schnuffel gesagt hatten.

Und jetzt würde Tom also mit einer anderen ein Kind bekommen. Seine Spermien in ihr, seine Gene, Anlagen, Farben, Gerüche, Geschmäcker, Ansichten, sein Sprachgefühl, sein Geschmack. Sie würden sich nicht mit meinen wartenden Eiern vereinen, sondern hatten sich mit ganz anderen zusammengetan. Toms eventuelle Tochter würde große Brüste bekommen und keine kleinen, sie würde vielleicht blond werden und vielleicht so eine ermüdend muntere Person wie ihre Mutter, auch wenn Tom angedeutet hatte, dass die doch komplexer war, als ich geglaubt hatte. Dieses schwarzhaarige trollhafte kleine Wesen mit Gefühlen wie Sinuskurven, das das Resultat einer Vereinigung zwischen Tom und mir hätte sein sollen, würde niemals geboren werden. Plötzlich kam mir das vor wie ein Mord, der viel schlimmer war als der an Gabriella. Der übrigens kein richtiger Mord gewesen war, Gott sei Dank war mir am Vorabend ja Absolution erteilt worden. Die Vergebung der Sünden, Gegrüßet seist du, Maria.

Tom hatte seine Zeit als Barfußlehrer benutzt, um mich zu verlassen, ehe er es über sich bringen konnte, die Wahrheit zu sagen. Ich hatte auch barmherzige Samaritererinnerungen aus meiner Zeit bei Amnesty. Unter anderem hatte ich für eine Gruppe gearbeitet, die ihre eigene Verfolgte betreut hatte. Unsere hieß Galina und war Baptistin und deshalb in der guten alten Sowjetunion schikaniert worden. Wir hatten für ihr Recht gekämpft, unter den Kommunisten Gottes Wort zu verbreiten, mit einer Glut, die zwischen den Pflastersteinen Blumen hätte aufgehen lassen müssen, und wir hatten an Behörden, Kirchen und Botschaften geschrieben, mit einem Eifer, auf den ich jetzt zurückblickte, während ich mir verdutzt die Augen rieb.

In meinen Teenagerjahren hatte ich mich überhaupt energischer für die Rechte der weniger Glücklichen engagiert, ein Engagement, das immer mehr geschrumpft war, als meine eigenen Schwierigkeiten gewachsen waren und ein fremder Blick sich eingeschlichen hatte, diese Stimme, die flüsterte, dass manche vielleicht selbst schuld seien, manche gäben sich eben keine Mühe, wir könnten Kalkuttas Probleme nicht lösen, indem wir Kalkutta nach Stockholm verlegten, und so weiter. Es waren eigentlich Gedanken, auf die ich durchaus nicht stolz war, aber sie passten besser zu dem, was nun auch meine Umgebung dachte, und plötzlich war ein Gefühl zum Gedanken geworden und der Gedanke zur Erkenntnis. Trotzdem war es weiterhin vorgekommen, dass ich mich dieser Gedanken geschämt hatte. Tom war da härter gewesen. Abermals hatte seine Kindheit sich zu Wort gemeldet, die Kindheit im harten Bogotá, auch wenn seine Familie dort zu den wohlhabenderen gehört hatte. Da hatte es nicht viel Platz für Mitleid mit den Schwachen gegeben, da hatte man selbst zusehen müssen, wie man überlebte. Und war ich die Richtige, ihm zu erzählen, wie es sein sollte, wo ich doch in einem Stockholm aufgewachsen war, das im Vergleich zu Bogotá wie eine glasierte Schneekugel wirken musste?

Das alles war ein Chaos, sein Leben, meins und die gestreifte Mischung. Und kaum hatte der eine mich verlassen, da war der andere aus dem Nichts aufgetaucht. Der Übergang war fast nahtlos gewesen, ich war nur einige Stunden einsam gewesen, als plötzlich der Tod vor der Tür gestanden hatte. Der Rest war Geschichte.

Ich trank meinen Tee und lauschte auf Morgengeräusche aus dem Schlafzimmer, aber die Stille war so ungebrochen wie vorher. Also ging ich wieder ins Wohnzimmer und näherte mich der Tasche des Todes. Vorsichtig öffnete ich sie einen Spalt breit und sagte mir, dass alle anderen das auch gemacht hätten und dass hier nicht die Rede von Neugier sei, sondern eher von einer Suche nach kosmischer Weisung. Der Tod hatte sich auch nicht die geringste Mühe gegeben, etwas zu verstecken, im Gegenteil, er ließ die Tasche ja offen stehen. Eine unglaublich schöne Lederarbeit, ich tippte auf den Beginn des 20. Jahrhunderts, mit verstärkten Ecken, glänzendem Leder und robusten Handgriffen. Innen war sie in zwei Fächer geteilt, das linke bestand aus einer Stange mit Kleiderbügeln und sorgfältig aufgehängten Anzügen, das rechte wies eine Reihe von Schubladen auf. Hollywood in meinen Träumen.

Ich betastete die Kleidungsstücke andächtig. Die meisten Anzüge und Pullover waren dunkel, es gab aber auch das eine oder andere Hemd in einer frechen Farbe, rot, grün oder himmelblau, manche hatten auch eine Schattierung, die ich als indisch bezeichnet hätte. Ganz hinten hing ein weißes Gewand und aktivierte alles Wissen, dass die Farbe des Todes bisweilen auch Weiß sein kann. Alles sprach von guter Qualität, aber nirgends waren Markennamen eingenäht, keine Waschanweisungen mit der Empfehlung, lieber chemisch reinigen zu lassen.

Ich zog vorsichtig die Schubladen auf und sah mir ihren Inhalt an. Strümpfe, Unterhosen und Gürtel, nichts, was von der Ausstattung des Durchschnittsmanns abwich, abgesehen davon, dass ich in einigen Schubladen Kleidungsstücke von unterschiedlicher ethnischer Herkunft fand. Im Hutfach entdeckte ich jüdische Kippahs und einen Fez, Kleider für ein Chamäleon. Instinktiv wusste ich, dass der Tod sich seiner jeweiligen Umgebung anpassen musste und dass er mit dem Inhalt dieses Reisekoffers weit kommen würde. Die Räder unter dem Koffer machten den Transport sicher leichter. Aber dieses Prachtstück war trotzdem nichts, was er immer mit sich herumschleppen konnte. Einen Computer sah ich nicht, aber seiner war ja auch so klein, dass ich sicher sorgfältig hätte suchen müssen, um ihn zu finden. Was ich aber nicht machte. Urinstinkt.

Meine Untersuchung wurde durch ein Geräusch aus dem Schlafzimmer unterbrochen Ich schloss eilig die Schubladen und legte alles wieder zurück, ehe ich die Tür so weit zuzog, dass sie gerade den Spalt aufstand wie zu Beginn meiner Entdeckungsreise. Als der Tod hereinkam, saß ich brav mit erhobener Tasse und dem aufgesetzt entspannten Ausdruck der Schuldigen im Sessel.

Er kam auf mich zu und gab mir einen Kuss auf die Wange, der nicht nach nächtlichem Atem schmeckte, sondern nur nach sauberer Luft. Dann setzte er sich auf das Sofa. Er sah überraschend unberührt von der Nacht aus, keine Schlafränder und kaum zerzauste Haare, sein Schlafanzug ohne Schlafknitter und ohne Schlafduft. Flanell knittert nicht. Der praktische Tod.

»Guten Morgen. Hast du gut geschlafen?«

»Ehrlich gesagt habe ich sehr, sehr gut geschlafen. Aber das tue ich eigentlich immer. Ohne einen guten Schlaf würde ich meine unregelmäßige Arbeitszeit nicht bewältigen.«

Ich dachte plötzlich daran, wie er zum ersten Mal vor meiner Tür gestanden hatte, am frühen Morgen, er hatte von einer anstrengenden Nacht erzählt.

»Wo warst du übrigens in dieser Nacht gewesen, als du zu mir gekommen warst? Als du dich in der Tür geirrt hattest, meine ich. Falls du das getan hast …«

Die Unsicherheit packte mich mitten im Satz und ließ mich verstummen. Er hatte behauptet, Malkolm zu suchen, und das musste er ja auch getan haben. Aber war der Besuch bei mir auch geplant gewesen?

»Ein Verhör vor dem Frühstück? Ja, ja, ich weiß, dass deine zarte Seele keine Ruhe findet, solange nicht alle Fragen beantwortet sind. Hier und jetzt. Gut, dass ich ein gutes Gedächtnis habe. Ja, es war eine harte Nacht. Eine anstrengende Arbeit, weil soviel dazugehört. Ein Familienzwist in einem Vorort endete mit einer immer brutaleren Schlägerei, und am Ende war einer der Männer tot. Ich war fast sofort da, es war geplant gewesen, aber nicht unter diesen scheußlichen Umständen. Alles war verdreckt und besudelt und so traurig, dass es für eine prachtvolle Trauerfeier auf dem Sergels torg gereicht hätte. Ich musste viel Zeit damit zubringen, den Mann zu beruhigen, der noch gar nicht wegwollte. Er ließ seine Seele erst nach einer ganzen Weile los, und in dieser Zeit loderte die Schlägerei wieder auf, und ich konnte nur mit Mühe und Not verhindern, dass noch andere Seelen sich losrissen. Als ich ging, waren die Tränen der Hinterbliebenen zwar echt, aber sie konnten doch keinen Trost schenken. Und ich war so schmutzig, dass ich in eine Bar in der Nähe gehen und auf der Toilette meinen Umhang mit der Hand waschen und ihn unter den Händetrockner halten musste.«

Ich war fasziniert. Versuchte, mir vorzustellen, wie der Tod sich in eine Schlägerei einschaltete und vielleicht einen Schlag auf die Wange einfing. Ob er dann auch die andere hinhielt?

»Das war eine ziemlich schöne Seele«, sagte jetzt der Tod. »Unruhig, aber mit einem seltenen Gelbton, und wir können sie sicher bald wieder verwenden. Das hat ihn dann am Ende überzeugt, den Mann, meine ich. Aber ich war übermüdet. Und ich wusste, dass Malkolm auf der schwarzen Liste stand, und er war doch trotz allem ein sehr guter Freund.«

»Und dann bist du bei mir gelandet. Ich kann gar nicht glauben, dass dir so ein Patzer passiert. Bei dir wirkt alles so geplant.«

Der Tod lachte.

»Geplant? Das finden aber nicht alle. Manche finden mich schlampig, weil ich manchmal Aufträge vergesse und nicht daran denke, dass ich irgendwo eingeladen bin. Aber behalte du deine Illusion, das tut mir nur gut. Das tust du überhaupt, fällt mir gerade ein.«

Er verstummte, und ich war stumm, und die Stummheit war so beredt wie irgendein Trompetenkonzert. Ich konnte nicht fragen, und doch konnte ich, und am Ende machten die Wörter, was sie wollten, sie rutschten einfach aus mir heraus, und die Gedanken mussten hinterher laufen.

»Kommt es vor, dass du mit jemandem schläfst? Ich meine, Sex hast, mit Frauen, nehme ich an, oder vielleicht auch mit Männern … in den vielen Jahren …«

Der Tod bedachte mich mit einem unergründlichen Blick. Dunkler Meeresgrund, grüne Rauchwolken.

»Wie stellt ihr mich denn auf euren Gemälden dar, oder in euren Gedichten? Was bedeckt mein Umhang? Keine Machomuskeln, sondern ein Skelett. Als ob ihr mich entsexualisieren wolltet. Aber es gibt auch andere, die mich anders ansprechen.«

Er deklamierte:

»Senk deine Sense. Verbirg deinen Bogen!
Dein Stundenglas hat nicht gelogen.
Und mit Astrilds güldnem Schein
lass dein Lieb zu Ende sein!
Schone, die du einst verehrt,
ob ihrer Schönheit, ihrer Jugend,
und noch viel mehr ob ihrer Tugend,
die einst das Staunen dich gelehrt.«

»Von wem ist das?«

»Von Bellman. Ein Grabgedicht für eine Frau, das er an mich gerichtet hat. Ein Gedicht an ein erotisches Wesen mit erotischen Gefühlen. Eine Zeugenaussage, so gut wie jede andere. Und doch, Erica. Ich kann nicht nach rechts und links und kreuz und quer erotische Verhältnisse vom Zaun brechen, du weißt doch, dass ich das demokratische Ideal hochhalte. Dass alle gleich behandelt werden müssen. Und ich bin ja auch schon eine Weile dabei. Auch ich werde mit den Jahren satter.«

»Aber es ist vorgekommen?«

»Ja, es ist vorgekommen. Und jetzt genug der Fragen. Stehst du immer so früh auf?«

»Am Wochenende nur selten. Aber dieser Morgen hatte etwas … obwohl ich auch gut geschlafen habe …«

Dann verstummte ich. Plötzlich schämte ich mich meiner offenen Fragen, dieses Einbruchs in einen privaten Bereich, zu dem ich kein Zutrittsrecht hatte, auch wenn ich mir das vorübergehend eingebildet hatte.

Wir standen auf, geleitet vom selben Impuls, das Spinnennetz zu zerreißen, in das wir uns bereits gegenseitig einwickelten. Schweigend machten wir uns an die vom Vorabend noch übrigen Arbeiten. Ich spülte das, was die Maschine nicht annahm, der Tod trocknete ab. Er war sehr gewissenhaft dabei, wie mir auffiel, war nicht so nachlässig, wie Tom es gewesen war.

Unsere Zusammenarbeit funktionierte reibungslos, und weil der Tod in der Küche so begabt war, stand bald das Frühstück da, und auf dem Tisch brannte eine Kerze. Ich holte die Zeitung und schlug zum ersten Mal die Todesanzeigen auf. Ich fand jedoch keinen Gustaf. Dass dort etwas über eine von einer Wespe gestochene Frau stehen könnte, kam mir unglaublich vor, deshalb wollte ich keine Zeit daran verschwenden.

Wir aßen schweigend, während ich weiterblätterte und der Tod Feuilleton und Sport überflog. Ich wanderte zur Wirtschaft weiter und blieb bei einem Artikel hängen, in dem eine Firmenleitung ihre Unzufriedenheit mit dem Personal zum Ausdruck brachte. Plötzlich ging mir auf, dass der Tod sich nie genauer über sein Personal geäußert hatte. Ich hätte gern gewusst, ob er ähnliche Probleme hatte.

»Dein Personal?«

Der Tod schaute auf.

»Ja, was ist damit?«

»Du hast bisher nur Dinge angedeutet. Wie dass Gustafs Sohn Personal sein kann, ohne das zu wissen. Oder dass ihr effektiv arbeitet und auf der ganzen Welt vertreten seid. Du musst mir mehr erklären, wo wir doch … Kollegen sind. Oder besser, wo ich eine Art Handlangerin für dich geworden bin. Lässt du irdische Wesen für dich arbeiten, oder kommen sie aus höheren Sphären? Einige wenigstens?«

Der Tod ließ die Zeitung sinken und goss uns beiden mehr Kaffee ein.

»Du bist nicht gerade wie mein normales Personal, Erica. Du bist eine Ausnahme. Aber das will ich dir eigentlich nicht erklären müssen, das musst du spüren. Bald. Jetzt. Aber ich habe mich schon gefragt, wann du das Thema erwähnen würdest und was ich dann antworten sollte. Oder wie ich antworten sollte.«

Er lachte ein wenig. Raubvogelblank. Sucheraugen. Beute auf hunderte Meter Entfernung.

»Es hat Zeiten gegeben, zu denen ich an jedem Sterbebett sitzen konnte. Aber das ist langher. Jetzt kann ich mir die Bettkanten aussuchen, und da kann man nach allerlei Kriterien vorgehen. Bei den Großen und Wichtigen oder den Reichen sitzen, bei den Guten und Aufopferungsvollen, bei den Jungen oder den Alten, bei den Ängstlichen und Verzagten. Tausend Gedanken, tausend Möglichkeiten. Ich habe alles ausprobiert. Aber seit einiger Zeit habe ich das Kriterium gewählt, das ich wählen musste, anders hätte ich nicht weitermachen können. Ich sitze bei den Einsamen.«

Schweigen. Noch mehr Schweigen. Noch mehr Kaffee. Mit Milch.

»Mir fiel auf, dass die Seelen sich veränderten. Im selben Tempo wie die Einsamkeit, und glaub mir, Erica, die gibt es, nicht nur hier in diesem kleinen kalten Land, sondern überall, wie eine Krankheit, über die niemand forschen mag, eine Forschung ohne staatliche Unterstützung, eine Epidemie, die nie auf die Tagesordnung der Vereinten Nationen gelangen wird. Wenn die einsamen Seelen schließlich den Weg zu uns fanden, waren sie so nervös, dass sie kaum einzufangen waren. Sie sprengten ihre Glasflasche, jagten durch die Splitter, um sich zu schneiden, so absurd sich das auch anhören mag, störten die Ordnung, unsere Pläne oder unsere Planungsversuche, sollte ich vielleicht sagen. Die einsamen Seelen waren nervöser geworden, verzweifelter, weniger fügsam. Hier gab es eine bedrohliche Sprengkraft, und es wurde mir zur Aufgabe gestellt, dagegen etwas zu unternehmen. Ich wusste ja schon lange – Erfahrung, du weißt –, dass die Seelen, die einen sterbenden Körper verlassen dürfen, während jemand am Totenbett sitzt, ruhiger sind, und ich wusste deshalb, dass die einzige Möglichkeit darin bestand, so wenig Menschen wie möglich allein sterben zu lassen.

Heute ist jeder Mensch, der an einem Sterbebett sitzt, ungebeten und unbewusst bei mir angestellt. Du kannst Menschen fragen, die dabei gewesen sind, wenn jemand gestorben ist, und bestimmt werden sie antworten, dass sie etwas Größeres erlebt haben als einfach die Anwesenheit bei einem Lebenswechsel. Frag sie, dann werden sie erzählen, dass sie sich noch einige Zeit nach diesem Todesfall der verstorbenen Person ungeheuer bewusst waren, dass sie Nähe spürten, Atemzüge, vielleicht sogar Gerüche und Gedanken. Was ja kein so großes Wunder ist, wenn wir bedenken, dass die Seele, die den Körper verlassen hatte, sich eine zufällige Wohnstatt suchen durfte, bei … ihnen.«

Seine Worte waren eine Kette, Glied an Glied, ein Hängeschloss am Ende.

»Für kurze Zeit hat jemand, der an einem Totenbett gesessen hat, zwei Seelen in sich. Die eigene und eine andere, die einen Raum für die Nacht oder vielleicht für einige Stunden braucht. Das ist kein unangenehmes Gefühl, es ist nur verwirrend, vielleicht beängstigend, wenn man sich dagegen wehrt, aber oft tröstlich, wenn man es annehmen kann. Irgendwo in uns sind wir immer zusammen. Die meisten Formulierungen, die überleben, sind in der Wirklichkeit verankert. Und die Seele bleibt nur, bis die Höchsten Boten schicken können, die sie abholt. Hast du nicht gehört, wie es heult, wenn die himmlischen Heerscharen herabgejagt kommen, um in schwarzen Müllsäcken Seelen zu sammeln? Eigentlich müssten wir alle existierenden Umweltpreise bekommen, wir sind schließlich Meister des Recyclings.«

Ich konnte nicht entscheiden, ob er scherzte oder nicht. Ich konnte nur zuhören, vielleicht auf Aufnahme drücken, zurücklaufen lassen und wieder zuhören. So oft zuhören, bis ich die Zwischentöne erfasste. Der Tod redete weiter.

»Wer an einem Totenbett gesessen hat, erkennt mich oft wieder, wenn wir uns begegnen. Jedenfalls wagen diese Personen zuzugeben, dass es mich gibt. Und das bringt sie meinen seelensammelnden Engeln ein wenig näher. Aber die wirklich Einsamen, die trotz aller Versuche niemanden in der Nähe haben, um die versuche ich mich zu kümmern. Mit meinen Flaschen bereitzustehen, die Unruhigen einzusammeln, sie zu beruhigen, ihre Angst zu mildern, die sich sonst wie Lautwellen ausbreitet und andere trifft, Töne, die verstärkt und am Ende zur Revolution werden. Überall werden Unruhestifter gefürchtet, die als politisch oder religiös engagiert gelten, aber niemand fürchtet die Revolution der Einsamen, obwohl immer mehr Rebellionen in Einsamkeit und fehlender Zugehörigkeit gründen. Unglaublich, dass die Menschheit in der ganzen Zeit immer noch nicht gelernt hat, wovor sie sich wirklich fürchten muss.«

»Ich habe nie an einem Sterbebett gesessen, ich habe das, wovon du da redest, leider nicht erlebt. Aber es klingt wie Poesie. Abgesehen von der Sache mit den Müllsäcken natürlich. Ich hoffe nur aus ganzem Herzen …«

Ich konnte nicht weiterreden. Ich verlor mich in Erinnerungen, dachte an die vielen lebensfrohen Narren, die wir unter befreitem Lachen, aber dennoch mit der Wehmut des Endgültigen begraben hatten. Ich würde so schnell wie möglich zu Hause anrufen und meine Eltern fragen müssen, ob sie wüssten, ob irgendwelche von unseren Verwandten allein gestorben waren. Musste versuchen in Erfahrung zu bringen, wie oft das vorkam. Wie verbreitet diese neue Form von Aussatz war.

»Aber wie definierst du Einsamkeit? Ein Mensch, der im Augenblick des Todes allein ist? Oder eine Person, die in ihrer Seele einsam ist?« Ich wusste eigentlich nicht, was ich mit der letzten Frage meinte, ich hatte nur ein vages Gefühl, dass es einen Unterschied geben musste, ob man allein oder ob man einsam war, und dass ich mich nie so … ja, einsam gefühlt hatte wie dann, wenn ich einen scheinbar endlosen Abend mit Menschen verbringen musste, mit denen ich keine Gemeinsamkeit zu haben glaubte.

»Gute Frage. Eine Person, die ganz allein stirbt, weil keine Verwandten davon wissen oder kommen können oder es für wichtig halten, in der Nähe zu sein, und bei der auch keine Fürsorgepersonen dabei sein können, ist natürlich einsam. Wie Gustaf. Sissela war nicht einsam, wenn man unter Einsamkeit das Fehlen von Menschen versteht, denn sie starb auf einer stark befahrenen Straße und hatte sogar ihre Schwester in der Nähe. Aber sie war einsam, weil sie anders war und weil sie sich eigentlich nie mit denen in ihrer Nähe verwandt fühlte. Sie hatte das Gefühl, nirgendwohin zu gehören.«

Wie ich, konnte ich ganz schnell denken. Auch ich habe das Gefühl, nirgendwohin zu gehören.

»Aber dann gibt es Menschen, die umgeben von völlig konträren Willen sterben, wo kein guter Wille in der Nähe ist. Menschen, die ermordet werden. Hingerichtet. Oder die ihr Leben in einem fremden Land lassen müssen.«

Das Wort Hinrichtung ließ Bilder an meinem inneren Auge vorbeiflimmern, Bilder von Todeszellen, von primitiven Galgen in Wildwestfilmen und von Massenerschießungen. Der Zoom richtete sich auf eine schreckliche Reportage in irgendeiner europäischen Zeitschrift, wo wir Seite für Seite die Steinigung einer jungen Frau verfolgen mussten, deren Verbrechen darin bestanden hatte, Besuch von einem Nachbarn zu bekommen. Die Zeitschrift hatte die Hinrichtung, bei der die Frau bis zum Oberkörper eingegraben worden war, buchstäblich Stein für Stein verfolgt und mit den lakonischen Worten: »… am Ende fiel der Kopf herunter wie eine überreife Orange«, kommentiert. Diese Zeilen konnten mich nachts noch immer um den Schlaf bringen.

»Frauen, die gesteinigt werden. Sind die einsam genug, damit du die Zeit findest, zu ihnen zu kommen?«

Der Tod sah gequält aus. Er stellte seine Tasse hin.

»Ich versuche, so oft ich kann, früher zu kommen. Ehe sie sterben müssen. Du kannst das nicht gesehen haben, aber vielleicht hast du es geahnt, ich meine, dass Menschen, die hingerichtet werden, schon tot sind, ehe sie getötet werden. Ihre Augen sind leer, ihr Körper schlaff, ihr freier Wille ist verschwunden. Die Seele ist dann schon unterwegs in ihre Flasche, und ich kann über die Henker lachen, die glauben hinzurichten, während ihre Tätigkeit eher Kindern ähnelt, die ihre Puppen umbringen. In diesen Fällen fällt es mir schwer, Demokrat zu bleiben, und an dem Tag, an dem die Henker selbst an die Reihe kommen, nicht rachsüchtig zu werden.«

Abermals dachte ich an das Paradoxon, dass die Höchsten solche Grausamkeiten zulassen konnten.

»Aber warum unternehmt ihr nichts gegen die Einsamkeit? Statt nur die Reste einzusammeln? Du musst schon entschuldigen, aber ich habe einfach das Gefühl, dass ihr da oben abgedankt habt und euch eher wie eine Art Berater aufführt. Ein Krisenteam, das ausrückt und versucht zu retten, was zu retten ist, wenn die Einsatzleiter hier unten schon alles verpfuscht haben. Ein Krisenteam, das nur aufräumt und niemals vorbeugt. Und außerdem seid ihr ziemlich teuer. Wenn man das, was ihr tut oder eher nicht tut, in menschliches Leid umrechnet.«

»Warum sollen immer wir etwas unternehmen?« Zu dem gequälten Gesichtsausdruck des Todes hatte sich jetzt eine gewisse Aggression gesellt. Er schaute mir so tief in die Augen, dass ich mir vorkam wie ein aufgespießter Schmetterling. Gekreuzigt.

»Wir haben euch den freien Willen gegeben, und wir geben ihn euch weiterhin, egal, was du sagst. Wir senden kluge und barmherzige Seelen zu euch hinunter, die in neue Körper geglitten sind und von einer anderen Weltordnung sprechen und die euch Missstände oder Übergriffe vor Augen halten. Mutige

Seelen, die es wagen, aufzustehen und zu protestieren, und die nur ein wenig Unterstützung brauchen würden, um Erfolg zu haben. Menschen, die die Ungerechtigkeiten zur Sprache bringen, die es auch in der reichen Welt mit all ihrem Glanz gibt. Aber was macht ihr? Versucht, Wesen zu klonen, die zwar perfekt sind, aber keine Seelen haben. Ist es da ein Wunder, dass ich meine Arbeitslust verliere und mich von meinem Platz in der Weltordnung verstoßen fühle? Du kannst nicht behaupten, dass ihr eine besondere Hilfe wärt.«

Nein, das konnte ich wohl nicht. Eine allumfassende Obrigkeit, die alles richtete, eine Diktatur des Glücks, über die ich erst kürzlich fantasiert hatte, war natürlich nicht die Lösung. Dann würde diese Erde wohl keinen großen Sinn mehr haben. Dann könnten die Höchsten sich auch ein schönes Puppenhaus hinstellen und es nach den letzten Trends möblieren und mit Menschen bevölkern, die sie nach Lust und Laune verändern könnten. Eine Erde mit einer schönen Natur, bevölkert von Marionetten, die sich allesamt liebhatten. Vielleicht später einmal auf dem Mars, wo es ja angeblich Wasser gab.

Aber noch gab es Menschen mit eigenem Willen, Menschen, die Einfluss ausüben wollten. Es gab ja mich. Die tüchtige, prächtige Erica mit dem Wunsch, sich in jeder Lage korrekt zu verhalten. Die sorgfältige Erica, die nichts dem Zufall überließ. Der Tod schien schon wieder ahnen zu können, was in mir vorging, denn plötzlich war sein Zorn verflogen.

»Samstag ist doch ein wunderbarer Tag, oder was sagst du? Dann soll alles passieren: Sex am Morgen, ein leckeres Frühstück, fröhliche Kinder, lustige Einkaufsbummel, großartige Naturerlebnisse, Erfüllung von Träumen. Du und ich brauchen ja nicht die ganze Liste durchzugehen, aber ich dachte, wir könnten etwas unternehmen, was so aufbauend ist wie ein Museumsbesuch, aber eben vielleicht lustiger. Ich dachte, wir könnten wieder zusammen arbeiten. Gestern war ja für dich kein reines Vergnügen. Pech mit der Seele und so. Was sagst du dazu, wenn ich dich begleite, wie einer von den Beratern, von denen du gesprochen hast, und wenn ich dir die Sache überlasse, aber im Hintergrund stehe und bei Bedarf souffliere? Du kannst dir wieder den Menschen aussuchen, aber wir sollten vielleicht vorher alles besprechen, um vorbereitet zu sein. Ich habe ja, wie gesagt, die Möglichkeit, ab und zu ein wenig selber zu bestimmen, und wenn die Quote ausgeschöpft ist, können wir schon ein wenig der nächsten Woche vorgreifen. Oder es bei der Quote für ungeplante Fälle verbuchen.«

»Eigene Entscheidungen kann ich verstehen. Die Höchsten lassen dich selbst bestimmen, offenbar mehrmals pro Woche. Aber ungeplante Fälle?«

»Wir können nicht alles voraussehen. Der Mensch denkt, Gott lenkt, heißt es. Wir behaupten das Gegenteil, wenn wir in der Stimmung für ein wenig Galgenhumor sind. Natürlich lenken wir das meiste, aber überall gibt es lose Fäden, Möglichkeiten zu Verzweigungen, Krisen, die niemand vorhersehen konnte. Ab und zu muss ich meine Pläne ganz und gar über den Haufen werfen, und Tote, die auf mich warten, erhalten noch eine Gnadenfrist, während ich mich um einen neuen Brandherd kümmern muss. Niemand kann verlangen, dass wir alle Naturkatastrophen oder auflodernde Aggression vorhersehen, die von herumirrenden Seelen ausgelöst werden. Ihr seid heute schwer zu lenken, und das wird mit jedem Jahrzehnt schwieriger. Manche finden das vielleicht gut so. Jedenfalls die, die nie etwas mit uns zu tun haben wollten. Ich glaube, dass die Höchsten allesamt nichts dagegen haben, ein wenig von ihrem Entscheidungsrecht abzugeben, solange dabei etwas Gutes herauskommt.«

»Und wenn ich jetzt jemanden aussuche, kannst du diese Person als ungeplanten Fall verbuchen?«

»So ungefähr. Denkst du an jemanden Besonderes?«

Was ich natürlich tat. Ich dachte an einen der unangenehmsten Männer, die mir seit langer Zeit über den Weg gelaufen waren. Einen Kerl, der mich mit Blicken ausgezogen hatte, mit dem primitiven Recht des Männchens, sich ein williges Weibchen auszugucken. Einen Mann, der es offenbar wunderbar fand, über Leichen zu gehen und seine Mitmenschen zu quälen. Einen Chef, der gern rationalisierte, schwadronierte, spottete und das ausübte, was er als sein selbstverständliches Herrenrecht betrachtete. Wenn man Martins Worten trauen konnte, und ich wusste, dass ich das in diesem Fall konnte. Martin übertrieb nicht. Jetzt hatte ich noch dazu die Chance, ihm zu helfen. Etwas gutzumachen.

»Ich denke an einen gewissen Einar Salén. Einar Saléeeeeeen.«

Der Tod erhob sich und ging ins Wohnzimmer. Ich widerstand der Versuchung, mich hinterherzuschleichen, um zu sehen, wo sein Laptop stand, sondern wartete brav an meinem Platz. Aber ich hatte richtig gedacht, der Tod holte den Laptop und brauchte nur wenige Minuten, um sich zu den gewünschten Auskünften durchzuklicken.

»Einar Salén, hast du gesagt. Wie alt?«

Ich antwortete, er müsse so um die fünfzig sein, und beschrieb ihn so detailliert ich konnte. Mir kam der Gedanke, im Laptop könne es von Leuten namens Einar Salén geradezu wimmeln und dass es schwer sein könnte, den richtigen zu finden. Aber dass ich wusste, dass er bei Envia arbeitete, führte offenbar auf die richtige Spur. Der Tod ließ sich im Sessel zurücksinken und sah mich an.

»Einar Salén. Zweiundfünfzig. Verheiratet, keine Kinder, arbeitet bei Envia, wie du gesagt hast. Das passt ziemlich gut. Oder sogar sehr gut. Der hatte sowieso nicht mehr sehr viele Jahre zu leben. Seine Frau sollte … aber das können wir ändern … das können wir sogar jetzt gleich ändern …«

Er tippte auf die Tasten, ein Klacken, von dem ich annahm, dass es Einar Saléns und auch das Leben seiner Frau überaus einschneidend verändern würde. Der Kerl hatte also eine Ehefrau. Arme Frau, konnte ich noch schnell denken, ehe mein innerer Verteidiger aufsprang, diesmal nicht, um eine meiner Handlungen zu verteidigen, sondern um sich für jemanden einzusetzen, über den ich Schlechtes gedacht hatte. Du hast keine Ahnung, wie dieser Mensch privat ist, und von seiner Frau weißt du auch nichts. Sicher, antwortete ich, auch einige der verabscheuenswertesten Individuen der Weltgeschichte waren rührende Familienmenschen. Aber gib zu, dass Schuppen eklig sind. Du kannst Leute nicht verurteilen, nur weil sie Schuppen haben, fauchte der Verteidiger und glitt dann wieder zurück in die Dunkelheit. Natürlich kann ich das, dachte ich sofort. Der Tod klappte den Deckel herunter und stand auf.

»Dann können wir auch gleich anfangen. Ladies first, wie man sagt. Heute bist du die Chefin, Erica. Und das können noch nicht viele von sich behaupten. Auf Ehre und Gewissen.«

KAPITEL 10

Wir standen vor Einar Saléns Villa und warteten erst einmal, vielleicht aufeinander, vielleicht auf einen guten Rat von umherfliegenden Vögeln oder herbstmüden Fliegen. Der Tod hatte vorgeschlagen, ein Taxi zu nehmen, und ich hatte nicht widersprochen. Es war ziemlich windig, ein Hauch von »Götterdämmerung« lag in der Luft, wie Martin gesagt hätte, es war nicht gerade die Sorte von Tag, die verlockt, U-Bahn oder Bus zu nehmen, um der Diaspora Stockholms zu entfliehen. Aber was heißt schon Diaspora, Nockeby lag doch wohl noch im Bereich des Anständigen. Trotzdem hatte ich das Angebot, ein Taxi zu nehmen, dankbar angenommen, nicht zuletzt, weil ich neugierig darauf war, wie der Fahrer auf uns reagieren würde.

Er reagierte aber überhaupt nicht. Der Tod trug Jeans und einen grobgestrickten grauen Pullover, während ich dazu passende Herbstkleidung angelegt hatte, die ja ohnehin vom Umhang versteckt wurde. Der Taxifahrer hatte kaum den Kopf bewegt, als wir eingestiegen waren. Er nannte meinen Namen, und als ich den bestätigt hatte, brauste er so energisch los, dass wir gegen die Ledersitze gepresst wurden.

Ich hätte wissen müssen, dass ein Stockholmer Taxifahrer mehr als den Tod sehen müsste, um sich mehr aufzuregen als sonst. Die Sense hatte ich bei mir, aber praktischerweise steckte sie in der Tasche des Umhangs, die schwer auf meinem

Oberschenkel lag. Der Tod hatte sie routiniert zusammengelegt, und jetzt sah sie wirklich aus wie die klobigere Variante eines Klappmessers, bei dem nur ein Teil der Klinge ausgefahren ist.

Und jetzt standen wir vor Einar Saléns Haus und konzentrierten uns. Die Villa war von der Sorte, wie ich sie niemals in Nockeby erwartet hätte, wo die Häuser sich normalerweise in ziemlich einheitlicher Form Rücken an Rücken reiben. Martin hatte erzählt, dass Einar Salén immer wieder betonte, dass er nicht nur im Orsaväg wohnte, sondern auch am richtigen Ende und auf der richtigen Seite des Orsavägs. Dass er Bescheidenheit nicht für einen erstrebenswerten Charakterzug hielt, wurde beim Anblick seines Hauses noch deutlicher. Geradezu eine Parodie auf einen griechischen Palast mit Säulen vor dem Eingang und weißen, im ganzen Garten verteilten Skulpturen. Ich überquerte die Rasenfläche und lief hin und her, bis ich plötzlich entdeckte, dass auf die weißen Steinbrüste einer abgebildeten Frau mit unanständig roter Farbe Brustwarzen aufgemalt worden waren, eine peinliche Nachahmung von Sinnlichkeit. Der Tod war mir gefolgt und musterte die Brüste jetzt mit belustigter Miene.

»Das hier kann witziger werden, als wir gedacht haben«, sagte er fröhlich und schob mir die Hand unter den Arm. »Ich liebe Menschen, die ihre Gelüste im Garten ausleben, sie sind entweder die gehemmtesten oder die ausschweifendsten Exemplare des menschlichen Geschlechts, die es überhaupt gibt. Ja, ich meine natürlich sexuell.«

»Es kann ja auch seine Frau gewesen sein«, widersprach ich angesichts eines Jägers, der ein wenig weiter stand und dessen edelste Teile knallblau angemalt worden waren. Der Anblick erinnerte an Bror Horts Skulptur »Der Wassermann« vor dem Hauptbahnhof von Uppsala, die in regelmäßigen Abständen verändert wurde, ein ermunterndes und vielleicht inspirierendes Erlebnis für müde Pendler, die sehen durften, wie der

Wassermann mit immer anders gefärbtem Geschlechtsorgan Polka tanzte.

Der Garten war gepflegt und vernachlässigt zugleich. Der Rasen war sorgfältig gemäht und beschnitten, während Sträucher und Beete sich hatten ausbreiten dürfen wie Nester in einer ansonsten gepflegten Frisur. Fahrräder und Gartengeräte standen tadellos aufgeräumt in einem alten Schuppen, doch gleich daneben lag ein Haufen hingeworfener Bretter, der jeden Moment umkippen konnte. Das Ganze machte einen ungeheuer schizophrenen Eindruck, es gab mir das Gefühl, dass jemand nur das in Ordnung hielt, was unbedingt nötig war oder als wichtig galt. Falls nicht Einar Salén für die Ordnung und seine Frau für das Chaos zuständig war, oder umgekehrt.

Wir näherten uns der Haustür. Ich hätte gern gewusst, ob der Tod diesen Einsatz vorbereitet hatte oder ob ich mir etwas hätte überlegen müssen, wo ich in diesem Fall doch die Obrigkeit vertrat.

»Musst du einen Plan haben oder ich?«

Der Tod schüttelte den Kopf.

»Das hier ist ungeplant, und das bedeutet Überraschungen. Seien wir einfach darauf vorbereitet, sonst habe ich kaum Zeit für Vorbereitungen genutzt. Hab ich denn nicht gestern erst die Vorteile der Improvisation gepriesen?«

Wir hatten die Haustür erreicht, und der Tod drückte auf die Klingel. Ich ballte in der Tasche die Faust und spürte das Gewicht der Sense, klappte sie aber nicht auseinander, weil der Tod das nicht befohlen hatte. Nichts passierte. Der Tod klingelte noch einmal, und wieder bekam er nur Schweigen zur Antwort. Wir wechselten einen Blick, und ich konnte noch denken, dass es mehr als ironisch wäre, wenn wir auf ein leeres Haus gestoßen wären. Ich wollte den Tod gerade fragen, ob es vorkam, dass er unverrichteter Dinge wieder gehen musste, als die Tür aufgerissen wurde.

In der Türöffnung stand Einar Salén. Stand war übrigens

nicht richtig, er schien eher wie eine ramponierte Marionette einen halben Zentimeter über dem Boden zu schweben. Seine mausgrauen Haare sahen so dünn und geleckt aus wie immer, aber die Schuppen hatten jetzt etwas Phosphoreszierendes. Sie schienen wie eine absurde Karikatur von einem Heiligenschein seinen Kopf zu umschweben. Hemd und Hosen schlotterten um seinen Körper, und sein Mund stand leicht offen und zeigte die Zunge mit dem weißen Belag. Er glotzte uns dumpf an und ließ seinen Blick dann zur Ursache seines derangierten Aufzugs wandern, einer Ursache, die neben ihm stand und eine überaus ruhige Hand hatte.

Eine griechische Göttin hätte nicht griechischer aussehen, sondern höchstens etwas schärfere Konturen aufweisen können. Diese Frau hier war dunkel und üppig, ein frecher Schnurrbart zierte ihre Oberlippe, und sie hatte dunkle Haarbüschel unter den Armen, die nackt waren, da sie nur ein knapp bemessenes Hemd trug. Ihre Haare waren rabenschwarz und fielen, gebändigt von einem Diadem, bis auf ihre Schultern, und die Shorts entblößten zwei nicht ganz junge, aber kraftvolle Beine. Das Herbstwetter schien sie nicht weiter zu beeindrucken, sie schien in ihrer sommerlichen Kleidung eher zu schwitzen. Kleine Schweißperlen liefen langsam in die Kluft zwischen ihren Brüsten, und ihre Grimasse mochte daher rühren, dass sie noch immer Einar Saléns Hemd mit der einen Hand hielt und mit der anderen die Pistole gegen seine Schläfe drückte.

Für einen jämmerlichen Augenblick standen wir alle vier da wie erstarrt. Der Tod fasste sich als Erster.

»Ich bin gekommen, um Einar Salén zu holen. Oder, genauer gesagt, meine Assistentin wird um die Erlaubnis dazu bitten. Und ich sehe, dass er ziemlich schnell geliefert werden wird.«

Einar Salén schien überhaupt nichts begriffen zu haben. Er starrte zu Boden, und er machte eine kleine unkontrollierte

Fußbewegung, was zur Folge hatte, dass seine, wie ich vermutete, Gattin ihm die Pistole so hart unter die Nase drückte, dass Blut hervorsickerte.

Ich hatte keine Ahnung, wie ich mich verhalten sollte. Dass der Tod neben mir stand, kam mir vor wie ein ungeheuer wertvoller Schatz, zu wissen, dass trotz allem er die eigentliche Verantwortung trug, auch wenn ich hier tätig werden sollte. Dass wir in Gefahr schweben könnten, fiel mir überhaupt nicht ein, dagegen empfand ich eine spontane Sympathie für Einar Saléns Frau. Ich an ihrer Stelle hätte ihn vermutlich schon vor langer Zeit umgebracht.

Aber jetzt machte die griechische Göttin den Mund auf.

»Du hast dir ja verdammt viel Zeit gelassen, ich ziele schon seit heute Morgen auf diesen Wurm und hätte alles schon längst überstanden haben können. Aber beim bloßen Gedanken, seine kleine schmutzige Seele in mir zu haben, kriege ich eine Gänsehaut. Schlimmer als, ja, du weißt schon, und den Rest kannst du dir ja denken.« Das Letzte war an mich gerichtet, und ich konnte nur nicken. Ich hatte verstanden.

Plötzlich öffnete Einar Salén den Mund. Das kam so unerwartet, dass wir alle drei zusammenzuckten.

»Aber ihr müsst doch frieren. Ja, meine Frau natürlich nicht, sie hat ein Frostschutzmittel im Blut und weiß nicht, was frieren bedeutet. Carina, meine süße kleine Zimtschnecke, willst du die Gäste nicht ins Haus bitten, damit wir uns gemütlich hinsetzen können? Ob du mich hier oder im Wohnzimmer erschießt, kann doch egal sein, putzen musst du danach doch auf jeden Fall.«

Seine Stimme war butterweich, klebrig und gebräunt und nicht im Geringsten von Panik oder Überraschung geprägt. Carina schien seinen Vorschlag auch anzunehmen, denn sie ließ die Pistole zu Einar Saléns Rücken weiterwandern, was ihn dazu brachte, sich umzudrehen. In geschlossener Formation gingen wir durch die Diele und durch zwei Schiebetüren in, wie ich vermutete, das Wohnzimmer. Hinter uns lagen Einar Saléns Schuppen wie Reis hinter einem Brautpaar.

Zwei Samtsofas mit derselben Farbe wie die Brustwarzen im Garten öffneten ihre Arme für uns, aber niemand setzte sich. Carina bohrte die Pistole unter das rechte Schulterblatt ihres Gatten und wandte sich dann an den Tod und mich.

»Wie ihr seht, habe ich genug. Und das müssen doch alle verstehen können. In all den Jahren, und die Götter mögen wissen, dass es viele waren, habe ich ihm gesagt, er soll sich die Haare mit Schuppenshampoo waschen. Und ich habe das eine nach dem anderen hergeschleppt. Billige und teure Sorten. In Tuben und in Flaschen. Aus Haarsalons und von Ärzten. Und? Was hat er gemacht? Er hat sich einfach geweigert, sie zu benutzen. Hat gesagt, dass mit seinen Haaren alles in Ordnung ist, hat gesagt, ich sei beschränkt und intolerant. Beschränkt. Beschränkt! Während seine Schuppen keine Schranken kennen. Wo ich nichts anderes tue als Schuppen aufwischen, Schuppen aufsaugen, Schuppen wegwaschen, an Schuppen denken … Schuppen auf Teppichen und Kissen und im Bett, sogar im Essen!« Ihre Stimme verdickte sich in diesem magischen Moment wie eine Eiersoße.

»Aber kleine Zimtschnecke, jetzt lässt du schon wieder deinen vielen Vorurteilen ihren Lauf. Schuppen sind natürlich, genau wie Pisse und Sex und Blut und Haare und alles, was wir Menschen produzieren. Ich rege mich ja auch nicht auf, wenn du deine blutigen Binden im Badezimmer herumliegen lässt. Wenn du nur lernen könntest, deine animalische Seite anzunehmen!«

Damit hatte Einar Salén seine letzten Worte im Leben geäußert. Der Tod zeigte auf mich, ich umklammerte in der Tasche die Sense und nahm die Kälte des Metalls wahr, ich öffnete den Umhang, zog die Glasflasche heraus und atmete ein, etwas, das möglicherweise dafür sorgte, dass Einars kleine Zimtschnecke sofort die animalischen Seiten akzeptierte. Ein Knall, der Trommelfelle zum Bersten bringen konnte, schallte durchs Zimmer und ließ ihn rückwärts auf das Sofa fallen. Ich konnte gerade noch zur Seite springen, aber trotzdem wurde der Umhang von oben bis unten mit Blut bespritzt. Der Tod stand ein Stück weiter und schien unbesudelt und unberührt zu sein. Ich starrte voller Ekel die Stelle an, an der Einar Saléns Gesicht gewesen war und wo jetzt auf dem Sofakissen neben seinem bewegungslosen Körper eine schleimige Masse lag.

Ich erbrach mich in spastischen Zuckungen über den Teppich, während meine analytische Seite darüber staunte, dass so eine kleine Pistole eine solch unerhörte Kraft produzieren konnte. Carina Salén dagegen wirkte vollständig ruhig. Sie trat vor, sah sich die Masse auf dem Sofakissen an und schüttelte dann den Kopf.

»Da hat er offenbar doch eine Art Gehirn gehabt. Seltsam. Ich dachte, sein Kopf würde ungefähr so zerspringen wie eine Nuss. Sich in zwei Hälften teilen und einfach nur Leere zeigen, weil die Nuss schon längst verschimmelt ist.«

Das Sofa schien alles Blut aufzusaugen und mit seiner eigenen roten Farbe zu assimilieren. Ein großes Foto, das an der Wand hing und Einar und Carina Salén auf einem Sandstrand zeigte, war dagegen dermaßen mit Blut überrieselt worden, dass es aussah wie moderne Kunst, zum Thema falsche Sicherheit oder nichts währet ewig. Blut tropfte auf den Teppich, und ich konnte aufstehen und der Sintflut ausweichen, während ich die Flasche in meiner Hand ansah, die sich schon mit einer Farbe füllte, die eigentlich durchsichtig, aber voller weißer Flecken war. Diesmal ging es schnell, Einar Saléns Seele war unerhört motiviert dazu, sich rasch in ihr Glasgefäß zu begeben. Carina sah angeekelt zu, bis die Flasche aussah wie eine geschüttelte Schneekugel.

»Auch auf der Seele Schuppen, das ist doch einfach unmöglich. Ich hab es gewusst. Und ich warne dich, wenn du das da wieder loslässt, dann weiß ich nicht, was ich tue. Dieser perverse Teufel soll für alle Ewigkeit eingesperrt sein und niemanden mehr mit seiner bloßen Existenz quälen.« Das Letzte war an den Tod gerichtet, während ich die Flasche verkorkte und in die Tasche steckte.

»Carina, meine Liebe, das habe nicht ich zu entscheiden. Vielleicht wird irgendwann irgendwo eine schuppige Seele gebraucht, das können wir nicht wissen. Was passiert, passiert, auch wenn du dem Schicksal jetzt eben auf deine ganz besondere Weise auf die Sprünge geholfen hast.« Der Tod schien sich zu amüsieren, er schien sich geradezu köstlich zu amüsieren. Meine Übelkeit ließ nach, solange ich nicht das Sofa ansah. Carina Salén schien ihre schönen bronzefarbenen Zehennägel zu betrachten, dann sah sie mich an.

»Weißt du, wie lange ich mit Einar verheiratet war? Siebzehn Jahre lang. Es ist siebzehn Jahre her, dass wir geheiratet haben, vorzellulitische Zeit. Siebzehn Jahre habe ich es ertragen. Nicht nur die Schuppen, sondern auch seine widerlichen Witze und sein gemeines Verhalten. Ich wollte ihn schon lange erschießen, ich wollte wirklich sehen, wie es in seinem Kopf aussah. Und die Schießstunden haben sich offenbar gelohnt. Und dass ich in Erfahrung gebracht habe, wie man die Munition ein bisschen frisiert. Aber das heute, das war spontan. Es ist mich beim Frühstück heute Morgen überkommen. Wir aßen weichgekochte Eier, wie immer, und ich schaute auf und sah, wie Einar das halbe Ei auf seinen Löffel packte und die ganze Pracht an seinen Mund hob. Ich hörte, ich schwör's, ich hörte, wie das arme Ei vor Angst schrie, wie es auf dem Löffel zitterte und versuchte, sich vor diesem grauenhaften Schlund mit den gelben Zähnen zu retten, und wie es, unbarmherzig in den Rachen gestopft und mit den Händen nach mir ausgestreckt, davonglitt. Und da habe ich meinen Entschluss gefasst. Und als ich daran gedacht habe, was er gestern getan hat.«

An diesem Morgen hatte sie sich also entschieden, vermutlich, als der Tod die Pläne im Computer geändert hatte. Und sie war neugierig darauf gewesen, wie es in seinem Kopf aussah, so wie Tom gern den Inhalt von meinem inspiziert hätte. Ich hatte vielleicht Glück gehabt. Carina sah die Pistole an, die sie noch immer in der Hand hielt, und legte sie dann auf den Couchtisch. Dann setzte sie sich aufs Sofa, das nicht vom gewesenen Einar Salén besudelt war, und ließ sich in die Kissen zurücksinken. Ich blieb stehen.

»Gestern Abend«, sagte sie und musterte ihre bronzefarbenen Fingernägel, »da hatte ich meine Freundinnen zu Besuch. Drei alte Freundinnen. Freitagabend, wir wollten es uns ein bisschen gemütlich machen. Hier bei uns, und Einar sollte kochen. Wir machen das so der Reihe nach, und die Ehemänner oder Freunde oder was auch immer haben nichts dagegen, in der Küche zu stehen. Lohnt sich ja auch für sie, wenn man das mal so sagen kann. Und Einar kann wirklich kochen, wenn er will. Oder er konnte das, sollte ich wohl sagen. In positiven Augenblicken habe ich oft gedacht, dass er immerhin manchmal an gutes Essen dachte, an selbstgemachte Frikadellen zum Beispiel. Aber jetzt wollte er uns keine Frikadellen servieren, sondern etwas ganz Besonderes. Eine Überraschung. Delikatessen, meine Damen. Delikatessen. – Und da sitzen wir also und warten. Einar hat uns den Esstisch vor der Küche gedeckt, und dann löscht er die Lichter und sagt, wartet nur, und wir trinken Wein und denken, so soll ein Freitagabend sein. Und dann hören wir einen Schrei. Sexy cooking, sexy cooking!, brüllt da jemand, und dann kommt Einar hereingetanzt, nur mit einer Schürze bekleidet, und ich sitze in der Ecke und sehe, dass er sich den Zipfel orange angemalt hat. Und er hat eine große Schüssel in der Hand, und in der Schüssel liegt ein Kalbskopf und glotzt uns an. Von innen her erleuchtet, da hat der Arsch eine Taschenlampe hingelegt. Und aus Mund und Maul und Ohren hängen vier Kalbszungen. Er wollte uns also Kalbszunge servieren. Was ja eine Delikatesse ist, ich esse sie auch gern. Aber keine ganze. Eine Scheibe vielleicht. Serviert auf vernünftige Weise.«

Carinas Stimme klang jetzt schrill. Ich konnte sie abermals verstehen, auch wenn ich wusste, dass Kalbszunge gut schmeckt, das hatte ich von meiner Großmutter gelernt.

»Die Mädels verabschiedeten sich fast sofort, und Einar war sauer. Weil er sich solche Mühe gegeben hatte und weil wir undankbar und prüde waren. Er schmiss den Kalbskopf auf den Boden und brüllte herum, das sei verdammt noch mal sein letzter Versuch, uns ein bisschen in Schwung zu bringen. Wir seien so verdammt konventionell, dass es eine Sünde und Schande sei, dass eine Künstlerseele wie er sich mit uns herumärgern und sogar für uns arbeiten müsste. Vulgus!, schrie er mich an. Vulgus! Danach riss er sich die Schürze vom Leib und stürzte hinunter in den Keller, wo er sein Scheißatelier hat, und er kam erst wieder rauf, als ich ins Bett gegangen war. Naja, Atelier ist vielleicht übertrieben, das gibt einen ganz falschen Eindruck davon, was er da unten treibt. Kommt einfach mit und seht es euch an!«

Damit griff sie wieder zur Pistole und ging in die Diele. Ich wagte nicht, ihren Befehl zu verweigern, sah aber den Tod flehend an. Der zwinkerte mir zu und bildete die Nachhut. Carina war schon auf dem Weg über die Wendeltreppe in die unteren Bereiche der Villa, und ich folgte vorsichtig, um nicht über den Umhang zu stolpern. Eigentlich hatte ich keine Angst, dass Carina mir den Schädel wegpusten könnte, aber die Gefahr, mir beim Stolpern das Genick zu brechen, war doch sehr groß.

Wir erreichten ein feuchtes Untergeschoss mit mehreren waschküchenähnlichen Räumen. Typischer Brommakeller mit typischer Brommafeuchtigkeit, hätte Martin gesagt, der sich für Architektur interessierte und sich in den Stockholmer Vororten auskannte. Es war um einige Grad kälter geworden, ich fröstelte unter dem Umhang und begriff nicht, mit welchem inneren Kamin Carina sich warm hielt. Vermutlich lag es an ihrem noch immer schwelenden Hass, es würde sicher eine Weile dauern, bis der erlosch. Vielleicht war schwelender Hass etwas, das viele Menschen wärmte. Vielleicht fror ich deshalb tagsüber immer so und wachte dann nachts in Schweiß gebadet auf, sicher wagte ich nur im Schlaf, meinen Aggressionen freien Lauf zu lassen.

Carina ging in einen der Kellerräume, machte Licht und winkte uns mit einer einladenden Pistolenbewegung hinein. Wir traten beide mitten ins Zimmer und schauten uns um, ich mit Erstaunen, Bestürzung und nach und nach auch einem Hauch von Bewunderung. Die Beleuchtung hier unten war professionell, und überall lagen Bilder, auf denen nackte Frauen sich in alle Himmelsrichtungen spreizten. Die Bilder waren eigentlich nicht erotisch, aber manche waren unerhört direkt und viel nackter, als pure Nacktheit hätte erklären können. Ich ging zu dem unvollendeten Porträt einer Frau, die einen Fuß auf einen Hocker gestellt hatte und dabei ihr Bein betrachtete. Sie hatte einen üppigen Körper, ihr Schamhaar dagegen war so beschnitten, dass sie aussahen wie die eines Mädchens. Sollte frau derzeit vielleicht so aussehen? Meine eigenen Rasieraktionen dort unten begrenzten sich auf die Haare, die unter der Bikinihose hervorlugten. Jetzt ging mir auf, dass ich aus heutiger Sicht als unrasiert gelten könnte.

Die dunklen Haare der Frau fielen über ihr Gesicht, aber ich konnte doch einen Ausdruck von Trauer und unendlicher Müdigkeit erkennen. Wie eine von Toulouse-Lautrecs tanzenden Huren, nur trugen die zumeist doch das eine oder andere Kleidungsstück. Diese Frau hier wirkte außerdem noch verzweifelter. Aber wenn Einar Salén soviel über weibliche Verzweiflung gewusst hatte, warum hatte er dann keinen Versuch gemacht, sie zu beheben?

»Hier hat er seinen Lüsten freien Lauf gelassen.« Das war nun wieder Carinas Stimme, auch sie steif und auf gewisse

Weise unrasiert. »Weiß der Teufel, woher er seine Modelle genommen hat, er hat sie wohl hergeholt, wenn ich bei der Arbeit war. Oder er hat im Netz gesurft und sie dort aufgetan. Mich hat es nicht interessiert, und es interessiert mich auch jetzt noch nicht. Mit dem Malen hat er sich übrigens ganz im Verborgenen beschäftigt, er hat nicht mit Ausstellungen geprotzt oder Leute hergeholt, um seine Bilder vorzuführen. Ihm hat es gereicht, mich damit zu quälen, dass er sich Künstler nannte.«

Ich lief im Zimmer umher und begutachtete die Bilder. Sie lehnten an den Wänden, stapelten sich in den Ecken oder standen auf Staffeleien und waren offenbar alle in Öl gemalt. Sie stellten fast durchgehend nackte Frauen in unterschiedlichen Positionen dar, nicht unbedingt sexuell, sondern eher gefangen in einer alltäglichen Flucht, die für den Betrachter dadurch sicher nur noch aufreizender wurde. Bisweilen hatte der Künstler Einar Salén sich damit begnügt, einfach ein Knie, eine Brust oder einen Teil des Unterleibes darzustellen, aber zumeist waren es Bilder in Ganzfigur, und ihre Menge war beeindruckend. Es mussten mehrere hundert sein.

»Ab und zu hat er Frauen auf eine Weise angestarrt, dass man das Gefühl hatte, er könnte durch ihre Kleider sehen. Er hat sie auch angegrapscht, wenn sich eine Gelegenheit bot. Wenn ich es über mich bringen konnte, habe ich ihn darauf aufmerksam gemacht, aber Einar hat sich immer damit verteidigt, dass es sich um rein professionelles Grapschen handle. Er müsse das berühren, was er malen wollte. Verdammtes Scheißgefasel!«

Ich trat vor eine der Staffeleien, die hinten in einer Ecke stand, um ein Bild zu betrachten, das sich offenbar seiner Vollendung näherte. Der Schock traf mich pur und unverfälscht und zwang mich dazu, mir instinktiv die Arme um den Leib zu schlingen. Das Bild zeigte eine dunkelhaarige Frau, drapiert in einem Samtsessel, der unangenehme Ähnlichkeit mit meinem eigenen aufwies. Die Frau lag schräg da, und ihre Beine baumelten über eine Armlehne, während sie den Kopf auf die rechte Hand stützte. Ihre Nacktheit war so überwältigend wie ihr Lächeln, sie lächelte triumphierend und betrachtete eine Maus, die sie am Schwanz gepackt hochhielt und die hilflos vor ihrem Gesicht hin und her pendelte. Diese Frau war ich.

Ich war es, so deutlich und klar wie die Tatsache, dass ich es war, die das Kunstwerk ansah. Es waren meine dunklen Haare, die sich in Ölfarbe lockten, es waren meine grünen Augen, die die Maus hypnotisierten, und es waren meine mageren Beine, die über die Lehne hingen. Und vor allem waren es meine kleinen Brüste, die sich hier vor meinen Augen reckten. Ich erkannte jede Linie, ich spürte fast, wie sie sich anfühlten, wenn ich sie in einen BH steckte und dort arrangierte, um soviel wie möglich herauszuholen. Der einzige Unterschied war die Frisur meiner Schamhaare, Einar Salén hatte es Amüsement bereitet, einen perfekten Haarkreis zu malen. Widerwillig musste ich zugeben, dass das gut aussah. Weder provozierend noch erniedrigend, einfach nur fesch, ungefähr wie eine gepflegte Fußmatte. Bitte vor dem Betreten Schuhe abwischen.

Obwohl ich erst vor kurzem beschlossen hatte, mich nie mehr zu fürchten, die Kontrolle über mein eigenes Leben und damit auch über den Tod anderer zu übernehmen, schien die Panik plötzlich meinen Hals mit sanftem Würgegriff zu fassen. Hatte Carina dieses Bild erkannt? Würde sie mich erkennen, wenn sie mich sähe? Natürlich würde sie das, die Ähnlichkeit war so überwältigend, der widerliche Einar Salén war ein begabter Porträtmaler gewesen. Und was würde sie glauben? Würde sie mir glauben, wenn ich ihr sagte, dass ich für ihren Mann wirklich nie Modell gesessen und noch viel weniger Aktbilder von mir selbst ins Netz gestellt hatte? Einar Salén musste ganz einfach einen Radarblick für Frauenkörper gehabt haben, und als er mich betrachtet hatte, hatte er genau gewusst, wie meine mangelhaften Rundungen aussahen. Die letzte Bestätigung hatte ihm dann wohl unser kleiner Schenkelkontakt gebracht, vielleicht hatte meine Reaktion ihm verraten, welcher Typ Frau ich war. Das Fleisch war willig, aber der Geist war schwach.

Vielleicht würde die Polizei herkommen und den Fall untersuchen, ein Schuss in den Kopf war ja jedenfalls ein Schuss in den Kopf, auch wenn er den höheren Plänen entsprach und durch Carina getarnt wurde. Was würde passieren, wenn sie dieses Bild hier fänden? Das Schlimmste war, dass ich nichts tun konnte. Das Gemälde war groß und stand auf einer Staffelei, ich würde es unmöglich mit mir hinausschmuggeln können. Und eine Möglichkeit, mich ungestört in diesem Kellerraum aufzuhalten, schien es nicht zu geben.

Ich spürte einen Atemhauch im Nacken und drehte mich um. Der Tod war leise hinter mich getreten und sah sich das Bild vermutlich über meine Schulter an. Er sagte nichts, sondern fasste meine Arme und drehte mich um, so dass ich gerade noch sehen konnte, wie Carina die Pistole auf den Boden legte und mir ein Bild hinhielt. Ein Bild, das eine blonde, üppige Frau darstellte, die sich im Gras sonnte, wie eine trächtige Katze, und die dabei auf einem Grashalm herumkaute.

»Das hier ist eine meiner Freundinnen. Meiner ehemaligen Freundinnen, meine ich. Bibban hat geschrien und geheult, als ich ihr das hier gezeigt habe, und sie hat geschworen, dass sie sich nie für Einar ausgezogen hat und dass sie das auch niemals tun würde. Wie kann er dann aber wissen, dass du auf dem rechten Oberschenkel ein herzförmiges Muttermal hast, wollte ich von ihr wissen. Ich weiß nicht, jammerte und beteuerte sie weiter, sie sei unschuldig, habe aber immer das Gefühl gehabt, dass Einar sie anstarrte wie eine Nutte. Ich habe nicht oft für Einar Partei ergriffen, aber da habe ich es getan und sie vor die Tür gesetzt. Das ist jetzt einige Jahre her, und ich habe sie nie mehr wiedergesehen. Jetzt sollte ich sie vielleicht anrufen und ihr anbieten, dieses Bild zu kaufen. Künstler werden nach ihrem Tod ja oft berühmt. Was bedeutet, dass ich Einars Karriere mehr gefördert habe als irgendwer sonst.«

Mit diesen Worten ließ sie das Bild fallen, löschte das Licht und ließ den Tod und mich im Dunkeln zur Tür tappen. Für einen kurzen Augenblick spielte ich mit dem Gedanken, das Bild zu verstecken, aber ich musste einsehen, dass das zu riskant gewesen wäre. Wir tasteten uns die Treppen hoch und gingen wieder ins Wohnzimmer, wo Einar sich begreiflicherweise nicht um einen einzigen Zentimeter bewegt hatte.

»Ich muss euch jetzt bitten zu gehen«, sagte Carina. »Ich habe allerlei zu erledigen. Muss alles wie einen Selbstmord arrangieren und die Polizei anrufen und überhaupt. Entschuldigt, dass ich keinen Kaffee oder so anbiete, aber das können wir ja nachholen. Wenn dieses Chaos sich geklärt hat. Übrigens du da, Assistentin, du hast dich überhaupt nicht vorgestellt.«

Ich musste einfach antworten, und Carina nickte und beugte sich über ihren Gatten.

»Hör mal, Erica, ich habe die Pistole im Keller vergessen. Könntest du sie bitte holen? Sie ist jetzt gesichert, du brauchst also keine Angst zu haben, dir ins Bein zu schießen oder so.«

Offenbar waren die Höchsten barmherzig. Das hier konnte kein Zufall sein. Ich ging wieder in den Keller und machte Licht. Das Bild hatte keine kalten Füße bekommen, sondern stand ganz brav dort, wo ich es verlassen hatte. Ich nahm es von der Staffelei und machte mich auf die Suche nach einem Versteck. Plötzlich hielt ein Gedanke mich zurück, das Risiko, dass jemand es finden könnte, würde sich natürlich verringern, wenn ich ein gutes Versteck entdeckte, aber umso riskanter, wenn es aussähe, als wäre es eben dort versteckt worden. Am Ende beschloss ich, das Bild in einen Haufen von Leinwänden zu schieben, die achtlos in eine Ecke geworfen worden waren. Auf die Staffelei stellte ich stattdessen das Bild einer älteren blonden Frau mit kurzen Haaren und durchtrainiertem Körper, die am Frühstückstisch eine Patience legte. Es war nicht zu sehen, ob sie sich unten rasiert hatte, aber sie hatte mehrere Ringe im Ohr und sah aus wie eine überreife Rebellin.

Ich hob die Pistole vom Boden auf. Sie lag schwer in meiner Hand, und ich trug sie vorsichtig auf der Handfläche, bis mir auf halber Höhe der Treppe aufging, dass es vielleicht nicht so gut war, dass ich sie angefasst hatte. Meine Kenntnisse über Fingerabdrücke ließen zwar zu wünschen übrig, aber selbst, wenn Carina vorhatte, die Ereignisse dieses Morgens als Selbstmord dastehen zu lassen, so würde es doch sicher irgendeine Form von Untersuchung geben, und in die wäre ich dann mit einbezogen. Ich rieb die Pistole am Umhang und wischte danach meine Hand an einem Zipfel davon ab, als ich sie Carina hinhielt, um sie so schnell wie möglich loszusein. Carina lachte, als sie mich sah. Sie plauderte auf dem Sofa, Einar gegenüber, mit dem Tod und wirkte absolut entspannt.

»Drück doch einfach darauf, das gönne ich übrigens jeder desillusionierten Frau.« Sie erhob sich, nahm mir die Pistole ab und rieb dann selbst mit einem Handtuch darauf herum, das sie vermutlich aus der Küche geholt hatte. Der Tod trat neben mich, und Carina schaute auf.

»Wie gesagt, ich hab jetzt einiges zu erledigen. Es war nett, dich zu sehen … wieder«, fügte sie hinzu und sah dabei den Tod an. »Und du«, jetzt wandte sie sich mir zu, »vergiss nicht, er ist trotz allem nur ein Mann. Ein guter zwar, aber wenn er eine Frau finden kann, die die Arbeit so gut wie er oder noch besser erledigt, dann wird er das so lange ausnutzen, wie er den Ruhm dafür einheimsen kann. Also poch auf deine Rechte.«

Mit diesen Worten scheuchte sie uns mit Blicken davon, und wir standen noch kaum draußen, da hörten wir schon, wie die Tür abgeschlossen wurde, und sahen, dass die Vorhänge wieder vor die Fenster gezogen wurden.

Wir standen auf der Treppe und atmeten die Luft ein, die mir nach der feuchtwarmen Luft hinter der geschlossenen Tür vorkam wie ein Glas Mineralwasser. Der Tod brach das Schweigen als Erster.

»Carina Salén. Was für eine Frau. Was für eine unbeschreiblich energische und temperamentvolle Frau. Wir haben alle gewusst, dass sie Einar erschießen würde, und da war es eigentlich gut, dass es erledigt ist. Aber er war ein ziemlich begabter Künstler, findest du nicht? Ein besseres Porträt von dir wäre nicht leicht aufzutreiben.«

Er hatte es also gesehen. Was hatte er dabei gedacht?

»Ich habe für Einar Salén nicht Modell gesessen, wenn du das glauben solltest. Ich bin ihm nur ein einziges Mal begegnet, vor einigen Tagen in Martins Büro. Ich habe keine Ahnung, woher er so genau wissen konnte, wie ich aussehe. Er muss das die ganze Zeit so gemacht haben. Carinas Freundin, wie hieß sie noch gleich, Bibban, der muss genau dasselbe passiert sein. Er hat sie angestarrt und konnte durch ihre Kleidung hindurch jedes Detail erkennen. Das ist nicht nur unangenehm, das ist eine Beleidigung.«

Der Tod lachte nur und schob die Hand unter meinen Arm. Schweigend gingen wir zum Marktplatz von Nockeby, aber dann sah ich, dass mein Umhang mit Blut bespritzt war. Noch war uns niemand begegnet, aber ich nahm den Umhang ab und hängte ihn über den Arm. Der Tod sagte nichts dazu, sondern sah sich einige Rehe an, die die Köpfe senkten und die letzten Blumen aus einem benachbarten Garten an sich rissen.

»Rehe. Es war früher eine seltene Gunst, diese scheuen Wesen im Wald zu sehen. Jetzt lungern sie in den Gärten herum und sind die wahre Stadtplage. Unglaublich, wie jedes Lebewesen sich in ein Raubtier oder einen Quälgeist verwandeln kann, wenn etwas in der Umgebung nicht stimmt.«

»Was hast du eigentlich zu Carina für eine Beziehung? Sie

scheint dich und außerdem das Aufbewahrungssystem der Seelen gut zu kennen.«

»Carina arbeitet beim häuslichen Pflegedienst. Ist einer von den Engeln mit starkem Arm, die das seit Jahren machen und ihre Aufgabe lieben. Sie geht zu Alten nach Hause und hilft ihnen, wo sie kann, oder hält ihre Hand, wenn sie sterben. Nachdem sie den Verwandten gesagt hat, dass sie sich beeilen müssen. Was die nicht tun. Sie kommen dann gleich nach dem Todesfall. Schleichen mit geschlossenen Augen durch die Wohnung oder das Haus und reißen sich Silberlöffel und Goldmünzen unter den Nagel und verfrachten den Rest auf die Müllhalde. Elstern, so nennt Carina sie. Sie hatte unbewusst viele Jahre für mich gearbeitet und überwechselnde Seelen getragen. Als wir uns dann endlich persönlich begegnet sind, kam es mir richtig vor, ihr so einiges zu erklären. Wir haben auch über diesen Todesfall gesprochen, nie jedoch über den Zeitpunkt. Dass der arme Einar erschossen werden sollte, war geplant, aber er tat mir trotzdem ein bisschen leid. Er besaß doch ein gewisses künstlerisches Talent.«

»Carina will das offenbar als Selbstmord darstellen.«

»Ja, so sieht es aus.«

»Und?«

»Und was?«

»Wird ihr das gelingen? Gehört das auch zu den Plänen?«

»Es gehört zu den Plänen, dass sie es versuchen wird. Ob es ihr gelingt, muss die Polizei entscheiden. Habe ich nicht gesagt, dass wir die großen Richtlinien ziehen, aber dass wir nicht alles kontrollieren können? Wenn wir übrigens unbedingt gewollt hätten, dass Einar Salén Selbstmord begeht, dann hätten wir das so arrangiert. Aber das haben wir nicht getan. Carina musste ihn ins Jenseits befördern. Ihretwillen. Und wie gesagt, sie ist eine geschätzte Mitarbeiterin.«

»Aber kannst du ihr helfen, das als Selbstmord zu tarnen?«

Der Tod warf den Kopf in den Nacken und lachte laut. Die Rehe fuhren zusammen und verschwanden hinter einigen Tannen, welke Grashalme hingen ihnen aus dem Maul.

»Ich kann immerhin dafür sorgen, dass der Kommissar, dem ein Verdacht kommt, ertrinkt oder so. Spaß beiseite, das war übrigens nicht mal witzig, nein, ich kann gar nichts tun. Aber da wir uns in Schweden aufhalten, besteht doch eine ziemlich große Möglichkeit, dass sie die Polizei an der Nase herumführen kann. Nach meiner Erfahrung ist die schwedische Polizei ziemlich redlich, aber auch ziemlich gutgläubig. In vielen anderen Ländern ist es umgekehrt.«

Wir hatten den Marktplatz von Nockeby erreicht und gingen nebeneinander zur Haltestelle, zu der kleinen Straßenbahnlinie wie aus der Puppenwelt, die immer wieder von den Lokalpolitikern jeglicher Couleur vor der Abschaffung gerettet wird. Ich nahm an, der Tod und ich würden jetzt losfahren und uns dann einen wohlverdienten Espresso gönnen, entweder zu Hause oder in irgendeinem Café, aber als wir die Haltestelle erreicht hatten, fasste er meine Schultern und zwang mich dazu, ihm ins Gesicht zu blicken.

»Ich wollte dich hier verlassen. Muss heute noch etwas anderes erledigen, und da brauchst du nicht dabei zu sein. Es ist viel besser, wenn du dich ein wenig entspannst und abschaltest. Dich mit irgendwem triffst und über Sein oder Nichtsein des Lebens plauderst. Oder nach Hause fährst und wartest. Ich werde sicher nicht spät kommen.«

Das fand ich nicht gut. Das fand ich überhaupt nicht gut. Dass der Tod, den ich erst seit wenigen Tagen kannte, derjenige war, mit dem ich am liebsten einen Samstagnachmittag verbracht hätte, war ungewohnt, aber es war so. Jetzt würde ich mich selbst unterhalten müssen, und ich hatte keine Ahnung, wie.

Der Tod registrierte meine Reaktion und lachte ein wenig.

»Ich finde es ja auch nicht befriedigend, an einem Samstag arbeiten zu müssen, aber wie gesagt, daran habe ich mich gewöhnen müssen. Das hier ist keine komplizierte Aufgabe, und ich glaube wirklich, dass du erst einmal genug hast. Bitte, gib mir den Umhang, den brauche ich jetzt. Hätte ihn fast vergessen. So ist es, wenn man eine unentbehrliche Assistentin hat. Du hast das heute übrigens hervorragend gemacht. Ich finde nicht, dass du dir Vorwürfe machen musst, weil Gabriellas Seele sich nicht einfangen lassen wollte. Kannst du die Flasche aufgeben, dann brauche ich das nicht zu tun.«

Ich nahm die Flasche, in der die Schuppen noch immer herumwirbelten, steckte sie in meine Hosentasche, gab dem Tod den Umhang und fragte mich, ob er die Blutflecken auch diesmal auf irgendeiner öffentlichen Toilette auswaschen würde. Der Tod nahm ihn, legte ihn auf den Boden, zog mich an sich und küsste mich auf beide Wangen. Er war so warm wie immer, so warm, wie Carina mir vorgekommen war.

Ich bohrte die Nase in seinen grauen Pullover und erlaubte mir, für einen kurzen Moment Geborgenheit zu empfinden und alles loszulassen. Dann schaute ich in sein Gesicht, das lieber aussah denn je.

»Wo hast du geschlafen, ehe du zu mir gekommen bist?«

»Was für eine Frage!« Der Tod lachte und schob mich ein wenig von sich weg.

»Es kommt ab und zu vor, dass man bei befreundeten Seelen landet. Um bei den Seelen zu bleiben. Es kann zum Beispiel schon vorgekommen sein, dass ich bei Carina übernachtet habe, wenn Einar auf Geschäftsreise war. Oder bei dieser jungen Punkfrau, die uns im Hauptbahnhof begegnet ist, als wir nach Uppsala fahren wollten, die, die mich ausgeschimpft und mir vorgeworfen hat, ich trample auf den Gefühlen der anderen herum. Es gibt wirklich ziemlich viele, die bereit sind, einen einsamen Wanderer zu beherbergen. Aber wenn sich gar nichts finden lässt, dann lege ich mich in einen Torweg oder auf eine Parkbank. Das geht schon, wenn man zwischendurch auch mal duschen kann.«

»Ich hab noch nie einen Penner mit einer Garderobe wie deiner gesehen.«

»Und du bist vermutlich noch nie zu einem schlafenden Penner gegangen, um dir sein Gepäck anzusehen. Glaub mir. Viele sind an meiner Garderobe vorbeigegangen, ohne die Augenbrauen auch nur einen Millimeter zu heben. So wenig, wie wohlangepasste Menschen sehen, dass jene auf dem Boden schlafenden Körper Seelen haben, so wenig würde ihnen eine elegante Reisegarderobe in der Nähe eines solchen Körpers auffallen. Du glaubst mir nicht, aber so ist es. Das weiß ich.«

Die Puppenbahn näherte sich, hielt an und öffnete die Tür, und der Tod schob mich hinein, ehe ich protestieren konnte. Ich hatte plötzlich Angst und fühlte mich klein und verlassen, und ich drehte mich ein letztes Mal um.

»Welche Farbe hatte Sisselas Seele?«

»Die war orange. Ist orange. Glühend und warm orange.« Der Tod antwortete, als hätte die Frage ihn nicht im Geringsten überrascht. Ich dachte, dass diese Farbe zu Afrika passte, dass es die Farbe des Lebens sei und dass die Glut nötig sei, um Konflikte und Männer zu überwinden.

Ich drehte mich um und winkte dem Tod hinterher, solange ich konnte, so lange, bis der Fahrer mich schließlich mit der Bemerkung, es sei nicht erlaubt, Leute zu transportieren, die sich im Türbereich aufhielten, zum Zahlen aufforderte. Glücklicherweise hatte ich meine Brieftasche bei mir und konnte ihm eine ziemlich frische Streifenkarte hinwerfen, von der er sich den ihm zustehenden Bissen nahm, ehe er erklärte, nun solle ich mich nach hinten in den Wagen scheren.

Ich setzte mich und lehnte die Stirn ans Fenster. Schleichende Kopfschmerzen machten sich jetzt auf eine Weise bemerkbar, die ich seit mehreren Tagen nicht mehr verspürt hatte. Ich beschloss, sie diesmal im Keim zu ersticken, eine

Tablette zu nehmen und mich vielleicht ein wenig auszuruhen. Geduld und Wärme, Gustaf hatte gesagt, für ihn gebe es nichts Besseres. Aber der Tod hatte meine Gedanken schon in neue Bahnen gelenkt. Wenn ich für ihn arbeiten sollte, würde ich viele Situationen erleben, die an meinen psychischen Kräften zehren könnten, und ich würde eine einigermaßen stabile Form brauchen, um das durchzuhalten. Seltsam, dass eine so schlichte Wahrheit so lange brauchen konnte, um sich festzusetzen.

Mein Gedankenstrom wurde plötzlich von Schnapsgeruch zum Stocken gebracht, und ich drehte mich mit müder Resignation um. Ein heruntergekommener Penner hatte sich neben mich gesetzt und breitete sich aus, als hätte jemand ihn als zähflüssige Masse auf den Sitz gegossen. Er war ein klassischer Schnapsbruder, und ich konnte nur müde feststellen, dass meine klassische Anziehungskraft auf solche Leute offenbar auch während meiner beruflichen Entwicklung nicht nachgelassen hatte. Der Alte beugte sich zu mir vor und flüsterte vertraulich:

»Du. Die Mädels sagen, dass Größe keine Rolle spielt. Aber wenn ich dann die Hose runterlasse, sagen die, was ist das denn? Also, was wollen sie denn nun?«

Hier nahm meine Solidarität ein Ende. Dieses ewige Recht der Kerle, was auch immer zu welcher Frau auch immer zu sagen, machte mich plötzlich hysterisch, nicht zuletzt, weil ich noch Einar Saléns Bilder im Hinterkopf hatte. Ich fauchte den Alten an und drängte mich an ihm vorbei, um mich im Wagen dann so weit nach hinten zu setzen wie möglich. Er sah hinter mir her und schien zufrieden und verletzt zugleich zu sein.

»Ich bin gesandt worden!«, schrie er. »Ich bin gesandt worden, um dir Gesellschaft zu leisten, klar?«

Gesandt, aber sicher. Aller Wahrscheinlichkeit nach hatte Gabriella ihn zu mir gesandt. Und ich würde mich allen Gefahren allein stellen müssen. Kein Tod. Und kein Tom.

Kein Betrunkener hatte sich jemals in Toms Nähe gewagt, weder, wenn Tom allein war noch in meiner Gesellschaft. Sie hatten kaum gewagt, in unsere Richtung zu schauen. Tom besaß diese unausgesprochene Autorität, die dafür sorgte, dass niemand ihm zu nahe trat oder sich in einer Kassenschlange vor ihn zu drängen wagte. Ich wurde in Schlangen oder an Kneipentresen oft übersehen, und es war ein ungeheurer Trost für mich gewesen, zu wissen, perfekt umsorgt zu werden, wenn ich beim nächsten Mal mit Tom hinginge.

Meine Sehnsucht nach Tom traf mich plötzlich mit voller Wucht, und ich hätte fast nach Luft schnappen müssen. Bei unserer letzten Begegnung hatte er unter dem Wein geschnaubt, den ich über ihn gegossen hatte wie bei einer Art umgekehrtem Abendmahl, bei dem er alles andere als gesegnet werden sollte. Jetzt würden wir uns nie wieder unter vier Augen treffen. Vielleicht liefen wir uns nur noch zufällig in der U-Bahn über den Weg. Dann könnte es Jahre dauern, bis ich ihn wiedersah. Beängstigender Gedanke, der sich nicht davon verdrängen ließ, dass der Tod existierte und vielleicht als Ausgleich betrachtet werden konnte.

Weiter kam ich nicht in meinen Gedanken, dann erregte etwas hinter der Scheibe meine Aufmerksamkeit. Wir hielten gerade, und eine kleine Gruppe von Menschen wartete darauf, einsteigen zu können. In der Mitte stand eine hochschwangere Frau und suchte etwas in ihrer Handtasche. Sie schien ziemlich jung zu sein und hatte die Haare zu einem lässigen blonden Knoten hochgesteckt, der sie auch nicht älter machte. An ihren Ohren saßen zwei Goldringe, und sie strahlte eine Art ungetrübte Munterkeit aus, die mich schon provozierte, noch ehe ich sie erkannt hatte. Erst, als sie eingestiegen war und bezahlen wollte, sah ich ihr Gesicht mit den fröhlichen Augen und den vermutlich durch die Schwangerschaft rosigen und wohlgenährten Wangen. Es war Anette. O ja, es war Anette.

Tom zufolge hatte sie noch vor wenigen Tagen mit dem Gedanken an eine Abtreibung gespielt. Jetzt konnte ich vor mir sehen, wie diese auf Papier geschriebene Behauptung sich kräuselte und in Rekordzeit verbrannte. Eine Abtreibung im siebten (oder achten oder neunten?) Monat ließen nicht einmal die liberalen schwedischen Gesetze zu. Tom hatte mir also ins Gesicht gelogen oder hatte sein Geständnis zeitmäßig verschoben, hatte einige Monate hier oder dort »vergessen«, hatte das Schreckliche weniger schrecklich machen wollen. Egal wie, jetzt brach die Sintflut über uns herein, über mich. Wenn ich jemals in meinem allerschäbigsten inneren Winkel geglaubt hatte, alles ließe sich ungeschehen machen und Anette würde sich doch noch gegen Toms Kind entscheiden, dann wusste ich jetzt, wie eitel diese Hoffnung gewesen war. Eine Wiedervereinigung von Tom und mir war jetzt wohl definitiv ausgeschlossen. Kein Helmut Kohl und kein Mikhail Gorbatschow war in der Nähe, um in verwaschenen Strickjacken durch ein Kornfeld zu wandeln und – von Mann zu Mann – zu beschließen, dass die Mauer auf Dauer verschwinden sollte.

Ich machte mich auf meinem Sitz so klein wie möglich. Gott sei Dank war der Wagen fast leer, und Anette blieb etwa in der Mitte stehen. Es dauerte nur wenige Minuten, bis mein früherer Sitznachbar jetzt neben ihr saß. »Du. Die Mädels sagen, dass die Größe keine Rolle spielt«, hörte ich ihn sagen. Es schenkte mir eine gewisse Befriedigung, dass sie eine ebenso widerliche Szene erleben musste wie vorhin ich. Die Frauensolidarität war noch nie zuvor auf ein so niedriges Niveau gesunken.

Ich merkte, wie ein Hass in mir zu kochen begann, ein Hass, der mir bald den Schweiß aus den Poren trieb, obwohl ich nicht mehr den Umhang trug und ziemlich dünn angezogen war. Die Hitze unter meinen Armen steigerte sich, meine Brüste glühten, und meine Füße schwollen an. Jetzt waren alle Brücken verbrannt. Jetzt gab es nichts mehr, weder Hoffnung noch Barmherzigkeit. Jetzt gab es nur noch mich und das, was ich erreichen könnte. Jetzt wusste ich, wie Carina Salén sich ihre Wärme beschafft hatte und warum sie heute und vielleicht während des ganzen Jahres Sommerkleidung getragen hatte.

Als logische Folge dieser Überlegungen spürte ich um den Hals eine intensive Wärme, als würde ich von einer Boa gewürgt, und eine Stimme flüsterte mir ins Ohr:

»Geschieht dir recht. Leute, die glauben, alles zu haben, müssen ihre Illusionen verlieren, und alle, die sich einbilden, dass Tüchtigkeit alle Hindernisse überwindet, werden tiefer fallen als andere. Die Ersten werden die Letzten sein, oder was? Und sich für andere abrackern.«

Ich wischte Gabriellas Seele mit den Händen weg, aber sie flüsterte auf der ganzen Fahrt zurück nach Söder ihre unangenehmen Wahrheiten. Ihre Wörter verschwanden im Labyrinth meines Kopfes und kreisten umher, umher, umher und hinterließen überall ihre Abfälle, in ihrem verzweifelten Versuch hinauszugelangen.

KAPITEL 11

Meine Kopfschmerzen pochten immer heftiger, immer stechender. Sie pochten mich zu einem Briefkasten weiter, in den ich Einar Saléns Seele warf, die mit einem weichen Aufprall landete, und die Kopfschmerzen pochten mich nach Hause in die Wohnung, wo ich versuchte, sie mit Ipren, Alvedon, Citodon und anderem zu betäuben, was auf meinen Körper ungefähr dieselbe Wirkung ausübte, als ob ich die Tabletten direkt ins Klo geworfen hätte. Schließlich pochten sie mich weiter zum Telefon und zu einem Gespräch mit Tom, das ebenso destruktiv war wie das im Restaurant. Toms Versuch, mich gleichgültig und provozierend zu der Erkenntnis zu bringen, wie albern und unbeherrscht ich mich bei unserer letzten Begegnung betragen hatte, wurde effektiv durch holprige Erklärungen ersetzt, als ich ihn mit meiner Begegnung mit der hochschwangeren Anette in der Straßenbahn konfrontierte.

»Es ist genauso, wie ich gesagt hatte. Nur mit einer kleinen Zeitverschiebung«, flehte er, wie ich es schon erwartet hatte, während ich versuchte, seine Aussagen in eine chronologische Reihenfolge zu bringen. Ein Betriebsfest im Januar, ich konnte mich sehr gut daran erinnern, mein Gefühl, als er beschlossen hatte, das neue Jahr ganz ohne mich willkommen zu heißen. Und ihre einzige sexuelle Begegnung hatte angeblich »vor ein paar Monaten« stattgefunden, wie eine Art Nachspiel zu der Vertraulichkeit, die sie da und dort entwickelt hatten. Mir fiel ein, wie Tom verletzt erklärt hatte, dass er natürlich beim Betriebsfest nicht mit ihr ins Bett gestiegen sei, es gebe sogar für Seitensprünge noch Grenzen. Aber wenn es nicht dort passiert war, hatte es ziemlich bald darauf passieren müssen, wenn ich von der Größe von Anettes Bauch ausging. Das konnte ich mir immerhin ausrechnen, auch wenn ich keine Schwangerschaftsexpertin war. Ein Vollmond ist und bleibt ein Vollmond.

»Du hast gesagt, dass sie erst vor ein paar Tagen angerufen und mitgeteilt hat, dass sie doch keine Abtreibung will. Abtreibung im neunten Monat oder was auch immer ist doch ziemlich ungewöhnlich.« Mein Kopf pochte im Takt meiner Worte, wurde trommelnde Begleitmusik, Eminem meets Wagner.

»Verzeih mir.« Tom hörte sich kleinlaut und beschämt an. »Sie hat das wohl irgendwann im Februar erzählt und gesagt, sie wollte das Kind nicht behalten. Dann hat sie in meiner Abteilung aufgehört, und ich habe sie so gut wie nie mehr gesehen. Ich bin ihr sogar aus dem Weg gegangen, ob du mir nun glaubst oder nicht. Dann ging ihre Vertretungsstelle zu Ende, und im Herbst hat sie ihr Studium wieder aufgenommen. Ich dachte, ich könnte unter alles einen Schlussstrich ziehen. Natürlich habe ich mich geschämt, weil sie eine Abtreibung vorgenommen hatte, ohne dass ich auch nur einen Finger gerührt hätte, um irgendeine Art von Verantwortung zu übernehmen, aber ich war einfach so erleichtert, Erica. Dachte, alle guten Heiligen hätten mir eine Warnung verpasst und ich sei ansonsten mit heiler Haut davongekommen. Aber so arbeiten die Heiligen nicht. Mein Gewissen wurde immer schlechter, und am Ende brannten mir dann im Restaurant alle Sicherungen durch, als ich über den verdammten Dschungel und den misslungenen Diaabend gesprochen habe. Irgendwie wollte ich wohl sagen, dass ich alle Selbstachtung verloren hatte und dass ich mich an eine Zeit erinnern könnte, wo ich mein Spiegelbild noch ertragen und sogar darauf stolz sein konnte. Ich brauchte Zeit zum Nachdenken und wusste nicht, ob ich wagen würde, dir alles zu erzählen, auf die Gefahr hin, dass du mich dann verlassen würdest, oder dass ich es nicht schaffen würde, für den Rest meines Lebens mit einer Lüge zu leben. Und in diesem Chaos, nachdem ich dich angerufen hatte und du mich aus der Leitung gefaucht hattest, ließ Anette plötzlich von sich hören und teilte mit, dass sie doch nicht abgetrieben habe. Dass sie die Sache eigentlich geheimhalten und das Kind allein großziehen wollte, aber dass sie jetzt, wo die Geburt näherrückte, doch erkannt habe, dass sie einem Kind seinen Vater nicht vorenthalten könne. Ob sie sich wegen des Kindes oder ihrer selbst wegen bei mir gemeldet hat, weiß ich nicht. Aber dann musste ich mich einfach mit ihr treffen.

Und glaub mir, ich war total geschockt, als ich sie da mit ihrem dicken Bauch sah. Aber mitten im Gespräch nahm sie plötzlich meine Hand, legte sie auf ihren Bauch und sagte, fühl mal. Und da … ja, da habe ich wohl gedacht, hier gibt es kein Entrinnen. Man kann das ganze Leben lang fliehen, aber es gibt kein Entrinnen. Das Vergangene holt einen ein, und ich würde niemals darüber hinweggekommen, dass ich ein Kind hatte, das irgendwo aufwächst und das ein Teil von mir ist, das ich mich zu akzeptieren geweigert habe. Mir kam der Gedanke, dass, ja, was soll ich sagen, vor mir eine Frau oder ein Mann von achtzehn Jahren steht und fragt, warum ich nicht da war, als ich gebraucht wurde. Und ich wusste, da könnte ich auch gleich vor dem Leben kapitulieren. Indem ich die aufgab, die ich auf dieser Erde am meisten liebte. Dich, Erica. Ob du das nun glauben kannst oder nicht. Also überleg mal, wie mir im Restaurant zumute war, als du hereinkamst. Mein Mut reichte aus, um dir die Wahrheit zu sagen, aber nicht, um zu gestehen, wie lange ich schon gelogen hatte. Und ehe ich sagen konnte, dass ich dich immer lieben werde, hast du mir Wein ins Gesicht gekippt. Und ich dachte, dass … ja, das kann jetzt ja wohl auch egal sein. Jetzt muss ich nicht nur lernen zu leben, sondern auch zu überleben.«

Meine Haut pochte, meine Schultern waren verspannt, und plötzlich waren die Tränen da. Tom sprach von seiner Liebe mit einer Aufrichtigkeit und einer Ehrlichkeit, die alle meine Schutzhüllen durchdrang. Er konnte das sagen, was ich niemals hatte sagen können. Aus Angst vermutlich, Angst, nicht gut genug zu sein, Angst, auf jeden Fall verlassen zu werden, weil ich nicht gut genug war, einer Angst, die sich wie ein Schildkrötenpanzer um mein Herz gelegt hatte.

»Hast du nicht gesagt, ihr hättet mehrere Male zusammen ein Bier getrunken? Und eine Art kosmisches Verständnis entwickelt?« Das hatte ich nicht sagen wollen, aber das kam aus meinem Mund. Vielleicht waren die Kopfschmerztabletten schuld.

»Irgendwann zwischendurch, vielleicht. Ich sage jetzt die Wahrheit, Erica. Das schwöre ich.«

»Aber hast du nicht begriffen, dass ich früher oder später die Wahrheit auf jeden Fall erfahren würde? Wie alles aussah? Für wie dumm hältst du mich eigentlich?«

»Ich habe dich niemals für dumm gehalten, Erica.«

Ich konnte Tom nicht antworten, ich konnte nur den Hörer auflegen, der sich vom Blut in meinen Gedanken klebrig anfühlte, während meine Tränen immer weiter flossen, eine Flutkatastrophe, deren Schäden nicht in Geld zu bemessen waren, und für die die Regierung niemals Hilfsmittel, Sandsäcke oder Soldaten für den Wiederaufbau bereitstellen würde. Ich weinte, weil er mich liebte und weil ich ihn trotz der Freude darüber mit einer so reinen und lauten Wut hasste, dass ich hoffte, sie würde ausreichen, um sein Leben elend zu machen, Tag für Tag, Woche für Woche, Jahrzehnt für Jahrzehnt, bis zu einem bitteren, desillusionierten Ende. Dann rief ich Martin an und erwischte seine Frau Birgitta, die müde sagte: »The more, the merrier«, und die mir sofort anbot, an ihren Küchentisch zu kommen und dort mit der eine Stunde zuvor eingetroffenen Eira zu weinen.

»Du weißt, dass unser Haus das Vorzimmer zur Hölle ist, aber lass dich davon nicht abhalten. Es hält uns ja auch nicht davon ab, hier zu wohnen«, sagte sie, ehe wir auflegten. Ich dankte und nahm die Einladung an, ohne entscheiden zu können, ob ihre Mitteilung eigentlich die schweigende Bitte gewesen war wegzubleiben. Aber alle Alternativen kamen mir besser vor, als alleinzusein und vergeblich auf den Tod zu warten, der vielleicht eine Sonderschicht einlegen musste.

Eine gute Stunde später stand ich vor Martins und Birgittas Haus draußen in Sollentuna. Brüderchen Arvid öffnete die Tür, als ich klingelte, und empfing mich mit einem fröhlichen Grinsen, bei dem ich sofort Unheil witterte.

Arvid, der seinen Schulfotos so ähnlich sah, so dunkel und mit zwölfjährigen Eichhörnchenaugen, geschmeidig und glatt, ließ mich nach kurzem Zögern ein. Er bot sogar an, meine Jacke aufzuhängen. Ich konnte gar nichts Böses mehr denken, als er auch schon nach ihr griff und mir dabei so nah kam, dass sein Gesicht sich dicht vor meinem befand. Das gab ihm die Möglichkeit, mich anzupusten, hart und energisch und mit Speichelklümpchen. Sofort verspürte ich Unbehagen, ein Unbehagen, angegrapscht worden zu sein, fast in Einar-Salénschem Stil, und ich trat einen Schritt zurück, was Arvid ein lautes Lachen entlockte.

»Ich bin krank. Ich hab neununddreißig Fieber und schreckliche Halsschmerzen. Ich hab die Grippe oder sowas. Und jetzt kriegst du sie nämlich auch«, teilte er fröhlich mit und warf meine Jacke auf den Boden, ehe er wie eine glückliche und sonnenwarme Schlange davonglitt.

Birgitta, die mir entgegengekommen war, erlitt einen der vermutlich zahllosen Anfälle des Tages, als sie die letzte Bemerkung ihres Sohnes hörte.

»Arvid! Häng sofort die Jacke auf und bitte um Entschuldigung.« Ihre Worte waren dermaßen geprägt von Resignation und der absoluten Gewissheit, dass ihr Sohn nicht gehorchen würde, dass ich für einen kurzen Moment mein eigenes Universum vergaß und für einen Moment alles losließ, wie man das vielleicht in einer gelungenen Meditation erleben kann.

Dann erwachte ich wieder zum Leben, bat um Entschuldigung und lief zur Toilette, wo ich mir fieberhaft die Hände schrubbte, in einem verzweifelten Versuch, die frischerworbenen Bazillen zu vertreiben. Trotzdem glaubte ich schon, das erste Stechen im Hals zu verspüren, das Milch und Honig, Halspastillen und unruhige Nächte ankündigt, bis Husten, Schnupfen und Fieber die Herrschaft übernehmen. Dass ein Kind so gemein und berechnend sein konnte, war nicht nur unheimlich, es war beängstigend.

Ehe ich zu den anderen ging, blieb ich eine Weile stehen und nahm die Atmosphäre in mich auf. Es half alles nichts, die Verzweiflung saß in den Wänden, so wie Rauchgeruch bei Rauchern. Nicht, weil es in dieser Familie an Liebe gefehlt hätte. Nach meiner Ansicht fühlten Martin und Birgitta sich zueinander hingezogen wie eh und je. Wie Martin über Birgitta sprach, das hatte etwas Erotisches, und Birgittas Augen konnten, wenn sie ihren Mann erwähnte, auf eine Weise feucht werden, die nichts mit Weinen zu tun hatte. Ich war sicher, dass diese Gefühle ihnen das Überleben ermöglicht hatten, aber dass Arvid sich zugleich auf dieses Band konzentrieren würde, um die Familie zum Zerfall zu bringen.

Das Haus von Martin und Birgitta war im Grunde ebenso chaotisch wie die Wohnung von Gabriella und ihrer Mutter, nur dass das Chaos hier ein wenig mehr von Wohlstand geprägt war. Die Möbel waren geschmackvoll und persönlich, viele von Birgittas adliger Familie geerbt, die so manchen stattlichen Besitz ihr eigen genannt hatte. Die Farben waren gedämpft und erdig, in den Tönen gehalten, die Birgittas Stoffe und Textilarbeiten geprägt hatten, als sie noch aktiv als Textilkünstlerin und Designerin gearbeitet hatte. Überall verstreut, wie Zucker auf einem Kuchen, lagen die Hinweise auf eine kinderreiche Familie und noch mehr. Schuhe und Kleidungsstücke, Comics, Spiele und Schulbücher, ein Haufen mit sauberer Wäsche, die zusammengelegt werden musste, ungeöffnete Post, Süßigkeitenpapier und angebissene Brötchen, alles war verteilt über Möbel und Boden und gab dem Haus fast, aber doch nicht ganz ein gemütliches Gepräge.

In der Küche hatte Birgitta immerhin den Tisch richtig behaglich mit Kerzen und frischem Gebäck decken können. Ich war zuerst erstaunt gewesen, als ich gehört hatte, dass Eira bei ihr war, aber dann war mir aufgegangen, dass das eine naive Reaktion gewesen war. Sie war doch sozusagen der auslösende Funke in einem Ereignisverlauf gewesen, den ich am Freitag in Gang gesetzt hatte, und natürlich war ihre Familie von Gabriellas Tod betroffen, von dem sie sicher inzwischen erfahren hatten. Am Freitag. Gestern. Mir kam es vor wie eine Ewigkeit.

»Setz dich und stimm in das allgemeine Klagelied ein. Die Küche ist relativ frei von Müll, und das wollen wir genießen, solange wir können. Ach, lass dich erst mal umarmen.« Birgitta umarmte mich mit echter Wärme. Ich hatte das Gefühl, einen Knochenhaufen in einem viel zu großen Hemd in die Arme zu schließen.

Birgitta war immer schon dünn gewesen, jetzt aber war sie fast magersüchtig. Ihre Haut spannte sich über ihrem Schädel, und die Ringe unter ihren Augen waren so tief, dass sie fast blaulila wirkten. Ihre hellblauen Augen schienen alle Farbe verloren zu haben, und sie hatte auch keinen Versuch unternommen, mit Schminke etwas dagegenzuwirken. Ihre blonden Haare, die sich einst zu einer übermütigen Huldigung an das Leben gekräuselt hatten, sahen müde und in Grund und Boden dauergewellt aus, obwohl ich wusste, dass sie ihren Locken niemals mit Chemie hatte auf die Sprünge helfen müssen. Das Hemd, das sie von Martin geliehen hatte, war hübsch, sah an ihrem Körper aber unnatürlich groß aus, und ihre abgenutzten Jeans, die irgendwann einmal eng gewesen sein mussten, hingen jetzt an ihr wie an einer Vogelscheuche. Sie sah aus, als ob man einfach durch sie hindurchblasen könnte, und ich konnte meiner Trauer noch die Trauer darüber hinzufügen, was aus ihr geworden war.

Aber ihre Stimme war unverändert, klar und kastanienfarben, als sie mich bat, mich zu setzen. Martin sah verschwitzt aus, ansonsten aber gelassen in seinen weiten Samstagskleidern, während Erik, der ältere Sohn, nirgendwo zu sehen war.

Eira beschloss nach der einleitenden Umarmung wie üblich, keine Zeit zu vergeuden.

»Gabriella ist tot. Mögen alle guten Götter geben, dass das stimmt! Sie ist tot! Ist offenbar gestern bei einem Spaziergang tot umgefallen. Irgendwelche Leute gingen an einem Parkplatz vorbei, sie sahen sie dort liegen, sie stürzten hin, aber da war es offenbar schon zu spät. Der Krankenwagen hat sie ins Krankenhaus gebracht, aber da war nichts mehr zu machen. Offenbar ist sie von einer Wespe in den Hals gestochen worden, und sie war doch gegen alles allergisch, nicht nur gegen Arbeit. Ihre Mutter wollte sich wohl wichtig machen und hat von Mord geredet. Na, seht mich nicht so überrascht an, ich erzähle nur, was ich gehört habe. Das war das Letzte, was er gestern gesagt hat, ehe er zusammengebrochen ist. Robert, meine ich. Ich habe ihn nie so sehr weinen sehen. Er wollte am Freitagabend mit ihr ausgehen, aber als er sie abholen kam, war ihre Mutter hysterisch und schrie, Gabriella sei tot, und es sei irgendein Komplott. Sie hat etwas darüber gefaselt, dass eine Frau von einer Werbeagentur da war und Gabriella in einem Film auftreten sollte. Wie kann nur irgendwer glauben, die könnte für irgendwas Reklame machen. Außer vielleicht für eine Vorher-Nachher-Reportage. Die Mutter hatte soeben erst von der Polizei erfahren, dass Gabriella tot war, und geschrien, dass es sicher Mord gewesen sei. Dass Gabriella ein klein wenig versucht hatte, mit Drogen zu handeln, um die

Haushaltskasse aufzufüllen, und dass da vielleicht irgendwas schiefgegangen sei. Diese Frau von der Werbeagentur hatte sich nicht vorgestellt, sondern nur den Namen ihrer Firma genannt. Jetzt ist die Mama überzeugt davon, dass die Frau ihre Tochter umgebracht hat. Sie habe gefährlich ausgesehen, hat sie gesagt. Ja, und jetzt liegt Robert im Bett, schon seit gestern Abend, und isst nicht und trinkt nicht. Nils ist jetzt bei ihm, ich kann ihn so einfach nicht sehen. Aber Mord … das ist doch Wahnsinn. Wo ich sie schon nicht umgebracht habe, denn das hätte sehr gut passieren können.«

Die von Hass erzeugte Hitze, die ich in der Straßenbahn für einen kurzen Moment verspürt hatte, war längst verschwunden, und nun hatte ich stattdessen das bekannte alte Eisgefühl, das bestimmt viele Menschen überkommt, wenn ihnen das Dasein unter den Füßen zerbricht und der Körper im Kalten versinkt. Ich konnte mir aber nicht einmal überlegen, wie ich reagieren, denn jetzt schaltete sich Martins Moosstimme ins Gespräch ein.

»Ich glaube nicht, dass es Mord war, denn diese Frau, das warst doch du, Erica. Oder nicht?«

Das Schweigen, das auf seine Worte folgte, war nicht nur unangenehm, sondern auch total. Plötzlich hörte ich, wie ein Vogel in meiner Brust nach einem Korn pickte, wie es in meinen Ohren rauschte und wie eine Stimme (Gabriellas?) flüsterte, jetzt sei meine aus den Fingern gesogene Geschichte nicht mehr wert als ein gesprungenes Glas auf dem Flohmarkt. Ich dachte, dass mein Gesicht niemals eine unerforschte Landschaft gewesen sei, sondern im Gegenteil eine, die für alle offen lag, die sehen wollten, wie es mir ging, und dass es viel zu viele Muskeln gab, die der Wille nicht lenken konnte. Ich dachte an den Tod und daran, was er sagen würde, und plötzlich fiel mir wieder ein, dass ich gelernt hatte, die beste Lüge sei die, die dicht bei der Wahrheit liegt. Martin verschaffte mir eine kurze Frist, denn er redete weiter.

»Die Polizei war, wie gesagt, bei dieser Frau, Gabriellas Mutter, um zu berichten, was geschehen war und dass ihre Tochter tot im Krankenhaus lag. Gabriellas Mutter konnte sich sehr gut an den Namen der Firma erinnern, für die diese Frau arbeitete. Envia. Ich war der erste der Chefs, die sie erreichen konnten, ein Glück, denn ich wusste ja direkt, von wem hier die Rede war. Ein so schlechtes Beobachtungsvermögen scheint Gabriellas Mutter nicht zu haben, denn sie hatte der Polizei eine gute Beschreibung ihrer Besucherin geliefert. Ich wusste sofort, dass du es warst.«

Ich schwieg noch immer, und nach einer weiteren kleinen Pause sagte Martin:

»In Gedanken bin ich ziemlich viele Möglichkeiten durchgegangen, aber dann fand ich, dass es das Beste wäre, die Wahrheit zu sagen, nämlich, dass ich wüsste, dass es um dich ginge, und dass du wirklich an einem Werbefilm für uns arbeitetest. Sonst hätte doch die Gefahr bestanden, dass sie dir auf irgendeine andere Weise auf die Spur gekommen wären, und dann hättest du vielleicht wirklich in der Klemme gesteckt. Jetzt konnte ich ihnen sagen, dass du zweifellos nicht bei der Drogenmafia bist, sondern eine überaus geschätzte, freie Mitarbeiterin. Sie waren mit meiner Auskunft erst mal zufrieden, aber sie werden sich vermutlich bei dir melden. Nur, damit du's weißt. Kein Weltuntergang, aber trotzdem könntest du mir jetzt erzählen, was zum Teufel du dort zu suchen hattest.«

Ich schluckte und holte tief Atem, obwohl ein Kuchenkrümel sich querlegte.

»Ich hatte wirklich eine Idee für die Gentestkampagne. Eira und ich hatten über Gabriella gesprochen, als ich am Donnerstag im Büro war, und das hat mir offenbar keine Ruhe gelassen, denn nach unserem Gespräch kam ich ins Grübeln. Und dann kamen mir Ideen, die ich natürlich mit dir besprechen musste, ehe wir weitermachen konnten, aber ich hatte Lust, ein wenig damit zu experimentieren, und da fielen mir Gabriella und ihre Mutter ein. Was Eira erzählt hatte, hatte mich nämlich neugierig auf die beiden gemacht, sie hätten sehr gut gepasst, wenn du meine Idee gut gefunden hättest. Amateurinnen, was nötig gewesen wäre, um das richtige Gefühl zu erzeugen. Und da ich am Freitag ohnehin nichts anderes vorhatte, bin ich hingefahren. Und im Hinblick auf Tom und alles, was passiert ist, habe ich wohl nach jedem Strohhalm gegriffen, um auf andere Gedanken zu kommen. Aber Gabriella ging es gut, als ich sie verlassen habe, wir haben nur einen Spaziergang gemacht und uns dann getrennt, und sie wollte sich die Sache überlegen … sie fand, das höre sich spannend an, und ihre Mutter schien sich über diese Gelegenheit, etwas dazuzuverdienen, auch zu freuen.«

Meine Stimme zitterte wie zu Beginn eines Vorsingens, aber nach und nach wurde sie stärker und sicherer, als mir aufging, dass diese Erklärung zwar nicht die beste war, dass es aber schwerfallen würde, sie zu widerlegen. Ehe irgendwer mir eine Frage stellen konnte, schilderte ich dann den Vorschlag des Todes für einen Werbefilm für Gentest. Ich schilderte alles in weichen Pastellfarben und malte die Frau, die den Brief befingert, und den Tod, der hinter ihr steht, mit der Hand auf ihrer Schulter, und ich gab mir besonders große Mühe bei den Ausschmückungen, um auch die negative Vision, bei der die Frau die Gewissheit erzählt, akzeptabel wirken zu lassen. Das war schwer. Aber vielleicht nicht unmöglich. Eira reagierte als Erste.

»Heute lebt man, morgen verwest man. Dazu gibt es nicht mehr zu sagen, das kann kein Gentest ändern, so gern man das auch hätte, so ist es einfach. Ich weiß also nicht, ob das mit den Tests überhaupt eine gute Idee ist. Aber wenn ihr schon Reklame dafür machen wollt, dann wäre diese hier sicher nicht schlechter als irgendeine andere. Am Ende werden wir trotzdem alle von den Würmern gefressen.«

Birgitta hatte uns Tee nachgeschenkt und Scones aufgetischt, die noch immer so warm waren, dass die Butter darauf schmolz. Dass sie mitten in ihrem Familienchaos samstags noch buk, fand ich fantastisch. Jetzt nahm sie einen großen Bissen, und das sah ich gern, wo sie doch so mager geworden war, und die Schatten der Kerze ließen ihr Gesicht ungewöhnlich verletzlich wirken.

»Ich verstehe schon, worauf du hinauswillst, Erica. Es ist widerlich und gefährlich und vielleicht spekulativ, ich meine, wie sollen wir erfassen können, was es für ein Gefühl ist, zu wissen, dass man vielleicht mit ziemlicher Sicherheit eine schreckliche Krankheit bekommen wird, von der womöglich schon die Eltern zu Tode gequält worden sind? Wie kann jemand, der sich nicht in dieser Situation befindet, wissen, was es für ein Gefühl ist, die Gewissheit zu wählen und vielleicht danach mit einer Quittung für den Tod dazustehen? Ich würde niemals wagen, Theorien darüber aufzustellen, was Menschen empfinden könnten.«

Der Tod kann das, dachte ich. Aber er hat natürlich ganz andere Voraussetzungen.

»Aber«, sagte jetzt Birgitta, »trotz allem gibt es in dem, was du sagst, etwas, das mich überzeugt. Ich brauche euch gegenüber nicht zu heucheln, ihr wisst, dass mein, ja, vielleicht das Leben der ganzen Familie, ein einziger langer Kampf gegen Kräfte ist, die dabei sind, mich zu zersetzen, Stück für Stück. Es gibt Momente, wo ich nicht weiß, ob ich noch weitermachen kann, und doch lebe ich mit einer Art Hoffnung, dass es besser werden kann, wenn ich noch einen Tag durchhalte. Und noch einen. Und dann noch einen weiteren. Und jetzt denke ich daran, was du über diesen Test gesagt hast. Und ich denke, wenn ich jetzt erführe, dass vor mir nicht eine endlose Reihe von Jahren liegt, sondern eine endliche … ja, verzeih mir, Martin, aber dann würde ich anders leben. Dann würde etwas … geschehen. Dann würde ich das Leben wohl als das Geschenk betrachten, das es im Grunde doch sein sollte, und meine Entscheidungen und meine Gedanken würden … anders aussehen.«

Sie verstummte. Ihre Augen waren feucht, was bei Birgitta nur selten vorkam. Für sie waren Redensarten wie das Gesicht wahren oder Selbstverständlichkeiten hinunterzuschlucken vielleicht ein Rest eines überreifen und nicht immer befolgten Mottos zur Überwindung von Schwierigkeiten, statt sich daraus herauszujammern. Martin sah sie an, mit Zuneigung, vermischt mit etwas, das ich nicht definieren konnte.

»Ich glaube, es besteht ein Unterschied zwischen den Gefühlen einer Person, die einen Test sozusagen blind macht, ohne mit einem negativen Ergebnis zu rechnen, und einer, die weiß, dass die Wahrscheinlichkeit einer erblichen Krankheit ziemlich groß ist. Solche Menschen haben, wie Birgitta gesagt hat, oft miterlebt, wie Angehörige an grauenhaften Krankheiten zugrunde gegangen sind, vielleicht haben sie sie sogar pflegen müssen. Und dann durch einen Test zu erfahren, dass man genau demselben Schicksal entgegensieht … ich weiß nicht.« Martins Einwand war engagiert und ebenso analytisch präzise wie immer. Für den Moment hatte ich das Scheinwerferlicht von meinem Besuch bei Gabriella auf unsere bevorstehende Aufgabe gelenkt. Martin sprach weiter.

»Habt ihr zum Beispiel gewusst, dass das Recht, nichts erfahren zu müssen, durch die Europakonvention sichergestellt wird? Ich meine, im Bezug auf Krankheiten. Das bedeutet, dass jemand, der nichts über seine eventuellen Defekte wissen will, das auch nicht muss. Leider ist dieser Grundsatz noch nicht in den Gesetzen der einzelnen Staaten verankert, und das ist ein Problem. Ich weiß von einem Fall in Deutschland, wo einer Lehrerin, die angegeben hatte, dass ihr Vater an Huntington-Chorea litt, der gottbegnadete Beamtenstatus verwehrt wurde, auf den sie eigentlich Anspruch gehabt hätte. Beamtet zu sein bedeutet, lebenslange Anstellung mit guter Pension, Krankenversicherung und allem möglichen, und Huntington-

Chorea ist eine grauenhafte Nervenkrankheit, bei der die Gehirnmasse schrumpft und ein Wrack hinterlässt. Eine Krankheit, die unwiderruflich zum Tod führt, bei der das Risiko der Vererbung an das Kind mit einem kranken Elternteil bei fünfzig Prozent liegt. Jedenfalls hatte diese Lehrerin keinen Test machen lassen. Aber den Behörden war das egal, und sie ließen ihr in einem Brief mitteilen, dass sie mit großer Sicherheit vor ihrem fünfundsechzigsten Geburtstag sterben würde und deshalb nicht Beamtin werden könnte. Der Fall erregte große Aufmerksamkeit, die Frage war, ob es ein Recht des Nichtwissens gibt. Interessant ist, dass sich in Deutschland nur fünf Prozent aller potenziellen Huntington-Fälle testen lassen. Die meisten haben offenbar beschlossen, es nicht wissen zu wollen. Deine Werbung würde diesem Willen also gewaltig widersprechen.«

»Aber kann man nicht beide Aspekte aufzeigen? Birgittas Beispiel und dieses Recht auf das Nichtwissen?« Die Arbeitslust hatte mich plötzlich gepackt, die Freude daran, mit Ideen zu jonglieren, der Genuss, vor einem Problem zu stehen, das gelöst werden musste, das Gefühl, etwas zu dieser Lösung beitragen zu können. Martin hatte wie immer das vage Problem erfasst, das meine Gedanken verwirrt hatte, als der Tod und ich über dieses Thema diskutiert hatten. Eine positive Sehnsucht nach Gewissheit ist nur denen vergönnt, die noch nicht wissen, was die Hölle in Bereitschaft hat.

»Kann sein. Kann sein. Ich muss darüber nachdenken. Es ist jedenfalls nicht schlecht. Es ist absolut nicht schlecht. Es wird polarisieren, überlegt nur, wie wir jetzt sofort losgelegt haben. Außerdem gefällt mir das Bild des Todes im Hintergrund, dieses Gefühl, dass etwas auf der Lauer liegt. Der Tod ruft, gute Nacht, dein Stundenglas rinnt aus. So ist das doch wohl?«

Sicher. Aber Bellman hatte durchaus saftigere Lieder geschrieben. Ich öffnete den Mund, um zu rezitieren, schloss ihn dann aber wieder. Das hier war nicht der richtige Moment, um mit meinem Wissen über tote Dichter zu protzen. Ich hatte auch so schon genug gesagt. Martin schien meine Gedanken gelesen zu haben.

»Was dich zu diesem Vorschlag inspiriert hat, war nicht zufällig dieser kleine Zwischenfall mit dem verkleideten Besucher? Denn der hat sich doch als der Tod ausgegeben, oder? Hat er sich vielleicht noch einmal sehen lassen?«

Ich versuchte, mir nichts anmerken zu lassen. Meine Stimme war brauchbar fest, als ich antwortete, er habe sich nicht gemeldet und die Polizei habe sich seit dem Besuch der Kriminalkommissarin Lena Rosseus auch nicht mehr sehen lassen. Eira und Birgitta sahen mich neugierig an, und ich musste kurz vom Besuch des Todes in der Nacht berichten, in der ich mich halbwegs um den Verstand getrunken hatte. Es schien eine Ewigkeit her zu sein, und ich musste mir große Mühe geben, um den Tod als Fremden zu beschreiben und keine Einzelheiten über seine Persönlichkeit hinzuzufügen.

Eira fasste sich als Erste.

»Erica, dass du das überlebt hast! Dass du nicht einfach umgefallen und vor Schreck gestorben bist! Er hätte doch alles mit dir machen können, wirklich, alles. Sich so als Tod zu verkleiden, ja, es gibt so viele Irre, aber dass du an so einen geraten musstest, das verstehe ich nicht. Aber vielleicht war das ein Zeichen. Ich meine, wo das mit Gabriella so kurz danach passiert ist … dass sie unmittelbar nach deinem Besuch gestorben ist. Vielleicht war der Besuch dieses Irren ein Omen! Auch wenn ich an sowas nicht glaube. Ich wünschte, ich täte es, aber ich tu es nicht. Omen und geheimnisvolle Zeichen und der ganze Dreck. Die Seele zum Beispiel. Sicher wäre es schön, wenn wir eine hätten, aber manchmal schaue ich in den Spiegel, und dann frage ich mich, die Seele, wo sitzt die denn bloß?«

Birgitta hörte mit undeutbarem Blick zu und trank dabei große Schlucke des inzwischen um einiges abgekühlten Tees.

»Ich kriege eine Gänsehaut, wenn du so erzählst, aber nicht nur aus Unbehagen. Denk an alle Bücher und Filme mit dem Tod als Nebengestalt im Hintergrund und sogar Hauptperson. Und dann machst du die Tür auf, und da steht er. Ich an deiner Stelle wäre ihm sicher aus purer Panik um den Hals gefallen. Nach dem Prinzip, tu, was du nicht lassen kannst, ehe ich vor Angst sterbe.«

Weiter kamen wir nicht, denn jetzt hörten wir eine Treppe weiter unten lautes Geschrei und ziemliches Krachen, gefolgt von einem Geheul, zu dem die würzigsten Flüche erschollen, die ich seit langem gehört hatte. Curry, Paprika, Chili, alles, was stark und rot ist und brennt, tauchte vor meinen Augen auf, als ich hörte, wie Teufel und Satan sich mit Scheiße und »fuck you« und allem vermischten, was ein Vierzehnjähriger in seinem halb erwachsenen Wortschatz bewahren konnte. Ich wusste sofort, dass Arvid heulte und Erik fluchte, und ich hoffte wirklich Erik zuliebe, dass das, was geschehen war, nicht schlimmer war als der scheußliche Atemhauch, der mir zuteil geworden war.

Aber da irrte ich mich. Gleich darauf kam der ältere Sohn mit tränenüberströmtem Gesicht die Treppe herauf. Und da ein Teenager sonst alles tut, um nicht zu weinen, wusste ich, dass Schmerz oder Zorn keine Grenzen kennen konnten. Der helle Schopf, in dem das Gel des Morgens erschlafft war, sah traurig aus, Eriks Blick war verzweifelt.

»Der hat meinen ganzen Aufsatz gelöscht, der Arsch! Meinen ganzen Aufsatz über die Wikingerzeit. Scheiße, der war doch schon fertig, und ich muss ihn morgen abliefern, aber er hat ihn gelöscht. Was soll ich jetzt machen? Verdammt! Verdammt!«

Seine Stimme brach sich in den höheren Sphären, sie war noch nicht reif genug für die oberen Register, für den Erwachsenenklang. Brigitta versuchte, ihn in den Arm zu nehmen, aber er machte sich los, stürzte in die Diele hinaus und riss seine Jacke an sich.

»Ich hau ab, das sag ich euch. Ich hau ab. Verdammt, ich kann nicht mehr mit dem zusammen leben. Der ist doch total verrückt, und niemand macht was.«

Damit stieg er in seine Stiefel und öffnete die Tür. Birgitta stürzte hinaus und schrie von der Tür aus hinter ihm her, aber es war zu spät. Er war verschwunden, ehe wir anderen hatten reagieren können.

Ein unausgesprochener Wunsch zu erfahren, was geschehen war, paarte sich mit der Neugier, das Untergeschoss zu inspizieren, und ließen Eira und mich die für Gäste vorgeschriebene Diskretion vergessen und Martin folgen, der nun die Treppe hinunterrannte. Hinter uns hörte ich, wie Birgitta jetzt mit einer Art trockenem und heiserem Schluchzen weinte, das klang wie ein kotzender Hund. Sie tat mir unendlich leid.

Das Untergeschoss bestand aus einem langen Gang mit mehreren Türen, die, wie ich vermutete, in das Allerheiligste führten, also in die Zimmer von Arvid und Erik, ins Schlafzimmer von Martin und Birgitta, in die Waschküche und vielleicht in einen Hobbyraum. Eine Tür zu dem, was ich für Eriks Zimmer hielt – denn ich hörte das Summen eines Computers –, stand offen, und dahinter saß Arvid auf dem Boden und brüllte vor Lachen. Er lachte dermaßen, dass er sich am Ende auf den Boden werfen musste, und sein Lachen war nicht einmal gemein, es war eher hell und frisch wie ein Frühjahrsputz.

Martin ging zu ihm und packte ihn am Arm.

»Was hast du getan?«, schrie er und riss den Sohn auf die Füße. Ich schlich mich hinter ihm ins Zimmer, um einen Blick auf den Bildschirm zu werfen, und der sah wirklich beunruhigend leer aus und glotzte in blinder Gleichgültigkeit zurück.

»Ich? Wieso immer ich? Ich hab nix gemacht. Hab nur versucht, ihm ein bisschen zu helfen. Der hat irgendwas geschrieben, und ich hab mich hinter ihn gestellt und gesehen, dass er falsch schreibt, und dann hab ich auf ein paar Knöpfe gedrückt, um ihm zu helfen. Warum soll immer ich schuld sein?«

Die Stimme des Jungen war erfüllt vom gerechten Zorn darüber, einer Missetat bezichtigt zu werden, wo er es doch nur gut gemeint hatte. Martin ließ ihn so plötzlich los, dass er fast gefallen wäre, und ging zum Computer, um zu sehen, ob noch etwas zu retten war. Das war offenbar nicht der Fall. Ich hatte jeglichen Respekt vor der Heiligkeit des Familienlebens verloren und schaute Martin über die Schulter.

Die Datei hieß auch wirklich »Die Wikingerzeit«. Aber egal, auf welche Tasten Martin auch drückte, er brachte nur ein leeres Dokument namens »Die Wikingerzeit« hervor. Erik hatte offenbar recht gehabt.

»Und das ist wirklich schade«, sagte Arvid, als ob nichts geschehen wäre. Er war aufgestanden und hatte sich in der Ecke in einen Sessel gesetzt.

»Denn Erik hatte fast hundert Seiten geschrieben. Aber ich habe ihm geholfen. Das kann ich. Das habe ich ihm auch gesagt. Aber auf mich hört ja niemand. Und immer soll ich es gewesen sein.«

Seine Stimme war noch immer leicht und luftig, und als ich ihn ansah, sah er weder traurig, böse oder gekränkt aus. Sein Gesicht strahlte stattdessen etwas aus, das vielleicht Zufriedenheit oder gar lauteres Glück war. Der Ausdruck in seinen Augen war zu einem gewissen Grad verwandt mit dem von Carina, als sie das angesehen hatte, was Einar Saléns Gesicht gewesen war.

Ich betrachtete ihn weiter. Eigentlich ein hübscher Junge auf dem Weg in die Teenagerzeit. Seine dunklen Augen waren von dichten Wimpern eingerahmt, und seine ebenfalls dunklen Haare fielen ihm lockig in die Stirn und waren von der Sorte, die immer gut aussehen, egal, ob sie sauber oder schmutzig sind, frisiert oder natürlich. Sah das Böse wirklich so aus? Und das hier, war das ein Bubenstreich oder eine Gemeinheit?

Birgitta hatte es jedenfalls einmal als das Böse bezeichnet, als wir zusammen in einem Café gesessen hatten. Sie hatte, was nur selten vorkam, Besuch von ihrer Mutter, die mit adligem Eifer das Kommando an sich gerissen und ihre Tochter zur Erholung geschickt hatte, in Form eines Stück Kuchens mit mir in der Stadt. »Was mir vor allem zusetzt, ist das Gefühl, dass er böse ist«, hatte sie gesagt und immer wieder ihre Kaffeetasse umgedreht. Sie hatte erzählt, dass auch andere Kinder gemein genug sein konnten, um Tiere zu töten, die sie für ihren Tierfriedhof brauchten, dass aber Arvid den Todesprozess in alle Ewigkeit verlängert hatte. Er hatte Fliegen die Flügel abgeschnitten und zugesehen, wie sie sich verzweifelt auf dem Boden um sich selbst drehten, er hatte Fröschen die Beine ausgerissen, worauf die Frösche auf dem Bauch liegen und um Luft ringen mussten, und er hatte begeistert der Katze Singvögel serviert, ehe er diese Katze in der Regentonne ertränkt hatte. Er hatte immer das Spielzeug der anderen zerstört, aber nie einfach so, immer hatte er gerade den Gegenstand gewählt, der unersetzlich war, eine unverzichtbare Erinnerung. Zugleich waren scine Ausflüchte durchtränkt von einer Unschuld, die die meisten Menschen täuschen konnte.

Birgitta hatte erzählt, wie sie sich jeden Tag und jede Nacht fragte, ob sie etwas falsch gemacht hatte, und wenn ja, was. Sie erzählte, dass Arvid sie nachts immer weckte, drei, viermal, um ihr zu erzählen, dass er nicht schlafen konnte, und dass sie manchmal das Gefühl hatte, dass er hinter der Tür wartete, um genau dann zuzuschlagen, wenn sie wieder eingeschlafen war.

»Das steht seit seiner Geburt ganz oben auf meinem Wunschzettel. Eine ganze Nacht zu schlafen«, hatte sie gesagt und erklärt, dass sie manchmal vor Müdigkeit Fieber bekam. »Es würde mir nichts ausmachen, wenn er nur physisch krank wäre. Ein behindertes Kind zu haben ist ebenfalls eine private Hölle, aber ich glaube, ich könnte besser damit umgehen, wenn ich wenigstens erraten könnte, ob er mit dem, was wir machen, zufrieden ist. Dass er unsere Liebe spürt und auch selber welche geben kann. Aber zu wissen, dass dein eigenes Kind nur wirklich glücklich ist, wenn jemand anderes unglücklich ist, das ist ein Wissen, das mich jeden Tag mit der Frage konfrontiert, wie ich denn die Kraft zum Weitermachen aufbringen soll.«

Mit der Pseudosicherheit der Unwissenden hatte ich geantwortet, dass es den meisten Kindern schwerfällt, Gut und Böse zu unterscheiden, und dass die meisten kleinen Tunichtgute doch zu einigermaßen gesetzestreuen Bürgern heranwachsen, die für Kinderhilfswerke und die Krebsforschung spenden. Dass »böse« ein zu belastetes und zu großes Wort sei, im Hinblick auf die Geschichte der Menschheit und die Zeit, in der wir jetzt lebten. Birgitta hatte nichts dazu gesagt, aber ich konnte mich an ihren ungläubigen Blick erinnern. Danach hatte sie abrupt angefangen, über Martin und sein neuestes Projekt zu reden.

Martin ging zu Arvid, kniete vor ihm nieder und nahm die Hände seines Sohnes.

»Warum tust du das?«, fragte er und schüttelte den Kopf. »Warum willst du deinen Bruder unglücklich machen? Er würde jede Freundlichkeit von dir doppelt zurückgeben. Siehst du nicht, dass er dich gern lieben würde, wenn du das nur erlaubtest? Er ist älter als du, aber er ist nicht alt.«

Arvid sah seinen Vater nur an. Nichts von dem, was Martin gesagt hatte, schien bei ihm haften zu bleiben.

»Ich will vielleicht nicht, dass er mich liebt. Ich will vielleicht gar nicht geliebt werden«, sagte Arvid gelassen. So gelassen, dass ich für einen Moment das Gefühl hatte, dass dort kein Zwölfjähriger saß, sondern etwas ganz anderes. Was war das für eine Seele, die sich in diesen Körper verirrt und ihn in Besitz genommen hatte?

Birgitta war jetzt nach unten gekommen und hatte alles gehört. Ich drehte mich um und umarmte sie, aber ihr Körper antwortete nicht mehr, und ich ließ ihn rasch wieder los.

»Dann müssen wir heute Nacht aufbleiben und über die Wikinger forschen«, sagte sie tonlos. Ich konnte mir vorstellen, wie der Notausgang aussah. Birgitta und Erik forschten und schrieben in schweigender, wortloser Übereinkunft zu zweit. Um ein, zwei, drei Uhr nachts. Wenige Stunden Schlaf. Und dann um halb sieben hoch, um Arvid zu erklären, dass er sich waschen und anziehen musste, ehe er sich auf den Weg zur Schule machen konnte.

Eira hatte bisher nichts gesagt. Jetzt öffnete sie den Mund.

»Ich weiß nicht, was man sagt, aber ich weiß, was man fühlt«, sagte sie und konnte uns durch diese wenigen Worte klarmachen, dass die finnischen Wälder auch nicht der leichteste Ort waren, um aufzuwachsen. Es duftete nach frischgefällten Bäumen, und ich sah, dass es Martin und Birgitta auf eine Weise half, zu der lange verständnisvolle Erörterungen nicht in der Lage gewesen wären. Birgitta umarmte Eira kurz, ging dann zu Arvid und ging ebenfalls vor ihm auf die Knie. Martin drehte sich um und verließ das Zimmer, und Eira und ich folgten ihm. Was jetzt zwischen Mutter und Sohn passieren würde, ging uns nun wirklich nichts an.

Oben in der Küche hatte unser Kaffeetisch einiges von der frischgebackenen Atmosphäre verloren. Martin setzte aber ohne zu fragen wieder Wasser auf, was ich als Zeichen dafür deutete, dass wir bleiben sollen, als Freundschaftsbeweis.

»Ich hab total vergessen zu fragen, wie es mit Tom steht«, sagte er, den Rücken zu mir gekehrt. Die Episode mit Arvid war für den Moment im Geschichtskeller der Familie vergraben, und das konnte ich absolut respektieren.

Ich wusste, dass ich Birgitta gegenüber nur angedeutet hatte, dass meine Beziehung zu Tom auf dem Gefrierpunkt angelangt sei. Martin wusste rein gar nichts über die weiteren Entwicklungen mit Anette, und ich konnte erzählen, ohne die Angst, mich im Bezug auf den Tod zu versprechen. Also berichtete ich von unserem Essen auf Söder und davon, was Tom dabei gesagt hatte, und dass ich dann festgestellt hatte, dass Anette bereits hochschwanger und kurz vor der Niederkunft war. Das alles zu erzählen, dauerte seine Zeit und war spannend genug, um Martins erstarrter Miene ein wenig mehr Leben zu geben. Auch Eira wirkte belebt, vermutlich, weil dieser Nachmittag ihr gezeigt hatte, dass sie tatsächlich nicht die Einzige mit einem gestörten Familienleben war.

»Bei manchen Männern sitzen die gesammelten Gefühle einfach in der Vorhaut«, sagte sie kurz und nahm einen tiefen Schluck von dem Tee, den Martin während meines Berichts gekocht hatte. Martin, der sich mir gegenübergesetzt hatte, nahm jetzt meine Hände so, wie er zuvor Arvids genommen hatte.

»Erica, das tut mir schrecklich leid«, sagte er. Ich spürte, dass ihm das von Herzen kam, und sein Mitgefühl in Verbindung mit Eiras bodenständigem, wenn auch grobem Kommentar, ließ den Druck in meinem Kopf wenigstens ein wenig leichter werden.

»Das klingt überhaupt nicht wie Tom. Wir sind ziemlich verschieden, aber ich habe ihn immer geschätzt. Hatte immer das Gefühl, dass wir uns bei unseren Begegnungen etwas zu sagen hatten. Und ich habe gewusst, dass er dich geradezu angebetet hat, Erica, aber das habe ich dir ja schon gesagt. Ich hatte wirklich das Gefühl, dass ihr zu Hause angekommen wart, als ihr euch gefunden hattet. Und dann passiert das hier. Dass ein … Seitensprung solche Folgen haben kann, müsste eigentlich verboten werden.« Martin schien resigniert zu sein.

»Hast du das mal ausprobiert? Einen Seitensprung, meine ich? Und wie hättest du dich verhalten, wenn du an Toms Stelle wärst?« Ich hatte das Gefühl, dass alles, was wir erlebt hatten – Gabriellas Tod, die Sache mit Arvid, Toms und meine zerstörte Beziehung –, Ehrlichkeit zu einem Muss und frischverputzte Fassaden zu einem Ding der Vergangenheit werden ließ. Das Leben war für niemanden von uns noch unbesudelt.

Martin schwieg eine Weile.

»Nein«, sagte er endlich. »Nein, ich war nicht untreu, wenn du damit den physischen Sexualakt und alles, was dazugehört, meinst, inklusive Aperitif und Cognac zum Kaffee. Dass ich eben gezögert habe, lag daran, dass ich erst einmal den Begriff Untreue für mich definieren musste. Diese Klatschartikel, in denen diskutiert wird, ob ein Kuss hier oder da ein Zeichen für Untreue ist oder nicht, die können wir vergessen. Ich denke eher an Gedanken, denn das ist doch der einzige Bereich, in dem wir Menschen uns frei bewegen können. Und da wage ich nichts zu versprechen. Attraktive Frauen in der Stadt sind das eine, mein Blick ist sicher schon mal in einen Ausschnitt geraten und fand nicht mehr heraus. Aber das meine ich nicht. Ab und zu ertappe ich mich zum Beispiel dabei, dass ich einfach nur verschwinden will. Weg von hier. Durch die Tür gehen und nie wieder zurückkommen. Die Vorstellung, einfach zu gehen, ist so verlockend, wie an einem Abgrund zu stehen und das Ziehen von unten zu spüren und den entscheidenden Schritt tun zu wollen, obwohl das tödlich wäre. Dieses Ziehen habe ich schon gespürt. Und das ist doch auch Untreue. Einfach zu verschwinden und Frau und Kinder zu verlassen, in meinem Fall ein überaus problematisches Kind. Ich schäme mich dieser Gedanken, muss aber zugeben, dass ich sie gehabt habe. Und noch habe. Aber vielleicht hilft es, ehrlich zu sein. Und dann kehrt man vielleicht trotz allem jeden Tag zurück.«

Eira hörte mit unergründlicher Miene zu. Ich wagte nicht zu fragen, ob er auch in der klassischen Bedeutung des Begriffs untreu gewesen sei. Stattdessen dachte ich über Martins Geständnis nach.

»Du hast von Verschwinden geredet, aber darf ich dir eine Frage stellen, die ich nur zu stellen wage, weil du einer von meinen besten Freunden bist? Kommt es vor, dass du … dass du dir wirklich wünschst, dein jüngerer Sohn wäre nie geboren worden, weil du einfach nicht weißt, wie du es ertragen sollst?«

Martin schwieg so lange, dass ich meine Frage schon bereute. Aber am Ende schaute er mich mit einer Miene an, die große Ähnlichkeit mit der hatte, mit der er vor Arvid gekniet hatte.

»Die meisten Menschen, die Kinder haben, würden in deiner Frage Unwissen und Zynismus wittern. Aber ich kenne dich. Ich weiß, wie du es meinst und was du nicht so meinst. Und ich …« Er verstummte und redete dann weiter, als hätte er die Kontrolle über seine Worte verloren. »Es gibt Dinge, die man nicht vergessen kann. Sicher, man kann verzeihen und verzeihen und immer wieder versuchen zu verstehen. Aber bisweilen … kann man nicht vergessen. Oder ich kann nicht vergessen. Wenn ich es könnte, hätte ich sicher ein längeres Leben vor mir.«

In diesem Moment kam Birgitta herein und hörte die letzten Worte.

»Nein, es ist bisweilen schwer zu vergessen, dass man lebt. Du hast das doch sicher deutlich gespürt, Erica, als du einem verkleideten Tod Auge in Auge gegenüberstandest. Zugleich hat Martin dir diesen Genauftrag erteilt, der fast eine Variation desselben Themas ist. Du solltest vielleicht versuchen, diesen Verkleideten zu finden, und ihn bitten, bei dem Wahnsinn mitzumachen?«

Es war deutlich, dass sie ihre Gedanken zu unserem unterbrochenen Gespräch zurückführen wollte. Ich überlegte und sah ein, dass ich vielleicht niemals eine bessere Gelegenheit finden würde.

»Witzig, dass du das sagst … aber diese Begegnung hat mich

wirklich sehr nachdenklich gemacht, weil sie so schicksalhaft war. Toms Abgang und dann der Typ vor der Tür. Du hattest recht, Martin, sicher hat die Begegnung mit diesem verkleideten Mann mich auf die Ideen für die Kampagne gebracht, nachdem wir im Büro darüber geredet hatten. Und dann habe ich über gute Schauspieler nachgedacht. Oder eher Anti-Schauspieler. So sehr, dass ich einen Blick auf Gabriella und ihre Mutter werfen wollte … wie gesagt. Und danach habe ich mir überlegt, wen ich kenne und wen meine Bekannten kennen … und mir fiel jemand ein, den ich über Kari kennengelernt hatte, meine alte Freundin, ihr wisst schon. Er heißt John und ist Schauspieler, ich bin ihm auf einem Fest bei Kari begegnet, und wir haben uns mal zum Kaffee getroffen. Das ist aber schon eine Weile her. Er ist Engländer und wohnt eigentlich in London. Aber ich weiß noch, dass er eine Ausstrahlung hatte, die einerseits schwarz war, wenn ihr versteht, was ich meine, aber dann doch wieder witzig. Ein Melancholiker mit Humor, so würde ich ihn wohl beschreiben. Er wäre perfekt, wenn ich jetzt mal weiterspinne. Ich könnte ihn fragen, ob er Lust hat, für uns den Tod zu spielen. Wenn ich ihn in einem alten Adressbuch finde. Aber sonst kann Kari sicher helfen. Und wenn die Werbeagentur sonst niemanden auf Lager hat.«

Während ich redete, dachte ich darüber nach, dass wenn mein Plan scheitern sollte, dass dann jetzt wohl der richtige Zeitpunkt wäre, dass aber Übung die Meisterin macht und wiederholtes Lügen ebenfalls. Außerdem stimmte ja vieles von dem, was ich sagte. Meine Begegnung mit dem Tod hatte mir wirklich Ideen für Martins Werbejob gebracht. Nur hatte ich in meiner redigierten Version Ursache und Wirkung vertauscht.

Martin sah mich lange an. Sehr lange. Er war alles andere als dumm, und ich wusste, dass er das schwächste Glied in meiner Lügenkette war. Ein Besuch eines als Tod verkleideten Mannes, und jetzt ein Schauspieler, der für die Rolle des Todes angeblich geeignet war. Ich starrte zurück, machte treuherzig große Augen und gab mir alle Mühe, nicht zu zwinkern. Nimm nicht mich, nimm den großen Brausebock, der ist viel fetter und größer als ich.

Als Martin endlich antwortete, war seine Stimme neutral an der Grenze zum Verwischten.

»Lass mir noch morgen zum Überlegen. Die Götter mögen wissen, dass ich sonntags nicht gern über die Arbeit nachdenke, aber das lässt sich ja auch als Freizeitbeschäftigung bezeichnen. Über den Tod nachzudenken, meine ich. Dann rufe ich dich am Montag an. Und nichts kann uns ja daran hindern, mit Nicke ein paar Probeaufnahmen zu machen, es kostet uns nur die Zeit, und wir haben dann etwas in der Hand, wenn wir die Reklamekumpels treffen.«

Nicke war der Fotograf und Kameramann, mit dem Martin und ich die Kondomkampagne gemacht hatten. Seine Vorarbeiten damals waren gut genug gewesen, um die Werbefuzzis zu überzeugen, und das war ein gutes Argument, denn es lohnt sich immer, etwas in der Hand zu haben, wenn man eine Idee verkaufen will. Nicke war kreativ an der Grenze zum Wahnsinn und sein Blick für das, was gefragt war, in seiner Treffsicherheit fast unheimlich.

Birgitta knabberte an ihrer Nagelhaut, die sie schon so geschunden hatte, dass sie jetzt zu bluten anfing. Birgitta leckte das Blut ab, und ich sah, dass alle Nägel bis über die Schmerzgrenze hinaus abgenagt waren.

»Birgitta, wie sieht es mit Arvid eigentlich aus? Ich meine, bekommt ihr irgendwelche Hilfe? Ich sehe ja, dass ihr beide das nicht mehr lange durchhaltet.«

»Nein, das tun wir wohl nicht.« Birgittas Stimme war dünn. »Aber Hilfe bekommen wir auch nicht. Natürlich ist Arvid psychisch gestört, aber die kinderpsychologischen Einrichtungen sind auf unabsehbare Zeit ausgelastet, und Sozialamt und Gemeinde streiten sich, ohne dass irgendetwas passiert.

Dass man auch nicht eine verdammte Krone von allem, was man an Steuern bezahlt hat, in Anspruch nehmen kann, wenn man sie braucht, das macht mich so wütend, dass ich bereue, nicht schwarzgearbeitet zu haben, als sich die Gelegenheit bot. Er geht noch immer auf eine normale Schule, obwohl er in eine Sonderklasse mit zusätzlicher Betreuung gehört, und die Medikamente, die er bekommt, sind so stark, dass ich Angst vor den Nebenwirkungen habe. Leider lässt die Forschung für Medizin für Kinder arg zu wünschen übrig, und die Ärzte müssen mit Medikamenten für Erwachsene experimentieren, und bis etwas passiert … ja, die einzige helfende Hand sitzt bekanntlich an unserem eigenen Arm. So einfach ist das. Und so schwer.«

Sie schaute mich rasch an, und ich schlug die Augen nieder, denn ich wusste ja von den Tabletten für Arvid. Sie hatte sie mir mitgegeben, und sie lagen noch immer im Badezimmer herum, ohne dass ich einen Artikel über eine mögliche Auswertung des Präparates geschrieben hatte.

»Da hast du recht.« Das war wieder Eira. »Heutzutage muss man gesund sein, um krank sein und um seine Rechte kämpfen zu können. Abgesehen von meinem Alten natürlich. Nils geht nur zum Arzt, wenn er hinbestellt wird. Und dabei fällt mir ein, dass ich vielleicht zu Hause mal nach meinen beiden Mannsbildern sehen sollte. Ob Robert sich beruhigt hat.«

Das Telefon, das jetzt klingelte, wirkte wie eine Antwort auf ihre Überlegung, und Martin sprang auf mit einem Blick auf Eira, als rechnete auch er damit, dass hier Nils anrief und die Stütze der Familie bitten wollte, nach Hause zu kommen. Er nannte seinen Namen und war dann still. Mucksmäuschenstill, bis er plötzlich fragte, wo und wann und wie es ihr gehe. Wir wagten kaum einander anzusehen, sondern warteten mit aufgesetzter Ruhe auf den nächsten Hammerschlag. Es kam uns vor wie eine Ewigkeit, bis Martin endlich auflegte und zu uns zurückkehrte. Sein Gesicht, das sich im Laufe des Nachmittags verhärtet hatte und zuletzt wieder weich gewesen war, hatte wieder dieses Gespannte, das neue Belastungen ankündigte.

»Das war eben Carl. Carl Berg, unser stellvertretender Direktor«, sagte er und sah mich an. Der Name war mir nicht neu, wir waren uns im Zusammenhang mit der Kondomsache sogar einige Male begegnet. Ich nickte, und Martin nahm erneut Anlauf.

»Es ging um Einar Salén. Meinen direkten Vorgesetzten. Einar … offenbar hat er sich heute Morgen in seinem Haus erschossen.«

KAPITEL 12

Ja, eben. Einar Salén war tot. Von seiner Frau erschossen. Aber die offizielle Version, die Carina Salén für die Öffentlichkeit herausgegeben hatte, klang offenbar anders. Einar Salén hatte Selbstmord begangen, und jetzt galt es, unschuldig und unwissend zu spielen. Diesmal würde es sicher ein wenig besser gehen, schließlich rechnete niemand damit, dass ich mit diesem Ereignis etwas zu tun haben könnte. Und zunächst würde auch nicht nach einem Mörder oder einer Mörderin gesucht werden, eher würde man sich auf die Suche nach einem Motiv konzentrieren. Was vielleicht nicht so einfach sein würde. Über Einar Salén ließ sich viel sagen, aber nicht, dass er von den Dämonen der Depression gejagt worden sei. Seine Dämonen schienen eher lasterhaft und nackt gewesen zu sein.

Birgitta setzte zum dritten Mal Wasser auf. Ich hätte es mittlerweile eher für angebracht gehalten, wenn sie eine Flasche Whisky auf den Tisch gestellt hätte, aber das wurde uns nicht vergönnt. Martin setzte sich wieder und sah uns eine nach der anderen an, vielleicht Eira ein wenig länger, da sie als Kollegin immerhin eine tiefere Beziehung zu Einar gehabt hatte als ich.

»Scheiße! Eira, was ist nur los? Ist die Welt geradezu hamletartig aus den Fugen geraten, oder was glaubst du, wo du doch immer für alles eine vernünftige Erklärung hast? Zuerst erzählt Erica, dass sie Besuch von einem Idioten hatte, der sich Tod nannte. Dann kommt dieser makabere Auftrag für die Gentestkampagne rein. Dann stirbt dein persönliches Hassobjekt Gabriella unter überaus geheimnisvollen Umständen, das muss man ja wohl sagen dürfen, und dann erfahre ich auch noch, dass Einar sich erschossen hat. Carina war vormittags offenbar unterwegs, und als sie nach Hause kam, lag er auf dem Sofa. Tot. Er hatte sich im wahrsten Sinne des Wortes den Kopf weggeschossen, und viel war nicht mehr vorhanden. Ja, hier in dieser Runde ist es kein Geheimnis, dass ich ohnehin der Meinung war, dass es in diesem Kopf nicht viel gab, jetzt ist das jedenfalls alles weg. Verzeihung!«

Martin hob abwehrend die Hände. Ich dachte, er brauche sich eigentlich nicht zu entschuldigen. Carina Salén hatte seine Ansicht schließlich geteilt.

»Ich weiß, dass man über die Toten nicht schlecht sprechen soll, und ich will das ja auch gar nicht, aber wir haben keine Zeit für Heuchelei. Carl hat mich gebeten, bis auf Weiteres Einars Posten zu übernehmen, was bedeutet, dass ich die von Einar initiierte ›ethnische Säuberung‹ in der Firma weiterführen muss. Niemand wird es mir übel nehmen, wenn ich diesen Prozess erst einmal aussetze, um ihn dann am Ende ganz abzublasen, und dann … aber jetzt greife ich viel zu weit voraus. Warum zum Teufel hat er sich erschossen? Das hätte ich ihm nie zugetraut. Mir kam er bei unseren letzten Treffen immer widerlich zufrieden vor, da sein diktatorischer Führungsstil nun endlich zu echter Unterdrückung geführt hat. Wie Carina das wohl aufnimmt?«

»Kennst du seine Frau?« Ich hielt diese Frage für ebenso neutral wie einen grauen Anzug, der sich nicht vom Hintergrund abhebt oder stört.

»Carina? Sicher. Sie ist ganz schön heftig und Einars totaler Gegensatz. Arbeitet in der Altenpflege, glaube ich. Üppig und auf irgendeine Weise herausfordernd, bei ihr muss ich immer an Äpfel in allen Farben denken. Wie sie es mit einem Mann wie Einar ausgehalten hat, übersteigt mein Fassungsvermögen.«

Eira schnaubte, einmal und dann noch einmal. »Alle guten und lieben Gottheiten mögen verzeihen, aber der Welt bleibt immerhin ein weiterer Parasit erspart. Ich habe nicht vor, die Trauer zu heucheln, die ich gar nicht empfinde. Einar Salén war ein übler Mistkerl und ein machtgeiler Intrigant. Das wissen wir alle. Aber wenn seine Frau das nicht so gesehen hat, muss sie uns natürlich leidtun. Ich an ihrer Stelle hätte ihn schon längst umgebracht. Ich werde ihr Blumen schicken, Martin, das übernehme ich.«

Bei dem Wort Mistkerl krampfte sich mein Magen wieder zusammen. Wenn die Polizei anfing, in Einars Angelegenheiten herumzuwühlen … wenn das Bild entdeckt würde … wenn jemand mich erkannte … ich verdrängte diese Überlegungen. Bei Selbstmord gab es doch keinen Grund, das Haus auf den Kopf zu stellen, und Carina hatte sicher alles so arrangiert, dass kein Verdacht entstehen würde. Sie würde sich alle Mühe geben, um der Polizei die Nacktbilder vorzuenthalten, denn die könnten sie in ein unvorteilhaftes Licht rücken. Als Eifersuchtsmotiv würde das bestimmt absolut ausreichen.

»Ich konnte ihn auch nicht ausstehen.« Das war Birgitta. »Aber wenn ich etwas gelernt habe, dann, dass man niemals wissen kann, was sich hinter den Fassaden der Menschen verbirgt. Ich meine, von außen wirken wir doch wie die glücklichste Familie der Welt, Martin. Mama und Papa und zwei Kinder in einem kleinen Puppenhaus. Eine Disneyfamilie. Aber wenn man die Türen öffnet, dann kommen die Ratten heraus. Was du von diesem Einar erzählt hast, klingt sicher nicht sympathisch, aber wer weiß, was sich zwischen ihm und seiner Apfelfrau abgespielt hat … und was sie für Probleme hatten. Haben sie übrigens Kinder?«

Martin schüttelte den Kopf.

»Nein, Carina hat einmal auf einem Betriebsfest erwähnt, dass sich das nicht ergeben hat, und da war das vielleicht ein heimlicher Kummer. Vielleicht war Einar zeugungsunfähig. So sah er jedenfalls aus.«

»Martin!« Jetzt wurde Birgitta streng. »Es gibt Grenzen auch für Verachtung. Ein Mann hat sich erschossen, eine Frau leidet vielleicht, was wissen wir? Wir wissen nichts. Nichts über irgendetwas im Grunde. Sollten wir zum Beispiel anrufen und unsere Hilfe anbieten?«

»Ich glaube nicht.« Martin schien sich kein bisschen zu schämen. »Carl hat gesagt, dass Carinas Mutter so schnell wie möglich kommen und sich um sie kümmern wollte. Und die Tatsache, dass die Polizei schon dort war und dass Carina gefasst genug war, um die Firma zu informieren, zeigt doch, dass sie jedenfalls nicht handlungsunfähig ist.«

Wir blieben noch fast zwei Stunden sitzen und sprachen darüber, was sich hinter den Vorhängen der Saléns abgespielt haben könnte und wie das Leben sich immer wieder weigerte, sich irgendwelchen Plänen unterzuordnen. Ich fühlte mich trotz allem warm und betreut. Meine Verzweiflung über Tom hatte sich zu einer steinernen chinesischen Stresskugel aufgerollt und lag für den Moment still in einer Ecke. Mich erfüllte stattdessen eine unendliche Erleichterung darüber, dass ich es immerhin so weit geschafft hatte und jetzt mit Freunden zusammensaß. Irgendwann wurde die Haustür geöffnet, und Birgitta ging hinaus und sprach mit Erik. Sie hatte Käse und Würstchen und Oliven aufgetischt, und Erik füllte sich einen kleinen Teller und verschwand dann, ohne uns eines Blickes zu würdigen. Arvid war ebenfalls nach oben gekommen, um sich etwas zu essen zu holen, das er dann auf den Boden stellte. Er legte sich auf alle viere und leckte alles auf, wie zur Demonstration gegen Sitte und Konvention. Das führte zu neuen Ausbrüchen, neuem Geschrei und neuen Vorwürfen. Eira nahm dies als Zeichen, sich zu erheben.

»Ich glaube, ich muss jetzt mal zu Robert und Nils gehen. Es war wirklich fantastisch, hier zu sitzen und den ganzen Mist erst mal sich selber zu überlassen, aber jetzt muss ich wohl nach Hause gehen und zur Mistgabel greifen. Ich nehm ein Taxi, Erica. Kommst du mit? Dann bleibt uns unterwegs sicher der Anblick von als Tod verkleideten Typen erspart. Nicht, dass ich etwas dagegen hätte. Der Tod kann mir doch nichts anhaben.«

Wir zogen uns an, riefen den Kindern, die keine Antwort gaben, einen Abschiedsgruß zu, und umarmten Martin und Birgitta. Martin rief ein Taxi an und musterte mich dann abermals forschend.

»Ich ruf dich am Montag an, dann können wir weiter über unser Projekt sprechen. Wenn dir etwas einfällt, dann schreib es auf. Du kannst aber auch jederzeit anrufen. Du weißt, wo wir sind.«

Das wusste ich. Wir schlossen die Tür, ließen uns in die Dunkelheit des Taxis fallen, das uns abholte. Eira wohnte nicht in derselben Richtung wie ich, befahl dem Fahrer aber trotzdem, mich vor meiner Haustür abzusetzen. Wir umarmten einander, und ich konnte gerade noch denken, dass Eira wirklich wie ein Fels oder eine Eiche war und dass die Welt überleben würde, solange es Frauen wie sie gab. Ihre Kraft war ansteckend und brachte mich dazu, den Kopf zu heben, als ich die Treppen hochstieg.

In der Wohnung machte ich Licht und ließ mich von der Geborgenheit streicheln, die meine eigenen vier Wände mir schenkten, dann mischte ich mir einen Caipirinha, das Einzige, was mir bei Martin und Birgitta gefehlt hatte, und setzte mich in den blauen Sessel. Es war fast neun Uhr abends, und ich hatte keinen Hunger, war jedoch erschöpft. Der Tag war erfüllt gewesen von Ereignissen, die ich nicht hatte kontrollieren können, und das machte mir Angst. Wenn meine persönliche Entwicklung damit einherginge, dass ich den festen

Boden unter den Füßen verlor, hätte ich nicht viel gewonnen.

Ich hatte gehofft, der Tod würde schon zu Hause sein und für uns gekocht haben, aber dann ging mir auf, dass ich verwöhnt war und mir klarmachen müsste, dass nichts von ewiger Dauer ist. Im selben Moment klingelte das Telefon, und ich antwortete mit der Automatik alter Zeiten, vorbereitet darauf, dass es wirklich jeder sein könnte, auch Einar Salén aus dem Land, das es nicht gibt.

Aber es war mein Vater.

»Hallo, Herzchen. Wir haben so lange nicht von dir gehört. Ich wollte nur wissen, wie es dir geht?«

Diese Frage war sicher schon Tausenden, nein, Millionen von Kindern von ebenso vielen Eltern gestellt worden, und ich fragte mich plötzlich, wie viele davon eine ehrliche Antwort erhalten hatten. Wie es mir ging? Wie sollte ich in kurzer Zeit die Entwicklung der letzten Tage zusammenfassen, ohne dass Vater den Faden verlor? Jahrelanges Training gab mir die Kraft, von Toms und meiner Trennung zu erzählen und einen Teil der Gründe zu nennen, die dazu geführt hatten. Ich wusste, dass mein Vater Tom mochte, dass meine Mutter geradezu für ihn geschwärmt hatte. Mein Vater würde traurig sein, wenn ich traurig wäre, ansonsten würde er mich in der sicheren Überzeugung, dass ich selbst navigieren könnte, weiter meinen Kurs segeln lassen. Vor allem würde er wohl ein kurzes klares Ja auf die Frage hören wollen, ob es mir gut ging.

»Aber geht's dir denn gut? Du weißt ja, dass wir immer für dich da sind. Sollen wir nach Stockholm kommen und dir helfen?«

Wir wussten beide, dass sein Angebot im Grunde keine Bedeutung hatte, dass ich nicht ja sagen würde und dass er und Mama nicht kommen würden, aber dass das zum Familienritual gehörte, ungefähr wie der Austausch von Weihnachtsgeschenken oder ein Anruf am Namenstag. Ich wusste auch, dass die Tatsache, dass er nicht kommen würde, nicht bedeutete, dass ich ihm nicht wichtig wäre. Oder, einfacher gesagt, natürlich war ich ihm wichtig. Das jedoch verlangte keine physische Nähe und manchmal nicht einmal geistige. Aber es wurde Liebe genannt und war es vermutlich auch. War es übrigens ganz bestimmt.

Ich betäubte den kurzen schmerzhaften Stich durch die Frage, ob er wisse, ob irgendwelche unserer alten Verwandten einsam gestorben seien, ohne tröstende Hände, ohne sanfte Gedanken. Vater war überrascht, überlegte aber, ohne zu fragen, warum mich das interessierte.

»Das glaube ich nicht«, sagte er schließlich. »Wir haben ja eigentlich alle immer ziemlich dicht beieinander gewohnt, und es gab immer Nachbarn und Verwandte, die am Schluss eingesprungen sind … nein, wir waren wohl immer füreinander da, wenn das nötig war. Sogar nach dem Tod. Weißt du nicht mehr, wie Tante Marion gestorben ist und es so entsetzlich teuer gewesen wäre, den Sarg von einem Bestattungsunternehmen nach Ångermanland bringen zu lassen? Da haben wir einfach einen Lieferwagen gemietet und den Sarg hineingestellt. Und ich habe sie hochgefahren. Und es kam mir sehr, sehr richtig vor, das zu tun. Sie stand übrigens auch eine Nacht in der Garage. Aber ich glaube nicht, dass sie etwas dagegen gehabt hatte. Bestimmt nicht.«

Die Vorstellung, dass meine Großtante Marion, die einhundertvier geworden war, in ihrem Sarg eine Nacht in unserer Garage gelegen hatte, war wirklich fantastisch. Aber wie Vater sagte, seltsam war es im Grunde nicht. Die Menschen haben sich doch zu allen Zeiten um die praktischen Aspekte eines Todesfalls gekümmert und mussten das in vieler Hinsicht noch immer tun. Was war denn natürlicher? Dass eine alte Frau in der Garage ihres Neffen auf ihre letzte Autofahrt wartete oder dass sie ganz allein in den Räumlichkeiten eines professionellen Bestattungsunternehmers stand? Ich stimmte absolut für Ersteres.

Ich wünschte Vater noch einen schönen Abend und bat ihn, Mama über alles zu informieren, ich müsse jetzt einfach ins Bett, und wir könnten doch morgen wieder telefonieren. Dann legte ich auf und dachte, es sei schade, dass es kein Konservierungsmittel für Geborgenheit gab. Vor nur wenigen Nächten hatte ich in meinem Bett gelegen und beschlossen, mich niemals wieder zu fürchten. Und dann reichte ein Telefongespräch mit Vater, und schon kam ich mir endlos verlassen vor, als wir aufgelegt hatten. Als wäre die Nabelschnur ein weiteres Mal gekappt worden und mir wieder vorgehalten worden, dass nichts jemals von ewiger Dauer wäre.

Ich rieb mir die Stirn und war froh darüber, dass meine Kopfschmerzen bis auf Weiteres gezählt waren, ich setzte mich wieder in den blauen Sessel und ließ meinen Gedanken freien Lauf. Sie strebten rückwärts, zum Ende des alten und dem Beginn des neues Lebens. Ich hatte mit Tom in einem Restaurant gesessen, und er hatte Schluss gemacht, unter dem Vorwand, dass ich ihn mit meiner depressiven Art erstickte, einer Art, die er vielleicht sogar noch verstärkt hatte – nicht, weil er war, wie er war, sondern, weil ich war, wie ich war, mit meinem Ballast aus Vererbung und Milieu. Dann war ich in meinem Elend nach Hause gegangen und hatte mich fast im Suff ertränkt, war aber vom Tod gerettet worden, der zurückgekehrt und bei mir eingezogen war. Ich hatte den Tod meines Nachbarn Malkolm erlebt und den der kleinen Sissela auf der Straße und den des alten Gustaf in einem Krankenhausbett. Ich hatte Gabriella, Roberts Freundin und unerwünschten Schwiegertochter von Martins Sekretärin Eira, einen rascheren Tod beschert, so, wie ich für den Mord an Einar, Martins unangenehmem Kollegen, gesorgt hatte. Die beiden letzteren Todesfälle hatte ich durch meine Entscheidungen verursacht, und mit diesen Entscheidungen hatte ich mich auch zu einer neuen Karriere entschieden, als Gehilfin und rechte Hand des Todes. Ich hatte beschlossen, nicht mehr ängstlich zu sein, was mir teilweise misslungen war, aber ich hatte lügen gelernt. Vielleicht könnte man das als Fortschritt bezeichnen.

Ich wusste jetzt, dass meine Beziehung zu Tom mehr wert gewesen war, als ich während unserer gemeinsamen Zeit geglaubt hatte. Dass Gespräche in einem Restaurant über Arbeit und Urlaub kein Zeichen für Leere sein müssen, sondern auch auf Zusammengehörigkeit hinweisen können. Wir arbeiten gemeinsam, ruhen uns gemeinsam aus, lieben uns ab und zu und streiten uns zwischendurch, und wir gehören zusammen, weil wir das ebenso wissen wie der Rest der Welt. Das Glück ist keine konstante Größe, sondern ein Flackern in der Dunkelheit, und diese Funken sind der Sinn des Lebens. Ich ahnte, dass ich Tom vermutlich liebte, ohne das sagen zu können, aber dass ich ihn auch hasste, was ich gern für die ganze Welt hinausposaunt hätte.

Arvid sei böse, sagte seine Mutter. Einar Salén war vielleicht auch böse gewesen, auch wenn niemand dieses Wort auf ihn bezogen hatte, sondern andere, um einiges gewichtigere verwandte Ausdrücke. Ich hatte das Gefühl, den bitteren Geschmack der Bosheit auf der Zunge zu spüren, weigerte mich aber, ihn zu schlucken. Vielleicht war eine gewisse Portion Bosheit vonnöten, um die Angst zu bezwingen. Wenn ja, dann war das entsetzlich, widerlich und unangenehm beunruhigend.

Ich ging in die Küche, fand den Rest unserer kreolischen Mahlzeit und wärmte sie unter der Mikrowelle auf. Es war jetzt zehn Uhr. Die Dunkelheit war zäh wie Sirup, und ich fragte mich, wie es Carina Salén jetzt zumute war. Ob sie, von ihrer Mutter in eine Decke gewickelt, Trauer heuchelte, oder ob sie so ehrlich sein und ihre Erleichterung darüber zeigen konnte, dass sie endlich frei war. Vielleicht war sie mit den Bildern ihres Gatten auf dem Weg zur Müllhalde, und wenn ja, dann würden zahllose Brüste, Bäuche und Oberschenkel bald durch die Mühle der Recyclinganlagen gedreht, und wir würden verwandelt werden, wir gemalten Frauen, in einen einzigen Müllbrei. Das kam mir nicht ganz falsch vor. Auf diese Weise entstand vielleicht die endgültige Frau, und im Endstadium würden wir alle verwirrend gleich aussehen. Morbide Gedanken. Ich fröstelte auf meinem Küchenstuhl und hatte schreckliche Sehnsucht nach dem Tod. Er war der Einzige, der in diesem Moment die Schatten vertreiben könnte. Das Essen schmeckte ohne ihn kaum noch nahrhaft, und kein Wein auf der Welt konnte aus aufgewärmten Resten Vitamine machen. Ich löschte in der Küche das Licht, ließ den Teller auf dem Tisch stehen und ging ins Schlafzimmer.

Dort erwarteten mich keine Algen und auch keine aufgeschlitzten Teddys. Aber etwas anderes. Als ich Licht machte, sah ich, dass die Decke aufgeschlagen war und dass ein schwarzes Negligé das Kissen bedeckte. Es war ein Scherzgeschenk, für das Martin und einige andere zu meinem fünfunddreißigsten gesammelt hatten, eine Anspielung an die vermeintliche Tatsache, dass ich jetzt zu gröberen Mitteln greifen musste, um noch Leidenschaft zu erwecken. Es war ein ziemlich scharfes Teil, aber es war glatt, und ich hatte mir niemals vorstellen können, eine ganze Nacht darin herumzurutschen. Tom und ich hatten trotzdem ein ziemlich gutes Sexleben gehabt, das hatten mir die letzten Tage ebenfalls klargemacht. Was war dann an etwas Verlass und Regelmäßigkeit auszusetzen, an einer Patience, die am Ende immer aufging?

Nichts konnte mich noch überraschen. Ich wusste, dass das, was zu meiner Hausseele geworden war, es dort ausgelegt hatte, und ich wusste, welche Botschaft sich dahinter verbarg. Sieh die Zeichen. Das hier ist dein Schicksal, das hier ist dein Tod. Auch wenn das mit weichgewaschenem Flanell ebenso gut funktioniert hätte. Ich aalte mich in das Negligé, das sich auf meiner Haut kalt anfühlte, und schlüpfte ins Bett, wo ich dann in gespannter Erwartung lag. Ich dachte an die Menschen, die meinen Tag bevölkert hatten, und sah sie plötzlich vor mir, mit großen Sprechblasen neben ihren Mündern. *Dass er doch wirklich ein Gehirn gehabt hat, das hätte ich nicht erwartet. Niemand kann wissen, was sich hinter den Fassaden der anderen versteckt. Warum soll immer ich es gewesen sein? Heute lebt man, morgen verwest man. Die Mädels behaupten, dass die Größe keine Rolle spielt.* Es war, wie gesagt, nur eine leichte Zeitverschiebung.

Ich war offenbar eingeschlafen, denn ich spürte kaum, wie der Tod neben mir ins Bett schlüpfte. Auferstanden von den Toten begab ich mich an die Oberfläche und begegnete seinen Lippen, seinen Händen und seinem Körper. Schneeflocken, die schmelzen, Blumen, die sich öffnen und ihre Blütenblätter verlieren, Zimt auf Reisbrei, Puder auf Poren und Gefühlen, leichte Berührung, Aggression, Körper, die sprechen, flüstern und weinen. Auge an Auge, Zunge an Zunge, dunkle Locken an Grau, der Duft verwelkter Blumen, Geburt und Verwesung. Tränen. Salz, abermals Tränen. Der Tod ruft, gute Nacht, dein Stundenglas rinnt aus.

Als alles vorüber war, lagen wir einander gegenüber und schauten uns in die Augen. Ich ging auf Entdeckungsreise in dem Graugrün, ich wanderte über vom Frost berührte Wiesen und lief in die Irre, schrie um Hilfe und tastete mich zurück. Er berührte meine Wangen, streifte meine Augenlider, segnete meine Ohrläppchen und lächelte. Nichts dauert ewig, und doch ist die Ewigkeit immer da. Es ging um nichts anderes als ein unendliches Nichts. Ein Nichts, in dem wir alle gleich sind. Die Vision des Todes von einer totalen Demokratie war eigentlich bereits in Erfüllung gegangen. Ich wollte sagen, dass ich jetzt verstanden hatte, aber die Wörter wollten einfach nicht aus mir heraus.

Als der Schlaf kam, war das eine Befreiung. Ich war müde,

sah Müdigkeit in den Augen des Todes und wollte mich schon fallen lassen, als ein Gedanke an die Oberfläche stieg.

»Das Böse. Was ist eigentlich das Böse? Hast du es in Auschwitz wahrgenommen? Wo Körper und Seelen doch sicher zu einem einzigen Sammelsurium vermischt worden sind?«

Er reagierte zuerst nicht. Lag friedlich mit geschlossenen Augen da. Öffnete sie endlich und begegnete mir auf halbem Weg. Nahm mich auf, als ich mich mit geschlossenen Augen rückwärts fallen ließ.

»Ich war nicht dort, Erica. Es gibt Dinge, die nicht einmal ich ertragen kann.«

Die Zeitung lag vor mir auf dem Tisch und erwartete, dass ich mich engagierte, aber das kam mir unmöglich vor. Der Tod hatte mich mit Frühstück am Bett geweckt, das wir dann am Küchentisch fortgesetzt hatten, der nun von jeder Menge Sonntagszeitungen bedeckt war. Alles kam mir vollständig normal vor, als wohnten wir seit vielen Jahren zusammen und als wäre die Begegnung in der Nacht einfach das ganz normale Samstagsvergnügen, das man dann mit einem kleinen glücklichen Häkchen im Kalender verbuchen konnte. Dass das, was ich mit dem Tod erlebt hatte, von einer anderen Dimension war, war zwar ebenso selbstverständlich wie die Tatsache, dass ich, ohne zu zögern, ein mehrere Jahre altes Negligé angelegt hatte. Aber der Nachgeschmack war natürlich, vertraut und absolut salonfähig. Was geschehen war, war geschehen, weil es hatte geschehen müssen, das wusste ich, und der Tod wusste es auch. Unsere Blicke über den Kaffeetassen waren nicht zweideutig gewesen, der Morgenkuss nicht erfüllt von Andeutungen. Alles war so, weil es so sein musste, aber wenn ich hätte erklären sollen, warum, dann wäre ich dazu vermutlich nicht in der Lage gewesen. Schließlich war ich ansonsten eine überzeugte Gegnerin von sexuellen Verbindungen mit Vorgesetzten.

Ich hatte den Tod nach der Arbeit des Vortags gefragt, und er hatte erzählt. Es war nichts Spektakuläres passiert, das meiste war Routine gewesen, alte Leute hatten still und friedlich mit dem Tod als einzigem Begleiter ihrer Wege gehen dürfen. Die Seelen waren brav in die Flaschen geschwebt und keine war verschwunden. Die Nachtschicht war unerwartet anberaumt worden, hatte aber nichts Beunruhigendes mit sich gebracht. Der Tod hatte zu einer alten Opernsängerin eilen müssen, die lange im Koma gelegen hatte und jetzt bereit gewesen war. Die Anwesenheit des Todes wäre eigentlich nicht nötig gewesen, denn ihre beiden Töchter saßen bei ihr und hielten ihre Hände. Aber sie hätte die Grenze vorher schon einmal fast passiert, und da hatten die Töchter, die ebenfalls musikalisch begabt waren, sie ins Leben zurückgezwungen, indem sie Arien aus der großen Zeit der Mutter gesungen hatten.

»Ich habe mehrere Male zugehört, ich konnte einfach nicht darauf verzichten.« Der Tod schien euphorisch zu sein.

»Die Seele ist auf dem Weg hinaus, ich sehe, wie sie durchscheinend wird, und ich stehe mit der Flasche bereit, aber ich weiß, dass auch diesmal nichts aus der Sache werden kann, denn jetzt singen die beiden Puccini, und ich sehe, dass der Körper seine Konturen zurückgewinnt und die Wangen wieder Farbe annehmen. Ich müsste anderswo sein, bei jemandem, der mich dringender braucht, aber dieser Gesang ist so fantastisch … ich liebe Puccini, hast du etwas von ihm?«

Ich stand auf, ging ins Wohnzimmer und suchte die CDs durch. Tom und ich hatten einmal eine Sammlung von Opernaufnahmen gekauft, als wir eingesehen hatten, wie entsetzlich wenig wir über dieses Genre wussten, und ich fand sie wirklich in einer Ecke. Tom hatte offenbar nicht vor, mit Hilfe von Opern seine Trennung von mir zu überwinden. Ich fand eine Puccini-CD und legte sie ein. Sofort schwebten die Töne in die Küche, wo der Tod mit einem schönen, wenn auch nicht geschulten Bariton einstimmte.

»Ich kann verstehen, dass diese Musik zum Bleiben verlockt. Nicht alle ahnen, was sie erwartet, und die Musik ist ein guter Ersatz für das meiste.«

»Puccinis Seele. Wo ist die jetzt?« Das Geniale an meiner Frage ging mir erst auf, als ich sie gestellt hatte, und jetzt staunte ich über meine eigene Logik. Natürlich musste Puccinis Seele erhalten worden sein und wieder wirken dürfen, alles andere wäre Verschwendung gewesen.

Der Tod sah mich über den Zeitungsrand hinweg an.

»Rat mal. Irgendwann hörst du vielleicht einen Musiker, der dich an Puccini erinnert, und dann kommt dir eine Ahnung. Wenn du es genau wissen willst, kann ich nachsehen, aber ich glaube nicht, dass ich das tun sollte. Ich lass mich lieber von dir überraschen.«

Das kam mir nicht notwendig vor. Wir vertieften uns in unsere Zeitungen, die Stille mischte sich mit Puccini und verursachte ein ganz besonderes Gefühl von einem frühem Spaziergang am Strand. Die Auslandsseiten berichteten mit engagiertem Geschrei über die letzten Selbstmordattentate in Israel und von Vergewaltigungen als neuem Mittel zur Unterdrückung in Kongo-Kinshasa. Der Artikel teilte mit, dass zehn Mann eine Frau vergewaltigten und ihr gern auch noch Gewehrläufe in die Scheide rammten, um so große Verletzungen zu verursachen wie nur möglich. Eine Welle von Abscheu quoll in mir auf, und ich öffnete den Mund, um abermals nach dem Bösen zu fragen, aber Puccini übertönte mich und lenkte meine Gedanken stattdessen in die Zukunft. Würde Gustafs Seele in einem neuen Körper die Versöhnung im Nahen Osten herbeiführen können? Würde Sissela in neuer Frauengestalt diese sinnlose Gewalt stoppen können? Es kam mir unglaublich vor, dass ich in diesen wenigen Tagen die Erschaffung zweier potenzieller Kandidaten für den Friedensnobelpreis miterlebt hatte.

»Gibt es weibliche und männliche Seelen? Ich meine, kann

eine Seele, die bei einer Frau war, als Nächstes in einem Mann landen?« Der Tod hatte mir zwar gesagt, dass Sisselas Seele als Nächstes abermals in einer Frau auftreten würde, aber vielleicht war das keine Selbstverständlichkeit.

Der Tod ließ sich Zeit, um seine Arie zu beenden, ehe er antwortete:

»Seelen sind geschlechtslos. Oder hast du je gehört, dass Farben weiblich oder männlich wären? Aber sie können eine … sagen wir Neigung zur einen oder anderen Seite haben. Gabriellas Seele war weiblich, als sie weggeflogen ist, und wird das bleiben, solange sie nicht eingefangen werden kann. Aber wenn sie doch irgendwann einmal zu einem Mann geschickt wird, wird sie sich anpassen können.«

»Und wenn sie das nicht tut?«

»Dann wird es entweder kompliziert oder auch fruchtbar«, sagte der Tod.

Ich blätterte weiter in der Zeitung. Plötzlich blickte ich dort in ein bekanntes Gesicht. Nur war der Mund diesmal geschlossen, geschlossen mit hängenden Mundwinkeln, wie in ihrem Kummer erstarrt. Das Gesicht gehörte Sisselas Mutter.

Sie war nicht allein. Sie saß auf einem Sofa, umgeben von vier Kindern, von denen eins Sisselas Schwester war, die ich in der Götgata gesehen hatte. Die kleineren Kinder klammerten sich auf dem Sofa an Mamas Arme, während ein älterer Bruder hinter dem Sofa stand und offen in die Kamera schaute. Die Schlagzeile war fett und laut und triefte vor Pathos. »Wenn ich könnte, würde ich ihr folgen.«

Ich öffnete den Mund, um dem Tod etwas zu sagen, schloss ihn aber wieder und überflog stattdessen in verschwitzter Eile den Artikel. Die Mutter war wirklich alleinstehend, der Vater übernahm die Kinder »ab und zu«, aber jetzt hatte er nach dem Todesfall gedroht, die Mutter vor Gericht zu zerren und ihr das Sorgerecht zu nehmen, da sie ihre Pflichten doch so grob vernachlässigt hatte. Die Selbstvorwürfe, als Antwort auf die Frage, »und Sie haben nicht damit gerechnet, dass sie auf die Straße hinauslaufen würde?«, spritzten mir ins Gesicht und mischten sich mit Beteuerungen, dass Sissela immer, immer gehorcht habe und ein überaus ruhiges, im Verkehr besonders vorsichtiges Kind gewesen sei. Und dann kam das, worauf ich gewartet hatte. »Sie war so ganz anders. Ich wusste, dass sie etwas Besonderes hatte. Sie schien so oft in einer anderen Welt zu leben.«

Der Reporter hatte es auch für angebracht gehalten, die anderen Kinder zu interviewen, offenbar außer Hörweite der Mutter. »Mama hat so schrecklich geschrien. Sie hat einfach gebrüllt«, erzählte Sisselas Schwester Mari, die auf der Straße gestanden hatte, die Hand der Schwester in ihrer, bis die Verbindung für immer zerrissen worden war. Der ältere Sohn, ganze fünfzehn Jahre, wie der Artikel berichtete, kam ebenfalls zu Wort und sagte, bei ihm gehe jetzt einfach alles durcheinander. Oder zur Hölle, wie er sagte. Die Mama habe ein ganzes Zimmer zur Erinnerung an Sissela eingerichtet und dort einen Altar aufgebaut, mit Fotos, Kleidern, Spielzeug, kleinen Zeichnungen und beschriebenen Zetteln. Die Familie dürfe dieses Zimmer nur betreten, wenn sie vorher die Schuhe ausgezogen und sich die Hände wuschen. Glücklicherweise gab es kein Bild dieses Altars. Vermutlich war die Tür abgeschlossen gewesen, sonst wüsste ich nicht, was den Reporter dazu hätte veranlassen können, doch noch einen winzigen Rest von Takt und Rücksichtnahme walten zu lassen.

Abermals stieg mir der Abscheu in die Kehle und traf dort auf einen Rest Brot. Der Unfall war am Mittwoch passiert. Heute war Sonntag, und die Trauer wurde vor Tausenden von frühstückenden Menschen ausgebreitet, die das Unglück einer Familie mit Kaffee hinunterspülten. Eine Diskussion über das ethisch Korrekte dieser Veröffentlichung würde einige Wochen später stattfinden, und es würde Vorwürfe hageln, während der betreffende Journalist sich verteidigen würde mit »sie wollte es doch so«, »für sie war es eine Befreiung, das erzählen zu können«, »sie stand durchaus nicht unter Schock, sondern schien ganz klar bei sich zu sein«. Das Ganze war so widerlich, dass ich die Zeitung wegschob.

Der Tod schaute auf, fing den Blick von Sisselas Mutter ein, zog die Zeitung zu sich und überflog den Artikel. Er schien ein schneller Leser zu sein, denn bald blickte auch er auf und kam mir auf halbem Weg entgegen.

»Ja, was sagst du?«

»Zum Kotzen. Obwohl ich mich ja über solchen Dreck schon fast nicht mehr wundere. Sowas erregt in mir Ekel vor dem geschriebenen Wort. Denn ich werde das Gefühl nicht los, dass ihre Trauer hier und jetzt ausgenutzt wird, aber dass niemand sich um die Sintflut danach kümmern wird. Und hier steht doch sogar, dass sie mit dem Gedanken spielt, ihrer Tochter zu folgen, was doch auf Selbstmordgefahr hinweisen muss. Trotzdem bin ich davon überzeugt, dass keine Organisation ihr Hilfe anbieten wird, jedenfalls keine staatliche. Möglicherweise wird eine Menge von Nachrichten falscher Propheten und Wunderheilern bei ihr ankommen, die ihr anbieten, für teueres Geld in das Leben zurückhelfen zu können, das sie doch gar nicht mehr leben will. Berührt dich so etwas nicht? Ich meine, das hier ist doch eine direkte Folge der Entscheidungen, die du mit deinen Chefs triffst. Übernimmt niemand die Verantwortung für solche Folgen?«

Der Tod seufzte und nahm wieder meine Hände, so wie er das manchmal tat, eine Art, die ich inzwischen sehr, sehr schätzte und die im Moment einen wohligen Schauer auslöste, von dem, was nachts zwischen uns geschehen war.

»Jetzt findest du uns wieder unbarmherzig und schlägst abermals vor, dass wir mehr in die Leben der Menschen eingreifen sollen. Aber das geht nicht. Nicht so, wie es jetzt aussieht. Ich kann bestimmen, wie die Menschen sterben, aber nicht, wie die Hinterbliebenen trauern. Allein die Tatsache, dass sie in der Zeitung sagt, dass sie sterben will, vermindert die Wahrscheinlichkeit, dass sie es tun wird, um einiges. Das ist meine professionelle Einschätzung.«

»Wird sie ihre Kinder verlieren?«

Wieder seufzte der Tod.

»Erica, ich kann nicht alles kontrollieren. Das hier eben nicht. Ich bin der Tod, nicht mehr und nicht weniger. Mein Kompetenzbereich umfasst den Tod, nicht das Leben. Leben müsst ihr selbst, ihr Menschen auf der Erde. Und das tut ihr jetzt. Dafür ist diese Zeitung wohl ein ebenso guter Beweis wie alles andere.«

Er hatte vielleicht recht. Ich schenkte den normalen, aber absolut akzeptablen Kaffee nach, den der Tod gekocht hatte, und erzählte ein wenig von meinem Nachmittag und Abend bei Martin und Birgitta, von den Diskussionen über Gabriella, Arvids Gemeinheit und die Nachricht von Einar Saléns Dahinscheiden. Bei diesem Gespräch regten sich meine alten Ängste wieder, dass mir der Mord an Gabriella angehängt werden könnte, aber abermals beruhigte der Tod mich.

»Du hattest doch zu dem aktuellen Zeitpunkt den Umhang an, und dann genießt du eigentlich Immunität. Außerdem kann keine medizinische Untersuchung einen Mord nachweisen, da sie an einem Wespenstich gestorben ist. Das hast du doch selbst gesehen, wenn ich das richtig verstanden habe. Aber ich finde außerdem, dass du Martin und den anderen eine sehr plausible Erklärung geliefert hast. Sei nicht so misstrauisch, Erica. Lass dich doch einfach fallen. Wie heute Nacht.«

Seine Andeutung war eine Liebkosung meines Rückens und eine Dusche, die zwischen kalt und warm wechselte. Ich erzählte als Nächstes, dass ich unsere Ideen für die Werbekampagne für Gentests vorgestellt hatte, um das gestrige Gespräch in andere Bahnen zu lenken, und dass Martin ehrliches Interesse gezeigt, wenn er auch etliche Vorbehalte gehabt hatte. Es könne jedenfalls durchaus zu Probeaufnahmen kommen, und nicht ohne Stolz berichtete ich, dass ich den Tod als Profi namens John lanciert hatte. Der Tod runzelte die Stirn.

»John? Warum um Himmels willen das denn? Dann muss ich an einen ungeheuer ehrgeizigen Propheten denken, der jeden anderen im Vergleich wie einen Faulpelz dastehen lässt.«

»Glaubst du, ich hatte Zeit, den ganzen Namenstagskalender nach einem passenden Namen für dich abzusuchen? Dass ich überhaupt so gut lügen konnte, ist ein Wunder. Darauf hattest du mich überhaupt nicht vorbereitet. Und trotzdem hab ich dich lancieren können. Als Profi, und das wolltest du doch wohl?«

»Okay, okay. Glaub nicht, ich wäre nicht stolz auf dich, Erica. Allein, dass du bis jetzt damit gewartet hast, über eine Situation zu berichten, in der du fast wegen Mordes angeklagt worden bist, zeigt doch, wie souverän du inzwischen denkst und handelst. Das ist ein großer Unterschied zu unserer ersten Begegnung, nicht wahr? Dieses kleine Häuflein Elend, das hinter der Tür hervorlugte …«

Ich fühlte mich gar nicht wohl in meiner Haut beim Gedanken an den Zustand, in dem ich in diesem Moment gewesen war. Niemals hatte ich so sehr das Gefühl totaler Verlassenheit erlebt wie in dieser Nacht in der Wohnung. Ich wurde durch die Türklingel aus meinen Gedanken gerissen. Der Tod und ich wechselten einen Blick, beide gleichermaßen überrascht. Wir waren beide im Morgenrock, ich in meinem gelben Schlafanzug mit der Sonnenblume auf der Tasche, der Tod in einer flauschigen schwarzen Frotteevariante, die er aus den Innereien seiner Hollywoodgarderobe gefischt hatte. Wir hatten nicht vorgehabt, uns innerhalb der nächsten ein, zwei Stunden anzukleiden, und obwohl es schon elf war, war es in den meisten Gesellschaftsklassen eine absolut akzeptable Zeit für Frottee. Andererseits stand vielleicht jemand vor der Tür, den ich schnell abwimmeln könnte, die Zeugen Jehovas oder ein Vertreter, der meine Teppiche gratis reinigen wollte, oder ein verirrter Schüler aus der Mittelstufe, der die Weihnachtslose für einen guten Zweck jetzt schon verkaufte.

Es war aber keins von alledem. Als ich die Tür öffnete, stand ich einer Frau gegenüber. Einer blonden Frau von um die fünfzig, mit kurzen Haaren und mehreren Ringen in den Ohren. Ihr Körper ließ mich an einen Betonpfeiler denken, und der Eindruck, den ich am Vortag von einer überreifen Rebellin erhalten hatte, traf absolut zu. Vor mir stand die Frau von dem Gemälde, das ich anstelle des Bildes meiner selbst auf Einar Saléns Staffelei gestellt hatte. Die Ähnlichkeit war erschlagend, nur war das vor mir stehende Original angezogen. Jetzt hielt sie mir die Hand hin.

»Lena Rosseus. Kriminalkommissarin. Es tut mir leid, Sie an einem Sonntagmorgen zu stören, aber es eilt wirklich ein wenig. Ich weiß, dass viele Bürger nicht glauben, dass wir sonntags arbeiten, Sie wissen, das Gerede darüber, was die Polizei denn nach drei noch macht, aber wie Sie sehen, ist das Gerücht ärger als die Wirklichkeit. Dürfen wir hereinkommen.«

Auf diese Frage folgte kein Fragezeichen, es war ein Befehl, wenn auch in verhüllter Form. Beim Wort »wir« sah ich, dass hinter ihr ein Mann gestanden hatte, jetzt trat er vor und nahm meine Hand. Dr. med. Hans Nordsjö mit noch denselben braunen Augen wie einige Tage zuvor.

Ich flüsterte: »Bitte, treten Sie ein«, und ging einen Schritt beiseite. Zugleich betete ich zu allen Hohen, dass der Tod auf irgendeine unwahrscheinliche Weise verschwinden sollte. Fieberhaft versuchte ich mich zu erinnern, wer zuletzt den Umhang gehabt hatte, und mir ging auf, dass es der Tod gewesen war und dass ich nicht wusste, ob er ihn gewaschen hatte. Jetzt sah ich aus dem Augenwinkel, dass er in der Diele hing, und ich nahm die vertrauten Anzeichen für Panik wahr, auch wenn er sauber aussah. Ich musste jetzt meine ganze schauspielerische Begabung aufwenden, und ich durfte mich nicht in die Irre leiten lassen.

Mit einigermaßen fester Hand nahm ich Lena Rosseus und Hans Nordsjö die Mäntel ab und hängte sie über den Umhang. Dann führte ich sie ins Wohnzimmer, wo Hans Nordsjö sofort den blauen Sessel ansteuerte. Lena Rosseus setzte sich aufs Sofa und stellte ihre abgenutzte Aktentasche neben ihre Füße, während ich mich neben ihr niederließ. Normalerweise hätte ich sie gebeten, mir zehn Minuten zu geben, um mich anziehen zu können, aber ich wagte nicht, sie allein im Zimmer zu lassen, aus Angst, sie könnten herumlaufen und schnüffeln. Nur führt ein Morgenrock vor Anzug und Uniform leider zu einem Autoritätsverlust. Anstandshalber bot ich ihnen Kaffee an, was beide dankend ablehnten, Hans Nordsjö mit einem ziemlich enttäuschten Ausdruck in den Augen. Er wagte vermutlich nicht ja zu sagen. Lena Rosseus war eine unerhört respektgebietende Person.

»Sie fragen sich sicher, warum wir hier sind.« Abermals ohne Fragezeichen.

»Ja, wir sind vor allem hier, um von den Untersuchungen im Fall Malkolm Ejderö zu berichten. Eigentlich sah es nicht aus wie ein Todesfall, der die Polizei etwas angeht, aber dann hat Hans von seinem Gespräch mit Ihnen erzählt. Sie hatten Besuch von einem seltsamen Mann, der sich als Tod verkleidet hatte und auch als dieser vorstellte, und damit entstand der Verdacht, dass Herr Ejderö keines natürlichen Todes gestorben sei.«

Sie verstummte und sah mich an. Ich fühlte mich sofort schuldig und war bereit, alles zu gestehen, ich wusste nur nicht, was. Lena Rosseus konnte jedem Menschen jedes Geständnis entlocken, wenn sie wollte. Ich musste all meine Kraft aufwenden, um nicht in Tränen auszubrechen und alles und noch ein wenig mehr zu beichten.

»Jedenfalls hat Ihre Mitteilung uns zu einer gründlichen Untersuchung seiner Wohnung und zu einer Obduktion des Leichnams veranlasst. Das Ergebnis liegt bereits vor, da wir dem Fall Priorität gegeben haben, und wir können feststellen«, hier nickte sie Hans Nordsjö zu, »dass nichts auf verdächtige Umstände hinweist. Die Obduktion ergibt keinerlei Auffälligkeiten, und verdächtige Fingerabdrücke haben wir auch nicht sicherstellen können. Wir müssen also feststellen, dass die von Ihnen geschilderte Person nichts mit Malkolm Ejderös Tod zu tun hatte.«

Sie verstummte abermals. Ich versuchte, ruhig zu atmen. Aus der Küche war nichts zu hören. Hans Nordsjö schaltete sich mit einer gewissen Mühe ins Gespräch ein.

»Wie ich Ihnen schon gesagt habe, bewege ich mich, wenn ich arbeite, an der Grenze zur Pedanterie«, sagte er. »Wenn ich zu einem Todesfall gerufen werde, dann untersuche ich die Leiche auch an Stellen, von denen sie nicht einmal gewusst hat, dass sie sie besaß, und ich befrage sie so auf meine Weise nach Ungereimtheiten. Ja, verzeihen Sie, aber ab und zu habe ich das Gefühl, dass die Toten die Einzigen sind, mit denen ich wirklich offen reden kann. Aber bei Malkolm war wirklich alles ganz normal. Keine versteckten Einstiche, keine Anzeichen für Gewalt oder Panik, nichts. Obwohl ich, wie gesagt, sehr genau hingeschaut habe. Ihr Bericht hat mich fasziniert, müssen Sie wissen. Ich musste an das Märchen mit dem Arzt denken, der den Tod zum Gevatter hatte und jeden Patienten retten konnte, bei dem der Tod am Fußende stand; stand der Tod aber am Kopfende, dann war er verloren. Ja, und dann kam es, wie es kommen musste. Der Arzt wurde reich und berühmt, bis er dem Tod dreimal trotzte, es ging um nahe Angehörige, glaube ich, Frau und Kinder vielleicht, ja, jedenfalls bestrafte der Tod den Verrat auf die einzige Weise, die ihm möglich war. Er warf den kleinen Lichtstummel um, der das verbleibende Leben des Arztes anzeigte. Verzeihen Sie die Abschweifung, ich weiß, dass es nicht zum Thema gehört.«

Das Letzte sagte er zu Lena Rosseus, die ihn mit Erstaunen und einer gewissen Ungeduld gemustert hatte. Ich selbst hatte ihm fasziniert zugehört. Ich konnte mich sehr gut an dieses Märchen erinnern und mochte es sehr, trotz seines makaberen Endes. Die Vorstellung, dass jeder Mensch sein Lebenslicht hatte, hatte mich beeindruckt. Ich warf Hans Nordsjö einen aufmunternden Blick zu, und er sah ein wenig ruhiger aus.

Lena Rosseus ergriff nun wieder die Initiative, als wäre Hans Nordsjö eine nervige Fliege gewesen, deren Summen sie jetzt nicht mehr stören musste.

»Aber ich muss zugeben, dass Ihr Bericht etwas Beunruhigendes hatte. Unsere üblichen Verbrecher verkleiden sich nicht, schon gar nicht als Tod, dessen Bekleidung für die meisten Menschen ja stark mit Symbolen beladen ist. Deshalb möchte ich wissen, ob Sie mehr von ihm gehört haben oder ob während der letzten Tage überhaupt etwas Außergewöhnliches geschehen ist.«

Das Schweigen aus der Küche war fast quälend, solche Angst hatte ich davor, dass es gebrochen werden könnte. Das Einzige, was ich hörte, war mein Atem. Und jetzt musste es sich zeigen, ob die Therapie der letzten Tage von Wirkung gewesen war.

»Nein«. Die Antwort war kalt, präzise und überzeugend. »Nein, seither habe ich nichts Ungewöhnliches gehört oder gesehen. Ich habe selbst viel über alles nachgedacht und glaube jetzt, dass ich vielleicht übertrieben habe. Mein Freund hatte mir gerade seinen Auszug angekündigt, und ich war ein wenig verwirrt. Hatte wohl auch ein paar Glas zuviel getrunken, wenn ich ehrlich sein soll. Wenn ich an diesen Besucher zurückdenke, dann ist er ziemlich verschwommen, also kann es auch jemand gewesen sein, der eine weite Jacke trug und behauptete, zu Tode besoffen zu sein. Todblau. Oder so.«

Lena Rosseus hob eine Augenbraue. »Das ist eine neue Version. Eine, die wir vielleicht etwas früher hätten hören sollen. Ich dachte, Hans habe Sie gebeten, sich zu melden, wenn Ihnen noch etwas einfiele.«

Ich behielt ihren Blick und weigerte mich, ihn loszulassen. Sie war vielleicht in ihrem Metier ein alter Hecht, aber auch so einer kann mit List und Geduld besiegt werden.

»Ehrlich gesagt habe ich nicht mehr besonders oft darüber nachgedacht. Diese letzten Tage waren ziemlich turbulent, und ich … hatte andere Sorgen. Diese Beziehung, die geendet ist, war von ziemlich langer Dauer gewesen. Ich habe mich in die Arbeit gestürzt, um auf andere Gedanken zu kommen. Wenn ich Ihnen wichtige Informationen vorenthalten habe, dann bitte ich natürlich um Entschuldigung. Aber wie gesagt, ich habe hier im Haus nichts Ungewöhnliches mehr gehört, seit der Sache mit Malkolm … seit Malkolm gestorben ist.«

»Diese Arbeit, die Sie erwähnen, hat die etwas mit Gentechnik zu tun?«

Wieder versank ich in eiskaltem Wasser, in einem grünen Caipirinha, dessen zerstoßenes Eis das Caipirinhaglas angefeuchtet hatte. Es musste eine logische Erklärung für diese Frage geben. Halte dich an die Lüge, die der Wahrheit am nächsten liegt, lass beide miteinander verschmelzen und zu eins werden.

»Ja, das allerdings«, meine Stimme klang normal. »Ich habe einen Kollegen, der für eine deutsche Firma eine Werbekampagne entwickeln soll, bei der es um Gentechnik geht, und er hat mich um Hilfe gebeten. Warum fragen Sie?« Der Angriff ist die beste Verteidigung. Gut gemacht, Erica. Schlag sie zurück!

Lena Rosseus schwieg eine Weile, während Hans Nordsjö sich mit ehrlichem Interesse im Zimmer umsah.

»Sie staunen vielleicht über unsere Frage«, sagte sie dann. »Aber hier liegt ein ziemlich interessanter Zufall vor. Gestern Abend, als ich den Bericht las, in dem Sie erwähnt wurden und wo es hieß, Malkolm Ejderö sei möglicherweise ermordet worden, suchte mich eine durch und durch hysterische Frau auf, die sich am Empfang vorbeigedrängt hatte und plötzlich in meinem Büro stand und schrie. Sie kam mir total verrückt vor, und ich konnte sie schließlich mit Hilfe einiger Kollegen hinausschaffen. Aber ich konnte doch hören, dass sie mit Nachnamen Guarno hieß und dass ihre Tochter ermordet worden sei, und zwar von einer jungen Frau, die angeblich Statistinnen oder Darstellerinnen für einen Werbefilm gesucht hatte.«

Ich hatte keine Ahnung, wie sie in diesem Zusammenhang auf mich gekommen sein konnte. Es schien keine begreifliche Erklärung zu geben, und ich gab mir alle Mühe, um nicht innerlich zu zerbröseln. Lena Rosseus redete weiter:

»Das fand ich dann doch interessant genug, um mir den Bericht herauszusuchen, in dem der Nachname Guarno auftauchte. Und da gab es allerhand interessante Dinge zu lesen. Da stand zum Beispiel, dass Gabriella, die Tochter dieser Frau, an einer allergischen Reaktion auf einen Insektenstich gestorben war, dass sie ihrer Mutter zufolge kurz davor aber Besuch von einer Frau aus der Werbebranche bekommen hatte. Die Mutter konnte sich auch an den Namen der Firma erinnern, und mit dessen Hilfe haben die Kollegen ziemlich schnell einen der Chefs ausfindig machen können, der den Namen der Besucherin genannt hat. Ihren Namen.«

Ich sagte nichts dazu, da offenbar keine Antwort erwartet wurde und ich sofort überlegt hatte, dass meine Erklärung aus Martins Küche auch hier taugen könnte. Was hatten wir nur für eine unangenehm engagierte Polizei, die einen Toten schon wenige Tage nach seinem Tod obduzieren ließ? Die am Sonntagmorgen tätig wurde, weil sie am Samstagabend einen Bericht gelesen hatte, der am Samstagmorgen verfasst worden war, nachdem am Freitag ein Insektenstich eine Frau getötet hatte? Arbeiteten denn neuerdings nur noch Singles bei der Polizei? Ich öffnete den Mund zu einer Antwort, aber Lena Rosseus war offenbar noch nicht fertig.

»Aber nicht nur das hat meine Aufmerksamkeit erregt. Die Kollegen vor Ort hatten sich ein wenig mit den Umstehenden unterhalten, während Gabriellas Leichnam weggebracht wurde. Und sie hatten registriert, dass jemand oder sogar mehrere behaupteten, auf dem Platz eine verdächtige Gestalt gesehen zu haben. Und darauf will ich eben hinaus, eine Zeugin drückte sich auf eine Weise aus, die mich stutzig gemacht hat. Sie behauptete, auf dem Parkplatz den Tod gesehen zu haben. Und da musste ich mir doch meine Gedanken machen. Es kam mir sehr seltsam vor, dass Sie von dieser als Tod verkleideten Person Besuch gehabt hatten und dass nun gerade Sie sich an einem Ort aufgehalten hatten, wo jemand anders eine solche Person gesehen hat. Haben Sie dafür eine Erklärung?«

Wahrheit und Konsequenz. Ich räusperte mich. Fatal, hätte mein Musiklehrer gesagt. Ein Räuspern kann eine ganze Darbietung ruinieren.

»Nein, das nun wirklich nicht. Aber ich war tatsächlich dort. Ich kannte diese Familie über entfernte Bekannte und dachte, sie könnte vielleicht für meine Werbefilmidee geeignet sein. Deshalb war ich dort und habe mit der Mutter gesprochen, und danach habe ich mit der Tochter einen Spaziergang gemacht, und wir haben weiter über das Projekt diskutiert. Dann haben wir uns getrennt, und sie versprach, sich zu melden, falls sie Interesse hätte. Ich bin mit der U-Bahn nach Hause gefahren und weiß nicht, was sie danach gemacht hat. Jedenfalls war sie noch am Leben, und auf dem Weg zur U-Bahnstation ist mir nichts Ungewöhnliches aufgefallen.«

Lena Rosseus schwieg abermals ziemlich lange, dabei musterte sie mich aber so ausführlich, dass ich das Gefühl hatte, sie müsse jetzt genau wissen, wie mein Skelett aussah, wie die Knochen sich im Körper verzweigten und wie sich über diesem Gestell die Haut spannte. Röntgenblick, nennt man das, und mir war plötzlich sehr bewusst, warum.

»Ich weiß nicht, wieviel Glauben ich dieser Aussage über den Tod schenken kann. Ja, nicht Ihrer, sondern der vom Parkplatz. Sie sind sich Ihrer Sache ja offenbar sicher, und Sie scheinen auch keine zu sein, die sich ihren Fantasien hingibt, aber es soll ja Menschen geben, die den Tod sehen oder Satan oder Jesus, sowie etwas Ungewöhnliches passiert. Aber genug davon. Die Sache hat noch einen anderen Aspekt, und der hat mit Ihrer Sicherheit zu tun. Denn wenn es wirklich stimmt, dass dort in der Nähe eine als Tod verkleidete Person beobachtet worden ist, dann ist es theoretisch möglich, dass Sie von dem Menschen verfolgt werden, den Sie hier vor Ihrer Tür gesehen haben. Und dann haben Sie einen ganz besonderen Stalker, einen, der vielleicht gefährlich ist. Haben Sie sich in letzter Zeit von irgendjemandem bedroht gefühlt? Haben Sie seltsame Anrufe bekommen oder sich verfolgt gefühlt?«

Das waren ihre ersten Fragesätze, vielleicht als logische Folge der Tatsache, dass das Gespräch nun eine Wendung nahm, die ich mir nicht einmal hätte erträumen können. Statt unter Verdacht zu stehen, war ich nun also ein potenzielles Opfer, und so fühlte ich mich ja in vieler Hinsicht auch, nur eben nicht als Fall für die Polizei. Jetzt musste ich mir diese Situation zunutze machen. Ich hoffte wirklich, dass der Tod in der Küche zuhörte, ohne sich bemerkbar zu machen. Fantastisch, ich könnte zum Beispiel etwas über einen gewissen Tom murmeln. Dass ich mich schon ziemlich lange bedrängt fühlte. Dass mein Lebensgefährte ein ungeheures Kontrollbedürfnis hatte und es durchaus düstere Züge an ihm gab, die aktiv werden konnten, wenn ich mich mit anderen Männern traf oder auf irgendeine andere Weise zeigte, dass ich von ihm nicht abhängig war. Dass er einige seltene Male sogar gewalttätig wurde. Nie zu weit gegangen war, aber dass es da etwas gab, das ich nicht definieren konnte. Eigentlich hätte ich die ganze Zeit ein vages Gefühl der Angst verspürt …

Nein, soviel Spaß würde ich doch nicht haben können. Aber als mentales Training war das ausgezeichnet.

»Nein, das kann ich nicht behaupten. Bei meiner Arbeit geht es um die Art von Journalistik, die weder Schlagzeilen noch

Aufruhr verursacht. Möglicherweise bekomme ich ab und zu Anfragen nach weiteren Informationen zu einem bestimmten Thema, aber das kann man wohl kaum als beunruhigend bezeichnen. Ich habe gute Freunde, von denen keiner je Anzeichen von Gewalttätigkeit gezeigt hat, und ich habe auch keine tiefergehenden, ungeklärten Konflikte, die über Alltagszank hinausgehen würden.«

»Und wie sieht Ihre Beziehung zur Familie Ihres Lebensgefährten aus? Könnten die Ihnen auf irgendeine Weise den Vorwurf machen, ihren Verwandten im Stich gelassen zu haben, und deshalb den Wunsch verspüren, Ihnen einen Schrecken einzujagen?«

Die Familie Alvarez. Ausländer. Eine Möglichkeit, sich in Ausschmückungen über kolumbianische Gewalt und heißblütige Latinos zu suhlen und zu verbreiten, dass diese Familie sich für den unschuldigen Tom wohl eher eine Nonne gewünscht hätte und dass ich kaum auf ihrer Wunschliste für Schwiegertöchter zu finden gewesen sei. Aber ich beschloss, diese Munition zu sparen, bis die Festung fast schon eingenommen war. Außerdem waren das Auskünfte, die sich kontrollieren ließen.

»Ich habe mich immer gut mit ihnen verstanden. Es hat sich zwar noch niemand bei mir gemeldet, aber es ist ja auch noch nicht so lange her, dass wir beschlossen haben … eine Pause zu machen. Das mit der Bedrohung kommt mir einfach unrealistisch vor. Sie wollen doch nicht sagen, dass jemand mich dermaßen verabscheuen könnte, dass diese Person mir etwas tun will?«

Lena Rosseus zeigte ein leicht frostiges Lächeln, das die Eisschicht auf ihren Wangen knacken ließ.

»Sie würden staunen, wenn Sie soviel erlebt hätten wie ich. In allen klugen Artikeln können wir jede Menge über Mäuse und ihr Verhalten lesen oder über seltene Blumen oder Bazillen in der Milch, aber wir werden wohl noch lange warten müssen, bis jemand das den Menschen angeborene Bedürfnis nach Rache unter die Lupe nimmt. Ich muss mich also auf meine praktischen Erfahrungen verlassen, und glauben Sie mir, auf die könnte ich häufig verzichten. Lesen Sie zum Beispiel das hier.«

Sie öffnete ihre Aktentasche und reichte mir eine Broschüre. Ich las und begriff, dass diese von einer der fundamentalistischen christlichen Sekten stammen musste, wie sie sich offenbar auch in Schweden ausbreiteten. Der Text wimmelte nur so von Andeutungen darüber, wie Gott sich an den Gottlosen rächen werde, und dass die, die keine Lust hätten zu hören und zu verstehen, dem Tod preisgegeben werden würden. Ganz unten stand eine Kontonummer, damit die Frischbekehrten schon heute für ihre Rettung bezahlen konnten. Ich las schweigend und mit steigendem Widerwillen und fragte mich, warum sie mir das hier gegeben hatte. Wollte sie irgendeinen Kommentar hören? Ich pfiff auf ihre Erwartungen und gab ihr die Broschüre wieder, und sie steckte sie zurück in ihre Aktentasche.

Dann erhob sie sich, und ich wusste, dass die Audienz beendet war. Hans Nordsjö, der schon länger nichts mehr gesagt hatte, stand ebenfalls auf. Ehe ich reagieren konnte, war er zur Garderobe des Todes gegangen und musterte sie jetzt mit Kenntnis und Interesse des Fachmannes. Die Tür war fast, aber nicht vollständig geschlossen, vermutlich, seit der Tod seinen Frotteebademantel herausgenommen hatte, und man konnte schon sehen, dass die Garderobe jede Menge Kleidungsstücke enthielt, ohne aber die einzelnen wirklich zu erkennen.

Ich lief hinterher, um eingreifen zu können, während Hans Nordsjö auf die Knie fiel und mit der Hand über die zusätzlich verstärkten Ecken fuhr.

»Was für eine erlesene Lederarbeit. Sieht aus wie ein altes Stück von Louis Vuitton, wenn ich mich nicht irre. Aber ich kann nirgendwo den Namen des Herstellers sehen. Wissen Sie, wie alt das Teil sein kann? Ich würde auf die zwanziger Jahre tippen … das muss ja ein Vermögen wert sein.«

Ich glitt vorbei an Hans Nordsjö und schob mich zwischen ihn und die Garderobe, was mir die Möglichkeit gab, die Tür zu schließen, während ich zugleich noch einmal das Leder betrachtete, um festzustellen, ob es einen Hinweis auf seine Herkunft geben konnte. Aber bei meinen früheren Versuchen hatte ich nichts übersehen. Es war ein anonymes Exemplar, hergestellt im Himmel oder in der Hölle und zu schön, um wahr zu sein.

»Das gehört leider nicht mir. Sondern jemandem auf Durchreise, der einige Tage bei mir wohnt. Aus England.«

Bei dieser Antwort drehte Lena Rosseus sich um und schloss sich uns vor der Garderobe Stehenden an. Sie musterte mich fragend, und ihre fast schon wohlwollende Miene, die sie im Aufstehen gezeigt hatte, war plötzlich verflogen.

»Ach was. Ein Freund? Und wann ist der gekommen? Denn es ist doch wohl ein Freund? Ich kann mir kaum vorstellen, dass eine Frau mit einer so unpraktischen Tasche verreist.«

Ich wusste, dass sie eigentlich etwas ganz anderes hatte sagen wollen, und ich dachte, wenn sie Scharaden aufführen kann, dann kann ich das auch.

»Das stimmt. Er heißt John und kommt aus London, und ich kenne ihn über eine gemeinsame Freundin. Jetzt ist er hier, um … um mit einigen Produzenten zu sprechen. Er ist Schauspieler und Musiker und eigentlich auf Rundreise durch Europa, um sich nach Arbeitsmöglichkeiten zu erkundigen. Wir haben uns seit Jahren nicht gesehen, deshalb finde ich es schön, dass er hier wohnt … eben gerade, weil mein Freund doch ausgezogen ist.«

Das Letzte würzte ich mit Selbstironie und ein wenig Selbstmitleid. Lena Rosseus gab jedoch keine Antwort, sondern trat vor und fuhr mit einer für ihre Verhältnisse ungewöhnlich sinnlichen Berührung mit den Fingern über die Tasche.

»Schauspieler, sagen Sie? Wie spannend. Aber ich dachte, die Reise ginge normalerweise in die andere Richtung? Ich meine, dass Schauspieler und Künstler aus Europa in die USA wollen, um weiterzukommen. Aber Ihr Freund vertritt vielleicht eine besondere Richtung, von der er glaubt, dass sie in unserem melancholiefixierten Land besser ankommt?«

Wieder ein Fragezeichen, und ich wusste, dass sie andeuten wollte, dass er vielleicht, nur vielleicht, zu irgendeiner Gelegenheit den Tod gespielt haben könnte. Es war eine flüchtige Ahnung, und vielleicht hatte sie noch nicht einmal damit angefangen, das Puzzlespiel zu legen, sondern fragte nur aus polizeilichem Instinkt. Doch für mich gab es jetzt keine Rettungsleinen mehr, nicht einmal Schwimmflossen für die Arme, und ich wusste, dass ich jetzt in den Brunnen stürzte, in dem ich entweder verhungern oder von denen, die mich herauszogen, zu ewiger Sklaverei verurteilt werden würde. Ich hatte keine Antwort und gab deshalb auch keine. Die Stimme, die jetzt das Zimmer füllte, stammte von einer vierten Person, sie war warm und klangvoll und sprach ein erlesenes britisches Englisch.

»Erica! Sorry I slept so long and sorry to meet your guests in this state of appareance. But I see they must have surprised you, too. May I introduce myself? My name is John, John Gilmore.«

Seine Autorität war nicht zu übersehen. Das hier war ein Engländer, wenn auch ein frischgebackener solcher. Die Haare, die am Frühstückstisch glatt gelegen hatten, klebten jetzt in schlaff feuchten Strähnen aneinander, und seine Augen waren auf die Weise leicht verquollen, wie man sie nur bei Frischerwachten sieht. Und doch verkörperte er den Charme, der Tausende zu dem Glauben verleiten kann, der britische Kolonialismus sei trotz allem nur ein gigantischer Afternoon tea gewesen.

Lena Rosseus und Hans Nordsjö drehten sich um, gingen

auf den Tod zu und schüttelten ihm die Hand. Er trug noch immer seinen Schlafrock, der jetzt plötzlich ungeheuer schlampig wirkte, aber ich sah, dass sein Händedruck fest war und sein Blick unschuldig.

Der Boden schwankte leicht unter meinen Füßen, aber der Tod schien die Lage voll und ganz im Griff zu haben. Ich hörte, dass er sich plötzlich mit meinen Gästen in eine lockere Konversation vertiefte, er erzählte, wie wir uns kennengelernt hatten und dass wir seit vielen Jahren in Kontakt miteinander standen und dass er nun endlich eine Gelegenheit gefunden hatte, nach Schweden zu kommen und »for a while« zu bleiben, und dass er vielleicht Erica aufmuntern könnte, die offenbar »a rather hard time« hinter sich hatte. Und die Tasche stamme übrigens von einem kleinen, aber ungeheuer exklusiven Lederproduzenten in London, Cuthbert & Son. »Never heard of? I can give you the address, if you are interested.«

Was für eine Nummer. Was für ein Stimmungsumschwung. Dieser Mann würde sogar die Bürgerlichen in Schweden an die Regierung bringen können. Ich stand fasziniert daneben und sah zu, wie der Tod sein charismatisches Netz um Lena Rosseus und Hans Nordsjö spann, die jetzt beide gelöst und zugänglich wirkten. Ich hörte, dass der Tod über das sprach, was ich erlebt hatte, »just imagine«, was für eine Vorstellung, dass vor der Tür jemand steht, der aussieht wie der Tod. Es dauerte eine Ewigkeit, ehe Lena Rosseus widerwillig zugab, dass sie jetzt aufbrechen mussten. Das Eis auf ihren Wangen war geschmolzen.

Der Tod begleitete beide zur Tür, und ich war total uninteressant. Lena Rosseus machte einen letzten Versuch, wie eine Beamtin zu wirken.

»Melden Sie sich, wenn etwas passiert. Lieber einmal zu oft als einmal zu wenig, und natürlich vor allem dann, wenn Ihnen jemand begegnet, der Ihnen verdächtig vorkommt.«

Ich versprach, das zu tun, nahm ihre Visitenkarte entgegen

und konnte endlich die Tür schließen. Dann drehte ich mich zum Tod um. Ich wusste nicht, ob ich ihm einen Tritt verpassen oder ihn küssen sollte, und ich entschied mich für beides. Ich brauchte eine Weile, um zu Atem zu kommen, aber ich musste das einfach.

»Du sprichst ›the Queen's English‹! Du sprichst natürlich alle Sprachen, das hätte ich mir ja denken können. Aber wieso konntest du plötzlich so verschlafen aussehen?«

Der Tod lachte und küsste mich auf die Augenlider.

»Ich war verschlafen. Es hat mich schrecklich schläfrig gemacht, mir anzuhören, wie du ausgefragt wurdest, und da bin ich vielleicht sogar beim Frühstück ein wenig eingenickt. Und dann habe ich von John geträumt und wie wunderbar es sein wird, wieder auf der Bühne zu stehen. Und in diesem Moment hörte ich etwas über meine Tasche und wusste, dass der Augenblick gekommen war. Jetzt musst du doch zugeben, dass ich der Beste bin?«

»Der Beste vielleicht nicht. Aber du bist, warst fantastisch überzeugend. Jetzt musst du mir nur noch erklären, warum die beiden nicht geschrien haben, hier kommt der Tod.«

»Für diese Frage bist du zu intelligent. Du bist auch nicht als Tod erschienen, solange du nicht den Umhang umgelegt hattest, unmittelbar, ehe du dich Gabriella zugewandt hast. Die Möglichkeit, sich sogar unter Bekannten inkognito bewegen zu können, ist wichtig. Wie hätte ich dich sonst aus dieser Notlage retten sollen?«

»Du könntest mich aus vielen Notlagen retten.«

»Ich weiß. Und das habe ich auch vor, meine Liebe. Forever and ever. Bis dass der Tod uns scheidet.«

Die Zeit der Frotteemorgenröcke dauerte bis zum Abend und noch länger. Die Zeit war eine Taschenuhr, die weggesteckt wurde, um sie nicht zu spüren. Und näher dem Nichtstun würde ich niemals kommen. Oder einem Dasein als Anthroposophin.

KAPITEL 13

Das Telefon klingelte und klingelte und zerriss mit jedem Signal ein Stück des himmlischen Friedens im Schlafzimmer, in dem der Tod und ich eng umschlungen geschlafen hatten. Wieviel Zeit wir dort in einem Chaos aus Schlaf und Wachen verbracht hatten, war unmöglich zu sagen und uninteressant. Die Uhren waren ja doch stehengeblieben, die Zeit hatte einen blinden Fleck, und es würde nichts geben, was in ein Tagebuch geschrieben werden könnte.

Aber das Telefon gehörte nicht der Ewigkeit an und zeigte keinerlei Barmherzigkeit. Ich zog mich mit vorsichtigen Schwimmzügen an die Oberfläche, um meine Trommelfelle nicht zu beschädigen. Der Tod schlief noch immer und ließ sich von irdischen Signalen nicht wecken. Ich beneidete ihn. Er war noch dort, und ich war schon verschwunden.

Es war erst sieben. Es war zwar Montag und eine vollständig normale Zeit, um aufzustehen und sich anzuziehen und die ganze Morgenrunde mit Dusche, Frühstück, Zivilisation und allem zu drehen. Aber was macht die, die ihren Platz auf der Zeitachse verloren hat? Ich war noch längst nicht bereit, es mit der elenden Welt aufzunehmen, die mir angeboten wurde, wenn es doch andere gab, die soviel mehr boten. Ich hätte dort bleiben mögen, und wer hätte mich denn auch vermisst, wenn alles, was ich wollte, und alles, was mich wollte, sich auf der anderen Seite befand?

Und doch zog die Konvention mich aus dem Schlafzimmer und zum Telefon, das mit der monotonen Sturheit der Maschinen die Kapitulation verweigerte. Ich nahm den Hörer ab und rechnete mit allem und nichts. Es war ein Zwischending. Es war Martin.

»Verzeih die frühe Störung. Unchristlich, ich weiß. Aber bei der verdammten Hektik, die im Moment beim Job herrscht, kann ich mich einfach nur habacht hinstellen und auf Befehl scharf schießen. Ich habe Einar Salén ja schon für eine wandelnde Katastrophe gehalten, als er noch bei uns war, aber das ist offenbar nichts gegen jetzt, wo er verschwunden ist, das weiß ich nun. Vor allem nicht, da ich die Scherben zusammenfegen muss. Ich habe, wie gesagt, bis auf Weiteres seinen Posten übernommen, und das bedeutet mehr als die doppelte Arbeit. Ein kleiner Vortrag über Martins Montagssituation. Bist du schon wach?«

Ich nickte, sah ein, dass Martin das nicht hören könnte, und murmelte ein ja, ja sicher, eine Unternehmerin, auch wenn sie nur eine kleine Firma hat, kennt keinen Schlaf …

»Die Reklameheinis haben sich gemeldet. Ich habe eine Mail bekommen, die offenbar am Wochenende eingelaufen ist, und sie sagen, sie möchten bereits im Laufe der Woche einen ersten Entwurf haben. Und in meiner derzeitigen Situation habe ich dazu weder Lust noch Zeit. Außerdem kommen deine Ideen mir zusehends besser vor. Auch wenn ich bisher nur wenig darüber nachdenken konnte. Wir müssen die Sache, dass der Tod als Retter kommt, natürlich modifizieren, denn da stecken wir in ethischem Treibsand, das sagen mir meine gesammelten Instinkte, was immer die wert sein mögen. Aber das andere. Ich habe eben schon mit Nicke gesprochen. Der war ungefähr so beredt wie du. Hatte wohl die ganze Nacht durchgefilmt oder so. Aber jedenfalls rechnet er damit, dass du mit diesem Typen, von dem du erzählt hast, diesem John oder so, heute gegen Mittag zu ein paar Probeaufnahmen kommst. Film oder Foto, ich weiß nicht genau, was.«

»Martin.« Ich hatte jetzt die Oberfläche erreicht. »Ich hab doch gesagt, dass ich ihn nur über Bekannte kenne. Ich habe keine Ahnung, wo er zu erreichen ist. Vielleicht ist er nicht einmal in Stockholm. Oder überhaupt in Schweden.« Ich hatte Martin gesagt, dass ich nicht eng mit John befreundet sei, und also konnte ich eigentlich nicht wissen, wo er sich gerade aufhielt. Mein Gehirn funktionierte. Herzlichen Glückwunsch, Erica.

»Das ist doch wohl die Stärke der Freelancer? Rasche und kreative Lösungen zu finden, für Probleme, die wir anderen nur mit Geld und viel Zeit klären können. Ich verlass mich auf dich. Melde dich.«

»Warte! Was ist mit Eira? Und wie geht es Birgitta, nach allem, was passiert ist?«

»Wie? Ach, das.« Martin klang aufrichtig erstaunt über diese Frage. »Eira kam mir heute Morgen ganz normal vor. Für sie hat die Arbeit ihre Zeit und die Trauer auch, da verschwimmen die Farben nicht, aber das weißt du doch sicher. Ich danke unserem finnischen Brudervolk. Und Birgitta ging es heute Morgen auch soweit gut. Sie wollte mit Arvid zu Hause bleiben, er hat Fieber. Sie und Erik haben sich an die Arbeit gesetzt, sowie ihr am Samstag gegangen wart. Hatte keine Ahnung, dass die Wikinger so interessant sein können. Und Arvid und ich haben einen Spaziergang gemacht, damit die beiden ihre Ruhe hatten. Die ganze Zeit strahlte er wie die Sonne. Ruf mich nachher an und erzähl, wie die Probeaufnahmen bei Nicke gelaufen sind.«

Das Gespräch hatte mich immerhin zum Leben erwecken können. Ich stellte Kaffeewasser auf und ließ Milch aufschäumen und machte das alles automatisch, ohne Einmischung des Gehirns und ohne einen Gedanken daran, wie es mir vor wenigen Tagen noch gegangen war. Die Erica von vor einigen

Tagen existierte nicht mehr. Im Kühlschrank stand nur noch eine Schale, mit einem Inhalt, der gleichzeitig Angst einjagte und verlockte.

Die Zeitung war montäglich dünn, und ich blätterte sie ziemlich rasch durch. Blieb bei den Kontaktanzeigen hängen, wo ein gutaussehender Vierziger eine ebenso gutaussehende Frau mit allen vorstellbaren guten Eigenschaften und »mit E-Körbchen« suchte. Noch immer zeichnete Gustafs Todesanzeige sich durch Nichtvorhandensein aus, und ich fand auch keinen Hinweis auf irgendeinen Selbstmord. Berichteten die Zeitungen überhaupt über Selbstmorde? Ich wusste es plötzlich nicht. Es gab so viel, was ich nicht mehr wusste.

Wir hatten es jedenfalls nicht eilig. Ich würde die Woche nicht mit Feuerlöschen beginnen müssen, da ich im Moment nur Martins Projekt am Laufen hatte. Ich würde mich auch nicht auf die Suche nach einem unbekannten Schauspieler namens John machen müssen. Dieser erdichtete John lag in meinem Bett in sicherem Verwahr und würde das tun, bis er erwachte. Ich wollte ihm Fürsorge erweisen, wie er sie mir erwies. Fürsorge, das musste ich einfach zugeben, wie ich sie Tom vielleicht nie geschenkt hatte. Nicht bei jeder Gelegenheit. Nur dann, wenn die Inspiration über mich gekommen war.

Oder war ich zu hart zu mir selbst? Was hatte ich getan? Ich hatte meinen Teil von Kochen und Einkaufen übernommen, hatte ein wenig häufiger geputzt als er, hatte ihm ab und zu reizende Geschenke hingelegt, wenn er am wenigsten damit gerechnet hatte. Hatte angerufen und gemailt und ihm gesagt, dass ich an ihn dachte und ihm einen schönen Tag wünschte. Hatte sogar zu allen Herzenstagen jahrelang Blumen geschenkt. Flüchtige Hände über die Haut, aber wie oft hatte ich ihn über die Alltagsration hinaus gestreichelt?

Ich fragte mich plötzlich, ob Tom wohl noch in seinem provisorischen Biwak bei seinem Kumpel Johan hauste oder ob er wohl schon auf Wohnungssuche war. Vielleicht machte er das ja zusammen mit Anette. Sie würden natürlich zusammenziehen, Mama-Papa-Kind müssen zusammen wohnen. Natürlich besuchten sie kinderfreundliche Umgebungen und sahen sich Häuser mit dazugehörigem Garten an. Gab es in Stockholm übrigens kinderfreundliche Gegenden? Ich hatte nicht die geringste Ahnung. Wie wäre es mit Bredäng? Das würde ich vorschlagen, wenn wir das nächste Mal miteinander zu tun hätten, falls das jemals wieder der Fall sein würde. Hör mal, ich finde, du solltest nach Bredäng ziehen. Dann brauchst du im Urlaub nicht ins Ausland zu fahren, weil du die halbe Welt um die Ecke hast.

In diesem Moment kam der Tod in die Küche, küsste mich genau auf die empfindliche Stelle auf der Schulter, wo so viele Nervenstränge zusammenfließen, und fuhr mir durch die Haare. Schmerz- oder vielleicht auch Freudentränen drückten hinter meinen Augenlidern, aber ich zwang sie zurück. Spar dir deine Tränen auf, bis du sie wirklich brauchst.

»Guten Morgen. Du warst nicht mehr da.«

»Das Telefon hat geklingelt und wollte einfach nicht aufhören, und ich dachte, ich könnte dich schlafen lassen.« Ich nahm seine Hand, und er hielt meine fest, während er mir gegenüber Platz nahm.

»Und? Etwas Wichtiges?«

»Ja, vielleicht. Und vielleicht auch witzig, für dich. Es war Martin. Er will, dass John, also du, Probeaufnahmen macht.«

Der Tod lächelte. Er hatte die schönsten Augen, die ich je gesehen hatte.

»Heute wird jemand in geliehener Zeit leben. Vielleicht sogar mehrere. Ich nehme mir einen Tag frei. Das werde ich ja wohl dürfen, ich wie alle anderen.«

»Frag mich nicht. Woher soll ich wissen, was du darfst oder nicht darfst?«

»Du bist zu einem Teil von mir geworden, Erica. Meiner

moralischen Unterstützung. Meinem Leitstern in dieser unruhigen Welt. Der, mit der ich zusammen sein will. Und für die ich sterben will.«

Ich konnte nicht sagen, ob er Witze machte oder nicht. Der Tod stand auf und nahm sich ebenfalls eine Tasse Kaffee. Ohne die geschäumte Milch war es ganz normaler Kaffee, so einer, der an einem solchen Montag vermutlich an den meisten Frühstückstischen getrunken wurde. Ich hoffte, dass die gesunkene Anzahl von Ausschweifungen in Form von Cappuccino oder Mokka nicht bedeutete, dass wir uns einer Art von eingewachsener Normalität näherten.

Das Wetter schien sich noch nicht entschlossen zu haben, ob es die erwachenden Menschenmengen aufmuntern oder niederdrücken sollte. Wie ein launischer Diktator schlich der Wind umher, wand sich um die Zweige der Bäume draußen und liebkoste sie behutsam, um sodann mit voller Kraft zuzuschlagen. Ich hatte die Balkonblumen seit der Nacht nicht mehr gegossen, in der ich Malkolm zum letzten Mal gesehen hatte. Sie wanden sich sicher in Todeskrämpfen oder verrotteten in Würde. Aber ihre Zeit war auf jeden Fall zu Ende gewesen. Auch sie hatten eine Weile in geliehener Zeit gelebt.

In meinen kurzen Schlafphasen während der Nacht war immer wieder mein Gespräch mit Lena Rosseus und Hans Nordsjö aufgetaucht. Mir war klar, dass ich sicher eine Zeitlang auf ihrer Überwachungsliste stehen würde. Unter Beobachtung stehen, hieß das vielleicht. Ich hatte mit geheimnisvollen Geschehnissen zu tun gehabt, aber es gab logische Erklärungen, und mein Äußeres und vielleicht auch bis zu einem gewissen Grad mein Inneres sprachen für mich. Ich war eine respektable Person und würde zu keinem Täter- oder Täterinnenprofil passen, wenn es so etwas gab. Das musste es doch eigentlich geben, weil Frauen vermutlich ihre Verbrechen nicht auf Männerart begingen. Einar Salén hätte Carina wohl kaum so erschossen, wie sie ihn erschossen hatte. Abermals fragte ich mich, was Carina Salén jetzt wohl machte. Vermutlich schlug sie im Garten ekstatische Purzelbäume. Der Tod riss mich aus meinen Gedanken.

»Wohin fahren wir, und wann sollen wir da sein?«

»Nach Hägersten. Zu Nicke, der ist Kameramann und Fotograf. Ich habe schon häufiger mit ihm zusammengearbeitet. Ein fantastischer Typ übrigens. Ein Ausbund an Kreativität. Ein bisschen eigen, vielleicht, aber den Preis muss er wohl bezahlen.«

»Und wann werden wir bei ihm erwartet?«

»Gegen Mittag.«

»Dann haben wir ja vorher noch ein wenig Zeit für uns.«

Das war keine Frage, sondern eine Feststellung. Ich wusste, was er meinte. Die Worte trafen mich dort, wo sie mich treffen sollten, und lösten den Prozess aus, bei dem ein heißes Pochen mich mit Staunen darüber füllte, dass ich, Erica, keine Fernbedienung in der Hinterhand hatte, um auf Schluss, off, aus zu drücken. Wir standen gleichzeitig auf und stürzten zum Bett, als wären wir unerträglich lange voneinander getrennt gewesen und nicht unerträglich kurz. Der Anrufbeantworter musste jetzt die Verantwortung übernehmen, und ich hörte in meinem Nebel eine Stimme, eine Frauenstimme, die offenbar eine Mitteilung hinterließ. Ruf mich an, Erica, war das Letzte, was ich erfasste. Und dann noch etwas. Das hier ist der Teufel.

Der Pulverkaffee war dünn, aber warm, und die Milch war eine Negation, das heißt, es gab keine. Aber die brennenden Kerzen flackerten und warfen faszinierende Schatten an die Mauern, und die Fotos an der Wand waren schön, suggestiv oder nur zum Nachdenken anregend. Die meisten waren schwarzweiß und zeigten allerlei Naturmotive, die Gesichter der Menschen mussten sich dazwischenstehlen. Ein großes Foto zeigte den kahlen Schädel eines Mannes, der bei genauerem Hinsehen von einer zarten Flaumdecke überzogen war. »A tribute to life« stand ganz unten. Ich fragte Nicke, was das bedeuten solle.

»Das ist Oliver. Ein Kumpel von mir. Er hatte Krebs, ich weiß nicht welchen, aber es war offenbar besser als bei den meisten anderen. Wenn du Krebs kriegen willst, dann such dir diese Sorte aus, haben die Ärzte zu ihm gesagt. Er bekam Bestrahlungen und Chemo und den ganzen Scheiß und verlor seine Haare. Aber dann wurde er für gesund befunden, und mit der Behandlung war Schluss. Das Foto habe ich gemacht, als seine Haare gerade wieder zu wachsen anfingen.«

Nicke sprach, während er zu dem Foto ging und es betrachtete. Wenn über seine Kunstwerke geredet wurde, sah er sie sich immer noch einmal an, als hätte er einen Aspekt vergessen oder besser machen können. Nur wenige Personen in meinem Bekanntenkreis waren solche Perfektionisten wie Nicke, trotz seines mehr als schlampigen Äußeren. Seine Kunst und seine Umgebung schienen in keinerlei Zusammenhang miteinander zu stehen. Oder genauer gesagt, seine Arbeit schien allen Perfektionismus aus ihm und seiner nächsten Umgebung herauszusaugen.

Wir waren mit der U-Bahn nach Hägersten gefahren und hatten die wenigen Schritte zu dem Fabrikgelände, in dem Nickes Atelier lag, zu Fuß zurückgelegt. Er hatte mich mit einer Umarmung und den Tod mit einem Händeschütteln begrüßt, dann hatte er uns in sein Heiligstes eingelassen. Ob er schon angezogen oder noch im Nachtgewand war, war unmöglich zu sagen. Nicke schien das ganze Jahr hindurch und rund um die Uhr dasselbe zu tragen. Jeans, ein altes Unterhemd, darüber einen Wollpullover und auf dem Kopf eine Strickmütze, wenn im Winter die Temperatur im Atelier auf null sank. Ansonsten war er nicht unattraktiv. Er war um die fünfundvierzig, hatte lange blonde Haare, die er meistens zu einem schlaffen Pferdeschwanz zusammenband, und so blaue Augen, dass sie fast ein wenig lila wirkten. Nicke war nicht groß, kaum größer als ich, aber er war durchtrainiert und hatte in einer Ecke ein Paar Hanteln liegen, die er stemmte, wenn er eine mentale Pause von seiner Arbeit einlegen musste. Ein Asphaltcowboy, wenn es solche denn überhaupt gab. Und ein unerhört tüchtiger Profi.

Wir hatten das Angebot von Kaffee dankend angenommen und bekamen die Pulvervariante in der Ecke, die Nicke zu einer provisorischen Küche umfunktioniert hatte. Ich wusste, dass es im Atelier nur kaltes Wasser gab, aber das, zusammen mit den Kochplatten, reichte offenbar aus, um ihn satt und zufrieden zu erhalten. In der Kochnische lag auch eine Matratze, die notdürftig mit Laken und Decke überzogen war. Es war schlicht und improvisiert, aber es war peinlich sauber. Und heißer Pulverkaffee war immer noch besser als kalter Espresso.

Größere Teile der einen Quermauer waren von einer weißen Leinwand bedeckt, die Nicke vermutlich als Hintergrund für seine letzten Aufnahmen verwendet hatte. Ich wusste, dass diese Leinwand bei Bedarf durch eine schwarze ersetzt werden könnte und dass wir sicher bald eine Auswahl von Nickes ansehnlicher Kamerasammlung sehen würden. Diese Kameras waren vermutlich ein Vermögen wert, und er verwendete für jedes Motiv mehrere, auch wenn eine seiner älteren Hasselblads zumeist die Ergebnisse lieferte, mit denen er am zufriedensten war.

Der Tod sah aus wie ein Pferd, das es kaum erwarten kann, aus der Box gelassen zu werden und loslaufen zu können. Seine Nasenlöcher weiteten sich ein wenig, und er diskutierte über Winkel, Licht und Komposition auf eine Weise, die mich abermals darüber staunen ließ, wie sehr er sich seiner Umgebung anpassen konnte. Nicke hatte ihm seinen Geschichte abgekauft, britischer Schauspieler auf Rundreise, mit ungeheurer Meritenliste, aber ohne Starstatus, ohne Kommentare abzugeben oder weitere Fragen zu stellen. Es interessierte ihn nicht. Das Einzige, was etwas bedeutete, war das, was diese Person vor der Kamera leisten würde, ansonsten mochte er John oder der Tod oder wer auch immer sein. Der Tod brachte seine Überlegungen über Leben und Tod auf eine Weise vor, von der ein Künstler sich durchaus inspirieren lassen konnte, und ich dachte, das sei Protzerei, die ich an sich ja gar nicht leiden konnte, Protzerei noch dazu auf Englisch, aber ich konnte sie doch akzeptieren, so, wie ich vermutlich bei dem Tod vieles akzeptieren würde, das bei anderen unverzeihlich wäre. Hier näherte ich mich wohl dem innersten und verborgensten Kern der Liebe, Vergebung trotz offenkundiger Fehltritte, Vergessen trotz Schmerz, Fürsorge ohne Bedürfnisse. Liebte ich den Tod? Könnte ich den Tod lieben? Wo ich noch vor wenigen Tagen gedacht hatte, dass ich, auf meine Weise, Tom geliebt hatte? Der Wasserkocher sah mich an und winkte mit dem Henkel. Lächelte in diskretem Verständnis, und ich starrte verständnislos zurück.

Nicke und der Tod standen jetzt vor der weißen Leinwand und betrachteten sie, maßen Entfernung und experimentierten mit der Beleuchtung, zogen einen Stuhl davor, verschoben ihn und verschoben ihn ein weiteres Mal. Nicke sprach sein eigenes Englisch und fand den Umhang großartig, der Tod hörte zu und fragte, und es war ein Genuss, diese Vorbereitungen zu etwas zu sehen, das jedenfalls kein Endprodukt war, sondern das Vorstadium zu einer Produktion. Solange solche Seelen im Umlauf waren, gab es Hoffnung für uns alle. Körper und Seelen, die bereit waren, soviel zu opfern, um ein gutes Endresultat zu erhalten.

»Erica, kannst du mal kurz herkommen?« Nicke kniete jetzt nieder und hielt den Stuhl, einen schwarzen Holzstuhl mit abgerundetem Rücken, schräg, während er mich zu sich winkte. Ich holte tief Luft und betrat die Leinwand, die nicht nur die Wand bedeckte, sondern auch einen Großteil des Bodens, während Nicke sich aufrichtete, mich auf den Stuhl drückte und einige Schritte zurücktrat.

»Wie viel hat Martin darüber erzählt, wie wir uns die Sache vorstellen?« Ich sprach, während ich mich zurechtsetzte und einsah, dass ich, wie einige Male zuvor in letzter Zeit, vielleicht auf meine Rolle als Statistin hätte vorbereitet sein sollen.

»Ziemlich viel.« Nicke sprach hinter der Kamera und sah mich nur noch durch das Auge der Linse an. »Ich weiß, dass es um Gentests geht und um eine Möglichkeit, sie so zu verkaufen, dass sie nicht unbedingt ein Todesurteil bedeuten, sondern auch eine Chance. Ziemlich makaber, wenn du gestattest. Mein Vater, mein Onkel und mein Großvater sind an Krebs gestorben, und ich habe nicht die geringste Lust zu wissen, ob ich aus demselben Grund in die Grube fahren werde. Aber ich denke nicht direkt daran, wenn ich das hier mache. Ich sehe es als eine Art Stillleben mit Düsternis oder der Gefahr im Hintergrund. Ab und zu ist es mir egal, wozu das benutzt wird, was ich mache, solange es mich interessiert. Man braucht nicht immer so verdammt viel zu empfinden. Kannst du den Kopf so drehen, dass du direkt in die Kamera schaust ... so, ja ... ein bisschen mehr nach rechts ... und ein bisschen höher das Kinn ... und dann die Haare ein bisschen zurückstreichen ... ein bisschen mehr ... so, ja. Perfekt.«

Ich blieb in dieser Positur, und Nicke lugte hinter der Kamera hervor. Der Tod stand daneben und sah mich aufmunternd lächelnd an. Die Nylonstrümpfe fühlten sich auf meiner Haut kalt an, und ich verfluchte die Entscheidung für einen Rock, so wie ich immer die Entscheidung für einen Rock verfluchte. Nicke legte einen Film in die Kamera ein und sah mich wieder an.

»Also, ich stell mir das so vor. Wir machen ein paar Schwarz-Weiß-Aufnahmen, das ist selbstverständlich bei diesem Thema. Ich werde alles Licht auf dich richten, Erica, das wird verdammt hell, aber es wird klappen … glaube ich. Ich mache jetzt also Bilder, bei einem Werbefilm geht es mir nur um das Bildgefühl, welcher Film es auch wird, er muss wie eine Serie von nacheinander gemachten Bildern funktionieren. Klingt kompliziert, aber ich weiß, wie ich es meine, und das reicht. Also. Setz du dich auf den Stuhl da, Erica, und sieh aus, als ob du dein ganzes Leben hinter dir hättest. Nein, nicht, als ob du alt wärst oder so. Als stünde der Schlüssel zur Zukunft hinter dir, und du wüsstest nicht, ob du dich umdrehen sollst oder nicht. Du willst dich umdrehen, und zugleich willst du das nicht. Du kannst Angst haben, ein wenig Angst, aber du bist vielleicht auch erwartungsvoll oder einfach teuflisch verwirrt … experimentier ein bisschen, ich folge dir. And you …«

Er zeigte auf den Tod und winkte ihn hinter mich. Ich wagte aber nicht, mich umzusehen, aus Angst, meine Positur zu verlieren, aber ich spürte Wärme in den Nackenwirbeln und Geborgenheit im Kreuz. Nicke wandte sich wieder mir zu.

»Jetzt soll er da stehen und auf dich hinuntersehen. Nicht mich ansehen, auch nichts anderes, nur dich. Du bist auserwählt, du gehörst ihm, du bist verdammt noch mal eine Göttin oder so und ganz in seiner Gewalt, und er hat die Macht, fast, mit dir zu machen, was er will. Aber er soll nicht stark sein. Sondern demütig. Scheiße … wie soll ich das sagen … rücksichtsvoll. Er segnet dich fast, obwohl er nicht Jesus ist. Er mag dich. Er will dich haben. Aber er weiß nicht, ob er dich bekommen wird. Stell dir das Mittelalter vor. Und er ist der Tod. Drücke ich mich unklar aus? Kannst du es ihm erklären? Weiß der Teufel, ob mein Englisch dafür ausreicht.«

Ich übersetzte für den Tod, der konzentriert aussah. Sein Atem liebkoste meinen Nacken und strömte in meine Haare.

»Jetzt soll er dir eine Hand auf die Schulter legen. Put your hand on her shoulder. Ganz leichte Berührung, keine bohrenden Finger … okay … light … light … und jetzt hebst du, Erica, eine Hand und bewegst sie nach hinten, so dass eure

Fingerspitzen sich berühren … nein, nicht diese Hand, die andere, damit dein Arm sich quer über deine Brust legt … so, ja … perfekt. Okay, jetzt geht's los.«

Nicke fing an zu knipsen, während er uns die ganze Zeit Anweisungen erteilte, vermischt mit aufmunternden Kommentaren, die für Entspannung und Sicherheit und damit für die Lust sorgten, seine Anweisungen zu befolgen und das zu werden, was er erreichen wollte. Die Hand des Todes lag warm auf meiner Schulter, und ich spürte, dass er dort war und dass ich alles loslassen konnte. Ich durchlief ein lebenslanges Spektrum von Gefühlen, von Verzweiflung bis zu Überraschung, Erwartung und Freude, während dem Tod erklärt wurde, wie er hinter dem Stuhl zu stehen hatte. Nur die Hand auf meiner Schulter war konstant, das Einzige, um das das Dasein sich drehte, diese warme Berührung, die der Schlüssel zu meiner Zukunft war. Für einen kurzen Moment durften wir uns entspannen, während Nicke Film und Kamera wechselte, aber in dieser kurzen Zeit konnte die professionelle Atmosphäre nicht verfliegen.

Dann machte Nicke weiter, und der Tod und ich nahmen unsere Positionen wieder ein. Der Tod atmete rasch und ein wenig keuchend, und auch ich fühlte mich trotz der Stille ein wenig atemlos. Der Griff auf meiner Schulter verfestigte sich, und für einen kurzen Moment wurde es wärmer. Dann zersprang alles, etwas riss den Schlund auf, und ich stürzte geradewegs in die Finsternis.

Die Hand auf meiner Schulter packte plötzlich so fest zu, dass es wehtat. Überrascht spürte ich, dass das, was sich in meine Haut und meine Muskeln bohrte, sich nicht mehr wie Finger anfühlte, sondern wie Knochen. Die Kälte, die sich ausbreitete, war unmittelbar und wie ein Schock, und der Geruch, der meine Nasenlöcher erreichte, war nicht mehr von Wärme erfüllt, sondern von Verwesung und Verfall, von verfaulenden Gewächsen und verrottenden Vogelkadavern auf einer Klippe. Ich versuchte mich umzudrehen, aber das ging nicht, da die Knochen mich auf den Stuhl drückten, während sich etwas über mich senkte und mir ins Ohr flüsterte: »Die Letzten werden die Ersten sein, die Ersten werden die Letzten sein.«

Der Stuhl kippte um, als ich voller Panik aufsprang. Für einen kurzen Moment sah ich die Gestalt hinter mir in ihrer ganzen Macht und Erbärmlichkeit, ein gelbes und verrottendes Skelett, notdürftig bedeckt mit einem schwarzen Umhang und einer Kapuze über dem Totenschädel. In den Augenhöhlen krochen Würmer herum, und die klappernden Zähne des Schlundes waren schwarz und zerfressen. Dann wurde alles zu einem Flimmern, ich stolperte, streifte dabei den Stuhl und fiel mit zum Schutz erhobenen Armen auf die Leinwand.

Für ein oder zwei Sekunden schien alles stillzustehen. Dann knieten sie plötzlich neben mir, Nicke und der Tod, und versuchten, mir Leben in die Wangen zu klopfen. Der Tod hielt meinen Kopf hoch, und Nicke gab mir ein Glas Wasser, von dem ich mechanisch einen Schluck trank, ehe ich sie ansah, einen nach dem anderen. Sie sahen aus wie vorher, Nicke mit dem Pferdeschwanz und unruhig bewegten Armen, das Lila in den Augen voller Fürsorge, die graugrünen Augen des Todes ernst und zärtlich.

»Was ist passiert?« Ich setzte mich auf und rieb mir die Schläfen.

»Und das fragst du? Was passiert ist, das wüsste ich auch gern. Ich mache Aufnahmen, und das sieht saugut aus, du bist licht wie ein Engel, und John steht da als schwarzer Schatten, und du hast einen fragenden Ausdruck in den Augen, wie ein Fotograf sich ihn nur wünschen kann, und dann springst du plötzlich auf und schlägst um dich, als ob du dich verbrannt hättest …«

Der Tod sagte nichts, streichelte aber meine Haare und half mir auf die Füße. Ich sah ihn an und fragte mich abermals, ob es möglich war, ein so guter Verführer und Verzauberer zu sein.

»Ich habe den Tod gesehen. Den echten.«

»Den Tod? Du hast den Tod gesehen?« Nickes Hilflosigkeit schien die Luft zu füllen.

»Ich habe den Tod gesehen. Ein vergilbendes Skelett mit verfaulten Zähnen und einem Umhang und … er hat meine Schulter so fest gepackt, dass es wehtat … und plötzlich stank es entsetzlich, das müsst ihr doch auch gemerkt haben … oder? You saw him as well?«

Ich war geistesgegenwärtig genug, um mit dem Tod Englisch zu sprechen, aber dann sah ich Nicke an, als ob nur er mich retten könnte, was er nicht konnte. Er erwiderte meinen Blick nur erstaunt und schüttelte den Kopf.

»Den Tod? Aber bitte, Erica …«

»Der Tod war hier!« Jetzt schrie ich, und Nicke wich einen Schritt zurück. »Ich sag doch, dass ich seine Gestalt gesehen habe, klar und deutlich. Er hat meine Schulter zusammengedrückt und mich angestarrt und …«

Nicke sah mich wieder an und wirkte jetzt überaus beunruhigt.

»Erica, beruhige dich. Hier waren nur wir drei, das schwöre ich dir. Was ist eigentlich los mir dir?«

Ich sah wieder den Tod an, musterte sein Gesicht, das Gesicht, das mir in den letzten Tagen so vertraut geworden war, in dem meine Finger jeden Winkel hatten untersuchen und jedes Fältchen streicheln dürfen. Es gab keine Verlogenheit darin, keine List und keine Unklarheiten. Er war ebenso verwirrt wie Nicke. Ich fing an zu weinen, und er legte die Arme um mich und murmelte so leise, dass Nicke es nicht hören konnte:

»Erica, ich schwöre dir, ich habe die ganze Zeit hinter dir gestanden. Vielleicht hast du dich zu sehr in unsere Fantasien eingelebt, was nur beweisen würde, dass du eine gottbegnadete Schauspielerin bist. Aber hier gibt es keine Dämonen und keinen Tod. Hier gibt es nur mich.«

Nicke konnte weder die Ironie noch die schwedischen Wörter verstehen. Ich konnte es und nahm sie in mich auf. Langsam beruhigte sich mein Atem, und mein Herz schlug langsamer, auch wenn der Schreck mir noch in den Knochen steckte. Konnte ich mir das wirklich eingebildet haben? Das glaubte ich nicht. Ich glaubte dem Tod, glaubte, dass er der Warme war, und deshalb gab es keine andere Erklärung als meine überspannte Fantasie und meinen möglicherweise labilen Gemütszustand. Ich stützte den Kopf in die Hände. Nicke ging in die Kochnische, schaltete den Wasserkocher an, schaltete ihn wieder aus, öffnete den Kühlschrank und nahm drei Bier heraus.

»Kommt. Wir machen eine Pause. Die können wir alle drei brauchen. Wie gesagt, es hat verdammt gut ausgesehen, ehe du deinen Anfall hattest. Einiges davon werden wir benutzen können. Für diese Sache … oder für etwas anderes. Kommt. Setzt euch.«

Wir ließen uns auf Nickes Flohmarktstühlen nieder und tranken schweigend das Bier. Der Tod ließ mich fast nicht aus den Augen, und ich sah ihn an und merkte, wie sich meine Ruhe schrittweise wieder einstellte und die Panik ebenso schrittweise zurückdrängte. Ich war eigentlich überzeugt davon, dass ich gesehen hatte, was ich gesehen hatte, das gerochen, was ich gerochen, und das verspürt, was ich verspürt hatte, aber es gab keine plausible Erklärung dafür, außer der, die mir hier aufgetischt worden war, nämlich, dass ich mich dermaßen in unsere Vision eingelebt hatte, dass sie wirklich geworden war. Und dann wäre ich nicht die Erste. Menschen hatten sich immer schon im Theater und in der Musik in ihre Träume eingelebt, oder warum nicht in der Synagoge und auf Pilgerwegen, so sehr, dass das, was nicht existierte, plötzlich greifbarer war als das Sichtbare und Handfeste. Vielleicht hatte ich wirklich

Visionen. Der Tod hatte gesagt, ich besäße die Fähigkeit zu sehen, wenn ich wollte, und ich hatte ja auch ein vertrautes Bild in Gestalt meiner Großmutter und ihrer Weissagungen aus dem Kaffeesatz. Die Nähe des Todes musste als Katalysator fungiert und die chemische Reaktion in Leib und Seele ausgelöst haben, durch die die Höllenhunde oder vielleicht die Himmelskatzen losgelassen worden waren. In diesem Moment konnte ich nicht weiter denken. Der Tod und ich würden später darüber reden müssen, in einer stillen Abendminute, wenn der Tag sich beruhigt hatte. Nicke trank einen ordentlichen Schluck Bier und sah mich mit skeptischem Blick an.

»Du bist sicher nicht die Erste, die Gesichte hat. Den Tod zu sehen, ist zum Beispiel nicht ganz ungewöhnlich, aber noch gewöhnlicher ist es wohl, Engel oder Gott oder so zu sehen. Oder in die Zukunft hinein. Aber Scheiße, Erica, du hast mich ja vielleicht erschreckt. Ich hatte richtig Gänsehaut am Rücken, was für eine Vorstellung, den Tod hinter sich stehen zu haben. Obwohl ich die Aufnahmen gemacht habe, geht mir erst jetzt langsam auf, was das bedeutet. Unheimlich ... aber auch anziehend. Vergib einem schreckhaften Arbeitsmann, der schwarzweiß denkt. Ist dir sowas schon mal passiert? Dass du spürst, was kommen wird, und dann passiert es ... oder dass du weissagst oder Karten legst oder so?«

Das Bier gab dem Körper, was er brauchte, Feuchtigkeit und Salz und obendrauf ein wenig Schaum.

»Meine Oma war ... ist eine Art Wahrsagerin. Liest aus dem Kaffeesatz und so, das hat sie von ihrer Mutter gelernt, die offenbar allerlei Zauberkünste auf Lager hatte. Ich weiß noch, dass Opa einen gemalten Vogel von einem neuen Brettchen kratzen musste, das sie bekommen hatte, da Oma plötzlich geglaubt hatte, in seinen Augen Bosheit und Unglück sehen zu können. Aber ich habe bei mir noch nie irgendwelche seherischen Fähigkeiten bemerkt ... abgesehen von seltsamen Gefühlen ab und zu, aber die haben sicher alle ...«

Nicke drehte die Bierflasche immer wieder in seiner Hand und sah fasziniert zu, wie das Bier drinnen wie ein Miniaturmeer schäumte. Es war nicht unmöglich, dass er etwas sah, das bald zu einer echten Metapher in Bildform werden würde.

»Wie sah er aus? Der Tod, den du gesehen hast?«

»Entsetzlich. Gelb, nicht weiß. Ein Skelett. Schwarzer Umhang. Fiese Zähne. Stank wie die Pest.«

Nickes Unbehagen vermischte sich unverkennbar mit Lust.

»Scheiße. Das mit dem Tod … die besten Bilder von ihm, die ich gesehen habe, waren Ölgemälde aus dem Mittelalter, auf denen der Tod mitten im Alltag als Skelett auftaucht. Der Tod, der im Kochtopf rührt oder jemanden von hinten küsst oder so … das ist so makaber und doch so stark … ich habe ein wenig daran gedacht, als ich mit Martin gesprochen habe. Auf die Gentests scheiße ich, aber die Möglichkeit, in der Gegenwart Mittelalter werden zu lassen … und jetzt du … das ist toll. Finsteres Mittelalter, wie viele sagen … aber ich verbinde diese Zeit mit Rot.«

Ich gab keine Antwort, mir fiel keine sinnvolle Bemerkung ein, und ich wollte auch nichts sagen. Wie sah der Tod aus? Welche Frage an jemanden, der Arbeit, Psyche und Körper mit ebendiesem Tod teilte, der nichts mit dem Bild der Menschen vom Tod gemeinsam hatte. Der Wasserkocher winkte mir wieder zu, und jetzt merkte ich, wie mein Herz anfing zu hämmern, wie eine Woge aus Schweiß sich über mich ergoss und wie die Luft zu wenig und zähflüssig wirkte, als ob sie in meinem Hals steckenbliebe und weder vor- noch zurückkönnte. Ich sprang so eilig auf, dass die Flasche auf den Steinboden fiel und zerbrach, während ich zu der hinten im Atelier gelegenen kleinen Toilette stürzte. Ich riss die Tür auf, setzte mich auf die Schüssel, lehnte den Kopf an das absolut saubere Waschbecken, nahm Kälte und Härte wahr und fing abermals an zu weinen. Das Gefühl, dem Chaos ausgeliefert und preisgegeben zu sein, war zu überwältigend, als dass ich damit hätte umgehen können.

Wie zur Antwort auf mein seelisches Nebelhorn hörte ich plötzlich das Surren meines Telefons in der Jacke, die ich zu dem verfluchten Rock ausgesucht hatte, dem Rock, der frech zum Oberschenkel hochrutschte und eine frischgeborene Laufmasche zeigte. Ich presste einen jämmerlichen dunkelgelben Spritzer aus mir heraus, der zeigte, dass ich zu wenig getrunken hatte, wusch mir die Hände, spülte mir das Gesicht, ohne an meine Wimperntusche zu denken, trocknete mich mit Toilettenpapier ab und zog dann das Telefon hervor, um es mir genauer anzusehen.

Ich klickte auf Mitteilung und las, während ich dachte, es gebe einfach nichts mehr, über das ich staunen könnte. »Erica, dreht deine Welt sich ein wenig schnell und verrückt, und geschieht das, seit du mit einem gewissen Mann zu tun hast? Wir treffen uns um drei im Café Rosengården im Historischen Museum. Der Teufel.«

Der Teufel. Ich hatte eine SMS vom Teufel bekommen. Und warum auch nicht, wo der Tod Jeans trug und Tom mich verlassen hatte. Ich spülte mir noch einmal das Gesicht ab und schaute in den Spiegel, so gut das ging, denn der war von einer Ecke zur anderen gesprungen und außerdem fleckig. Mein Gesicht war von roten Flecken übersät und meine Augen unnormal groß, aber ansonsten konnte ich als normal aussehend durchgehen. Niemand, der mich in der Stadt gesehen hätte, würde erraten können, dass ich ein Fast-Tod-Erlebnis gehabt und außerdem eine SMS vom Teufel bekommen hatte.

Ich setzte mich wieder auf die Toilette und schloss die Augen. Der Tod hatte vom Teufel als von einer Frau gesprochen, die er überhaupt nicht leiden konnte, einer, die die Leben der Menschen manipulierte und sie mit Möglichkeiten verlockte, die nur zu Unglück und Verfall führten. Das hatte mich geärgert, wie immer, wenn ein Mann sich über eine Frau echauffiert, und dass der Tod ein Mann war, hatte ich ja am eigenen Leib erfahren dürfen. Ein Unkrautgedanke spross jetzt in mir, kämpfte sich zwischen den Steinen durch und zeigte seine kraftvollen Knospen. Was, wenn. Was, wenn. Was, wenn der Tod nicht ganz das war, als das er sich ausgegeben hatte. Was, wenn er magische Eigenschaften besaß, wenn er mich mit seinen Tricks geblendet hatte, und wenn er diese Frau so wenig leiden konnte, diesen Teufel in seinen Augen, weil sie mehr über ihn wusste als irgendjemand anders? So, wie ich über Tom dieses und jenes erzählen und mich damit in seinem Leben für den Teufelstitel qualifizieren könnte. Vielleicht titulierte diese Frau, diese Person, sich als Teufel, weil sie wusste, dass der Tod sie so bezeichnete. Vielleicht war sie eine Frau mit Humor und Selbstironie und hatte viele brauchbare Informationen im Gepäck.

So musste es aber nicht sein. Irgendwo hatte ich noch immer Vertrauen zu dem Mann, der sich Tod nannte und nachweislich Macht über die Seelen besaß, die uns in den vergangenen Tagen begegnet waren, über meine eigene eben auch. Aber mit Gutgläubigkeit hatte mein Elend doch begonnen. Es könnte doch nichts schaden, wenn ich mir weitere Informationen beschaffte, noch anderen Stimmen zuhörte, die Vielfalt bejahte?

Ich badete noch einmal meine Augen und fuhr mir mit der Hand durch die Haare. Den Tod wegzudenken, war unmöglich, er war und blieb ein Teil meines Lebens, aber ich würde mir, uns, eine solidere Plattform besorgen, ohne misstrauische Würmer, die den Boden untergruben. Und ich würde diese Neugier stillen, die mein geliebter Tod schon so früh entdeckt hatte.

Ich ging mit um einiges ruhigeren Schritten zu Nicke und dem Tod hinaus als beim Herausstürzen. Sie waren in ein offenbar ziemlich ernstes Gespräch vertieft, drehten sich aber perfekt synchronisiert um, als ich auf sie zukam. Der Tod sprang auf und umarmte mich auf die Vater-auf-dem-Lande-Weise, und wieder spürte ich Wärme. Wärme und Geborgenheit und die endlose Freude mitten im Elend.

»Du siehst besser aus«, murmelte er in meine Haare, so leise, dass Nicke wieder nichts hören konnte. »Hab keine Angst. Nur ich stehe hinter dir, Erica. Nur ich. Was du gesehen hast, war sicher ... eine Projektion deiner eigenen Angst, aber ich war es. Nur ich. Nur ich.«

Schweigend blieben wir einen Moment stehen, dann ließ der Tod mich los, und wir gingen weiter zu Nicke, der fragte, ohne zu fragen, was diese mehr als freundschaftliche Umarmung zu bedeuten habe. Nicke wusste, dass ich seit mehreren Jahren liiert war und dass der Mann in meinem Leben Tom hieß, aber mehr hatte unser beruflicher Kontakt nicht an Informationen zugelassen. Ich wusste nur vage, dass es in Nickes Leben einen Mann gab, der in Dänemark lebte, aber wir hatten dieses Thema nicht weiter vertieft. Das war uns nicht notwendig erschienen. Dass »Johns« Umarmung mit stärkeren Gefühlen gewürzt gewesen war als Freundschaft, hatte Nicke registriert, er sagte jedoch nichts, was ich auch nicht erwartet hatte, er ließ die Frage nur meine Wange streifen und verdunsten.

»Hältst du noch ein wenig durch, Erica? Ich glaube, ich hab einige brauchbare Bilder eingefangen, aber ich würde natürlich noch gern ein paar Variationen aufnehmen ... wenn du dir das zutraust. Nur wenn du dir das zutraust.«

Ich nickte, dachte an Menschen, die unmittelbar nach einem Sturz wieder auf den Pferderücken gezwungen werden. In verbissenem und konzentriertem Schweigen arbeiteten wir deshalb noch ungefähr eine Stunde, in der Nicke mit Kameras, Winkeln, Beleuchtung und Hintergrund experimentierte, ehe er mit müder Handbewegung seinen Pferdeschwanz zurückschob und sagte, das müsse jetzt erst einmal reichen. Natürlich war nichts Unvorhergesehenes geschehen. Alles andere hätte mich überrascht.

Wir bedankten uns bei Nicke, er umarmte uns diesmal beide und sagte zum Tod, es sei ein außerordentliches Vergnügen gewesen, mit ihm zu arbeiten, und er werde das gern wieder tun. Der Tod nickte und nahm die Visitenkarte mit offenkundiger Befriedigung entgegen. Ich wusste, dass Nicke nicht einfach so daherredete, sondern dass er jetzt ganz und gar von einem einzigen lustvollen Gedanken erfüllt war, nämlich, sich in seiner Dunkelkammer zu verschanzen und so rasch wie möglich mit den Fotos experimentieren zu können. Vermutlich stand ihm eine neue schlaflose Nacht bevor. Er versprach, in den nächsten Tagen anzurufen, und ich wusste, dass das fast untertrieben war. Das Resultat würde dieser Mann schon am nächsten Tag vorlegen können. Noch dazu ein gutes.

Wir kletterten die Wendeltreppe hinunter, landeten im Freien und atmeten beide tief durch. Der Tod sah unerhört zufrieden aus, und er umarmte mich spontan, dann stimmte er ein Loblied auf Nicke und dessen Professionalität an. Der Zwischenfall mit meinem Toderlebnis schien ihm keine Gedanken mehr zu machen. Langsam gingen wir zur U-Bahn und sahen, dass der Herbst jetzt wirklich die Vegetation prägte und das Gelb und Rot aufflammen würden, wenn die Sonne beschlösse sich zu zeigen.

Ich hatte während der zweiten Fotorunde die Möglichkeit gehabt, mir eine brauchbare Erklärung zurechtzulegen, und ich wandte mich jetzt dem Tod zu, während ich meine Gesichtszüge neutralisierte. »Ach, übrigens, ich habe vergessen, dir zu sagen, dass Martin mich gebeten hat, nach dem Besuch bei Nicke bei ihm im Büro vorbeizuschauen, das hat er heute Morgen am Telefon gesagt. Wir müssen darüber reden, wie wir uns diesem ethischen Dilemma entziehen können … und überhaupt. Es dauert sicher nicht lange, aber es hat wohl auch keinen Sinn, dass du mitkommst …«

Die U-Bahn kam, und wir stiegen ein, was mich vor peinlichen Fragen rettete. Aber der Tod schien zufrieden zu sein.

»Perfekt. Geh du zu Martin, dann mache ich uns für heute Abend etwas richtig Gutes zu essen. Du hast keine Ahnung, wie ich mich darüber freue, wieder schauspielern zu können. Wenn ich könnte, würde ich mich lieber spielen als ich zu sein. Ich gehe nach Hause und trinke ein Glas Wein und lasse alles noch mal auf mich wirken, und unterwegs kaufe ich ein und so. Worauf hast du Appetit?«

Ich bestellte Lamm, Opferlamm, und der Tod nickte nur zustimmend und sprach über Rosmarin und sonnengetrocknete Tomaten und vielleicht ein wenig Knoblauch. Das Thema brachte uns bis Söder, wo der Tod ausstieg, während ich weiterfuhr, froh darüber, dass die Richtung der U-Bahn mit der der Lüge übereinstimmte.

Ich rief Martin an, sowie der Tod verschwunden war, und geriet an Eira. Der Gespräch führte mich ein gutes Stück in Richtung Karlaplan, während Eira wissen wollte, wie ich mich fühlte und ob ich mich seit unserer letzten Begegnung gut um mich gekümmert hätte. Na, und wie. Ich fragte im Gegenzug, wie es Robert ging, und konnte ahnen, wie Eiras Gesichtsfarbe sich nun vertiefte.

»Er hat sich ein wenig gefasst, aber nicht genug, als dass es spruchreif wäre. Er redet noch immer die ganze Zeit davon, dass ihr Tod, Gabriellas also, etwas Geheimnisvolles an sich hatte, und ich kann dir sagen, Erica, wenn wir irgendwo lebten, wo es Voodooo und sowas gibt, dann würde er mich anklagen. Aber ich habe nicht mehr getan, als ihr ab und zu den Tod zu wünschen. Und Nils sagt nichts. Jetzt kommt die Beerdigung, und ich weiß nicht, ob ich hingehen muss, aber Robert geht natürlich, und vielleicht wird er dort sogar singen, ich wusste das nicht, aber er und Gabriella haben offenbar zusammen Musik gemacht, aber man weiß ja auch nicht alles über seine Kinder. Oder? Ich habe jedenfalls einen Kranz bestellt und eine Karte geschrieben, aber Robert gefiel das Motiv nicht, und ich habe gesagt, sie könnte es ja doch nicht lesen. Und dann musste ich ja auch mit ihrer Mutter sprechen, und die hat mir fast leidgetan, aber nur fast. Bin ich gemein, Erica? Bin ich das?«

Ich gab keine Antwort, sondern erklärte, dass man wirklich nicht alles über seine Kinder wissen kann, schon gar nicht, wenn man keine hat, und Eira erzählte jetzt, dass bei Envia eine seltsame Stimmung herrsche, einerseits Erleichterung, weil Einar nicht mehr da war, andererseits Unbehagen, weil man das nicht laut sagen durfte.

»Martin muss ihn ersetzen, und es gibt mehr als genug zu tun. Und Carina Salén war im Büro und bekam eine Blume geschenkt, und sie sah nicht trauriger aus, als wenn sie sich eine Unterhose in der falschen Größe gekauft hätte. Sie war ziemlich lange bei Martin im Zimmer. Ich weiß nicht, ob das ein Problem ist, aber niemand ist unersetzlich, Erica. Oder? Hast du was von Tom gehört?«

Aber sicher. Und nein, ich habe nichts mehr von ihm gehört. Ich wurde zu Martin durchgestellt und berichtete kurz, ohne mein metaphorisches Erlebnis zu erwähnen, und Martin antwortete kurz, das höre sich ja ausgezeichnet an, und wir könnten uns die Bilder gemeinsam ansehen, wenn Nicke sie geliefert hätte. Inspiriert vom Teufel schickte ich dann eine kurze SMS an Kari und erklärte, sie müsse mit Ja antworten, wenn sie gefragt würde, ob sie einen Schauspieler namens John kenne, ich würde es später erklären, und es sei eine Sünde und Schande, dass alte Freundinnen sich so selten sähen. Damit war der berufsmäßige Teil der U-Bahnfahrt erledigt, und ich konnte mich auf das konzentrieren, was mir möglicherweise bevorstand.

Ich betrat das Treppenhaus des Historischen Museums,

wollte bezahlen, entdeckte aber, dass die Kasse unbesetzt war, und ging um die Ecke in das Café mit dem klangvollen Namen Rosengården. Erst jetzt fiel mir ein, dass ich mit einer Person verabredet war, deren Aussehen ich nicht kannte. Hörner oder Bockfüße wären wohl zuviel verlangt. Weitere Überlegungen wurden mir jedoch erspart, denn ich wurde von einer Ausstrahlung angezogen, die so greifbar war, dass sie im ganzen Lokal zu spüren war, verstärkt durch einen schwachen, subtilen und seltsamerweise lieblichen Zigarrenduft.

Sie saß am Fenster und schaute hinaus auf die Blumen, die noch immer miteinander um die Herrschaft kämpften, und sie rauchte ihre Zigarre oder eher ihren Zigarillo mit einer sinnlichen Gelassenheit, die alle schwarzen Warnungen vor den tödlichen Gefahren des Rauchens als moralisierend erscheinen ließen. Sie war, natürlich und albernerweise, schwarz an der Grenze zum Bläulichen und üppig, ohne übergewichtig genannt werden zu können. Ihre langen Haare hatte sie zu Zöpfen geflochten, die mit einer bunten Perle abgeschlossen wurden, sie trug Goldringe in den Ohren und an den Händen, und sie hatte eine Pluderhose an, die sie mit einer mit wilden Tieren bedruckten Bluse kombinierte. Ihre Lippen waren fast schwarz in einem Gesicht, das kein Make-up benötigte. Es wunderte mich nicht, dass der Tod voller Unwillen von ihr gesprochen hatte, dem Unwillen, den so viele weiße Männer der Geschichte schwarzen, starken und schönen Frauen gegenüber empfunden haben mussten, wenn sie versucht hatten, diese Frauen durch Sklaverei oder Vergewaltigung zu zähmen. Jetzt drehte sie den Kopf, lächelte und winkte mich zu sich.

Ich näherte mich wie eine leichte Beute, während die Frau, die sich Teufel nannte, sich erhob und mich mit einem Kuss auf die Wange empfing. Als sie den Mund öffnete, war ein

Teil ihrer Magie plötzlich verschwunden. Sie war eine elegante schwarze Frau in unbestimmbarem Alter, irgendwo zwischen dreißig und fünfzig, und wir würden zusammen Kaffee trinken, weil wir gemeinsame Bekannte hatten, das war alles.

»Hallo. Ich freue mich ja so, dass du gekommen bist. Ja, ich bin also der Teufel, aber nenn mich doch Maggan, so heiße ich nämlich. Was willst du trinken?«

Die Fastnachtssemmel, die ich vor einem halben Jahr gegessen hatte, ließ mir noch immer das Wasser im Munde zusammenlaufen, aber aus Mangel an Fastnachtssemmeln und vermutlich auch an Caipirinha bat ich um Tee und Mandelkuchen. Der Teufel, Maggan, lief zum Tresen und kehrte bald mit einem Tablett mit meiner Bestellung, einem schwarzen Kaffee, Milch und einem Hörnchen zurück. Das Lokal war leer, und plötzlich ging mir auf, dass Montag war und dass das Museum eigentlich geschlossen hatte.

»Es ist mir zu verdanken, dass du reingekommen bist.« Der Teufel, Maggan, setzte sich, nachdem sie das Tablett auf den Tisch gestellt hatte.

»Ich bin hier an einer Ausstellung beteiligt und habe dafür gesorgt, dass ich arbeiten kann, wenn alles ruhig ist. Ich dachte, das wäre besser, als mich irgendwo mit dir zu treffen, wo wir von neugierigen Blicken gesehen werden können. Der Tod ist zum Beispiel ziemlich neugierig. Stört es dich, wenn ich rauche?«

Normalerweise hätte ich ja gesagt. Diesmal sagte ich nein und meinte das auch so. Der Rauch, der sich zur Decke hochschlängelte, duftete verlockender als irgendein anderer, den ich je gerochen hatte, und wenn sie mir einen Zigarillo angeboten hätte, hätte ich nicht nein gesagt, obwohl ich seit einer Sprachreise nach England vor über zwanzig Jahren nicht mehr geraucht hatte.

Der Teufel, Maggan, biss wollüstig ins Hörnchen, trank einen großen Schluck Kaffee und zog energisch am Zigarillo, ehe sie weitersprach, vermutlich, um ihre Reserven aufzufüllen, da sie allerlei zu erklären hatte, während ich schweigend essen konnte.

»Es ehrt dich, dass du gekommen bist. Oder, wie soll ich sagen, es war mutig. Nicht alle wollen sich mit Leuten treffen, die sie gar nicht kennen, schon gar nicht, wenn diese Leute sich als Teufel ausgeben. Aber mir wird schon klar, dass du nicht ganz unvorbereitet warst. Der Tod ist ja offenbar so mehr oder weniger bei dir eingezogen. Oder was?«

Sie hörte sich durchaus nicht gehässig an, sie stellte einfach etwas fest.

»Woher weißt du das? Woher weißt du überhaupt, wer ich bin und was ich mache? Woher hast du meine Telefonnummer?«

Die Fragen sprudelten nur so aus mir heraus, ehe ich mich mit einem Bissen Mandelkuchen und einem glühend heißen Schluck Tee zum Verstummen bringen konnte. Der Teufel, Maggan, lachte und trank wieder ein wenig Kaffee.

»Du kannst es Verfolgungswahn oder Leidenschaft oder einfach simple Nicht-loslassen-wollen-Manie nennen, aber ich kenne den Tod so gut und war so lange mit ihm zusammen, dass ich ihn nicht einfach so gehen lassen kann. Dieser Mann hat durchaus seine Verdienste. Aber vor allem fühle ich mich meinen Geschlechtsgenossinnen gegenüber bis zu einem gewissen Grad verantwortlich. Du kannst es Frauensolidarität nennen. Man lässt sich nicht mit dem Tod ein, ohne dass das zu sehen und zu spüren ist, und da kann eine Warnung durchaus angebracht sein. Wenn du verstehst, was ich meine.«

Sie zog abermals am Zigarillo und musterte mich mit zusammengekniffenen Augen. Was sie sagte, hätte als Drohung gedeutet werden können, aber ich nahm es nicht so auf, mir erschien es eher als die ziemlich von Gefühlen befreite Feststellung einer Tatsache. Ich öffnete den Mund, aber der Teufel, Maggan, kam mir zuvor.

»Also, es ist so. Ich habe meine Methoden, um die Leute im Blick zu haben. Es reicht wohl, wenn ich sage, dass ich weiß, du heißt Erica und hattest eine Beziehung zu einem gewissen Tom, und ihr habt euch soeben getrennt, und in diesem Zusammenhang hattest du Besuch von einem Mann, der sich der Tod nennt. Und ihr seid eine Art Verhältnis eingegangen. Es ist ziemlich lange her, dass er so etwas gemacht hat, und da ist er sicher ziemlich hin und weg. Was hast du, was sonst keine hat?«

Ich gab keine Antwort, fühlte mich aber auch nicht provoziert, da ihr Tonfall noch immer neutral war, weder positiv noch negativ geladen. Der Teufel, Maggan, sagte jetzt:

»Er hat sicher allerlei von sich erzählt. Dass er der Tod ist und dass er bei den Einsamen sitzt und dass er ein erstklassiger Seelsorger ist und diesen ganzen Kram. Ebenso sicher hat er mich wohl erwähnt. Hat mich den Teufel genannt und behauptet, dass ich die Menschen verführe und das außerdem auf sadistische Weise genieße. Und dann ist er sicher mit dir zu irgendeinem sterbenden Menschen gegangen und hat mit Flaschen jongliert und mit Farben experimentiert und überhaupt. Und dann hat er erzählt, was vor sich geht, wenn Seelen den Platz wechseln. Oder den Körper. Habe ich bisher recht?«

Ich gab keine Antwort. Dazu bestand keine Notwendigkeit, da ich und der Teufel, Maggan, wussten, dass sie recht hatte und dass wir beide das wussten.

»Wie soll ich dich nennen? Teufel oder Maggan? Und bist du echte Ware, so wie der Tod?«

Der Teufel, Maggan, lachte laut und kraftvoll. Ganz hinten funkelte ein Goldzahn zwischen ansonsten perfekten, weißen Zähnen.

»Er ist so echt, wie das überhaupt nur möglich ist. Aber liebste Erica, glaubst du wirklich, dass der Teufel sich in Stockholm herumtreibt, wo es doch auf der Welt so viele andere schöne Orte gibt? Ich heiße Maggan, wie gesagt, oder

Margaretha, wie meine Adoptiveltern mich genannt haben. Ich wurde mit einem Bruder und einer Schwester aus Äthiopien adoptiert. Ich war drei, als wir ins Flugzeug gesetzt wurden, und dreißig, als wir gelandet sind. So kam es mir vor, im Hinblick auf die Gefühle, die ich durchmachen musste. Sowas traut man Kindern vielleicht nicht zu. Aber wir hatten Glück. Unsere neuen Eltern waren fantastisch. Sind fantastisch, sie leben ja noch. Ich verdanke ihnen alles, auch diesen Körper, sie waren sportbegeistert und haben das auf uns übertragen.«

Ich strich in Gedanken das »Teufel«, das ich mit ihrem Namen verbunden hatte. Maggan rührte in ihrem Kaffee, und die Milch wurde zur Mitte gesogen. Vor dem Fenster riss der Wind ein Blatt nach dem anderen von einer überreifen Rose, und sie tanzten in der Luft einen vorsichtigen Flamenco, ehe sie auf dem Steinboden landeten. Maggan sagte:

»Du scheinst in deinen Gedanken mindestens so weit gekommen zu sein wie ich nach einigen Tagen mit ihm. Ja, ich habe vielleicht ein wenig übertrieben, als ich gesagt habe, dass er sich schon lange mit keiner Frau mehr eingelassen hat. Vor mir, hätte ich sagen sollen. Oder genauer gesagt, vor dir und mir. Ich bin deine Vorgängerin.«

Der Tee brannte in meinem Hals, und ich musste husten. Maggan streifte Asche in die zusätzliche Kaffeetasse, die sie zu diesem Zweck mitgebracht hatte, und zog dann wieder an ihrem Zigarillo, ehe sie weitersprach.

»Doch, sicher. Mir ging es wohl so wie dir. Fast. Aber wir sind uns auf einer Ausstellung begegnet. Ich bin Künstlerin und mache Videoinstallationen, und er wollte dort jemanden holen, und meine Arbeiten schienen ihm zu gefallen. Also kam er abends bei mir vorbei und blieb dann gleich über Nacht. Mir kam es nicht weiter seltsam vor, den Tod zu Besuch zu haben. Ich war immer schon offen für die unterschiedlichen Aspekte des Lebens. Meine afrikanischen Wurzeln. Vielleicht. So wie meine Ahnen mit ihren Geistern Umgang hatten, hatte ich immer Kontakt zu meinen. Was er über seine Arbeit erzählte, konnte mich nicht sonderlich überraschen. Und deshalb hatte er sehr bald Verwendung für mich.«

Ich hörte, was sie sagte, konnte es aber nicht an mich heranlassen. Dass der Tod vor mir andere Frauen gehabt haben sollte, kam mir obszön vor, auch, wenn er auf direkte Fragen frühere Beziehungen ja nicht geleugnet hatte. Aber als er das erzählt hatte, hatten meine Gedanken einfach flüchtig ein Bild des Todes zusammen mit Frauen aus verschwundenen Tagen abgeheftet, keins aus der Gegenwart. Die Gegenwart gehörte ihm und mir, die Zukunft ebenso. Aber Maggan kannte kein Erbarmen.

»Dass er der Tod war, der richtige, wusste ich sofort, wie gesagt, mir fiel es nicht schwer, das zu akzeptieren. Deshalb hat es auch nicht lange gedauert, bis er mir einen Job angeboten hat. Und wenn wir an die Finanzlage der meisten schwedischen Künstlerinnen denken, wenn wir alle Möglichkeiten zu Stipendien und Fördermitteln ausgeschöpft haben, war ein attraktives Stellenangebot nicht zu verachten. Ich hatte Verantwortung, flexible Arbeitszeit und nach einer Weile auch Honorar. Auch, wenn ich da schlecht weggekommen bin. Ich hoffe, du hattest größeren Weitblick und hast die Bedingungen ausgehandelt, ehe du angefangen hast.«

Sie wusste sehr gut, dass ich bisher nicht eine Krone Honorar gesehen hatte.

»Was hast du für Kontakte, wieso weißt du soviel über mein Leben?«

Maggan rührte wieder in ihrem Kaffee. Die Milch lachte mir ins Gesicht.

»Es klingt geheimnisvoller, als es ist. Als er aus meiner Wohnung ausgezogen war, habe ich ihn ziemlich lange verfolgt. Ich schäme mich auch nicht, das zuzugeben. Er ist keiner, den man so einfach verlieren will. Du glaubst vielleicht, dass er an diesem Abend bei dir nur durch Zufall aufgetaucht ist? Ach nein. Er stand vor dem Restaurant und hat alles gesehen. Hat gesehen, wie ihr gegessen habt, wie ihr plötzlich wütend wurdet, wie Tom aufsprang und etwas auf den Tisch knallte und verschwand und wie du davongestürzt bist, vermutlich zum Klo, das hätte ich gemacht. Die Toilette, für Frauen hier auf Erden der Zufluchtsort. Und ich habe ja schon gesagt, dass ich ihm gefolgt war. Ich habe ihn gesehen und damit auch euch.«

Tom und ich waren im Restaurant also von Tod und Teufel überrascht worden. Kein Wunder, dass alles zur Hölle gegangen war.

»Dann bist du aus dem Lokal gestürzt und hast ein Taxi genommen, der Tod nahm ein anderes und ich ein drittes. Auf diese Weise habe ich erfahren, wo du wohnst und dass der Tod stundenlang vor dem Eingang hin und her lief. Bis er dann irgendwann in den Morgenstunden hineingegangen ist. Ich sag dir, ich war total durchgefroren. Bescheuert, auf Stöckelschuhen jemanden zu beschatten. Ich ahnte, was Sache war, und lief hin und schob ein Stück Holz in den Türspalt, ehe die Tür zufallen konnte. Als er herauskam, und das passierte ziemlich bald, wartete ich hinter einem Baum und ging dann ins Haus. Es war leicht sich auszurechnen, welche Tür deine war, denn hinter deinem Küchenfenster brannte Licht, und da ich ahnen konnte, dass dort ein Männername und ein Frauenname und sonst nichts stehen würden.

So war es auch. Damit wusste ich deinen Namen und den Namen deines Typen, und mehr brauchte ich nicht. So ungefähr sofort fast alles in Erfahrung zu bringen ist nicht sonderlich schwer in diesem pervers offenen Land.«

Maggan verstummte und trank einen Schluck Kaffee. Meine Teetasse war leer, und meine Zunge kratzte über meinen Gaumen.

»Also habe ich dich und den Tod ein wenig im Auge behalten, und wie ich es erwartet hatte, kam er bald mit seiner klumpigen Tasche, und da wusste ich ja, was die Uhr geschlagen hatte. Und obwohl wir Schluss gemacht hatten, ärgerte es mich, dass er so einfach aus meinen in deine Arme wanderte. Und du tatest mir leid. Und ich dachte, eine Warnung könnte angesagt sein.«

Ich schwieg. Konnte nicht entscheiden, ob sie ehrlich war oder nicht. Was sie sagte, war noch immer nicht von Bitterkeit gefärbt, von Rachsucht oder Kälte, sondern klang fast wie eine Aufführung eines unglaublich gut geschriebenen Monologs.

»Irre ich mich, wenn ich annehme, dass er dir Arbeit als seine Assistentin angeboten hat? Und dass du einige Male mitkommen durftest und über die Seelen und die Flaschen und den ganzen Zauber gestaunt hast? Und dass du dich auserlesen fühlst, wenn er dich in die Geheimnisse des Lebens und des Todes einweiht, als ob du die Einzige wärst?«

Ich gab noch immer keine Antwort. Das kam mir unnötig vor. Maggan sprach weiter und beugte sich dabei vor. Der Zigarillo war fast aufgeraucht.

»Ich meine es gut, Erica. Ich kann verstehen, wenn du glaubst, dass ich hier sitze, weil ich eifersüchtig bin und ihn wiederhaben will. Es stimmt schon, dass er einer in einer Ewigkeit ist und dass das meiste nachher ziemlich geschmacklos wirkt. Aber wir wollten unsere Beziehung beide beenden. Es war nicht einseitig. Und eigentlich auch nicht bitter.«

»Warum willst du mich also warnen?«

Maggan ließ sich im Sessel zurücksinken.

»Ich kann es nicht leiden, wenn jemand ausgenutzt wird. Ich habe ja schließlich afrikanisches Blut in den Adern. Und ich kann es nicht leiden, wenn Männer Frauen ausnutzen und ihnen zugleich das Gefühl geben, wichtig zu sein. Es kann dir nicht entgangen sein, dass der Tod ziemlich faul ist. Er ist wie alle anderen Männer. Wenn es eine Frau gibt, die die Arbeit ebenso gut oder besser macht und für ein bisschen Zuwendung losackert, obwohl er die Hauptverantwortung trägt, ja, dann nutzt er das aus. Er würde das nicht als Ausnutzen bezeichnen, aber ich tue das.«

Etwas, das Carina Salén gesagt hatte, regte sich in meinem Hinterkopf. Poch auf deine Rechte. Denk daran, dass er trotz allem nur ein Mann ist.

»Arbeitest du schon für ihn?«

»Ja, das schon. Oder genauer gesagt, ich habe ihn einige Male begleitet, und dann habe ich einen Einsatz allein gemacht. Und einen, wo er dabei war und alles überwacht hat.«

Diese Mitteilungen kamen ruckartig, es war noch nicht sicher, ob sie hinauswollten oder nicht. Aber Maggan nickte nur und leerte ihre Tasse.

»Hört sich an wie bei mir. Er wiederholt sich. Ist an sich kein Fehler. Er schickt eine zu einem Einsatz, der nicht sonderlich gut läuft, und dann muss sie noch einen leisten, während er dabei ist und alles überwacht. Dann sagt er bravo, es geht ja doch, und dann ist sie so lächerlich glücklich, dass sie sich den Hintern aufreißt, vor lauter Dankbarkeit, weil sie noch eine Chance bekommen hat. Du kannst doch wohl nicht so naiv sein, dass du nicht siehst, dass das die klassische Technik der Kerle ist? Die Frau kleinzumachen, um sie dann hochzuheben? Der rettende Held zu sein?«

»Was? Wie kann er dafür sorgen, dass ein Job misslingt? Das ist doch einfach nur Pech! Er hatte keine Ahnung, dass ich die Person aussuchen würde, die ich ausgesucht hatte, als alles schiefging. Und auch nicht, wen ich beim nächsten Mal nehmen wollte.«

Maggan lachte. Ein Katzenlachen.

»Ich habe doch gesagt, dass er echte Ware ist. Und echte Ware hat trotz allem große Macht. Und weiß alles. Glaub mir, er hat seine Tricks und seine Mittel. Und seinen Laptop.«

Ich versuchte, Nadeln zu finden, mit denen ich Löcher in ihre Argumentation stechen könnte, sie zerreißen, Webfehler aufspießen.

Wir schwiegen nun alle beide. Maggan fragte, ob ich noch mehr Tee wollte, und als ich nickte, holte sie Tee, Kaffee und eine Schokokugel.

»Ich dachte, die könnten wir teilen. Du, ich sag das hier nicht, um dein Glück zu zerstören oder so. Oder um mich in eure Beziehung einzumischen. Er gehört dir, wenn du ihn haben willst, und wie gesagt, ist zwischen uns Schluss. Schade, aber so ist es. Das Einzige, was ich will, ist dich zu warnen, damit du nicht ausgenutzt wirst. Damit nicht am Ende du die Routinejobs machst, während alles Lustige, Herausfordernde und Verantwortungsvolle ihm zufällt.«

»Und was sollte das sein? Das Lustige, Herausfordernde und Verantwortungsvolle?«

Maggan lachte wieder und teilte dabei mit einem Messer die Schokokugel in zwei perfekte Hälften.

»Ich hatte einige Wochen lang Seelen in Krankenhäusern, Altersheimen und auf Autobahnen eingesammelt, als mir aufging, dass meine Fälle nie ein Nachspiel hatten, die des Todes aber wohl. Meine landeten ohne weiteres Nachdenken sofort im Briefkasten, während die des Todes, wenn er von seinen Fällen erzählte, immer noch weitere Beschäftigungen hatten. Diese Seele sollte hierhin oder dorthin, um dies oder jenes zu erledigen, denn sie war musikalisch oder fürsorglich oder mathematisch begabt oder was auch immer. Seine Seelen wanderten immer zu neuen Zielen weiter, meine dagegen schienen im leeren Nichts zu verschwinden. Ich machte mir so meine Gedanken darüber und fühlte mich immer frustrierter. Ich dachte zuerst, die Höchsten erteilten die Befehle, und es sei ja doch nicht die Aufgabe einer Assistentin, sich in die grooooßen Pläne einzumischen.

Aber dann saßen der Tod und ich eines Abends beim Wein zusammen, diesem guten Amarone, den er dir sicher auch schon aufgetischt hat, und da brachte ich meine Frustration zum Ausdruck. Und der Tod war ehrlich genug, um mir zu erklären, dass er natürlich nicht nur auf Befehl handelt, sondern ziemlich große Handlungsfreiheit hat, wenn es darum geht, Seelen zu einem bestimmten Ziel zu schicken. Und damit nicht genug, er scheint sich ebenso gut auszukennen wie seine Chefs. Eins gab das andere, und am Ende fragte ich, ob ich nicht auch ein wenig Mitbestimmungsrecht haben könnte. Eine gewisse Lebenserfahrung haben wir doch alle, und meine ist bestimmt so gut, dass auch ich sehen kann, ob diese oder jene Seele da oder dort ausgezeichnete Arbeit leisten könnte. Aber siehst du, da war Schluss.«

Maggan biss in die Schokokugel und zündete sich dann noch einen Zigarillo an, den sie einem schönen Lederetui entnommen hatte. Der Rauch ringelte sich um unsere Köpfe und ließ unsere Unterhaltung noch geheimnisvoller wirken. Was sie ja vielleicht auch war. Noch immer ließ kein Mensch sich blicken, und auch das Café kam mir seltsam menschenleer vor. Aber irgendwer musste die Getränke und den Kuchen doch verkauft haben.

»Für diese Arbeit war ich einfach nicht geschaffen. Der Tod behauptete, dass hier Tausende und Abertausende Jahre der Weisheit vonnöten wären und dass einige Monate der Quacksalberei mich nicht qualifizierten. Und na gut, ich kann seine Argumentation verstehen, aber ich wollte jedenfalls mitmachen. Wollte, dass ich bei seiner Entscheidungsfindung dabei wäre, wollte Vorschläge machen können, die er natürlich zurückweisen würde, aber ich wollte es eben versuchen dürfen. Aber nicht doch. Für Maggan wurde unerbittlich der Riegel vorgeschoben. Ich sollte weiterhin die Routinefälle erledigen.

Worauf ich anfing, auf eigene Faust ein wenig herumzuschnüffeln. So bin ich eben, weißt du. Begnüge mich nicht mit Ja oder Nein oder so. Ich hatte ja gesehen, dass auch der Tod seine Flaschen in Briefkästen warf, und dachte, dass die Entscheidung nicht dort getroffen wird, sondern an irgendeinem anderen Ort. Also ging ich einmal mit, als der Tod einen Ingenieur holte, der dann nach Indien weiter sollte. Es war alles ganz einfach, wir holten ihn nach einer Gehirnblutung aus dem Krankenhaus ab, aber diesmal beobachtete ich genau, was der Tod machte. Als ich noch immer nur das sehen konnte, was ich schon wusste, unternahm ich etwas Drastisches. Ich griff zu meinem Feuerzeug und steckte seine Hose an, den Teil, der hinten unter dem Umhang herauslugt.«

»Du hast … was getan?«

»Hab ihn angezündet, ja. Er geriet natürlich in Panik. Warf sich hin und her und versuchte, das Feuer zu löschen. Ich nutzte diese Gelegenheit. Nahm ihm die Flasche weg und rannte auf die Toilette. Ich sagte ja, der Zufluchtsort der Frauen. Dort sah ich mir die Sache sorgfältig an. Die Seele war ziemlich nichtssagend, braun, glaube ich, und mir kam alles ganz normal vor. Am Ende beschloss ich also, die ganze Herrlichkeit zu öffnen, und das tat ich auch ganz schnell. Drehte den Korken heraus und legte so lange ein Papierhandtuch über die Öffnung. Und es kam, wie ich erwartet hatte. Da war die Antwort auf meine Fragen.«

Sie beuge sich vor und flüsterte jetzt fast.

»Um den Korken war ein Zettel gewickelt. Als ich ihn abwickelte, fand ich alle wichtigen Informationen. Da stand wirklich Indien. Name und Adresse der neuen Person, die das hier werden sollte. Kind von diesen und jenen Eltern. So läuft das nämlich. Die schnöden Normaloseelen werden ohne Adresse losgeschickt, die anderen haben eine um den Korken gewickelt. Clever und unmöglich zu erraten, wenn man nicht selber nachschaut.«

»Und der Tod?«

»Ich steckte den Korken wieder in die Flasche und ging zurück, und der Tod hatte das Feuer gelöscht und war schon losgegangen, weil Feueralarm ausgelöst worden war. Ich lief aus dem Krankenhaus und holte ihn an der nächsten Straßenecke ein. Er war so wütend, dass ich dachte, er würde mich da und dort holen, er riss mir die Flasche aus der Hand und stürzte zum nächsten Briefkasten, um sie einzuwerfen. Es half nichts, dass ich log, ich hätte nichts gefunden. Er ist ja nicht dumm. Als wir nach Hause kamen, packte er fast ohne ein Wort zu sagen, und er wäre auch gegangen, wenn ich ihn nicht angefleht hätte, wenigstens über alles zu reden. Das taten wir dann, und er konnte wohl irgendwie akzeptieren, dass die Neugier mich besiegt hatte. Aber das war nicht genug, um ihn zum Bleiben zu bringen. Vielleicht wollte ich das ja auch eigentlich nicht. Die Sache kam mir ziemlich ... tot vor, wenn du gestattest.«

Ich biss in die Schokokugel. Sie schmeckte würzig, fast nach Pfeffer.

»Ich glaube dir nicht. Das hört sich zu banal an. Zu einfach. Die Welt kann nicht von Papierzetteln in Glasflaschen bestimmt werden, das sind menschliche Methoden und nicht ... göttliche, oder wie ich das nun sagen soll. Außerdem glaube ich nie im Leben, dass du es wagen würdest, ihn anzuzünden. Und dass du einfach die Flasche an dich reißen könntest. Wer angezündet wird, lässt doch sicher alles fallen, um sich zu retten.«

»Der Teufel liebt das Feuer, vergiss das nicht. Und die Glasflaschen ohne Zettel hast du ja schon akzeptiert.« Wieder lachte Maggan.

»Er ist ein Fuchs, meine Liebe. Daran gewöhnt, nicht die Fassung zu verlieren. Die Flaschen wären das Letzte, wovon er sich trennen würde. Deshalb musste ich doch zu so drastischen Mitteln greifen. Und der Zettel ... das war ein ganz normales Stück Papier. Aus irgendeinem Notizblock gerissen. Aber die Schrift war in schwarzer Tinte. Er schreibt nie mit etwas anderem.«

Wie die Mitteilung morgens an mich. Wir treffen uns beim Spucknapf. Maggan hatte neue Milch in den Kaffee gegossen und die wirbelte so schnell umher wie zuvor. Ich war wirr im Kopf, mir war schlecht, und wieder war mir der Schweiß ausgebrochen.

»Und wie kommt der Teufel ins Bild?«

»Das weiß ich nicht. Ich kenne sie nicht. Das heißt, natürlich hat der Tod auch mir von ihr erzählt. Wenn es nun eine Sie ist, aber das behauptet er eben. Und dass sie Zigarren raucht und überhaupt. Das hat mich schon damals geärgert, weil er ja wusste, dass ich bei Gelegenheit gern einen Zigarillo rauche. Eine Parallele, die mir nicht gerade schmeichelhaft vorkam. Aber als er dann weg war, fing ich an, mich jedenfalls als Teufelchen zu betrachten. Kostete den Namen aus und fand, dass er sich ziemlich gut anhörte. Jetzt, wo ich den Tod ein bisschen besser kannte, konnte ich mir vorstellen, dass sie vielleicht gar nicht so schrecklich war, wie er sie beschrieben hatte. Sie ist vielleicht nur eine Frau wie du und ich, die tut, was sie kann, um zu überleben. Wenn es sie nun gibt. Oder ihn. Jedenfalls wusste ich ja, dass du reagieren würdest, wenn ich dir eine Nachricht vom Teufel schickte. Wenn ich mit Maggan unterschrieben hätte, wärst du bestimmt nicht sofort hergekommen. Ich habe übrigens auch auf deinem Anrufbeantworter eine Nachricht hinterlassen. Aber das war heute Morgen. Und da warst du ja ziemlich beschäftigt …« Von dieser deutlichen Anspielung fühlte ich mich peinlich berührt. Ich sah ihre Haut an, ihre Augen und die schweren Ringe in ihren Ohren und fragte mich plötzlich, warum sie sich überhaupt die Mühe gemacht hatte, sich bei mir zu melden. Was bezweckte sie damit? Sie hatte den Tod verloren, und das war jedenfalls keine reine Freude für sie, das merkte ich, und sie war ehrlich genug, um das zuzugeben. Reichte die Frauensolidarität da als Erklärung dafür, dass sie ihre Erfahrungen mit mir teilen wollte, jetzt, wo ich ihren Platz eingenommen hatte? Ich glaubte es nicht.

»Warum machst du das? Was willst du erreichen? Solidarität ist ein schönes Wort, aber es sagt selten etwas über das eigentliche Ziel aus. Was soll ich also tun? Oder genauer gesagt, wozu willst du mich bringen?«

Wieder lachte Maggan.

»Du bist nicht dumm, aber das wusste ich ja schon. Der Tod würde sich niemals mit einer dummen Frau einlassen. Und du kannst glauben, was du willst, aber mir geht es wirklich darum, dass du deine Möglichkeiten besser nutzen sollst, als mir das gelungen ist. Zu deinen eigenen Zwecken. Du sollst nicht nur für den Tod oder die Höchsten arbeiten, sondern vielleicht auch in gewisser Weise für dich selbst. Achte auf deine Vorteile, sonst macht das nämlich niemand. Glaub mir, wenn irgendeine Frau es schafft, den Herrn der Schöpfung und von mir aus auch den Damen und vor allem dem Tod die Initiative zu entreißen, dann reicht mir das als Rache. Dann habe ich es geschafft.«

Wieder beugte sie sich vor.

»Was würdest du sagen, wenn ich dir erzählte, dass Tom und Anette ein Haus gekauft haben? Und nicht erst kürzlich, sondern schon vor vier Monaten?«

Ich sagte nichts. Konnte nicht, wollte nicht. Spürte nur, dass meine Wangen kalt wurden, als ob der Wind ins Café eingedrungen wäre. Wieso wusste sie etwas von Anette?

»Das stimmt nicht.«

»Und warum nicht?«

»Ich habe mit Tom gesprochen. Er hat sehr viel gelogen, aber das hier hätte er niemals geheim halten können. Und wieso weißt du überhaupt, wer Anette ist?«

Wieder lachte Maggan. Katze vor Butter und Sahne.

»Ich hatte seinen Namen. Das habe ich doch schon gesagt. Kein Problem, allerlei Register einzusehen. Kein Problem, festzustellen, dass er mit einer gewissen Anette Soundso zusammen ein Haus gekauft hat. Vor einigen Monaten. Ein reizendes Jugendstilhaus draußen in Vaxholm. Ziemlich weiter

Weg in die City, aber das spielt vielleicht keine Rolle, wenn man ein Ufergrundstück hat.«

Erstarrt, erstarrt, erstarrt.

»Du lügst. Wie hätte er das bezahlen sollen? Ich hätte das unserem Kontostand …«

Dann erstarb meine Stimme, rollte sich zusammen und steckte die Nase ins Fell. Tom und ich hatten zwar gemeinsame Kasse gemacht, aber wir hatten getrennte Konten, und er bezahlte von seinem und ich von meinem.

»Darlehen, Erica. So kaufen die Schweden ihre Häuser. Und auch die Halbschweden. Auf Darlehen.«

Maggan beugte sich zum hoffentlich letzten Mal vor. Einige ihrer Zöpfe streiften die Reste ihrer Schokokugel und die Spitzen wurden klebrig.

»Tom und Anette haben ein durch und durch gemeines Doppelspiel mit dir betrieben, meine Liebe. Du tust mir leid. Das Bett mit einem Mann zu teilen, der mit einer anderen ein Haus kauft und nur darauf wartet, dass die Wahrheit mehr oder weniger aus dem Leim geht. Der ein Haus kauft, um mit einer neuen Frau und einem Kind einzuziehen. Einem Kind, das eine Seele bekommen wird …«

Die Wände verfärbten sich, und Maggans Ringe funkelten und blendeten mich für einen kurzen Augenblick. Ich hörte ihre Stimme wie aus weiter Ferne.

»Es ist ein ganz normales Kind, Erica. Ein Kind, dem sicher irgendeine Standardseele zugeteilt worden ist. Ein Kind, das im Augenblick seiner Geburt eine Standardseele aus dem Standardsortiment bekommen wird.«

Es rauschte und sauste, knisterte und knackte. Die Wände bewegten sich, und mir wurde immer schwindliger.

»Eine Standardseele, Erica. Wenn niemand für das Baby eine andere Seele aussucht. Und sie so losschickt, dass sie rechtzeitig ankommt …«

KAPITEL 14

Es schneite jetzt. Große weiße Flocken füllten die Luft und rieselten langsam in weichen, wogenden Bewegungen nach unten, ein Himmelsvorhang, der sich jetzt hinter dem Herbst schloss, erster Akt. Es schneit Handschuhe aus Lappland, hätte mein Großvater gesagt. Diese Flocken berührten den Boden nicht einmal mit den Zehenspitzen. Sie landeten auf Hausdächern, Laternen und Bäumen und wurden assimiliert, so dass der Boden noch immer trocken war. Als wäre die Welt zweigeteilt, in Winter über unseren Köpfen und Herbst unter unseren Fußsohlen.

Ich war stundenlang durch die Stadt geirrt, ohne Ziel für Gedanken oder Schritte. Nachdem Maggan ihr Geschoss in Form von Informationen und teuflischen Ideen abgefeuert hatte, hatte es keinen Gesprächsstoff mehr gegeben. Für einen kurzen Moment hatte ich mit dem Gedanken gespielt, ihr von dem Skelett hinter meinem Rücken zu erzählen, aber bei genauerem Nachdenken hatte ich davon abgesehen. Auch wenn sie nicht der Teufel war, so war sie doch eine Frau, die ihr Bett mit dem Mann geteilt hatte, der jetzt mein Bett teilte, und das reichte, um Vorsicht walten zu lassen und mit Auskünften sparsam umzugehen. Ich war also ziemlich unbeholfen aufgestanden und hatte mich für Tee und Kuchen bedankt, und sie hatte nicht versucht, mich zurückzuhalten. Sie hatte nur gesagt, ich könnte sie jederzeit anrufen, wenn ich noch Fragen hätte. »Meine Nummer hast du ja jetzt, und hör auf dich und deine Instinkte. Und auf mich. Du findest doch allein hinaus, nicht? Ich muss mich wieder an meine Installationen machen. Die Ausstellung eröffnet in zwei Wochen, es wäre nett, wenn du kommen könntest.«

Dann war ich aus dem Museum gestolpert, wo ich außer Maggan keinen Menschen gesehen hatte. Verwirrt war ich durch den Stockholmer Stadtkern geirrt, weil ich geglaubt hatte, die Menschenmengen dort könnten mir ein Gefühl von Normalität geben. Das war nicht passiert. Stattdessen sahen die Menschen, die mir begegneten, verzerrt und entstellt aus, die Gesichter umgestülpt, und die Hände öffneten und schlossen sich, als könnten sie jeden Moment zuschlagen.

Am Ende hatte sich ein identifizierbares Ziel für meine Schritte offenbart, ein gutsortierter Schreibwarenladen, den ich auch bald fand. Alle Füllfederhalter hatten mich angeschrien, nimm mich, nimm mich, und die Vitrinen hatten vor falscher Hoffnung vibriert, aber der Verkäufer, der sich endlich meiner erbarmte, riet mir zum Besten der Besten. Vielleicht sagte er sogar etwas über Seelen. Ich nahm den Füllfederhalter, ohne nach dem Preis zu fragen, stutzte wohl, als er ihn dann doch nannte, aber irgendwie schob sich trotz allem ein Notizblock darüber. Papier gab es zwar in der Wohnung, aber wer wusste, ob ich jemals wieder nach Hause finden würde.

Mit der Tüte in der Hand ließ ich mich dann von den Massen hin und her treiben, während Maggans Geschichte mir durch den Kopf wirbelte. So sehr ich mich auch anstrengte, ich konnte in ihrer Darstellung keine Lücke finden. Ihre Schilderung, wie sie den Tod und mich überrascht hatte, kam mir zwar übertrieben vor, aber nicht unglaubhaft. Ich konnte mir sehr gut vorstellen, dass ich Tom auf dieselbe Weise verfolgt hätte, wenn ich früher von seinem Verhältnis mit Anette erfahren hätte. Ihr Wissen über den Tod war präzise und erschöpfend und ihre Behauptungen über ihre Beziehung überzeugend. War sie der Teufel? Kaum. Es musste, es musste einfach Grenzen dafür geben, bis zu welchem Grad die Übernatürlichen sich in das Leben der Sterblichen einmischten, und Maggan hatte zweifellos nicht unrecht, wenn sie darauf hinwies, dass es für den richtigen Teufel lukrativere Jagdgründe geben musste als Stockholm. Und das Original hätte sich doch sicher einen spektakuläreren Treffpunkt ausgesucht als ein Museum?

Ich wusste, dass mir eine unangenehme Unterhaltung mit Tom bevorstand, und ich zögerte sie hinaus, solange ich konnte, obwohl ich vermutlich einen Trumpf in der Hand hatte. Trotzdem schien ich die endgültige Bestätigung dafür, dass ich verraten worden war, doch noch nicht hören zu wollen. Der Geist ist willig, aber das Fleisch ist schwach. In meinem elenden Zustand hatte ich mich immer noch daran geklammert, dass Tom bei unserem letzten Telefongespräch behauptet hatte, mich zu lieben. Es hatte mir eine Art makaberen Trost gegeben, dass jemand mich liebte, auch wenn ich selbst dazu nicht in der Lage war. Jetzt würde unser vermutlich letztes Telefongespräch wohl zu einer Huldigung an die Liebe werden.

Am Ende schlich ich mich wie ein geprügelter Hund in eine Bar, in der ich noch nie gewesen war, bat um ein Glas Wein und setzte mich in eine Ecke mit dem Rücken zur Wand. Ich würde immerhin nicht von hinten angegriffen werden können, und niemand würde das blutende Loch in meinem Rücken sehen. Der Wein war ziemlich sauer, half im Moment aber besser als alles andere. Es klingelte fünfmal, dann meldete Tom sich endlich. Vielleicht hatte er überlegt, ob er abnehmen sollte oder nicht.

»Erica.«

Nicht mehr und nicht weniger. Nur mein Name. Erica.

»Tom.« Einer so gut wie der andere.

»Hallo. Wie schön, dass du anrufst. Auch wenn, ja, ist ja auch egal. Wo bist du überhaupt?«

»Ich bin in einer Bar und überlege, ob ich mich volllaufen lassen soll. Was meinst du? Kannst du etwas empfehlen?«

Das Schweigen war quälend, kompakt und widerwillig.

»Erica, bitte, Liebe … ich weiß nicht einmal, wie du und ich in Kontakt bleiben sollen, wenn … du musst verstehen, dass Anette schreckliche Angst davor hat, dass du niemals aus meinem Leben verschwinden wirst. Was du natürlich auch niemals tun wirst. Die Frage ist nur, wie greifbar dieser Kontakt sein wird. Egal, wie schlecht es dir auch geht, mir geht es nicht viel besser.«

»Du wirst doch Vater und überhaupt. Hast du schon mit dem Training angefangen? Die richtige Atmung gelernt und so, kannst du hyperventilieren? Denn es muss doch bald so weit sein? Oder etwa nicht?«

»Erica, muss das sein? Es ist doch auch so schon schwer genug.«

»Wird es denn ein Junge oder ein Mädchen? Hat sie eine Fruchtwasserprobe machen lassen, um zu überprüfen, ob alles in Ordnung ist, und wisst ihr jetzt, in welcher Farbe ihr Kinderkleider kaufen sollt?«

»Das weiß ich nicht. Es interessiert mich nicht. So einfach ist das. Es interessiert mich nicht. Ich muss versuchen, Ordnung in mein und bald in ein weiteres Leben zu bringen, und das reicht. Das Geschlecht ist uninteressant. Ich will auch nicht mehr darüber reden. Ich will über dich reden. Wie es dir geht, was du machst … und wir müssen uns ja auch treffen, um allerlei praktische Dinge zu klären … ich weiß, das klingt gefühllos.«

»Denkst du an Möbel und so? Wer das Sofa kriegt? Das kannst du haben, wenn du willst. Du kannst auch den Kühlschrank und den Küchentisch haben, wenn ich nur den blauen Sessel behalten darf. Den habe übrigens ich gekauft.«

»Zu meinem Entsetzen, ja. Aber ich habe mich daran gewöhnt.« Tom lachte kurz, und im Telefon fing es an zu blubbern, dann ließ es Seifenblasen aufsteigen. Ich wusste, dass der Moment gekommen war.

»Du willst Möbel, sagst du. Wohin willst du sie denn stellen?«

Toms Zögern reichte als Bestätigung. Aber ich ließ ihn weiter zögern. Das hier musste heraus, und sei es auch nur, um mir die Entscheidung, zu der ich bald gezwungen sein würde, noch klarer vor Augen zu halten.

»Also, ich habe gefragt, wo du die Möbel aufstellen willst. Unsere Möbel. Ich gehe davon aus, dass ihr nicht alle drei bei Johan wohnen könnt, sondern dass ihr Pläne habt. Habt ihr vielleicht schon etwas gefunden? Eine nette Umgebung für eine Familie mit Kindern?«

Das Schweigen am anderen Ende der Leitung war konstant, undurchsichtig und überaus dicht. Dann war Tom wieder da, abwartend und ein wenig offensiv, wie immer dann, wenn er wusste, dass er sich nicht ganz ehrlich verhalten hatte.

»Anette … wir haben etwas, das wir einrichten und wo wir wohnen werden, ja. Ein Haus, nicht sonderlich groß, aber wie gesagt …«

»In Vaxholm, wie sich das gehört?«

Toms Schweigen war geschockt, und damit war das Siegel gebrochen. Es gab wirklich nichts mehr zu sagen und keinen einzigen Grund, den Kopf zu wenden und zurückzublicken.

»Woher weißt du das schon?«

»Es stimmt also.«

»Ja, wir werden in Vaxholm wohnen, in einem Haus, das …«

»Das du und Anette schon vor Monaten gekauft habt? Hausbesitzer Tom Alvarez, der Woche um Woche neben mir gelegen hat und Hausbesitzer war, ohne ein Wort zu sagen.

Kannst du dir vorstellen, was das für ein Gefühl ist? Hast du auch nur die kleinste eigensinnigste Ahnung, was das für ein Gefühl ist? Begreifst du, dass …«

»Nein, ich begreife nicht.« Tom schrie jetzt fast. »Warum sagst du das? Ich habe nicht …«

»Willst du abstreiten, dass dieses Haus schon vor mehreren Monaten gekauft worden ist?«

»Nein, das streite ich nicht ab. Aber hör mir jetzt zu, Erica. Hör zu. Anette hat dieses Haus vor einigen Monaten gekauft. Wollte wohl selbst dort wohnen, aber dann …«

»Für wie dumm hältst du mich eigentlich? Willst du mir einreden, eine alleinstehende Mutter würde für sich und ihr erwartetes Kind ein Haus kaufen? So weit von der Stadt entfernt? Und woher hat sie das Geld? Keine Bank würde ihr ein Darlehen geben, einer Studentin, die noch dazu schwanger ist?« Meine Beherrschung war spurlos verschwunden. Ich schrie so sehr, dass mein Glas vibrierte.

Toms Schweigen war Antwort genug.

»Du hast Geld dazugegeben, oder was? Wie lange hattest du gespart? Wieviel Geld hat es gegeben, von dem ich nichts gewusst habe?«

»Ich habe ihr dabei geholfen, ein Darlehen aufzunehmen, ja.« Toms Stimme klang jetzt beherrscht. »Ich habe doch gesagt, dass ich ein schlechtes Gewissen hatte. Und als sie mich bat, ihr mit meiner Unterschrift zu helfen, da habe ich das getan. Ich hatte durchaus nicht vor, dort einzuziehen. Niemals. Du weißt doch, wie gern ich zentral wohne.«

»Aber du hast gesagt, dass sie erst vor wenigen Tagen aufgetaucht ist und dir ihren Bauch gezeigt hat. Und dass du dich da entschieden hast. Zu deiner Verantwortung zu stehen. Und jetzt redest du von Unterschriften und Darlehen. Du lügst einfach nur, Tom. Wann immer ich einen Stein umdrehe und eine Lüge hervorziehe, kommt der nächste Stein angerollt, und weitere Lügen kriechen hervor. Ich glaube dir nicht, Tom. Das hattest du geplant. Und hast dir gleichzeitig Zeit gelassen. Warum, Tom? Um in Gedanken allem, was wir haben, ein Preisschild aufzukleben? Um vielleicht die Bilder taxieren zu lassen? Damit du genau weißt, was du haben willst und was wertlos ist. Eine Zeitlang habe ich wirklich geglaubt, dich zu lieben, Tom. Und jetzt? Ich hätte nicht gedacht, dass irgendein Mensch mich dermaßen anwidern könnte. Verstehst du nicht, dass deine Lügen mich mehr verletzt haben als alles andere, was du getan hast? Du kennst mich doch!« Meine Stimme klang hysterisch und entsprach meinem Inneren. Der Barmann wandte sich taktvoll ab. Ein Mann von Welt. Ja, die gab es trotz allem. Aus ihm könnte noch ein wertvolles Fossil werden.

»Erica. Hör zu. Das stimmt nicht. Ich weiß, ich weiß, es stimmt, dass sie zu mir kam, weil ich ihr bei dem Darlehen helfen sollte. Aber ich wusste damals noch nicht, dass sie schwanger war. Ich hatte nur ein schlechtes Gewissen, weil ich sie so behandelt hatte. Und … Erica, hör doch zu …«

Und vom Boden des Glases stieg sie auf, die Gewissheit, die ich so lange mit mir herumgetragen hatte, die Kugel, die so tief im Knochen gesteckt hatte, dass keine Operation sie hatte entfernen könnten. Ich war hart. Sagte meine Meinung, ging meinen Weg, kannte keine Furcht. Lernte überall neue Leute kennen, überlebte noch das Schlimmste, erledigte alles selbst, wusste, was ich wollte. Aber du. Du bist immer nervös. Kannst selbst keine Initiative ergreifen. Ziehst dich trutschig an. Ganz anders als ich. Du bist ein … ein furchtsamer Mensch.

Wie soll ein furchtsamer Mensch vorbehaltslose Liebe entgegennehmen können, ohne zu glauben, dass irgendetwas nicht stimmt? Ohne in seiner eigenen Verzweiflung festzustecken, eingeklemmt zwischen Wollen und Nichtkönnen? Verwiesen auf den einzigen zugänglichen Notausgang, Depression und Selbstverleugnung? War es da ein Wunder, dass die wachsende Nähe zu Tom dazu geführt hatte, dass ich mir selbst so fremd geworden war, dass ich fast daran erstickt wäre?

Birgitta öffnete die Tür so spät, dass ich schon glaubte, sie sei nicht zu Hause, und mich fragte, ob sie sich in der Zeit geirrt haben könnte. Ich hatte voller Panik alle Bekannten angerufen. Birgitta hatte als Erste geantwortet, und sie hatte sofort gesagt, ich könnte vorbeikommen. Auch sie hatte auf seltsame Weise benebelt geklungen und so etwas gesagt wie, dass, wenn ihre Wohnung die einzig zugängliche für Trost sei, die Suchenden wohl größere Probleme hätten, als sie bewältigen könnten, aber ich hatte diese Bemerkung nicht beachtet. Es gab keine Alternative zu meinem Weg, und mein Weg führte abwärts. Birgittas Haus war die erste Station auf der schiefen Ebene.

Als sie endlich aufmachte, sah ich sofort, dass sie getrunken hatte, und das schon seit Stunden und nicht erst eben. Die Bewegungen hatten die Trägheit, die von der Konzentration darauf herrührte, alles richtig und korrekt zu machen, der Körper sonderte sauren Geruch ab, der einfach unverkennbar war, und der Küchentisch gab mir die letzte Bestätigung. Dort standen eine offene Flasche Rotwein und ein ungespültes Glas und drängten sich zusammen mit dem, was vielleicht vor einigen Stunden ein nahrhaftes Frühstück gewesen war. Müsli, Milch und Sauermilch, Bananen, Rosinen, Saftflaschen und schmutzige Teller, alles stand wild durcheinander. Mitten dazwischen sah ich einen Aschenbecher mit mehreren stinkenden Kippen.

»Hast du angefangen zu rauchen? Oder ist das Martin? Ich dachte, ihr machtet das nicht mal auf Festen?«

Birgittas Lachen war ganz und gar freudlos.

»Das war mein letztes Neujahrsvorhaben. Mit Rauchen anzufangen. Es ist nicht sehr gut gegangen, eigentlich verabscheue ich Geruch und Geschmack, aber ich habe mehrere Marken ausprobiert, und jetzt finde ich es gar nicht schlecht. Einige von den Französischen sind nicht übel.«

Es schien keinen Sinn zu haben, nach dem Grund zu fragen,

und Birgitta rechnete offenbar auch nicht mit einer Frage. Sie sah schlimmer aus denn je. Ihre Haare waren ungekämmt und wurden von einem geblümten Tuch festgehalten, das unkleidsam war und nichts mit Birgittas sonstigem Geschmack zu tun hatte. Jeans und Hemd waren dieselben, die sie bei meinem letzten Besuch getragen hatte, nur wies das Hemd jetzt mehrere undefinierbare Flecken auf. Sie trug keine Socken, und ihre Füße waren ungepflegt und die Nägel nicht geschnitten. Ihr ganzer Anblick war tragisch und mehr als beunruhigend. Ich wusste an sich, dass Martin und Birgitta auch mitten in der Woche ein Glas tranken, wenn sie Lust dazu hatten, aber nie wäre ich auch nur auf den Gedanken gekommen, dass Birgitta oder auch Martin ein Alkoholproblem haben könnten. Jetzt füllte sie ihr verdrecktes Glas und zeigte auf einen Stuhl. Ich setzte mich mit einem gewissen Zögern, nachdem ich vorsichtig zuerst die Müslireste vom Sitz auf den Boden gewischt hatte. Birgitta schaute mich an und gab sich Mühe, mich klar zu sehen und mit sicherer Stimme zu reden.

»Ich weiß, was du denkst, und vielleicht, was du empfindest. Birgitta, ich wusste ja gar nicht, dass sie trinkt? Sitzt hier am helllichten Vormittag oder vielleicht Nachmittag und säuft. Wie jämmerlich und wie unangenehm. Aber es passiert nicht so oft, wie du denkst, Erica. Ich habe noch immer alles so ziemlich im Griff, weiß Gott, wie lange noch, aber immerhin. Leistest du mir Gesellschaft oder was willst du haben?«

Ich hätte nein sagen sollen, hatte aber weder Kraft noch Lust. Ich räumte auf dem Tisch herum, und Birgitta konnte genügend Motivation aufbringen, um mir zu helfen, so dass der Tisch schließlich sauber und mit einer brennenden Kerze geschmückt war. Es sah sofort besser aus. Zwei kosmopolitische Frauen treffen sich in aller sozialen Ehre und Redlichkeit nachmittags zu einem Schluck Wein. Birgitta stellte Cracker und Käse auf den Tisch und machte die Illusion von urbanem Lebensstil auf diese Weise noch überzeugender. Der

Wein war gut wie immer in diesem Haus, und nichts konnte mich daran hindern, Cracker einzuwerfen und damit das Hungergefühl zu dämpfen, ehe die pochenden Fragen sich hinausdrängten.

»Wie lange läuft das schon so? Ich meine, würdest du selbst sagen, dass du ein Problem hast? Trinkst du jeden Tag oder …«

»Nicht doch.« Birgittas Stimme klang fast normal. »Nein, wie gesagt, ich habe noch immer genug Disziplin, um Flaschen und Tage zu zählen. Ich bin Wechseltagtrinkerin, eine Variante, die ich selbst ersonnen habe. Wenn ich an einem Tag getrunken habe, muss ich am nächsten nüchtern bleiben, und so weiter. Und wenn ich ein Glas Wein getrunken habe, muss ich mit dem nächsten eine Stunde warten. Auf diese Weise bilde ich mir ein, dass ich das Unvermeidliche jedenfalls noch ein paar Jahre aufschieben kann. Adel verpflichtet. Bis alles zusammenbricht und alle Bescheid wissen. Dass Birgitta säuft und zum Entzug muss oder so. Noch eine Last für Erik und Martin. Bei Arvid spielt es sicher keine Rolle.«

Ich gab keine Antwort, und Birgitta redete weiter.

»Ganz unbefleckt sind wir in meiner Sippe nicht, und es kommt schon vor, dass jemand ab und zu einen kippt. Aber die vergoldete Regel sagt, mach, was du willst, aber mach es so diskret, dass wir wissen, aber nichts merken. Bisher ist mir das gelungen.«

Sie trank einen Schluck und fügte hinzu:

»Heute war es so weit, und heute hatte ich allen Grund. Die Nacht mit den Wikingern steckte mir gestern die ganze Zeit in den Knochen, aber ich habe doch versucht, ein wenig zu arbeiten. Es war doch Sonntag, und Martin ist mit Arvid spazieren gegangen, das hatte er übrigens am Samstag auch gemacht, als ihr gegangen wart, damit wir loslegen konnten. Am Sonntag wurden wir fertig, und ich konnte ein wenig an Musterentwürfen herumkritzeln und konnte sogar ein wenig von meiner alten Arbeitsfreude verspüren. Ja, und dann verlief der Abend im üblichen hysterischen Stil, und heute war Arvid wie immer, außerdem war er krank. Ganz normal krank, meine ich, er hatte Schnupfen und leichtes Fieber, und beim bloßen Gedanken, ihn in die Schule schicken zu müssen, war ich noch erschöpfter als ohnehin schon. Also beschlossen wir, dass er zu Hause bleiben dürfte, und das ging auch zuerst irgendwie gut. Dann fragte er, ob er sich auf die Straße setzen und Flohmarkt spielen dürfte. Ich habe in unserem Keller ziemlich viel aussortiert und wollte den Kram ohnehin zur Heilsarmee bringen, und deshalb hatte ich nichts dagegen. Keine Warnglocke bimmelte, aber wie gesagt, ich war wohl zu müde.

Arvid und ich schleppten dann einen Gartentisch an den Straßenrand und legten den Kram aus. Arvid holte einen Karton für das Geld, und ich ging ins Haus. Ja, und zuerst habe ich aus dem Fenster geschaut und ihn im Auge behalten und gesehen, dass es ziemlich gut ging. Arvid saß ruhig auf seinem Stuhl, drehte sich ab und zu um und winkte und hatte durchaus Kundschaft. Die Leute blieben stehen und plauderten, und die eine oder andere alte Vase wechselte den Besitzer. Weißt du, ich verspürte etwas, das Ähnlichkeit mit Frieden hatte.

Dann setze ich mich wieder an meine Entwürfe und hatte keinen Wein in Reichweite. Aber plötzlich war ich so müde, dass mir Punkte vor den Augen tanzten, und ehe ich wusste, was geschah, war ich im Sessel mit dem Kopf auf dem Tisch eingeschlafen. Ich schlief offenbar richtig tief, denn als ich aufwachte und auf die Uhr schaute, war fast eine Stunde vergangen. Voller Panik fuhr ich hoch, dachte an Arvid und schaute aus dem Fenster. Und war so erleichtert, als ich sah, dass er ganz gelassen am Tisch saß. Eine Menge Leute stand um ihn herum, und ich dachte, gar nicht schlecht, wie scharf alle auf alte Krüge sind, aber dann sah ich, wie jemand etwas in die Tasche steckte, das aussah wie ein Etui, und dann fast wegrannte. Und ich, Erica … ja, dieses Gefühl ist ja langsam vertraut, aber ich … ich stürzte einfach nur hinaus, barfuß und alles, und kaum war ich in der Tür aufgetaucht, da hatten alle es eilig und verschwanden. Und ich rannte zum Tisch und sah …«

Birgitta fing an zu weinen. Ihre Augen standen plötzlich voller richtiger Tränen, und die zogen sofort rote Streifen über ihr Gesicht.

»Er hatte all meinen Schmuck verkauft, Erica. Während ich schlief, hatte er sich ins Haus geschlichen und meinen Schmuckkasten geholt, und er hatte allen Schmuck auf den Tisch gelegt und dann verkauft. Für echtes Geld, wie er sagte. Die Leute hatten bezahlen dürfen, was sie wollten, und das hatten sie auch getan … zwanzig Kronen sogar. Für meinen alten geerbten Schmuck. Das Diamantcollier meiner Großmutter … und den Rubinring, den ich so liebe … und …«

Sie riss sich zusammen, steckte ihre Gefühle in einen Keuschheitsgürtel und sprach mit trockenerer Stimme weiter:

»Du fragst dich dasselbe wie ich. Wie ist es möglich, dass Menschen stehlen können, ja, darum geht es hier doch, dass sie einem geistig behinderten Kind Schmuck stehlen. Dass nicht ein einziger von allen Vorüberkommenden Unrat gewittert und an der Tür geklingelt hat, um mir Bescheid zu sagen. Aber natürlich, wenn die Möglichkeit besteht, ein paar Tausender zu verdienen, wer sagt dann nein? Wer denn, Erica? Wer?«

»Ach, Birgitta …« Ich stand auf, ging um den Tisch und umarmte sie, so gut ich konnte. Sie erwiderte meine Umarmung nicht, stieß mich aber auch nicht weg. Ich hatte oft den fantastischen Schmuck bewundert, den Birgitta von ihren adligen Verwandten geerbt hatte. Bei der bloßen Vorstellung, das alles zu verlieren, bekam ich eine Gänsehaut. Nicht mehr den Goldring zu besitzen, den Großvater mir zum achtzehnten

Geburtstag geschenkt hatte … oder das Filigrankreuz meiner Großmutter …

»Hatte er schon alles verkauft?«

»Das meiste und das teuerste. Die Leute können, wenn sie wollen. Und Arvid … hat wie immer den Unschuldigen gespielt. Hat behauptet, ich sagte doch immer, man brauche nicht soviel Kram, und er habe geglaubt, mir einen Gefallen zu tun, wo er so lange still gesessen und noch dazu Geld verdient hatte. Nicht weniger als zweihundertvierundzwanzig Kronen oder was er nun in seinem Karton hatte. Und dann machte er wieder diese Unschuldsmiene, Erica, und da …«

Birgitta verstummte und fuhr sich mit der Hand über die Augen.

»Ich habe ihn geschlagen. Zwar mit der flachen Hand, aber genau aufs Ohr. Eine richtige Ohrfeige. Ich habe meine Kinder noch nie geschlagen, habe sie nicht einmal geschlagen, als sie klein waren und verbotene Dinge gemacht haben. Aber irgendwas war in mir zerbrochen. Ich konnte nicht dagegen an.«

Mein Glas war fast leer und Birgitta schenkte nach. Sie tat mir so leid, dass meine Hand zitterte, als ich das Glas auf den Tisch stellte.

»Ich verstehe dich, Birgitta. Du bist doch auch nur ein Mensch. Alle würden das verstehen. Alle.« Meine Stimme zitterte.

Birgitta lachte resigniert.

»Alle? Ich weiß nicht, Erica. Stell dir vor, es wäre bekannt, dass ich trinke? Und dann erzählt Arvid mit Engelsgesicht, wie er geschlagen worden ist? Arvid ist übrigens total durchgedreht. Ist in sein Zimmer gestürzt und hat sich aufs Bett gelegt und wie am Spieß gebrüllt. Und ich … ich habe die Tür abgeschlossen. Nach einer Weile fing er an, dagegenzuschlagen, aber ich habe mir die Ohren zugehalten und selbst geschrien, um ihn nicht zu hören. Am Ende habe ich den Staubsauger eingeschaltet. Und die Spülmaschine. Und das Radio. Und so ging es weiter, bis ich alles abzuschalten wagte und es im Haus still geworden war. Da habe ich mich nach unten geschlichen und seine Tür aufgeschlossen und gesehen, dass er eingeschlafen war. Er schläft noch immer. Ja, Prost.«

»Meinst du nicht, dass die Versicherung ... ich meine, etwas müsst ihr doch von der Versicherung bekommen?«

»Von der Versicherung? Aber sicher doch. Dem Sachbearbeiter kann ich dann erzählen, dass mein Dummkopf von Kind meinen zehntausende Kronen teuren Schmuck verkauft hat, und damit alle Chancen ruinieren, dass Arvid jemals eine private Krankenversicherung bekommen kann? Oder lügen und sagen, der Schmuck sei gestohlen worden? Sicher, das kann ich versuchen. Muss nur zuerst ein Fenster einschlagen, damit es glaubwürdig aussieht. Und mich auch. Arvid hat ja schon eine reingehauen gekriegt, der ist also schon präpariert. Gute Idee. Martin macht sicher mit. Er weiß noch nichts, ich habe versucht, ihn anzurufen, aber er war in einer Besprechung und einer Besprechung und einer Besprechung ...«

Ich konnte nicht mehr antworten, denn Birgitta beugte sich, nach einem guten Zug, über den Tisch und schaute mir in die Augen.

»Angeblich spielt es ja keine Rolle, ob ein Kind geistig behindert ist oder nicht, man liebt es genauso sehr. Aber das stimmt nicht. Denn es vergeht kein Tag, an dem ich nicht wünsche, er wäre gesund. Und ich habe Angst. Ich gerate in Panik, wenn ich daran denke, dass ich für mein ganzes Leben an Arvid gekettet sein werde. Was, wenn er niemals allein zurechtkommen kann? Dann werde ich nie mehr frei sein, solange ich lebe. Und was soll dann werden? Wenn ich nicht mehr lebe? Ich muss durchhalten, Erica, aber ich weiß nicht, wie.«

Nein, wie soll die weiterleben, die nicht weiß, wie? Ich hatte absolut keine Ahnung, ich murmelte nur Sinnlosigkeiten, wie, es wird sich schon finden, das kommt schon in Ordnung, warte nur ab, solche Phrasen, die ich selbst absolut nicht hören wollte, wenn das Leben graute. Birgitta rettete mich vor weiteren Plattheiten durch die Frage, wie es denn mit Tom aussehe, einem Bereich, in dem ich nicht zu Lügen zu greifen brauchte, sondern ohne Bedenken losreden konnte. Ich berichtete also, dass ich erfahren hatte, dass Tom und Anette sich ein Haus gekauft hatten, den Teufel erwähnte ich jedoch nicht, und Birgitta seufzte und schüttelte den Kopf.

»Hier sitze ich und suhle mich in meinen eigenen Sorgen und denke gar nicht daran, dass noch andere unter dem Joch des Daseins ächzen. Verzeih mir, Erica. Das muss doch alles schrecklich für dich sein. Und das Schlimmste ist, dass es so sinnlos wirkt. Wirklich alles. Oder eher unlogisch. Du und Tom, ihr schient doch wie füreinander geschaffen. Ich hätte nie gedacht, dass er oder du sich jemand anders suchen könntet. Jetzt kenne ich dich ja auch ziemlich gut und weiß, wie sehr du ihn geliebt hast. Und dass Tom dich liebte, war klar, das war ihm bei allem anzusehen, was er machte.«

»Nur habe ich das eben nicht deutlich genug gesehen. Vielleicht. Oder wir hatten unterschiedliche Vorstellungen davon, was Liebe war. Ist.«

Ich wusste selbst nicht so genau, was ich meinte, nur, dass Birgittas Worte wehtaten und dass der Schmerz noch wuchs, als sie jetzt weiterredete.

»Er hat dich geliebt, so einfach ist das. Dass er trotzdem nicht vollkommen ist, steht auf einem anderen Blatt. Untreue ist eine üble Angelegenheit, mit der ich wohl nicht umgehen könnte. Ich bin nicht sicher, ob ich weiter mit Martin zusammenleben könnte, wenn ich erführe, dass er mit einer anderen ins Bett gestiegen ist. Zumal dann nicht, wenn ich es um die Ecke herum hörte. Aber … ja, Erica, verzeih mir, betrachte es als vage Vermutungen einer angetrunkenen Frau, aber ab und zu … ab und zu hat Tom mir auch ein bisschen leidgetan. Obwohl er sich so große Mühe gegeben hat, um stark zu wirken, hatte ich immer das Gefühl, dass du die Trümpfe in der Hand hattest. Gefühlsmäßig. Du kannst ziemlich hart sein, mitten in dieser fürsorglichen und sanften Art, die du ebenfalls hast.«

»Wie meinst du das?«

Birgitta pulte an einem Cracker herum, steckte ihn schließlich in den Mund und schluckte, ehe sie antwortete.

»Weißt du, wenn wir Feste hatten … dann habe ich dich beneidet. Weil du dich so vollkommen loslassen konntest. An sich bist du ja ziemlich beherrscht, du weißt, was ich meine, glaube ich, aber auf Festen, wenn du ein wenig getrunken hast … dann war einfach niemand mehr sicher. Ab und zu konnte ich dir in die Augen schauen und einen Glanz sehen, der zeigte, dass du alle Hemmungen fahren lassen könntest, wirklich alle. Wenn nötig. Und ich glaube, davor hatte Tom ein wenig Angst. Denn obwohl er zur Hälfte Ausländer ist, ja, nicht schwedisch, meine ich … so war er doch nicht sonderlich anders. Klug und lieb und lustig, das schon, aber nicht zu sehr. Während du … ja, wie gesagt, in dir steckt eine kleine Hexe, und ich glaube, Tom hatte Angst. Doch zugleich war er zu stolz, um dir zu nahe zu treten, sondern versuchte, sich tolerant und großzügig zu geben. Aber ich glaube, er kam sich ziemlich oft außen vor vor, weil er wusste, dass es Bereiche in dir gab, zu denen er keinen Zutritt hatte. Und dann taucht so ein berechenbares Mädel auf, bei der er genau weiß, was Sache ist, und schon ist es passiert. Versteh mich nicht falsch, Erica, ich will nichts wegdiskutieren, aber …«

Das Ende des Satzes verhallte, und sie sah mich an, wie um sich davon zu überzeugen, dass sie nicht zuviel gesagt hatte. Ganz fremd waren ihre Worte mir nicht, aber im Moment hatte ich keine Lust auf Selbstkritik. Birgittas Gedanken durften mit den Rauchwirbeln davontreiben, und das Schweigen zwischen uns wirkte plötzlich ein wenig unbehaglich. Birgitta brach es durch die Frage, wie es denn mit den Probeaufnahmen gegangen sei, und ich erzählte, was ich erzählen konnte, ohne das Skelett im Umhang und die Würmer in seinen Augen zu erwähnen. Wir vertieften uns wieder in das Thema Gentests, ob wir selbst einen machen lassen würden oder nicht und wie so ein Test möglicherweise missbraucht werden könnte, dann klingelte plötzlich das Telefon. Als ich zuletzt an diesem Küchentisch gesessen und das Telefon geklingelt hatte, hatten wir von Einar Saléns ach so tragischem Dahinscheiden erfahren. Seither hatte ich jedenfalls niemanden über die Grenze gelotst. Beim vierten Klingeln stand Birgitta auf, hob den Hörer ab und blieb dann stumm, während irgendwer am anderen Ende der Leitung offenbar alle Schleusen öffnete.

Ich sah Birgitta nervös an, und sie formte mit den Lippen »Eira«. Hinter Birgittas »ach« und »meinst du«, und »so schlimm kann das doch wohl nicht sein« und »du wirst schon sehen, das findet sich« war Eiras Stimme zu hören, die sich hob und senkte und weiterprasselte, wie ein unerschütterlicher Regen. Ich griff zu Wein und Crackern, bis Birgitta endlich und mit einer gewissen Mühe auflegen konnte. Ihre Stimme hatte sich ganz nüchtern angehört, und jetzt wusste ich, wie sie ihr Laster so lange so vielen hatte verheimlichen können.

»Das war Eira.« Diese Auskunft war überflüssig, diente aber als Einleitung. Birgitta holte eine weitere Flasche und öffnete sie, ohne mich auch nur zu fragen, ob ich mehr wollte. Sie schenkte nach und trank einen Schluck, dann hob sie den Kopf. Die Einstundenregel war für den Moment offenbar aufgehoben worden.

»Sie war hysterisch, das hast du ja gehört. Hatte sicher den ganzen Tag hart gearbeitet, das ist klar, wo Martin Einar Saléns früheres Lebenswerk fortsetzen muss, ist wohl eine Menge zu tun. Ja, und dann ist sie nach Hause gekommen und hat entdeckt, dass Robert verschwunden war. Sonst war alles wie immer, Nils saß auf dem Sofa und glotzte Sportsendungen und hatte nichts gemerkt. Aber Roberts Zimmer war mehr oder weniger leer, und es war deutlich, dass er ausgezogen war.

Und als Eira genauer hinsah, fand sie einen Zettel, auf dem stand, dass er bis auf Weiteres zu Gabriellas Mutter zieht. Sie braucht mich, stand dort. Du kannst es dir ja vorstellen. Eira hat dann sofort diese Mutter angerufen, und die war offenbar unverschämt und sagte, bei einer so schrecklichen Mutter würde ja wohl jeder ausziehen, und sie wüsste Robert viel besser zu schätzen als Eira. Hatte offenbar auch allerlei schmierige Andeutungen gemacht. Und Eira hatte gebeten, mit Robert sprechen zu dürfen, aber der hatte sich geweigert. Kümmer du dich um deine Angelegenheiten, hatte er ihr ausrichten lassen. Ich habe Eira noch nie so hysterisch erlebt. Und verzweifelt. Ich hätte nicht gedacht, dass sie resignieren könnte.«

Was konnte ich antworten? Ich dachte an Gabriellas Mutter und die Wohnung mit dem undurchdringlichen Kaffee. Gabriella hatte zwei Zimmer gehabt, wie sie erzählt hatte, das eine hatte sie als Müllraum benutzt. Zwei Zimmer waren doppelt so viel, wie Robert zu Hause gehabt hatte, und Gabriellas Mutter war in seiner Trauer vielleicht ein Ersatz. Oder, ein barmherzigerer Gedanke, vielleicht wirklich eine, mit der er trauern konnte, da das bei ihm zu Hause ja nicht möglich war. Was bedeutete das also für mein Konto? Dass ich auf null stand. So sah es im Moment wenigstens aus. Wenn ich es nicht als Plus betrachten wollte, dass Bewegung in die Dinge kam. Dass Robert von zu Hause auszog, zum Beispiel.

»Ich habe Robert immer gern gemocht.« Birgitta hörte sich ganz nüchtern an, obwohl sie schon mehrere Male nachgetankt hatte. »Und Eira natürlich auch. Und Nils, obwohl ich dem nur einmal und vor langer Zeit begegnet bin. Ein netter und verhuschter Wichtelmann, der sich nicht einmal dann beschweren würde, wenn du ihm eine Kugel in den Fuß feuertest. Und jetzt scheinen sie einander alle drei fremd geworden zu sein. Jetzt, wo sie einander doch helfen müssten.«

»Das renkt sich vielleicht wieder ein? Er zieht vielleicht wieder nach Hause?«

»Ich weiß nicht. Auf irgendeine Weise habe ich das Gefühl, dass der Zerfall dieser Familie damit erst angefangen hat. Frag mich nicht, warum, das ist nur so ein Gefühl. Aber … ja, übrigens, du warst doch dort. Wie ist sie denn, diese Mutter? Eigentlich finde ich es immer noch ziemlich unheimlich, dass du da warst, kurz bevor es passiert ist. Gibt dir was vom Jüngsten Gericht.«

Das war unangenehm. Ich ging nicht auf das Jüngste Gericht ein, sondern berichtete stattdessen neutral und farblos über meinen Besuch bei Mutter und Tochter Guarno und versuchte, meiner Verachtung nicht allzu freien Lauf zu lassen. Es reichte, was Birgitta zwischen den Zeilen lesen konnte, um ihr einen tiefen Seufzer zu entlocken.

»Die arme Eira. Sie hat soviel für ihren Sohn getan. Vielleicht sogar zuviel. Es ist so leicht zu glauben, dass an einem Unglück immer nur eine Person Schuld hat, aber es ist wohl eher so, dass wir in uns einen ungeheuer gepflegten Boden haben müssen, damit das Unglück nicht Wurzel schlagen kann.«

Wie als Antwort auf diese Überlegung war unten plötzlich ein wütendes Klopfen zu hören, gefolgt von Gebrüll und Geheul. Birgitta sprang auf und lief nach unten. Ich ging nicht hinterher, und sie bat mich auch nicht um Hilfe. Unten wurde eine Tür geöffnet, und das Klopfen wich hysterischem Geschrei. Die Tür wurde geschlossen, was den Lärm dämpfte, aber bald waren wieder Krach und Weinen zu hören. Ich fing an, Käse und Kräcker wegzuräumen, und dachte, dass ein taktvoller Gast wie ich auch gehen könnte, ohne dazu aufgefordert zu werden. Birgitta kam nach oben und riss mich aus diesen Gedanken.

»Du musst nicht gleich gehen. Ist schon gut. Er hat sich offenbar beruhigt. Ich habe ihm erklärt, dass er sich das Gesicht waschen muss, dann kann er hochkommen und ein wenig essen. Ist schon gut, Erica.«

Aber es war nicht gut. Ich wollte Arvid jetzt nicht begegnen. Ich wollte ihm erst wieder begegnen … wenn ich zum Handeln gezwungen wäre.

»Du hast gesagt, dass du wieder arbeitest. Stimmt das?«

Birgitta seufzte.

»Eine von meinen alten Kundinnen hat angerufen. Sie brauchten Musterentwürfe für neue Laken und ich hatte so große Lust. Hab mich hingesetzt und losgezeichnet und gemerkt, wie es strömte. Ich hatte ja fast schon geglaubt, es wäre versiegt. Halb und halb habe ich versprochen, in drei Wochen einige Entwürfe vorzulegen. Aber ich glaube, ich werde absagen müssen. Ich weiß nicht, wie ich genügend Arbeitsruhe bekommen kann, und niemand will doch in psychedelischer Bettwäsche schlafen, die nur Albträume auslöst … Bettwäsche, die von einer Person entworfen ist, die niemals eine Nacht durchschläft.«

Jetzt. Jetzt. Jetzt. Diese Gelegenheit würde sich kein weiteres Mal bieten.

»Was sagst du dazu, wenn ich mich morgen um Arvid kümmere, damit du arbeiten kannst? Ich habe jedenfalls keinen dringenden Auftrag, und wenn ich soviel freie Zeit habe, dann denke ich ja doch nur an Tom … ich kann mit ihm in ein Museum gehen oder ins Kino … ich kenne mich mit Kindern ja nicht aus, das nun wirklich nicht, aber ich glaube schon, dass er mir gehorchen würde, er kennt mich ja immerhin ein wenig, und du könntest in aller Ruhe arbeiten. Bitte, Birgitta, sag nicht nein, du bist eine von meinen besten Freundinnen, und ich mache mir Sorgen um dich …«

Birgitta starrte mich aus leicht glasigen Augen an.

»Willst du das wirklich? Nicht, dass ich nicht glaube, dass du das schaffen wirst, aber weißt du, worauf du dich einlässt? Denn du musst die ganze Zeit auf der Hut sein. Er geht ganz brav und freundlich neben dir, und dann stürzt er plötzlich los … wir waren einmal im Wald, und dann war er verschwunden, wir haben stundenlang gesucht und die Polizei alarmiert, aber ehe die kamen, fanden wir ihn mehrere Kilometer weiter hinter einem Felsen … aber das Kino liebt er, das tut er wirklich … Großer Gott, Erica, würdest du das tun? Bei anderen reißt er sich wirklich zusammen.«

Eine fromme Hoffnung eher als eine Lüge. Ich sah dieses verdächtig Feuchte in ihren Augenwinkeln, Birgitta stand kurz davor, vor Dankbarkeit zu weinen, weil jemand sich um ihr Kind kümmern wollte, um ihr Ruhe zu verschaffen. Aber stattdessen dankte ich für Wein und Käse und sagte, ich müsse jetzt nach Hause. Es war sieben Uhr abends, aber Birgitta erwartete Martin erst in einigen Stunden, und Erik wollte bei einem Freund übernachten. Birgitta und Arvid würden sich durch den Abend kämpfen müssen, und ich verstand, dass diese überaus greifbare und unmittelbare Zukunftsperspektive ausreichte, um Birgitta die Überzeugung zu geben, dass ich der Aufgabe gewachsen wäre, die ich übernommen hatte. Die ich noch dazu aus freien Stücken übernommen hatte.

Draußen sog ich die Abendluft so tief in meine Lunge, wie das nur möglich war. Ohne Eiras Willen und ihrer Brieftasche konnte nicht die Rede davon sein, ein Taxi zu nehmen, deshalb ging ich zur U-Bahn, während meine Gedanken sich ins Glied stellten, schwenkten und salutierten und einer nach dem anderen vortreten durften. Zuerst kamen die Gedanken über diesen Abend, und sie durften sich breitmachen. Der Tod wollte Lamm zubereiten, und mich erwartete bei meiner Heimkehr eine warme Mahlzeit. Und eine liebevolle Hand, die früher vermutlich schwarze Haut liebkost hatte, so, wie sie jetzt weiße liebkoste.

Müdigkeit und Anspannung ließen meine Hand zittern, als ich endlich den Schlüssel ins Schloss steckte und umdrehte. Für einen kurzen, scheußlichen Augenblick dachte ich, dass der warme und liebende Tod vielleicht nicht mehr da sein würde und dass er, wenn er noch da wäre, merken würde, dass ich jetzt allerlei Hintergrundinformationen besaß. Ich würde vermutlich nicht wagen, ihn wegen der Details unter Druck zu setzen, es reichte zu wissen, dass er ziemlich geradewegs aus Maggans Armen in meine gekommen war. Wieder tat es weh, und ich fragte mich warum, wo ich doch wusste, dass ich für einen, der so lange im Geschäft war wie er, niemals die Einzige sein könnte.

Aber ich hatte nicht das Gefühl, dass Verrat in der Luft lag, als er mir entgegenkam und mich umarmte und in meine Haare flüsterte, dass er mich vermisst habe. Der Duft des Lamms war umwerfend, und der Tod zog mich wie immer in die Küche, wo der Tisch abermals mit Wärme und sicherer Hand gedeckt worden war. Ich konnte und wollte ihm an diesem Abend nicht die Pistole auf die Brust setzen.

»Ich hab das Lamm im Ofen, und es ist so ungefähr in einer Viertelstunde fertig. Perfekt. Und wo bist du gewesen? Wie war es bei Martin? Du hast dir doch nicht zu viele Gedanken über das gemacht, was passiert ist?«

Die Fragen schwappten über mich hinweg, und ich antwortete, dass Martin alle Hände voll damit zu tun habe, hinter Einar Salén aufzuräumen, und dass ich bei Birgitta gewesen sei und dass es ihr offenbar nicht sehr gut gehe, weil sie ziemlich viel getrunken und außerdem Probleme mit Arvid habe und … nein, an das, was passiert sei, hätte ich nicht weiter gedacht … ich hätte versucht, mir einzureden, dass es Einbildung gewesen sei, aber trotzdem … und du?

Der Tod schenkte uns beiden Wein ein, trank mir zu und setzte sich.

»Ich hatte einen ziemlich unangenehmen Einsatz geplant, den ich schon ziemlich lange aufgeschoben habe. Eine alte Dame, ja, sie ist wirklich eine Dame, über neunzig, aber so aufgeweckt und voller Leben, dass ich ihr immer noch ein Jahr gelassen habe … und noch eins … und noch eins. Die Höchsten hatten es auch nicht gerade eilig, aber jetzt war es wirklich an der Zeit, ihr Herz war einfach kaputt, und ich hatte ja Zeit, wo du doch beschäftigt warst. Aber als ich gerade aufbrechen wollte, da rief Jesus an und wollte wissen, ob wir ein Glas Wein trinken könnten, und da hatte ich einen guten Grund, um die Sache noch einmal aufzuschieben. Und sie kann diese Woche auch noch einmal Poker spielen.«

»Jesus? Du hast mit Jesus ein Glas Wein getrunken?«

»Ja, genau. Wir haben nicht oft die Gelegenheit, und da konnte ich natürlich nicht nein sagen. Wir haben uns in einem Kellerlokal in Gamla Stan getroffen, das er offenbar schon kannte, und da haben wir dann ein paar Stunden verplaudert. Es ging ihm nicht gerade gut, und ich musste nach besten Kräften versuchen, ihn aufzumuntern. Aber ich glaube nicht, dass es mir gelungen ist.«

»Wir reden über den Jesus, ja? Den aus der Bibel. Jesus von Nazareth. Der angeblich Gottes Sohn ist.«

Der Tod machte ein überraschtes Gesicht.

»Warum dieses Misstrauen? Wer sollte er denn sonst sein? Was ist daran so seltsam?«

Ich lachte, zuerst nachsichtig, dann mit einen Einschlag von Hysterie.

»Das mit dem Teufel hab ich dir fast abgekauft. Fast. Bis mir dann aufging, dass du vermutlich in Bildern sprichst. Oder vielleicht in Zungen. Und jetzt kommst du und erzählst mir, dass auch Jesus hier durch die Stadt wandelt. Stockholm scheint zum Austragungsort einer existenziellen Konferenz geworden zu sein, ganz ohne Polizeiaufgebot und Straßensperren. Ich dachte, Jesus sei vor zweitausend Jahren gestorben. Und dass er zwar zurückgekehrt ist, wenn man der Bibel glauben darf, aber dass es ein ziemlich kurzer Besuch war und dass er dann sehr bald nach oben verschwunden ist …«

Der Tod lachte.

»Und hier unten singt ihr so überzeugt davon, dass Gott

über die Erde wandelt, durch Markt und Straßen … das hat doch wohl in diesem Land schon jeder Konfirmand gesungen … aber wenn jemand sagt, dass er wirklich durch Markt und Straßen wandelt, dann ist Schluss, dann werden Beweise verlangt … aber beim Singen wird nie gefragt.«

»Weil wir alle wissen, was wir meinen. Oder, ich meine, wir wissen, was dieses Lied bedeutet, auch wenn wir nicht gläubig sind. Dass es Gott irgendwie gibt oder von mir aus auch Jesus, dass es etwas Gutes gibt, auch auf Markt und Straßen, nur …«

»Ich finde, was du da sagst, hört sich viel vager und verwaschener an als das, was ich sage. Dass er durch Markt und Straßen geht, dass er nicht wie eine Art Geist umherschwebt. Und er ist nicht der Einzige. Das tun Buddha und Mohammed und Tausende mehr oder weniger wichtige Propheten ebenso … wandern umher und fahren fort mit dem, was sie für ihr Lebenswerk halten … freilich mit begrenztem Nutzen bisweilen …«

Ich ließ mich auf dem Stuhl zurücksinken und sah den Tod an. Er sah nicht aus, als ob er sich über mich lustig machen wollte oder als könnte das, was er gesagt hatte, überhaupt Verwunderung erregen. Er sah genauso aus wie in dem Moment, als er vom Teufel erzählt hatte. Aber ich konnte nicht mehr. Ich war ja doch nur ein Mensch.

»Du sagst, dass du dich mit Jesus triffst? Aber wie kann er denn immer noch am Leben sein? Es gibt keine Möglichkeit … nein, ich kann nicht mehr. Ich kann nicht glauben, dass … was sollte er denn in Stockholm zu suchen haben?«

»Wie meinst du das?«

»Ich meine … wo du doch schon hier bist?«

Der Tod lachte abermals.

»Stockholm ist keine Weltmetropole, aber auch hier leben und sterben Menschen. Jesus und ich haben die Welt als Arbeitsplatz und sind sehr oft in weit auseinandergelegenen Breitengraden tätig. Wenn wir also zufällig in der Nähe sind, versuchen wir immer, uns zu treffen. Wie jetzt. So einfach ist das, Erica. Das Problem ist eher, wie es ihm ging.«

»Und wie ging es ihm?«

Der Tod seufzte und erhob sich, um einen Blick in den Backofen zu werfen, dann schloss er die Ofentür wieder. Der durchsickernde Duft ließ meine Geschmacksnerven sich vor Wollust kräuseln.

»Zufrieden ist er selten, aber so verzweifelt wie heute habe ich ihn schon lange nicht mehr gesehen. Er hat viel und lange geredet, über den Verlust an, ja, wie hat er sich noch ausgedrückt … nicht Moral, nicht Liebe, Jesus ist nicht sentimental, er ist Lamm und Tiger zugleich, aber … ich glaube, er hat von Instinkt gesprochen. Er hat davon gesprochen, dass es seine Aufgabe ist, das Böse zu bekämpfen, und dass das Böse seine Gestalt nicht geändert hat, das Gute aber wohl. Es gibt keine Gegenpole mehr, ich glaube, so hat er sich ausgedrückt. Ganz einfach, weil die Guten fast vergessen haben, Gutes zu tun, denn sie sind vollauf damit beschäftigt, sich selbst zu erhalten. Die Kreise sind eng geworden. Viele verlieren sogar das Interesse an ihrer eigenen Güte. Und wenn das Interesse für das Gute ausstirbt, wie soll dann die Güte überleben können? Er drückte sich ziemlich drastisch aus, wurde fast melodramatisch, und ich habe versucht, ihn zu trösten. Aber Tatsache ist doch, Erica, dass ich auch schon so gedacht habe. Weißt du noch, als ich das vor einigen Tagen erwähnt habe? Wie satt ich die Menschen langsam habe? Wenn ich Menschen treffe, denen es egal ist, was nach ihrem Tod passiert? Es gibt nur Hier und Jetzt, und das wird noch dazu als verdammt kluge Erkenntnis verkauft. Lebt hier und jetzt, denn was morgen ist, wissen wir nicht. Scheißgerede. Wir wissen ganz schön viel über morgen, nur wollen das die meisten offenbar nicht hören.«

»Hast du nicht kürzlich noch Jesus zitiert, mit den Worten,

dass der morgige Tag sich um seine Probleme selber kümmern soll, wie du das so klug ausgedrückt hast?«

Der Tod seufzte.

»Das schon, aber es braucht trotzdem kein Paradoxon zu sein, dass wir heute leben und zugleich für morgen planen. Es geht um Vertrauen, darum, zu wagen, sich darauf zu verlassen, dass das Leben sich um sich selber kümmert, wenn man das zulässt. Aber dieses Vertauen wird durch ein paar gute Gedanken an die Zukunft nicht zerstört. Durch gute, wohlgemerkt. Eigentlich ist es nicht logisch. Vielleicht wusste nicht einmal Jesus, wie er das wirklich gemeint hat. Er war an dem Tag vielleicht auch müde.«

»Was ist also mit Jesus passiert?«

Wieder seufzte der Tod.

»Nach einer Weile steckte mich sein Kummer an, und da saßen wir dann und tranken ein Glas nach dem anderen und wurden am Ende sentimental. Dachten an alte Zeiten und redeten … bis Jesus sagte – und das hat mir wohl den größten Schrecken eingejagt –, er sagte …«

»Was denn?«

Der Tod stand auf und nahm den Lammbraten aus dem Ofen. Er schnitt zwei Portionen ab und garnierte sie mit Beilagen, dann platzierte er die Teller mit eleganter Geste auf den Tisch. Ich machte mich darüber her, und der Tod folgte meinem Beispiel, bis der ärgste Hunger gestillt war. Trotzdem konnte kein Lamm auf der Welt meine Neugier beheben.

»Wunderbar. Danke, Lieber. Was hat er gesagt?«

Der Tod legte sein Besteck hin und kaute fertig, dann ließ er sich mit dem Weinglas in der Hand zurücksinken.

»Er hat gesagt … ja, er hat gesagt, es kommt vor, dass er sich fragt, ob unser Pakt eigentlich eine so gute Idee gewesen sei. Er fragt sich ganz einfach, ob das, was wir vor, ja, was hast du noch gesagt, vor zweitausend Jahren entschieden haben, ob das Ganze vielleicht ein großer und gigantischer Irrtum war. Stell dir vor, sagte er, und seine Augen wurden leer, stell dir vor, die Höchsten hätten stattdessen ihren Willen bekommen ... was wäre mir für Leid erspart geblieben ... und vielleicht hätten auch andere weniger leiden müssen. So viel schlimmer kann es doch gar nicht werden ... und was hätte ich dazu sagen sollen? Das einzig Positive, was mir seit vielen Jahren passiert ist, bist doch du.«

Und was war mit Maggan?, dachte ich sofort, kniff aber den Mund zusammen, um diese Worte nicht entfleuchen zu lassen. Mit Maggan konnte es doch auch nicht ganz blöd gewesen sein. Mit so einer Haut kann man sehr viel Spaß haben.

»Was denn für ein Pakt?«

Der Tod aß sorgsam seinen Teller leer. Tomaten und Oliven hatten eine Mischung aus Rot und Schwarz auf dem Teller gebildet, die sich zuerst zu Halbmonden formte und dann ineinanderfloss, um sich schließlich mit den Essensresten zu vereinigen. Mischt Liebe und Tod, und es ist nur noch Abfall übrig.

Er gab noch immer keine Antwort, und ich fragte wieder, einmal und noch einmal. In dieser ganzen Zeit sah er mich an, ernster vielleicht als je zuvor, und am Ende streckte er die Hand aus und streichelte meine Wange. Ich leckte ein wenig ungeschickt seine Fingerspitzen. Dann blieben wir sitzen, bis der Tod aufstand, meinen Teller nahm und uns beiden noch eine Portion auftat.

»Ich würde es wirklich schätzen, wenn wir beide das Essen genießen könnten. Ich habe Zeit und Mühe investiert, und das hat es wirklich verdient. Versuch es, Erica, mir zuliebe. Dann setzen wir uns ins Wohnzimmer, und da werde ich erzählen. Versprochen.«

So kam es also. Wir genossen und genossen und lenkten das Gespräch in eine andere Richtung. Die Ereignisse der letzten Tage kamen wieder in mir hoch, und ich erzählte von Eiras

Anruf und davon, dass Robert offenbar zu Mama Guarno gezogen war. Der Tod lachte.

»Ich weiß, dass ich am Ende immer gewinne, das soll keine Prahlerei sein … und dass ich oft auch recht habe. Weißt du noch, dass ich gesagt habe, dass man Erfahrung benötigt, um die Leben anderer Menschen zu lenken? Nicht, dass ich wüsste, was du durch die Entfernung dieser Frau erreichen wolltest, aber irgendwie hast du dein Ziel ja erreicht. Du hattest doch eine Art Vision, dass der Knabe dann heranwachsen und reifen würde. Und das scheint er ja auch zu tun, nur ganz anders, als du erwartet hast. Hast du dir schon mal überlegt, dass bisweilen genau das eintrifft, worauf man gewartet hat… mit vernichtendem Resultat, weil man nicht wollte, dass es gerade so passieren sollte … oder so … Und eigentlich ist das wohl auch Jesus und mir passiert. Wir haben erreicht, was wir wollten. Aber um welchen Preis?«

»Aber bitte, kannst du nicht endlich erzählen?« Für den Moment war Maggan vergessen und alle, die vor ihr gewesen waren. Es gab nur noch ihn und mich und das, was er jetzt erzählen würde. Und ich musste entscheiden, ob ich ihm glauben wollte oder nicht. Und eigentlich hatte ich mich schon entschieden, das nicht zu tun.

Der Tod zog mich auf die Füße, küsste meinen Nacken und schob mich zum Sofa. Der Sessel sollte ihm gehören, wenn er aus der Küche zurückkehrte, was er auch ziemlich bald tat, wenn auch nicht mit Kaffee, sondern mit zwei grasgrünen Gläsern, die er auf einem Buch balancierte, das ich plötzlich als die alte Bibel meiner Großeltern erkannte. Zwei Caipirinha, serviert auf dem Allerheiligsten, eine himmlische Gabe. Es war nicht möglich.

»Du trinkst das doch überhaupt nicht gern!«

»Nein, aber du. Auf das Grüne, Erica. Auf das Leben. Auf das Leben vor und nach dem Tod. Auf alles Leben, eigentlich.«

Ich nahm einen Schluck von dem grünen Getränk und wickelte mich in die Decke, die in der einen Sofaecke gelegen hatte. Der Tod nippte an seinem Glas, ließ sich zurücksinken und legte die Bibel zwischen uns auf den Couchtisch. Dann schloss er die Augen und begann seinen Bericht.

»Vor zweitausend Jahren, ungefähr. Ich war schon ziemlich lange unzufrieden mit meiner Situation. Etwas war anders, und etwas kam mir falsch vor. Die Angst, mir zu begegnen, wurde immer nur größer, ja, die ganze Zeit wurde ich mit Geschrei, Schweiß und Tränen empfangen. Mit Angst und Verweigerung. Jeder Tag war voller verrohter Menschen, verzweifelter Menschen, und ich merkte, dass meine Motivation immer mehr schwand. Ich überredete, ich flehte, ich hielt ihre Hand, aber mein Trost war das Letzte, was sie wollten, und sie wollten auch nicht meine Umarmungen oder meine Ausführungen über den ewigen, unvermeidlichen Kreislauf des Lebens. Es gab nur Angst vor dem Unvermeidlichen, dem Finsteren, dem Endgültigen, und nichts, was ich etwa über Geduld sagte, kam an. Die Menschen hatten ihren Ursprung und den größeren Zusammenhang vergessen, und ich merkte, dass meine Kräfte zur Neige gingen. Die Höchsten waren auch keine große Hilfe. Mensch zu sein bedeutet, unvollkommen zu sein, das war alles, was sie mir sagen konnten, und das glaubte ich ja schon seit langem zu wissen.

Ich hatte die Römer und ihr Reich sozusagen bis obenhin satt. Essen und Trinken und Wein im Überfluss, Kunst und Kultur und philosophische Dimensionen, aber zugleich eine Oberflächlichkeit und eine erschreckende Dekadenz, die Ekel vor dem Reich und seinen Bewohnern in mir auslöste. Feste und Prasserei und Gold und Glitter, die meinen Umhang schäbig und belanglos wirken ließen. Und was half die Vergoldung? Rein gar nichts. Geschrei und Gebete waren dasselbe. Nein, nicht einmal dasselbe. Sie waren schlimmer. Und alle diese Sklaven, diese Unterdrückten, Verzweifelten, Besetzten und Heimatlosen. Menschenmüll, deren Leben nicht lebenswert war. Brutale Strafen für die Ungehorsamen. Sie wurden zu Tode gepeitscht. Gesteinigt. Den Löwen vorgeworfen. Lebendig begraben. Gepfählt. Gekreuzigt. Trotzdem wollten sie nicht loslassen. Und ich war der Angst so müde, Erica. Ich war von dem allen so schrecklich müde, immer musste ich Angst gegenübertreten, obwohl ich mir jedes Mal Zeit ließ, erklärte und offenbarte.

Sicher hatte ich auch Gerüchte über diesen Jesus von Nazareth gehört. Einem Mann, der sich als Sohn eines der Höchsten ausgab, geboren von einer Jungfrau und die Lösung. Die Erlösung. Ich hatte mit den Höchsten über ihn gesprochen, aber ich hatte nur vage Antworten erhalten. Für ihn gab es keinen Plan und kein festgelegtes Schicksal. Ich hatte damals ja keine elektronischen Hilfsmittel, nur Pergamentrollen, auf denen in schwarzer Schrift das Schicksal jedes Menschen stand. Aber kein Schicksal für Jesus von Nazareth. Es gab nur einen Anfang, aber keinen Schluss.

Und dann wanderte ich also durch die Wüste. Ich sollte einige Nomaden aufsuchen und eine Zeitlang mit ihnen reisen, ganz ohne Zwang zur Arbeit. Ein großes Feuer hatte so viele Opfer gefordert, dass ich meine persönliche Anwesenheit für einige Tage nicht für notwendig hielt, ich hatte schon so viele verbrannte Seelen behandeln müssen. Ich war allein auf meiner Wanderung, schaute zum Himmel hoch und betete, ja, ich betete um ein Zeichen oder eine Art neuen Impuls, das verstehst du vielleicht besser. Es war heiß. So heiß. Ich hatte einen Lederschlauch mit Wasser bei mir, und du hast ja keine Ahnung, wie gut kaltes Wasser bei vierzig Grad im Schatten sein kann, und wenn du nichts anderes siehst als Sand und Dünen und Muster, die nacheinander greifen und sich zu einer Unendlichkeit ohne Anfang oder Ende verflechten. Ich dachte an die Menschen und fragte mich, wie sie ihre Gewissheit und ihre, ja, ich nannte es in meinen Gedanken die hoffnungsvolle

Unterwerfung, zurückgewinnen sollten. Eine Akzeptanz der existenziellen Gesetze, aber mit Freude oder Trost oder egal welchem hochtrabenden Wort. Ich wollte die Freude an meiner Arbeit zurückhaben, die die Seelen tanzen und die Geister leben ließ. Ich weiß nicht, ob ich das erklären kann.

Ich sah ihn schon aus der Ferne. Er saß vor einem Busch und meditierte und war so unbeweglich, dass ich glaubte, er schlafe. Es kam ab und zu vor, dass mir auf meinen einsamen Wanderungen diese Wüstenwesen begegneten, deshalb reagierte ich zunächst nicht, ich trat nur näher, um zu sehen, ob er Hilfe brauchte. Er stand nicht auf meiner Liste für diesen Tag, und das Wasser in meinem Schlauch war frisch, und ich glaube, ich hatte auch noch ein Stück Brot in der Tasche.

Er bewegte sich nicht, als ich ihn erreichte und mich ihm gegenübersetzte und diese Gestalt musterte, die danach so vielen vertraut werden sollte. Er war bleich, obwohl er sich schon sehr lange im Freien aufhalten musste, den verfilzten Haaren und dem Schmutz unter seinen Nägeln nach zu urteilen. Seine Augen waren geschlossen und seine Gesichtszüge uneben, aber erfüllt von Ruhe. Die Farben erschienen dunkel vor der hellen Haut, und sein Mund war kräftig. Er erinnerte mich an das Meer, ich weiß auch nicht, warum. Es hing irgendwie mit seiner Stärke zusammen. Und der Sinnlichkeit. Er hatte eine so starke erotische Ausstrahlung, dass sogar ein alter ausgebrannter Demokrat wie ich durch seine pure Nähe schon Unruhe verspürte. Er trug einen abgenutzten Kittel, und über seine Schulter hing eine Art Mantel, der Rücken und Hals vor der Sonne schützen sollte, die ebenso unbarmherzig wie ein Henker war. Der Schweiß strömte von seinem Haaransatz in den grauen und verschlissenen Stoff. Plötzlich merkte ich, dass mir Tränen über die Wangen liefen wie die Ströme, die die Wüste brauchte, um fruchtbar zu werden, die sie aber niemals bekommen würde.

Wie lange wir so dasaßen, weiß ich nicht. Ich trank ab und

zu einen Schluck von meinem Wasser und nickte ein, während der Mann mir regungslos gegenübersaß. Langsam wurden die Schatten länger, die Hitze weniger bedrohlich und der Sand ein wenig kühler. Nun öffnete er die Augen, und ich wusste sofort, dass er Jesus von Nazareth war. Seine Augen reichten als Visitenkarte. Er wusste auch sofort, wer ich war. Ich habe auf dich gewartet, sagte er und streckte mir die Hand hin, als glaubte er, ich würde ihn sofort mitnehmen. Ich nahm seine Hand auch, und wir begrüßten uns mitten zwischen den Sanddünen wie zwei wohlerzogene Männer, aber natürlich öffnete ich meinen Umhang nicht. Ich hielt seine Hand einen Moment fest und spürte Entschlossenheit, aber auch Hoffnungslosigkeit. Nun wusste ich, dass seine Gedanken meine waren und dass er mich suchte, weil sein Weg sich wie ein Flussdelta verzweigt hatte, ohne ihm zu sagen, welcher Flussarm der richtige sei.

Wir kamen ins Gespräch, ich glaube, wir redeten mehrere Tage und mehrere Nächte lang, auch wenn ich mich nicht an Schlaf oder Essen erinnern kann. Wir teilten Wasser und Brot, das ich bei mir hatte, und das war genug. Dass es bei seinen Fähigkeiten eine Kleinigkeit war, Brot und Wein zu vermehren, wusste ich ja schon. Gerüchte, erregte Berichte und die Bewegungen der Winde, alles berichtete von einem Menschen, der ganz anders war als alle anderen.

Wir sprachen über alles. Über die Menschen und ihre Wirrungen und ihren Mangel an Glauben und Hoffnung und Liebe und Trost. Über Krieg und Verrat und Torheit und böse Taten. Über Schönheit und weiche Wangen und Äpfel. Wir lachten viel und weinten ab und zu, und wir dachten, es sei gut, dass wir uns begegnet waren, denn niemand verstand mich so wie er und umgekehrt. Wir hatten dieselbe Aufgabe. Den Menschen mit ihrer entsetzlichen Angst zu helfen, die dabei war, ihre Gemüter zu vergiften. Und wir wussten, dass wir das nur durch Gewaltenteilung bewältigen könnten. Ich musste mit ihm teilen, und wenn ich meine absolute Endgültigkeit aufgab, würde ich, indem ich kleiner würde, größer werden als zuvor. Paradox, oder was? Größer, weil ich nicht unbesiegt wäre. Die Unbesiegten können niemals groß und die Erfolgreichen niemals glücklich werden. Wer das glaubt, hat bereits verloren.

Ich muss dich überwinden, sagte er. Ich muss sterben und das Leben zurückerhalten, um damit den Menschen zu zeigen, dass es die Hoffnung auf ein Leben und eine Existenz nach dem Tod gibt, dass das Endgültige niemals endgültig sein muss. Ich muss sterben, und das ist das Leichteste. Die Zeichen stehen schon geschrieben, und so erhöht ich jetzt auch bin, so erniedrigt werde ich in nicht allzu langer Zeit sein. Ich muss mich trotz allem den Gesetzen unterwerfen, die ich predige. Und dann werden die Letzten die Ersten sein und die Ersten die Letzten. In Ewigkeit, Amen. Er hatte Humor. Hat Humor. Hat nichts dagegen, dass man Witze über seine Person reißt. Er ist außerdem ziemlich selbstkritisch.

Egal. Da und dort stellten wir Richtlinien für unser Vorgehen auf, dafür, wieviel sich in seiner und meiner Arbeitssituation verändern würde. Er würde leben und predigen und seine Saat ausstreuen, bis der Moment gekommen wäre, der Moment, über den wir gesprochen hatten, und zu dem ein Schauspiel stattfinden sollte, dessen grauenhafte Bosheit die Menschen zu allen Zeiten zu Tränen und Ohnmacht rühren würde. Es würde Schuld hinterlassen, eine Nebenwirkung des von uns Geplanten, eine Nebenwirkung, von der wir glaubten, dass sie das, was sie erhalten würden, aufwiegen könnte. Als wir fertig waren, teilten wir einen letzten Schluck Wasser und einen letzten Bissen Brot, und deshalb werden Wasser und Brot für mich immer das wahre Abendmahl sein.

Wir trennten uns im Morgengrauen, als die Sonne einen noch heißeren Tag als jene zuvor ankündigte, und wir machten wie geplant noch einige Jahre weiter. Ich wusste die ganze Zeit, was mit ihm geschah. Die Berichte der Menschen wanderten von Mund zu Mund und verbreiteten sich wie ein Lauffeuer, und ich hörte von seinen Predigten, seinem Charisma und den Menschenmengen, die immer größer wurden. Wir hatten recht gehabt, bei den Menschen gab es eine Sehnsucht nach mehr, als sie bisher erwartet und womit sie sich zufrieden gegeben hatten, einen schreienden Wunsch danach, dass nicht alles zu Ende wäre, wenn sie mir begegneten. Gleichzeitig setzten politische Unruhen ein. Noch vor mir hatte der Teufel Jesus in der Wüste besucht, und da sie ihn nicht auf ihre Seite hatte holen können, versuchte sie es auf andere Weise. Sie hatte viel zu tun, das kannst du mir glauben, und sie hat niemals öliger und glänzender ausgesehen als damals. Lust und Erwartung dessen, was kommen würde, machten sie schön. Sie traf die Machthaber, liebte sich mit ihnen, plauderte, überredete und streute Hinweise, sie brauchten nur den Faden aufzuheben und ihm bis ans Ende zu folgen, wo ein kleines Kreuz festgebunden war. Sie glaubte wohl, den Sieg bereits in der Hand zu haben, und bei unseren Begegnungen war sie so überschwänglich, dass ich mir nur mit großer Mühe verkneifen konnte, ihr alles zu erzählen, um ihrem Lachen ein Ende zu setzen. Es war ein Spiel, und nie hatten wir soviel Verwendung für unser schauspielerisches Talent. Wir sind ja allesamt ziemlich tüchtige Mimen und hätten eigentlich einen Preis verdient. Vor allem, da … da ich auf eigenes Risiko handelte. Ich hatte mich nicht mit den Höchsten abgesprochen.

Dann kam der Tag und die Katastrophe, auf die nicht nur ich gewartet hatte, sondern alle, die an Prophezeiungen glaubten. Jesus war zum Hohepriester Kaiphas und dessen Schriftgelehrten zum Verhör bestellt worden, und sie gaben sich alle Mühe, um ihn zu überführen, aber am Ende schickten sie ihn zu den Römern, denn nur die Besatzungsmacht durfte Todesstrafen verhängen. Schließlich landete er bei Pilatus. Dem *armen* Pilatus, der, laut Neuem Testament, versuchte, sich das

Blut Jesu von den Händen zu waschen. Ich kannte ihn aber besser, schließlich hatte ich oft genug nach seinen Folterungen Seelen einsammeln müssen. Er ging gegen die Besetzten so brutal vor, dass die Römer ihn am Ende zurückpfiffen, um ihn zur Verantwortung zu ziehen. Er behandelte Jesus ohne Barmherzigkeit, er ließ ihn von den Soldaten aufs Grausamste geißeln und ihm Mantel und Dornenkrone anlegen, sowie das Urteil verkündet worden war.

Seine Seele, die aufzulesen und einzukorken ein Labsal war, war die erste und letzte Seele in meinem Verwahr, die fast keine Farbe hatte. Er war weg. Verschwunden. Getilgt.

An diesem Tag war es so heiß, Erica, so entsetzlich heiß. Ich hatte die Geschehnisse die ganze Zeit aus der Ferne verfolgt und zwischen den glotzenden Menschen gestanden, die an diesem Tag scheinbar alle guten Gefühle, alle Barmherzigkeit, alles Mitgefühl verloren hatten. Alle … wie soll ich sagen … Fähigkeit, ihre eigene Kleinheit zu erkennen. Es gab nur einen Wunsch, der nicht einmal aus der Seele eines Mannes oder einer Frau entsprungen zu sein schien, nämlich zu zeigen, wie weit die Bosheit getrieben werden konnte, ohne dass irgendjemand einschritt. Es war eine beispiellose Provokation der Höchsten, und ich glaube, sie hätten der Sache mit irgendeiner Art von Zeichen ein Ende gesetzt, wenn sie nur gekonnt hätten. Mit einer Überschwemmung, einem grauenhaften Regen, einer Feuersbrunst, egal womit, es hätte die Menschen dazu gebracht, wie Hyänen auseinanderzuhetzen und sich in Felsspalten und Höhlen zu verkriechen.

Ich schloss mich dem Menschenstrom an, als Jesus sein Kreuz durch die Straßen schleppte, und die Menschen schrien und höhnten und die Luft verpesteten mit Schweiß und Schadenfreude. Er war so blass wie immer, aber das Blut färbte seinen Leib und sein Gesicht, und die Dornenkrone stach ihm in die Augen und blendete ihn. Seine Füße waren zerfetzt, und die Luft zitterte vor Hitze und Blut. Ich drängte mich zu ihm durch und versuchte, seinen Blick einzufangen, um ihm klarzumachen, dass ich bei ihm war und dass alles gut gehen würde, dass es am Ende des schwarzen Regenbogens Wasser und Wein und Brot gab und dass ich ihm am Kreuz so bald wie möglich die Befreiung schenken würde. Einmal stolperte ich in seiner Nähe, und ein römischer Soldat, der möglicherweise Mitleid empfand, befahl mir, sein Kreuz zu tragen. Dieser Soldat hatte jedenfalls nicht denselben ekstatischen Gesichtsausdruck wie alle anderen. Aber er überlegte sich die Sache dann anders und trat mich in die Gosse, wo ich dann fast bis zur Bewusstlosigkeit zertrampelt wurde. Aber Jesus und ich konnten einen Blick wechseln, und ich wusste, dass er wusste, und das freute mich, auch wenn mein Hass auf die Menschen zu dem Zeitpunkt so groß war, dass ich vergessen hatte, warum sie es verdienten, von ihrer Angst befreit zu werden. Ich bin Demokrat, aber nicht so überzeugt wie Jesus, und wenn er nicht gewesen wäre, hätte ich unseren Plan vielleicht vollständig wieder aufgegeben.«

Der Tod trank einen tiefen Schluck aus seinem Glas und dann noch einen. Mein Glas war schon halb leer, und das Klirren der Eiswürfel war verstummt, als ob auch sie zuhören wollten. Die Stimme des Todes psalmodierte jetzt, und als er weitersprach, wusste ich, dass wir den Höhepunkt der Geschichte noch längst nicht erreicht hatten.

»Am Ende kamen wir nach Golgatha, und das Kreuz wurde so aufgerichtet, wie du es schon oft gesehen hast, wie du es in Wirklichkeit aber niemals sehen willst. Die Schreie, als die Nägel sich in das Fleisch bohrten, ein Arm, der ausgerenkt wurde, um ordentlich festgenagelt werden zu können. Blut und Gestank und kläffende Hunde. Menschen, die lachten oder höhnten und aussahen wie bei einem Volksfest. Und ein Mann am Kreuz, von dem nur ich wusste, was er empfand. Für einen kurzen Augenblick glaubte ich, er sei ebenso hasserfüllt wie ich, und ich verfluchte das Gewürm, das seine Füße umkroch.

Ich konnte es nicht wissen. Aber ich dachte wohl an unsere mit Wasser unterzeichnete Abmachung, und ich machte einen Schwamm nass und spießte ihn auf eine Stange und streckte ihn hoch, um seine Lippen zu befeuchten. Er war fast bewusstlos, aber ich konnte doch den Schatten eines Blickes wahrnehmen, und ich sah, dass er mich erkannte, und ich spürte, wie sein Leib mich anflehte, ihn bald zu befreien. Da, ganz in seiner Nähe, sah ich eine kleine Gruppe von weinenden Männern und Frauen, und das war ein Glück, denn sonst hätte meine Verachtung für alles Menschliche alle Gefühle der Barmherzigkeit getilgt, mit deren Besitz ich mich sonst schmeichle.

Dann senkte sich endlich die Dämmerung über Golgatha, und ich wusste, dass die Stunde gekommen war, dass ich meines Amtes walten würde, ohne irgendeinen Verdacht zu erwecken, und dass sogar die Masse in ihrem Blutrausch keine Lust mehr hatte, diesen andauernden Prozess der Quälerei noch in die Länge zu ziehen. Also näherte ich mich dem Kreuz und Jesus, der jetzt bewegungslos mit tief gesenktem Kopf dahing, es war unmöglich, Kontakt zu ihm aufzunehmen. Niemand achtete darauf, was ich machte, die Menschen standen schon in Gruppen zusammen und sprachen über andere Dinge, es war ja immerhin Freitagabend. Ich zog das Tongefäß hervor, das ich mir ausgesucht hatte, ja, damals benutzte ich noch Tongefäße, öffnete wie immer den Umhang und atmete ein. Es dauerte nicht lange. Bald füllte Jesu Seele den Krug, und sie war weiß wie der erste Schnee, auch wenn dieser Vergleich in einem Land, in der die Sonne alles braun brennt, fehl am Platze wirkte. Weiß und schön und ungestüm wirbelte sie durch das Gefäß, bis ich den Korken hineinschob und es wieder in die Tasche steckte. Gleich darauf bohrte ein Soldat Jesus eine Lanze in die Seite und stellte fest, dass er tot war. Die Todesbotschaft spielte schon keine Rolle mehr, außer für die, die offenbar seine Familie und seine Freunde waren, vielleicht auch einige von seinen Jüngern, deren Weinen jetzt purem und lauterem Entsetzen gewichen war.

Ich eilte davon, ich konnte einfach nicht mehr von diesem Schauspiel ertragen. Normalerweise hätte ich die Höchsten aufgesucht und sie gefragt, was eigentlich Sinn dieser langen Folter gewesen sei, aber jetzt wagte ich nicht, mich bei ihnen zu melden, aus Angst, mich zu verraten. Ich schlich mich zu einem Freund, der mir für die Nacht ein Dach über dem Kopf versprochen hatte, und legte mich hin und dachte nach. Mein Freund kam bald nach Hause, und wir aßen zusammen mit seiner Frau und sprachen über das, was passiert war. Er erzählte, dass in der Stadt wilde Gerüchte kursierten, dass angeblich der Vorhang im Tempel zerrissen sei und dass die Erde gebebt habe und Felsen eingestürzt seien. Er sei verzweifelt über den Mord, sagte er, verzweifelt und verängstigt, weil er befürchtete, dass das Geschehene für lange Zeit seinen Schatten über Land und Menschen werfen würde. Erzähl mir, was passiert ist, bat er mehrere Male. Erzähl mir, warum es uns solche Freude gemacht hat, einen Unschuldigen zu ermorden, wo wir doch sonst allerlei Verbrechen übersehen und fast Verständnis dafür haben. Was für eine Bosheit hat uns da durchsäuert? Wer hat uns gelenkt? Er wusste zwar von den Ränken des Teufels, glaubte aber nicht, dass sie ein so großes Projekt auf eigene Faust durchziehen könnte. Ich wagte nicht zu antworten, ich spekulierte nur über das Wesen der Bosheit, und dann trennten wir uns, gaben uns beide den nächtlichen Träumen preis, die keine Ruhe schenkten, sondern nur die Gedanken umherwälzten, so dass sie sich am nächsten Morgen an ganz anderer Stelle befanden als sonst.

Ich weiß kaum mehr, welche Wege der folgende Tag einschlug. Ich lief auf den Straßen hin und her, wo erregte Menschengruppen an den Ecken standen und die Ereignisse zerlegten. Jemand erzählte, Pilatus habe einen Traum gehabt, der ihn vor dem Bevorstehenden warnte, ein anderer wollte gesehen haben, wie die Gekreuzigten miteinander gesprochen hatten, ein Dritter behauptete, schwarze Vögel hätten Jesu Haupt umkreist und das sei der Beweis dafür, dass er ein Schüler der Finsternis sein, ein Vierter redete über die Römer, die ausnahmsweise einmal dem Land einen Dienst erwiesen hätten, ein Fünfter meinte, die Anwesenheit eines leibhaftigen Propheten gespürt zu haben. Vielleicht stellte sich auch irgendjemand dieselbe Frage wie mein Gastgeber, nämlich was eigentlich passiert war und wie es hatte geschehen können. Diese eine Frage, auf die es eigentlich bis heute keine Antwort gibt.

Dann kam der dritte Tag. Wir hatten uns auf die Dreizahl geeinigt, magisch und ewig und ganz praktisch nicht allzu spät, wir konnten also ausnutzen, dass die Nerven der Menschen noch immer ungeheuer gespannt waren. Ich hatte mich mit Brot und Wasser und außerdem einem Krug guten Weines, feinem Öl und heilenden Salben gerüstet. Jesus war ein Stück vor der Stadt in einer Steinhöhle beigesetzt worden, und ich pilgerte hin, ohne dass irgendwer von mir Notiz genommen hätte. Vor mir sah ich plötzlich zwei Frauen. Sie steckten die Köpfe zusammen, und sie weinten und klagten und gehörten sichtlich zu der kleinen Gruppe, die dem ›Meister‹ nahegestanden hatte. Also wusste ich, dass auch sie zum Grab unterwegs waren, und ich dachte mir, es könnte schwer sein, sie zu überholen, und problematisch, so schnell auf die neue Lage zu reagieren, also hielt ich mich auf dem ganzen Weg zur Höhle hinter ihnen. Ein großer Steinblock lag vor der Öffnung, und ich fragte mich plötzlich, wie ich es schaffen sollte, den beiseitezurollen und ins Höhleninnere zu gelangen. Die Frauen waren vor dem Eingang stehengeblieben und verteilten dort Blumen und Schmuckstücke und errichteten einen provisorischen Altar, vor dem sie auf die Knie fielen und ihrem Jammer freien Lauf ließen. Es war schön, es war menschlich, und es war so würdevoll, dass es mir ein Scherflein meines verlorenen Vertrauens wiedergab. Zugleich erkannte ich plötzlich, dass die beiden eine große Hilfe sein könnten. Sie waren hingebungsvoll und loyal und vermutlich durch und durch zuverlässig. Ich ging auf sie zu und streckte die Hand aus.

Sie akzeptierten meine Anwesenheit ohne Probleme. ›Wir trauern um unseren Herrn und Meister, den wir verloren haben‹, sagten sie. ›Das weiß ich‹, sagte ich, ›aber ich kann euch helfen und euren Schmerz in Freude verwandeln. Deshalb helft mir, damit ich euch helfen kann. Helft mir, den Stein wegzurollen, und verlasst dann diesen Ort und kommt nach einer kleinen Weile zurück und sprecht mit niemandem darüber, was ihr hier gesehen habt. Ich bin kein Grabschänder oder Räuber, ich bin nur der Tod, aber ich bin gekommen, um euch … vielleicht … ewiges Leben zu schenken.‹ Mir ging auf, dass ich unbewusst Jesu Worte plagiiert hatte, aber die Frauen nickten nur zu allem, was ich sagte. Gemeinsam packten wir den Stein und pressten uns im Schweiße unseres Angesichtes dagegen, bis er nach einer Weile so weit verschoben worden war, dass ich mich vorbeizwängen konnte. Wir zerfetzten uns dabei Hände und Schultern, aber wir spürten es nicht und es war uns auch egal. Vielleicht wurde uns von irgendwoher Hilfe zuteil, ich weiß es nicht, denn eigentlich war es für zwei Frauen und eine durchschnittlich starke Person wie mich eine unlösbare Aufgabe.

Die beiden Frauen küssten mich auf beide Wangen und verschwanden. Ich ging in das Grab hinein zu Jesus, oder zu dem, was von ihm noch übrig war. Er war in weiße Tücher gehüllt und lag ausgestreckt auf dem Boden, wachsbleich und bewegungslos, und ich dachte, wenn ich jetzt versagte, dann wäre alles verloren. Aber ich hatte keinen Grund zu zögern und befolgte unseren Plan. Ich zog den Krug mit der weißen Seele hervor und zog meinen Umhang eng um mich zusammen. Dann atmete ich aus und zog den Korken aus dem Krug. Ein einfacher umgekehrter Prozess, der aber hoffentlich ausreichen würde, um die Welt zu verändern. Jesus blieb eine halbe

Minute bewegungslos, und ich dachte, wenn uns das hier nicht gelänge, dann würde alles Leid der Welt auf meinen Schultern ruhen. Aber dann geschah das, worauf wir beide gehofft hatten. Die Seele beendete ihren Wirbeltanz in der Luft und näherte sich Jesu Gesicht, umkreiste Augen und Mund und war dann plötzlich verschwunden. Im selben Moment zuckten die Augenlider, der Mund bewegte sich und die Beine fingen an zu zittern. Als Jesus die Augen öffnete, wusste ich, dass wir es geschafft hatten, und mich erfüllte ein Siegesrausch, wie man ihn nur empfinden kann, wenn man sich selbst besiegt hat.

Wir umarmten einander wie Brüder und sprachen über das, was geschehen war. Unsere Mahlzeit aus Brot und Wein und Wasser war himmlisch in ihrer Schlichtheit und gab Jesus etwas von den Kräften zurück, die er verloren hatte. Seine Wunden sprangen wieder auf und bluteten, und ich behandelte ihn so gut ich konnte mit Salben und Heilkräutern, bis er die Hände aneinanderrieb, in dem Versuch, Leben in seine tauben Finger zu bringen.

Dann saßen wir da und sprachen über die entsetzlichen Geschehnisse. Jesus konnte noch nicht über die Folter sprechen, er sagte nur, dass er sich viele Male gefragt habe, ob es das wert gewesen sei. Wir diskutierten über unsere Aufgaben in den kommenden Wochen und beschlossen, uns jeden Abend bei der Höhle zu treffen und unser weiteres Vorgehen zu besprechen. Gleich darauf trat ich aus der Höhle und stellte mich vor den Eingang, gerade rechtzeitig, um die beiden Frauen den Hang heraufkommen zu sehen. Als sie mich erreicht hatten, sagte ich, so in etwa, ihr Meister sei von den Toten auferstanden und sie sollten diese Botschaft allen mitteilen, denen sie begegneten. Nur über meine Rolle sollten sie schweigen, sie sollten nicht verraten, dass wir den Stein gemeinsam weggerollt hatten. Es sei Jesu Wunsch, dass alles so geschähe. Sie stimmten ohne das geringste Zögern zu und damit hatte ich meine Aufgabe erfüllt. Ich verließ die Frauen, ging in die Stadt und kehrte dann zurück zu meinem Freund, wo ich mich für die nächste Zeit einquartiert hatte.«

Mein Caipirinha-Glas war fast leer. Es war dunkel geworden, aber ich zündete weder Kerzen noch Lampen an. Es kam mir auf seltsame Weise beruhigend vor, die Stimme des Todes die vertraute Geschichte auf ihre Weise erzählen zu hören, so, als besäße er die alleinige Wahrheit.

»Es dauerte nicht lange, und schon kam es genauso, wie wir erwartet hatten. Die Gerüchte von Jesu Auferstehung von den Toten breiteten sich aus, erst in der unteren Welt, dann immer weiter. Es wurde getuschelt, er sei von einigen Frauen entdeckt worden und danach habe er sich zu seinen Schülern begeben, seinen Jüngern. Es hieß auch, er predige wieder und arbeite noch intensiver an der Ausbildung seiner Jünger, damit diese weitermachen könnten, nachdem er endgültig die Welt verlassen hätte. Manche taten das als leeres Gerede ab und behaupteten, die Jünger hätten Jesu Leichnam ganz einfach gestohlen und sich alles Weitere aus den Fingern gesogen. Jesus und ich sahen uns regelmäßig und diskutierten das weitere Vorgehen. Er beklagte sich darüber, dass seine eigenen Jünger noch immer nicht den nötigen Mut aufbrachten und viel zu abhängig von ihm waren. Wir mussten den letzten Akt immer wieder aufschieben, bis wir endlich das Gefühl hatten, dass alles funktionieren könnte. Jesus hatte sich überlegt, wie wir den Glauben der Zweifler kräftigen könnten, und damit war der Fall entschieden. Eines Tages verabschiedete er sich von seinen Jüngern, und dann inszenierten wir die Abschiedsvorstellung, die wir bis ins kleinste Detail geplant hatten. Es reicht sicher, wenn ich sage, dass es für die Zuschauer aussah, als ob er mit einer Wolke in den Himmel verschwand, während er sich in Wirklichkeit einige Minuten darauf wieder zu mir gesellte.

Danach nahmen wir bis auf weiteres Abschied voneinander. Ewiges Leben wollte er, und ewiges Leben bekam er, dafür sorgten die Höchsten. Die Höchsten, ja … wir waren gleich zu Anfang hinbestellt worden, um eine Erklärung abzugeben. Und nun konnten wir das nicht weiter aufschieben. Ich hatte sie noch nie so wütend gesehen. Sie behaupteten, unsere Rebellion könnte die Menschheit für immer in zwei Lager spalten, und das würde das Gleichgewicht im theologischen Angebot stören. Wir verteidigten uns. Erklärten, dass wir durch unser Vorgehen eine Lösung für die geschaffen hätten, die eine gewisse Endgültigkeit nicht akzeptieren konnten … dass alle am Ende die Wahrheit erkennen würden, aber dass die Angst auf der Welt durch dieses Exempel zumindest für manche gemildert werden könnte … wir argumentierten, wir hätten eine Medizin für ein Leiden gefunden, das freilich auch auf andere Weise behoben werden könnte, die aber auf ganz neue Weise wirkte. Am Ende ließen sie uns gehen. Bis heute weiß ich nicht, ob sie uns verziehen haben, dass wir in einer so wichtigen Frage eigenmächtig gehandelt hatten, aber sie übten ja auch Rache. Sagten Jesus, wenn er gewollt habe, dass die Menschen an ein ewiges Leben glaubten, dann sei es auch seine Pflicht, auf ewig durch die Welt zu wandeln und es zu beweisen, wieder und wieder. Sie weigerten sich, seine Seele entgegenzunehmen, verlangten stattdessen, dass er sie selbst verwaltete, jahraus, jahrein, um das zu vollenden, was er zusammen mit mir begonnen hatte. Nicht wie bei anderen großen Propheten, deren Seelen von Zeit zu Zeit in neue Körper wandern. Mir nahmen sie übrigens für lange Zeit die freie Entscheidung, ich musste Befehlen gehorchen, sogar reichlich brutalen. Jesu Anhänger, die Christen, wie sie genannt wurden, wurden viele Jahre unbarmherzig verfolgt und mir waren die Hände gebunden. Bis sie ihre Maßregeln wieder lockerten, vielleicht hatten sie eingesehen, dass unser Vorgehen doch nicht ganz falsch gewesen war. Denn viele Seelen waren jetzt wirklich ruhiger geworden. Und ich traf nicht mehr nur auf Entsetzen und Geschrei, sowie ich ein Sterbezimmer betrat.«

»Welches Ende hatten die Höchsten denn für Jesus vorgesehen?«

Die Stimme des Todes schien von weither zu kommen.

»Das weiß ich nicht, Erica. Ich weiß es bis heute nicht. Keiner der Höchsten, wirklich keiner, hat sich verplappert oder auch nur angedeutet, was sie vorhatten. Ab und zu habe ich das Gefühl … dass sie ähnliche Pläne hatten, aber dass sie mich davon ausschließen wollten. Manchmal aber … ja, Tatsache ist, dass ich niemals einen Befehl erhalten habe, der ihn betraf. Alles war weiß. Blank.«

»Und was ist aus Jesus geworden?«

»Jesus ist, genau wie ich, verdammt, unter den Menschen zu wandeln und auf seine Art zu wirken, so, wie ich auf meine wirke. Seine Aufgabe ist es, zu versuchen, die guten Kräfte zu stärken. Hier eine Begegnung mit einem Menschen, dort ein Zufall, der aussieht wie Schicksal, eine Barmherzigkeit im Barbarentum, wenn alles gutgeht, eine Entscheidung, ein Ruck, der etwas in eine bestimmte Richtung bewegt … ja, du siehst schon, seine Aufgabe ist keine leichte. Meine Aufgabe ist weiterhin Seelen zu sammeln, aber mit dem Unterschied, dass sich jetzt, wer das will, an die Tatsache klammern kann, dass mich einmal ein Mensch besiegt hat und dass das vielleicht wieder passieren kann. Für viele ist das genug.

Jesus und ich … wir folgen auf Erden unseren Wegen, suchen unsere Menschen auf und tun unsere Pflicht … und dann treffen wir uns und ziehen Bilanz. Wir glauben, dass das, was wir getan haben, das Größte ist, das jemals in dieser Existenz vollbracht worden ist. Die Angst ist kleiner geworden, und vielleicht wird das Gute siegen. Überdies ist es immer noch so, dass auf einen Menschen, der mich im Glauben an das ewige Leben und damit ohne Angst erwartet, zwei oder drei kommen, die mich empfangen wie immer. Mit dem Glauben an Buddhas Lösung. Oder Mohammeds. Oder Aristoteles'. Und alles ist gleich gut, solange sie nicht schreien und sich wehren, wenn sie mich sehen. Aber in letzter Zeit hat alles sich verändert …«

»Wie denn?«

Er gab keine Antwort. Das Schweigen war lang, länger, am längsten. Vielleicht würde ich keine Antwort erhalten und sollte mir für den Rest meines Lebens den Kopf darüber zerbrechen. Am Ende sagte er doch noch:

»Jetzt wissen wir weder aus noch ein. Es kommt immer häufiger vor, dass keine der genannten Lösungsvorschläge ausreicht. Alle Arten von Glauben sind verschwunden. Gleichgültigkeit hat sich breitgemacht. Und vor allem die Einsamkeit. Immer mehr haben das Gefühl, außerhalb der Menschheit zu leben. Jesus glaubt, vor tauben Ohren zu predigen. Ich ringe mit demselben Problem. Finde immer seltener jemanden, der bereit ist, die Grenzen zu dehnen. Und da sitzen wir dann mit unserem Wein. Zwei Männer mittleren Alters, die einmal an die Weltrevolution geglaubt hatten. Geschlagen. Von einer Frau. Von einer Frau, die sich noch dazu weigert, im selben Tempo zu altern wie wir. Jesus leidet an der Gicht, und ich habe Rückenprobleme, keiner von uns kann noch loslegen wie früher … und sie, sie tanzt uns einfach auf der Nase herum.«

»Und was machen die ganzen anderen Propheten?«

»Die tun ihr Bestes. Aber anders als ich, können sie durch ihre Seelen wirken. Sie müssen nicht ihre alten Körper mit sich herumschleppen. Selbst, wenn auch das langsam nebensächlich zu werden scheint.«

»Wenn nicht einmal die Höchsten eure Meinung darüber teilen, was Jesu Platz hier unten auf der Welt ist … wie sollen wir Menschen das dann verstehen können?«

Der Tod gab keine Antwort. Wir saßen lange da, dann erhob er sich, kam auf mich zu, beugte sich über mich und streichelte meine Haare. Es gab nur ihn und keinen anderen. Den lebendigen Tod, den warmen und weichen. Den menschlichen.

»Ich gehe jetzt schlafen. Kommst du nach?«

Ich nickte zur Antwort, küsste ihn leicht und entließ ihn dann in das kleine Universum, das bald uns beiden gehören würde. Ich blieb dann jedoch länger sitzen, als ich das vorgehabt hatte. Ich blieb sitzen, bis die Nacht mich so dicht umgab, dass ich schließlich keinen Unterschied mehr zwischen mir und der Dunkelheit draußen wahrnehmen konnte. Wir hatten uns in perfekter Symbiose vereint. Alles, was ich vor mir sehen konnte, waren unterschiedliche Stadien der Dunkelheit.

KAPITEL 15

Wie tötet man ein Kind, wenn man nicht ganz so drastisch wie vor zweitausend Jahren vorgehen und eine Kreuzigung wählen will? Es gibt natürlich Variationen zum Thema, aber natürlich hat sich körperliche Misshandlung fraglos als effektiv erwiesen. Man kann die Beine eines sehr kleinen Kindes packen und es einfach hin und her schwenken, bis zwischen Schrank und Wand etwas Lebenswichtiges zerbricht. Oder das Köpfchen so heftig schütteln, bis es nicht mehr aushält und schließlich den Kontakt zum Rest des Körpers und zum Verstand abbricht. Tritte und Schläge gegen die richtigen Stellen funktionieren ebenfalls, möglicherweise auch mit Unterstützung von Waffen. Alles schon ausprobiert worden. Klappt.

Oder warum sie nicht gleich in den Krieg schicken, ausgerüstet mit Waffen für Erwachsene, um sie das Handwerk der Erwachsenen ausführen zu lassen, sie vielleicht sogar als menschliche Schutzschilde zu verwenden. Als Minensucher und Minenfinder. Oder den Hunger zu Hilfe nehmen, den Durst, fehlende Kommunikationsmöglichkeiten. Wenn es darum geht, Kinder zu töten, waren Menschen schon immer erfinderisch.

Wer körperliche Verletzungen nicht so charmant findet, kann noch immer die Möglichleit verbaler Misshandlung in Betracht ziehen, die vielleicht die physischen Organe nicht beeinflusst, dafür aber umso mehr die so genannten seelischen.

Man braucht dem neugeborenen Kind lediglich vom ersten Atemzug an zu erzählen, dass es nichts wert sei, dass es niemals eins der hochgesteckten Ziele erreichen werde, die im Angebot sind. Stiche dieser Art sind ebenfalls sehr wirkungsvoll, die Schuldbewusstsein erzeugenden Kommentare. Wenn man das geschickt und konsequent durchzieht, kann eine Kinderseele damit in ziemlich kurzer Zeit abgetötet werden. Übrig bleibt dann eine Seele, die sich durch eine geistige Wüste dahinschleppt, vielleicht nicht tot im medizinischen Sinn, aber eben doch tot. Eine Variante ist übrigens, das Verbale durch das Sexuelle zu ersetzen.

Oder man macht es wie ich. Tötet ein Kind nicht, sondern lässt es seinem Schicksal begegnen. Einem Schicksal, das immerhin dazu beitragen wird, dass jemand anders gerade heute länger leben darf. Da ich außerdem dafür sorgen wollte, dass diese Seele nicht den Umweg über irgendeine Seelenbank nehmen, sondern relativ unmittelbar zur Wiederverwertung geschickt würde, ging es ja eher darum, Leben zu geben, statt Tod zu bringen. Eine Seele würde noch einige Jahre bekommen. Und ich würde mir auf die Schulter klopfen und stolz und selbstzufrieden behaupten können, dass meine Taten über jeglichen Tadel erhaben seien, da sie ja einem höheren Zweck dienten.

Ich saß am Küchentisch, trank Kaffee und blätterte in der Zeitung, während ich versuchte, den richtigen Trick zu finden. Der Tod und ich hatten eine unruhige Nacht miteinander verbracht. Am Ende waren wir als ruhelose und schweißnasse Verflechtung eingeschlafen, sorgfältig beobachtet von der Spinne, die sich wirklich zum Bleiben entschlossen hatte. Der Tod war offenbar in aller Herrgottsfrühe aufgestanden, denn als ich in die Küche kam, hatte er wieder mit Kaffee, Milch und warmen Brötchen zum Frühstück gedeckt. Auf dem Küchentisch lag ein Zettel, auf dem er in schwarzer Tinte kundtat, dass er nicht gerade gut geschlafen habe und sich deshalb den Tag freinehmen und vielleicht einen Ausflug mit einer Schärenfähre machen und dem Horizont guten Tag sagen wollte. Da es jetzt neun Uhr war, bedeutete das, dass er sehr, sehr früh aufgestanden sein musste, so früh, dass ich vermutlich nicht mehr als Schlafmittel gewirkt hatte. Auf dem Zettel stand außerdem, dass er, der Tod, dankbar sein würde, wenn ich mich nach eigenem Gutdünken um ein oder zwei Todesfälle kümmern könnte, da ihm im Moment einfach Inspiration und Kreativität fehlten. Umhang und Sense fänden sich in der Diele, auch wenn ich, wie er ebenfalls mitteilte, genausogut auf die Sense verzichten könnte, die ja doch ein ziemliches Gewicht hatte.

Ach, ihm fehlte es also an Inspiration und Kreativität. Typische Ausreden für einen, der eigentlich zu faul ist, um seinen inneren Schweinehund zu bekämpfen. Maggans Weissagungen erfüllten sich eine nach der anderen, und Carina Saléns Worte standen vor mir wie in Stein gehauen. Dass er nicht da war, als ich aufwachte, passte auch ins Bild. Mir machte das nichts. Ich hatte schon geahnt, dass ich an diesem Tag freie Hand haben würde, und nur dann konnte mein Plan auch klappen. Der neue Zettel des Todes gab mir noch dazu eine gottbegnadete Möglichkeit, den Stil der Nachricht zu kopieren, deren Inhalt ich dagegen gleich wieder vergessen würde. Zum Glück hatte die Lage sich beruhigt, kein Wasserkocher winkte mir zu, und kein Bild drohte, aus seinem Rahmen zu springen. Meine fieberhafte Wanderung durch die Stadt vom Vortag erschien mir jetzt als seltsame Illusion, als Egotrip in die Unterwelt.

Ich schlug nach neuer Gewohnheit, die bereits zur alten geworden war, die Todesanzeigen auf, und fand das Gesuchte direkt. Gustaf Sjökvist. Und daneben, in derselben Anzeige, auch Agnes Sjökvist. Agnes war nur zwei Tage nach Gustaf gegangen. So rasch konnte das also gehen, wenn jemand zum Sterben entschlossen war. Die Kraft der Gedanken war also ebenso wichtig, wenn es darum ging, den Tod zu finden, wie sich ans Leben zu klammern. Unter den Trauernden waren vier Kinder und etliche Enkelkinder aufgeführt. Es stand nicht, wieviele, sondern nur »die Enkelkinder«. Das Gedicht, das dort abgedruckt war, war kein McDonald's-Gedicht von irgendeinem Bestattungsunternehmen, sondern ein selbstausgesuchtes über das Schicksal der Menschen.

Auf einer anderen Seite stand ein längerer Nachruf auf Gustaf und Agnes und ihr gemeinsames Leben, verfasst von einem Mann, der ebenfalls Sjökvist hieß und in dem ich die Person vermutete, die ich im Krankenhaus für seinen Sohn gehalten hatte. Der Text war geprägt von Zuneigung und Respekt und erzählte die Geschichte von Gustaf und Agnes und ihrer Kindheit in Småland und Bohuslän, vom gemeinsamen Studium in Uppsala, von der frühen Verlobung und dem langen gemeinsamen Leben, von den Berufen der beiden und vor allem vom beiderseitigen Interesse an Israel und der Lage im Nahen Osten. Es war auch die Rede von der ständigen Fürsorge für Familie und Freunde, von hehren Idealen und großen Taten. Der Tod hatte gesagt, dass Gustaf geizig gewesen sei, aber das wurde hier nicht erwähnt.

Seltsam eigentlich, dass alle Menschen, deren Nachruf in der Zeitung veröffentlicht wurde, immer besser gewesen waren als andere. Dass sie Bahnbrecher gewesen waren, Inspiratoren und Initiatoren, dass sie Widerstände mit Geduld oder Kraft gemeistert hatten und dass sie bei Familie, Freunden und Kollegen Weihnachtsglanz und Glitter versprüht hatten. In Gustafs Fall hatte es sicher gestimmt, aber ich ertappte mich bei der Überlegung, was passieren würde, wenn jemand einen Nachruf aufsetzte, der eben nicht ungeteilt positiv wäre. Kajsa Soundso ist tot … und ich muss sagen, dass niemand von uns sie sonderlich betrauert. Sie war so kleinlich und gierig und hat immer nur schlecht über andere gesprochen. Zu Hause hat sie Mann und Kinder mit ihrem Geiz und ihrer schlechten Laune gequält, und bei der Arbeit hat sie nach unten getreten und nach oben gebuckelt. Sie hatte keinerlei Interessen, außer vor dem Fernseher zu hocken, und intelligent war sie auch nicht. Sie las niemals ein Buch und warf nie Geld in die Sammelbüchsen von Amnesty oder der Heilsarmee und kaufte niemals die Obdachlosenzeitung. Was soziale Kontakte anging, so beschränkten die sich auf ein Treffen alle fünf Jahre, mit alten Schulkameradinnen, die ebenso dumpf waren wie sie selbst. Im Grunde trauern nur sehr wenige um Kajsa, aber sie möge trotzdem in Frieden ruhen.

So etwas irgendwann einmal zu lesen, wäre mehr als befreiend. Aber es würde niemals passieren. Vermutlich wäre die Angst vor einer namenlosen Rache aus dem Jenseits oder vielleicht auch von den Nachbarn zu groß.

Meine Gedanken machten einen Umweg und fanden sich plötzlich bei dem, was der Tod über Jesus und den Pakt erzählt hatte, der sie beide in gewisser Weise zu ewigem Leben verurteilt hatte. Es war schwer, das alles zu glauben. Die Existenz des Teufels war mir plausibler erschienen, da ich, wie die meisten, glaubte, schon am Bösen geschnuppert zu haben und davon berührt worden zu sein. Aber Jesus auf Markt und Straßen, wie der Tod behauptet hatte? Müsste das dann nicht doch irgendjemandem aufgefallen sein? Ein Mann mit dieser Kraft müsste doch Aufmerksamkeit erregen. Seelenwanderung konnte ich vielleicht akzeptieren, aber ewiges Leben in einem ewigen Körper? Selig sind natürlich die, die in der Lage sind zu glauben ohne zu sehen, aber ich gehörte zu den Unseligen, obwohl ich dem Tod ansonsten Glauben schenkte. Er hatte sicher in Bildern gesprochen oder es wie Tom gehalten und die zeitliche Perspektive verschoben. Aber egal wie es wirklich war, Jesus hatte nichts mit der Arbeit zu tun, die an diesem Tag vor mir lag.

Ich nahm den Notizblock vom Kühlschrank, und sein Papier hatte verdächtige Ähnlichkeit mit den Zetteln, auf denen der Tod seine Nachrichten hinterließ. Also ging ich in die Diele, wo tatsächlich der Umhang hing, und zog eine Glasflasche aus einer der Innentaschen. Vorsichtig zog ich den Korken heraus und betrachtete ihn und die Flasche. Beide sahen aus wie ganz normale Gebrauchsgegenstände, das Glas war nicht sonderlich fein geschliffen und der Korken auch nicht von höchster Qualität. Ich lege beides auf den Küchentisch und holte meinen frischerworbenen Füllfederhalter. Die Tinte floss über das Papier und bildete hier und dort Kleckse, aber meine Schrift wurde doch verschönt und sah auf unheimliche Weise prätentiöser und autoritärer aus als jemals sonst, obwohl die Schrift noch immer meine alte war. Ich schrieb und schrieb, bis der Füller mir wie ein sechster Finger in der Hand lag, und fing dann an, die Handschrift des Todes nachzuahmen. Sie ließ sich nicht gerade leicht kopieren, mit ihren Schlingen um s und o, aber am Ende glaubte ich doch, ein akzeptables Fälschungsniveau erreicht zu haben.

Ich krempelte mir die Ärmel hoch, holte tief Luft und schrieb dann mit der Handschrift des Todes die Namen von Tom und Anette auf einen neuen Zettel, Maggan hatte mir keine weiteren Instruktionen erteilt, ich musste mich darauf verlassen, dass so viele Informationen wie möglich die zuverlässige Auslieferung sicherstellen würden. Zu den Namen schrieb ich ein mutmaßliches Geburtsdatum sowie Stockholm und Toms Mobilnummer. Das konnte doch nicht missverstanden werden. Dann faltete ich den Zettel zusammen und wickelte ihn um den Korken, wie Maggan es gesagt hatte. Ich würde die ganze Herrlichkeit erst wieder öffnen müssen, um Arvids Seele hineinzulassen, aber jetzt war alles dort, wo es sein sollte. Wer sich mit Seelenwanderung einlässt, findet ein Ventil für die eigenen Kontrollbedürfnisse.

Das Klingeln des Telefons bot eine willkommene Unterbrechung in meinen Vorbereitungen, und ich legte die Flasche vorsichtig auf den Küchentisch und nahm den Hörer von der Gabel. Ich brauchte mich vor keinem Anruf mehr zu fürchten, wenn es Tom wäre, würde ich sofort auflegen, und alle anderen konnten die Behandlung erwarten, die sie verdienten. Es war Martin.

»Erica. Hallo. Wie geht's dir denn?«

»Gut.« Diese Antwort taugt für fünfundneunzig Prozent aller Gespräche. Erheischt keine Anschlussfragen, keine ausführlichen Begründungen, keine Erläuterungen.

»Hier auch. Totaler Orkan, natürlich, aber so langsam kann ich doch ein wenig Struktur in das ganze Elend bringen. Es ist wirklich möglich, das Chaos zu strukturieren, hast du dir das schon mal überlegt? Einar Salén hatte absolut keine Ordnung in Unterlagen oder Unternehmungen. Man fragt sich, was in seinem Kopf vorging. Aber das werden wir nie erfahren.«

Er holte so lange Atem, dass ich den Impuls unterdrücken konnte zu beschreiben, wie Einar Saléns Gehirn vor rotem Hintergrund ausgesehen hatte.

»Nicke war mit den Bildern hier. Kam nicht nur rechtzeitig, sondern früher als abgemacht, mit einem ganzen Stapel, den er als provisorisch bezeichnet, aber der so verdammt professionell ist, dass es reichen müsste, um den Typen einzurahmen und an einer sichtbaren Stelle aufzuhängen. Eigentlich reden wir hier von Kunst und nicht von Reklame. Ich wusste gar nicht, dass du so verdammt madonnenhaft aussehen kannst. Und dieser John scheint ja der absolute Fund zu sein. Ich kann dir sagen, Erica, wenn das nicht der war, den du neulich nachts vor der Tür gesehen hast, dann fress ich meinen Hut und meine Unterhose. Bist du sicher, dass er Malkolm nicht gekannt hat?«

Meine Magensäure stieg meinen Hals hoch, und ich spürte, wie es brannte.

»Nein, das glaube ich wirklich nicht. Übrigens war die Polizei am Sonntag hier, ich hab vergessen, das zu erzählen. Ich wusste gar nicht, dass unsere Polizei so effektiv arbeitet, aber jedenfalls hatten sie Malkolm schon obduziert und ...«

Ich verstummte. Es gab keinen Grund, Martin darauf aufmerksam zu machen, dass Lena Rosseus erwähnt hatte, dass jemand auf dem Parkplatz, wo für Gabriella das Beil gefallen war, eine Gestalt wie den Tod gesehen hatte. Ich musste diesen Patzer auswetzen und zwar sofort.

»... und außerdem hatte dieser Arzt erzählt, was ich gesehen hatte, sie wissen also Bescheid. Aber ich habe mir alles noch einmal überlegt und frage mich jetzt, ob ich wirklich gesehen habe, was ich zu sehen glaubte. Ich hatte vielleicht viel zuviel getrunken und habe den Irrtum eines nächtlichen Besuchers viel zu ausschweifend interpretiert. Das habe ich der Polizei übrigens auch gesagt.«

»Jaaa.« Martins Antwort klang, als verschöbe er die Verwunderung auf einen Moment, in dem er weniger zu tun haben würde. »Jedenfalls möchte ich gern, dass du sofort herkommst, um dir die Bilder anzusehen. Festzustellen, wie die Wirkung geworden ist. Und dir davon ausgehend zu überlegen, wie du einen Text formulieren kannst, der ein dermaßen existenzielles Bild in einen entsprechenden kommerziellen Zusammenhang bringt. Und diesen Mutmacherkram hinkriegt, dass das Leben trotz allem herrlich ist, wie wir besprochen haben, wenn auch das Bild den genauen Gegensatz ausstrahlt. Ich meine das nicht ironisch, Erica. Ich finde die Bilder fantastisch, aber du musst auch fantastisch sein, wenn wir das alles schaffen wollen.«

»Wie geht es Birgitta? Ich war gestern bei ihr, und das mit dem Schmuck ist doch schrecklich, Martin. Habt ihr Anzeige erstattet? Oder mit einer Versicherung gesprochen? Birgitta schien nicht zu glauben, dass sich etwas machen lässt, aber damit kann ich mich nicht so leicht abfinden. Du schaffst es doch sonst immer ...«

Martins Stimme wurde kalt.

»Sie war sicher aufgewühlt, als sie das gesagt hat; als ich nach Hause kam, hatte sie sich so weit beruhigt, dass sie für meine Vorschläge zugänglich war. Sie wollte heute mit der Versicherung sprechen und den Verlust melden. Wir werden die Wahrheit wohl ein wenig frisieren müssen, vielleicht sollten wir nicht erzählen, dass er den Schmuck verkauft hat, sondern eher, dass er ihn zum Spielen mit nach draußen genommen hat … was ja auch irgendwie stimmt … Ich glaube ja auch nicht, dass die Polizei etwas machen kann, aber wer weiß, vielleicht taucht etwas in irgendeinem Antiquitätenladen auf oder bei einer Auktion … einige Stücke sind nicht nur von einem gewissen Wert, sondern unter Kennern auch bekannt … und dann haben wir jedenfalls Anzeige erstattet. Ich habe größere Hoffnungen, was die Versicherung angeht. Da gibt es durchaus barmherzige Menschen, wenn man nur das Glück hat, sie zu finden. Birgitta hat gesagt, dass du heute Arvid betreuen willst, so dass sie eine Menge Arbeit wegschaffen kann. Lieb von dir.«

Ich brachte etwas heraus wie sicher, ist doch klar, und Martin schlug vor, ich sollte so rasch wie möglich kommen, was ich versprach. Er war auch diesmal in keiner Stimmung für Privatgespräche, und ich hatte nicht vor, ihn zu zwingen. Ehe ich losging, dachte ich noch, dass Dienstag war, es war genau eine Woche her, dass Tom mich im Restaurant verlassen hatte. Alles, was damals ins Rollen gebracht worden war, näherte sich jetzt, eine Woche später, seiner Vollendung. Ich hatte also einen Tag länger gebraucht als Gott bei der Erschaffung der Welt, und ich hatte auch keinen Ruhetag eingelegt.

Die Veränderung war greifbar, sowie ich Eiras Zimmer betrat. Schreibtisch, Bilder und Schrank befanden sich zwar noch an Ort und Stelle und Eira saß wie immer auf ihrem Stuhl, aber ohne die Selbstverständlichkeit, die sie sonst ausstrahlte, wenn ein Gast die Tür öffnete. Als Erstes fiel mir ihr grauer Haaransatz auf. Da sie die Haare immer als allerwichtigste Zier der Frau bezeichnet hatte, war das eine beängstigende Abweichung von der Normalität. Ich bekam meinen grünen Tee und trank ihn, während Eira ihre vermutlich fünfte oder sechste Tasse Kaffee an diesem Morgen kippte. Sie redete los, sowie ich mich ihr gegenüber hingesetzt hatte.

»Sicher hat Gott deshalb die Frau erschaffen. Weil er irgendwann einmal gesehen hat, dass der Mann keine Chance hätte, allein zurechtzukommen. Und jetzt hab ich meinen Alten zu Hause so satt, dass ich ihn mit den anderen Alten losschicken muss, glaub mir, ich halte das nicht aus. Wozu ist er denn gut? Was unternimmt er, um Ordnung in was auch immer zu bringen? Und Robert? Er ruft nicht an und sagt nichts, und jetzt werden wir ja sehen, ob er auf Dauer von zu Hause ausgezogen ist, denn er lässt nichts von sich hören und kommt fast nie ans Telefon, wenn ich anrufe, und Nils könnte ihn doch auch einmal anrufen, aber glaubst du, das tut er? Nix da. Wenn Stress die einzige Todesursache wäre, dann wäre er der erste und einzige Mensch, dem das ewige Leben gewährt werden würde.«

Mir war klar, dass Eiras Erregung weniger mit ihrem Mann als mit ihrem Sohn zu tun hatte und dass die Ereignisse der letzten Tage ihr gesamtes Weltbild auf den Kopf gestellt hatten. Gabriella war in ihren Augen die Wurzel allen Übels gewesen, und jetzt war das Paradoxon eingetroffen, dass Gabriellas Tod Eiras Sorgen vermehrt hatte, statt sie zu verringern. Ich wagte nicht zu fragen, ob Eira eine Ahnung hatte, was der Umzug zu Gabriellas Mutter zu bedeuten haben könnte, ob es sich nur um eine ganz normale und sogar gesunde Emanzipation handelte oder um etwas anderes. Mein betäubtes Gewissen hatte, seit Eira von Roberts Umzug erzählt hatte, immer wieder kleine Versuche gemacht, sich zu rühren, aber bisher hatte ich es immer zurückdrängen können. Gabriella war ein Testfall gewesen und nicht die Folge eines gut überlegten Planes. Vor allem erschreckte es mich eigentlich, dass ich so wenig Mitgefühl mit Gabriellas Mutter hatte. Wie war es möglich, den weniger vom Glück Begünstigten so wenig Barmherzigkeit entgegenzubringen, bloß weil sie sich nicht so verhielten, wie die mehr vom Glück Begünstigten es von ihnen erwarteten?

Ich trank meinen Tee und fragte, ob ich zu Martin hineingehen dürfte. Eira schnaubte.

»Ja, tu das. Stör sie. Sie ist jetzt schon eine ganze Stunde bei ihm, und es wäre klug von ihm, wenn er jetzt wieder erreichbar wäre.«

Ich ging zu Martins Tür, klopfte und wartete, öffnete sie dann aber selbst, als ich keine Antwort hörte. Die beiden Personen am Schreibtisch kehrten mir den Rücken zu und merkten noch immer nichts. Sie schienen total in ihr Gespräch vertieft zu sein. Erst war ich unsicher, ob ich wieder gehen sollte, aber dann entschied ich mich aus irgendeinem Grund für das Gegenteil. Ich sagte mit gedämpfter Stimme »Martin« und ging einige Schritte weiter. Martin und sein Besuch sprangen auf und drehten sich zu mir um. Ich erkannte die Frau sofort. Es war Carina Salén.

Sie sah apfelhafter aus, als die Polizei erlaubte. Ihre dunklen Haare fielen ihr über die Schultern, ihre Wangen waren rot, und ihre Jacke nahm das Rote auf und führte es weiter zum restlichen Körper, während die schwarze Hose den kräftigen Oberschenkeln schmeichelte und in den hochhackigen Stiefeln verschwand. Ihr Schnurrbart war noch vorhanden, wirkte aber gezähmt und wie ein Schmuck. Es schien ihr so unverschämt gut zu gehen, dass ich fast wütend wurde, obwohl ich ihr doch zu diesem Glückszustand verholfen hatte. Martin dagegen war schweißnass und hatte dunkle Ringe unter den Augen.

»Erica. Hallo. Ich hab dich gar nicht kommen hören. Lass dich vorstellen. Das hier ist Carina. Carina Salén, verheiratet mit meinem Kollegen Einar Salén, der sich erschossen hat. Entsetzlich.«

Während er redete, trat ich vor, nahm Carinas Hand und

stellte mich vor. Die nächsten Minuten würden verlangen, dass wir alle drei unsere Rollen spielten, damit die Illusion nicht platzte. Ich musste so tun, als ob ich Carina Salén noch nie gesehen hätte und als ob ich absolut nicht wüsste, dass sie Einar umgebracht hatte. Auf meine Initiative zwar, aber dennoch hatte sie die Pistole gehalten. Sie ihrerseits musste so tun, als hätte sie keine Ahnung davon, wer ich war, und dass sie vielleicht nur für kurze Zeit Witwe sein würde. Und Martin musste wohl so tun, als hätte er mir nicht so viel über Einar Salén erzählt, damit die unglückliche Witwe nicht auf den Boten wütend werden müsste. Außerdem musste er sich so verhalten, dass das feine Gefühl von Intimität, das ich wahrgenommen hatte, sowie ich durch die Tür getreten war, in ein vollständig normales, persönliches Gespräch zwischen einer Witwe und dem Mann überging, der die Arbeitsaufgaben des Verblichenen übernommen hatte. Vielleicht wussten sie schon, dass sie Einar Salén beide verabscheut hatten, aber das durfte hier in diesem Zimmer nicht erwähnt werden. Bizarre Spielregeln, bizarrer als in irgendeinem Gesellschaftsspiel für Teilnehmer zwischen neun und neunundneunzig Jahren. Carina Salén schien die Situation am wenigsten zu belasten.

»Erica. Hallo, Martin hat schon von dir erzählt. Das heißt, er hatte die Bilder auf dem Tisch liegen, und ich musste sie mir einfach ansehen. Wirklich verdammt gut. Ach, Verzeihung, wie drücke ich mich denn aus. Aber was für ein Erlebnis, dem Tod leibhaftig zu begegnen. Zumindest auf Bildern.«

Auch wenn sie ihre Stimme seit unserer letzten Begegnung zu einer leichteren Variante gezähmt hatte, so verstand ich doch sofort, was sie wirklich sagen wollte. Spiel du dein Spiel, was immer das sein mag, wenn du mich meins spielen lässt. Betrachten wir uns als zwei parallele Linien, die einander niemals begegnen. Das ist für uns beide das Beste. Ich stimmte zu, ohne auch nur ein Wort zu sagen, und überließ die Fortsetzung des Gesprächs nur zu gern Martin.

»Ja, hier ist ganz schön viel los, wie gesagt. Aber Carina … Salén ist gekommen, um ein wenig Klarheit in Einars letzte Tage zu bringen. Es ist wichtig für uns hier in der Firma zu wissen, ob sein Selbstmord eine Privatsache war oder ob es um Arbeitsversäumnisse ging, die uns schaden können. Carina behauptet immerhin, dass sie ihres Wissen keine finanziellen Probleme hatten, und wir haben auch keine Fehler in der Buchführung gefunden, aber … aber warum erzähle ich dir das alles, das ist doch eine interne Angelegenheit. Behalte es also bitte für dich. Und Carina …«

Er wandte sich Carina zu und brachte sie zur Tür.

»Du rufst mich dann also heute Nachmittag an. Ich glaube nicht, dass wir sehr viel mehr wissen müssen. Aber es wäre gut, wenn wir in Kontakt bleiben könnten. Und sag Bescheid, wenn du irgendwelche Hilfe brauchst. Bei praktischen Dingen vor der Beerdigung … natürlich ist die Firma zur Stelle, wenn sie gebraucht wird. Und mein Beileid. Noch einmal.«

»Danke.« Carina Salén legte die perfekte Kombination von einstudierter Trauer und ebenso einstudierter Gleichgültigkeit in dieses abgenutzte kleine Wort. Sie verließ das Zimmer und hinterließ Martin und mich in einer Situation, die uns beiden nicht angenehm war. Die Arbeit half uns über die ersten, leicht belasteten Minuten hinweg, und bald hatten wir uns wie immer in den wunderbaren Kokon eingesponnen, der bei gemeinsamer und kreativer Arbeit entsteht und alle anderen Gefühle plötzlich auf den zweiten Platz verweist. Ich dachte noch, dass ein Großteil von Martins und meine Freundschaft sich gerade aus jenem Gefühl speiste, zusammen mehr zu erreichen als jeder für sich.

Die Bilder waren wirklich so gut, wie Martin am Telefon behauptet hatte. Ich befreite mich von dem Gefühl, mich selbst zu beobachten, und sah deshalb nur noch eine Frau auf einem Stuhl, eine Frau in mittleren Jahren, die nicht wusste, welchen Weg ihr Leben einschlagen würde oder ob sie die Möglichkeit hatte, diese Richtung zu beeinflussen. Nicke hatte mit allerlei Beleuchtung experimentiert, und die Gestalt auf dem Stuhl war auf manchen Bildern scharf konturiert, auf anderen so hell, dass sie nur noch zu ahnen war. Hinter ihr stand der Tod wie eine düstere Andeutung, bei der Umhang und Kapuze zwar deutlich sagten, wer er war, aber doch ein Rest von Zweifel blieb. Es war einfach genial, und ich wusste sofort, wenn ich einen raffinierten Text dazu ersinnen könnte, würde mir das eine Nominierung zu allen Werbepreisen sichern. Martin blätterte erregt die vielen Bilder durch.

»Ich weiß ja, dass Nicke ein Genie ist, aber das hier ... Scheiße, Erica, das lässt mein Blut gefrieren, und ich weiß nicht, warum. Allein, wie er mit dem Licht arbeitet, dieses Schwarze ... hast du das hier gesehen ... oder dieser Tod hier, Scheiße, ich sage, der Tod, aber ich meine natürlich John ... ja, also jedenfalls da, wo John fast verschwindet.«

Wir blätterten hin und her, hoben Bilder hoch und verglichen, kommentierten und diskutierten. Dann entdeckte ich einen weiteren Bilderstapel, den wir noch nicht durchgegangen waren. Die Fotos zeigten mich, und dort, wo der Tod hätte stehen sollen, war nur ein helles Loch. Oder genauer gesagt, dort war nur ein diffuses Licht, als wäre der Film falsch belichtet gewesen oder als wäre er in der Dunkelkammer nicht pfleglich genug behandelt worden. Im Hintergrund hörte ich Martin weiter reden.

»Kümmer dich nicht um die da, Nicke hat einige beigelegt, die total misslungen sind, aber er wollte doch, dass du einen Blick darauf wirfst. Ich soll dir ausrichten, dass er sowas noch nie erlebt hat, dass ein Motiv auf dem Bild plötzlich nicht mehr vorhanden ist, obwohl es nachweislich vor der Kamera gestanden hat. Ich kann mir ja denken, dass er auf Künstlermanier ausdrücken will, dass er mit seinen Flüssigkeiten herumgepanscht hat, aber er soll sagen, was er will. Es gibt jedenfalls Bilder genug, mit denen ich überaus zufrieden bin.

Wenn du einen Text hinkriegst, natürlich nur. Denn weiß der Teufel, wie unsere Kunden das sehen werden. Gentests und Tod in derselben Werbung, ich bin nicht sicher, ob das so gut geht.«

Ich gab keine Antwort, sondern versuchte, zumindest die Bilder herauszusortieren, auf denen der Tod nicht mehr vorhanden war. Nicke hatte sie aus einem einzigen Grund mitgebracht, und zwar, um mir zu sagen, dass etwas Seltsames passiert war, das er rein technisch nicht erklären konnte, und ich sollte das wissen, weil ich im Studio eben dieses Erlebnis gehabt hatte. Für ihn war der Fall damit vermutlich erledigt. Wieder staunte ich darüber, dass Nickes Liebe zu seiner Arbeit nicht nur seine Lebensweise prägte, sondern auch sein Denken, sein ganzes Weltbild. Ich selbst fühlte mich nur elend. Wenn ich Nicke richtig verstanden hatte, dann meinte er, dass in seinem Atelier etwas geschehen war. War das mein Tod gewesen, wenn auch in anderer Gestalt? Hatte der Tod ein anderes Gesicht, das er mir nicht zeigte, das Gesicht, das Beziehungen zu Frauen wie Maggan verschwieg? Oder bedeutete es nur, dass ich, ich verwerfliches Geschöpf, einen Hinweis auf meinen baldigen Untergang erhalten hatte?

»Darf ich die mit nach Hause nehmen?«

»Sicher. Das war doch der Sinn der Sache. Nimm sie mit und mach dir am Küchentisch Gedanken. Statt dir über andere Dinge den Kopf zu zerbrechen.« Martins Stimme zeigte jetzt wieder die Fürsorge, die er mir sonst erwies, und ich war deshalb nicht überrascht, als er sich als Nächstes nach Tom erkundigte. Ich antwortete, unsere Beziehung sei wohl mehr tot, als irgendeins dieser Bilder vermitteln könnte, und erzählte, er und Anette hätten sich offenbar schon vor Monaten ein Haus gekauft, und Tom habe mir alles verheimlicht.

»Das hätte ich nie gedacht. Ihr beide wart doch fast das perfekte Paar, ja, entschuldige diese Banalitäten. Eigentlich bringe ich das noch immer nicht mit dem Tom zusammen, für den ich ihn und seine Gefühle für dich gehalten habe. Wie gehst du damit um? Ich meine, wie wirst du damit fertig?«

»Ich weiß nicht, Martin. Ich weiß nicht, wie ich damit fertig werde. Du weißt es sicher besser, du siehst mich doch von außen. Sehe ich aus, als ob ich damit fertig würde? Als ob ich zu neuen Zielen aufgebrochen wäre? Sag du's mir, ich weiß nicht mehr weiter.«

Aus meinen Fragen sprach Verzweiflung, und als ich sie jetzt stellte, hatte ich das Gefühl, dass Martin mich durch die richtige Antwort retten könnte. Das tat er nicht. Er umarmte mich, schaute mir in die Augen und sagte, er bewundere mich, weil ich so gefasst wirkte, dann riet er mir, nicht zuviel in mir zu verschließen. Sein Duft kam meinen Nasenlöchern vertraut vor, und für einen flüchtigen Moment stand der Tod zwischen uns, die Tatsache, dass meine Begegnungen mit einem als Tod verkleideten Mann noch immer ihrer Erklärung harrten. Dann war es vorbei. Martin schaute auf die Uhr und fragte, ob es unhöflich sei, jetzt zu gehen, er habe nämlich einen Termin, der schon vor einigen Minuten angefangen habe. Ich sagte nein, es sei ganz in Ordnung, und versprach, mich zu melden, sowie ich ihm einen Text zeigen könnte. Er bedankte sich noch einmal dafür, dass ich mich um Arvid kümmern wollte, und ich wusste, dass wir uns schon in einigen Stunden wiedersehen würden, und dann würde er mich mit anderen Augen sehen, und es würde nie mehr so sein wie jetzt, denn dann würde ich den Tod seines jüngeren Sohns verursacht haben, direkt oder indirekt oder einfach als Zuschauerin.

Birgitta öffnete fast sofort auf mein Klingeln. Vielleicht hatte sie schon den ganzen Vormittag nervös hinter der Tür gestanden und darauf gewartet, dass ich mein Versprechen einlöste und ihr das gab, was sich kommunale oder staatliche Institutionen nicht leisten konnten, nämlich, ihr ein wenig Freizeit von ihrem behinderten Kind zu verschaffen. Sie wirkte etwas weniger heruntergekommen als am Vortag, in ihrem Gesicht fehlte das alkoholbedingte Make-down, und ihr ganzer Körper zeigte, wie sehr sie sich auf das freute, was jetzt bevorstand, ein freier Nachmittag. Sie bat mich nicht ins Haus, sondern schob Arvid, der schon angezogen war und von der Situation vollständig unbeeinflusst wirkte, als würde nicht er aus seinem Haus verjagt, sondern irgendein anderer, zu mir auf die Straße.

»Er hat Geld in der Tasche, für ein paar Süßigkeiten und so. Macht, was ihr wollt, aber ich glaube, er hat am meisten Lust auf Kino, oder was? Arvid? Wir haben doch heute Morgen darüber gesprochen. Er möchte gerne ins Heron City, wir waren einmal da, und er fand diese Spielgeräte und die vielen Restaurants ganz toll. Falls du das über dich bringst. Wenn ja, dann kannst du den Wagen leihen, ich brauche ihn nicht, und Martin hat heute Morgen die U-Bahn genommen. Ist das okay?«

»Sicher«, antwortete ich und verkniff mir die Frage, wie es ihr ging. Ich konzentrierte mich auf die Schmuckstücke, die mir als sichereres Terrain erschienen. Birgitta sagte, sie werde an diesem Nachmittag neben der Arbeit einige eigene Nachforschungen anstellen. Dann dankte sie mir noch einmal für diesen Gefallen und zog dann die Tür so rasch zu, dass sie Arvid dabei fast eingeklemmt hätte.

Ich konnte mir schon vorstellen, was sie als Erstes tun würde. Heute würde sie den Wein sicher stehen lassen und sich stattdessen eine Tasse Kaffee kochen und ihre Lieblingsmusik einlegen. Sie würde eine Stunde oder so zuhören, und dann würde sich die Panik einstellen, weil schon eine Stunde vergangen war, und sie würde sich in die Arbeit stürzen, die ganze Zeit mit der im Nacken kribbelnden Unruhe, dass ich auf halber Strecke aufgeben und viel früher als erwartet zurückkehren könnte. Wir hatten keine Zeit verabredet, Birgitta hatte bestimmt nichts vorschlagen wollen, was früher lag, als ich vorhatte, und ich, um nichts zu versprechen, was ich nicht halten könnte. Kino klang nach einer salomonischen Lösung. Wenn der Film spannend war, würden wir einige Stunden gewinnen, in denen ich nicht weiter kreativ oder aufmerksam sein müsste.

Ich dachte, dieser Nachmittag, von dem erst einige Minuten vergangen waren, würde Birgitta für den Rest ihres Lebens verfolgen. Sie würde in diesen Minuten nach Zeichen suchen oder vielleicht auch nach Liebe, und sie würde dem Geräusch, mit dem die Haustür ins Schloss fiel, besondere Bedeutung beimessen. Sie würde daran denken, wie sie mich angesehen hatte, und sie würde sich fragen, wie sie je mit mir über irgendein Thema habe sprechen können. Und sie würde sich selbst für alle Zeit die Schuld dafür geben, dass ihre Sehnsucht nach Alleinsein größer gewesen war als das Streben nach totaler Kontrolle, so, wie Sisselas Mutter sich für ihre Parkplatzsuche verfluchen würde. Vielleicht würde ich die Letzte sein, mit der sie sprechen wollte, wenn nicht ihre Fähigkeit zur Barmherzigkeit größer wäre als ihr Bedarf an ungestörter Trauer. Aber ich war sicher, dass sie am Ende einsehen würde, dass das, was ich getan hatte, ihre einzige Möglichkeit war, glücklich zu werden.

Arvid und ich gingen also zum Auto, einen gepflegten und peinlich sauberen BMW mit hellen Ledersitzen und schnurrendem Motor, einem Auto, das auf wundersame Weise vom Zerfall der Familie verschont geblieben war. Ich hatte nach meinem Besuch bei Martin noch kurz nach Hause fahren können. Die rätselhaften Fotos ließen mir keine Ruhe, und deshalb ließ ich sie mit einem Gefühl der Erleichterung in der Wohnung zurück. In dem klaren Bewusstsein, dass ich vor allen beunruhigenden Gedanken weglief, hatte ich den Umhang mit der bereits präparierten Glasflasche in die Tasche gepackt. Jetzt ließ ich meine Tasche in den Kofferraum fallen, damit Arvid nicht mit dem Inhalt in Berührung kam. Arvid hatte bisher noch kein Wort zu mir gesagt, aber er stieg brav ins Auto ein und schnallte sich auf dem Vordersitz an. Ich unterdrückte den Impuls, ihn nach hinten zu schicken, aus Angst, damit einen Streit vom Zaun zu brechen, der sich vermutlich früher oder später ohnehin noch einstellen würde, und ich dachte, dass ich ihn auch besser unter Kontrolle hätte, solange er neben und nicht hinter mir saß. Ich setzte mich ebenfalls, rückte den Sitz gerade, schnallte mich an und fuhr los.

Da saßen wir nun nebeneinander und schwiegen in gut überlegtem Waffenstillstand. Ich war absolut davon überzeugt, dass Arvids Gehirn auf Hochtouren an der Rache arbeitete, die Birgitta treffen würde, weil sie ihn ausgeliehen hatte, und mich, weil ich ja gesagt hatte. Am Ende konnten meine angespannten Nerven das nicht mehr aushalten, und ich fragte ihn, was er sehen wollte. Er nannte einen neuen Kriegsfilm, der wegen der Gewaltszenen und weil er nahezu problemlos durch die Zensur geschlüpft war, da ja ohnehin alle Szenen auch im Netz zu finden waren, heiß diskutiert wurde. Ich schluckte einmal und noch einmal und sah dann ein, dass nichts mir größere Angst machen könnte als das Skelett hinter meinem Rücken, das in meiner Vorstellung jetzt jederzeit und überall auftauchen und mich anstecken könnte, so dass die Würmer dann auch auf mir herumkriechen würden. Nickes Bilder hatten die Möglichkeit, dass ich nicht fantasiert hatte, plausibel werden lassen, und jetzt hatte ich Angst. Angst davor, was es bedeutet hatte, Angst davor, was mich erwartete, und Angst davor, was ich vorhatte zu tun.

Wir hatten unser Ziel ziemlich bald erreicht und stellten das Auto im Parkhaus ab. Arvid rannte los, sowie ich gehalten hatte, und für einige kurze Augenblicke dachte ich, dass er schon verloren wäre, aber dann sah ich, dass er brav am Ausgang wartete. Sein umgängliches Verhalten machte mir fast noch größere Angst als seine üblichen Ausbrüche, und ich riss die Tasche mit dem Umhang an mich, hängte mir den Umhang über die Schulter, schloss das Auto ab und ging zu Arvid.

Wir gingen nach oben ins Heron City und schauten uns dort um, ich mit gemischten Gefühlen, Arvid mit ungeteilter Begeisterung. Die Rolltreppen, die die einzelnen Stockwerke in diesem der leichten Unterhaltung gewidmeten Tempel miteinander verbanden, waren ununterbrochen in Bewegung, auf und ab, schwer beladen mit Menschen, obwohl es ein ganz normaler Dienstag war, und die Restaurants, die ihre Schlünde öffneten, lockten mit unterschiedlichen Bezeichnungen für dieselbe Sorte Essen. Die Aktivitäten buhlten sozusagen um unsere Gunst, und Arvid war bald von dem riesigen Angebot wie verschluckt. Nachdem er auf einer Art Gerät herumgesprungen war, das ihn fast frei schweben ließ, gingen wir bowlen und begaben uns dann in ein von Märchen inspiriertes Restaurant, das ihm am meisten zusagte, bis der Film anfing. Arvid bestellte eine Art Hamburger und ich eine schlaffe Salatvariante, und dann saßen wir da und schauten unser Essen und einander an. Am Ende brach Arvid das Schweigen.

»Das tust du nur, damit Mama mich los ist.«

Der Bissen blieb mir im Hals stecken, und ich musste schlucken und würgen, um ihn nach unten zu befördern. Zugleich forderte Arvids brutale Ehrlichkeit eine Antwort im selben Geiste.

»Im Grunde hast du recht. Sie braucht heute Zeit für sich. Zum Arbeiten und so. Und das hat nichts mit dir zu tun. Das geht allen Mamas ab und zu so.«

Diese Wahrheit streifte die Lüge eben doch. Arvid war nicht irgendein Kind, und Birgittas Gefühle waren folglich nicht die irgendeiner Mama. Er durchschaute mich sofort.

»Du lügst. Andere Mamas wollen ihre Kinder gar nicht loswerden. Aber Mama will mich immer los sein. Sie kann mich nicht leiden.«

»Was soll das denn heißen? Natürlich kann sie dich leiden. Alle Mamas können ihre Kinder leiden. Und ich weiß, dass deine Mama dich leiden kann. Das hat sie mir gesagt.«

»Das glaub ich nicht. Sie findet mich anstrengend. Weil ich nicht normal bin. Ich hab gehört, dass Mama und Papa darüber reden, wenn sie glauben, dass ich schlafe. Mit mir stimmt was nicht, und ich bin verrückt und nicht wie andere. In der Schule ist das auch so. Ich mache Krach, und die sagen, dass sie mich leiden können, und ich weiß, dass die lügen. Und dann mache ich so.«

Arvid trank einen großen Schluck von seinem Saft und spuckte ihn mir plötzlich mitten ins Gesicht. Ich fuhr zusammen und tastete auf meinem Tablett herum, bis ich die Serviette gefunden hatte und mir das Gesicht abtrocknen konnte. Mein Gesicht war von klebrigem Saft überspritzt, und ich dachte, deshalb hatte er sich diese Sorte Saft ausgesucht, den mit Möhre, dessen Wucherpreis ich fröhlich bezahlt hatte, weil er der Gesündeste war, aber Arvid hatte nur daran gedacht, dass er damit schreckliche Flecken produzieren könnte. Ich wollte ihn schon ausschimpfen, konnte aber sein schallendes Lachen nicht übertönen, ein Lachen, das so ansteckend war, dass es den Leuten an den Nebentischen ein Lächeln entlockte. Hier saßen ein Junge und seine Mutter oder vielleicht seine Tante oder Patin und amüsierten sich königlich.

»Da hast du's. Du kannst mich auch nicht leiden. Und Mama kann mich auch nicht leiden. Weil ich so mache.«

»Und warum machst du das dann? Warum machst du so? Störst die anderen? Was glaubst du, wie schön das für mich ist, wo ich mir einen Nachmittag freigenommen habe, um etwas mit dir zu unternehmen? Und wenn dafür mein Pullover ruiniert wird?«

»Du tust das ja nicht für mich, sondern für Mama.«

Darauf gab es keine Antwort. Wütend starrten wir einander an, aßen fertig und fuhren mit der Rolltreppe nach oben ins Allerheiligste, wo die Filme gezeigt wurden. Arvid wollte unbedingt Popcorn, Limo und Gummibärchen, und ich widersprach nicht. Bald würden die Ereignisse auf der weißen Leinwand die Verantwortung übernehmen, und das sollte Arvids letzte Ölung sein.

Wir gingen zum richtigen Kinosaal, unsere Eintrittskarten wurden abgerissen, wir fanden unsere Plätze und setzten uns, ich mit einem Seufzer der Erleichterung, Arvid mit einem Räuspern, das zu einem Speichelklumpen auf dem Boden führte. Um uns herum kehrte Ruhe ein, während Jungen und Männer jeglichen Alters sich mit Jacken über den Knien, in die Stirn gezogenen Schirmmützen und monotonem Kauen auf ihren Sitzen ausbreiteten. Auf den ersten Blick schien ich die einzige Frau im Saal zu sein. Der Film war eine weitere Variation des Themas US-Soldaten im Vietnamkrieg, und dieser sollte laut Programm das Publikum auf einen Mittelweg zwischen den beiden bisher üblichen Ansichten führen, nämlich, dass Amerikaner Schweine sind oder dass Asiaten Schweine sind. Das menschliche Gesicht, so lautete ein Zwischentitel, und damit waren wirklich neue Dimensionen erreicht. Auch realistische Großaufnahmen waren uns versprochen worden, die mit den Gummibärchen zusammen hinuntergeschluckt werden könnten. Ich sah Arvid an und fragte mich, wie der Film ihn beeinflussen würde, aber dann ging mir auf, dass das eigentlich keine Rolle spielte. Was getan werden sollte, musste direkt nach dem Film stattfinden, und damit gab es keine Zeit mehr, in der die Beeinflussung ihre Wirkung tun könnte.

Die Werbung kam als überaus unerwarteter Segen, und ich zog den Umhang aus der Tasche und legte ihn um, denn ich fror. Der Film fing endlich unsere Aufmerksamkeit ein, und es dauerte nicht lange, bis Amerikaner und Asiaten ihre Menschlichkeit zeigten, indem sie einander wollüstig aufspießten, ehe sie sich verstümmelten oder totschossen. Die Menschlichkeit bestand vermutlich darin, dass beide Seiten dieselben Gemeinheiten begehen durften. Ich hätte vom ersten Moment an kotzen können, und als ein US-Soldat ein asiatisches Baby in einen großen Mörser warf und zustieß, bis das Kindergeschrei verstummte und das Weinen der Mutter hysterische Frequenzen erklomm, konnte ich nicht mehr. Ich bohrte das Gesicht in den Umhang, der nach Meer und Geborgenheit duftete, schloss alle Geräusche aus und schlief ein.

Jesus kam mit offenen Armen auf mich zu. Ich sah ihn schon aus der Ferne und stürzte ihm entgegen. Er hatte Toms Gesicht, aber das Licht verwischte alle scharfen Kanten und blendete mich, bis ich am Ende nichts mehr sehen konnte. Ich bin blind, konnte ich noch schnell denken. Dann umarmte Jesus mich, und ich starrte hinauf in sein Gesicht, sah aber noch immer nur einen strahlenden Kreis. Plötzlich spürte ich, dass mehrere Hände an meiner Kleidung rissen. Ich sah nach unten und entdeckte Gabriella und Sissela, die auf dem Boden lagen und Nägel in meine Hosenbeine schlugen, so dass ich am Ende am Boden festgenagelt war und mich nicht mehr bewegen konnte. Dann krochen sie davon, und ich sah, dass ihre Beine sich in Schlangenleiber verwandelt hatten. Ich erbrach mich, aber auch aus meinen Mund quollen Würmer in einem stetigen Strom, der nicht einmal für Schreie Platz machte. Ich schaute wieder auf und flehte das Licht dort oben an, mich zu befreien, aber ich sah, wie das Helle sich nun wie Schleier hob und einer Gestalt in einem dunklen Umhang wich. Er strich sich die Kapuze vom Kopf, und ich sah die gelben Knochen, das kriechende Gewürm und die leeren Augen, und ich hörte die Stimme verkünden, deine Zeit ist gekommen, deine Zeit ist gekommen, deine Zeit ist gekommen.

Ich fuhr mit einem Ruck hoch und hörte, wie ein Kriegsgericht einen US-Soldaten wegen Kriegsverbrechen verurteilte. Das menschliche Gesicht, hier war es endlich. Der Schweiß klebte zwischen meinen Haarwurzeln, und ich sah zu Arvid hinüber, um festzustellen, wie er den Film ohne meine wache Anwesenheit überstanden hatte. Aber der Platz neben mir war leer, bis auf einen leeren Popcornbecher, eine leere Limoflasche und eine halbvolle Tüte Gummibärchen.

Ich hätte es wissen müssen, und doch hatte ich es nicht gewusst, obwohl ich hätte bereit sein müssen. Die Stuhlreihe kam mir plötzlich voller vor denn je, und gereizte Rufe folgten mir, als ich mich zum Ausgang durchzwängte. Während das Kriegsgericht sein Urteil fällte, fand ich die Tür und stürzte aus dem dunklen Kinosaal, wurde vom Licht geblendet und hatte keine Ahnung, wo ich zu suchen anfangen sollte. Einige Schritte reichten, dann hatte ich meine Gewissheit.

Arvid balancierte auf dem Rand der Glaswand, die die Kinoetage vom drei Stock tiefer gelegenen Erdgeschoss trennte. Unter ihm waren Lampen zu sehen, Rolltreppen, Restaurants, ein Becken mit harten Kanten, und dazwischen Inseln aus hartem Steinboden. Unter ihm stand eine Bank, die er vermutlich hingeschoben hatte, um auf die Wand klettern zu können. Auf den Seiten gingen die Rolltreppen auf und nieder, auf und nieder, sie schlängelten sich wie die Würmer, von denen ich eben noch geträumt hatte. Vor ihm stand eine Menschengruppe und glotzte und rief, komm da runter, sonst stürzt du am Ende ab. Ein älterer Mann machte eine Bewegung, wie um ihn zu packen, und Arvid schwankte, fand aber sein Gleichgewicht wieder und schrie, nicht näherkommen, sonst schieße ich. Er brüllte weiter, und um uns herum verstummten alle anderen Geräusche. Die ihm Nächststehenden streckten die Hände aus, um ihn zu fangen, falls er hinuntersprang. Arvid machte noch einige unsichere Schritte, und sein Geschrei wurde immer unzusammenhängender, dann schwankte er abermals und stolperte.

Es gab nur eine Möglichkeit. Ich öffnete den Umhang, zog die Flasche heraus, ging durch die Menschenmenge, die plötzlich aus Rauch zu bestehen schien, mit ausgebreiteten Armen auf ihn zu, zog den Korken vorsichtig aus der Flasche, um den darumgewickelten Zettel nicht zu verlieren, und atmete ein. Und Arvid richtete seinen Blick auf mich. Eine flüchtige Sekunde lang hatten wir Kontakt, einen brüchigen Spinnwebkontakt von Auge zu Auge, vielleicht von Seele und Seele, und er wusste, und ich wusste, und wir wussten beide, dass wir wussten. Dann verlor er das Gleichgewicht und stürzte rücklings ab. Ich atmete ein und wartete. Was denn? Ich mache doch nur meine Arbeit. Ich befolge nur einen Befehl. Kannst du heute ein paar Todesfälle in die Wege leiten, der Chef ist nicht in Stimmung.

Es dauerte vielleicht drei Sekunden, bis wir den Aufprall hörten, den dumpfen Aufprall, auf den alle gewartet hatten und der dem Geschrei, dem erregten Telefongespräch und dem leisen und selbstzufriedenen Jammern Tür und Tor öffnete. Die Ersten rannten schon die Rolltreppen hinunter, um mit den Blicken Arvids Überreste einzusammeln und sich davon zu überzeugen, dass das Krankenwagenpersonal jede Sehne und jeden Knochensplitter auflas. Niemand sah mich an, und niemand außer mir sah die Flasche an, die sich jetzt brav und fügsam mit einer Seele füllte, die eigentlich widerspenstiger hätte sein müssen. Ich hatte Grau, Braun, Dunkel- oder vielleicht Giftgrün erwartet, alles eigentlich, aber nicht das, was jetzt kam. Ein oranger Farbton, der sich dem der Aprikose oder vielleicht des Pfirsichs näherte, bis sich ihm plötzlich ein grauer Spritzer beigesellte, der das Klare trübte und offenbar in dem zunächst so Appetitlichen für Disharmonie sorgte. Dann stimmte es doch immerhin. In dieser Seele gab es eine Unruhe, die immer danach streben würde, das Klare zu verdunkeln, einen bodenlosen Konflikt. Es hatte geklappt. Und doch. Die Farbe suchte mich, drohte mir, schürte meine Furcht. Sisselas Seele sei orange gewesen, hatte der Tod gesagt. Wo also lag die Verwandtschaft zwischen diesen beiden, die Ähnlichkeit? Darin, dass sie nicht dazugehört hatten? Dass das normale Leben ihnen nicht gereicht hatte? Und inwieweit gehörte ich eigentlich dazu?

Ich verkorkte die Flasche wieder so, dass der Zettel fest saß, steckte sie in die Tasche und zog den Umhang aus. Erschrocken ging mir auf, dass meine Tasche noch im Kino stand, aber es war kein Problem, sie zu holen und den Umhang hineinzulegen, da der Türsteher vermutlich als einer der Ersten gesehen hatte, was sich da abspielte, und deshalb nicht auf seinem Posten stand.

Ich stürzte zum zweiten Mal aus dem Kinosaal, rannte auf die Rolltreppe zu, stellte mich darauf und fuhr nach unten. Tief unter mir sah ich nur eine Menschenmenge, die von oben aussah wie eine Artischocke, da alle die Hälse reckten und sich vorbeugten, um das zu sehen, was in der Mitte lag. Es war unmöglich, Arvids Körper zu erkennen. Ich drängte mich durch die Menge hindurch und rief dabei: »Durchlassen, ich bin mit seinen Eltern befreundet, ich muss zu ihm!« Am Ende hatte ich die Mitte erreicht, wo eine kompetent aussehende Frau Arvid den Puls fühlte und versuchte, seinen Kopf zu heben, um einen aufgerollten Pullover darunterzuschieben. Ich kniff die Augen zusammen und empfand zum ersten Mal Abscheu vor dem, was ich getan hatte, zwang mich aber wieder zum Hinsehen.

Arvid lag auf dem Rücken, in einer Stellung, die zeigte, dass er wohl so ungefähr sämtliche Knochen gebrochen hatte. Das Blut, das aus Wunden in seinem Kopf und seinem Rücken gepumpt wurde, hatte schon einen großen Teil des Bodens verfärbt, und die Frau, die neben ihm kniete, hatte große Flecken auf dem Mantel und an den Händen. Ich zwang mich, mich ebenfalls in die Blutlache zu knien und ebenfalls zu besudeln, und ich stammelte, ich sei mit Arvid im Kino gewesen, und er habe sich hinausgeschlichen. Wir wussten beide, dass er tot war und dass wir hier nur symbolische Handlungen vollzogen, aber der Anstand verlangte, dass wir beschäftigt aussahen, und in einer seltsamen Harmonie gelang es uns, Arvid in eine Art würdevolle Haltung zu bringen. Ich drückte ihm die Augen zu und wusste, dass der tote Blick, mit dem er mich bedachte, mich für den Rest meines Lebens verfolgen würde.

Positiv denken. Ich würde den Blick auch im Leben wiedersehen, falls ich jemals durch Zufall dem Kind von Tom und Anette über den Weg lief.

Es kam mir vor wie eine Ewigkeit, war aber vermutlich nicht mehr als eine Viertelstunde oder zwanzig Minuten. Dann kümmerten sich starke Männer und Frauen, Krankenwagenpersonal und Polizei in blauschwarzer Mischung, um alles Weitere, und ich ließ mich mit der Menge treiben. Auf kompetente Fragen gab ich die gewünschten Antworten, ich konnte meinen und Arvids Namen nennen und die dazugehörigen Adressen mitteilen, während die Menschenmenge sich zerstreute, um der Bahre mit dem zugedeckten Leichnam Platz zu machen. Vor dem Ausgang standen Krankenwagen und Streifenwagen, und erst jetzt ging mir auf, dass ich nicht nur ein Kind geliehen hatte, sondern auch ein Fahrzeug, und dass ich zumindest eins von beiden unversehrt zurückbringen würde. Ich erklärte dem mir nächststehenden Polizisten die Lage, einem großen, kräftigen Mann mit dunklen Koteletten und rötlichem Teint und einer Aura von unerschütterlicher Ruhe. Er teilte mir mit, dass er und ein Kollege mir im Streifenwagen folgen würden, um mit den Eltern des Kindes zu sprechen, während das Krankenwagenpersonal Arvid an einen unbekannten Ort bringen würde. Krankenhaus? Leichenhalle? Er sprach von Arvid, nicht vom »Körper« oder »Leichnam«, er wusste ja nicht, dass ich Arvid in einer Glasflasche in der Tasche hatte.

Wie wir ankamen, weiß ich nicht. Wie ich den Weg zum BMW fand, den Ausgang fand, mich verfuhr und auf die richtige Straße zurückfand, wo ich schließlich wieder mit dem Streifenwagen zusammentraf und zu Martin und Birgitta gelangte, ist ebenfalls in Dunkel gehüllt. Aber wir kamen an und klingelten an der Tür und standen für einen Moment da, ich ganz hinten, dann öffnete Birgitta die Tür. Ihre Haare waren frisch gewaschen, und sie schien geduscht zu haben, aber ehe wir etwas sagen konnten, wurde sie von der Gewissheit getroffen, und alle Sterne erloschen.

Sie sah mich hoffnungsuchend an, und ich ergriff feige die Flucht, verschwand an die Decke und ließ meinen Körper die Grobarbeit erledigen. Der Polizist mit der ruhigen Ausstrahlung ergriff als Erster das Wort und teilte unsentimental und doch behutsam das Geschehene mit, auf eine Weise, die dem ganzen Polizeikorps Ehre machte. Kurz und einfach berichtete er, was ich hatte erzählen können, ehe wir uns in die Autos gesetzt hatten, nämlich, dass Arvid tot war, dass er sich aus dem Kino geschlichen hatte, um über einem Abgrund auf einer Glaskante zu balancieren. Er berichtete, dass er direkt vom Unglücksort kam und dass es sicher noch weitere Zeugenaussagen geben würde, aber dass niemand Arvid bemerkt hatte, ehe er dort oben balanciert hatte. Wie lange er allein gewesen war, während ich noch im Kino gesessen hatte, wisse er noch nicht, fügte er hinzu und sah mich an. Ich begriff, dass ich jetzt auch etwas sagen musste, aber ich konnte nur flüstern, dass ich sein Verschwinden nicht bemerkt hatte, aber dass es nicht sehr lange gewesen sein könne, da wir die ganze Zeit direkten Kontakt zu den Gummibärchen gehabt hätten. Ich konnte nicht zugeben, dass ich eingeschlafen war.

Birgitta schien das alles nicht zu erfassen. Sie starrte uns nur an, den gelassenen Polizisten und einen mageren, irgendwie abgenagten Kollegen, mich und dann wieder die Polizisten. Sie fragten im Chor, ob sie verstanden habe und ob sie jemanden anrufen wolle, ihren Mann vielleicht, während sie warteten. Und ob sie mehr über Arvid wissen wollte, darüber, wo sein Leichnam sich jetzt befand. Sie gab noch immer keine Antwort, sie starrte und starrte nur, ohne zu sehen, während die Farbe langsam aus den Körperteilen verschwand, die wir sehen konnten, aus Gesicht, Armen, Händen und den nackten Füßen. Am Ende musste ich der Polizei sagen, wer Martin war und wo sie ihn erreichen konnten, und einer der Polizisten, der

Gelassene, rief an und bat Martin, nach Hause zu kommen, da ein Unglück geschehen sei. Er schwieg eine Weile und sagte dann die magischen Worte, ja, mit tödlichem Ausgang. Arvid, Ihr jüngerer Sohn, wenn ich das richtig verstanden habe.

Birgitta saß auf dem Sofa, starr und bewegungslos und wie erstarrt, dann kippte sie plötzlich mit einem scheußlichen Stöhnen vornüber. Ich dachte zuerst, sie sei in Ohnmacht gefallen, aber dann hörte ich, wie leise Jammerlaute durch ihre Finger sickerten, wie uns abgehackte Hilferufe entgegenströmten. Ich verspürte eine Schuld, die sich absolut physisch auf meine Schultern legte, und musste sie unter dieser Last zusammenziehen. Damit hatte ich nicht gerechnet. Dass ich mich schuldig fühlen würde, weil ich meine Arbeit getan hatte. Gabriellas Mutter hatte mich beim ersten Mal durch ihre Geschmacklosigkeit von Schuld befreit, und Carina Saléns mangelnder Kummer beim zweiten.

Außerdem hatte mich seit meiner Begegnung mit Maggan der Gedanke an Rache so sehr beschäftigt, dass die Schuld mir nur wie Steine im Bach vorgekommen war, über die ich ans andere Ufer springen sollte. Meine bizarren Gedanken hatten Birgittas und Martins Gefühle nur gestreift und hatten, was eine gemeine, widerliche und verabscheuenswerte Tatsache war, nur die eine Seite gesehen, die, die Birgitta zu einer leeren Schale aushöhlte und einer Ehe, die eigentlich hätte blühen sollen, allen Saft absaugte. Ich hatte meine Gedanken einfach nicht in die andere Richtung laufen lassen wollen, die, die zur Gewissheit führte, dass es ein Unterschied war, ob man jemandem den Tod wünschte, ob man sich das Leben ohne diese Last vorstellte, diesen Bengel, diese alte Kuh oder diesen Mistkerl, oder ob man wirklich jemanden tötete und danach trotzdem glücklich sein konnte.

Ich umarmte Birgitta und flüsterte, verzeih mir, verzeih mir, verzeih mir, aber sie nahm nichts in sich auf, sie schluchzte nur und schrie und fauchte, ich will ihn sehen, ich will ihn sehen, ich will ihn sehen, und am Ende lag sie gekrümmt auf dem Sofa und presste sich die Hände auf den Bauch. Der abgenagte Polizist war in die Küche gelaufen und kam mit einem Glas Wasser zurück, aber das wollte sie nicht annehmen. Dann saßen wir da als vierblättriges Trauerkleeblatt, bis wir endlich den Schlüssel im Schloss hörten und Martin noch im Mantel hereingestürzt kam.

Er sah zuerst weder mich noch die Polizisten, er sah nur Birgitta, und er stürzte hin und setzte sich neben sie und zog sie an sich. Schweigend wiegten sie sich hin und her, hin und her, bis die Polizisten mit ausgesuchter Höflichkeit fragen, ob sie für den Moment noch irgendetwas tun könnten und dass sie natürlich jederzeit für ein Gespräch zur Verfügung stehen würden. Sie legten beide ihre Visitenkarten auf den Tisch, und ich hörte, wie sie Martin leise über das Geschehene informierten, und hörte Wörter wie »Leichnam« und »Zeugenaussage« und »Totenschein«. Martin schaute von Birgittas Schulter hoch und musterte die Männer, ohne wirklich zu sehen, aber er dankte ihnen und bat sie leise, nun zu gehen. Der Gelassene sagte, er werde anrufen, sowie sie mehr wüssten, und Martin nickte nur. Ich brachte sie in die Diele und sah zu, wie sie ihre Stiefel anzogen.

»Es wäre gut, wenn Sie uns Ihren vollständigen Namen samt Telefonnummer geben könnten. Vielleicht müssen wir Ihnen noch weitere Fragen stellen«, sagte der Gelassene, dessen Mitleid nun dem müden Profitum des Polizisten gewichen war. Die Frage kam nicht unerwartet, ich hatte gewusst, dass ich damit rechnen musste. Ich zog meine unter den Umhang gerutschte Brieftasche aus der Tasche, die ich aus dem BMW mitgebracht hatte, und nahm eine Visitenkarte heraus, die er in die Jackentasche steckte. Dann sah er mich an.

»Sie brauchen heute Abend vielleicht Gesellschaft. Sie sollten nicht allein sein. Haben Sie jemanden, den Sie anrufen können?«

Ich nickte, und er machte sich zum Gehen bereit. Sein Kollege hatte schon die Tür geöffnet, als der Gelassene sich noch einmal zu mir umdrehte, seine eigene Visitenkarte hervorzog und mir gab.

»Rufen Sie an, wenn Sie irgendwelche Fragen haben. Rufen Sie unbedingt an. Und waschen Sie diese Kleider. Und Ihre Hände.«

Er ging und zog die Tür hinter sich zu. Ich schaute nach unten und entdeckte, dass ich einen großen Blutfleck auf der Hose hatte und dass auch meine Hände von geronnenem Blut bedeckt waren, weil ich versucht hatte, Arvids toten Kopf zurechtzulegen. Voller Panik stürzte ich ins Badezimmer und versuchte, die Hose irgendwie zu retten. Das trockene Blut löste sich auf und färbte das Waschbecken rot, und ich rieb und rieb mit Seife und Toilettenpapier, da ich das Gästehandtuch meiner Gastgeber nicht mit dem Blut ihres jüngeren Sohnes beschmutzen wollte. Dann ging ich hinaus, um mich Martin zu stellen, ausgerüstet nur mit meinen schlichten Gedanken und ohne auch nur ein symbolisches Holzschwert.

Birgitta hatte sich aufgerichtet, und sie saßen jetzt gerade nebeneinander auf dem Sofa und starrten mich an, als ich hereinkam. Martins »Sprich« kam wie die erste Kugel aus einem Gewehr, und ich erzählte genau, was passiert war, abgesehen davon, dass ich die Schläferin wach sein und plötzlich durch eine Kopfbewegung entdecken ließ, was geschehen war. Sie habe sofort reagiert, aber eben nicht schnell genug. Sie sei … bitte, verzeiht mir, bitte, bitte … großer Gott, ich … was soll ich tun, was soll ich tun …?

»Du kannst nichts tun. Und du hättest vermutlich auch nichts tun können.« Martins Stimme, metallisch und von jeglichem Moos befreit.

»Wir haben Arvid auch selbst schon verloren. Häufiger sogar. Das weißt du. Wie er weggelaufen ist, wie wir die Polizei alarmieren mussten … eigentlich hätte er schon oft ums Leben kommen können. Aber es ist eben heute passiert. Es war nicht deine Schuld, Erica. Ich weiß es, und Birgitta weiß es auch.«

Birgitta schwieg noch immer. Jetzt hob sie den Kopf und sah mich mit einem Blick an, der von einer Seite zur anderen gerissen war.

»Ich weiß, dass es nicht deine Schuld war, Erica. Aber … kannst du jetzt gehen? Verzeih mir, aber ich kann nicht … bitte, geh jetzt.«

Erica dort oben vereinte sich mit meinem Körper, und ich drehte mich um und ging auf die Tür zu. Hörte hinter mir Martins Stimme, drehte mich um und sah, dass er hinter mir herkam.

»Der Tod ist offenbar zu deinem ständigen Begleiter geworden, Erica. Ich wüsste ja gern, ob du dir den Tod ausgesucht hast oder der Tod dich.«

Ich gab keine Antwort. Schweigend ging ich durch die Tür und zog sie hinter mir zu. Einige Straßen weiter fand ich einen Briefkasten und warf die Flasche mit Arvids Seele hinein. Es klapperte, als wäre der Briefkasten ansonsten leer. Niemand schrieb heutzutage noch Briefe. Und ich sah plötzlich ein, dass ich recht gehabt hatte mit meiner Annahme, dass Jesus nicht im Heron City sein und Arvid im Sturz auffangen würde. Er, Jesus, hatte das Land vermutlich bereits verlassen.

KAPITEL 16

Der Heimweg war eine Odyssee in die Hölle. Diese Formulierung kam mir schon abgegriffen vor, als ich sie mir ausgedacht hatte, aber ich fand keine bessere. Sogar meine inneren Worte schienen mich zu verlassen, was meine Gedanken banaler klingen ließ als sonst. Das Siegesgefühl, mit dem ich geglaubt hatte, mein und das Schicksal der Welt auf mich zu nehmen, war einem so großen Schuldgefühl gewichen, dass es meinen Mund austrocknen und die Wörter ohne Wasser zurückließ, zum sofortigen Verkümmern verdammt. Die Halluzinationen waren wieder da, und die Dinge lachten mich höhnisch aus, Fenster spotteten, Laternen krümmten sich, und Menschen und Tiere waren nicht mehr zu unterscheiden. In der U-Bahnstation war eine ältere Frau ohne Arme hinter mich getreten und hatte gefragt, wie ich es mit dem Heiligen Geist hielte, und ich war feige geflohen, statt zu sagen, dass nichts mehr heilig war, nicht einmal die Geister.

Woher kam die Schuld, und warum hatte ich sie nicht kommen sehen? Die Idee war mir so perfekt erschienen. Ich hatte Verantwortung übernehmen und eine Seele versetzen wollen, ich wollte mich rächen, das schon, Rache ist nicht schön, aber ich wollte doch auch eine Ehe vor dem Bösen retten. Jetzt konnte ich diese Gedanken nur betrachten, als ob sie zu einem anderen Geschöpf gehörten, einem, das nicht sonderlich menschlich war. Wie sollte ein höheres Ziel jemals die individuelle Verantwortung aufheben können? Wie schafften andere das? Terroristen, Faschisten, Kommunisten, Egoisten oder einfach Individualisten, wie konnten sie immer wieder ihre komplexe Empathie unter dem Banner des gerechten Zieles begraben? Jeder Verstoß, den ein Mensch für ein höheres Ziel gegen die Menschlichkeit beging, musste irgendwann einmal zum ersten Mal passiert sein. Und die Frage war nicht, warum die Handlung bei diesem ersten Mal ausgeführt worden war. Die Frage war, wie sie ein zweites Mal hatte wiederholt werden können und damit eine unendliche Menge von Malen. Darin musste das große Vergehen bestehen. In der Wiederholung.

Mein Entsetzen galt Birgitta und Martin und bis auf Weiteres nicht Tom und erst recht nicht Anette. Hier lag auch ein Kern der Scham. Meine Handlung hatte Schuldgefühle und Reue ausgelöst, aber nur auf einer streng begrenzten und klar definierten Ebene. Die Reue hatte nicht übergegriffen und war deshalb nicht zu unendlicher Barmherzigkeit geworden, und genauer ließ Kleinlichkeit sich eigentlich nicht definieren.

Meine einzige Rettung war der Tod, und er würde zu Hause sein und auf mich warten. Bei ihm würde ich mich wieder fangen, vielleicht würde er mich für meine Tat zurechtweisen, aber er würde mir auch vergeben. Wenn mein Versuch der künstlichen Seelenwanderung nicht entdeckt würde und Arvids Tod als normal und üblich gebucht werden könnte, dann würde das hier das letzte Mal sein, dass ich ein anderes Schicksal in meine Hände nahm. Soviel stand fest, auch wenn Maggan enttäuscht gewesen wäre, wenn sie das gehört hätte. Sie hätte die größere Verantwortung vielleicht ertragen können. Bei mir war das nicht der Fall. Mir reichte es, Handlangerin und Stellvertreterin zu sein. Der Hunger, der mich weitergetrieben hatte, schien jetzt auf seltsame Weise gestillt zu sein, als hätte der kläffende Hund sich endlich hingelegt und wäre, den Kopf zwischen die Pfoten gesteckt, eingeschlafen.

Als ich meine Tür erreichte und aufschließen wollte, war es schon zu spät. Die Tür glitt auf, ohne dass ich den Schlüssel benutzen musste, als ich vorsichtig meine Diele betrat. Ich wusste instinktiv, dass Fremde hier gewesen waren. Fremde, schleichend, flüsternd, vermutlich auf Suche nach einer Beute. Meine Ruhe war überraschend, vielleicht war hier aber auch nicht die Rede von Ruhe, sondern davon, dass ich die Grenze erreicht hatte, hinter der es keine Überraschungen mehr gibt. Ich hängte die Tasche mit dem Umhang an einen Haken, ging in die Küche und sah, dass sie durchsucht worden war. Schubladen und Schränke standen offen, und einige klafften leer, Notizblock und Schreibgerät waren ebenso verschwunden wie Kochbücher und Küchenhandtücher. Ich ging weiter ins Badezimmer und sah, dass sie den Inhalt des Wäschekorbs ebenso durchwühlt hatten wie meine Toilettensachen im Regal. Mit demselben betäubten Gefühl ging ich ins Schlafzimmer, wo die Laken verschwunden waren und die Matratze nackt glänzte, die eine noch immer von Blut befleckt. Vor nicht langer Zeit hatte Tom das mitgenommen, was er für das Überleben für nötig hielt, und jetzt hatte jemand mit dem Schlachten begonnen. Am Ende würde nur noch ich vorhanden sein, nackt und leer und ausgeblutet. Und dann hörte ich die Stimme. »Hallo. Willkommen daheim, Erica. Ich sitze im Wohnzimmer.«

Sie saß im Samtsessel, was mir vorkam wie ein Sakrileg. Dort sollte die sitzen, die Trost brauchte, nicht die, die verurteilen würde. Die Ringe in ihren Ohren funkelten im Lampenlicht, und ihr Körper war so geschmeidig und sprungbereit wie immer, genau wie die blonden Haare, die mit Hilfe des Gels aufwärts und seitwärts strebten. Kriminalkommissarin Lena Rosseus hatte sich weder zum Besseren noch zum Schlechteren verändert. Jetzt erhob sie sich und kam mit ausgestreckter Hand auf mich zu.

»Sie müssen meine unangekündigte Anwesenheit in Ihrem

Machtbereich verzeihen. Aber die Polizei hat ihre Rechte, wie Sie wissen. Und ihre Pflichten. In diesem Fall sind wir es der Gesellschaft schuldig, Dinge und Fälle aufzuklären, die unklar sind. Das ist unsere Arbeit. Ich hoffe, Sie stimmen mir da zu?«

Ich stand wie eine Fremde in meinem eigenen Wohnzimmer und sah sie an, ohne vorzutreten und ihre Hand zu nehmen. Sie ließ die Hand sinken, als hätte sie nichts anderes erwartet, und bedeutete mir nun, mich hinzusetzen.

»Aber nehmen Sie doch Platz. Wir haben allerlei zu besprechen.«

»Wie sind Sie hereingekommen? Und was haben Sie mit meinen Sachen gemacht?«

»Da werde ich Ihnen sagen, wenn Sie sich gesetzt haben.«

Das war keine Bitte, das war ein Befehl, und ich setzte mich auf das Sofa. Die Decke war ebenfalls verschwunden, und ich wiederholte meine Frage, jetzt mit etwas größerer Autorität.

»Was machen Sie in meiner Wohnung? Und wo sind meine Sachen?«

Lena Rosseus holte ziemlich tief Luft.

»Wir haben in Ihrer Wohnung eine Hausdurchsuchung vorgenommen. Und wir haben das mitgenommen, was für unsere weiteren Ermittlungen von Bedeutung sein kann. Sie bekommen alles zurück, wenn es untersucht worden ist. Aber bis auf Weiteres ...«

»Hausdurchsuchung? Warum denn das? Dazu muss man doch befugt sein. Und ...«

Lena Rosseus fiel mir ins Wort.

»Wir haben die Erlaubnis, Erica. Von allen zuständigen Instanzen. Sie können sich die Unterlagen gern ansehen, wenn Sie wollen, aber Sie sollten doch davon ausgehen, dass ich die Wahrheit sage. Sie können immer noch Widerspruch einlegen, wenn Sie finden, dass wir nicht korrekt aufgetreten sind. Aber Sie sollten sich vielleicht anhören, was ich zu sagen habe, ehe

Sie sich aufregen. Dann können Sie natürlich selbst entscheiden, welche Antworten Sie für angemessen halten. Vielleicht wollen Sie ja einen Anwalt dabei haben …«

»Anwalt?« Ich sah mich um und entdeckte plötzlich, dass die Tasche des Todes verschwunden war. Lena Rosseus verstand diesen Blick und reagierte sofort.

»Die Tasche war schon nicht mehr hier, als wir gekommen sind. Außerdem hatte Ihr Freund auf dem Küchentisch einen Zettel mit der Nachricht hinterlassen, er sei gegangen. Sie werden das vielleicht als Herumschnüffeln in Ihren Privatangelegenheiten bezeichnen, aber wie gesagt, dieses sogenannte Schnüffeln gehört zu unserer Arbeit, und wir konnten diesen Zettel nicht übersehen. Große Buchstaben, edle Tinte, geheimnisvoller Inhalt. Aber darauf kommen wir noch zu sprechen.«

»Wo ist der Zettel?« Der letzte Funken Beherrschung war erloschen, und meine Stimme klang schrill. Lena Rosseus bückte sich und zog etwas aus der neben ihr stehenden Aktentasche. Ich erkannte sie von ihrem ersten Besuch her.

»Bitte sehr. Es ist keine angenehme Lektüre für Außenstehende, aber Sie verstehen vielleicht doch alles und sind dann bereit zu erklären.«

Das Papier war das übliche, aus meinem eigenen Notizblock, geschändet und missbraucht, und auch die Schrift war dieselbe, schwarz und Respekt erheischend. »Erica«, stand ganz oben. »Ich glaubte, dich gewarnt zu haben. Ich glaubte, du habest verstanden und seist gewappnet. Aber du bist beim ersten Versuch gefallen. Sogar Nichteingeweihte müssen sonst länger bearbeitet werden. Wo war dein Misstrauen? Deine Intuition? Dein Vertrauen zu mir? Die Höchsten haben sich sofort gemeldet. Mein Füllfederhalter ist eben doch mein Füllfederhalter. Die Lieferung erfolgte sofort und war eine dermaßen offenkundige Fälschung, dass sie schneller reagiert haben als sonst. Was hattest du dir eingebildet? Dass du es mit Dilettanten zu tun hättest? Ich musste dich verteidigen, aber ich konnte die Verantwortung für deine Taten nicht übernehmen. Es war zu offenbar. Für die Folgen kann ich weder dir noch mir etwas garantieren, und ich bin ungeheuer enttäuscht, Erica. Ich verlasse dich jetzt. Du weißt, wann wir uns wiedersehen werden. Die Sense habe ich mitgenommen. Den Umhang kannst du behalten. Der Tod.«

Tränen, die jämmerlich und unbrauchbar waren, verschleierten für einen Moment meine Augen und befeuchteten meine Wangen. Dann zwang ich sie mit beherrschtem Einatmen zurück. Spar dir die Tränen, bis du sie brauchst. Das galt doch noch immer. Lena Rosseus ließ mich nicht aus den Augen.

»Können Sie das hier erklären? Oder die Fotos auf dem Küchentisch? Das alles kommt mir ziemlich makaber vor, um nicht zu sagen, wahnwitzig. Wovon redet der da eigentlich?«

»Sagen Sie mir zuerst, warum Sie hier sind.«

Lena Rosseus schwieg eine Weile, dann beschloss sie, mir meinen Willen zu lassen.

»Sie scheinen in der letzten Zeit auf mehr als nur eine Weise mit dem Tod zu tun gehabt zu haben, Erica. Und wir müssen versuchen, festzustellen, was das zu bedeuten hat. Das werden wir auch. Mit oder gegen Ihren Willen. Einmal war ich ja schon mal hier. Da haben Sie einen geheimnisvollen Besuch eines Mannes gemeldet, der aussah wie der Tod, was Sie aber später halbwegs wieder zurückgenommen haben. Später starb Ihr Nachbar an Herzinfarkt, und die Person, die Sie gesehen hatten, hatte behauptet, unterwegs zu ebendiesem Nachbarn zu sein. Danach erfuhr ich von Gabriella Guarnos Tod und davon, dass ihre Mutter einen Mord vermutete, obwohl die Tochter nachweislich an einer allergischen Reaktion auf einen Insektenstich gestorben war. Sie waren unmittelbar davor bei den beiden zu Besuch gewesen, auch wenn Sie behaupten, dass Sie sie noch lebend verlassen haben. Dann meldete sich eine Zeugin, die den Tod in der Nähe gesehen haben wollte. Zwei ganz normale Todesfälle, aber auch zwei Fälle, in denen jemand, der sich Tod nennt oder so aussieht, sich in direkter Nähe aufhielt, beobachtet von Ihnen und anderen. Habe ich so weit recht?«

Ich gab keine Antwort, und Lena Rosseus sprach weiter.

»Die vorliegenden Aussagen wirkten durchaus glaubwürdig. Sie konnten einen Witzbold hinter sich gehabt haben, der sich als Tod verkleidet hatte. Oder Sie waren in jener Nacht dermaßen angetrunken, dass Sie fantasiert haben. Die Person auf dem Parkplatz wollte sich möglicherweise wichtig machen. Alle Erklärungen waren, wenn nicht ausreichend zur Klärung, dann doch akzeptabel, und auch wenn uns noch ein Rest an Zweifeln blieb, so hatte ich noch nichts, um weitere Untersuchungen anzustellen. Aber dann passierte wieder etwas. Mich rief eine gute Freundin an. Wir kennen uns schon seit ziemlich langer Zeit. Treffen uns ab und zu mit weiteren Freundinnen und lassen uns freitags von unseren Lieben bekochen. Sie heißt Carina Salén. Kennen Sie sie?«

Ich gab keine Antwort, gab mir nur alle Mühe, die Farbe im Gesicht zu behalten und zurückzustarren, ohne mit der Wimper zu zucken.

»Carinas Mann Einar hat am Samstag Selbstmord begangen. So heißt es jedenfalls. Carina war einkaufen und kam nach Hause und stellte fest, dass er sich erschossen hatte. Es ist nicht mein Fall, aber Carina hat mich gestern angerufen und gefragt, ob ich bei ihr vorbeischauen könnte, und das habe ich getan, ich wohne übrigens gleich in der Nähe. Sie kam mir trotz allem ziemlich gefasst vor, aber sie ist keine, die so leicht die Fassung verliert. Es war auch kein Geheimnis, dass ihre und Einars Ehe schon eine ganze Zeitlang in allen Fugen ächzte, aber wenn sie sich getrennt hätten, dann jedenfalls einvernehmlich. Sie hatten beide keine anderen Beziehungen, wie es aussieht. Aber Einar hat offenbar an etliche

Frauen gedacht, und die hatte er auf Bilder gebannt, und deshalb rief Carina an.«

Sie verstummte, und ich starrte weiter. Mein Gesicht war vermutlich erbleicht, aber darüber hatte ich keine Kontrolle.

»Carina war, seit Einar sich am Samstag erschossen hatte, wie ein verfluchtes Gespenst durch das Haus gelaufen. Und war schließlich im Keller angelangt, wo Einar sich eine Art Atelier eingerichtet hatte. Sie wusste offenbar, dass er dort Frauen malte, ziemlich grobe Nacktbilder. Frauen jeden Alters und in allen möglichen Posituren. Jedenfalls endete sie im Atelier, und da sah sie eine Frau auf der Staffelei, die ihr bekannt vorkam. Mich, ja, so nackt, wie ich zur Welt gekommen bin, und ziemlich gut getroffen. Vor allem, wo ich ihm niemals Modell gesessen habe, weder ihm noch sonst jemandem, und ich lasse mich auch nicht fotografieren, weil ich mich auf Fotos verabscheue.«

Sie verstummte wieder, und ich versuche, mich zu konzentrieren.

»Carina war ziemlich außer sich. Fragte, ob wir sie hintergangen hätten oder ob ich eine Erklärung hätte. Dass sie mich überhaupt fragte, statt einfach den Kontakt abzubrechen, liege daran, dass sie wüsste, dass ich lesbisch bin. Lesbe von Geburt und absolut unangefochten und unbeeinflusst vom sogenannten stärkeren Geschlecht, inklusive Einar Salén.«

Dazu brauchte keine lesbisch zu sein. Lena Rosseus redete weiter.

»Ich konnte nur die Wahrheit sagen. Dass ich keine Ahnung hatte, wie er mich so gut hatte treffen können, aber dass er ein ganz besonders gut entwickeltes Vorstellungsvermögen besessen haben musste, was den weiblichen Körper angeht. Ganz fremd war Carina das nicht, denn etwas Ähnliches war offenbar schon einmal vorgekommen. Sie hatte auf einem Bild eine alte Bekannte gesehen und war so überzeugt davon gewesen, dass diese Frau Modell gesessen hatte, dass sie den Kontakt zu ihr abgebrochen hatte. Aber als es nun auch bei mir passiert war …«

Sie machte eine vage Handbewegung und erlaubte sich die Andeutung eines Lächelns.

»Also sahen wir uns die anderen Bilder an, eins nach dem anderen. Wir hatten ziemlich viel zu tun, es waren Hunderte von Gemälden, aber es war spannend zu sehen, wer darauf auftauchte. Carina erkannte viele von den Dargestellten. Kassiererinnen aus dem Supermarkt und Nachbarinnen und Freundinnen und Kolleginnen, es gab einfach keine Grenzen. Und dann fanden wir ein Bildnis einer Frau, die ich erkannte, da ich sie erst einen Tag zuvor besucht hatte. Das waren Sie, Erica. Haben Sie dafür eine Erklärung? Haben Sie Einar Salén gekannt, oder sind Sie ihm jemals begegnet?«

Ich räusperte mich und hielt mich an die Wahrheit.

»Zum ersten Mal bin ich ihm in der vergangenen Woche begegnet. Ich war bei einem Arbeitskollegen, Martin Carlsson von Envia, um über einen Auftrag zu sprechen. Ja, übrigens, eben die Sache mit den Gentests, durch die ich auf Gabriella Guarno gestoßen bin. Dort im Büro begegnete mir ein Mann namens Einar Salén, der vor mir mit Martin verabredet gewesen war. Er musterte mich überaus eingehend, und ich fand das alles durchaus unangenehm.«

»Ach so.« Lena Rosseus ließ sich im Sessel zurücksinken. Der knackte plötzlich, als gäbe das alte Polster endlich nach.

»Sie sind ihm also dort begegnet, und danach hat er Sie angeblich malen können, ohne Sie nackt gesehen zu haben, falls Sie in diesem Büro nicht nackt waren. Ja, ja, ich würde Ihnen das ja niemals glauben, wenn es nicht bei mir genauso gelaufen wäre, auch mich hat er ja aus der Erinnerung gemalt. Aber Sie haben Einar Salén oder Carina nicht gekannt? Waren Sie je bei ihnen zu Hause?«

»Ich bin Carina Salén heute Morgen in Martins Büro begegnet. Aber das war das erste Mal. Ich kenne sie nicht, und ich war niemals bei ihr zu Hause.«

»Und wie können Sie dann erklären, dass wir sowohl auf Ihrem als auch auf meinem Porträt Ihre Fingerabdrücke gefunden haben?«

Schluss. Aus. Schweigen. Nichts, rein gar nichts mehr hinzuzufügen. Das Fenster fing an zu weinen, und der Boden vor den Heizkörpern wurde feucht.

»Meine Fingerabdrücke? Woher haben Sie ...?«

»Lassen Sie uns das so sagen. Ich bin mit Misstrauen aufgewachsen und sehe immer weniger Grund, mich zu ändern, je mehr Zeit vergeht. Also bin ich einer Eingebung gefolgt. Als wir neulich hier waren, reichte Ihre Erklärung zu, sagen wir, fünfundneunzig Prozent, aber nicht zu hundert. Und manchmal können fünf Prozent entscheidend sein. Ich habe mir Ihre Fingerabdrücke verschafft. Sie haben in eine Broschüre geschaut, daran erinnern Sie sich vielleicht. Ich hatte keine Ahnung, was ich mit den Abdrücken anfangen sollte, aber ich dachte, es könnte ja nicht schaden. Sie hätten das nie erfahren müssen, wenn ich keine Verwendung dafür gefunden hätte. Aber da unten im Atelier hat Carina etwas davon gesagt, dass sie die Person auf dem Bild zu erkennen glaubte, als wir Ihr Porträt entdeckt haben. Sie war Ihnen nie begegnet, das konnte sie mit Sicherheit sagen, aber sie erkannte das Bild. Und dann fiel es ihr ein. Sie war vor ungefähr einer Woche unten im Atelier gewesen und stocksauer geworden, weil Einar eine neue Frau malte, und sie hatte geschrien und gedroht und wissen wollen, wer diese Frau war. Das war das Bild von Ihnen, plötzlich wusste sie das sicher. Danach hatte Einar nichts mehr malen können, ehe er sich erschossen hat, und plötzlich fand sie es seltsam, dass Ihr Bild in einem ganzen Bilderstapel lag, während meins auf der Staffelei stand. Jemand musste die Bilder vertauscht haben, und sie, Carina, war das einwandfrei nicht gewesen. Also bat ich darum, die beiden Bilder mitnehmen zu dürfen, und das durfte ich, und natürlich haben wir sie beide auf Fingerabdrücke untersucht. Neben einer Menge Abdrücken von Einars Fingern fanden wir andere, die mit keinen aus unserem Register übereinstimmen, und nun hatte ich wieder so eine kleine Eingebung, ließ die Abdrücke mit Ihren vergleichen und stellte fest, dass sie identisch waren. Als Carina mir die Bilder überlassen hat, kannte sie Sie noch nicht, aber vor einigen Stunden rief sie dann an und erzählte, dass sie einige Stunden zuvor der Frau auf dem Bild von Angesicht zu Angesicht gegenübergestanden habe. Denn wie Sie gesagt haben, sind Sie ihr heute Morgen ja begegnet.«

Die Broschüre über die Strafe Gottes. Die sich bald einstellen wird. Und noch schneller für eine, die unerfahren ist und nicht gescheit genug, um Handschuhe anzuziehen, ehe sie fremde Broschüren anfasst. Oder umsichtig genug, um eine Pistole abzuwischen, nicht aber ein oder zwei Gemälde. Ich hatte wirklich nichts mehr hinzuzufügen, solange kein Anwalt neben mir saß. Und der Tod hatte mich feige im Stich gelassen. Niemand konnte noch erklären, wieso das, was wie ein normaler Todesfall aussehen sollte, plötzlich unnormal wirkte, obwohl der Tod dabei gewesen war. Und welche Rolle Carina Salén gespielt hatte, war auch nicht klar. Hatte sie Zweifel daran bekommen, dass die Sache mit dem Selbstmord genaueren Untersuchungen standhalten würde, und hatte sie deshalb falsche Spuren ausgelegt? Es würde aber auch nicht helfen, wenn ich plötzlich verriete, dass Carina selbst ihren Mann erschossen hatte. Es würde als absurder Versuch erscheinen, mich reinzuwaschen, und ich würde ja doch nicht erklären können, warum ich dabei gewesen war, ohne den Tod wieder hineinzuziehen.

»Ich habe mich dann bei den Kollegen überall im Land umgehört, ob sie Berichte über Gestalten gehört hätten, die aussahen wie der Tod. In Uppsala wurde ich dann fündig. Ein älterer Mann war im Krankenhaus gestorben, und alles dabei war wohl mit rechten Dingen zugegangen, nur hatte eine Krankenschwester geglaubt, unmittelbar vor dem Todesfall eine unbekannte Frau und einen als Tod verkleideten Mann gesehen zu haben. Die Frau war dunkelhaarig, und ihre Beschreibung passte mit etwas gutem Willen durchaus auf Sie. Alle hätten diese Aussage aber zu den Akten gelegt, wenn die Umstände nicht eben so gewesen wären wie jetzt.«

Lena Rosseus schien keine Antwort mehr zu erwarten, und ich hatte auch keine, ich hatte nur Fragen. Wir waren nicht inkognito gewesen, nichts von dem, was wir gemacht hatten, war als natürlich durchgegangen, aber trotzdem waren diese Menschen, alle außer Einar Salén, an natürlichen Ursachen gestorben. Aber der Tod mit allen Antworten war verschwunden, und ich würde dazu gezwungen sein, das zu erklären, was ich nicht begriff und was niemand mir glauben würde. Schon jetzt war es zu spät, obwohl Lena Rosseus das letzte Glied der Kette, nämlich meine Anwesenheit bei Arvids Tod, bisher nicht einmal berührt hatte.

»Man kann sich sehr schnell eine Befugnis zur Hausdurchsuchung besorgen, wenn man das will. Was wir gefunden haben, wird sich noch herausstellen, aber bis auf Weiteres muss ich Sie bitten, mit mir zu kommen. Unten wartet ein Wagen. Wenn Sie das Notwendigste einpacken wollen, ist das kein Problem, solange Sie die Toilettentür nicht abschließen. Aller Wahrscheinlichkeit nach werden Sie bei uns übernachten müssen. Ganz bestimmt werden Sie das müssen, wenn Sie nicht erzählen wollen, wo Ihr als Tod verkleideter Freund sich derzeit aufhält. Falls er ein Freund ist, der sich als Tod verkleidet.«

Lena Rosseus erhob sich, und ich folgte ihrem Beispiel. Der Boden schwankte nur leicht unter mir, als ich ins Badezimmer balancierte und mit offener Tür und unter polizeilicher Beobachtung belanglose Dinge einpackte. Reinigungscreme, Gesichtswasser, Deo, Zahnbürste. Haarbürste. Shampoo? Handtuch? Der Spiegel zeigte eine Frau, deren Sommersprossen wie Narben in dem Weißen hervortraten und deren Augen grüner leuchteten als sonst, da sie von den Schatten der Finsternis umgeben waren. Ich starrte den leeren Wäschekorb an, der die blutigen Laken von der Hinrichtung des Teddys enthalten hatte. Niemand konnte wissen, als wessen Blut sich das herausstellen würde, aber ich wusste, dass es Gabriellas war. Sie lachte so grell in mein Ohr, dass das Ende schon jetzt feststand.

Ich durfte einige Kleidungsstücke zusammenpacken, die ich ebenso zufällig auswählte wie die Toilettenartikel, und damit war alles vorbei. Lena Rosseus ließ mich keine Sekunde aus den Augen und stand hinter mir, als ich meine Jacke anzog. Die Tasche mit dem Umhang blieb hängen. Dann öffnete sie die Tür und bat mich, hinauszugehen.

Als ich sie packte und sie ins Treppenhaus stieß und die Tür zuknallte, wusste ich, dass das die erste richtig freie Tat war, die ich jemals begangen hatte. Meine Tat, meine Verantwortung, mein vollständig freier Wille. Ich hörte den Aufprall und die Verwünschungen, als sie die Treppe hinuntertaumelte, und ich schrie vor Anstrengung, als ich die Dielenkommode vor die Wohnungstür schob. Die Zeit war knapp bemessen. Sie würde auf die Beine kommen, sie würde versuchen, die Tür zu öffnen, sie würde Kollegen rufen, die versuchen würden, die Tür zu öffnen. Zehn Minuten? Eine Viertelstunde? Das müsste reichen. Ich hatte endlich gelernt, nein zu sagen.

Es gab nur eine Möglichkeit, festzustellen, wer der Tod war, nur eine Möglichkeit zu beweisen, dass die Lüge trotz allem Wahrheit war, nur eine Möglichkeit zu erfahren, was vor sich ging, wenn Seelen verschwanden, versetzt wurden, sich verflüchtigten und weitertransportiert wurden.

Es klingelte an der Tür. Drei Signale, Glaube, Hoffnung und Liebe. Ich ging wie eine ferngesteuerte Schlafwandlerin ins Schlafzimmer, spürte, wie mein Kopf sich vor Schmerzen verkrampfte, und nahm das blaugraue Chiffonkleid aus dem Schrank, legte es auf die Matratze, zog mich aus und streifte das Kleid über. Die sommerliche Sonnenbräune war verschwunden, aber die Übergangshaut des Herbstes musste für die bloßen Schultern reichen. Im Grunde würde es ja keine Bedeutung haben. Ich entschied mich für hochhackige Schuhe und graue Strümpfe. Endlich eine Gelegenheit für Stöckelschuhe. Wann hatte ich zuletzt welche getragen?

Es gab nur eine Möglichkeit zu erfahren, wie die Menschen den Tod erkannt hatten, wie Sissela und Gustaf und Gabriella und Einar und Arvid gestorben waren, wieso es gereicht hatte, einfach den Umhang zu öffnen und Luft zu holen, damit jemand starb, und wieso es doch nicht ausreichte, um die Polizei zufriedenzustellen.

Ich ging ins Badezimmer und puderte mein Gesicht weiß. Meine Hände zitterten, und ich hörte vor der Wohnung Lärm. Menschen schrien und hämmerten an die Tür. Ich verteilte den Puder auf meinem Hals und trug Lidschatten, Wimperntusche und Eyeliner auf. Alles verlief, aber ich hatte keine Zeit für Korrekturen. Für künstliche Wimpern reichte die Zeit nicht mehr. Vielleicht in meinem nächsten Leben.

Ich bürstete meine Haare, sprühte mich mit Parfüm ein, entschied mich für lila Lippenstift und musterte mich im Spiegel. Ziemlich schön, ziemlich scheußlich. Wie im Leben, also auch im Tode. Ich ging wieder ins Schlafzimmer, trat neben das Bett und nahm den Karton aus dem Schrank, in dem die knallrote Abschleppleine aus Deutschland lag.

Wer Selbstmord begehen will, hat durchaus Nutzen von seinem Kontrollbedürfnis.

Ich hörte ein Dröhnen aus der Diele, sah aus dem Augenwinkel, dass die Tür sich bewegte, und hörte etwas, das wie ein Schuss klang. Das berührte mich nicht. Ich ging hinaus auf den Balkon, befestigte das eine Ende der Leine am Balkongeländer und das andere um meinen Hals.

Es war kalt. Zum Verzweifeln kalt. Der Wind kratzte an meine Wange, und kleine Regentropfen blieben in meinen Haaren hängen. Die Blumen lagen verfault in ihren Kästen, beraubt ihrer Lüste und ihrer Haltung. Hallo, Malkolm, auch wenn du nicht da bist. Wenn ich auf das Geländer stieg, würde ich das Gleichgewicht nicht länger als eine Sekunde halten können. Das Geländer war schmaler als die Glaskante vor dem Kino im Heron City, und ich hatte doch nichts, worauf ich noch warten müsste. Niemand stand unten, niemand schaute aus dem Fenster. Der Krach aus der Diele wurde lauter.

Es ist vollbracht.

Ich stieg auf den alten Stuhl in der Ecke und dann auf das Geländer. Dort stand ich für den Bruchteil einer Sekunde, eine erbärmliche Mittelklassefrau, der die Gesellschaft niemals einen mitfühlenden Nachruf auf ihre Leistungen oder ihren Tod widmen würde.

In dem Moment, in dem im Hintergrund die Tür krachend nachgab, fiel ich. Ich fiel und fiel und fiel, bis die Leine dem freien Fall ein Ende setzte. Ein Rucken, ein Knacken, eine Explosion aus Finsternis und Licht, ein Millimeterfunkenreigen aus Schmerz. Im Fall ein verfliegender Gedanke. Ich würde niemals erfahren, ob die Anthroposophen an Seelenwanderung glauben. Kari würde niemals erfahren, wer John war. Dann Dunkelheit. Und dann wieder Licht.

Mein Körper war plötzlich verschwunden. Ich spürte, dass ich ich war, aber alles kam mir luftig vor, leicht und licht. Ich schaute mich um und sah eine Frau in einem blaugrauen Chiffonkleid im Wind wehen. Um ihren Hals straffte sich eine rote Abschleppleine, befestigt am Geländer eines sich langsam mit Menschen füllenden Balkons. Eine Frau, drei Männer, aufgeregte Rufe und Telefone. Noch keine Nachbarn, die aus dem Fenster schauten. Ein leichtes Staunen, ein flüchtiger Gedanke und ein Blick. Ich war ich, aber nicht da. Ich schwebte davon, zu Boden, sah alles von unten, sah meine Schuhe. Schöne Linien und schönes Bild, genau wie ich es vorhergesehen hatte. Blaugraue Flügel. Ich sah das Licht, und wie es zerbrach. Und ich sah den Tod.

Er trug seinen Umhang und seine Kapuze. Die gelben Knochen waren rissig vor Alter, aber die Würmer waren lebendig, wohlgenährt, aktiv und hungrig, obwohl der Schädel vollkommen abgenagt war. Die Sense, die er hielt, war rostig und ohne Scharniere, und sein Atem zischte. Aber seine Stimme war klar und deutlich, als er dann sprach. Schön?

»So begegnen wir uns endlich, Erica. Richtig, meine ich. Du hast das absolut verdient, möchte ich meinen.«

Ich schaute mich um und sah mich selbst, wie ich noch immer dort oben schwebte, obwohl ich hier war. Schwerelos.

»Wer bist du?«

»Das brauchst du ja wohl nicht zu fragen. Wir kennen uns doch schon.«

»Du warst das, der plötzlich hinter mir stand. Bei Nicke.«

»Ich musste ihm eins auf die Finger geben. Er war zu weit gegangen. Und es hat ja auch gewirkt. Er hat dich immerhin verlassen, wenn auch widerwillig. Du hast ihn wirklich verzaubern können. Was ich durchaus verstehe, Erica. Du bist etwas ganz Besonderes.«

»Und du bist der Tod.«

»Ja, ich bin der Tod. In meiner ganzen Größe und all meinem Schrecken. Nicht so menschlich wie der, den du für den Tod gehalten hast, aber eben das Original. Die echte Ware.«

»Aber wer war er dann?«

Ein zischendes Seufzen. Ein Wurm verlor in der Augenhöhle den Halt und fiel zu Boden. Verwesungsgestank. Ich sah nach unten, fand aber keine Füße. Endlich war ich zu einer großen Sängerin geworden. Ich war nur eine Stimme.

»Ein Klon, Erica. Ich habe mich an das Beispiel der Höchsten gehalten und mir einen Klon zugelegt. Sie haben Jesus erschaffen, ich ihn. Eine identische Ware, um mir die Arbeit zu erleichtern.«

»Ein Klon? Jesus?«

Der Tod seufzte. Plötzlich hörte ich ihn durch das Zischen. Ihn und doch nicht ihn.

»Die Menschen glauben immer, die Ersten zu sein. Wie jetzt. Gentechnik, Genforschung, Klone. Sollen wir das zulassen? Wie komisch. Wo die Christenheit seit zweitausend Jahren einen Klon akzeptiert und anbetet. Jesus, kein verkleideter, sondern ein geklonter Gott. Identisch mit seinem Vater. Die bestmögliche Definition eines Klons. Und es hat so gut geklappt, dass ich mir dasselbe erlaubt habe. Einen Klon, zu meiner Hilfe. Auch wenn ich das bisweilen bereue. Ein Clown und ein Klon unterscheiden sich schließlich nur durch einen Diphtong.«

Ich hatte auch keine Arme.

»Ich habe ihn für die Arbeit erschaffen, bei der ich selbst einfach nicht nachkomme. Katastrophen, wenn der Tod unpersönlich wird. Krieg. Oder einsame Menschen, wenn es keine Zeugen gibt. Arbeit, bei der er seine genau ausgearbeitete Methode zum Seeleneinsammeln anwenden kann. Er ist so theatralisch und dramatisch, muss immer Angehörige einbeziehen oder anderes Personal ansetzen oder mit Jesus herumphilosophieren, während ich es immer vorgezogen habe, allein, effektiv und ohne Gerede zu arbeiten. Er und Jesus, die letzten Enthuasiasten. Was haben sie damals für eine Vorstellung hingelegt. Haben sogar mich an der Nase herumgeführt. Ich war stocksauer, aber auch ein wenig beeindruckt, das muss ich zugeben. Ich weiß, dass er glaubt, dass der Umhang ihm eine Art Immunität verleiht, aber Tatsache ist, dass er absolut sichtbar ist und deshalb einigermaßen inkognito bleiben muss. Aber das ist leider seine große Schwäche. Und als er dir begegnet ist, überschlug sich alles. Er musste sich in allen Zusammenhängen zeigen und wurde von mehreren Menschen erkannt, die die Fähigkeit besitzen, ein wenig mehr zu sehen als andere. Natürlich mussten wir eingreifen. Und du hast nie gestutzt, obwohl der sogenannte Tod durch Fleisch und Blut und Lust angereichert worden war. Der Tod, aber menschlich. Der menschliche Tod, anders als ich. Eigentlich habe ich ihn deshalb erschaffen. Damit mehr Menschen einem menschlichen Tod begegnen.«

Die Stimme dunkel und der Schädel gelb. Seine Wortwahl. Ich selbst ein Gedanke im Wind. Niemand hat Angst vor dem Aufruhr der Einsamen. Das hatte er ja selbst gesagt.

»Hast du dich nie gefragt, warum du keine Angst hattest, als er vor der Tür stand, Erica? Was alle anderen dich gefragt haben? Du hattest keine Angst vor dem Tod, weil du keine Angst vor dem Sterben hattest. So einfach war das. Eigentlich hättest du das, was du jetzt getan hast, schon in jener Nacht nach dem Abschied von Tom machen müssen. Du solltest geholt werden, niemand sonst. Aber mein Gehilfe brauchte nur vor dem Restaurant zu stehen und dich durchs Fenster zu sehen, und schon wurde er weich. Danach lief er hier vor deinem Haus hin und her, unschlüssig und voller Angst davor, meine Pläne zu durchkreuzen, aber restlos verliebt, und am Ende nahm er das Schicksal in seine eigenen Hände. Gab vor, sich in der Tür geirrt zu haben, und hat dann deinen Nachbarn geholt.«

»Maggan hatte also recht, als sie berichtete, wie er mich und Tom bespitzelt hat?«

»Der Teufel, so nennen wir ihn. Unsere größte schauspielerische Begabung. Hat in deinem Fall wirklich die perfekte Gestalt gewählt, eine schwarze Frau, die all deine Solidarität aktiviert hat. Und du warst ja naiver, als die Polizei erlaubt. Mein Gehilfe konnte es gar nicht glauben, als er entdeckt hat, dass du ihr auf den Leim gegangen warst. Die ganze Zeit hat er sich und dich mit der Behauptung verteidigt, du wüsstest, was du tust, und würdest niemals Befehlen zuwiderhandeln. Und die Höchsten und ich haben ihn und damit dich gewähren lassen, bis sich alles überschlug. Ich will nicht verleugnen, dass wir vor allem neugierig darauf waren, wie du dich verhalten würdest. Wie deine Entscheidungen aussehen würden. Auch wenn klar war, dass ihr in geliehener Zeit aktiv wart. Egal, wie selbstlos deine Entscheidungen auch sein mochten, wir mussten der Sache ein Ende setzen.«

»Welcher Sache musstet ihr ein Ende setzen?«

»Hast du geglaubt, du könntest die Arbeit des Todes sozusagen mit links erledigen? Wenn ich arbeite, dann ist das Arbeit, und wenn andere versuchen, meine Rolle zu übernehmen, dann ist es Mord. Ja, es gibt Ausnahmen, aber nur ganz wenige, und egal, wie edel die Motive sein mögen, alles hat Grenzen. Es ist eine Sache, dass mein Klon sich Freiheiten herausnimmt, aber es ist eine ganz andere, wenn er diese Freiheit delegiert, weil er lieber Schauspieler werden möchte. Am Ende mussten wir also dem Schicksal auf die Sprünge helfen. Versuchen, die Dinge in die Richtung zu lenken, die sie doch gehen mussten. Er hat das ziemlich gut erklärt. Wir können nicht alles planen, aber wir können den Zufall in die gewünschte Richtung leiten.«

Der Mensch denkt und Gott lenkt, die Höchsten denken und der Mensch lenkt, Vater rudert und Mutter ist ein Wurm. Was ist Schicksal und was ist Zufall?

»Dass er plötzlich Bahn fahren und sich zeigen wollte, ist das eine, oder dass er die Verantwortung für den Tod eines alten Mannes übernommen hat, eines Mannes, der zudem eine schreckliche Angst bekommen hätte, wenn er stattdessen mir begegnet wäre. Das war schon in Ordnung, auch wenn ihr euch zu offen gezeigt habt. Dass du dir dann eine junge Person wie Gabriella Guarno oder einen älteren, aber kerngesunden Mann wie Einar Salén ausgesucht hast, war unmoralisch, aber verlangte von uns kein sofortiges Eingreifen. Mein Klon hat dich und damit sich selbst uns gegenüber ebenso verteidigt, wie er dich getröstet hat, indem er darauf hinwies, dass jemand leben durfte, weil ein anderer Mensch starb. Die einzige Vorsichtsmaßnahme, die wir ergriffen haben, war dafür zu sorgen, dass deine Hand das Bild von Lena Rosseus nahm, um das von dir zu ersetzen. Du musst dich doch gefragt haben, durch welchen makaberen Zufall du gerade das Porträt von Carina Saléns Freundin, der Kriminalkommissarin, erwischt hast, wo du doch genauso gut die Nachbarin hättest aussuchen können. Aber im Leben gibt es noch viel größere Zufälle. Wir können, wie gesagt, nicht eingreifen, aber wir können das Schicksal anstupsen. Ihr nennt das göttliche Vorsehung oder teuflisches Pech.«

Meine Hand. Hatte sie gezittert? War sie ferngesteuert gewesen? Ich konnte mich nicht erinnern, ich erinnerte mich nur daran, dass Carina mich nach unten geschickt hatte.

»Dann müsst ihr auch Carina Salén gelenkt haben. Warum hätte sie mich sonst ins Atelier schicken sollen? Oder warum hätte sie ihre liebe Freundin Lena anrufen und damit unnötigen Verdacht erregen sollen?«

Wieder lachte der Tod. Sein Schädel schien in zwei Hälften zerspringen zu wollen, in eine gute und eine böse.

»Du solltest eine Pistole holen, nicht wahr? Das war eine Vorsichtsmaßnahme von Seiten Carina Saléns, damit sie wenigstens einen Notausgang hätte, wenn die Sache mit dem Selbstmord platzte. Das hat ja nicht geklappt, weil du die Pistole so sorgfältig abgewischt hattest, aber als Carina dann ins Atelier hinunterging, sah sie, dass jemand die Bilder vertauscht hatte, und natürlich war ihr klar, dass du das gewesen sein musstest. Sie wusste sicher nicht, was dich dazu veranlasst hatte, aber sie erkannte ja ihre Freundin, die Kriminalkommissarin, und als ihr der Boden unter den Füßen heiß wurde, weil die Polizei ihr ein wenig zu nahe gerückt war, rief sie an. Es ist ziemlich schwer, einen Mord zu tarnen, vor allem, da Carina keine Trauer heucheln konnte und soviel Hass in die Tat eingeflossen war. Deshalb dachte Carina, sie könnte auf irgendeine Weise die Schuld auf dich schieben. Du warst ja dabei gewesen, als es passiert war, und wusstest, wie es geschehen war … und du warst in vieler Hinsicht ein Hindernis, nicht zuletzt in Bezug auf eine sich entwickelnde Bekanntschaft mit einem gewissen Martin. Als Carina und Lena Rosseus dein Porträt gefunden hatten, fügte das Bild sich zusammen. Carina muss das Gefühl gehabt haben, erhört worden zu sein.«

»Aber ihr habt mich also gewähren lassen?«

»Aus Neugier, wie gesagt. Wir waren unterschiedlicher Meinung. Einige waren fest davon überzeugt, dass du ziemlich bald von dem Willen erfüllt werden würdest, Gutes zu tun. Zu versuchen, mit wirklich üblen Unterdrückern aufzuräumen. Not zu lindern und als Erlöserin zu kommen. Andere glaubten, du würdest die Sache bald satt haben und die Verantwortung zu groß finden. Nur einzelne tippten auf Rache und behielten leider recht. Der Teufel gab dir ein Motiv, durch die Erwähnung, dass Tom und Anette ein Haus gekauft hatten, so, wie nur sie so berichten kann, indem Wahrheit zur Lüge wird und umgekehrt. Also hast du von dem Haus gehört, aber nicht davon, dass Tom sich auf diese Weise freikaufen wollte und niemals vorgehabt hatte, dort einzuziehen, als er den Vertrag unterschrieb. Genau, wie er es dir zu erklären versucht hat.«

Der Tod verschwamm für einen Moment vor meinen Augen. Auch Stimmen können weinen. Ich hatte also nicht nur unwürdige Entscheidungen getroffen, ich war auch unfähig, List zu durchschauen. Tom mit seiner Erfahrung aus einer korrumpierten Welt hatte das sehr viel besser geschafft.

»Was wollte der Teufel von mir?«

»Anfangs war sie hin und weg von meinem Klon. Mit ihm auf ihrer Seite wäre ihre Macht gewaltig gewachsen, und es hat sie sicher geärgert, dass er sich in dich verliebt hat, während er sie nie sonderlich attraktiv gefunden hatte. Er ist doch immerhin ziemlich redlich. Deshalb wollte sie eurer Beziehung ein Ende setzen und zugleich mich und die Höchsten herausfordern. Sie wollte dich über die Grenze des Erlaubten treiben und dazu bringen, mit Seelenwanderung zu experimentieren, und das ist nun wirklich nichts für Amateure. Und sie wollte, dass du das heimlich machtest, damit mein Klon sich betrogen fühlen und einsehen würde, welchen gefährlichen Weg er da eingeschlagen hatte. Ja, ich sage sie, auch wenn der Teufel immer das Geschlecht hat, das gerade zur Situation passt. Aber im Kontakt mit meinem Klon ist der Teufel eine Frau. Er sieht sie mit anderen Worten immer als Frau, ich tue das nicht. Du siehst also, auch ich habe meine Vorteile, auch wenn ich keinen so appetitlichen Anblick biete. Auf jeden Fall hatte der Teufel bei dir über alle Erwartungen großen Erfolg, aber andererseits warst du ja schon geschwächt und balanciertest bereits am Abgrund. Deine Seele war dabei, dich zu verlassen. Erica. Denn was glaubst du, wieviel Seele hat ein Mensch, der die Entscheidungen treffen kann, wer leben und wer sterben soll, so wie du das gemacht hast? Die Flasche mit Arvids Namen war kaum angekommen, als ich auch schon losstürzen und das vollenden musste, was mein Klon vor einer guten Woche angefangen hatte.«

Aus der Ferne hörte ich die Sirene eines Krankenwagens. Bald würde mein Körper zurechtgemacht und begraben oder verbrannt werden. Aber ich war hier. Und ich sehnte mich nach dem geklonten Tod.

»Er hält nichts von Genmanipulation.«

»Er weiß nicht, dass er ein Klon ist, Erica. Er hält mich für eine Person, die ihn großgezogen und zu einem gewissen Grad gelenkt hat, aber wenn es um Gene geht, dann weiß er nur, dass ich ihn im Wald gefunden habe und dass er deshalb überlebt hat. Das ist jetzt lange her. Aber die Klone oder genmanipulierten Wesen der Zukunft werden vermutlich auch nicht sehr viel mehr erfahren.«

Wieder seufzte der Tod. Das Seufzen wurde vom Wind erfasst und verweht.

»Ich finde, du hättest erkennen müssen, dass du in einer Blase lebtest. Glaubst du, der richtige Tod, also ich, kann Caipirinha trinken? Grün, die Farbe des Lebens? Glaubst du, ich habe eine Meinung über Gentests? Glaubst du, es bewegt mich, ob das Leben eines Menschen glücklich oder unglücklich war, gerecht oder nicht? Glaubst du, ich bin warm? Ich bin verantwortlich für den Schluss und nicht für den Inhalt, und ich habe nie Lust gehabt, irgendwelche Grenzen zu überschreiten. Meine Arbeit ist wahrlich in Ewigkeit dieselbe. Amen, was das betrifft. Er dagegen ist total auf den Wert des Lebens fixiert. Warum auch nicht, wo er doch der Tod ist und doch wieder nicht. Der menschliche Tod. Deshalb kämpft er und ist dem Bösen und Kindern und den Schwachen gegenüber so hilflos. Dem Bösen, Erica. Glaubst du, wissen zu können, was das Böse ist? Ich weiß es noch immer nicht, und anders als du und mein Klon war ich in Auschwitz. Ich weiß nur eins, nämlich, dass das Böse ein Kind seiner selbst ist. Du hast Arvid für böse gehalten? Einfach so? Und doch hattest du vielleicht Hinweise. Birgitta, die darüber gesprochen hat, dass niemand weiß, was hinter anderen Vorhängen geschieht, Martin, der über Dinge geredet hat, die man nicht vergessen kann. Du weißt nicht, ob Martin oder Birgitta in ihrer eigenen Kindheit sogenanntes Böses ertragen mussten, Erica, und ob das ihr eigenes Familienleben beeinflusst hat. Die Art, wie sie einander und die Kinder behandeln.«

»Wie meinst du das?«

Der Tod hob eine magere Knochenhand.

»Wie gesagt, haben wir erstaunlich wenig unternommen. Haben dafür gesorgt, dass du ein bestimmtes Bild bekommen hast. Haben möglicherweise dafür gesorgt, dass etliche Polizisten schneller arbeiteten als sonst. Ansonsten fiel die Frucht dort, wo sie fiel, weil der Baum eben dort stand.

Martin ist ein Produkt seiner Kindheit. Und das gilt auch für Birgitta. Jetzt hatten Carina Salén und Martin die Möglichkeit, einander näher kennenzulernen, und allerlei Hindernisse dafür, dass sie sich auch weiterhin treffen können, sind aus dem Weg geräumt. Das ist nicht durch unsere Einmischung geschehen, sondern durch deine Entscheidungen. Auch Martins Aufstieg in der Firma steht nichts mehr im Weg, einem Weg, der leider lange von einem gewissen Einar Salén versperrt war. Dass ein junger Mann namens Robert den Glauben an fast alles verloren hat und vielleicht für jede Art von Einfluss, vielleicht gut, vielleicht schlecht, eine leichte Beute ist, ist ebenfalls eine Folge deiner Taten. Die Höchsten sind nicht allmächtig, Erica. Und nur ich bin in allem, was ich tue, endgültig.«

»Arvid? Und Birgitta?«

»Hältst du das für meine Verantwortung oder für deine? Eigentlich spielt das keine Rolle. Die eine Seele ist frei und die andere gefangen. Du musst entscheiden, welche welches ist.«

Um uns herum brauste es und der gelbe Schädel schien zu erbleichen. Nur das Schwarze war noch übrig, der schwarze Umhang, die schwarze Kapuze und die schwarze Stimme. Birgitta und Martin. Die immer vorhandene Anziehungskraft. Ich hatte vergessen, dass auch Abscheu erotisch sein kann. Falls dieser Tod wirklich recht hatte. Wie konnte irgendwer das wissen? Martin hatte mich bei meiner Arbeit mehr unterstützt als die meisten anderen. Birgitta war meine Freundin gewesen.

»Mit den Fotos wird es keine Kampagne geben. Die Gleichung ist doch zu kompliziert. Und du bist ja nicht mehr so präsent, wie die Werbefirma das vorausgesetzt hat, als sie dich engagiert hatten. Aber dein guter Freund Nicke wird berühmter werden, als er das je erwartet hat. Das hat er mir zu verdanken, wenn ich das in aller Bescheidenheit sagen darf.

Und die Gentests … die lassen sich nicht mehr aufhalten. Es wird neue Kampagnen geben. Das hier ist nur der Anfang, Erica.«

Nicht für mich. Mein eigener Tod war verschwunden, und dieser hier kannte kein Erbarmen. Ich existierte nicht mehr und würde nie mehr zurückkommen. Ein rascher und übereilter Entschluss und keine Möglichkeit, in das Blaugraue zurückzukehren. Ich senkte in Unterwerfung meine Stimme. Die Stimme des Todes.

»Jetzt möchtest du sicher wissen, was aus dir werden soll. Das haben wir uns auch gefragt. Wir haben hin und her diskutiert. Ich durfte mich daran beteiligen. Meine Meinung vorbringen. Und ich will dir die schlichte Tatsache nicht verhehlen, dass viele fanden, deine Seele müsse in alle Zukunft verwahrt werden, ohne die Möglichkeit, jemals zurückzukehren. Mein Klon hat dich natürlich verteidigt. Er war in Panik, seit ich in Nickes Atelier aufgetaucht bin, auch wenn er das gut zu verbergen wusste. Er ist ja doch ein recht guter Schauspieler. Am Ende haben wir uns für ein Vorgehen entschieden, zu dem wir nur in den schwersten Fällen greifen, Erica. Wir haben Judas gefragt.«

»Judas?«

»Du hast dir doch sicher deine Gedanken zu dem Thema gemacht, dass erhöht werden soll, wer sich erniedrigt, und umgekehrt. Ja, Judas war wirklich der Niedrigste und deshalb ist er auch der barmherzigste Richter, den wir haben. Er sitzt auf der Linken, dort, wo die Wiederkommenden zum Leben oder Sterben verurteilt werden. Denn wer wäre ein besserer Richter als ein Sünder, dem vergeben worden ist? Ich weiß, was es für ein Gefühl ist, die wahnwitzige Entscheidung zu treffen, wer sterben soll, das hat er gesagt, als wir über dich diskutiert haben. Ich weiß, wie es ist, ganz bewusst ein Verbrechen zu begehen, weil man glaubt, dass es das Allgemeinwohl fördern wird. Und dann steht man als Verbrecher da und wird von der ganzen Welt verurteilt, weil die falsche Person das Leben lassen musste. Am Ende konnte er uns alle von einer genialen Idee überzeugen, Erica. Ja, du bekommst noch eine Chance, Erica. Du bist ja trotz allem nur ein Mensch. Aber du wirst kämpfen müssen, um die zu lieben, die dich gebiert. Es wird vom ersten Moment an einen Konflikt zwischen Mutter und Tochter geben. Es wird nicht leicht sein. Viel Glück. Bis wir uns wiedersehen. Wenn ich nicht ihn schicke. Ich weiß, dass er sich nichts sehnlicher wünscht, als dich wieder zu treffen. Er hat dich genauso geliebt, wie du warst. Ob das bei Tom auch der Fall ist, wirst du selbst feststellen müssen.«

Der Tod hob die Sense und schwenkte sie voller Kraft über meiner Stimme. Ich hörte, wie etwas zerriss, und schrie, ich wisse nicht, welche Farbe meine Seele habe, aber ich hörte nur aus der Ferne einen Ruf. Der Lebensfaden, Erica. Zerschnitten. Meine Sense ist keine Attrappe. Ich fiel und fiel und fiel abermals, bis dem freien Fall plötzlich ein Ende gesetzt und alles zum Kaleidoskop von Farben wurde, und ich spürte, wie ich in wildem Tempo auf Flügeln vorwärts- und abwärtsjagte, bis plötzlich alles ganz eng wurde. Ich schlug gegen die dunklen und blutigen Wände, kratzte wild, um mich zu befreien, schrie, strampelte und hörte im Hintergrund Stimmen. Und jetzt. Atmen. Atmen. Drücken. Drücken. Pressen. Das schaffst du. Gut. Noch einmal. Ich hörte eine Frau schreien, dann traf mich ein Licht, ich jagte weiter vorwärts und suchte verzweifelt Halt, wurde von starken Armen empfangen und hochgehoben. Ich schrie und schrie und schrie immer lauter, und meine Schreie waren grell und hell, als ich abgetrocknet und auf einen zitternden, klebrigen Bauch gelegt wurde. Ich fuchtelte mit Armen und Beinen, die klein waren und meinem Willen nicht gehorchten, aber ich konnte nicht verhindern, dass gepflegte Hände meinen Rücken streichelten und blonde Haare meine Augen kitzelten. Ich wurde von Entsetzen erfüllt, versuchte, mich zu befreien, aber ich wurde immer weiter hochgeschoben, bis ich an eine strotzende Brust geriet, bei deren Geruch ich mich hätte erbrechen mögen. Im Hintergrund hörte ich Tom, der weinte und immer wieder dasselbe sagte. »Mein Mädchen, mein Mädchen, mein Mädchen. Meine Allerfeinste. Meine.«

DANK

Niemals werde ich Bengt Nordin und Maria Enberg von der Bengt Nordin Agency genug danken können für ihre einzigartige Kombination von Professionalität und Fürsorge, die typisch für sie ist. Im gleichen Atemzug möchte ich Karin Linge Nordh danken, meiner Verlegerin und Lektorin. Für Unterstützung, wann immer sie nötig war, danke ich Eva Thorsén, die nach zwanzig Jahren nur ein Telefongespräch entfernt war. Peter Fredriksson für medizinische und musikalische Expertise, Ulrika Ernestam Östberg für Verwandtschaft und Ann-sofi Olsson, meiner Alltagsheldin. Für stetige Unterstützung danke ich meiner Familie und Anna Ernestam.